Rebecca Michéle · Die Treue des Highlanders

Rebecca Michéle

# Die Treue des Highlanders

Roman

Moments

Originalausgabe
Rebecca Michéle: Die Treue des Highlanders

Lektorat: Christina Kuhn, Köln
Einbandgestaltung: agilmedien, Köln
Einbandabbildungen: corbis (oben), mauritius (unten)
Satz & Layout: Andreas Paqué, Ebergötzen
Druck und Bindung: GGP Media GmbH, Pößneck
Printed in Germany
ISBN 978-3-937670-33-1

www.moments-verlag.de

# Prolog

*Schottische Highlands, Juli 1566*

Vorsichtig löste sich Duncan Cruachan aus den Armen der Frau. Ihr alabasterweißer Körper war vom vergangenen Liebesspiel schweißbedeckt, sie hatte die Augen geschlossen und ihr Kopf mit der Flut blonder Haare lag auf seiner breiten Brust.

»Gehe nicht«, flüsterte sie und drückte ihren nackten Körper näher an seinen.

Duncan merkte, wie die Leidenschaft erneut in seinen Lenden erwachte, aber er unterdrückte sein Verlangen und sagte: »Es ist spät, ich muss nach Hause, außerdem werden dich deine Eltern bestimmt schon vermissen.«

»Wann werden wir uns endlich ohne diese Heimlichkeiten lieben können?«

Duncan seufzte, schob sie zur Seite und erhob sich. Er mochte es nicht, wenn Alice auf ihre geplante Hochzeit anspielte. Obwohl sie bereits seit drei Jahren verlobt waren, hatte er sich bisher noch nicht zu diesem Schritt entscheiden können. Es hatte so etwas Endgültiges an sich. Bei dem Gedanken an eine Ehe mit Alice Skelton beschlich Duncan das Gefühl von Fesseln, die sich eisern um seine Handgelenke schließen würden. Er zupfte die Strohhalme von seiner Kleidung und zog das Plaid um seine Hüften zurecht. Alice blieb liegen und beobachtete ihn aus sehnsuchtsvollen Augen. Sie war schön, sehr schön sogar, und ihr schlanker, biegsamer Körper war eine Versuchung, der jeder Mann erliegen musste. Bereitwillig hatte Alice ihm seine Gunst geschenkt, denn die Hochzeit war zwischen ihren Familien vereinbart und nur noch eine Frage der Zeit.

»Ich könnte ein Kind bekommen, dann müssen wir so schnell wie möglich vor den Altar treten«, sagte Alice, dabei schnurrte sie wie eine Katze vor einer Schale mit frischer Sahne.

Duncans Kopf ruckte nach oben. »Du hast mir gesagt, dass es Kräuter gibt, die das verhindern. Ich hoffe, du nimmst sie ein?«

Wenn Duncan etwas hasste, dann war es, unter Druck gesetzt zu werden. Tief im Inneren wusste er, dass Alice recht hatte und er sich ihr gegenüber nicht sehr ritterlich benahm. Dabei könnte alles perfekt sein: Alice war jung, gesund, wunderschön und entstammte einem alten schottischen Adelsgeschlecht. Die Ländereien ihrer Familien grenzten aneinander, und da Alice keinen Bruder hatte, würde durch die Ehe der Besitz Duncans erheblich vergrößert werden. Alice war dazu erzogen worden, einem großen Haus vorzustehen. Auf sexuellem Gebiet war sie keinesfalls eine schüchterne Jungfrau wie die meisten adligen Frauen, sondern sie sprühte vor Feuer und Leidenschaft. Das war auch der Grund, warum sich Duncan immer wieder mit ihr in dem verlassenen Stall traf. Obwohl er gerne und oft die Freuden der körperlichen Liebe mit Alice genoss, fiel es Duncan schwer, sie sich als Herrin auf Glenmalloch vorzustellen, denn Alice hatte auch eine andere Seite. Diese war keineswegs so weich und anschmiegsam, wie wenn sie in seinen Armen lag, sondern von ungeheurer Härte und Rücksichtslosigkeit anderen Menschen gegenüber. Alice erreichte stets, was sie wollte, und dabei dachte sie immer nur an sich selbst. Duncan hatte oft beobachten können, wie sie abfällig und unfreundlich mit dem Personal umging, und das gefiel ihm nicht. Er wollte keine Frau, die …

Ja, was wollte er eigentlich genau? Das wusste er selbst nicht. Für Duncan sollte eine Frau mehr sein als eine Person, die dem Haushalt vorstand und ihm Jahr für Jahr ein Kind schenkte. Er wünschte sich eine Gefährtin, mit der er alles, was ihn bewegte, teilen konnte, mit der er reden und lachen konnte. Alice Skelton war zwar eine angenehme Geliebte, interessierte sich aber sonst in erster Linie nur für sich selbst. Obwohl sie schon so lange einander versprochen waren, konnte sich Duncan Alice einfach nicht als seine Ehefrau vorstellen.

Schnell verscheuchte Duncan diese Gedanken, band sich den Gürtel um seine Hüften und steckte das kleine Messer in die Scheide an seiner Hüfte. Er küsste Alice flüchtig auf die Lippen und sagte: »Ich werde in den nächsten Tagen an den Hof aufbrechen. Die Nachrichten, die aus Edinburgh zu uns dringen, sind alles andere als beruhigend. Mein Platz ist nun an der Seite der Königin.«

»Ach, das sind doch nur Gerüchte.« Schmollend erhob sich nun auch Alice und schlüpfte in ihr Kleid. »Stirling und Edinburgh sind weit. Was gehen uns die Differenzen zwischen der Königin und ihrem Mann an?«

Das war einer der Wesenszüge an Alice, der Duncan zögern ließ, sie zu heiraten, denn sie war durch und durch egoistisch und stets auf ihren eigenen Vorteil bedacht. Darum sagte er schärfer als beabsichtigt: »Königin Maria hat einem Kind das Leben geschenkt, das, wenn Gott will, eines Tages unser König sein wird. An jedem Gerücht ist immer ein wenig Wahrheit dran, und so wie ich Darnley kennengelernt habe, zweifle ich nicht an seiner Brüskierung der Königin. Meine Güte, *er* ist nicht unser König, auch wenn Maria ihn dazu erhoben hat und Darnley sich aufspielt, als gehöre Schottland ihm!«

»Warum willst du dich der Gefahr aussetzen, vielleicht ebenso wie Rizzio ermordet zu werden?«, fragte Alice. Sie war weniger um sein Leben besorgt, auch wenn er ein sehr guter Liebhaber war, als um den Status, den sie bei einer Vermählung mit Duncan Cruachan erhalten würde. Das Geld seiner Familie war dabei auch nicht zu verachten, denn die Familie Skelton lebte in bescheideneren Verhältnissen als die Cruachans. Zudem war Duncan mit seinem dunklen Haar, das ihm in dichten Locken über die Schultern fiel, den steingrauen Augen und seiner großen, muskulösen Gestalt der attraktivste Mann im ganzen Hochland. So ein Prachtexemplar von Mann würde sie sich nicht entgehen lassen!

»Es gibt leider keine Beweise einer Beteiligung Darnleys an dem feigen Mord an David Rizzio. Welche Kaltblütigkeit gehört dazu, einen Menschen vor den Augen der hochschwangeren Königin zu erdolchen! Es grenzt an ein Wunder, dass Maria unter diesen Umständen einen gesunden Knaben zur Welt gebracht hat.«

Lord Darnley war der Ehemann von Maria Stuart, doch das anfängliche Glück wurde bereits wenige Wochen nach der Eheschließung getrübt. Maria Stuart, die fast ihr ganzes Leben am glanzvollen Hof von Frankreich verbracht hatte, bevor sie ihr Erbe in Schottland antrat, hatte den Italiener David Rizzio erst zu ihrem Sekretär, dann zu ihrem Vertrauten gemacht. Das hatte die Eifersucht ihres Mannes Darnley geweckt, obwohl dieser sich selbst in allen möglichen fremden Betten herumtrieb. Im Frühjahr des Jahres fünfzehnhundertsechsundsechzig gipfelte Darnleys Hass auf den kleinen Italiener in dessen Ermordung. Obwohl er den Mord nicht selbst ausgeführt hatte, zweifelte kaum jemand an seiner Beteiligung. Der Höhepunkt von Darnleys schändlichem Verhalten war allerdings seine Reaktion nach der Geburt seines Sohnes. Darnley hatte ihn zwar als seinen Sohn anerkannt, aber nicht mehr als einen Blick auf das Kind geworfen. Ohne ein Wort an seine Frau hatte er daraufhin das Zimmer verlassen, um auf eine seiner Besitzungen zu reiten, wo er seitdem weilte. Es war eine bewusste Distanzierung von seiner Vaterschaft. Mit seinem Verhalten demonstrierte Darnley der Öffentlichkeit seine Überzeugung, dass nicht er, sondern Rizzio der Vater des kleinen Jungen war. Boten, die ins Hochland gekommen waren, hatten berichtet, dass Darnley die Lords um sich scharte und plante, die Königin abzusetzen und sich selbst zum König zu krönen. Aus diesem Grund wollte Duncan so schnell wie möglich an den Hof, denn er war seiner Königin gegenüber loyal und treu ergeben. Außerdem war die derzeitige politische Situation ein guter Grund, die Hochzeit mit Alice Skelton auf unbestimmte Zeit zu verschieben.

Duncan fluchte leise, als er beim Betreten von Glenmalloch Castle, dem Stammsitz der Familie, auf seinen jüngeren Bruder traf. Douglas grinste anzüglich und zupfte einen Strohhalm von Duncans Schultern.

»Du bist spät dran. Hat dich die kleine Skelton wieder einmal nicht fortgelassen? Mutter war sehr ungehalten, als du nicht zum Abendessen erschienst.«

Seit Douglas seinen Bruder und Alice vor vier Wochen in einer mehr als verfänglichen Situation ertappt hatte, sah sich Duncan seinem Spott ausgesetzt. Leider konnte er nicht viel dagegen unternehmen, denn wenn ihre Mutter erführe, dass Duncan die Gunst seiner Verlobten mehr als ausgiebig genoss, würde sie umso mehr auf eine baldige Eheschließung drängen. Bisher hatte Douglas geschwiegen, und Duncan verabscheute es, auf die Großzügigkeit seines Bruders angewiesen zu sein. »Ach, halt den Mund«, gab er deswegen nur grob zurück und betrat die große Halle, den zentralen Mittelpunkt der Burg.

Duncan winkte einem Diener und befahl, ihm kaltes Fleisch, Käse und Bier zu bringen, denn er verspürte großen Hunger. Gerade als er sich ein großes Stück aus der Rinderkeule schnitt, betrat seine Mutter die Halle. Duncan sah sofort, dass etwas geschehen sein musste, denn so aufgelöst hatte er seine Mutter nie zuvor gesehen.

»Duncan, sie kommen, um dich zu holen!« Flamina Cruachans Stimme überschlug sich beinahe, auf ihren Wangen zeugten kreisrunde rote Flecke von ihrer Aufregung.

Duncan sprang auf. »Was meinst du damit?«

Neville, Duncans ergebener und treuer Knappe, drängte sich hinter Lady Cruachan durch die Tür. »Es sind rund ein

Dutzend. Alle bis an die Zähne bewaffnet. Sie suchen dich, Duncan!«

Automatisch fuhr Duncans Hand zu seinem Dolch, der an seiner Hüfte befestigt war. »Wer sind sie? Warum sind sie hier?«

»Es sind Anhänger von Lord Ruthven, sie verfolgen die Anhänger der Königin, weil sie verhindern möchten, dass Maria Unterstützung erhält.«

Duncan hieb mit der Faust so fest auf den Tisch, dass sein Becher umfiel und sich das Bier auf den Boden ergoss. »Verdammt, Maria hat Ruthven und seine Männer nach dem Mord an Rizzio begnadigt! Warum tun sie das jetzt?«

Der Knappe zuckte mit den Schultern. »Wahrscheinlich sind sie von Darnley angeheuert worden. Du weißt, der tut alles, was seiner Frau zum Schaden gereicht und ihm die alleinige Herrschaft in Schottland ermöglicht. Es ist auch längst kein Geheimnis mehr, dass die Königin ihren Gatten aus dem Ehebett verbannt und nur noch Verachtung für ihn übrig hat.«

»Wir müssen die Burg verschließen!«, mischte sich Flamina ein. »Es wird ihnen nicht gelingen, Glenmalloch zu stürmen.«

»Halt!« Duncan hob die Hand. »Wenn wir uns verbarrikadieren, werden sie uns belagern, und wir haben nicht viele Männer auf Glenmalloch, um die Burg lange halten zu können. Außerdem sitze ich dann hier fest und komme vielleicht zu spät nach Edinburgh. Nein, sie wollen mich, daher werde ich sie ablenken und in die Irre führen.« Er wandte sich an Neville. »Sattle sofort mein Pferd! Wie weit sind die Männer noch entfernt?«

Während der Knappe davoneilte, um seinen Auftrag auszuführen, rief er über die Schulter zurück: »Drei Meilen, vielleicht vier. Du musst dich beeilen, Duncan.«

Flamina klammerte sich an Duncans Arm. »Du kannst dich nicht dieser Gefahr aussetzen!« In ihren Augen stand Angst. »Wir werden gemeinsam gegen die Verräter kämpfen.«

Sanft schüttelte Duncan die Hand seiner Mutter ab, nahm sie in die Arme und drückte fest ihren zierlichen Körper. »Keine Sorge, Mutter, ich werde sie in die Berge führen. Ich nehme nicht an, dass die Männer aus dieser Gegend stammen, und du weißt, dass sich kaum jemand so gut in den Bergen zurechtfindet wie ich. Dort werde ich sie abschütteln und dann auf direktem Weg nach Edinburgh reiten. Ich hatte sowieso vor, in den nächsten Tagen aufzubrechen, darum –«

»Duncan, du musst fort! Schnell!« Douglas stürmte in die Halle und deutete nach draußen. »Der Trupp ist bereits zu sehen.«

»Verdammt!«

Duncan rannte zu den Stallungen und schwang sich auf sein Pferd. Er hoffte, die Männer tatsächlich in die Berge locken und dort ablenken zu können, denn er konnte jetzt nichts weiter mitnehmen als das, was er am Leibe trug. Dann würde er eben später nach Glenmalloch zurückkehren, um alles Notwendige, was er für seine Reise in die Stadt benötigte, zu holen.

Da es seit Tagen nicht mehr geregnet hatte, hinterließ Duncan eine Staubwolke, als er den Hügel hinter der Burg hinaufgaloppierte. Er hatte die Männer gesehen, und sie hatten ihn gesehen. Gnadenlos nahmen sie die Verfolgung auf. Es war schon spät, die Sonne bereits am Horizont versunken, und die Landschaft war nur noch schemenhaft zu erkennen, aber Duncan kannte hier jeden Baum und jeden Strauch. Schließlich war er hier geboren und aufgewachsen. Er musste die Verfolger in die Irre führen, sich dann verstecken und abwarten, bis sie aufgäben und zurückritten.

Nach einer Stunde erreichte Duncan einen kleinen See, hinter sich hörte er die Hufe der Pferde der Verfolger. Aber was war das? Zu Duncans Entsetzen waren sie plötzlich auch vor ihm! Wie hatte das geschehen können? Offenbar hatte er sich mit der Annahme, es handle sich um Ortsfremde, geirrt. Die Männer, es waren elf an der Zahl, trugen gepanzerte Schilde und zückten ihre Schwerter. Duncan war zwar ein hervorragender Kämpfer, aber dieser Übermacht würde er nicht lange standhalten können. Von vorne kamen nun drei Männer auf ihn zu, der Rest stand hinter ihm. Duncan war der Weg abgeschnitten! Er sprang aus dem Sattel und merkte erst jetzt, dass er sein Schwert vergessen hatte. Dafür hätte er sich ohrfeigen können, denn somit war er den Männern hilflos ausgeliefert. Hilflos? Nein, nicht ganz! Duncan blickte auf den See, dessen Oberfläche glatt und ruhig vor ihm lag. Er hatte noch eine Chance, denn er konnte schwimmen! Die wenigsten Menschen im Hochland konnten es, aber Duncan hatte es in jungen Jahren von seinem Vater gelernt. Das gegenüberliegende Ufer des Sees war auf beiden Seiten mit dichtem Dornengestrüpp bewachsen, das weder ein Pferd noch einen Mann durchlassen würde. Wenn es ihm gelang, das Ufer zu erreichen, bevor seine Verfolger den See umrundeten, könnte er von dort weiter in die Berge flüchten. Die dortigen kleinen Höhlen boten viele Möglichkeiten zum Verstecken. Mochte es Unsinn sein – es war seine letzte Chance!

Duncan watete in das Wasser, als die Männer sich aus den Sätteln schwangen.

»He, er will ein Bad nehmen!«, rief eine hämische Stimme. »Gönnen wir es ihm, bevor wir ihn einen Kopf kürzer machen.«

Andere lachten und traten ans Ufer heran, offenbar rechneten sie nicht damit, dass Duncan vorhatte, den See zu durchschwimmen. Dieser warf sich in das Wasser und schwamm mit kräftigen Stößen auf das andere Ufer zu. Doch plötzlich, in der Mitte des Sees, wurde er von einem Sog erfasst, der ihn unter die Oberfläche zog. Verzweifelt strampelte er mit den Füßen, aber er konnte sich nicht mehr über Wasser halten. Was ist das?, dachte Duncan entsetzt. Er war ein guter Schwimmer, jetzt aber diesem seltsamen Sog machtlos ausgeliefert. Wasser drang in seine Nase, und Duncan merkte, wie die Luft aus seinen Lungen entwich und er immer weiter nach unten gezogen wurde.

Dann schwanden ihm die Sinne.

# I

*In der Nähe von London im einundzwanzigsten Jahrhundert*

Mit einem verführerischen Lächeln näherte sich ihr sein Gesicht. Die hübsche junge Frau mit dem blonden Pagenkopf sah ihn erwartungsvoll und voller Leidenschaft an. Gleich würde er sie küssen! Anna verstärkte den Druck ihrer Arme um seinen Hals und schloss sehnsuchtsvoll die Augen. Sie spürte seine Berührung auf ihrer Oberlippe und stieß einen Seufzer aus. Er presste ihre Brust an seinen Oberkörper. Sie spürte seine durchtrainierten Muskeln durch ihr dünnes Lacoste-T-Shirt, dann wanderten seine Hände unter das Shirt und über die nackte Haut ihres Rückens nach unten. Anna zuckte zusammen, als sich seine Hand auf ihre rechte Pobacke legte und fester als nötig zugriff.

Alter Lustmolch!, wollte sie rufen und presste die Lippen zusammen. Sie zitterte vor Wut, als seine Zungenspitze sanft ihre Oberlippe kitzelte und in ihren Mund vorzudringen versuchte.

»Aus! Cut! Wir haben alles im Kasten. Für heute machen wir Schluss. Anna, das war perfekt!«

Endlich! Brüsk löste sich Anna aus den starken Armen ihres Filmpartners, die sie immer noch umklammert hielten. »Du kannst mich jetzt loslassen!«, zischte sie und wischte sich instinktiv mit dem Handrücken über die Lippen. Patrick versuchte es immer wieder, sie richtig zu küssen, dabei hatte sie ihm mehr als eine Abfuhr erteilt.

»Schade, Baby, irgendwann wirst du vielleicht einen richtigen Mann wie mich zu schätzen wissen«, raunte er ihr zu und zuckte mit den Schultern, dann drehte er sich um und ließ sie stehen.

Erleichtert nahm Anna die blonde Perücke vom Kopf. Zum Vorschein kamen kurze, karottenrote Haare mit gelben Strähnen, die verschwitzt und wirr in alle Richtungen abstanden.

»Warum muss ich eigentlich dieses Ding hier tragen?« Anna warf einen wütenden Blick auf die Perücke und wischte sich den Schweiß von der Stirn.

»Warum musstest du dir deine Haare auch karottenrot färben?«, ertönte die Gegenfrage hinter ihr. »Du spielst schließlich eine erfolgreiche Immobilienmaklerin, und Karrierefrauen haben nun mal keine gelben Strähnen in roten Haaren.«

»Bruce!« Lächelnd drehte sich Anna um und drückte ihm einen Kuss auf die Lippen. Ach, warum konnte nicht er ihr Partner sein! Ihn hätte sie liebend gern geküsst, und die Szenen wären sehr realistisch geworden. Bruce Hardman war aber kein Schauspieler, sondern der Filmproduzent und ihr Freund. Freund? Nun, heute hieß das eher »Lebensabschnittsbegleiter«, aber das war egal. Bruce gehörte zu Annas Leben wie die Schauspielerei.

»Ich brauche jetzt dringend eine Dusche«, seufzte Anna und schlenderte vom Set zum Parkplatz, wo die Wohnwagen der Crew standen. »Es ist so heiß, wahrscheinlich bekommen wir noch ein Gewitter.«

Bruce Hardman lächelte, angelte in seiner Hosentasche nach einem Päckchen Zigaretten und steckte sich eine an. »Du hast es beinahe geschafft. Morgen noch die Außenaufnahme am Springbrunnen, wo du Kevin deine bedingungslose Liebe gestehst, dann haben wir den Film im Kasten.«

»Bist du zufrieden?«, fragte Anna.

»Mit dir oder mit dem ganzen Film?«

»Mit beidem, Liebling. Ich weiß doch, wie wichtig dieser Film für dich ist.« Sanft strich Anna über seine Wange, die ein Dreitagebart zierte. In der Endphase der Dreharbeiten kam es häufig vor, dass Bruce alles um sich herum vergaß, oft auch zu schlafen oder zu essen. Bruce war sehr penibel, wenn es um bestimmte Einstellungen ging. So hatte Anna die eben abgedrehte Szene, in der der männliche Protagonist sie zum ersten Mal küsst, mindestens fünfzehn Mal wiederholen müssen. Nun, das war ihr Job, und sie tat es gerne. Wenn nur ihr Kollege Patrick Sandler die Liebesszenen nicht so schamlos ausnützen würde. Ständig versuchte er, sie zu begrapschen, und drückte seinen Körper enger an den ihrigen, als es das Script vorschrieb.

»Einen Oscar werden wir mit dem Film nicht gewinnen«, beantwortete Bruce ihre Frage. »Aber im Großen und Ganzen ist er ganz nett geworden.«

Anna wusste, dass die romantische Komödie, in der sie eine ledige Mutter spielte, die versuchte, Job und Kind unter einen Hut zu bringen, und dabei das Wichtigste im Leben, nämlich die Liebe, beinahe vergaß, wirklich nicht *der* große Film war. Es war aber ihre erste Hauptrolle, und dazu noch an der Seite des beliebten Patrick Sandler. Zugegeben, ihr Kollege sah sehr gut aus, und die Frauen gingen allein wegen ihm ins Kino, egal, wie seicht die Handlung auch sein mochte. Was machte es da schon aus, dass Patrick Sandler ein egoistischer Macho war, der sich für den Mittelpunkt der Welt hielt und seine Finger von keinem attraktiven weiblichen Wesen in seiner Umgebung lassen konnte! Annas Gage war lukrativ, und sie war für die Dreharbeiten frei gewesen, also hatte sie begeistert zugesagt, die Protagonistin in der Frauenkomödie zu spielen. Seit Anna denken konnte, hatte sie Schauspielerin werden wollen – kaum eine Schulaufführung, in der sie nicht die Hauptrolle spielte, und die Lehrerin hatte ihr durchaus ein gewisses Talent bescheinigt. Aber Annas Eltern hatten ihr den Besuch einer Schauspielschule verboten. Für sie war die Schauspielerei immer noch etwas Anrüchiges, denn in manchen Bereichen lebten die Wheelers noch im letzten, wenn nicht gar im vorletzten Jahrhundert.

»Nichts da, du lernst einen anständigen Beruf!«, hatte ihr Vater befohlen, als Anna zum ersten Mal den Wunsch geäußert hatte, ihre Leidenschaft zu professionalisieren. »Sieh dir deinen Bruder an, Anna! Vor ihm liegt eine Karriere im Bankwesen. *Das* ist ein Beruf mit Zukunft und guten Verdienstmöglichkeiten.«

Annas Vater hatte es selbst nie über die Position des Filialleiters einer kleinen Bank gebracht, umso stolzer war er auf seinen Sohn Samuel, der in seine Fußstapfen trat und bereits Angestellter eines renommierten Londoner Bankhauses war. Anna hatte sich wohl oder übel dem Willen der Eltern beugen müssen, denn Schauspielschulen kosteten viel Geld, und ihr Vater war nicht bereit gewesen, sie auch nur mit einem Penny zu unterstützen. Also hatte Anna nach dem Abitur eine kaufmännische Lehre in einem Büro absolviert. Dort war sie über eine Kollegin tatsächlich zum Film gekommen, zwar nur ein paar Mal im Jahr als Statistin, aber für Anna hatte sich so immerhin die Möglichkeit geboten, in die schillernde Welt des Films hineinzuschnuppern. Oft hatte sie aus der Ferne wirklich große Stars sehen können, die sich mit den Statisten natürlich nicht abgaben. Vor drei Jahren aber geschah dann etwas, was Anna heute noch wie ein kleines Wunder vorkam. Sie war als Statistin für die Außenaufnahmen eines historischen Films engagiert worden, der auf dem Privatbesitz eines Lords in Kent spielte. Annas Aufgabe war es gewesen, als Hausmädchen gekleidet zwei Milchkannen über den Hof zu tragen, während die Hauptakteure ein wichtiges Gespräch führten. Sie hatten die Szene gerade zum achten Mal gedreht, und Anna taten schon die Arme weh, denn die Kannen waren tatsächlich bis an den Rand mit Wasser gefüllt worden, damit man ihr die Anstrengung ansah, als plötzlich das Handy von Peter Jenner, dem Regisseur, klingelte. Die Szene wurde unterbrochen, und während des Gesprächs sah Anna, wie sich die Gesichtsfarbe des Mannes in ein ungesundes Rot veränderte.

»Was? Sandra ist auf der Treppe gestürzt und liegt mit einem Trümmerbruch im Krankenhaus?«, brüllte er. »Verdammt, wo sollen wir jetzt so schnell eine neue Zofe hernehmen? Jeder Tag, den wir hier drehen, kostet uns ein Vermögen! Lord Thorne ist der reinste Halsabschneider.«

Anna stellte die Kannen zur Seite und beobachtete mit vor der Brust verschränkten Armen die Szene.

Ein jüngerer, recht gut aussehender Mann trat zum Regisseur. »Beruhige dich, Peter, wir finden eine Lösung.« Sein Blick glitt suchend über den Hof, bis er auf Anna fiel. Er winkte ihr zu. »He du, komm mal her!«

»Ich?« Langsam ging Anna zu den beiden Männern.

»Sag mal den Satz: ›Verzeihen Sie, Mylady, ich weiß, dass Sie nicht gestört werden möchten, aber Mylord Baines wartet in der Halle und bittet um ein Gespräch.‹ Kannst du dir das merken?«

Anna nickte und schluckte vor Aufregung trocken, dann holte sie tief Luft und gab den langen Satz fehlerfrei wieder.

Binnen einer Stunde war sie umgekleidet – sie trug jetzt statt des Magdgewands das Kleid einer höheren Angestellten –, und kurze Zeit später war die Szene, in der sie die Zofe der Hauptdarstellerin spielte, im Kasten.

Das war der Anfang von Annas Karriere und Liebe zu Bruce Hardman gewesen. Später hatte er einmal zu ihr gesagt: »Als ich dich damals als Magd so verloren herumstehen sah, erkannte ich gleich, dass mehr als nur eine Komparsin in dir steckt.«

Obwohl so manche neidische Nebenbuhlerin behauptete, Anna habe sich an den Jungproduzenten Bruce Hardman nur der Karriere wegen herangemacht, ließen sie sich davon nicht stören. Anna wusste, sie würde sich einzig und allein durch ihr Können und niemals über die Besetzungscouch nach oben arbeiten. Auch wenn sie nicht viel Erfahrung mit Männern hatte, in Gegenwart von Bruce fühlte sich Anna geborgen und geliebt, und sie konnte sich gut vorstellen, den Rest ihres Lebens mit ihm zu verbringen.

Zu ihrem großen Kummer hatten Annas Eltern mir ihr gebrochen, als sie ihren Job kündigte und nach London zog, um sich künftig ganz der Schauspielerei zu widmen. Es tat weh, aber Anna war jetzt achtundzwanzig und alt genug, selbst zu entscheiden, wie ihr künftiges Leben verlaufen sollte. Sie drehte ein oder zwei Filme im Jahr, spielte hin und wieder in Fernsehserien mit und ebenso in Werbespots. Anna war mit ihrem Leben, so wie es war, zufrieden und wünschte sich keine Änderung. Manchmal dachte sie zwar daran, wie es wäre, eine Familie zu gründen und Kinder zu haben, aber diese sentimentalen Anwandlungen, wie Anna sie nannte, verwarf sie schnell wieder. Kinder konnte sie auch noch in zehn Jahren bekommen, jetzt war sie jung und attraktiv genug, um auf der Karriereleiter jedes Jahr eine Sprosse weiter nach oben zu klettern.

Der nun beinahe abgedrehte Film war ihr bisher größtes Projekt, dementsprechend erschöpft fühlte sich Anna. Jetzt aber lagen sieben herrliche, freie Wochen vor ihr, bevor sie mit dem nächsten Film startete. Wochen, in denen sie einfach nichts tun und die Seele baumeln lassen würde, Wochen, in denen sie den ersten Urlaub mit Bruce verbringen würde. Sie hatte sich schon Prospekte von Kalifornien besorgt, denn wie jede Schauspielerin träumte auch Anna davon, einmal über den *Walk of Fame* in Hollywood zu spazieren und vielleicht den einen oder anderen ganz großen Star aus der Nähe zu sehen.

Als hätte Bruce ihre Gedanken erraten, sprach er das neue Projekt an: »Ich bin überzeugt, als Lady Fortescou wirst du die Herzen aller Zuschauer erobern. Mit dem neuen Film kann man nicht mehr umhin, dir den Oscar zu verleihen!«

Anna schmunzelte schelmisch. »Das wird nicht gerade geschehen, aber ich gebe zu, dass ich auf die neue Rolle gespannt bin. Das Drehbuch liest sich sehr gut, allerdings sind mir einige Ungereimtheiten aufgefallen, was die historische Genauigkeit betrifft.«

Unwillig runzelte Bruce die Stirn. »Das Drehbuch ist perfekt! Schließlich handelt es sich um einen Liebesfilm und nicht um eine geschichtliche Abhandlung für Universitäten.«

Anna bemerkte die Verärgerung ihres Freundes. Versöhnlich hängte sie sich bei Bruce ein. »Lass uns in Ruhe darüber sprechen, ja? Wenn du willst, können wir schon nächste

Woche nach Los Angeles fliegen. Du hast doch dann auch frei?«

»Darüber reden wir noch, aber nicht heute. Komm, lass uns nach Hause fahren.«

Anna kuschelte sich in die weichen Ledersitze, während Bruce den schwarzen Sportwagen über die M 20 in Richtung London steuerte. Da sie entgegen dem Berufsverkehr in die Stadt hineinfuhren, kamen sie flott voran.

Seit einem Jahr nun wohnten sie zusammen in einem Apartment am Brompton Square, einem der elegantesten Wohnviertel in South Kensington. Mit den vielen Bäumen um die Häuser und der Nähe zum Kensington Garden konnte man sich wie auf dem Land fühlen und die Hektik der quirligen Großstadt vergessen.

Zu Hause angekommen, warf Anna Spaghetti in einen Topf mit kochendem Wasser und erwärmte die Tomatensoße aus dem Glas. Sie war keine gute Köchin, hatte nie Interesse an Hausarbeit gehabt. Was machte das schon? Sie und Bruce waren so häufig unterwegs und zu zahlreichen Essen eingeladen, dass es nicht nötig war, selbst mehrgängige Menüs zaubern zu können. Während sie den Tisch deckte, sprach sie ihre Bedenken bezüglich des neuen Films an, dessen Dreharbeiten für die Außenaufnahmen in sieben Wochen in Schottland beginnen sollten.

»Ihr habt tatsächlich Patrick wieder als meinen Partner verpflichtet?«, fragte sie, obwohl sie wusste, dass die Verträge längst unterschrieben waren. »Ist es denn gut, wenn wir zwei Mal hintereinander zusammen spielen?«

Bruce grinste. »Wen hast du dir denn gewünscht? Hugh Grant etwa?«

Annas Wangen färbten sich rot, und sie senkte rasch den Blick. Tatsächlich hatte sie eine Schwäche für den englischen Schauspieler, den sie aber bislang nur bei einem Empfang der BBC aus der Ferne gesehen hatte. Anna war nicht so berühmt, dass man sie Hugh Grant vorgestellt hätte. Wie es wohl wäre, von ihm geküsst zu werden? Mit Hugh Grant würden die Liebesszenen bestimmt viel besser wirken …

»Warum nicht?«, antwortete sie trotzig, um ihre Verlegenheit zu verbergen. »In meinen Augen ist er die Verkörperung des englischen Gentlemans! Wenn ich an seine Rolle als Edward Ferrars in *Sinn und Sinnlichkeit* denke …«

»Es tut mir leid, dich enttäuschen zu müssen, Mädchen, aber ein Mister Grant spielt an der Seite von Stars wie Emma Thompson, Sandra Bullock oder Julia Roberts. Glaubst du, ein Mann wie er wirft auch nur einen Blick auf eine Anna Wheeler? Zudem gibt es zwei weitere Gründe, warum er die Rolle auf keinen Fall spielen kann.«

»So, welche denn?«

»Wie du weißt, verliebt sich Lady Fortescou in einen Mann aus höchstem schottischen Adelsstand, der einer anderen versprochen ist. Er ist ein richtig harter Typ; erst Marjorie Fortescou weckt die weiche Seite in ihm. Ich kann mir Hugh Grant nun wirklich nicht in der Rolle des Draufgängers vorstellen, außerdem ist er zu alt. Dein Partner muss um die dreißig sein.«

»So wie Patrick Sandler«, murmelte Anna. Zugegeben, er sah mit seinen schwarzen Haaren und den grünen Augen wirklich umwerfend aus. Das Problem war nur, dass er sich seiner Wirkung auf das weibliche Geschlecht genau bewusst war, und nicht nur das: Er hielt sich selbst für *das* Geschenk Gottes an die Frauen und meinte, jede, auch Anna, müsse ihm winselnd zu Füßen liegen. Nun, sie würde die nächsten Dreharbeiten überstehen und sich Patrick weiterhin vom Hals halten. Aber bis dahin waren noch einige Wochen Zeit. Zeit, die Anna richtig genießen wollte.

»Okay, nachdem wir das geklärt haben, möchte ich doch noch mal darauf hinweisen, dass die Persönlichkeit dieser Lady Fortescou nicht ganz ins sechzehnte Jahrhundert passt. Im Drehbuch steht, sie gehöre zum Hofstaat von Maria Stuart. Ich glaube, die Damen damals verhielten sich etwas anders als im Buch beschrieben.«

»Ach, was?« Bruce zog die rechte Augenbraue in die Höhe, was er immer dann machte, wenn er das Gefühl hatte, jemand versuche seine Kompetenz zu untergraben. »Ich sagte dir bereits am Set, dass die schottische Königin keinen Einfluss auf die Story hat. Die Leute erwarten, vom Kino unterhalten und nicht belehrt zu werden.«

So leicht wollte sich Anna jedoch nicht geschlagen geben. »Die Story spielt in Schottland vor rund vierhundertfünfzig Jahren. Was wissen wir schon über das Leben in jener Zeit? Waren die Frauen damals wirklich so naiv und weltfremd wie Marjorie Fortescou und warfen sich dem erstbesten Mann an den Hals? Meiner Meinung nach mussten die Frauen eher stark und auch intelligent sein, um zu überleben. Ehrlich, Bruce, mir fällt die Identifikation mit der Rolle schwer.«

»Genau daran habe ich auch gedacht und bereits etwas in die Wege geleitet. Du wirst völlige Ruhe und gleichzeitig Gelegenheit haben, dich auf deine Rolle vorzubereiten. Lady Fortescou ist deine Chance, endlich ganz groß herauszukommen. Dazu musst du durch und durch Schottin werden, dich bewegen, lächeln und verhalten wie eine Hochlandschottin.«

»Ach, und an was hast du dabei gedacht?«

Bruce lächelte selbstgefällig. »Ich habe in Schottland ein Haus gemietet, nur wenige Meilen von unserem Drehort entfernt. Wir werden also in zwei, drei Tagen nach Schottland fahren.«

»In zwei, drei Tagen?« Mit einem Ruck fuhr Anna hoch und stieß sich das Knie an der Tischkante. »Aber Drehbeginn ist erst in sieben Wochen!«

»Eben, diese Zeit kannst du nutzen, ganz genau das Verhalten und Gebaren einer schottischen Lady aus dem sechzehnten Jahrhundert zu studieren. Das Cottage ist ein dreihundert Jahre altes kleines, entzückendes Haus in einem kleinen Dorf ungefähr fünfzig Meilen von Inverness entfernt. Dort sind die Menschen noch ursprünglich, und das Leben erscheint einem so, als wäre die Zeit stehen geblieben. Ich bin überzeugt, in den alten Mauern wirst du das Flair vergangener Zeit spüren, und du kannst dich in aller Ruhe auf die Rolle vorbereiten.«

»Cottage!« Das wurde ja immer besser! Anna hatte sich in letzter Zeit daran gewöhnt, in den besten Hotels einer Stadt abzusteigen. Sie hatte keinesfalls vor, in einer alten Hütte zu wohnen. »Das kommt überhaupt nicht in Frage! Wie kannst du einfach ein Haus mieten, ohne es vorher mit mir zu besprechen? Vor einigen Jahren war ich ein paar Tage in Edinburgh. Obwohl die alte Stadt faszinierend war, hat es dauernd geregnet, und es war furchtbar kalt. Ich werde mit der Crew nach Schottland fliegen, wenn es Zeit ist, und keinen Tag früher! Ich habe keine Lust auf Nebel und Regenwetter, sondern auf ein paar Wochen unter südlicher Sonne. Die Rolle kann ich auch in Kalifornien lernen, außerdem habe ich das Drehbuch schon dreimal gelesen.«

Sanft legte Bruce seinen Arm um ihre Schultern und zog sie an seine Brust. »Liebes, die Highlands sind nicht mit Edinburgh zu vergleichen und jetzt im Juni ganz zauberhaft. Die Sonne geht in der Nacht nicht unter, und die leichte Dämmerung taucht die Landschaft in ein geheimnisvolles Licht. Außerdem ist es völlig ausgeschlossen, dass du dich am Strand von Kalifornien in der Sonne aalst und braun gebrannt zu den Dreharbeiten erscheinst. Die Damen des sechzehnten Jahrhunderts hatten einen vornehmen, blassen Teint, und die Maske müsste alle Tricks anwenden, dich dementsprechend zu schminken.«

Schmollend drehte Anna den Kopf zur Seite, als Bruce sie küssen wollte. »Soviel ich weiß, habe ich bei den Außenaufnahmen nicht sehr viel Text. Wir drehen zuerst alle Szenen in Schottland, solange es Sommer ist. Ab Herbst sind wir dann im Studio in London. Ich kann wirklich nicht verstehen, warum ich die Rolle direkt vor Ort lernen soll.«

Bruce rollte mit den Augen, worüber Anna gegen ihren Willen lachen musste. »Ich will keineswegs deine Fähigkeiten anzweifeln, Anna, aber ich denke, das Flair der Highlands wird einen positiven Einfluss auf deine Kreativität haben.«

An seinen bestimmten Worten erkannte Anna, dass jede weitere Diskussion sinnlos war. Natürlich konnte Bruce sie nicht dazu zwingen, nach Schottland in das Cottage zu fahren. Andererseits war Bruce nicht nur ihr Liebhaber, sondern auch ihr Produzent, und bisher hatten sich alle Entscheidungen, die er getroffen hatte, letztendlich als positiv für sie herausgestellt. Seit sie mit Bruce zusammen war, ging ihre Karriere langsam, aber stetig voran. Wenn es außerdem etwas gab, was Anna hasste, dann war das Streit. Seit dem Bruch mit ihren Eltern war sie besonders auf Harmonie bedacht. Bruce war der einzige Mensch, der ihr das Gefühl von Familie vermittelte, darum kuschelte sie sich liebevoll an seine Schulter.

»Nun gut. Aber nur, wenn du mir versprichst, heute einen Abend zu zweit zu verbringen. Wir öffnen eine Flasche Wein und schalten das Telefon ab. Dann könnten wir …«

Bruce küsste sie auf den Scheitel. Er hatte keinen Zweifel, wie Anna sich den Ablauf des Abends vorstellte, und er hatte keine Einwände gegen ihren Vorschlag.

Die obligatorischen Partys, nachdem ein Film abgedreht war, verliefen stets nach dem gleichen Muster und gehörten nicht zu Annas Lieblingsbeschäftigungen. Die gesamte Crew, vom einfachen Statisten bis zum Regisseur und den Schauspielern, traf sich mit den Sponsoren und Geldgebern, und der Champagner floss in Strömen. Immer wurden ähnliche Reden gehalten, sich bei jedem überschwänglich bedankt, und alle waren sich sicher, dass dieser Film die Kinokassen klingeln lassen oder sogar einen Oscar einheimsen würde.

Gelangweilt drückte sich Anna in einer Ecke herum. In der linken Hand hielt sie ihr Champagnerglas, während sie in der rechten einen Teller mit Lachsschnittchen balancierte. Gerade beendete der Regisseur seine halbstündige Rede mit den Worten: »Und ich glaube, wir sind uns alle einig, dass Patrick Sandler mit diesem Film wieder Tausende von Frauenherzen zum Schmelzen bringen wird. Mein persönlicher Dank gilt ihm, und ich freue mich sehr, schon in wenigen Wochen erneut mit Patrick drehen zu können.«

Bla, bla, bla, dachte Anna und krauste unwillig die Stirn. Obwohl sie sich nicht vorstellen konnte, jemals etwas anderes als Schauspielerin zu sein, gingen ihr dieser aalglatte Smalltalk und die Speichelleckerei auf die Nerven. Auch ihre Enttäuschung darüber, statt nach Kalifornien ins kühle Schottland zu reisen, hatte sich noch nicht gelegt, und Anna fand insgesamt wenig Gefallen an der Party. Sie schlenderte zu Bruce hinüber, der mit einem platinblonden Rauschgoldengel ins Gespräch vertieft war.

»Störe ich?«, fragte Anna spitz und stellte den Teller auf einem Stehtisch ab.

»Aber nein, mein Schatz, ich habe dich bereits vermisst. Anna, du kennst doch Lilian Graham?«

Annas und Lilians Finger berührten sich nur flüchtig, und beide Frauen lächelten sich reserviert an. Lilian Graham war die neue Assistentin des Drehbuchautors. Sie war erst in den letzten Wochen mit ins Boot gekommen, wie es in der Branche hieß, aber vom ersten Tag an derartig auffällig um Bruce herumgeschlichen, dass es Anna beinahe schlecht geworden war. Bruce fühlte sich offensichtlich sehr geschmeichelt durch die Aufmerksamkeit der gerade mal zwanzigjährigen kurvenreichen Lilian. Darauf angesprochen, hatte er Anna jedoch versichert: »Sie zeigt doch nur Interesse an mir, weil sie selbst Schauspielerin werden möchte. Du machst dir viel zu viele Gedanken, Anna.«

Auf dieser Party sprach Anna nun zum ersten Mal mit dieser Lilian und kam bereits nach wenigen Minuten zu der Erkenntnis, dass sie zwar hübsch, aber ansonsten dumm wie Bohnenstroh war.

»Es muss traumhaft sein, in den Armen von Patrick Sandler zu liegen«, flötete sie. »Ach, ich würde alles dafür geben, nur einen Tag mit dir tauschen zu können, Anna.«

»An mir soll es nicht liegen, vielleicht fragst du mal den Regisseur? Eventuell kann er dir eine kleine Rolle im nächsten Film geben, denn auf eine Darstellerin wie dich wartet er seit Jahren. Ich bin sicher, Patrick wird mit Freuden zustimmen«, gab Anna ironisch zurück.

Die blonde Lilian riss ihre babyblauen Augen weit auf. »Meinst du wirklich, ich sollte das tun? Aber nein, du machst ja nur Spaß, ein so berühmter Schauspieler beachtet mich doch gar nicht.«

Lilian kicherte kokett, und es lag Anna auf der Zunge zu sagen, dass Patrick Sandler alle weiblichen Wesen zu sich ins Bett holte, die nicht bei drei auf den Bäumen waren. Stattdessen wandte sie sich an Bruce und sagte: »Du entschuldigst mich, Liebling, aber ich werde mir ein Taxi rufen und nach Hause fahren. Ich habe Kopfschmerzen und möchte mich ein wenig hinlegen. Außerdem muss ich noch packen, wenn wir morgen früh nach Schottland fahren wollen.«

»Ach, das tut mir aber leid, wenn du dich nicht wohlfühlst.« Besitzergreifend hängte sich Lilian bei Bruce ein und strahlte ihn verträumt an. »Wegen der Dreharbeiten in Schottland bin ich schon sehr aufgeregt, ich war nämlich noch nie so weit im Norden. Bruce, du musst mir unbedingt alles erzählen, was du über das Land weißt. Sind Männer im Kilt wirklich so unwiderstehlich, wie man allgemein sagt, und …«

Anna wandte sich ab und strebte auf den Ausgang zu. Sie war nicht eifersüchtig, denn sie kannte Bruce. Ein so naives Mädchen wie Lilian war eindeutig nicht nach seinem Geschmack, mochte sie auch über aufregende Kurven und einen süßen Schmollmund verfügen. Anna sehnte sich nach ihrem Bett, und während sie im Fond des Taxis saß und durch das nächtliche London fuhr, begann sie sich ein wenig auf die kommenden Wochen in Schottland zu freuen. Schließlich würde Bruce sie begleiten, und eigentlich war es ganz egal, wo sie mit ihm allein war. Vier, fünf Wochen lang gehörte Bruce nur ihr ganz allein! Keine Crewmitglieder, die immer etwas wissen wollten, kein dauernd klingelndes Handy, sondern nur die Ruhe und Einsamkeit der schottischen Highlands.

Klack-klack-klack … Die Scheibenwischer des Sportcabriolets vermochten kaum die daumennagelgroßen Regentropfen so schnell zu vertreiben, wie sie auf die Windschutzscheibe prasselten. Anna starrte mit zusammengekniffenen Lippen auf die Straße. Die Wolken hingen so tief, dass von der Landschaft kaum etwas zu erkennen war.

»Warte ab, bis der Regen aufhört«, versuchte Bruce sie aufzumuntern. »Ich bin sicher, du wirst das Land lieben.«

»Es fällt mir schwer, deine Meinung zu teilen.« Anna seufzte und versuchte, eine bequemere Sitzposition zu finden, was aber unmöglich war, denn das kleine Auto bot nicht viel Platz. Zudem war nicht nur der Kofferraum, sondern auch die schmale Rücksitzbank mit Annas Koffern und Taschen überfüllt, sodass sie ihr Beautycase zu sich nach vorne zwischen die Füße hatte stellen müssen. Okay, vielleicht hatte sie etwas viel Gepäck dabei, aber sie würde schließlich auch mehrere Wochen in Schottland bleiben. In einem Cottage! Anna wusste nicht, ob es in dem Haus eine Waschmaschine gab, und ganz sicher gab es keine Reinigung in dem kleinen Kaff, in das Bruce sie schleppte.

Am gestrigen Morgen war sie noch voller Vorfreude gestartet. Das Wetter war schön gewesen, die Sonne hatte warm geschienen, und bis Lancaster waren sie flott vorangekommen. Dort hatten sie in einem kleinen Landhotel übernachtet, wo das Essen ausgezeichnet war und ihr Zimmer ein Himmelbett hatte. Bruce und Anna hatten sich zärtlich geliebt, und Anna hatte sich die kommende Zeit mit Bruce in einem romantischen Cottage in den schönsten Farben ausgemalt. Aber kaum hatten sie heute die schottische Grenze bei Gretna Green passiert, als es zu regnen begonnen hatte. Auf der Autobahn zwischen Glasgow und Stirling hatten sie drei Stunden in einem Stau gestanden, und mit jeder Minute war Annas Stimmung in Richtung Nullpunkt gesunken. Da Bruce vor Einbruch der Dunkelheit die Highlands erreichen wollte, mussten sie auf ein Mittagessen verzichten und begnügten sich jeder lediglich mit einem Sandwich und einer Dose Cola aus dem Supermarkt. Dabei kaufte Anna gleich das Notwendigste für das Frühstück am nächsten Tag ein.

»Ich hoffe doch sehr, dass es in dem Kaff einen Laden gibt?«

Bruce zuckte mit den Schultern.

»Keine Ahnung, Glenmalloch ist ein kleines Dorf, aber bis Inverness ist es nur eine knappe Stunde, und dort findest du alles, was dein Herz begehrt.«

»Ich verstehe wirklich nicht, warum ich mitten in die Wildnis verdammt werde, während die Crew in einem Hotel in Inverness logiert.« Anna bemerkte, dass Bruce etwas sagen wollte, und hob abwehrend die Hände. »Ja, ja, ich weiß! Du bist der Meinung, dass ich die Ruhe und Abgeschiedenheit brauche, um meine Rolle anständig zu lernen. Das zeugt nicht gerade von viel Glauben an mein Talent.«

»Ach Mäuschen, so ist es doch nicht«, versuchte Bruce einzulenken. »Müssen wir die Sache wieder von vorne durchkauen? Ich dachte, wir waren uns einig, die Rolle der Marjorie Fortescou erfordert ein hohes Maß an Einfühlungsvermögen. Die Dame ist sehr mit ihrer Heimat Schottland und ihrer Geschichte verbunden. Du musst genauso für dieses Land empfinden, nur dann kann diese Rolle zum ganz großen Sprungbrett für dich werden. Und dann fahren wir nach Hollywood, nicht als Touristen, sondern als gefeierte Stars.«

Annas schlechte Laune begann zu verfliegen. Bruce schaffte es immer wieder, sie zum Lachen zu bringen. »Nun gut, machen wir das Beste draus«, murmelte sie, hoffte jedoch, dass es nicht jeden Tag regnen würde.

Das kleine Cottage war wirklich entzückend. Ganz aus weiß getünchten Steinen und mit blauen Fensterläden, lag es am Rand des Dorfes Glenmalloch in einem eigenen kleinen Garten. Tatsächlich hatte der Regen aufgehört, und jetzt gegen Abend zeigten sich sogar vereinzelte letzte Sonnenstrahlen. Als Anna jedoch durch die niedrige Tür direkt in die Küche trat und gleich darauf den zweiten Raum – das Wohnzimmer

– inspizierte, runzelte sie unwillig die Stirn. »Ich sehe keine Heizung, sondern nur einen offenen Kamin. Du willst mir jetzt nicht sagen, dass es keine Zentralheizung gibt?« Anna ging in die Küche zurück, starrte auf den Kohleherd, der aus vorsintflutlicher Zeit zu stammen schien. »Und hier soll ich *kochen*? Das kann nicht dein Ernst sein, Bruce!«

»Es scheint so zu sein, aber ein flackerndes Kaminfeuer ist doch romantisch.«

»Aber es macht nicht warm!«

»Anna, wir befinden uns mitten im Sommer –«

»Und haben Tagestemperaturen von gerade mal fünfzehn Grad!«, unterbrach Anna. »Das lässt mich nicht gerade an laue Sommernächte denken. Erwartest du etwa, dass ich jeden Abend Holz schleppe und den Kamin entzünde?«

Anna war müde, hungrig, und ihr war kalt. Mochten die zwei Schlafzimmer im oberen Stockwerk auch gemütlich, beinahe romantisch, und das Bad zweckmäßig eingerichtet sein – sie sehnte sich nach ihrem luxuriösen Apartment in der Londoner City oder zumindest nach einem entsprechenden Hotel. Sacht schlossen sich Bruces Arme um ihre Schultern.

»Ich trage jetzt dein Gepäck hinauf, und dann gehen wir erst mal was essen. Ich bin sicher, im Dorf gibt es einen Pub mit guter schottischer Hausmannskost.«

Seufzend nickte Anna. Was blieb ihr auch anderes übrig?

»Ich springe nur rasch unter die Dusche und ziehe mich um«, rief sie und schauderte, als sie das Bad betrat, denn auch hier gab es keinen Heizkörper. Als sie dann den Heißwasserhahn aufdrehte und lediglich ein spärliches Rinnsal lauwarmes Wasser aus dem Duschkopf tropfte, stiegen ihr die Tränen in die Augen. Erschöpft ließ sie sich auf den Badewannenrand sinken. Nun gut, dann eben keine Dusche. Wahrscheinlich reagierte sie nur so sensibel, weil sie von der Fahrt müde und hungrig war. Die Frau, die Bruce das Cottage vermietet hatte, wohnte im Dorf, und Anna würde sie morgen anrufen und fragen, warum es kein heißes Wasser gab. Das lag bestimmt nur an einer Kleinigkeit, die sicher rasch behoben werden konnte. Hoffentlich!

Das Pub war nicht sehr groß, aber mit der niedrigen Balkendecke und verschiedenen Nischen, in denen man Platz nehmen konnte, gemütlich – und es war mollig warm in der Gaststube. Um den Tresen drängten sich Männer mit Biergläsern in den Händen, und Rauchschwaden zogen durch den Raum.

Als Anna und Bruce eintraten, verstummten die Gespräche für einen Moment, und alle Blicke wandten sich ihnen zu. Bruce grüßte freundlich, führte Anna zu einem Tisch in der rechten Ecke und trat an die Bar, um zwei Bier und das Essen zu bestellen. Nach einem kurzen Blick auf die schwarze Tafel, die die Speisekarte darstellte, hatten sich beide für das Roastbeef entschieden.

Die Männer grüßten freundlich, ein älterer mit einer dunkelgrauen Schirmmütze sagte: »Sie sind die Gäste in dem Cottage, nicht wahr? Aus England?«

»Wir sind eben erst angekommen und sterben vor Hunger«, antwortete Bruce freundlich. Er wunderte sich weder darüber, dass sich ihre Ankunft bereits herumgesprochen hatte, noch über die Aussage, dass sie aus England kommen würden. Obwohl Schottland seit über dreihundert Jahren mit England eine Einheit bildete, betrachteten Schotten die Menschen südlich des Tweeds immer noch als Ausländer.

»Meiner Frau gehört das Cottage«, mischte sich ein anderer sein. »Ich hoffe, Sie haben alles zu Ihrer Zufriedenheit vorgefunden?«

Bruce bejahte und dankte. »Das Häuschen ist sehr nett, meine Partnerin und ich werden uns sicher sehr wohl fühlen. Allerdings scheint es Probleme mit dem warmen Wasser zu geben.«

Die Männer nickten, warteten ab, bis Bruce ein Pint in den Händen hielt, und prosteten ihm zu.

»Ich sage meiner Frau Bescheid, und wir werden morgen mal vorbeischauen. Ist sicher nur ein Wackelkontakt am Boiler, den ich bestimmt mit ein paar Handgriffen reparieren kann. Seit Jahren sage ich meiner Frau, dass ein neuer fällig ist, aber Sie wissen ja, wie Frauen sind.« Er zwinkerte Bruce verschwörerisch zu.

Bruce lächelte freundlich und kehrte zu Anna zurück.

»Ich glaube, ich habe die ersten Freundschaften geschlossen. Meine Entscheidung, hierher zu kommen, war richtig, denn hier ist noch alles bodenständig und nicht so oberflächlich wie in der Stadt. Übrigens wird das Problem mit dem Wasser morgen gelöst. Du wirst sehen, in zwei, drei Tagen wirst du es in dem Cottage sehr gemütlich haben.«

»Wenn ich nicht bald etwas zu essen bekomme, sterbe ich!« Anna rollte theatralisch mit den Augen und lachte. Sie hatte ihren Humor wiedergefunden. »Dann werde ich leider nichts mehr von dem viel gepriesenen Flair der Highlands erleben können.«

Kurz darauf wurde das Essen serviert, und Anna ließ es sich schmecken. Sie war sich nun sicher, es lagen wundervolle Wochen vor ihr.

In eine dicke, kratzige Decke gehüllt, tappte Anna in die eiskalte Küche. Verschlafen tastete sie nach dem Lichtschalter und seufzte, als die trübe Funzel mattes Licht in den Raum warf.

»Wenigstens das Licht funktioniert!«

Ratlos, die Decke wie eine Schleppe hinter sich herschleifend, wanderte Anna vor dem altmodischen Herd auf und ab. Wie, zum Teufel, brachte man dieses prähistorische Ding zum Brennen? Was dachte Bruce sich eigentlich, sie in einem Haus unterzubringen, in dem die elementarsten Dinge, wie zum Beispiel eine Heizung, fehlten und warmes Wasser Mangelware war? Sollte sie sich hier eine Lungenentzündung holen? Was sie bisher über ihre Rolle gelesen hatte, war alles andere, als dass sie eine zu Tode gezeichnete Lady spielen sollte! Mit spitzen Fingern hob Anna eine der schweren Platten über der Feuerstelle hoch. Jetzt musste sie nur noch Holz und Papier finden, dann bestünde wenigstens eine kleine Chance, ein Feuer in Gang zu bringen. Sie brauchte unbedingt einen starken Kaffee, aber das war ohne heißes Wasser schlecht möglich.

Vor zwei Stunden war sie aufgewacht und hatte, obwohl es draußen noch nicht richtig hell war, nicht wieder einschlafen können. Als endlich das erste Morgenlicht durch die Fenster drang, war Anna leise aufgestanden, ohne Bruce zu wecken, und jetzt war ihr gestriger Optimismus verschwunden. Sie hasste sich wegen ihrer Stimmungsschwankungen, aber wenn sie hungrig war, fror oder auf ein heißes Bad verzichten musste, dann fühlte sie sich in ihrer Haut nicht wohl. Und heute Morgen trafen alle drei Dinge auf einmal zu!

»Guten Morgen, mein Schatz.« Zwei starke Arme legten sich von hinten um ihre Brust, und Bruce hauchte ihr einen Kuss in den Nacken.

Anna fuhr wie von der Tarantel gestochen herum. »Gut würde ich ihn nicht nennen! Wahrscheinlich ist es dir während deines Murmeltierschlafs entgangen, wie kalt es hier drinnen ist! Der Boiler gibt nur gurgelnde Geräusche von sich, aber keinen Tropfen warmen Wassers.« Sie stemmte die Hände in die Hüften, ungeachtet, dass die Decke dabei zu Boden fiel, und funkelte Bruce böse an. »Das hier ist das Schrecklichste und Primitivste, was du mir jemals zugemutet hast! Ich verlange, dass wir noch heute in ein Hotel nach Inverness ziehen.«

Bruce grinste breit, legte den Arm um Anna und drückte sie sanft auf einen Hocker.

»Jetzt mal langsam, Kleine! Ich mach gleich Feuer, dann schlagen wir uns ein paar Eier in die Pfanne und frühstücken in Ruhe. Danach sieht die Welt anders aus.«

»Das denke ich nicht«, beharrte Anna. »Wenn du unbedingt in den Highlands bleiben möchtest – wir sind doch an einem Golfhotel vorbeigekommen, drei Meilen südlich von hier. Ich packe jetzt meine Sachen, und wenn du mich nicht umgehend dorthin fährst, rufe ich mir ein Taxi. Hier bleibe ich jedenfalls keinen Tag länger!«

Bruce ließ sich durch ihre offensichtliche Wut nicht beirren. Er holte Holz aus einer Truhe an der Wand, zerknüllte das ebenfalls dort liegende Zeitungspapier, stopfte alles in den Herd und zündete es dann mit seinem Feuerzeug an. Während er das tat, pfiff er eine flotte Melodie vor sich hin und beachtete Anna nicht weiter. Diese raste vor Wut und trommelte mit ihren perfekt manikürten Fingernägeln geräuschvoll auf die Tischplatte. Tatsächlich erfüllte nach wenigen Minuten eine angenehme Wärme die Küche, zumindest wenn man sich nicht weiter als zwei Meter vom Ofen entfernte. Anna beobachtete Bruce, wie er einen in ihren Augen völlig antiquierten Wasserkessel füllte und auf den eisernen Ring über dem offenen Feuer stellte.

»Ist das nicht romantisch?«, lächelte er und betrachtete stolz sein Werk.

»Nein!« Anna war weit davon entfernt, versöhnt zu sein. Die halbe Nacht hatte sie wach gelegen, während Bruce in tiefem Schlummer neben ihr schnarchte. Das alte Haus hatte geächzt und gestöhnt, und irgendwo auf dem Dach hatte ein loser Ziegel geklappert. Manchmal hatte Anna gemeint, das Trippeln kleiner Füßchen in einer Ecke des Schlafzimmers zu hören. Sie hatte nur gehofft, dass sie nicht etwa Ratten als Mitbewohner hatten.

Trotz ihres Unmuts griff sie nun dankbar nach dem großen Becher aus Steingut mit dem heißen, dampfenden Kaffee. Schwarz und stark – das war jetzt genau das, was sie brauchte.

»Zwei Eier, Schatz? Oder drei?«, fragte Bruce.

Anna schüttelte den Kopf. »Danke, ich habe keinen Hunger. Ich esse nachher eine Grapefruit.« Mehr durfte sie sich zum Frühstück nicht erlauben. Wenn sie nur an Spiegeleier, die in Fett brutzelten, dachte, meinte sie, ein Kilo mehr auf ihren Hüften zu spüren. »Ziehen wir jetzt in das Hotel?«, fragte sie, durch den Kaffee etwas versöhnt.

»Nein, dort hättest du nicht die Ruhe, dich auf die Rolle vorzubereiten.«

»Ach ja? Und warum nicht?«, fauchte Anna, in der die Wut wieder zu kochen begann.

»Weil ein Hotel für dich andere Verlockungen bietet: Tennisplätze, den Golfparcours, das Wellness-Center und so weiter.« Bruce beugte sich zu ihr hinab, legte seine Hände auf ihre Schultern und sah ihr in die Augen. »Anna, das wird *die* Rolle deines Lebens! Keiner wird danach mehr darum herumkommen, dir einen Oscar zu verleihen, aber du hast noch viel, sehr viel zu arbeiten. Und dafür brauchst du Ruhe, absolute Ruhe!«

Anna seufzte und drehte den Kopf. »Wenn du der Meinung bist, dass mein Talent nicht ausreicht, die Lady Marjorie zu spielen, dann frage ich mich, warum du nicht eine andere, bessere Schauspielerin suchst!«, sagte sie scharf.

»Weil dir die Rolle wie auf den Leib geschneidert ist. Ich habe keinen Zweifel, dass du damit Filmgeschichte schreiben wirst. Und gerade deswegen möchte ich, dass du dieses Mal mehr als zu hundert Prozent vorbereitet bist. Du musst Lady Marjorie werden, innerlich wie äußerlich.«

»Ach, und du meinst, wenn ich in einer armseligen Hütte unter primitiven Bedingungen hause, dann gelingt es mir spielend nachzuvollziehen, wie sich eine schottische Lady im sechzehnten Jahrhundert gefühlt hat?«, entgegnete Anna spöttisch. »Ich erinnere mich, dass Lady Marjorie zwar in einer alten Burg lebt – selbstverständlich ohne Heizung und modernen Herd –, aber sie ist von einer Schar von Dienern umgeben, die ihr Feuer machen und das Essen kochen.«

Bruce seufzte, ging jedoch auf ihre Bemerkung nicht ein. »Ich sagte dir gestern Abend schon, dass sich die Besitzerin um den Boiler kümmern wird. Okay, ein Vorschlag zur Güte – wir kaufen ein mobiles Kochfeld, Steckdosen gibt es hier ja genügend. Ich besorge es dir in Inverness und bringe es in zwei, drei Tagen mit, wenn ich wiederkomme.«

»Inverness?« Anna fuhr von dem Hocker hoch. »Du hast mir kein Wort davon gesagt, dass du so bald nach Inverness musst.«

»Der Anruf kam auch erst vorhin auf mein Handy. Du warst schon aufgestanden, darum hast du es nicht gehört. Sie beginnen heute Nachmittag mit dem Casting für die Nebenrollen. Du weißt doch, dass alle Komparsen aus der Umgebung stammen sollen, weil wir nur ursprüngliche Charaktere haben möchten.«

»Wie lange wirst du bleiben?«

»Zwei, vielleicht drei Tage. Ich rufe dich auf jeden Fall an.«

»Ich kann ja mitkommen«, schlug Anna vor, doch Bruce schüttelte lächelnd den Kopf.

»Stell dir mal vor, was geschehen wird, wenn eine Anna Wheeler beim Casting anwesend ist. So gänzlich unbekannt bist du nämlich nicht. Alle Bewerber würden sich schrecklich verbiegen und unnatürlich wirken, weil sie dir imponieren wollen. Nein, nein, wir suchen natürliche Talente.«

»Ich kann mich ja im Hintergrund halten.«

»Ach Anna, die Leute werden alles versuchen, dich zu beeindrucken. Dadurch verkrampfen sie sich und versuchen, einen Charakter darzustellen, der gar nicht zu ihnen passt.«

Anna senkte den Kopf. Sie konnte in diesem Punkt Bruce nicht widersprechen. Egal, wo sie auftauchte, wenn sie als Anna Wheeler erkannt wurde, veränderten sich plötzlich alle Personen in ihrer Umgebung. Auf einmal versuchten alle, das Glas mit der gleichen Eleganz wie Anna zu halten, mit derselben Lässigkeit blinzelten die Damen kokett die Herren an, und selbst ihr Gang wurde imitiert. Aber das war der Preis des Ruhms, den Anna zu tragen hatte, und wenn sie ehrlich war, würde sie in keiner anderen Welt leben wollen.

»Ich kann ja eine der Perücken aufsetzen und eine Sonnenbrille tragen«, wagte sie den schwachen Versuch, Bruce umzustimmen. »Oder ich mache Einkäufe. Es gibt bestimmt viele interessante Geschäfte in der Stadt, und ich war schon ewig nicht mehr ausgiebig shoppen.«

»Ja, es ist bestimmt drei Wochen her«, antwortete Bruce trocken. »Nein, mein Mädchen, du bleibst hier und wirst schön deine Rolle lernen.«

Fest presste Anna ihre Kiefer aufeinander. Nein, sie würde ihm jetzt keine Szene machen. Anna wusste nämlich ganz genau über den Ablauf solcher Castings Bescheid. Sie konnte sich sicher sein, dass später am Set mindestens eine oder zwei Mägde oder Küchenmädchen dabei sein würden, die ihre Rollen nicht ihrer schauspielerischen Begabung, sondern dem Weg über Patrick Sandlers Bett zu verdanken hatten. Daher schien es für die Crew kein Problem darzustellen, dass Patrick bei dem Casting anwesend war, während man sie in die Einöde verbannte. Anna konnte es egal sein, was ihr Kollege trieb, für den es tiefe Gefühle ohnehin nur in Drehbüchern gab. Allein die Tatsache, dass einige der Crewmitglieder im *Caledonien Hotel* versammelt waren und sie hier von allen abgeschnitten wohnen musste, stimmte Anna traurig. Wenn wenigstens Bruce bei ihr bliebe, aber er wollte ja heute noch abreisen …

»He, träumst du?«

»Wie?« Anna fuhr aus ihren Gedanken hoch und betrachtete Bruce, der mit einer Ecke Toast die Reste des Eigelbs von seinem Teller wischte.

»Ich fragte, ob ich mich mal im Dorf umschauen soll, ob man hier einen Heizlüfter mieten kann. Ich gebe zu, es ist tatsächlich etwas kühl hier.« Fröstelnd zog Bruce den Morgenmantel über der Brust zusammen.

»Ja, so schnell wie möglich! Ich habe keine Lust, mir Frostbeulen zu holen«, antwortete Anna. »Außerdem werde ich bei dem Wetter wohl kaum einen Spaziergang machen.« Sie deutete mit dem Daumen nach draußen, wo dichte Nebelschwaden kaum ein paar Meter Sicht ließen. »Manchmal frage ich mich, wann wir hier drehen wollen. Glaubst du, dass wir es an den zwei Sonnentagen, die es in Schottland gibt, schaffen werden?«

Bruce lachte laut auf. Ihr manchmal sarkastischer Humor war es, den er an Anna so schätzte, auch wenn sie von Zeit zu Zeit recht anstrengend war. Manchmal fühlte er sich in ihrer Nähe, als würde ihm die Luft zum Atmen genommen. Darum war er heilfroh, für einige Tage nach Inverness verschwinden zu können. Er würde Anna natürlich nicht sagen, dass nur der morgige Tag für das Casting anberaumt war, schließlich galt es nur acht Statistenrollen zu besetzen, eine Sache, die schnell erledigt sein würde, aber Bruce wollte ein paar freie Tage für sich haben, um sich in aller Ruhe die Stadt ansehen zu können.

»Das Licht im Juli ist hier oben ein ganz besonderes«, sagte er lapidar. »Ich bin sicher, wenn sich der Nebel auflöst, wird es ein wundervoller Tag werden. Du kannst dich ja mal im Dorf und der näheren Umgebung umsehen.«

Anna hob die Schultern und wandte sich zur Tür. »Bleibt mir wohl nichts anderes übrig. Okay, dann ziehe ich mich jetzt an, und ich wäre dir dankbar, wenn du heute noch eine anständige Kochmöglichkeit auftreiben könntest.«

Bruce grinste, als Anna die Küche verlassen hatte, und brühte sich einen zweiten Kaffee auf. Er mochte Anna, zweifelsohne, und er hatte es mit der Idee, dass sie sich auf ihre Rolle direkt im Hochland vorbereitete, wirklich nur gut gemeint. Inzwischen zweifelte er aber daran, ob es tatsächlich ein so guter Vorschlag gewesen war. Anna war nicht dumm, früher oder später würde sie dahinterkommen, dass er ein paar Tage Abstand von ihr brauchte, um sich ganz der blonden Lilian widmen zu können. Daher musste er alles tun, damit sich Anna in dem Cottage wohlfühlte und keinesfalls auf die Idee kam, ihm nach Inverness zu folgen.

Edna Balnacroft, die Vermieterin des Cottages, war eine kleine, pummelige und resolute Frau.

»Es tut mir so leid zu hören, dass Sie Probleme mit dem Wasser haben!«, sprudelte sie heraus, kaum dass sie Anna begrüßt hatte. »Jack, mein Mann, wird sich sofort darum kümmern.«

Anna erkannte einen der Männer, den sie gestern im Pub gesehen hatte und der sie mit einem Tippen an seine Mütze begrüßte. Dankend nahm Anna Mrs. Balnacroft den mitgebrachten Korb ab, in dem sich frische Früchte und Gemüse stapelten.

»Alles aus dem eigenen Garten. Dachte, Sie könnten vielleicht etwas davon gebrauchen.«

»Ich danke Ihnen, und das Cottage ist wirklich sehr schön«, beeilte sich Anna zu versichern. »Ich bin allerdings etwas erstaunt, dass es keine Heizung gibt, und ich habe meine Zweifel, ob ich mit dem Herd in der Küche zurechtkommen werde.«

Es war Anna unmöglich, gegenüber der sympathischen Frau mit den streng nach hinten gekämmten und zu einem Knoten aufgesteckten, grauen Haaren unfreundlich zu sein. Ihre blassen Augen, von einem Kranz Fältchen umgeben, strahlten so viel Sympathie aus, dass Anna sich wegen ihrer Beschwerde schämte.

»Miss Wheeler ist eben an die Annehmlichkeiten der Großstadt gewöhnt«, warf Bruce ein. »Ich bin aber sicher, sie wird sich mit allen Gegebenheiten schnell zurechtfinden.«

In diesem Moment erklang von oben ein metallisches Klirren, dann ein lauter Schlag, gefolgt von dem Ruf: »Na also, geht doch!«

Edna Balnacroft drehte den Heißwasserhahn am Spülbecken auf, und Anna konnte sich selbst davon überzeugen, dass kochend heißes Wasser in das Becken floss.

»Wenn es wieder mal nicht geht, dann schlagen Sie einfach von unten dreimal kräftig gegen den Boiler«, erklärte Edna. »Da scheint es irgendeinen Wackelkontakt zu geben, aber jetzt funktioniert es wieder.« Interessiert sah sie sich in der Küche um, dann winkte sie Anna, ihr nach draußen zu folgen.

Hinter dem Haus gab es einen kleinen Anbau, der mit Gerümpel vollgestopft war. So schien es Anna, aber dann sah sie, dass hier allerhand brauchbare Möbel und andere Dinge wahllos herumstanden. Zu Annas Überraschung deckte Edna einen modernen Elektroherd mit einem Cerankochfeld mit vier Platten ab. Entschuldigend sah Edna Anna an. »Ich habe den Herd vor ein paar Monaten gekauft, bin aber noch nicht dazu gekommen, ihn anzuschließen, denn bisher liebten alle meine Gäste den Kohleofen. Aber Jack kann sich gleich darum kümmern.« Sie zuckte seufzend mit den Schultern. »Man muss eben mit der Zeit gehen …«

»Ich wollte Sie auf keinen Fall beleidigen«, sagte Anna schnell. »Der Kohleherd ist bestimmt praktisch, aber ich habe keine Erfahrung damit, und mir wäre ein moderner Herd wirklich lieber.«

Bruce legte einen Arm um Annas Schultern. »Na, siehst du, Mäuschen, es kommt alles in Ordnung. Heißes Wasser und einen Herd wie daheim – Herz, was begehrst du mehr?«

Anna stimmte in sein Lachen ein. »Sobald Ihr Mann den Herd angeschlossen hat, mache ich uns allen eine schöne Tasse Tee. Sie trinken doch Tee mit uns, Mrs. Balnacroft?«

»Ach, sagen Sie Edna zu mir. So nennt mich hier jeder.«

»Dann nennen Sie mich aber auch Anna. Einverstanden?«

»Dürfte ich Sie vielleicht um ein Autogramm bitten, Anna? Meine Tochter, sie lebt in Liverpool, ist ein großer Fan von Ihnen und war außer sich, als sie hörte, dass Sie unser kleines Cottage gemietet haben. Vielleicht kommt sie zu Besuch, solange Sie noch in Glenmalloch sind.«

»Ich würde mich freuen, Ihre Tochter kennenzulernen«, antwortete Anna diplomatisch.

Bruce und Jack Balnacroft schleppten den modernen Herd aus dem Anbau in die Küche, und nur eine Stunde später war dieser ordnungsgemäß angeschlossen, denn Jack war Elektromeister, wie Edna stolz erwähnte.

»Wenn Sie mal was brauchen, Sicherungen, Steckdosen oder etwas in der Art, schauen Sie in seinem Laden vorbei«, erklärte Edna. »Er ist gleich in der kleinen Gasse rechts hinter dem Pub.«

Nachdem sie Tee getrunken hatten, verabschiedeten sich Edna und Jack, und auch Bruce machte Anstalten aufzubrechen. Er nahm Anna in den Arm und küsste sie zärtlich.

»Die ersten Freunde hast du schon gefunden, Mäuschen. Dass du mir aber nicht die Köpfe aller Männer hier verdrehst, wenn ich nicht da bin!« Er drohte ihr spielerisch mit dem Finger. »Du setzt dich hin und konzentrierst dich auf deine Rolle. Wenn ich zurückkomme, werde ich dich abfragen.«

Anna salutierte. »Zu Befehl, Herr Major! Ruf mich an, wenn du angekommen bist, ja?«

Bruce versprach es, und Anna sah ihm vom Fenster aus nach, bis sein roter Flitzer hinter der nächsten Kurve verschwunden war.

Am nächsten Vormittag schlenderte Anna durch das Dorf. Es bestand aus einer Hauptstraße, an deren einem Ende sich eine alte Kirche und am anderen eine kleine Whiskybrennerei befand, sowie ein paar schmalen Nebengassen. Zu ihrer Zufriedenheit registrierte Anna, dass es beinahe alles gab, was man zum Leben brauchte. Sie kaufte in dem Gemischtwarenladen, der zugleich die Poststation war, die notwendigsten Lebensmittel ein, vorrangig Nudeln, Fertigsoßen in Gläsern und frischen Salat. Auch hier stellte Anna fest, dass offenbar alle Einwohner bereits erfahren hatten, wer Anna war und zu welchem Zweck sie in dem Cottage wohnte.

»Wissen Sie, ich lerne zum ersten Mal einen richtigen Star kennen«, flüsterte ihr Mrs. Howe, die Besitzerin des Geschäfts, über die Theke zu und zwinkerte dabei verschwörerisch mit den Augen. »Würden Sie mir vielleicht ein Autogramm geben?«

Anna tat es gerne, wies aber darauf hin, dass sie weit davon entfernt war, ein *Star* zu sein.

Durch die Tür, die zu den Wohnräumen führte, schob sich ein junges Mädchen, kaum älter als vierzehn oder fünfzehn Jahre. »Aber Patrick Sandler ist ein Star!«, rief es mit einem verzückten Blick. »Ich habe jeden Film von ihm gesehen, auch wenn meine Freundinnen und ich irgendwie nach Inverness kommen müssen, wenn wir ins Kino wollen.«

»Ja, und wir Eltern müssen dann immer den Chauffeur spielen«, antwortete Mrs. Howe, die offenbar die Mutter des Mädchens war. »Danny hat ihr ganzes Zimmer mit Postern von diesem Schauspieler tapeziert«, sagte sie zu Anna gewandt. »Wir waren in dem Alter ja auch nicht anders, oder? Bei mir waren es die Bay City Rollers, die mir Tag und Nacht von den Wänden herab zulächelten. Ach, was waren das für herrlich verrückte Zeiten!«

»Ich beneide Sie auf jeden Fall, Patrick Sandler so oft küssen zu dürfen«, warf Danny ein. »Wie ist er denn so? Ich meine, als Mann?«

Anna war viel zu sehr Profi, um dem Mädchen zu sagen, wie arrogant und selbstherrlich Patrick Frauen gegenüber war. Man sprach nicht schlecht über Kollegen, vor allen Dingen dann nicht, wenn man selbst nur ein kleines Licht im Vergleich zu einem Star wie Patrick Sandler war. Stattdessen bestätigte sie Danny, was für ein toller Mann Patrick doch war, und sie durfte den Laden nicht eher verlassen, bevor sie nicht versprochen hatte, Danny ein Autogramm von ihrem Schwarm zu besorgen.

Den restlichen Tag und die beiden folgenden konzentrierte sich Anna auf ihre Arbeit, schließlich war sie hier in dieser gottverlassenen Gegend, um sich intensiv auf ihre Rolle vorzubereiten. Eine Szene würde gleich zu Anfang gedreht werden: Lady Marjorie erfuhr, dass der Mann, den sie liebte, eine andere heiraten musste. Seine Familie hatte es so beschlossen, denn Alexander war ein Mitglied des Hofstaates um Maria Stuart und Marjorie nur die Tochter eines unbedeutenden Landadligen.

*Marjorie weint und läuft den Berg hinauf. Alexander folgt ihr. Er holt sie bei einem kleinen See ein. Marjorie sinkt verzweifelt auf den Boden …*

Es folgte eine Liebesszene, in der Alexander versicherte, sie mehr als sein Leben zu lieben, er müsse aber seine Pflicht der Familie gegenüber erfüllen. Sie küssten sich, und langsam begann Alexander Marjorie zu entkleiden. Selbstverständlich würde im Film nur der Ansatz von Annas Brüsten zu sehen sein, trotzdem schauderte Anna bei der Vorstellung, Patricks Hände auf ihrer nackten Haut zu spüren. Solch intime Liebesszenen zu drehen war selten angenehm, besonders wenn Anna ihr Filmpartner derart zuwider war wie Patrick Sandler. Ganz am Anfang ihrer Laufbahn hatte sie einmal einen jungen Mann als Liebhaber gehabt, der zwar schwul war, Leidenschaft und Verlangen gegenüber seiner Partnerin dennoch hervorragend spielen konnte. Die Szenen mit ihm hatten Anna Spaß gemacht, und sie hatten viel zusammen gelacht. Anders bei Patrick. Er würde sie wieder unnötig betatschen, ungeachtet der Dutzenden von Menschen um sie herum, denn die Arbeit am Set hatte gar nichts Romantisches an sich.

Seufzend legte Anna das Drehbuch zur Seite, stand auf und ging in die Küche, um sich einen Tee aufzubrühen. Sie hörte das Vorfahren eines Wagens, und ihr Herz machte einen Hüpfer, als sie Bruce erkannte.

»Na endlich!« Anna flog in seine Arme. »Ich dachte, du kommst überhaupt nicht mehr zurück.«

Bruce küsste sie flüchtig auf die Wange. »Ich kann auch leider nicht lange bleiben, ich muss nur ein paar Sachen holen, denn ich werde wohl noch ein paar Tage in Inverness bleiben müssen.«

Anna drehte sich um, damit er ihre Enttäuschung nicht sehen konnte. Bruce mochte es nicht, wenn sie sich an ihn klammerte. Obwohl ihre Beziehung schon mehrere Jahre auf dieser Basis funktionierte und auch Anna immer wieder betont hatte, wie wichtig ihr ihre eigene Freiheit war, hatte sich in den letzten Monaten ein Gefühl bei ihr eingeschlichen, das sie sich selbst nicht erklären konnte. So wie es zwischen ihr und Bruce lief, war es doch für beide Seiten in Ordnung. Oder? Warum sehnte sich Anna aber immer öfter nach einer richtigen Familie? Einem Mann, den sie heiraten und mit dem sie Kinder haben würde? Natürlich liebte sie ihr Leben so, wie es war, und sehr wahrscheinlich stand sie am Anfang einer großen Karriere. Anna kannte viele Kolleginnen, die es wunderbar schafften, Karriere und Kinder unter einen Hut zu bringen. Schauspielerin zu sein schloss doch nicht aus, eine gute Mutter zu sein. Ach, warum musste sie gerade jetzt daran denken? Anna blinzelte und wischte sich schnell über die Augen. Bruce hasste weinende Frauen, darum sagte sie betont heiter: »Das ist schade, ich hatte gehofft, wir könnten uns ein gemütliches Wochenende machen und dabei etwas die Gegend erkunden.«

Bruce ging auf ihren Vorschlag nicht ein und nahm das Drehbuch in die Hand. »Wie weit bist du mit der Rolle? Hat die Faszination, die man der Gegend nachsagt, schon auf dich gewirkt?«

Anna lächelte gezwungen. »Ich muss zugeben, hier in den Highlands ist es schöner, als ich zuerst gedacht hatte, aber ganz ehrlich – das Verhalten von Lady Marjorie erscheint mir immer mehr sehr unwahrscheinlich. Bruce, ich kann es nicht nachvollziehen, dass sie sich Alexander regelrecht an den Hals wirft, obwohl dieser eine andere heiraten wird. Ich bezweifle, dass sich eine Lady im sechzehnten Jahrhundert so verhalten hat. Ich nehme an, die Damen damals verfügten über einen großen Stolz und wären niemals einem Mann nachgelaufen, der sie nicht wollte.«

Während sich Bruce eine Bierdose aus dem Kühlschrank nahm, antwortete er: »Anna, es ist müßig, erneut über das Drehbuch zu diskutieren. Es wird keine Änderungen geben, mit den Autoren ist alles abgesprochen.«

»Ja, weil Patrick Sandler einer von ihnen ist«, sagte Anna bitter. »Niemand von euch würde es wagen, ihm zu sagen, dass seine Ergüsse sentimentaler Schrott sind.«

»Anna!«

»Ist doch wahr! Die ganze Geschichte ist kitschig und trivial! Statt dass man die historischen Ereignisse dieser Zeit mit einfließen lässt, habt ihr eine simple Friede-Freude-Eierkuchen-Geschichte daraus gemacht, in deren Mittelpunkt natürlich der göttliche Patrick steht und eine Frau nach der anderen in sein Bett zerrt.«

Bruces Augen verengten sich zu schmalen Schlitzen. »Sag mal, bekommst du deine Tage, oder was ist mit dir los? Ich weiß, dass Patrick nicht zu deinen besten Freunden gehört, aber ich dachte, mit dem Thema wären wir durch. Du bist nicht in der Position, Forderungen zu stellen. Da draußen gibt es Hunderte von Schauspielerinnen, die liebend gerne deine Stelle einnehmen würden.«

Auf einmal fühlte sich Anna schrecklich müde, ganz so, als hätte sie stundenlang in einem Steinbruch gearbeitet. Vielleicht war es ihr angeborenes Harmoniebedürfnis, das sie dazu trieb, sich bei Bruce zu entschuldigen, daher umarmte sie ihn und murmelte: »Du hast ja recht. Es war nur die Einsamkeit der letzten Tage, ich habe dich furchtbar vermisst.«

Damals, als sie sich gegen den Willen ihrer Eltern für die Laufbahn der Schauspielerin entschieden hatte, hatte Anna einmal in ihrem Leben das getan, was sie wirklich wollte, aber sie litt immer noch unter dem Bruch mit ihrer Familie. Deswegen wollte sie Bruce nicht auch noch verlieren, und eigentlich war alles, was er als Produzent bisher für sie getan hatte, gut und richtig gewesen.

»Könnte ich nicht ein, zwei Tage nach Inverness mitkommen?«, bat sie und schaute ihn flehend an. »Ich muss hier einfach mal raus, und ich verspreche dir, dich bei deiner Arbeit nicht zu stören.«

Als sie merkte, wie Bruce zögerte und ihr die Bitte nicht sofort abschlug, drückte sie ihren Körper fest an den seinen. Er reagierte sofort. Bruce war ein sinnlicher Mann, und Anna hatte schon oft bemerkt, auf welche Art und Weise sie ihre Wünsche bei ihm durchsetzen konnte.

Als sie sich eine Stunde später nackt und schweißgebadet voneinander lösten, sah Bruce auf die Uhr und sagte: »Also gut, pack ein paar Sachen ein. Wir müssen aber so schnell wie möglich aufbrechen, denn ich habe heute Abend eine wichtige Besprechung.«

Rasch warf Anna ein paar Kleidungsstücke und Kosmetikartikel in eine Reisetasche. Obwohl sie wusste, dass es für eine Frau entwürdigend war, durch Sex etwas zu erreichen, war sie glücklich. Sie würde in Inverness ein wenig einkaufen und das Museum über die Hochlandgeschichte besuchen. Dabei würde sie Patrick Sandler und seine schmierige Art vergessen und sich dann wieder zu hundert Prozent auf ihre Rolle als Lady Marjorie konzentrieren.

Anna hatte sich das Abendessen aufs Hotelzimmer schicken lassen, da Bruce unmittelbar, nachdem sie die Stadt erreicht hatten, wieder aufgebrochen war.

»Es geht um die Rechte und das liebe Geld, damit wir auf dem Culloden-Moor drehen dürfen. Der *National Trust* verlangt eine dermaßen hohe Summe, die einfach inakzeptabel ist. Peter und ich werden heute unsere ganzen diplomatischen Register ziehen müssen, damit wir nicht in letzter Minute die Dreharbeiten an einen anderen Ort verlegen müssen.«

Anna küsste ihn und wünschte ihm Glück. Sie selbst würde nach dem Essen früh zu Bett gehen, um am nächsten Morgen ausgeruht für einen ausgiebigen Einkaufsbummel zu sein. Das *Caledonien Hotel* war die erste Adresse in Inverness. Es lag gegenüber der Burg am River Ness und bot einen wundervollen Ausblick. Während der Dreharbeiten würde das komplette Hotel von Filmleuten belegt sein, wodurch alle, Anna eingeschlossen, besonders zuvorkommend behandelt wurden. Um Bruce gnädig zu stimmen, hatte Anna das Drehbuch mitgenommen und kuschelte sich in das breite Bett, um noch ein wenig darin zu lesen. Kaum hatte sie die erste Seite aufgeschlagen, klopfte es an der Tür. Anna schlüpfte in den Morgenmantel und öffnete. »Was machst du denn hier?« Überrascht starrte Anna Lilian an, die sich an ihr vorbei in den Raum drängte. Noch erstaunter war aber Anna, als sie sah, dass Lilian ebenfalls nur einen Morgenmantel trug. Sie musste also unmittelbar aus ihrem eigenen Zimmer, das auf derselben Etage lag, gekommen sein.

Lilian wurde blass und starrte Anna an. »Bruce hat mir nicht gesagt, dass *du* hier bist«, stammelte sie und zog ihren über der Brust aufklaffenden Morgenmantel enger zusammen. Der kurze Moment, in dem sich der Stoff verschoben hatte, hatte Anna gereicht, um zu sehen, dass Lilian darunter nackt war. Das konnte nur eines bedeuten …

»Ach, du wolltest wohl Bruce einen Besuch abstatten. Wahrscheinlich, um mit ihm über das Script zu sprechen?«, entgegnete Anna kalt. Die Erkenntnis, warum Lilian in sein Zimmer gekommen war, schwappte wie bittere Galle in ihre Kehle.

»Na und? Die letzten Abende hatte er nichts dagegen gehabt, ganz im Gegenteil!« Offenbar ging Lilian zum Angriff über und war nicht halb so entsetzt wie Anna, sie in Bruces Zimmer vorzufinden. »Er hätte mir aber ruhig sagen können, dass er dich hergebracht hat, weil er immer gesagt hat, dass du in diesem kleinen Kaff im Hochland gut aufgehoben bist und uns hier nicht störend dazwischenfunken wirst.«

Anna schluckte und versuchte, ruhig zu atmen. Nein, sie würde sich nicht die Blöße geben, diesem naiven Ding eine Szene zu machen. Auch wenn es Lilian offensichtlich nicht störte, dass Bruce zu ihnen beiden eine sexuelle Beziehung unterhielt, sie, Anna, störte es in erheblichem Maße. Es entsetzte sie und machte sie unendlich traurig. Auch wenn Anna schon öfters den Verdacht gehegt hatte, nicht die einzige Frau in Bruces Leben zu sein, zog ihr die Erkenntnis, dass er sie mit diesem kleinen, dummen Mädchen betrog, den Boden unter den Füßen weg.

»Ich glaube, es ist besser, wenn du jetzt gehst«, sagte Anna kühl und öffnete die Tür. »Wenn Bruce kommt, werde ich ihm sagen, dass du hier warst. Ich denke, er kennt deine Zimmernummer, oder?«

Lilian lächelte dümmlich. »Ich finde es klasse, dass du es so leicht nimmst, Anna. Wir wissen doch beide, dass ein Mann wie Bruce nicht nur für eine Frau da sein kann. Dazu ist er viel zu charmant und sieht zu gut aus.«

Raus jetzt!, lag es Anna auf der Zunge, aber sie schaffte es, immer noch zu lächeln, während sie Lilian aus dem Zimmer schob. Dann ließ sie sich auf das Bett sinken und fühlte sich, als würde sie in ein tiefes, schwarzes Loch fallen. War es wirklich erst fünf Stunden her, dass sie und Bruce sich leidenschaftlich geliebt hatten? Tief in Anna war immer die Hoffnung gewesen, dass er sie eines Tages bitten würde, ihn zu heiraten, und dass sie sich gemeinsam ein Haus in einem ruhigen Londoner Vorort kaufen und gemeinsam einrichten würden. Annas Träume zerplatzten wie eine Seifenblase. Mehr aber als die Enttäuschung über Bruces Betrug machte Anna die Erkenntnis zu schaffen, dass Lilian ganz offenbar die Affäre eingegangen war, obwohl sie wusste, dass Bruce nach wie vor mit Anna das Bett teilte. Auf einmal fühlte sich Anna nicht mehr traurig, sondern wütend. Sie wusste, sie würde es keinen Moment länger in dem Zimmer aushalten, um auf Bruce zu warten. Schnell zog sie sich an, schnappte den Autoschlüssel und ihre Reisetasche und stürmte in die Hotelhalle hinunter. Sie wollte nur noch fort, zurück nach Glenmalloch in das kleine Cottage. Dort würde sie sich überlegen, wie ihre Beziehung zu Bruce weitergehen würde. *Ob* sie überhaupt weitergehen würde. Anna war fast schon an der Tür, als sie Bruce und Peter, den Regisseur, in Begleitung zweier älterer Männer aus dem Restaurant kommen sah. Bruce runzelte die Stirn, als er sie erkannte, und rief: »Anna, wo willst du denn hin?«

Anna zögerte nur einen Moment, dann trat sie Bruce entschlossen entgegen. »Ich habe das Gefühl, dass meine Anwesenheit hier nicht sonderlich erwünscht ist, jedenfalls nicht von Lilian, deiner kleinen Bettgenossin. Am besten gehst du gleich nach oben, sie wartet nämlich ungeduldig auf dich.«

Bruce wurde erst bleich, dann rot. Er fasste Anna am Arm und zog sie zur Seite. »Da liegt eine Verwechslung vor«, zischte er. »Lass uns in Ruhe darüber sprechen, nicht jetzt.«

»Warum nicht jetzt und hier?« Anna sah keine Veranlassung, ihre Stimme zu senken. Die beiden Vertreter vom *National Trust* schauten betreten in eine andere Richtung. »Keine Angst, ich werde dir keine Szene machen, Bruce Hardman, denn du bist es gar nicht wert, dass man wegen dir auch nur eine Träne vergießt.«

Ihre Worte Lügen strafend, merkte sie, wie der Kloß in ihrem Hals immer dicker wurde. Gleich würde sie in Tränen ausbrechen, aber diese Genugtuung würde sie Bruce nicht geben.

»Anna, so warte doch …«, rief Bruce, beinahe klang in seiner Stimme Hilflosigkeit, aber Anna wusste, es war nur die peinliche Situation, in die sie ihn gebracht hatte, die ihn so reagieren ließ. »Wo willst du denn jetzt hin? Es ist schon fast dunkel, und ich glaube, es zieht ein Gewitter auf.«

Mit einem höhnischen Lächeln klimperte Anna mit dem Schlüssel des Sportwagens. »Ich erlaube mir, dein Auto zu benutzen, oder willst du mir das verbieten? Du wirst ja in den nächsten Tagen so sehr mit deiner Lilian beschäftigt sein, dass du keinen Wagen brauchst.«

Bevor sie endgültig zu schluchzen anfangen würde, stürmte Anna aus dem Hotel. Bruce unternahm keinen Versuch, sie aufzuhalten. Sein Auto stand auf dem Parkplatz hinter dem Haus, und erst als Anna hinter dem Steuer saß, löste sich ihre Anspannung. War das das Aus zwischen Bruce und ihr? Anna wusste, es entsprach nicht ihrem Naturell, einen solchen Betrug zu verzeihen. Auch wenn sie eine moderne junge Frau war, in puncto Liebe hatte sie durchaus altmodische Vorstellungen, zu denen absolute Treue gehörte. Obwohl es Anna in den letzten Jahren an Angeboten nicht gemangelt hatte, wäre sie nie auf die Idee gekommen, mit einem anderen Mann als Bruce auch nur zu flirten, ihn zu küssen, geschweige denn, mit ihm ins Bett zu gehen. Während Bruce und Lilian …

»Nein, ich denke jetzt nicht darüber nach!«, sagte Anna laut. Sie würde jetzt nach Glenmalloch fahren und sich dort überlegen, wie es mit ihr und Bruce weitergehen sollte. *Wenn* es überhaupt weitergehen konnte.

# II

Aus Wut und Enttäuschung über Bruces Betrug verpasste Anna die Abfahrt von der Bundesstraße nach Glenmalloch. Meilenweit hatte sie einfach nur Gas gegeben, ohne auf die Umgebung zu achten. Mit Einbruch der Dämmerung verfinsterten schwarze Wolken den Himmel, kurz darauf fielen dicke, schwere Regentropfen.

»Verflixt, ich muss hier doch irgendwo links abbiegen!«, murmelte Anna und trommelte mit den Fingerspitzen nervös auf das Lenkrad. Kurz entschlossen nahm sie die nächste Abzweigung, in diesem Augenblick zuckte der erste Blitz, gefolgt von einem bedrohlichen Donner. Die Straße wurde immer schmaler und unebener. Der tiefer gelegte Sportwagen mit der harten Federung holperte über Schlaglöcher. Verzweifelt sah sich Anna nach einer Wendemöglichkeit um, aber links und rechts war der Weg von meterhohen Hecken gesäumt und so eng, dass gerade ein Auto ihn passieren konnte. Nirgends sah sie eine Haltebucht, außerdem war es inzwischen so dunkel geworden, dass Anna nur die wenigen, von den Scheinwerfern beleuchteten Meter vor ihr erkennen konnte.

Das Gewitter steigerte sich zum Unwetter, Blitz und Donner folgten nun in derselben Sekunde, und in den Regen mischten sich Hagelkörner. Mit Magengrummeln dachte Anna daran, wie Bruce reagieren würde, sollte der Lack seines vierzigtausend Pfund teuren Autos beschädigt werden.

»Na, wenn schon, er hat es nicht anders verdient!«, beruhigte sie sich selbst. Beim nächsten Blitz und Donnerschlag zuckte sie so sehr zusammen, dass sie beinahe die Kontrolle über den Wagen verloren und ihn in die Hecke gesteuert hätte. Eigentlich fürchtete sich Anna nicht vor Gewittern, aber es war etwas völlig anderes, Blitz und Donner in einem Apartmenthaus mit Blitzableiter auf dem Dach, eingekuschelt in eine Wolldecke und einen heißen Tee in der Hand, zu erleben als in der Einsamkeit des schottischen Hochlands. Obwohl Anna nur noch im Schritttempo fuhr, sah sie erst im letzten Moment, dass die Straße abrupt endete. Sie trat mit aller Kraft auf die Bremse, das Auto machte einen Satz, rutschte ein paar Meter nach links, bis es mit dem Vorderreifen auf ein Hindernis traf und zum Stehen kam. Im Lichtkegel der Scheinwerfer erkannte sie direkt vor sich das unbefestigte Ufer eines Sees. Zwei Meter weiter, und sie wäre direkt ins Wasser gefahren! Anna stellte den Motor ab und presste beide Hände auf ihr klopfendes Herz. Ja, sie hatte Angst, obwohl sie sich sagte, dass es keinen Grund gab, sich zu fürchten. Es war zwar stockdunkel, sie hatte sich verfahren, um sie herum herrschte völlige Einsamkeit, und draußen tobte ein Gewittersturm, wie Anna ähnlich heftig nie einen erlebt hatte, trotzdem war sie in Sicherheit. Anna wusste vom Prinzip des *Faraday'schen Käfigs*, der die Insassen eines Autos vor Blitzen schützte, aber es war etwas völlig anderes, theoretisch darüber Bescheid zu wissen, als hier dem Unwetter ausgesetzt zu sein.

»Ganz ruhig, Anna!«, versuchte sie sich selbst zu beruhigen. »Du bist hier im Trockenen und Warmen und musst nur abwarten, bis das Gewitter vorbei ist.«

Platsch! Anna wischte sich verwirrt über die Nase. Platsch! Ein zweiter Tropfen traf ihre Wange. Sie blickte nach oben und erkannte, wie Wasser zwischen Wagentür und Verdeck langsam, aber sicher eindrang – ein Cabrio war eben nicht das geeignete Fahrzeug für eine Tour durch die Highlands. Anna nahm ein Päckchen Papiertaschentücher aus dem Handschuhfach und stopfte einige in den schmalen Spalt, sie waren jedoch binnen kurzer Zeit durchnässt. Sie knirschte mit den Zähnen, aber es half alles nichts: Sie würde wohl oder übel Bruce anrufen und um Hilfe bitten müssen. Anna war sich zwar nicht sicher, vermutete aber, dass der linke Vorderreifen beim Bremsen auf einen spitzen Stein gestoßen und geplatzt war. Somit saß sie hier fest. Anna glaubte kaum, dass mitten in der Nacht und bei dem Wetter irgendein freundlicher Bauer auf seinem Traktor vorbeikommen und ihr helfen würde. Sie selbst hatte noch nie einen Reifen gewechselt.

Unwillig griff Anna nach ihrem Handy und drückte die Kurzwahl für Bruces Nummer. Dann erst sah sie auf dem Display, dass sie kein Netz hatte. Nicht einen Strich, nicht einmal die Andeutung eines Empfangs.

»Verdammt!«, fluchte sie erneut. Offensichtlich befand sie sich in einem Funkloch, kein Wunder bei den vielen Bergen ringsherum. Beim nächsten Blitz und dem beinahe gleichzeitigen Donnerschlag drückte sie sich tiefer in die Ledersitze. Zitternd starrte Anna in die Dunkelheit, erkannte dann aber beim nächsten Blitz die Umrisse eines Hauses am See. Oder hatte sie sich getäuscht? Nein, der nächste kurze Augenblick der Helligkeit bestätigte ihre Vermutung – nur etwa hundert Meter entfernt befand sich eine Hütte! Sie lag völlig im Dunkeln, schien also unbewohnt zu sein. Aber vielleicht war die Tür offen? Alles war besser, als weiter hier im Wagen zu bleiben. Durch den Spalt zwischen Dach und Tür drang immer mehr Wasser ein, und es wurde unangenehm kalt. Anna wartete den nächsten Donner ab, dann schnappte sie ihre Handtasche, öffnete die Tür und rannte auf die Hütte zu. Obwohl sie nur eine knappe halbe Minute für den Weg brauchte, war sie völlig durchnässt, als sie sich unter das kleine Vordach drückte. Zitternd griff sie nach der Klinke, die Tür ließ sich problemlos öffnen. Muffige, abgestandene Luft schlug ihr entgegen, aber in der Hütte war es trocken, das Dach schien also dicht zu sein. Zum ersten Mal bedauerte Anna, nicht zu rauchen, dann hätte sie ein Feuerzeug gehabt, um sich umzusehen. So konnte sie nur im Schein der Blitze die karge Einrichtung ausmachen: einen groben Holztisch, eine Bank, zwei Stühle und an der einen Schmalseite eine Feuerstelle. Anna tastete sich zum Kamin. In einem Korb lag trockenes Feuerholz, aber sie konnte in der Dunkelheit nirgends Streichhölzer oder ein Feuerzeug sehen. Auch schien es keine Kerzen oder eine sonstige Beleuchtungsquelle zu geben. Offenbar handelte es sich um eine Hütte, die Wanderern Schutz bei Unwetter bot. Solche gab es mehrere im Hochland, aber sie waren weder an die Kanalisation noch an die Elektrizität angeschlossen. Seufzend ließ sich Anna auf die Bank fallen. Zu ihrer Freude ertastete sie eine Wolldecke, die zwar muffig roch, aber sauber zu sein schien. Anna wickelte die Decke um ihre Schultern und lehnte sich zurück. Das Gewitter und der Sturm hatten noch nichts von ihrer Kraft verloren, der Wind zerrte an den Dachstreben, und Anna hoffte, dass die Hütte massiv genug gebaut war, um den Wetterverhältnissen im Hochland standzuhalten. Wahrscheinlich würde sie sich darauf einstellen müssen, die Nacht an diesem wenig gastlichen Ort zu verbringen. Nun, es war immer noch besser, als draußen im Auto zu sitzen. Trotz aller logischen und physikalischen Überlegungen fühlte sich Anna in einer steinernen Hütte mit einem festen Dach sicherer als in einem Sportcabriolet.

Langsam beruhigte sie sich und lehnte sich entspannt zurück, um beim nächsten Donnerschlag mit einem Schrei in die Höhe zu fahren. Der Grund war aber nicht der Donner, sondern dass jemand zeitgleich die Tür aufgerissen hatte. In der Öffnung sah sie einen riesigen Schatten, der den ganzen Rahmen ausfüllte. Es war offenbar ein Mann, ein recht großer und breitschultriger Mann sogar. Der nächste Blitz bescherte Anna einen Blick auf sein Gesicht, was sie keineswegs beruhigte! Kurz sah sie eine wilde Mähne, einen struppigen Bart und funkelnde Augen. Anna keuchte und drückte sich mit dem Rücken an die Wand. Obwohl das nächste Dorf keine fünf Meilen entfernt sein musste, fühlte sie sich hier einsamer als auf dem Mond. Das allein war schon schlimm genug, aber sie hätte nie damit gerechnet, einem anderen Menschen zu begegnen. Was, wenn dieser Mann kein Wanderer war, der Unterschlupf vor dem Unwetter suchte, sondern ein Frauenschänder oder vielleicht sogar Mörder?

»Bitte, tun Sie mir nichts!«, flüsterte Anna ängstlich.

Der Fremde trat ein und schlug die Tür hinter sich zu. Anna fühlte sich wie eine Gefangene.

»Ich wusste nicht, dass jemand hier ist.«

Seine Stimme war tief und geprägt von der kehligen Lautfärbung, die jedem Schotten eigen ist. Gleichzeitig fiel Anna in den wenigen Worten auf, dass er einen Dialekt sprach, den sie hier noch nicht gehört hatte. Wahrscheinlich kam der Fremde aus einer anderen Gegend Schottlands, aus dem Norden oder von einer der Hebrideninseln.

»Mein … Wagen … ich habe eine Panne …«, stotterte Anna und tastete nach ihrer Handtasche. Wenn es nötig sein sollte, dann waren Damenhandtaschen eine wirkungsvolle Waffe. Vielleicht würde es ihr auch gelingen, an die Nagelschere in ihrem Schminktäschchen zu kommen? Die Schere war zwar klein, aber spitz.

»Dann sucht Ihr auch Schutz vor dem Unwetter? Scheußliches Gewitter, nicht wahr? Warum habt Ihr kein Feuer gemacht, damit wir unsere Kleidung trocknen können?«

Die seltsame Ausdrucksweise des Fremden verwirrte Anna. »Feuer? Womit denn? Ich sehe hier nirgends Streichhölzer oder ein Feuerzeug.«

»Ja, habt Ihr denn keinen Feuerstein?« Der Fremde tappte zum Kamin, und Anna erkannte an seinen Umrissen, wie er unter seinem mächtigen Umhang in einer Tasche kramte und etwas hervorholte. »Gut, dass ich den Feuerstein in ein Wachstuch eingeschlagen habe, so ist er trocken geblieben.«

»Dann sind Sie auch von dem Gewitter überrascht worden?«, wagte Anna zu fragen. Langsam löste sich ihre Anspannung. Es schien sich tatsächlich nur um einen harmlosen Wandersmann zu handeln, der ebenso wie sie in der Hütte Zuflucht gesucht hatte.

Anna hörte ein klickendes Geräusch und sah kleine Funken unter den Händen des Mannes aufleuchten. Fünf-, sechsmal, dann loderte eine Flamme an einem Holzspan, und der Mann legte den Span in die Feuerstelle. Vorsichtig blies er das Feuer an, und die Flamme sprang auf ein Holzscheit über. Fasziniert hatte Anna zugesehen. »Wow, wo haben Sie das gelernt? Waren Sie bei den Pfadfindern?«, fragte sie interessiert.

»Pfadfinder? Ihr habt seltsame Worte. Ich finde meinen Weg immer, schließlich bin ich hier zu Hause. Wie soll ich Euch eigentlich ansprechen?«

Anna fand es reichlich unverschämt, dass er sie nach ihrem Namen fragte, ohne sich selbst vorzustellen. »Es wäre höflicher, wenn Sie zuerst verrieten, wie Sie heißen«, gab sie recht bissig zurück.

Im Schein der hochlodernden Flammen sah Anna, wie er die Stirn runzelte. Dabei fiel ihr auf, dass der Umhang aus kariertem Stoff einem schottischen Plaid recht ähnlich war. Auch trug der Mann keine Hosen, sondern hatte sich ein ähnliches Plaid um die Hüften geschlungen, und seine Unterschenkel waren nackt. Die Füße steckten in seltsamen Schlupfschuhen, wie Anna sie nie zuvor gesehen hatte.

Er musterte sie ebenfalls von oben bis unten, aber recht unverschämt, wie Anna fand, und in ihr regte sich wieder Angst. Sie war schließlich mit diesem bulligen Kerl ganz allein und würde rein körperlich gar nichts gegen ihn ausrichten können.

»Ihr seid offenbar nicht aus der Gegend, sonst würdet Ihr mich kennen. Auch verrät Eure Sprache, dass Ihr keine Schottin seid.«

»Mein Name ist Anna Wheeler, und ich komme aus London«, gab Anna bereitwillig Auskunft. Es war sicher besser, mit dem Fremden eine normale Unterhaltung zu führen.

»Lady Anna oder Mistress?«

Anna lächelte über die altertümliche Ausdrucksweise, aber sie hatte bereits festgestellt, dass die Einwohner in den Highlands ihrer Zeit oft Jahrzehnte hinterherhinkten.

»Mistress, wenn Sie es so ausdrücken möchten.«

»Und wie kommt eine unverheiratete Frau aus England mitten in der Nacht alleine in diese Gegend? Was macht Ihr überhaupt in Schottland, und wo ist Eure Familie?«

Nun wurde es Anna aber doch zu bunt. Was ging den Mann das alles an? Sie verschränkte die Arme vor der Brust und trat ihm einen Schritt entgegen. »Sie wissen jetzt, wer ich bin und woher ich komme. Vielleicht wären Sie jetzt so freundlich, mir zu verraten, mit wem ich es zu tun habe?«

Der Mann straffte die Schultern und richtete sich zu seiner vollen Größe auf. Unwillkürlich fühlte sich Anna klein und unbedeutend, denn sein Kopf stieß beinahe an die Decke der Hütte. »Ich bin Duncan Cruachan, der Laird von Glenmalloch.«

»Glenmalloch? Aus dem entzückenden kleinen Dorf hier in der Nähe? Welch ein Zufall, ich habe dort nämlich ein Haus gemietet.«

Duncan zog verächtlich die Luft zwischen die Zähne. »In diesen armseligen Unterkünften haust Ihr? Wie erbärmlich! Aber Ihr habt mir immer noch nicht erklärt, wie Ihr in diese Hütte gekommen seid.«

»Ich sagte bereits, mein Wagen hatte eine Panne. Außerdem geht es Sie nichts an, warum und wieso ich in dieser Gegend bin«, entgegnete Anna schärfer als beabsichtigt, aber die Ausdrucksweise des Mannes, und mochte er hundertmal ein Laird sein, brachte sie langsam, aber sicher auf die Palme. Wahrscheinlich war er so ein arroganter Großgrundbesitzer, der noch nicht mitbekommen hatte, dass die Monarchie in Großbritannien nur noch ein schöner Schein war, aber keinerlei Machtbefugnisse mehr hatte.

»Ob mich das etwas angeht? Mistress Anna, Ihr befindet Euch auf meinem Grund und Boden, und mich gehen alle Fremden etwas an, die unbefugt in meinen Besitz eindringen!«

»Oh, ich wusste nicht, dass das hier Privatbesitz ist«, sagte Anna nun etwas milder gestimmt. »Ich habe kein diesbezügliches Schild gesehen und dachte, es handle sich hier um eine frei zugängliche Wanderhütte. Es tut mir leid, dass mein Wagen ausgerechnet auf *Ihrem* Besitz eine Panne hat. Wollen Sie mich jetzt etwa wieder in die Nacht hinausjagen?«

Der Bart des Mannes zuckte, und Anna vermutete, dass er wohl lächelte, denn seine Lippen konnte sie nicht erkennen.

»Selbstverständlich nicht! Ein Laird von Glenmalloch steht einer Dame in Not bei, mögen Eure Gründe, warum Ihr Euch in Schottland aufhaltet, auch noch so zweifelhaft sein. Heute Nacht seid Ihr in meiner Obhut sicher, und morgen geleite ich Euch zu Eurer Familie zurück.«

Anna kicherte, ihr gefielen seine Worte. Sie klangen nach Ritterlichkeit, etwas, von dem die meisten Männer, Bruce eingeschlossen, nicht einmal wussten, wie man es buchstabierte.

»Können Sie einen Reifen wechseln?«, fragte sie hoffnungsvoll. »Oder haben Sie Ihren Wagen in der Nähe, mit dem Sie mich in den Ort bringen können? Mein Handy hat in dieser Gegend kein Netz, daher kann ich leider niemanden um Hilfe rufen.«

»Ich habe keinen Wagen, und mein Pferd habe ich verloren. Ich werde mich aber bemühen, Euer Rad zu reparieren. Ist denn eine Speiche gebrochen?«

»Nein, natürlich nicht.« Anna unterdrückte mühsam ein Kichern. Der Typ war ja wirklich drollig, so ein richtiges schottisches Original, obwohl er auf sie keineswegs einen alten Eindruck machte. »Der Reifen ist platt, wahrscheinlich bin ich auf einen spitzen Stein gefahren. Aber es ist ein Reserverad im Kofferraum.«

Duncan schüttelte verständnislos den Kopf. Was war denn das für eine seltsame Frau? Nicht nur, dass er allen Engländern skeptisch gegenüberstand, da machte er auch bei Frauen keine Ausnahme, sie sprach einen solchen Wirrwarr, dass Duncan befürchtete, sie sei nicht ganz richtig im Kopf. Trotzdem versuchte er erneut, sich vernünftig mit ihr zu unterhalten. »Könnt Ihr denn nicht auf Eurem Pferd nach Hause reiten? Ihr könnt den Wagen hier lassen und dann mit Hilfe zurückkehren, um ihn zu reparieren. Wie ich schon sagte, leider ist mein Pferd verschwunden, sonst hätte ich Euch zu Eurer Familie gebracht.«

»Meine Familie ist in London, und nein, ich habe kein Pferd.«

»Wie kommt Ihr denn mit einem Wagen hierher, wenn Ihr kein Pferd dazu habt?«

Annas Augen funkelten spöttisch, was Duncan im schummrigen Licht des Feuers nicht sehen konnte. »Um genau zu sein – da draußen steht nicht *ein* Pferd, sondern *einhundertsechsundfünfzig* Pferde.«

Mit Befriedigung sah Anna, dass sie den Mann verwirrt hatte. Ähnlich seinen Überlegungen war sie langsam, aber sicher der Überzeugung, dass mit ihm etwas nicht stimmte. Laird oder nicht – vielleicht war er ein wenig verrückt? Anna erinnerte sich, einmal gelesen zu haben, man solle sich Wahnsinnigen gegenüber so verhalten, als glaube man alle ihre Äußerungen, denn sonst könnten sie schnell gewalttätig werden. Bisher schien der Mann ganz friedlich zu sein, und Anna war sehr daran gelegen, dass das so blieb. Schließlich sah alles danach aus, dass sie mit ihm bis zum Morgengrauen hier festsitzen würde. Selbst wenn der Regen und das Gewitter bald aufhörten, inzwischen war es mitten in der Nacht und viel zu dunkel, einen Reifen zu wechseln, auch wenn der seltsame Fremde darin Geschick besäße.

»Mistress, ich bitte Euch, solche Scherze zu unterlassen«, sagte er plötzlich streng und hochnäsig.

»Welche Scherze?«

»Eure Behauptung, über hundert Pferde draußen stehen zu haben, ist ein schlechter Scherz, wenn nicht sogar eine Lüge, denn so viele Tiere hätte ich gewiss gesehen. Außerdem gibt es in der ganzen Gegend keinen Menschen, mich eingeschlossen, der über hundert Pferde besitzt. Die Königin vielleicht. Ja, sie bestimmt, vielleicht auch noch James Hepburn oder der Graf von Argyll. Aber ganz sicher nicht eine hergelaufene Engländerin.«

»Ich muss doch sehr bitten«, fuhr Anna auf, schluckte aber dann jede weitere Bemerkung, die wahrlich nicht besonders nett gewesen wäre, hinunter. Ja, der Typ hatte nicht alle Tassen im Schrank! Wahrscheinlich bildete er sich nur ein, ein Laird, Earl oder sonst irgendwas zu sein. Ihr blieb also nichts anderes übrig, als das Spiel mitzuspielen und zu hoffen, sein Wahnsinn möge keine brutalen Züge annehmen. Daher sagte sie versöhnlich: »Ich wäre Ihnen jedenfalls sehr dankbar, wenn Sie mich morgen, sollte es uns nicht gelingen, den Reifen zu wechseln, nach Glenmalloch begleiten würden. Am Ortsrand gibt es eine Tankstelle, bestimmt finde ich dort die Hilfe, die ich benötige.«

Außerdem muss ich Bruce informieren, was mit seinem Auto geschehen ist, dachte Anna, auch wenn Bruce im Moment der letzte Mensch war, mit dem sie sprechen wollte. Aber es war sein Sportwagen, und er würde ärgerlich genug über das eingedrungene Wasser sein, das die hellen Ledersitze beschmutzt hatte. Anna wusste schon, warum sie kein Freund von Cabriolets war, zumindest nicht in England oder Schottland. Ja, in Kalifornien wäre das etwas anderes. Los Angeles! Hollywood! Anna musste daran denken, wie sie davon geträumt hatte, jetzt in der Stadt der Reichen, Schönen und Erfolgreichen zu sein, durch elegante Boutiquen zu schlendern, in der Sonne Kaffee zu trinken und die Highsociety zu beobachten. Stattdessen hockte sie frierend und hungrig in einer armseligen Hütte inmitten des einsamen Hochlands und musste sich zu allem Unglück noch als Psychologin gegenüber einem offenbar Verrückten betätigen. In Annas Hals bildete sich ein Kloß, und Tränen stiegen in ihre Augen.

»Warum weint Ihr? Habe ich etwas gesagt, das Euch verletzt hat?«

In Duncans Stimme lag echte Anteilnahme, und Anna erwiderte: »So ziemlich alles, was Sie von sich gegeben haben, war einer Dame gegenüber nicht gerade freundlich, aber wir sollten sehen, dass wir die kommenden Stunden in einer einigermaßen freundlichen Atmosphäre verbringen. Morgen früh trennen sich unsere Wege, und wir werden uns nie wieder sehen.«

»Ihr verzeiht, aber Ihr seid keine Dame, Mistress Anna.«

»Was?« Die Antwort verschlug Anna beinahe die Sprache.

»Eine Dame treibt sich nicht alleine mitten in der Nacht in dieser Gegend herum«, fuhr er fort. »Eine Dame erzählt keine Geschichten, sie würde Pferde besitzen, und sie würde sich alleine in Schottland aufhalten, während ihre Familie sich in England befindet. Der Verdacht, Ihr seid eine englische Spionin, die geschickt worden ist, um gegen unsere gute Königin zu intrigieren, liegt nahe, und Ihr solltet mir dankbar sein, wenn ich Euch nicht der Obrigkeit ausliefere.«

»Das ist doch lächerlich!«, schrie Anna. »Egal, ob ihr verrückt seid, so etwas brauche ich mir nicht gefallen zu lassen!«

Anna sprang auf und stürmte zur Tür. Bevor er sie daran hindern konnte, war sie schon nach draußen gelaufen. Das Gewitter hatte sich tatsächlich abgeschwächt, aber kalte Regentropfen prasselten wie feine Nadeln auf Annas Gesicht. Sie stolperte über einen Stein und schlug der Länge nach hin. Ihr Körper versteifte sich, als sie eine Hand des Mannes auf ihrer Schulter spürte.

»Kommt wieder in die Hütte, seid doch nicht so dumm! Ihr würdet Euch unweigerlich verlaufen. Wenn es Euch bekümmern sollte, die Nacht mit einem Fremden verbringen zu müssen, so gebe ich Euch mein Ehrenwort, dass ich Euch nicht anrühren werde. Ein Laird von Glenmalloch hat es nicht nötig, einer Frau Gewalt anzutun.«

»Wie beruhigend«, murmelte Anna und rappelte sich mit seiner Hilfe hoch. Ihre Kleidung, die vor dem Feuer beinahe schon getrocknet war, war nun wieder nass und voller Dreck. Beim Sturz hatte sie sich das linke Schienbein an einem Stein aufgeschlagen, und als sie den Fuß belastete, spürte sie den brennenden Schmerz einer Schürfwunde. So humpelte sie auf Duncans Arm gestützt in die Hütte zurück und setzte sich vor das Feuer. Was für eine groteske Situation! Und daran schuld war Bruce! Nur er allein! Wie hatte er nur ein Verhältnis mit diesem Scriptgirl eingehen können! Anna fühlte sich so einsam und verlassen, dass sie heftig zu weinen begann.

Duncan rutschte unbehaglich hin und her. Frauentränen gegenüber war er schon immer hilflos gewesen. Das war schon so, als seine kleineren Schwestern hingefallen waren und sich wehgetan hatten. Schnell hatte er sie dann zur Mutter geschickt, der es immer gelungen war, die Tränen zu trocknen. »Mistress Anna …«, begann er stockend und legte vorsichtig eine Hand auf ihren Unterarm. Sie zuckte unter der Berührung zusammen, zog den Arm aber nicht fort.

»Wenn wir als Kinder dazu gezwungen waren, eine Nacht in einer Hütte oder einer Höhle zu verbringen, dann haben wir uns immer Geschichten erzählt, um die Zeit zu vertreiben. Vielleicht sollten wir das auch tun? Ihr werdet sehen, wie schnell es hell wird und ich Euch nach Hause bringen kann.«

Anna zog ein Taschentuch aus der Hosentasche und trocknete sich das Gesicht ab. »Verzeihen Sie, normalerweise bin ich nicht so weinerlich, aber heute scheint einfach nicht mein Tag zu sein. Es ist irgendwie alles schiefgelaufen. Und dann dieser Streit mit Bruce und die Erkenntnis, dass er bei einer anderen Frau ist ...«

Anna brach ab. Warum erzählte sie dem Fremden von ihren Problemen mit Bruce? Das ging ihn doch wirklich nichts an, aber er hatte den Ball bereits aufgefangen.

»Bruce? Ist das Euer Ehemann? Ich dachte, Ihr seid unverheiratet.«

Anna schüttelte den Kopf. »Nein, Bruce ist nicht mein Mann. Er ist mein Produzent.« Sie stockte. »Und mein Freund, wir leben zusammen«, fügte sie hinzu. Es konnte nicht schaden, dass dieser verrückte Typ wusste, dass sie in festen Händen war. Sicher war sicher.

Duncan rückte ein Stück von ihr ab. »Ihr meint, Ihr lebt mit einem Mann zusammen, ohne mit ihm vor einem Priester und den Augen Gottes getraut worden zu sein?«

»Ja, sicher, was ist daran so ungewöhnlich?«, wunderte sich Anna. Sie wusste, dass die meisten Schotten erzkonservativ waren, aber dass ein Mann und eine Frau ohne Trauschein zusammenlebten, musste selbst in Schottland seit Jahrzehnten nichts Außergewöhnliches mehr sein.

Missbilligend schüttelte er den Kopf. »Dann seid Ihr nicht besser als eine billige ...«

»Sagen Sie es nicht!«, unterbrach Anna erregt. »Ich dachte, wir wollten mit den Beleidigungen aufhören. Ja, Bruce und ich sind nicht verheiratet, aber wir teilen Tisch und Bett. Das Letztere sogar mit großem Vergnügen. Na und? Du meine Güte, wir leben doch nicht mehr im Mittelalter, sondern im einundzwanzigsten Jahrhundert!«

»Ach nein!« Er stieß ein schnaubendes Geräusch aus. Die Krankheit dieser Frau musste schlimmer sein, als er bisher vermutet hatte, dabei machte sie sonst einen recht netten Eindruck. »Was redet Ihr für einen Unsinn? Ihr wisst selbstverständlich, dass wir uns im sechzehnten Jahrhundert befinden.«

Er *ist* wahnsinnig! Annas schlimmste Befürchtungen bewahrheiteten sich. Nun war ihr auch klar, warum er so geschwollen redete und vorgab, noch nie etwas von einem Reifenwechsel gehört zu haben. Offenbar hatte sich sein Geist dahingehend verwirrt, dass er glaubte, sich im sechzehnten Jahrhundert zu befinden.

»Selbstverständlich weiß ich das, Mylord.« Mit sanfter Stimme ging Anna auf ihn ein. Auf keinen Fall wollte sie ihn reizen. »Leider ist mir das genaue Datum entfallen. Wenn Sie so freundlich wären …?«

»Heute ist der zehnte Juli im Jahr des Herrn fünfzehnhundertsechsundsechzig, beziehungsweise schon der elfte, denn wir dürften Mitternacht inzwischen überschritten haben.«

»Wie interessant!«, murmelte Anna. Armer Kerl, sein Geist war völlig durcheinandergeraten. Wahrscheinlich beschäftigte er sich schon länger mit der Vergangenheit, das würde auch seinen geschickten Umgang mit dem Feuerstein erklären, über den Anna nicht undankbar war, denn das Feuer wärmte sie und trocknete ihre Kleidung. »Erzählen Sie mir mehr von sich. Wo kommen Sie her? Wo ist Ihr Zuhause? Und warum waren Sie bei dem Wetter im Hochland?«

Duncan betrachtete die junge Frau, deren Gesicht vom Feuer nur schwach beleuchtet wurde, nachdenklich. Sie hatte schöne, edle Gesichtszüge, wenngleich ihre Nase für seinen Geschmack etwas zu spitz war. Seltsam war das auffällige rote Tuch, das ihr Haar vollständig verdeckte. Trug man in England solche Kopfbedeckungen? Sie waren unkleidsam, und Duncan hatte bisher auf den wenigen Porträts, die er von englischen Adligen kannte, kein derartiges

Arrangement auf den Köpfen der Leute gesehen. Vom Rest ihres Körpers konnte er nicht viel erkennen, denn die Decke verhüllte ihre Formen. Lediglich der lange, schlanke Hals und ihre kleinen, wohlgeformten Hände ließen darauf schließen, dass auch ihre Figur eher schmal und zierlich war.

»Ihr wollt wissen, warum *ich* auf *meinem* Besitz bin?«

»Äh … ich meinte, warum Sie heute Nacht hier sind.«

Duncan zuckte mit den Schultern. Warum sollte er es ihr nicht sagen? Wenn sie etwas damit zu tun hatte, dann würde er es in den nächsten Stunden herausfinden und dafür sorgen, dass sie ihr Wissen niemals jemandem mitteilen könnte. Auch wenn sie eine Frau war, einer Spionin gegenüber durfte er nicht nachgiebig sein, dazu stand für ihn zu viel auf dem Spiel. Zum Glück hatte er die Verfolger abschütteln können, und er war sich sicher, bei dem Trupp keine Frau gesehen zu haben. Vielleicht gab es wirklich einen harmlosen Grund, warum sich das Weib mitten in der Nacht in den Bergen herumtrieb.

»Wir saßen beim Abendessen, meine Geschwister und meine Mutter, als plötzlich ein Reiter kam und mich warnte, es seien Männer unterwegs, die scharf auf meinen Kopf wären.« Duncan beobachtete sie genau, aber wenn sie etwas davon wusste, dann ließ sie sich nichts anmerken.

»Sie meinen, Sie sollen umgebracht werden?« Entsetzt war Anna in die Höhe gefahren.

»Setzt Euch wieder, es ist ja nichts geschehen. Ich glaube kaum, dass sie uns hier aufspüren, denn sonst wären sie schon längst hier. Ich glaube, es ist mir gelungen, sie abzuhängen, als ich in den See sprang. Wahrscheinlich denken sie, ich wäre ertrunken.«

»Sie sind in den See gesprungen? Aber das Wasser ist doch eiskalt!«

»Nun, sagen wir, es war recht erfrischend.« Seine Augen blinzelten verschmitzt. »Ich habe aber leider mein Pferd am Ufer zurücklassen müssen, und als ich wieder an Land ging, war es nirgends zu finden. Aber es ist ein kluges Tier und ist sicher nach Hause in den Stall gelaufen. Von den Verfolgern habe ich ebenfalls keine Spur mehr gesehen.«

»Warum sollen Sie denn getötet werden?«, presste Anna heiser hervor. Langsam, aber sicher wurde die Sache immer verrückter, und sie hoffte, die nächsten Stunden würden so schnell wie möglich vergehen, damit sie dem seltsamen Mann entkommen könnte.

»Es gibt Männer in Schottland, die wollen nicht, dass die Königin Freunde hat. Sie hat aber jetzt, nach Rizzios feiger Ermordung und der Geburt ihres Sohnes, jeden Freund bitter nötig. Ich wollte morgen an den Hof und an ihre Seite eilen, um ihr meine Treue und Loyalität zu versichern und, wenn nötig, auch mein Schwert anzubieten. Das aber passt einigen Leuten nicht. Sie schrecken vor nichts zurück und tun alles, damit die Königin isoliert wird.«

Verwirrt strich sich Anna über die Stirn. »Sie sprechen immer von einer Königin. Wen meinen Sie damit?«

»Ihre Majestät Maria Stuart natürlich! Königin Maria von Schottland, England, Irland und Frankreich, deren treuer und aufrichtiger Diener ich bin.«

»Ach so, natürlich, Maria Stuart …«

Plötzlich fiel es Anna wie Schuppen von den Augen, und sie schlug sich, zu Duncans Verwirrung, mit der flachen Hand auf die Stirn und begann laut zu lachen. Alle Anspannung und Angst fielen von ihr ab, und ein warmes Gefühl durchzog ihr Herz. »Bruce! Ich weiß nicht, wie du das gemacht hast, aber ich bin beinahe darauf hereingefallen«, rief sie.

»Bruce? Wieso sprecht Ihr mit einem Mann, der gar nicht hier ist?« Arme kleine Verrückte, dachte Duncan und bedauerte, dass der Geist einer so schönen Frau dermaßen verwirrt war, denn er war zu der Überzeugung gelangt, dass sie keine Spionin war.

»Ach, kommen Sie, Duncan Cru… irgendetwas, Mylord Glenmalloch oder wie immer Sie heißen mögen, ich habe das Spiel durchschaut. Ich habe *Sie* durchschaut, muss aber zugeben, dass Sie Ihre Sache gut gemacht haben. Bruce kann stolz auf Sie sein.«

»Würdet Ihr aufhören, immer von diesem Bruce zu sprechen?«, unterbrach er sie barsch. »Ich dachte, es wäre in Eurem Interesse, etwas über meine Familie zu erfahren?«

Anna nickte begeistert, das Spiel begann ihr zu gefallen. Sie war sich nun völlig sicher – dieser Mann war ein Schauspieler, ein sehr guter Schauspieler sogar, der von Bruce engagiert worden war, um ihr das Leben zu Zeiten Maria Stuarts nahezubringen. Wie es Bruce allerdings gelungen war, dass der Mann sie in dieser Hütte gefunden hatte, konnte sie nicht verstehen. Vielleicht war ihr Bruce die ganze Zeit gefolgt und hatte dann den Mann in die Hütte geschickt?

Ach Bruce, verzeih mir, dachte Anna, und von ihrem Herzen fiel eine schwere Last. Ganz sicher war es so! Wie hatte sie auch nur einen Augenblick glauben können, er würde sie mit einer anderen Frau betrügen. Anna wusste schon lange, wie einfallsreich Bruce sein konnte, wenn ihm etwas wirklich wichtig war.

»Ich hoffe nur, Bruce hat Sie für diese Meisterleistung anständig bezahlt«, sagte Anna und sah Duncan an. »Sie sind doch Schauspieler, nicht wahr? Wo sind Sie engagiert? An einem Theater in Inverness oder Edinburgh? Sie sollten zum Film gehen, Sie haben wirklich Potenzial.« Anna versuchte, auf der harten Holzbank eine einigermaßen angenehme Sitzposition zu finden. »Nun gut, erzählen Sie! Die Nacht ist lang, und wir sollten versuchen, uns die Zeit so angenehm wie möglich zu vertreiben.«

Der Schotte legte weitere Holzscheite in die Glut, und das Feuer flackerte wieder auf. Anna betrachte nachdenklich sein Profil. Er schien ein Mann zu sein, der seine Rolle, die er spielte, regelrecht lebte. Die stolze Kopfhaltung, die gerade Linie seiner Schultern und der unnachgiebige, beinahe schon harte Blick seiner Augen sprachen von Arroganz und Selbstbewusstsein. Ganz so, wie man sich einen Adligen aus vergangenen Zeiten vorstellt. Anna fand es mutig, in der heutigen Zeit einen derart dichten Bart zu tragen, obwohl dies keinesfalls der Mode entsprach. Sie widerstand dem Impuls, an den struppigen Haaren zu ziehen und zu überprüfen, ob der

Bart echt war. Seine Kleidung, wenn man das große wollene Tuch, das er sich um den Leib geschlungen hatte, überhaupt als Kleidung bezeichnen konnte, vervollständigte das Bild eines Hochlandschotten aus einem vergangenen Jahrhundert, zumindest fühlte sich Anna an Bilder von Leuten, die im sechzehnten Jahrhundert gelebt hatten, erinnert. Die Requisite seines Theaters musste gut ausgestattet sein.

Duncan musterte sie aus zusammengekniffenen Augen. Er wunderte sich, warum die seltsame Frau keine Angst zeigte. Nicht, dass er ein Mann war, der Frauen Angst einjagte, aber immerhin befand sie sich mit ihm mitten in der Nacht in einer einsamen Hütte. Woher wollte sie wissen, dass er einer Frau niemals Gewalt antun würde? Wahrscheinlich war es die Naivität, die mit einer geistigen Verwirrtheit oft einherging. Duncan fragte sich, woher sie wohl wirklich kam und wer ihre Familie war. Ihre seltsame Sprache und der Dialekt stammten eindeutig aus keiner schottischen Gegend, aber ihre Geschichte, sie lebe in London, konnte Duncan nicht glauben. Vielleicht stand sie ganz allein in dieser Welt? Vielleicht hatte sich ihre Familie von ihr losgesagt und sie ihrem Schicksal überlassen, als sich die ersten Anzeichen des Wahnsinns bemerkbar machten?

Was geht dich das an?, fragte sich Duncan. Wenn der Morgen graute, musste er sich auf dem schnellsten Weg nach Edinburgh begeben. Er hatte keine Zeit, sich weiter um die Frau zu kümmern, mochte sie auch noch so hübsch sein. Duncan beschloss, den Anflug von Mitleid zu ignorieren. Es lag kein logischer Grund vor, warum er sich für sie verantwortlich fühlen sollte und sogar den Wunsch verspürte, sie zu beschützen. Barsch sagte er: »Wir sollten versuchen zu schlafen. Ihr seht erschöpft aus.«

»Ich danke für das Kompliment, Mylord. Das sind genau die Worte, über die sich jede Frau freut.« Anna grinste ironisch. »Ich dachte, Sie wollten mir von Ihrer Familie erzählen? Oder haben Sie Ihren Text vergessen?«

Er funkelte sie wütend an. »Wenn ich nicht wüsste, dass Ihr krank im Kopf seid, würde ich Euch für Eure respektlosen Worte auspeitschen lassen. Aber nun gut – was wollt Ihr wissen?«

»Sie kommen also aus dem sechzehnten Jahrhundert und sind ein Laird. Wo leben Sie denn? In einem alten, muffigen Schloss? Und essen Sie von goldenen Tellern? Sie sind bestimmt wahnsinnig reich, nicht wahr?« Aus jedem Wort von Anna tropfte die Ironie wie dickflüssiger Honig. Es wäre doch gelacht, wenn es ihr nicht gelingen würde, ihn zu einem Fehler zu verleiten, damit er zugeben musste, von Bruce für dieses Schauspiel engagiert worden zu sein.

»Meine Familie ist in der Tat nicht unvermögend, auch wenn wir keine hundert Pferde besitzen. Glenmalloch Castle ist eine Burg, wenngleich nicht sonderlich alt. Mein Großvater hat sie erbaut, nachdem er nach der Schlacht von Flodden für seine Tapferkeit in den Adelsstand erhoben worden ist. Es wundert mich, dass Ihr die Burg nicht kennt. Habt Ihr nicht erwähnt, Ihr seid in Glenmalloch gewesen? Da kann man meine Heimstatt kaum übersehen.«

Anna unterdrückte ein Lächeln. Von Minute zu Minute empfand sie die Situation als anregender. Schon lange hatte sie nicht mehr so viel Spaß gehabt. »Ach, Sie meinen die Ruinen oberhalb des Dorfes? Wahrlich eine angenehme und luxuriöse Behausung.«

Er quittierte die Bemerkung mit einer hochgezogenen Augenbraue und fuhr fort: »Als mein Vater vor drei Jahren starb, erbte ich den Titel und den Besitz. Ich habe vier jüngere Geschwister – einen Bruder und drei Schwestern, die alle noch unverheiratet sind. Die letzten Jahre lebten wir ruhig und zufrieden. Leider befindet sich das Land gerade in einem Zwiespalt, weil es Neid und Missgunst gegenüber der Königin gibt. Ihr habt vielleicht von dem grausamen Mord an David Rizzio gehört? Der Sekretär und Vertraute der Königin wurde vor ihren Augen niedergemetzelt. Es grenzt an ein Wunder, dass die Königin ihr Kind nicht verloren hat. Daher befinde ich mich auf dem Weg an den Hof, um der Königin in dieser schweren Zeit beizustehen.«

»Und ebenfalls ihr Liebhaber zu werden?«, warf Anna ein.

»Wie könnt Ihr es wagen, so mit mir zu sprechen?«

Anna zuckte mit den Schultern. »Nun, ich bin wahrlich keine Kennerin der Historie, aber nach dem, was ich gelesen habe, glaube ich, dass dieser Rizzio der Liebhaber von Maria Stuart war. Bis heute bestehen berechtigte Zweifel, ob das Kind, das sie geboren hat, nicht von dem Italiener stammt. Ich kann die Wut von Marias Ehemann durchaus verstehen, obwohl ich natürlich Mord, egal aus welchem Grund, zutiefst verurteile! Aber damals waren die Zeiten eben anders, ein Menschenleben schien nicht viel wert zu sein. War jemand im Weg – dann weg mit ihm. Ruck, zuck, Rübe ab!«

Mit einem Satz war er neben ihr, umklammerte ihre Schultern und schüttelte sie so kräftig, dass Anna laut aufschrie.

»Lassen Sie mich sofort los! Was fällt Ihnen ein?« Instinktiv zog Anna ein Bein an und traf mit ihrem Knie genau den Teil des Körpers eines Mannes, der besonders empfindlich war.

Sofort ließ er sie los und fiel keuchend nach hinten. »Du Hexe! Das wirst du bereuen!«

Anna tastete nach ihrer Handtasche, öffnete sie, und ihre Finger schlossen sich um die Nagelschere. Sollte er es noch einmal wagen, ihr nahe zu kommen, würde sie ihm bedenkenlos die Schere ins Gesicht jagen. Sie hatte den Mann offenbar unterschätzt, und Anna überlegte, ob es nicht doch das kleinere Übel war, in die Nacht hinauszulaufen und zu versuchen, den Weg nach Glenmalloch zu finden. Da es aber immer noch blitzte, donnerte und heftig regnete, entschloss sie sich, in der Hütte zu bleiben. Vielleicht hatte ihr Schlag dem Mann gezeigt, dass sie keinesfalls so wehrlos war, wie er vermutete.

»Wagen Sie es nicht noch einmal, mich anzurühren!« In ihrer Stimme lag kalte Entschlossenheit.

Der Schmerz war so weit vergangen, dass sich Duncan wieder aufrichten und sie wütend anstarren konnte. »Ich kann es nicht zulassen, dass in meiner Gegenwart die Königin derart beleidigt wird. Ich habe ihr absolute Treue und

Ergebenheit geschworen, und ich werde ihr Ansehen, wenn es nötig sein sollte, auch mit meinem Leben verteidigen.«

»Wie ehrenhaft von Ihnen«, spöttelte Anna. »Ich hoffe nur, die Königin wird sich Ihnen gegenüber auch dankbar erweisen.«

Mit einem knurrenden Laut zog Duncan das Plaid fest um seinen Körper und drehte Anna den Rücken zu. »Wir sollten jetzt versuchen, etwas zu schlafen. Ich verspüre keine Lust mehr, mich weiter mit Euch zu unterhalten.«

»Ach, ist Ihnen der Text, den Bruce Ihnen gegeben hat, ausgegangen? Nun gut, aber es ist nicht meine Schuld, wenn Bruce mit Ihnen nicht zufrieden sein sollte und …«

»Wenn ich noch einmal diesen Namen höre, werfe ich Euch aus der Hütte! Vergesst bitte nicht, dass Ihr nur aufgrund meiner Großzügigkeit hier Unterschlupf gefunden habt.«

Anna lag eine scharfe Erwiderung auf der Zunge, aber sie beschloss, dass jedes weitere Wort an diesen Irren Zeitverschwendung wäre. Fest umklammerte sie die Nagelschere in ihrer rechten Hand. Die Morgendämmerung kam hier auf diesem Breitengrad früh, es konnte nicht mehr lange dauern, bis sie den Typen endlich loswerden konnte. In Annas Körper war jede Sehne gespannt, als sie beobachtete, wie sich der Fremde auf dem Boden zusammenrollte. Kurze Zeit später verriet sein Schnarchen, dass er tatsächlich eingeschlafen war.

Duncan Cruachan beobachtete die junge Frau im trüben Morgenlicht. Sie hing halb auf der Bank, halb auf dem Boden, was sie aber nicht zu stören schien, denn sie atmete im Schlaf tief und gleichmäßig. Was für ein seltsames Weib. Trotz ihrer komischen Sprache und den beleidigenden Äußerungen über die Königin schien sie nicht dumm zu sein. Und jung musste sie sein, denn auf ihrem Gesicht zeigte sich noch keine einzige Falte, auch die Haut an ihrem Hals war glatt und straff.

Duncan reckte seine Glieder, in denen es nach den Stunden auf dem harten Lehmboden unangenehm kribbelte. Durch das Fenster sah er, wie sich der Morgennebel langsam zu lichten begann. Es würde ein schöner, sonniger Tag werden, keine Spur mehr von dem Unwetter der vergangenen Nacht. Jetzt musste er nur noch sein Pferd wiederfinden und vorsichtig nach Hause zurückkehren, denn die Verfolger konnten noch in der Gegend sein. Bevor er nach Edinburgh aufbrechen konnte, musste er noch einige Dinge aus der Burg holen. Um seine Familie machte er sich keine Sorgen. Seine Mutter würde es mit einer ganzen Armee aufnehmen, und seine Geschwister standen ihr in nichts nach. Man war hinter *ihm* her, denn sein gutes Verhältnis zu Maria Stuart war bekannt.

Die Tür knarrte, als Duncan sie öffnete, und frische Morgenluft strömte in die muffige Hütte. Duncan sah, wie die Fremde sich regte, von der Bank rutschte und unsanft mit dem Hinterteil auf dem Boden aufschlug.

»Aua!«, murmelte sie und schlug die Augen auf.

»Guten Morgen, Mistress. Ich hoffe, Ihr habt gut geruht. Jetzt steht auf, damit ich Euch zu Euren Leuten bringen kann, denn ich bin in Eile.«

Langsam rappelte Anna sich hoch. Es war also kein seltsamer Traum gewesen, dieser Schotte war immer noch da. Nun, offenbar war sie eingeschlafen, und er hatte ihr nichts angetan. Jetzt, im Licht der aufgehenden Sonne, sah sie, dass sein Haar und der dichte Bart dunkelbraun und seine Augen grau wie Stein waren. Seine gebräunte Gesichtshaut ließ darauf schließen, dass er sich viel im Freien aufhielt.

Anna gähnte hinter vorgehaltener Hand. »Bitte, Sie können gehen, ich halte Sie nicht auf. Wenngleich es nett wäre, wenn Sie wenigstens *versuchen* würden, den Reifen zu wechseln. Dann wäre ich auch gerne bereit, Sie mit ins Dorf zu nehmen. Mit dem Wagen geht es doch schneller als zu Fuß.«

»Ich werde Euch hier nicht allein lassen, Mistress Anna. Unsere Wege werden sich erst trennen, wenn ich weiß, wer

Ihr seid, zu wem Ihr gehört und was der Zweck Eures Aufenthaltes in Schottland ist. Aber jetzt kommt, je schneller wir uns auf den Weg machen, desto besser.«

Seufzend wickelte sich Anna wieder in die Decke, denn es war eiskalt in der Hütte. Das Feuer war irgendwann ausgegangen, aber die Luft draußen, als sie hinter Duncan aus der Hütte trat, war rein und klar. Tief atmete sie durch. Die Sonnenstrahlen, die sich durch den letzten Morgennebel stahlen, glitzerten auf der glatten Oberfläche des Sees, der nicht so groß war, wie Anna in der Nacht angenommen hatte. Jetzt, wo einzig der nasse und matschige Boden an das vergangene Unwetter erinnerte, hatte die Gegend überhaupt nichts Bedrohliches mehr. Es war einfach nur schön hier, so still und friedlich, so …

Anna wurde so heftig zu Boden gestoßen und ein schweres Gewicht fiel auf ihren Körper, dass sie meinte, ihre Lungen müssten bersten. Sie röchelte und merkte, dass der Fremde sie vollständig mit seinem Körper bedeckte. Was sollte das werden? Hatte er etwa die ganze Nacht gewartet, sie sogar in Ruhe schlafen lassen, um sie jetzt doch zu vergewaltigen?

Anna strampelte und schrie unter ihm. »Gehen Sie sofort von mir runter! Was fällt Ihnen ein!«

»Still, Weib, vielleicht bemerkt es uns nicht. Keine Angst, ich werde Euch beschützen.«

»Was faseln Sie für einen Unsinn?«

Im Unterbewusstsein hörte Anna das Geräusch eines Hubschraubers, er musste direkt über ihnen sein. Sie fragte sich, ob der Pilot nach unten sehen und erkennen würde, dass hier eine Frau in Gefahr war. Umso verzweifelter schlug sie auf den Rücken des Mannes ein, aber es schien Anna, als würden ihre Fäuste auf Metall aufprallen, so hart waren seine Muskeln. An dem Mann schien es kein einziges Gramm Fett zu geben. Beinahe panisch hörte Anna, wie sich der Hubschrauber entfernte, bis er schließlich weder zu sehen noch zu hören war. Da ließ Duncan sie endlich los, stand auf und starrte fassungslos zum Himmel hinauf.

Anna setzte zu einem Wutausbruch an, aber da sagte er: »Was war das für ein Tier? Ein Vogel? Es hatte Ähnlichkeit mit einer Libelle, aber es hat ein schreckliches Geräusch gemacht. Wie gut, dass es uns nicht bemerkt hat, sonst wäre unser Leben verloren gewesen!«

Die Fassungslosigkeit und Verwunderung in seiner Stimme klang in Annas Ohren so echt, dass sie nun endgültig davon überzeugt war, dass er geistig zurückgeblieben sein musste. Kein Mensch konnte sich beim Anblick von so etwas Alltäglichem wie einem Hubschrauber derart verstellen. Leicht legte sie eine Hand auf seinen Arm. »Es war nur ein Hubschrauber, nichts weiter. Und er ist fort. Ungefähr zwanzig Meilen westlich von hier befindet sich ein Stützpunkt der *Royal Air Force*, wahrscheinlich ist der Hubschrauber von dort gekommen.«

»Royal *Air* Force?« Duncan schüttelte den Kopf. »Auf meinem Grund und Boden? Was für Streitkräfte sind das? Die Königin hätte mich darüber informieren lassen, wenn sie eine Armee auf meinem Besitz stationieren lässt.«

Anna lächelte verständnisvoll. »Ich glaube nicht, dass Königin Elisabeth diesbezüglich um Erlaubnis gefragt worden ist. Der Begriff *Royal* ist nur noch ein Überbleibsel aus alten Zeiten.«

Anna war auf seinen heftigen Ausbruch nicht gefasst und daher völlig überrascht, als er sie erneut packte und schüttelte. »Elisabeth? Sagtet Ihr Königin Elisabeth? Sie ist in Schottland eingefallen? Unmöglich, das würde selbst dieser rothaarige Bastard nicht wagen! Ich muss sofort in die Stadt und der Königin helfen, eine Armee auszuheben, damit wir diese verdammten Engländer aus dem Land treiben können.«

Anna wünschte sich ganz weit weg, egal, wohin, auf jeden Fall an einen Ort, wo sie diesem Wahnsinnigen, der immer wieder zu unkontrollierten Wutausbrüchen neigte, nie wieder begegnen würde. Rothaariger Bastard? Natürlich – wenn er glaubte, ein Zeitgenosse von Maria Stuart zu sein, so saß die rothaarige Elisabeth die Erste auf Englands Thron. Anna wusste wirklich nicht viel von Geschichte, es hatte sie nie sonderlich interessiert, dicke Bücher über Menschen, die längst tot, und über Taten, die längst vergangen waren, zu lesen. Sie wusste aber, dass die Anhänger Maria Stuarts in ihr ebenfalls die wahre Königin von England sahen, denn Elisabeth die Erste war nicht katholisch, und – das war der Hauptgrund, warum sie von Schottland nicht als Herrscherin anerkannt wurde – nach katholischem Glauben galt Elisabeths Mutter, Anne Boleyn, als nicht rechtmäßig mit ihrem Vater, König Heinrich dem Achten, verheiratet. Denn Heinrich hatte sich von seiner ersten Frau, Katharina von Aragon, scheiden lassen und sich im Zuge dessen selbst zum Oberhaupt der Kirche Englands ernannt. Der Papst hatte ihn exkommuniziert und die Hochzeit mit Anne deshalb nie legitimiert. Somit sahen die katholischen Schotten in Elisabeth ein uneheliches Kind ohne Anspruch und Recht auf die Krone Englands. Für sie war Maria die rechtmäßige Königin.

»Wie wäre es, wenn wir uns jetzt um den Reifen kümmern würden?«, versuchte Anna das Thema zu wechseln und stakste durch den Schlamm, der sofort von oben in ihre Schuhe drang, in Richtung ihres Autos.

»Was ist mit Eurem Haar geschehen?«

»Was?« Anna blieb stehen und sah, wie der Mann mit großen Augen auf ihren Kopf starrte. Sie hatte nämlich gerade das Tuch abgenommen und in ihre Manteltasche gestopft.

»Hat man Euch den Kopf geschoren, weil Ihr eine Verbrecherin seid, oder habt Ihr Läuse? Ich habe noch nie eine solche Farbkombination gesehen!«

Grimmig presste Anna die Lippen zusammen, wandte sich wieder ab und ging alleine weiter. Nein, sie würde auf diese erneuten Beleidigungen nicht mehr reagieren. Sollte dieser Typ doch sehen, wie er ins Dorf kam! Sie würde den Reifen alleine wechseln, so schwer konnte das nicht sein.

Als Anna die Fahrertür öffnete, seufzte sie laut. Tatsächlich war durch die undichte Stelle zwischen Verdeck und Tür im Laufe der Nacht noch mehr Wasser eingedrungen, so dass sich auf dem Fahrersitz eine richtige Wasserlache gebildet hatte. Anna nahm ein Taschentuch und versuchte, das

Leder trockenzutupfen, und ihre Befürchtungen bewahrheiteten sich: Das weiße Leder war dunkel und mit hässlichen Wasserrändern verfärbt.

»Bruce wird mich lynchen«, murmelte Anna, während sie zum Kofferraum ging, um nach dem Wagenheber und dem Ersatzrad zu suchen. Dabei sah sie, wie der Fremde in ungefähr drei Meter Entfernung wie angewurzelt stehen geblieben war und das Auto anstarrte.

»Lieber Himmel, warum gehen Sie nicht endlich?«, schrie sie ihn an. »Ich komme hier auch alleine zurecht!«

Nun kam er langsam näher, zögerte aber bei jedem Schritt, ganz so, als würde er erwarten, dass das Sportcabriolet ihm, einem wilden Tier gleich, an die Kehle springen würde.

»Was ist das für ein eiserner Käfig?«

»Mein Wagen«, gab Anna resigniert zur Antwort.

»Euer Wagen? Und wo sind die Pferde?«

Anna schlug mit der flachen Hand auf die Motorhaube.

»Hier drinnen, und zwar über einhundertundfünfzig, wie ich bereits sagte. Wissen Sie, ich bin eine Hexe und habe die Tiere da hineingezaubert. Was ist jetzt? Entweder helfen Sie mir, oder Sie scheren sich zum Teufel. Sie fallen mir jetzt nämlich wirklich ganz gehörig auf den Wecker!«

Was tat er denn jetzt? Anna sah, wie der Schotte auf die Knie fiel, an seinem Halsausschnitt nestelte und eine Kette mit einem goldenen Kreuz hervorholte. Dieses hielt er ihr entgegen, und Anna fühlte sich sofort an die zahlreichen Vampirfilme erinnert, in denen die armen verlorenen Seelen auch immer versuchten, den unvermeidbaren Biss mit einem Kreuz abzuwehren. Dann lächelte sie. Offenbar glaubte er ihren Worten, sie sei eine Hexe.

»Laird Duncan, ich befehle dir, mir bei der Reparatur dieses Wagens zu helfen«, sagte sie mit strenger Stimme. »Sonst wird der Teufel deine Seele holen und niemals wieder aus dem Fegefeuer entlassen.«

Ohne ihn weiter zu beachten, öffnete Anna den Kofferraum, nahm die Abdeckung heraus, fand den Wagenheber und bemühte sich, den Reservereifen herauszuhieven. Dabei kam sie ins Schwitzen, zumal die Sonne jetzt den Nebel vollständig vertrieben hatte und angenehm wärmte. Unter der Decke wurde ihr zu warm, deshalb legte sie sie ab. Anna hörte einen scharfen Laut des Schotten, als er ihre Kleidung sah. Nun, sie bot wirklich keinen schönen Anblick: Ihre helle Leinenhose war bis zu den Knien hinauf schlammbespritzt und die Bluse zerknittert. Egal, es gab keinen Grund, warum sie diesem armen Irren hier in irgendeiner Weise gefallen sollte. Skeptisch betrachtete Anna den Wagenheber, sie hatte keine Vorstellung, wie man ihn anwandte.

Zögernd trat Duncan an ihre Seite. »Was kann ich tun, um Euch zu helfen?«

Anna stieß einen Seufzer der Erleichterung aus. Wenn er auch so tat, als hätte er noch nie ein Auto oder einen Hubschrauber gesehen – er war schließlich ein Mann, und jeder Mann verfügte über ein gewisses handwerkliches Geschick, ganz besonders, wenn einer so groß und kräftig war wie dieser arme Irre.

»Sie können die Muttern am Rad lösen«, sagte Anna und deutete auf den platten Reifen. »Hier, diese Schrauben muss man wohl aufdrehen, damit man das Rad abnehmen kann. Aber vorher müssen wir dieses Ding hier anbringen, damit sich das Auto anheben lässt.«

Tatsächlich gelang es ihnen gemeinsam, den Wagenheber an der richtigen Stelle anzusetzen, und mühelos pumpte Duncan das schwere Fahrzeug nach oben. Dann löste er die Muttern und nahm das Rad ab. Der Rest war ein Kinderspiel – den Reservereifen aufsetzen, die Schrauben anziehen, den Wagenheber wieder entfernen und die Schrauben ganz festdrehen.

Anna brach sich einen Fingernagel ab und fuhr sich mit schmutzigen Fingern über die Stirn, dann lächelte sie freundlich. »Ich danke Ihnen. Das war doch gar nicht so schwer, oder?«

Sie öffnete die Fahrertür, setzte sich hinein und startete den Motor. In diesem Moment taumelte Duncan nach hinten und hob abwehrend die Hände. In seinem Blick lag so viel

Entsetzen, aber auch Unverständnis und ein Anteil von Hilflosigkeit, dass Annas Herz nicht unberührt blieb. Mitleid regte sich in ihr. Konnte sie jetzt einfach so fortfahren und ihn seinem Schicksal überlassen? Was, wenn er nicht mehr wusste, wo er wohnte? Wahrscheinlich würde er sich in der Weitläufigkeit des Hochlands hoffnungslos verirren. Kopfschüttelnd beugte sie sich nach links und öffnete die Beifahrertür. Was tue ich hier eigentlich, fragte sich Anna, während sie sagte: »Na, kommen Sie schon! Ich nehme Sie mit nach Glenmalloch, dort finden Sie sich bestimmt wieder zurecht.«

Skeptisch betrachtete Duncan das Auto, dann stieg er langsam ein. Anna sah, wie jeder Muskel an seinem Körper unter Spannung stand, ganz so, als erwarte er jeden Moment den Angriff eines wilden Tieres.

»Was ist das für eine eiserne Kutsche ohne Pferde?« Seine Frage kam beinahe schüchtern, und Anna bezweifelte immer mehr, dass er ein Schauspieler war.

»Sie glauben also, Sie befänden sich im sechzehnten Jahrhundert.« Ironie klang in ihrer Stimme, als sie fortfuhr, als spräche sie zu einem kleinen Kind: »Selbstverständlich gab es damals noch keine Autos, die wurden erst ungefähr dreihundertfünfzig Jahre später erfunden.«

Anna beugte sich über Duncan und hangelte nach dem Gurt. Es wunderte sie nicht, dass er keine Anstalten machte, sich anzuschnallen, so tat sie es, dann fuhr sie langsam los.

Duncans Gesicht war so bleich geworden, dass Anna befürchtete, er würde jeden Augenblick das Bewusstsein verlieren. Sie lenkte den Wagen vorsichtig zum Ufer des Sees, wo eine breitere Stelle ein problemloses Wenden erlaubte. Dieser Mann, wer immer er war, musste unverzüglich zu einem Arzt. Nicht, dass er ihr hier mitten in der Einsamkeit noch kollabierte. Annas Kenntnisse in der ersten Hilfe waren minimal, aber sie erkannte, dass er offenbar einen Schock erlitten hatte. Schweißperlen standen auf seiner Stirn, obwohl die Autoheizung auf Kalt stand, und seine Hände zitterten. Anna konzentrierte sich auf den schmalen Weg, und schneller als erwartet erreichte sie die Hauptstraße. In der Nacht war ihr der

Weg viel länger vorgekommen, aber jetzt, wo die Sonne vom Himmel strahlte, wusste sie sofort, in welche Richtung sie fahren musste, um nach Glenmalloch zu gelangen. Sie war gar nicht so weit von dem Cottage entfernt gewesen, nach knappen zwanzig Minuten kamen schon die ersten Häuser des Dorfes in Sicht. Da Anna keine Ahnung hatte, ob es hier eine Arztpraxis gab, fuhr sie zuerst zu ihrem Haus. Aus den Augenwinkeln beobachtete sie den Fremden, der sich bei jedem entgegenkommenden Auto zwar verkrampfte, aber immerhin hatten seine Wangen wieder etwas Farbe bekommen. Wenn er nicht diesen komischen Bart trüge, sähe er wahrscheinlich recht gut aus, dachte Anna.

»Sie warten hier!«, befahl sie streng, als sie vor dem Cottage parkte. Wahrscheinlich würde es am besten sein, einen Rettungswagen zu rufen. Die Sanitäter würden dann schon wissen, wohin sie den Fremden bringen sollten.

Kaum hatte Anna die Tür des Cottages geöffnet, als Bruce in den Flur trat. »Anna! Gott sei Dank! Ich habe mir schreckliche Sorgen gemacht!«

Alle Gedanken an den Fremden waren vergessen. Eine Welle der Zärtlichkeit durchflutete Annas Herz, vergessen war ihre gestrige Wut. Es war offensichtlich, dass Bruce die ganze Nacht nicht geschlafen hatte. Er war unrasiert, sein Haar hing ihm wirr in die Stirn, und unter seinen Augen lagen dunkle Schatten. Wie war es überhaupt möglich, dass er hier war?

»Bruce«, flüsterte Anna und ließ es geschehen, dass er sie in seine Arme zog. »Ich hatte mich verfahren. Dann war da dieses Unwetter, und ich wusste nicht mehr, wo ich war.«

Er küsste sie zärtlich auf die Stirn. »Ich habe mir Sorgen gemacht, als du so furchtbar wütend fortgefahren bist. Ich hoffte, du wärst hierher gefahren, darum habe ich mir gleich ein Taxi rufen lassen. Aber als ich nach Glenmalloch kam, warst du nicht da. Ich habe heute Nacht sogar bei der Polizei angerufen, aber sie wollten nichts tun, sagten, du wärst erwachsen und würdest schon wieder auftauchen. Geht es dir gut? Bist du verletzt?«

Glücklich schmiegte sich Anna an seine Brust. Es tat so gut, bei ihm zu sein und zu spüren, dass er sich wirklich um sie gesorgt hatte. Die Sache mit Lilian war bestimmt nur ein Missverständnis gewesen. »Es geht mir gut, ja. Allerdings habe ich ein kleines Problem.«

»Problem? Ist etwas mit dem Auto?«

Anna lächelte. Jetzt, wo Bruce sah, dass ihr nichts geschehen war, galt sein größtes Interesse natürlich seinem Sportwagen. So waren die Männer halt. »Mein Problem sitzt draußen im Wagen. Letzte Nacht flüchtete ich mich in eine Hütte, um Schutz vor dem Gewitter zu suchen, da traf ich diesen Mann. Er scheint nicht ganz richtig im Kopf zu sein ...«

»Du hast die Nacht mit einem anderen Kerl verbracht?«

Grob stieß Bruce sie von sich und lief nach draußen. Der Fremde saß immer noch wie angenagelt auf dem Beifahrersitz und starrte auf die Straße.

»Aber Bruce, es ist nicht, wie du denkst! Er kam auch in die Hütte, und er weiß nicht, wo er wohnt. Zuerst dachte ich, du hättest ihn engagiert und mir hinterhergeschickt, weil er nämlich behauptet, er käme aus der Zeit Maria Stuarts, aber dann ...«

»Das ist die lächerlichste Geschichte, die ich jemals gehört habe«, unterbrach Bruce wütend. »Du besitzt die Frechheit, dich mit einem Mann in einer Hütte zu vergnügen und diesen dann noch mit hierher zu bringen? Von dir hätte ich nicht gedacht, dass du dich auf eine solch plumpe Art rächen willst.«

»Rächen?« Anna starrte ihn mit kugelrunden Augen an. »Warum sollte ich mich rächen? Warum glaubst du mir nicht, was ich über diesen Mann sage? Ich will ihn so schnell wie möglich loswerden, er gehört in ärztliche Behandlung. Ich wollte gerade ...«

Wieder wurde Anna von Bruce ungehalten unterbrochen. »Stundenlang mache ich mir Sorgen, dass dir etwas zugestoßen sein könnte, und Vorwürfe wegen meiner kleinen Liaison mit Lilian. Ich wusste ja nicht, dass du dir die Sache so zu Herzen nimmst, aber ich war bereit, die Affäre zu beenden.

Und jetzt muss ich erfahren, dass du nichts Eiligeres zu tun hattest, als den nächstbesten Kerl in dein Bett zu zerren.«

»Affäre? Kleine Liaison?« Anna glaubte zu träumen. »Du hast wirklich etwas mit diesem blonden Scriptgirl?«

»Du meine Güte, ja. Sie ist recht hübsch und seit Wochen hinter mir her. Ich bin auch nur ein Mann, wenngleich die Kleine gehofft hat, eine Rolle in meinem nächsten Film zu bekommen, wenn sie mit mir ins Bett geht. Ich konnte ja nicht ahnen, dass du daraus gleich ein Drama machst.«

Haltsuchend griff Anna nach dem Türrahmen. Die wenigen Stunden Schlaf auf der harten Bank, das Theater mit diesem seltsamen Schotten und jetzt noch die Eröffnung, dass Bruce sie nach Strich und Faden betrogen und hintergangen hatte, waren mehr, als sie verkraften konnte. Anna konnte nicht verhindern, dass ihre Augen feucht wurden. Sie hasste es, wenn Bruce anhand ihrer Tränen sah, wie sehr er sie verletzt hatte, aber er interpretierte ihr Verhalten völlig falsch.

»Es wäre nett, wenn sich dein Liebhaber aus meinem Auto entfernen würde«, sagte Bruce kalt und trat zu dem Wagen. »Du wirst verstehen, Anna, dass ich die Sache erst mal verdauen muss. Ich werde vorerst im Hotel in Inverness wohnen. Ich gebe dir bis morgen Zeit, deine Sachen zu packen und das Haus zu verlassen. Unter diesen Umständen ist es natürlich völlig unmöglich, dass du die Hauptrolle in dem Film spielst. Ich werde jemand anderen finden müssen.«

»Das kannst du nicht machen!«, rief Anna und schluckte ihre Tränen hinunter. So kalt hatte sie Bruce nie zuvor erlebt. Er konnte doch nicht ernsthaft glauben, dass sie ihn mit diesem komischen Mann, der keine Anstalten machte, das Auto zu verlassen, betrogen hatte. »Wir haben einen Vertrag!«

»Es gibt Mittel und Wege, diesen zu brechen.«

Anna wusste, dass Bruce recht hatte. Er war so lange in der Branche und kannte die richtigen Leute, dass sie keinen Moment daran zweifelte, dass es ihm gelingen würde, sie aus dem Vertrag zu schmeißen. Wer war sie schon? Eine junge, aufstrebende Schauspielerin, die zwar einen guten Namen im Filmgeschäft hatte, aber lange nicht über die Kontakte und Anwälte wie Bruce verfügte.

»Dann geh doch! Ja, lauf zu deinem blonden Silikontittengirl oder besser noch: Scher dich zum Teufel, Bruce Hardman!«

Er grinste anzüglich.

»Das würde ich gerne, wenn sich dein Lover dazu bequemen würde, endlich aus *meinem* Auto auszusteigen.«

Anna stürmte zum Wagen und schrie durch das geöffnete Fenster: »Na los, steigen Sie endlich aus! Haben Sie nicht gehört, was der göttliche und selbstherrliche Bruce gesagt hat?«

Duncan starrte verwundert auf die beiden Menschen, die in einer Art und Weise miteinander sprachen, wie er es nie zuvor erlebt hatte. Aber es war offensichtlich, dass dieser Mann, der offenbar Bruce hieß, Anna wehgetan haben musste, denn Tränen rannen über die Wangen der jungen Frau. Er würde ihr gerne zu Hilfe eilen, aber er wusste nicht, wie, denn …

»Ich würde gerne aus diesem Eisenkasten aussteigen, aber ich weiß nicht, wie«, sagte er ruhig und ließ Anna dabei nicht aus den Augen.

Sie seufzte, öffnete die Beifahrertür, löste den Sicherheitsgurt und zog Duncan am Arm in die Höhe. Kaum stand er auf der Straße, sprang Bruce auch schon in den Wagen. Während er ihn startete, rief er Anna zu: »Die Rechnung für die Reinigung der Sitze schicke ich dir zu!« Dann fuhr er mit quietschenden Reifen davon und war gleich darauf verschwunden.

Anna starrte hilflos auf den Schotten. Binnen weniger Minuten war ihre bisher heile Welt in tausend Scherben zerbrochen. Was sollte sie jetzt bloß mit diesem Duncan anfangen? Langsam ging sie zu dem Cottage zurück.

»Ich brauche jetzt einen starken Kaffee. Kommen Sie mit, ich glaube, Sie können auch einen vertragen.«

»Warum hat Euch der Mann zum Weinen gebracht?«, fragte Duncan und trat zögernd hinter Anna in das Haus.

»Habe ich richtig verstanden, dass er eine Nacht nicht mit Euch, sondern bei einer anderen Frau verbracht hat?«

»Ja, ganz genau, und er denkt, dass ich mit Ihnen … also, dass wir zwei …«

»Aber das ist Unsinn! Ich werde es ihm selbstverständlich erklären!«, unterbrach Duncan.

»Es ist sinnlos, Bruce glaubt stets das, was er glauben *möchte*. Außerdem bin ich fertig mit ihm, soll er doch zu seiner Lilian gehen. Ich will ihn niemals wieder sehen!« Ein Schluchzer strafte Annas Worte Lügen. Schnell drehte sie sich um und griff nach dem Wasserkessel, damit Duncan nicht sah, wie sie erneut weinte. »Ich koche jetzt das Wasser.«

»Wo wollt Ihr kochen? Ich sehe hier nirgends eine Feuerstelle«, sagte Duncan so unschuldig, dass Anna sogar lächeln musste. Sie deutete auf das Cerankochfeld des Herdes, drehte an dem Schalter und binnen zwei Sekunden glühte die Platte. Duncan trat neben sie und blickte auf das Kochfeld. »Ihr macht Feuer auf einem *Stein*? Wie macht Ihr das?«

Bevor Anna ihn daran hindern konnte, legte er seine Hand auf die Platte, um sie sofort wieder mit einem Schmerzensschrei zurückzuziehen. Verwundert starrte er auf seine Finger, an denen sich die Haut rötete. Schnell drehte Anna den Wasserhahn auf und zog Duncans Hand unter den kalten Strahl. Aber das schien wieder falsch gewesen zu sein, denn Duncan keuchte so entsetzt, als er das Wasser sah, dass Anna dachte, er würde gleich einen Herzinfarkt erleiden. Sanft führte sie ihn zu einem Stuhl. »Sie bleiben jetzt hier sitzen und rühren sich nicht mehr von der Stelle. Haben Sie verstanden?«

Er nickte und starrte nach wie vor auf seine Hand.

Ich werde ihm später eine Brandsalbe draufmachen, dachte Anna, und dann einen Arzt verständigen. Aber erst brauche ich einen Kaffee!

Fünf Minuten später goss sie den starken, dunklen Kaffee in zwei Tassen und stellte sie auf den Tisch. »Möchten Sie Milch und Zucker?«

»Milch?« Duncan spie das Wort aus, als wäre es giftig. »Ich bin doch kein Säugling oder ein Kalb!«

»Okay, okay, ich dachte ja nur. Stimmt mit dem Kaffee etwas nicht?«

Duncan betrachtete seinen Tasseninhalt, roch daran und tippte mit dem Finger hinein.

»Was ist das für ein Zeugs? Ein Hexentrank mit magischen Kräften?«

»Ja, das Koffein darin kann Tote zum Leben erwecken«, antwortete Anna ironisch und nahm einen Schluck. Warm rann der Kaffee durch ihre Kehle, und sie fühlte sich gleich ein wenig besser. Als Erstes musste sie Duncan loswerden, dann würde sie den Regisseur anrufen und ihm wohl oder übel von dem Streit mit Bruce berichten müssen. Vielleicht konnte Peter Jenner noch mal mit Bruce sprechen, denn den Film wollte Anna auf jeden Fall drehen. So einfach würde sie sich nicht ausbooten lassen …

»Pfui Teufel, was ist denn das?«

Anna schreckte hoch und konnte es nicht verhindern, laut aufzulachen. Auf dem Küchentisch stand eine Schale mit Obst, und Duncan hatte soeben herzhaft in eine Banane gebissen, ohne sie allerdings vorher zu schälen. Als wäre er ein kleines Kind, nahm Anna die Frucht in die Hand, entfernte die Schale und gab Duncan die Banane zurück. »So, jetzt können Sie sie essen. Sie schmeckt wirklich gut.«

Skeptisch knabberte Duncan an der Frucht, doch dann schien er Geschmack daran zu finden, und er verspeiste sie binnen drei Sekunden. »Das war gut! Habt Ihr noch mehr zu essen? Ich habe Hunger!«

Einen Augenblick lang ärgerte sich Anna über seinen anmaßenden Ton, merkte dann aber, wie auch ihr Magen knurrte. Kein Wunder, sie hatte seit dem Mittag des vergangenen Tages nichts mehr gegessen. »Ich mache uns jetzt Frühstück, dann müssen Sie aber gehen. Ich habe nämlich noch viel zu tun. Vielleicht möchten Sie, solange ich koche, das Bad benutzen?«

Nötig hat er es, dachte Anna und wurde sich ihres eigenen Zustands bewusst. Sie würde aber erst ein Bad nehmen, wenn Duncan auf Nimmerwiedersehen verschwunden war.

»Ihr habt einen Baderaum in diesem Haus?«

»Die Treppe hinauf, es ist gleich die erste Tür auf der rechten Seite«, erklärte Anna, während sie Eier, Speck und Champignons aus dem Kühlschrank nahm. Duncans Blick, der interessiert in den Kühlschrank schaute, entging ihr nicht, aber zum Glück stieg er tatsächlich die Treppe nach oben. Leider war Anna keine Ruhepause vergönnt, denn keine Minute später stand er wieder in der Küche.

»Es ist ein Badezuber in dem Raum, aber wer bringt die Eimer mit dem heißen Wasser? Ich nehme nicht an, dass Ihr eine Magd habt?«

»Ganz ruhig, Anna, zähl einfach bis zehn, bevor du ausflippst«, murmelte sie und schlug die Eier in das zwischenzeitlich heiß gewordene Fett in der Pfanne. Dann lauter, zu Duncan gewandt: »Sie können später baden, das Essen ist gleich fertig. Ich vergaß, dass Sie ja aus dem sechzehnten Jahrhundert kommen und natürlich nicht wissen können, wie ein Wasserhahn funktioniert.«

Tatsächlich setzte sich Duncan wieder. Anna deckte den Tisch, verteilte dann die Eier, den Speck und die angebratenen Tomaten auf die Teller und nahm zwei Scheiben Weißbrot aus der Tüte. Trotz allem aß sie mit gutem Appetit, ihr Gegenüber ebenso, obwohl er die Gabel mit Missachtung strafte und sich die Eier mit dem Messer und den Fingern seiner linken Hand in den Mund schob.

»Tut die Hand noch weh?«, fragte Anna.

Duncan schüttelte den Kopf. »Das ist doch nichts. Nur Weiber oder kleine Kinder machen davon Aufhebens.« Mit einem Rülpser schob er seinen leeren Teller zur Seite. »Das war recht gut, Ihr scheint tatsächlich kochen zu können. Aber jetzt müssen wir miteinander reden.«

»Tun wir das nicht schon seit Stunden? Doch das Einzige, was ich von Ihnen zu hören bekomme, sind Beleidigungen. Außer jetzt, wo Sie mir ausnahmsweise zugestehen, ein

Frühstück zubereiten zu können. Wissen Sie was, Mylord? Sie gehen jetzt dort durch diese Tür, und ich wünsche, Sie niemals wieder zu sehen.«

»Weil dieser Bruce Euch wegen mir verlassen hat?«

»Er hat mich nicht verlassen!«, brauste Anna auf. »Wenn er nicht gegangen wäre, dann hätte ich ihm noch heute die Koffer vor die Tür gesetzt, denn er hat mich mit diesem blonden Gift betrogen! Soll er doch über Sie denken, was er will!«

»Ich werde nicht gehen.«

Anna schoss von ihrem Stuhl in die Höhe. »Was soll das heißen?«

»Auch wenn es mir widerstrebt, ein Weib um Hilfe bitten zu müssen, scheint es mir doch, dass mir im Moment nichts anderes übrig bleibt. Ich weiß nicht, was genau geschehen ist, aber als ich gestern Abend mein Haus fluchtartig verlassen musste, befand ich mich im sechzehnten Jahrhundert. Nun aber scheint die ganze Welt verändert zu sein. Es gibt eiserne Kutschen, die ohne Pferde fahren, Steine, die von selbst brennen, und riesige, Krach machende Libellen am Himmel. Da dies alles erst angefangen hat, als ich Euch traf, kann es nur eine einzige Erklärung geben: Ihr habt mich und die Welt um mich herum verhext. Darum werde ich so lange an Eurer Seite bleiben, bis Ihr mir sagt, was Ihr von mir wollt, und Euren Zauber rückgängig macht. Ich sagte bereits, dass meine Familie recht wohlhabend ist.«

»Ich will Ihr Geld nicht.« Anna beugte sich vor und legte eine Hand auf seinen Arm. Er zuckte zwar zusammen, nahm aber seinen Arm nicht fort. »Ich will Ihnen helfen, Duncan. Ich darf doch Duncan zu Ihnen sagen, nicht wahr? Ihren Nachnamen habe ich nämlich vergessen.«

»Duncan Cruachan, Laird of Glenmalloch«, unterbrach er.

»Ach ja, wie dieser zauberhafte kleine Ort hier. Duncan gefällt mir aber am besten, darum werde ich Sie so nennen. Ich weiß nicht, warum und wieso, aber Sie tun mir leid. Da Sie sich beharrlich weigern, mir zu sagen, wo Sie leben, schlage ich Ihnen vor, wir fahren gemeinsam nach Inverness, und ich bringe Sie in ein Krankenhaus. Dort kann man Ihnen bestimmt helfen. Glauben Sie mir, ich mache mir ernsthaft Sorgen um Sie, obwohl ich derzeit selbst genügend Probleme am Hals habe.«

Erstaunt sah Anna, wie er sich vorbeugte und interessiert ihren Hals betrachtete.

»Ich sehe da nichts, im Gegenteil, Ihr habt einen sehr schönen, schlanken Hals.«

Wider Willen errötete Anna über das Kompliment. Obwohl Duncans Geist in einer anderen Zeit zu leben schien, fühlte Anna plötzlich ein Stück Verantwortung für ihn. Außerdem würde er ihr helfen, nicht ständig an Bruce denken zu müssen.

»Jetzt mach ich uns noch einen Kaffee, und dann erzählen Sie mir alles in Ruhe von Anfang an.«

»Habt Ihr nicht einen Whisky?«

»Äh, Whisky, so früh am Tag? Aber wir sind ja hier in Schottland. Ich bin sicher, Bruce hat irgendwo eine Flasche.«

Anna erhob sich und fand tatsächlich eine Flasche in der Anrichte im Wohnzimmer. Sie kehrte in die Küche zurück und schenkte Duncan ein Glas ein. Kurz überlegte sie, ob sie sich auch einen Schluck genehmigen sollte, entschied sich aber dann für einen weiteren Kaffee, denn sie musste einen klaren Kopf behalten.

Duncan stürzte den Whisky in einem Zug hinunter, dann begann er zu erzählen: »Wie ich Euch bereits in der Nacht berichtete, saß ich gerade beim Abendessen, als ein Bote kam und sagte, dass Anhänger von James Stewart, dem Stiefbruder der Königin, unterwegs seien, mich zu töten, um zu verhindern, dass ich an die Seite der Königin eile und sie unterstütze. Mir blieb in diesem Moment nur die unehrenhafte Flucht, denn die bewaffneten Männer waren bereits vor den Toren der Burg. Ich galoppierte in der Hoffnung, sie abschütteln zu können, in die Berge hinauf. Irgendwie gelang es ihnen aber, mich bei dem See einzukreisen. So blieb mir nur noch die Möglichkeit, in den See zu springen. Ich hoffte, das andere Ufer erreichen zu können. Dabei musste ich natürlich mein Pferd zurücklassen. Ich konnte das Rufen und Schreien der Männer hören, dann versank ich wie ein Stein im Wasser. Obwohl ich ein guter Schwimmer bin, war es, als zöge mich ein Sog nach unten. Sosehr ich mich auch bemühte, es gelang mir nicht, wieder an die Oberfläche zu gelangen. Dann plötzlich ließ der Sog nach, ich tauchte auf und konnte wieder atmen. Seltsamerweise war plötzlich ein Unwetter aufgezogen, obwohl es eine sternenklare Nacht gewesen war, bevor ich in den See gesprungen bin. Ich schwamm ans Ufer. Weder von den Verfolgern noch von meinem Pferd war eine Spur zu entdecken. Dann erinnerte ich mich an die verlassene Bauernkate, und da das Gewitter immer stärker wurde, flüchtete ich mich in die Hütte. Dort traf ich Euch, und damit hat alles begonnen. Ihr habt mich in dem Augenblick, in dem ich die Kate betrat, verzaubert.«

Anna lächelte. Es war lange her, dass ein Mann gesagt hatte, sie hätte ihn verzaubert, auch wenn Duncan es in einer ganz anderen Art und Weise meinte, als es üblicherweise gemeint war. »Sie denken also immer noch, ich sei eine Hexe?«

»Was denn sonst? Ich verstehe nur nicht, warum und wieso Ihr das getan habt. Außer, Ihr seid eine Kumpanin von James Stewart. Ich lasse mich aber nicht daran hindern, so schnell wie möglich nach Edinburgh an die Seite der Königin zu eilen.«

»Duncan, ich möchte Ihnen wirklich helfen«, sagte Anna eindringlich. »Zuerst aber müssen Sie akzeptieren, dass wir uns im einundzwanzigsten Jahrhundert befinden, Maria Stuart seit über vierhundert Jahren tot und Schottland schon lange ein Teil Großbritanniens ist, an dessen Spitze Königin Elisabeth die Zweite steht.«

Minutenlang starrte er sie an. Aller Spott war aus seinen Augen verschwunden, und ungewöhnlich ernst klang seine Stimme, als er sagte: »Alles, was ich seit dem Morgen vorgefunden habe, ist derart verändert, dass ich wohl nicht umhinkomme, Euch zu glauben. Dann müsst Ihr mir aber helfen, in meine Zeit zurückzukehren. Und Ihr müsst mir alles sagen, was Ihr über die Königin wisst. Ihr sagtet, sie sei tot. Wie und wann ist sie gestorben?«

Anna überlegte fieberhaft, konnte sich aber an genaue Daten nicht erinnern. »Ich weiß nicht, wann Maria Stuart hingerichtet wurde, aber ...«

»Hingerichtet!« Duncan fuhr in die Höhe, polternd krachte sein Stuhl auf den Boden. »Wer hat sie ermordet? Und warum?«

»Duncan, setzen Sie sich wieder und beruhigen Sie sich! Das ist doch alles so lange her, und ich habe im Geschichtsunterricht nicht sehr gut aufgepasst. Ich weiß nur, dass Maria Stuart viele Jahre die Gefangene der englischen Königin Elisabeth der Ersten war und dann wegen irgendeiner Intrige geköpft worden ist.«

Duncan schlug die Hände vors Gesicht und schüttelte den Kopf. Anna befürchtete für einen Moment, er würde weinen, aber dann nahm er die Hände wieder fort, und sie erkannte eine maßlose Wut in seinen Augen. »Ich bringe diesen Bastard, der zu Unrecht auf Englands Thron sitzt, eigenhändig um, wenn Elisabeth unserer Königin auch nur ein Haar krümmen sollte! Warum sollte ich Euch das glauben? Warum verbreitet Ihr solche Lügen?«

Anna war kurz davor, die Beherrschung zu verlieren. Am besten wäre es, einfach die Polizei zu rufen, dachte sie, sollen die sich doch um den Wahnsinnigen kümmern. Aber irgendwie erzeugte die Vorstellung, diesen Mann, der körperlich stark wie ein Bär, im Gemüt aber wie ein kleines Kind wirkte, der Staatsgewalt auszuliefern, in Anna ein unangenehmes Gefühl. Darum atmete sie tief durch und fragte: »Angenommen, ich glaube Ihnen, dass Sie, aus welchen Gründen auch immer, aus der Vergangenheit kommen und ein Zeitgenosse von Maria Stuart sind. Angenommen, Ihre fantastische Geschichte stimmt – haben Sie denn eine Erklärung, wie es dazu kommen konnte?«

»Weil Ihr mich verhext habt.« Duncan musterte Anna mit finsterem Blick. »Ich erwarte von Euch eine Antwort darauf, Mistress Anna.«

»Die ich Ihnen nicht geben kann! Wie oft soll ich Ihnen noch beteuern, dass ich keine Hexe bin? Es gibt überhaupt keine Hexen, und die Zeit, in der man Frauen nachsagte, sie verfügten über magische Kräfte, und sie auf dem Scheiterhaufen verbrannt hat, sind zum Glück lange vorbei.«

Duncan kratzte sich ausgiebig in seinem Bart. Hoffentlich hat er keine Läuse, dachte Anna, und er deutete auf seine Tasse. »Kann ich noch so ein Getränk haben?«

»Kaffee? Ja, ich könnte auch noch einen gebrauchen.«

Duncan sah schweigend zu, wie Anna Wasser erhitzte und gefriergetrockneten Kaffee in die Tassen gab, dann sagte er: »Wenn ich Euch also Glauben schenke, dass Ihr nichts mit meinem Auftauchen hier zu tun habt, dann kann es nur eine Erklärung geben.«

»Und welche?« Gespannt beugte Anna sich vor, ihre Hände krampften sich um die warme Tasse.

»Der See. Wisst Ihr nicht, dass der See, an dessen Ufer ich auf Euch stieß, seit Jahrhunderten verwunschen ist?«

Anna schüttelte den Kopf. »Ich bin noch nicht lange in Schottland und habe davon nichts gehört. Aber ranken sich nicht beinahe um jeden Platz hier im Hochland fantastische Sagen und Legenden? Sie meinen also, in dem See hause ein Ungeheuer so wie Nessie im Loch Ness?«

»Nessie? Davon habe ich nie gehört, aber der Glen-Mal-Loch hat eine alte Geschichte, der ich wohl Glauben schenken muss.«

»Erzählen Sie mir von dem See«, forderte Anna ihn auf.

»Die Geschichte trug sich lange, bevor der erste Christ einen Fuß auf schottischen Boden setzte, zu. Damals gab es hier im Hochland zahlreiche Stämme, die meisten waren untereinander bis aufs Blut verfeindet. Dazu kamen immer wieder kriegerische Auseinandersetzungen zwischen den Pikten und den Kelten. Aber in der Nähe des Glen-Mal-Loch lebte ein Stamm, dessen Häuptling ein großer Zauberer war.

Sein Name war Iain Craig Fraoch, und er entstammte einer Familie mit langer Tradition von Magiern. Solange die Welt bestand, waren die ältesten Söhne Zauberer gewesen. Fraoch verfügte über magische Kräfte, die alle Krankheiten heilen und Missernten vorbeugen konnten. Zudem wurde jeder Mann, der sich von Fraoch berühren ließ, bevor er in die Wälder zog, vom Jagdglück begünstigt. Daher musste der Stamm niemals Hunger leiden und kannte keine Not. Aber dann kamen die Nordmänner mit ihren Drachenschiffen an die Küsten von Schottland. Sie brandschatzten, mordeten und vergewaltigten. Irgendwann kamen sie auch zum Glen-Mal-Loch. Fraoch verhängte einen Bannzauber über sein Dorf, aber die Nordmänner hatten ebenfalls einen Zauberer, dessen Kräfte stärker waren als die Fraochs. Das Dorf wurde niedergebrannt, der ganze Stamm ausgelöscht. Fraoch jedoch wurde gefesselt und im See ertränkt. Seine Magie war unwirksam geworden, doch bevor er ertrank, verwünschte er alle, die jemals wieder einen Fuß in den See setzten. Jeder würde verschwinden und niemals wieder zurückkehren. Die Nordmänner, die Fraoch in den See geworfen hatten und dabei mit dem Wasser in Berührung gekommen waren, verschwanden tatsächlich. Niemand hat sie je wieder gesehen. Seitdem gelten der See und die Gegend, in der Fraochs Stamm einst lebte, als verflucht, und kein Mensch hat sich je wieder in den See gewagt.«

»Außer Ihnen, Duncan«, unterbrach Anna. Wider Willen war sie von seiner Geschichte fasziniert, auch wenn es sich wohl um reine Erfindung handelte. Seine Augen hatten beim Erzählen einen Glanz angenommen, dass Anna beinahe bereit gewesen wäre, ihm jedes einzelne Wort zu glauben.

Er zuckte mit den Schultern. »Die Geschichte von Fraoch und dem See wird bei uns von Generation zu Generation weitergegeben. Wir erzählen es unseren Söhnen, so wie unsere Väter uns und davor deren Väter ihnen. Als ich ein kleiner Junge war, glaubte ich an die Legende und wagte mich nicht in die Nähe des Sees. Das ist auch der Sinn und Zweck dieser Geschichte. Der Glen-Mal-Loch ist zwar nicht sehr tief, aber eiskalt, und es sollen Strömungen in dem See herrschen, darum ist es lebensgefährlich, dort zu baden. Um die Kinder davon abzuhalten, erzählt man ihnen, der See sei verwunschen und sie verschwänden auf Nimmerwiedersehen, wenn sie mit dem Wasser in Berührung kämen.«

»Dann glauben Sie nicht an die Legende?«

Nachdenklich fuhr sich Duncan mit einer Hand durch seinen dichten Bart. »Ich habe bisher nicht daran geglaubt. Jetzt aber …« Er stockte und sah Anna ernst in die Augen. »Es bleibt mir nichts anderes übrig, als mich damit abzufinden, über vierhundert Jahre in die Zukunft gereist zu sein. Zuerst dachte ich, Ihr habt einen Zauber über mich gelegt, aber inzwischen habe ich so viel gesehen, dass ich nicht mehr an Eure Hexenkünste glaube. Kein Zauberer und keine Hexe kann eine ganze Welt dermaßen verändern.«

»Es freut mich, dass Sie mich nicht mehr für eine Hexe halten.« Anna rührte nachdenklich in ihrem Kaffee, obwohl sie weder Milch noch Zucker hineingetan hatte. Armer Kerl, dachte sie erneut, dabei hat er wirklich ein großes künstlerisches Potenzial und könnte leicht als Schauspieler, Erzähler oder sogar Schriftsteller arbeiten.

»Ihr seht also, Mistress Anna, dass ich so schnell wie möglich wieder zu dem See muss, um in meine Zeit zurückzukehren. Vorher müsst Ihr mir aber alles erzählen, was mit meiner Königin geschehen ist.«

»Du meine Güte, ich bin doch keine Historikerin!«, rief Anna. »Alles, was ich weiß, habe ich Ihnen gesagt.«

Duncan gab sich mit dieser Antwort nicht zufrieden. »Dann müssen wir jemanden finden, der uns mehr sagen kann.«

Plötzlich kam Anna ein Gedanke. »Bücher! Ja, natürlich! Es gibt gerade hier in Schottland sicher Hunderte von Büchern zu dem Thema.«

»Ihr meint, wir können ein Kloster aufsuchen und in den Büchern nachschauen?«

»Ein Kloster?«, fragte Anna verwundert. »Was sollen wir in einem Kloster? Ich denke, Sie wollen die Geschichte nachlesen und nicht beten.«

»Ihr spracht von Büchern. Die Mönche haben doch die Bücher in ihren Klöstern.«

Anna schüttelte lächelnd den Kopf. »Schon längst nicht mehr. Heute kann jeder Mensch so viele Bücher kaufen und selbst besitzen, wie er möchte. Außerdem weiß ich gar nicht, ob es hier irgendwo ein Kloster gibt. In der Reformation wurden alle geschlossen und die meisten zerstört.«

»Ja, in England unter dem grausamen König Heinrich dem Achten«, brauste Duncan auf. »Aber wir in Schottland sind ein gottesfürchtiges Volk, das nicht den ketzerischen Gedanken des Bastards auf dem englischen Thron verfallen ist. Auch wenn obskure Gestalten wie dieser John Knox versuchen, den wahren Glauben in Schottland auszurotten.«

»Womit er schlussendlich Erfolg hatte«, erinnerte sich Anna, nicht ahnend, was ihre Worte bei Duncan auslösten.

Er stand so heftig auf, dass sein Stuhl polternd zu Boden fiel. »Was sagt Ihr da? Schottland bekannte sich zum Ketzertum?«

»So sieht man die Sache heute nicht mehr, Duncan«, versuchte Anna ihn zu beruhigen. »Als Maria Stuarts Sohn James König von England und damit die beiden Länder vereinigt wurden, gab es nur noch einen Glauben. Und später dann, nach den Jakobitenaufständen, änderte sich sowieso alles.«

»Jakobitenaufstände?«

Anna erhob sich seufzend. »Ich sagte bereits, dass ich kaum etwas davon weiß. Geschichte war das Schulfach, vor dem ich mich am liebsten gedrückt habe. Aber wir werden in eine Bibliothek fahren, dort können Sie alles nachlesen, was Sie interessiert. Ich denke, in Inverness werden wir fündig werden.«

»Ach ja, und wie kommen wir nach Inverness? Selbst wenn wir Pferde hätten, wäre es ein strammer Ritt von gut zwei Tagen.«

»Ich werde versuchen, einen Wagen zu leihen«, antwortete Anna, deren Geduld langsam, aber sicher zu Ende ging. Dieser Typ war wirklich gut, zwar vollkommen irre, aber das in Perfektion! Seine Krankheit musste wirklich sehr schlimm sein, denn niemand konnte sich über so viele Stunden derart verstellen. »Am Dorfrand ist eine Tankstelle, ich werde dort nachfragen.«

»Ihr meint, Ihr möchtet Euch so eine schnelle pferdelose Kutsche borgen?«

»Ja, genau. Ich werde Sie für eine Stunde allein lassen müssen. Vielleicht möchten Sie nun doch ein Bad nehmen? Ich springe nur schnell unter die Dusche. Sie bleiben hier sitzen und rühren sich nicht von der Stelle. Haben Sie verstanden?«

Duncan verschränkte die Arme vor der Brust und sah sie beleidigt an. »Obwohl es mir widerstrebt, den Anweisungen eines Weibes Folge zu leisten, und mir eine weitere Fahrt in einem solchen … Wagen nicht ganz geheuer ist, sehe ich im Augenblick keine andere Möglichkeit, als mich auf Eure seltsamen Vorschläge einzulassen. Habt Ihr noch etwas zu essen?«

Anna grinste, während sie den Kühlschrank öffnete und die Pastete, die sie sich eigentlich zum Abendessen hatte aufwärmen wollen, herausholte. Duncan zuckte in bewährter Manier zusammen, als er beobachtete, wie Anna die Pastete in die Mikrowelle schob und nach nur zwei Minuten heiß und dampfend vor ihn hinstellte.

»Das ist wahrlich eine seltsame Zeit. Vielleicht kann ich dieses Ding da …«, er zeigte auf die Mikrowelle, »…in meine Zeit mitnehmen? Meine Mutter wäre darüber begeistert, in wenigen Augenblicken ein warmes Essen zu zaubern.«

»Es gibt da nur das Problem, dass in *Ihrer* Zeit die Elektrizität noch nicht erfunden ist.«

»Elekzi… was?«

»Ach, ist egal. Ich gehe jetzt duschen und bin in zehn Minuten zurück.«

Duncan biss herzhaft in den warmen Blätterteig, und Anna eilte nach oben ins Bad. Automatisch verriegelte sie die Tür hinter sich, bevor sie sich auszog und unter den heißen Wasserstrahl stellte. Wie gut das tat! Sie schloss die Augen und genoss das warme Wasser auf ihrer Haut. Was tat sie hier eigentlich? In den letzten Stunden hatte sie mehr Widersprüchlichkeiten als je zuvor in ihrem Leben erlebt. Obwohl Duncan allein schon durch seine Körpergröße und Stärke und wegen seines struppigen Bartes eine Erscheinung war, die einem leicht Furcht einflößen konnte, hatte Anna keine Angst mehr vor ihm. Auf der einen Seite war er wie ein großer, brummiger Bär, jederzeit zum Angriff bereit, dann aber wirkte er wie ein kleines Kind, das sich im Wald verlaufen hatte. Anna hatte von geistig Kranken gehört, die tatsächlich glaubten, eine andere Person zu sein, Napoleon Bonaparte zum Beispiel. Sie lebten diese Rolle bis ins kleinste Detail, wirkten dabei aber so natürlich, dass ihre Krankheit auf den ersten Blick nicht zu erkennen war.

Während sich Anna mit dem flauschigen Handtuch, das nach Rosen- und Orangenblüten duftete, die Haare trockenrubbelte, erinnerte sie sich, vor einigen Tagen bei einem Spaziergang das Schild einer Arztpraxis am anderen Ende des Dorfes gesehen zu haben. Wenn Duncan aus der Gegend stammte, dann wäre er dem Landarzt sicher bekannt, und er würde dafür sorgen, dass Duncan wieder nach Hause zu seiner Familie käme. War Duncan aus einer psychiatrischen Klinik entflohen, so würde man ihr in der Praxis bestimmt sagen können, wo sich die nächste derartige Klinik befand.

Als Anna nach nur acht Minuten in die Küche zurückkehrte, saß Duncan schlafend im Stuhl. Sein Kinn war auf die Brust gesunken, die Lippen leicht geöffnet, und er atmete ruhig und tief. Da war es wieder, das Gefühl von Mitleid, gegen das sich Anna nicht wehren konnte. Sie holte aus dem Wohnzimmer eine Wolldecke und breitete sie vorsichtig über Duncans Oberkörper und Beine, ohne ihn aufzuwecken. Ihre eigene Müdigkeit war nach der Dusche verflogen, außerdem war sie gespannt, was sie über den seltsamen Fremden herausfinden würde.

*Dr. Allan Stewart, praktischer Arzt* stand auf dem Schild an der Glastür, die Anna nach kurzem Klopfen öffnete. Sie betrat einen kleinen Empfangsraum und wurde von einer älteren Frau in einem weißen Kittel freundlich begrüßt:

»Einen schönen Tag, aber es tut mir leid, ich wollte gerade Mittagspause machen. Mein Mann ist bei einem Hausbesuch. Wir haben ab drei Uhr wieder Sprechstunde, wenn Sie dann vielleicht wiederkommen möchten? Oder handelt es sich um einen Notfall?«

Anna schüttelte den Kopf. »Guten Tag, Mrs. Stewart. Nein, es ist kein Notfall, jedenfalls nicht im eigentlichen Sinne. Es geht auch gar nicht um mich, sondern um einen … Freund.«

»Was fehlt ihm?«, fragte die Arztfrau. »Wenn es dringend ist, kann ich meinen Mann über sein Handy erreichen.«

»Ich wollte nur fragen, ob Sie einen Duncan Cruachan kennen. Vielleicht ist er ein Patient von Ihnen?«

Mrs. Stewart zog den Kittel aus und hängte ihn an einen Haken hinter der Tür, dann schlüpfte sie in einen dunklen Blazer und ging zur Tür. Es blieb Anna nichts anderes übrig, als ihr nach draußen zu folgen. Während die Arztfrau die Tür zur Praxis sorgfältig verschloss, sagte sie kühl: »Wir geben grundsätzlich keine Auskünfte über unsere Patienten, Miss …?«

»Wheeler, Anna Wheeler«, beeilte sich Anna zu sagen.

»Ach, dann sind Sie die Schauspielerin, die seit einigen Tagen im Dorf wohnt?« Als Anna nickte, fuhr Mrs. Stewart fort: »Ein paar unserer Patientinnen haben über Sie gesprochen. Sie müssen mir verzeihen, dass ich Sie nicht von der Leinwand kenne, aber die Führung einer Landarztpraxis erlaubt es nicht oft, ins Kino in die nächste Stadt zu fahren.«

»Das macht doch nichts«, sagte Anna schnell. »Kennen Sie vielleicht einen Mann mit dem Namen, der hier in Glenmalloch lebt? Bitte, es ist sehr wichtig für mich!«

Mrs. Stewart zögerte, dann gab sie sich einen Ruck und sagte: »Nun gut, ich kann Ihnen sagen, ob der Herr bei uns Patient ist oder nicht, mehr darf ich Ihnen aber nicht verraten. Wie war noch mal der Name?« Anna wiederholte ihn, aber Mrs. Stewart schüttelte wieder den Kopf. »Nein, noch nie gehört, und ich kenne alle Menschen, die hier leben. Ich bin schließlich in Glenmalloch geboren und habe mein ganzes Leben hier verbracht.«

Zwischenzeitlich waren die beiden Frauen auf die Straße getreten, und Mrs. Stewart machte Anstalten, sich in ihr Auto zu setzen.

»Was wissen Sie über die Ruinen hier in der Nähe? Ich glaube, man nennt sie Glenmalloch Castle. Gibt es einen Laird von Glenmalloch?«, fragte Anna schnell und hoffte, die Geduld der offensichtlich sich in Eile befindenden Arztfrau nicht so sehr zu strapazieren.

»Die Burg ist schon lange verfallen, ebenso wie das Geschlecht der Glenmallochs seit Jahrhunderten ausgestorben ist. Genaue Jahreszahlen weiß ich nicht, aber nach der Schlacht von Culloden, nach der Schottland alle Rechte und Traditionen verlor, wurde die Burg zerstört.« Sie setzte sich auf den Fahrersitz. »Sie entschuldigen mich bitte, Miss Wheeler? Aber wenn mein Mann nach Hause kommt, erwartet er ein warmes Essen, daher muss ich mich nun beeilen.«

»Eine Frage noch, Mrs. Stewart: Gibt es in der Nähe eine Klinik für … Psychiatrie? Für Menschen, die hier oben …«, sie tippte sich an die Stirn, »… nicht ganz richtig sind?«

Ein leichtes Lächeln huschte über Mrs. Stewarts schmallippigen Mund. »Sie meinen ein Irrenhaus, wie es im Volksmund auch heute immer noch genannt wird? Wir nennen es psychosomatische Klinik. Das Krankenhaus in Inverness verfügt über eine derartige kleine Einrichtung, allerdings werden dort nur Kurzzeittherapien durchgeführt, also akut gefährdete potenzielle Selbstmörder. In Aberdeen befindet sich eine Klinik mit einer geschlossenen Abteilung und natürlich in Glasgow und Edinburgh. Aber warum wollen Sie das alles wissen?«

Anna reagierte blitzschnell. »Ach, es geht nur um die Recherche für einen neuen Film.«

Mrs. Stewart zuckte mit den Schultern und stieg in den Wagen. Als sie fortfuhr, stand Anna ratlos am Straßenrand. Die Frau des Arztes hatte ihr nicht helfen können, außer vielleicht …

Zehn Minuten später wusste Anna, dass es weder im Krankenhaus in Inverness noch in der Klinik in Aberdeen einen Patienten mit dem Namen Duncan Cruachan gab und in den letzten Tagen und Wochen auch niemand aus den Kliniken geflohen war. Anna hatte sich mit ihrem Handy über die Auskunft mit den Krankenhäusern verbinden lassen. Es erschien ihr unwahrscheinlich, dass Duncan aus dem Süden Schottlands, aus Glasgow oder Edinburgh, kam. Warum sollte er dann ausgerechnet hierher ins Hochland gekommen sein? Zudem – er hätte zumindest das Geld für eine Zugfahrkarte haben müssen, aber Anna hatte festgestellt, dass die einzigen Dinge, die Duncan bei sich trug, ein kleiner Dolch, der in seinem Stiefel steckte, und ein Feuerstein in der Tasche seines Umhangs waren. Vielleicht wäre es das Beste, ihn bei der nächsten Polizeibehörde abzuliefern. Da diese aber in Inverness war, musste sie auf jeden Fall einen Wagen mieten.

Anna hatte an der Tankstelle Glück. Es gab drei Wagen zur Auswahl, und sie entschied sich für einen mittelgroßen Jeep, der ihr für die Straßen Schottlands weitaus geeigneter schien als Bruces Sportwagen. Anna zeigte ihren Führerschein vor, unterschrieb den Mietvertrag und leistete mit ihrer Kreditkarte eine Anzahlung. Auf dem Weg zurück zum Cottage sah sie auf der Hauptstraße einen Laden, der Anglerzubehör und landwirtschaftliche Kleingeräte verkaufte. Aber etwas anderes zog Annas Aufmerksamkeit auf das Schaufenster: derbe und praktische Kleidung für die Arbeit auf dem Feld. Duncan konnte sie unmöglich in der Kleidung, die er momentan trug, nach Inverness begleiten. Kurz entschlossen parkte Anna vor dem Laden und erstand eine dunkelblaue Latzhose, ein groß kariertes Hemd und eine grüne Öljacke – alles in Größe XXL. Sie hatte keine Ahnung, welche Kleidergröße Duncan hatte, aber das Geschäft führte keine größeren Sachen als in XXL. Erneut zückte sie ihre Kreditkarte und murmelte beim Hinausgehen: »Warum, zum Teufel, tue ich das eigentlich alles? Ich werde von dem Geld keinen Penny wiedersehen.«

Wütend über sich selbst und ihre Gutmütigkeit warf sie die Plastiktüte mit den Kleidern auf den Rücksitz und fuhr mit quietschenden Reifen los.

Anna erschrak, als sie Duncan nicht mehr in der Küche vorfand, dann aber hörte sie ein Rumpeln aus dem oberen Stockwerk und rannte, zwei Stufen auf einmal nehmend, hinauf. Duncan stand im Bad und drehte an den Wasserhähnen der Badewanne. Erst auf, dann zu, dann wieder auf und schließlich wieder zu. Dabei gluckste er vergnügt wie ein kleines Kind, wenn das Wasser in die Wanne schoss.

»Duncan …«, stotterte Anna und fühlte sich unendlich erleichtert, dass er noch da war.

»Habt Ihr das gesehen, Mistress Anna?«, fragte Duncan, ohne sich zu ihr umzudrehen. »Da kommt ein kleiner Wasserfall direkt aus der Wand. Und links ist der Wasserfall heiß, der rechte ist kalt.«

»Das ist ein Wasserhahn«, murmelte Anna automatisch. Sie drängte sich an ihm vorbei und steckte den Stöpsel in den Ablauf der Badewanne. Dann mischte sie auf beiden Hähnen eine angenehme Temperatur und schüttete Badeschaum in die Wanne. Sofort durchzog ein köstlicher Geruch nach Flieder den Raum. Anna wartete, bis die Wanne fast voll war, dann drehte sie die Hähne wieder zu. Die ganze Zeit über hatte Duncan kein Wort gesprochen, sondern jeden ihrer Handgriffe nur ganz genau beobachtet.

»Sie können nun baden, wenn Sie möchten«, sagte Anna und ging zur Tür. »Handtücher sind in dem kleinen Schrank dort drüben, und ich lege Ihnen frische Kleidung vor die Tür.«

»Baden? Ja, es wäre schön … Aber vorher muss ich noch in den Garten.«

»In den Garten? Es ist jetzt wirklich nicht der richtige Zeitpunkt, um Blumen zu pflücken.«

Duncan senkte verlegen den Blick. »Das hatte ich auch nicht vor, sondern … ich muss einem menschlichen … äh … Bedürfnis … Ihr versteht?«

Zuerst war Anna verblüfft, dann empfand sie Bewunderung für die perfekte Verstellung Duncans. Er ließ wirklich nicht das kleinste Detail aus. Übertrieben hilfsbereit klappte Anna die Toilettenbrille nach oben.

»*Dazu* brauchen Sie nicht in den Garten zu gehen, *das* können Sie hier erledigen. Danach drücken Sie dann auf diesen Hebel und klappen den Deckel wieder zu. Haben Sie verstanden? Das Letztere ist nämlich ganz besonders wichtig.«

Anna beachtete Duncan nicht weiter und verließ schmunzelnd das Bad. Wenig später hörte sie die Wasserspülung rauschen, einen erfreuten Ausruf Duncans und dann, wie er, offenbar vergnügt, im Wasser plantschte.

»Fehlt nur noch, dass er singt«, sagte sie zu sich. Dann nahm sie das Branchentelefonbuch und suchte nach der öffentlichen Bücherei in Inverness. Da auch die Öffnungszeiten abgedruckt waren, stellte Anna fest, dass sie heute bis sechs Uhr am Abend geöffnet hatte. Also würde sie, sobald Duncan mit dem Baden fertig war, mit ihm nach Inverness fahren, in die Bibliothek gehen und sehen, wie er auf die Informationen aus den Büchern reagierte. Wenn er dann nicht wieder zu sich kam und immer noch kein Verhalten an den Tag legte, wie es einem Menschen aus dem einundzwanzigsten Jahrhundert anstand, würde sie ihn einfach stehen lassen und nach Glenmalloch zurückfahren. Sollte sich doch jemand anders um den Verrückten kümmern! Sie hatte wahrlich wichtigere Sorgen, denn schließlich stand ihre Karriere auf der Kippe, und sie brauchte ihre ganze Konzentration, um die Sache mit Bruce wieder einzurenken. Wenn sie und Bruce auch nie wieder ein Liebespaar werden würden – dazu hatte sein Betrug Anna zu sehr verletzt –, ging es hier schließlich um ein lukratives Geschäft, bei dem verletzte Gefühle keine Rolle spielen durften.

Anna konnte sich ein Lachen nicht verkneifen, als sie Duncan wenig später in der Latzhose und dem karierten

Hemd die Küche betreten sah. Tatsächlich waren die Sachen ein oder zwei Nummern zu klein, und Duncan blickte unglücklich an sich herunter. »Ich frage mich, warum in Eurer Zeit niemand mehr ein Plaid trägt. Das ist bequem und lässt einem jede Bewegungsfreiheit, die man braucht. Dieses Ding hier ...« Er griff sich mit einer Hand in den Schritt und zerrte an dem Stoff herum. »Ihr wollt nicht ernsthaft sagen, Mistress Anna, dass sich ein Mann freiwillig derart einschnürt?«

Anna lachte laut auf. Die Latzhose war weit geschnitten und kein Vergleich zu einer engen Jeans, wie Bruce sie mit Vorliebe trug. Duncan hatte wieder seine weichen Lederstiefel angezogen, die zwar zu der Latzhose etwas seltsam aussahen, aber Anna hatte nicht auch noch neue Schuhe für ihn gekauft.

»Kommen Sie, wir fahren jetzt nach Inverness in die Bücherei. Dort werden Sie sicher finden, was Sie suchen ...«

»Und dann werde ich sofort in meine Zeit zurückkehren«, unterbrach er sie.

»Ja, tun Sie das«, murmelte Anna, während sie in den Wagen stieg. Konnte sie ihn wirklich seinem Schicksal überlassen? Was, wenn er wirklich zu dem See zurückkehrte und ins Wasser sprang? Konnte er überhaupt schwimmen? Und selbst wenn – der See war auch zu dieser Jahreszeit eisig kalt, so wie alle Lochs im schottischen Hochland. Eigentlich machte Duncan auf Anna nicht den Eindruck eines Selbstmörders, aber es gab oft Menschen mit verwirrtem Geist, die ihr Leben selbst gefährdeten, ohne sich dessen bewusst zu sein. Also blieb Anna doch nur der Weg zur Polizei. Hoffentlich würden die Beamten den Fall diskret behandeln. Nicht auszudenken, was die Presse schreiben würde, wenn sie davon erfuhr, dass Anna Wheeler mit einem Geisteskranken durch die Gegend fuhr!

# III

Die Fahrt nach Inverness wurde zur Zerreißprobe. Für Anna, die an die Verkehrsdichte Londons gewöhnt war, herrschte auf der A 9, der Hauptstraße aus dem Hochland nach Inverness, wenig Verkehr, aber Duncan Cruachan klammerte sich bei jedem entgegenkommenden Fahrzeug am Armaturenbrett fest. Einmal griff er so heftig nach ihrem linken Arm, dass Anna beinahe das Steuer verrissen hätte.

»Sitzen Sie gefälligst still!«, brüllte sie ihn an. »Oder wollen Sie, dass wir im Straßengraben landen?«

Eine dunkle Röte schoss in Duncans Gesicht. Es war offensichtlich, dass ihm sein Verhalten peinlich war. Schmunzelnd dachte Anna, dass im Grunde genommen alle Männer gleich waren: Egal, wie groß und stark sie wirkten – tief im Inneren hatten sie Ängste, die aber niemand bemerken durfte. Wenn es dann doch jemand tat, würden sie am liebsten vor Scham im Boden versinken.

»Lieber stelle ich mich alleine dem Kampf einer ganzen Horde schottischer Verräter, als noch einmal in ein solches Gefährt zu steigen«, sagte Duncan und blickte krampfhaft auf die Straße. »Das ist ja lebensgefährlich, was Ihr da macht.«

»Ich fahre nicht einmal siebzig Meilen«, antwortete Anna. »Weniger, als erlaubt ist. Und jetzt stellen Sie sich nicht so an, in einer halben Stunde haben wir unser Ziel erreicht.«

Je näher sie der Stadt kamen, je mehr Häuser auftauchten und sie die ersten Industriebetriebe passierten, desto mehr kam Anna zu der Überzeugung, dass Duncan wirklich glaubte, nicht aus dieser Zeit zu stammen. So viel Ungläubigkeit, die er angesichts der Bauten und Einrichtungen des einundzwanzigsten Jahrhunderts zeigte, konnte kein Mensch spielen.

Da sich Anna in Inverness nicht auskannte, folgte sie der Ausschilderung zu einem Parkplatz in der Stadtmitte. Von dort waren es nur wenige Schritte bis Farraline Park, der Straße, in der sich die städtische Bücherei befand, aber der kurze Weg wurde für Anna zum Spießrutenlaufen. Duncan blieb jeden Meter stehen und glotzte in einer unverschämten Art und Weise die Passanten an. Als ihnen zwei junge Mädchen in kurzen Röcken und bauchfreien Tops entgegenkamen, deutete Duncan auf die beiden und sagte laut: »Es wundert mich, dass hier am helllichten Tag so viele Huren herumlaufen.«

Die Mädchen schnappten nach Luft, und eine trat drohend vor Duncan. »He, zisch ab, Alter, und pass auf, wenn mein Freund dich trifft! Selbst wenn ich eine Nutte wäre, so ein Sackgesicht wie dich würde ich nicht mit dem Arsch anschauen.«

Anna umklammerte Duncans Arm und zerrte den Widerstrebenden weiter.

»Was ist das für eine Zeit, in der ein Weib es wagt, so zu einem Mann zu sprechen? Wäre ich zu Hause, dann würde ich dafür sorgen, dass man sie auspeitscht! Die Frauen bieten sich durch schamlose Kleidung offen auf der Straße an, dann werden sie noch unverschämt. Sagt, Mistress Anna, was ist ein Sackgesicht?« Er schien vergessen zu haben, dass er sich nicht mehr in *seinem* Schottland befand.

»Halten Sie den Mund!«, zischte Anna. »In unserer Zeit kleiden sich alle Mädchen so … offenherzig.«

»Warum? Ich finde es schon schlimm genug, dass die meisten Frauen Hosen tragen, besonders wenn sie so eng sind wie Eure, aber muss man denn so viel Haut zeigen? In meiner Zeit blieben solche Einblicke dem Ehemann vorbehalten.«

»Das ist sehr löblich«, murmelte Anna. »Trotzdem sollten Sie sich mit Ihren Worten zurückhalten, denn wir möchten doch keinen Ärger, oder?«

Duncan nickte grimmig und folgte Anna von nun an schweigend durch die belebte Fußgängerzone, bis sie die Bücherei erreicht hatten.

»Ich spreche, ist das klar?«

Annas Tonfall ließ keinen Widerspruch zu. Sie traten ein, und Anna fragte die ältere Dame mit den grauen Löckchen nach der Abteilung über das sechzehnte Jahrhundert.

»Uns interessiert besonders das Leben von Maria Stuart.«

Die Dame blickte Anna über ihre Halbbrille freundlich an. »Erster Stock, hinten rechts, dort finden Sie alles, was Sie suchen. Sie sind Touristin, nicht wahr? Aus England, schätze ich. Es ist schön, wenn sich Ausländer für unsere Geschichte interessieren.«

Anna lächelte säuerlich über die Bezeichnung *Ausländer*, während Duncan ihr zuflüsterte: »Seht Ihr, als Engländerin ist man nach wie vor eine Ausländerin. Ich wusste doch, dass Eure Behauptung, Schottland und England wären eine Nation, nicht stimmt.«

Anna verzichtete auf eine Antwort. Es war allgemein bekannt, dass die Schotten alles, was südlich des Flusses Tweed lag, noch immer als Ausland bezeichneten. Ihr Nationalstolz war grenzenlos.

Grübelnd stand Anna vor den meterlangen, hohen Regalen, in denen sich Dutzende Buchrücken mit den Aufschriften *Maria Stuart – Leben und Wirken, Das tragische Schicksal von Maria Stuart, Die Verschwörung um Maria Stuart* oder auch *Maria Stuart und ihre Liebhaber* reihten. Schließlich entschied sie sich für einen Band, in dem am Ende eine ausführliche Biographie mit allen Jahreszahlen angehängt war, und hielt ihn Duncan vor die Nase.

Dieser warf einen Blick darauf, runzelte die Stirn und sagte: »Was sind das für Zeichen? Ich kann sie nicht lesen.«

Auch noch ein Analphabet, dachte Anna und begann, Duncan die Zahlen und die dazugehörigen historischen Fakten vorzulesen. Bis zum Jahre sechzehnhundertsechsundsechzig nickte er zustimmend, bis Anna vorlas: »Tod von Marias Gatten Lord Darnley unter nie geklärten Umständen.

Maria heiratet den vermutlichen Mörder Bothwell, wogegen sich große Teile des schottischen Adels auflehnen. Im Land kommt es zu Aufständen, nach mehreren Schlachten und einer Gefangenschaft unterliegt Maria in der Schlacht von Langside bei Glasgow endgültig gegen die Lords und flieht über die Grenze nach England, wo sie in Gefangenschaft der englischen König Elisabeth der Ersten gerät –«

»Genug!«, rief Duncan und ballte beide Hände zu Fäusten. »Lord Darnley ist ein Schwein, er hat den Tod verdient! Er und seine Anhänger haben David Rizzio ermordet, und Darnley hat die Königin bei jeder sich bietenden Gelegenheit betrogen und beschämt. Aber die Königin würde niemals Bothwell heiraten! Wie sollte sie auch, denn Bothwell hat schon ein Eheweib.«

»Von der er sich gleich nach Darnleys Ermordung scheiden ließ, und keine drei Monate später war Maria Stuart seine Frau«, fuhr Anna fort zu lesen, dann klappte sie das Buch zu und stellte es seufzend in das Regal zurück. »Sie können alle hier stehenden Bücher ansehen, Sie werden in jedem das Gleiche finden. Die Geschichte der schottischen Königin Maria Stuart ist voller Tragik und hat viele Dichter und Schriftsteller inspiriert. Glauben Sie es nun?«

»Hm …« Duncan schien ihr nicht zuzuhören, seine Finger glitten über die Buchrücken, und er versuchte, die seltsamen Schriftzeichen zu entziffern. Ab und zu fand er einen Buchstaben, den er kannte, aber insgesamt schien sich die Schrift in der Zeit, in der er sich befand, erheblich verändert zu haben. Willkürlich zog er ein Buch aus dem Regal, blätterte darin und sah die Bilder an. Es fanden sich viele von Maria Stuart und auch der englischen Königin auf den Seiten, hier war sogar eine Zeichnung von Bothwell, direkt neben dem Bildnis von Darnley. Duncan fand, dass das Porträt Bothwell nicht gerecht wurde. Er sah viel strenger und ernster aus, als er tatsächlich war, denn Duncan kannte den Earl sehr gut. Er war ein liebenswerter Bursche, der es verstand zu jagen und zu kämpfen, aber auch Feste zu feiern und vergnügt zu sein. Bothwells ausgedehnte Landgüter lagen im

Süden Schottlands, dicht an der Grenze zu England. Die Ausläufer der Cheviot Hills und die unübersichtlichen Torfmoore waren von Banden und Banditen bevölkert, die von räuberischen Überfällen und Viehdiebstahl lebten. Das unwirtliche Gelände bot genügend Schlupfwinkel, und die Banditen machten bei ihren Raubzügen auch nicht vor der Grenze zu England Halt. Bothwell oblag die Kontrolle des Südens, und es war allgemein bekannt, dass er kurzen Prozess mit Dieben und Halsabschneidern machte. Dennoch war er weder grausam noch kalt. Auch dessen Frau kannte Duncan, ein feines, zartes Wesen, das ihren Gatten aufrichtig liebte. Sicher, Bothwell war Maria Stuart treu ergeben, so wie er – Duncan – auch, aber sie war schließlich ihrer aller Oberhaupt, und selbst Bothwell würde es nicht wagen, in ihr die Frau und nicht die Königin zu sehen. Duncan hatte erst letzte Woche eine Nachricht von Anhängern Bothwells erhalten, in der stand, es würden Überlegungen angestellt, wie man die Königin nach der Ermordung ihres Sekretärs vor ihrem Gatten schützen könne, aber niemand würde so weit gehen, Darnley zu ermorden. Mochte er auch ein Schwächling und Hurensohn sein, durch seine Heirat mit Maria war er der rechtmäßige König von Schottland, und seine Untertanen schuldeten ihm Loyalität. Außerdem war es ein offenes Geheimnis, dass Darnley an der *Französischen Krankheit* litt, weshalb über kurz oder lang sein Tod von alleine eintreten würde.

Wahllos zog Duncan ein anderes Buch hervor und blätterte darin. Plötzlich weiteten sich seine Augen, und er tippte mit dem Zeigefinger auf die Abbildung eines Wappens.

»Seht her, Mistress Anna! Das ist unser Wappen! Der Schild von Cruachan.«

Anna beugte sich über seine Schulter und sah die Zeichnung eines roten Schilds mit drei goldenen Sternen und einem schwarzen Balken am oberen Rand. Darunter standen die Worte: *Das Wappen des Clans der Cruachan, vernichtet und ausgestorben nach der Schlacht von Culloden …«*

»Was meint Ihr damit?«

Erst bei Duncans Worten merkte Anna, dass sie die Bildunterschrift laut vorgelesen hatte.

»Äh … es gab einen Aufstand, ich erzählte doch davon, dabei sind offenbar alle, die den Namen Cruachan trugen, ums Leben gekommen. Aber das war zweihundert Jahre nach der Zeit, in der Sie gelebt haben«, beeilte sich Anna hinzuzufügen, als sie das Entsetzen in Duncans Augen sah.

»Und Ihr glaubt, nur weil das angeblich nach meinem Tod geschehen sein soll, würde mich das nicht berühren? Auch wenn das Geschlecht der Cruachans nicht groß ist und erst seit kurzer Zeit dem Adelsstand angehört, ist meine Familie seit Anbeginn ein Bestandteil Schottlands.«

Anna sah die Entschlossenheit eines Mannes, der offenbar dazu bereit war, die Geschichte zu ändern, wenn es in seiner Macht stünde. Anna hegte keinen Zweifel, dass Duncan tatsächlich zu dem See zurückkehren und hineinspringen würde, weil er davon überzeugt war, durch das Wasser in eine andere Zeit versetzt worden zu sein. Es konnte durchaus sein, dass er damit sein Leben gefährdete, und das konnte sie auf keinen Fall zulassen. Sie zog ihn am Ärmel. »Lassen Sie uns gehen, wir haben alles gesehen.«

Anna atmete tief ein und aus, als sie auf die Straße traten. Sie verspürte leichte, pochende Kopfschmerzen, was nach den Ereignissen der letzten zwei Tage auch nicht verwunderlich war.

Duncan straffte die Schultern, warf den Kopf in den Nacken und sagte bestimmt: »Ich muss auf dem schnellsten Weg zurück in meine Zeit. Ich befehle Euch, mich sofort in Eurer eisernen Kutsche zu dem See zu bringen.«

»Befehlen? Ich lasse mir von keinem Menschen etwas befehlen, Mylord Wichtig, oder wer immer Sie sind!«

Als Anna sich umwandte und mit entschlossenen Schritten davonging, wurde es Duncan bewusst, dass er sie beleidigt hatte. Schnell lief er ihr nach und rief: »So bleibt doch stehen, Mistress! Gut, ich *bitte* Euch, mich dorthin zu bringen, denn zu Fuß bin ich mindestens einen

Tag unterwegs. Oder kann man sich hier irgendwo ein Pferd ausleihen?«

Anna wandte sich um und strich sich seufzend eine Haarsträhne aus der Stirn. »Das kann man bestimmt nicht. Gut, wenn Sie mir nicht sagen wollen, wo Ihr Zuhause ist, bringe ich Sie wieder zu dem See. Heute aber nicht mehr«, sagte sie bestimmt, denn sie hatte keine Lust, sich erneut in der Dunkelheit zu verirren. Außerdem knurrte ihr Magen laut und vernehmlich, hatte sie doch seit dem Morgen nichts mehr gegessen. »Haben Sie keinen Hunger? Ich denke, wir sollten jetzt etwas essen, dabei überlegen wir uns, wie es mit Ihnen weitergehen soll.«

Duncan warf ihr einen Blick von der Seite zu. »Einem Mahl wäre ich nicht abgeneigt, bevor ich mich auf die Rückreise mache. Aber sagt, Mistress Anna, was wollt Ihr zubereiten? Ich sah in Eurer Hütte keine Vorräte.«

»Ich dachte auch nicht daran, selbst zu kochen, sondern in ein Gasthaus zu gehen. Ich muss gestehen, ich bin keine sonderlich gute Köchin.«

Duncan murmelte etwas, was sich für Anna wie »Das hätte ich auch nicht erwartet« anhörte. Sie verkniff sich aber eine Antwort darauf. Kurz dachte sie daran, mit Duncan in das *Caledonien Hotel* zu gehen, in dem Bruce und Lilian wohnten. Vielleicht würde sie Bruce dort antreffen, und sein Gesicht zu sehen, wenn sie sich immer noch in Begleitung des attraktiven Schotten befand, war verlockend. Dann aber blickte Anna an sich herunter. Ihre Jeans und der schlichte roséfarbene Wollpullover waren für einen Besuch in einem solch exquisiten Restaurant nicht geeignet. Noch weniger Duncans Kleidung. Er sah aus, als käme er gerade von der Feldarbeit.

»Wir fahren nach Glenmalloch zurück. Im dortigen Pub bekommen wir ein Abendessen«, beschloss Anna. Außerdem bestand die Möglichkeit, dass jemand Duncan kannte, war doch ein Pub, besonders auf dem Land, der Treffpunkt aller Einwohner des ganzen Dorfes.

»Ihr denkt sicherlich, ich sei verrückt, und wollt mich in ein Irrenhaus bringen, nicht wahr?«

Anna verriss beinahe das Lenkrad und geriet auf die Gegenfahrbahn, als Duncan sie mit seiner Spekulation konfrontierte – und prompt ins Schwarze traf.

»Das hatte ich keinesfalls vor«, wich sie aus, als sie das Auto wieder unter Kontrolle hatte. Zum Glück war nicht viel Verkehr. »Ich will Ihnen doch nur helfen.«

»Indem Ihr mich einsperren wollt?«

»Nein, indem ich Sie zu einem Arzt bringe, der sich Ihrer Sache annimmt. Es ist keine Schande, psychische Probleme zu haben. Im Gegenteil, in manchen Kreisen oder Ländern, zum Beispiel in den USA, ist es sogar chic, einen eigenen Psychotherapeuten zu haben.«

Duncan verschränkte die Arme vor der Brust und starrte minutenlang auf die Straße, bevor er sagte: »Ich war einmal in einem Irrenhaus in Edinburgh.«

Anna trat so hart auf die Bremse, dass der Wagen einen Satz machte und sie beide in den Gurten nach vorne geschleudert wurden. Der Motor verstummte gurgelnd. Zum Glück hatte sie Duncan vor Fahrtantritt höchstpersönlich angeschnallt, denn er selbst hatte so getan, als hätte er nie zuvor einen Gurt gesehen.

»Dann kommen Sie aus Edinburgh? Sind Sie von dort … äh … geflohen?«

»Gott behüte! Ich sagte, ich war schon mal in einer solchen Einrichtung, und nicht, dass ich selbst eingesperrt war. Was denkt Ihr denn von mir, Mistress Anna? Ich bin nicht verrückt, im Gegenteil. Der Besuch liegt Jahre zurück, und er hat mich sehr amüsiert. Die Menschen oder das, was man als Mensch noch bezeichnen kann, sind wie wilde Tiere in Käfige gesperrt und siechen in ihrem eigenen Unrat vor sich hin. Die meisten wissen gar nicht mehr, wer sie sind, und sind dermaßen gewalttätig, dass man sie in Ketten legen muss. Jeden Sonntagnachmittag kann die Bevölkerung diese Kreaturen besichtigen. Das ist ein großer Spaß für die ganze Familie.«

Anna glaubte, sich verhört zu haben. »Amüsiert? Ein Spaß?« Ihre Hände krampften sich um das Lenkrad. »Was sind Sie nur für ein Mensch? Weiden sich an dem Elend und Leid der Menschen!«

»Das seht Ihr falsch, Mistress Anna, mich haben die Zustände in der Anstalt durchaus berührt, darum haben wir uns ja auch dazu entschlossen, unsere verrückte Verwandte auf den Dachboden zu sperren und nicht in eine Anstalt zu geben.«

»Sie haben *was*?« Anna war froh, dass sie bereits parkte, denn spätestens jetzt hätte sie das Auto unweigerlich in den Straßengraben gelenkt.

Duncan schien ihr Entsetzen völlig zu entgehen, denn er fuhr ruhig fort: »Es handelte sich um eine entfernte Cousine meiner Mutter, die völlig mittellos in unseren Haushalt kam. Bald schon merkten wir, dass sie nicht ganz richtig im Kopf war. Sie sah und sprach mit Personen, die sonst niemand sehen konnte, und da niemand von uns an Geister glaubt, wussten wir, dass sie verrückt war. Zuerst amüsierte uns ihr Verhalten, dann aber schienen ihr die Stimmen anzuweisen, an allen möglichen und unmöglichen Orten Feuer zu legen. Nachdem sie ihr Zimmer in Brand gesteckt hatte und dabei beinahe die ganze Burg in Flammen aufgegangen war, mussten wir etwas tun. Meine Mutter wollte ihre Verwandte allerdings nicht in diese Anstalt geben, darum kam sie in das Dachzimmer. Dort brachten wir Eisenstäbe vor dem Fenster an, und wir konnten die Tür abschließen. Es war auch nur noch selten nötig, sie zu fesseln, da wir nichts Brennbares mehr in ihre Nähe ließen.«

»Sie haben die Frau gefesselt und eingesperrt?« Anna überlegte sich ernsthaft, Duncan hier und jetzt auf die Straße zu setzen. Sollte er doch sehen, wie er alleine klarkam. Sie wusste nicht, was in seinem Gehirn vor sich ging. Auch wenn er freundlich und harmlos wirkte – vielleicht würde er sie entführen und ebenfalls irgendwo einsperren? »Was geschah mit ihr?«, fügte Anna hinzu.

»Sie starb nach einigen Monaten, es war das Beste für die ganze Familie.« Duncan drehte sich zu ihr um. Sein Blick war so unschuldig, als hätte er gerade erzählt, was er am

Vortag zum Abendessen gehabt hatte. Als hätte er Annas Gedanken gelesen, fuhr er fort: »Ich bin bereit, Euch Euer Vorhaben, mich einsperren zu lassen, noch einmal zu verzeihen, außerdem bin ich sehr hungrig. Wärt Ihr so freundlich, uns zu dem erwähnten Gasthof zu bringen?«

Was soll ich nur tun?, fragte sich Anna, während sie den Wagen startete und wieder auf die Straße lenkte. Trotz allem hatte sie keine Angst vor Duncan, sondern fühlte eine Art Verantwortungsgefühl für ihn. Nein, sie konnte ihn nicht einfach auf der Straße aussetzen! So, wie Duncan sich benahm, wäre er fähig, vor das nächste Auto zu laufen. Außerdem sprach er laufend davon, in den See zu springen. Da Anna nicht wusste, ob er schwimmen konnte, könnte sein Vorhaben seinen sicheren Tod bedeuten. Vorerst war es besser, wenn Duncan in ihrer Nähe blieb, morgen würde sie eine Lösung finden.

Während der weiteren Fahrt lehnte Duncan ruhig im Sitz und starrte in die Dämmerung. Anna war ihm für sein Schweigen dankbar, denn sie hatte genug damit zu tun, ihre eigenen Gedanken zu sortieren. Spätestens morgen würde sie sich von Duncan trennen, um sich dann ihrer Beziehung zu Bruce zu widmen. Zumindest in geschäftlicher Hinsicht, dachte sie mit einem ziehenden Schmerz in der Brust, aber sie hatten einen Vertrag über den neuen Film, und Anna würde auf keinen Fall bereit sein, auf das Projekt zu verzichten, nur weil Bruce seine Finger nicht von blonden, langhaarigen Flittchen lassen konnte!

Das Pub war um die Uhrzeit, es war kurz nach acht Uhr abends, gut gefüllt, aber Anna und Duncan fanden einen Tisch in einer ruhigen Ecke am Fenster. Wie in Pubs üblich gab es keine Speisekarte, sondern die Tagesmenüs standen in weißer Kreide geschrieben auf einer schwarzen Tafel neben der Theke. Kaum hatten sie Platz genommen, fragte Duncan auch schon: »Was für ein Mahl hat der Wirt anzubieten?«

Anna deutete auf die Tafel. »Steht alles dort drüben, oder behaupten Sie, das auch nicht lesen zu können?«

Es traf sie ein giftiger Blick. »Mistress Anna, wenn Ihr in meiner Zeit wärt, dann würdet Ihr Eure Überheblichkeit sehr schnell ablegen und feststellen, dass Ihr unsere Schriften ebenso nicht lesen könnt. Ich muss Euch darauf hinweisen, dass ich Latein und Griechisch studiert habe und auch Französisch lesen und schreiben kann. Wenn Ihr nun also so freundlich wärt, mir die Speisenfolge vorzulesen?«

»Gut, dass ich nicht in Ihrer Zeit bin«, murmelte Anna und war versucht, einfach aufzustehen und ihn seinem Schicksal zu überlassen, wäre da nicht ihr eigener Hunger gewesen. Also blickte sie zur Tafel und erklärte: »Als Tagessuppe gibt es heute eine Tomatencremesuppe mit –«

»Tomaten? Was ist das?«, unterbrach Duncan.

»Tomaten? Gütiger Himmel, Sie behaupten, keine *Tomaten* zu kennen? Die gibt es doch in jedem Supermarkt, das ganze Jahr hindurch. Das sind so runde, rote Früchte, die man roh oder gekocht essen kann.«

»Habe ich noch nie davon gehört. Mit was wartet die Küche noch auf?«

Anna schluckte trocken. Tatsächlich hatte sie keine Ahnung, seit wann Tomaten in England beziehungsweise Europa bekannt waren. Die Früchte standen so selbstverständlich auf jedem Speiseplan, dass sich Anna nie darüber Gedanken gemacht hatte. Da sie überall wuchsen, war Anna immer davon ausgegangen, dass es Tomaten gab, solange die Welt bestand.

Sofort ärgerte sie sich über ihre Überlegungen, denn selbstverständlich kannte Duncan Tomaten! Es war nur ein Teil seines perfiden Spiels oder seiner Krankheit, die doch sehr, sehr ernst zu sein schien.

»Also ... es gibt noch Haggis mit Kartoffelbrei und Karottengemüse auf Whiskyrahmsoße, dann Roastbeef und Yorkshire-Pudding mit Kartoffeln und Erbsen, pochierter Lachs in Weißwein, Finnan Haddie und Lammeintopf. Zum Nachtisch können Sie zwischen einem Dundee-Cake und einem Applepie wählen.«

Die Arme vor der Brust verschränkt lehnte sich Duncan zurück. »Was sollen das für Speisen sein? Was sind *Kartoffeln*? Und warum gibt es keine gebackenen Neunaugen oder Wachteln oder Rebhühner? Mich wundert, dass es Leute gibt, die in einem Gasthaus mit einer solch mangelhaften Karte speisen.«

»Natürlich kennen Sie keine Kartoffeln, denn die wurden erst gegen Ende des sechzehnten Jahrhunderts in England bekannt.« Annas Stimme war zuckersüß und tropfte vor Ironie. Der Typ war einfach perfekt! Er ließ aber auch wirklich nichts aus, keine Kleinigkeit, die ihn verraten hätte. »Seien Sie versichert, Kartoffeln sind sehr schmackhaft, ebenso wie Tomaten, und gehören zu fast jedem Essen dazu. Also, was soll ich für Sie bestellen?«

»Nun gut, wenn es nichts anderes gibt, dann eben in der Reihenfolge.«

»Wie bitte?«

»Ihr habt mir die Speisenfolge vorgelesen, und ich nehme sie. Mir bleibt ja wohl nicht anderes übrig.«

Anna schüttelte fassungslos den Kopf. »Sie sollen sich ein Gericht aussuchen! Vielleicht noch die Suppe und das Dessert zusätzlich, aber doch nicht … *alles*!«

Trotzig schob Duncan das Kinn vor. »Ich habe Hunger, und das Angebot scheint mir recht karg zu sein. Bestellt Ihr jetzt beim Wirt, oder soll ich es machen?«

»Schon gut, schon gut!« Seufzend stand Anna auf und ging zur Theke. Sie dachte an ihren Geldbeutel, denn zweifelsohne würde sie auch für diese Zeche aufkommen müssen, und die Preise, die auf der Tafel hinter den Gerichten standen, waren nicht gerade der unteren Klasse zuzuordnen. Für sich selbst bestellte sie nur eine Tomatencremesuppe, denn plötzlich war ihr Hunger verflogen. Außerdem glaubte sie nicht, dass Duncan alles alleine schaffen würde, und wenn sie schon dafür bezahlen musste, dann konnte sie ebenso gut von seinen Portionen essen.

Der Wirt sah sie erstaunt an, als sie die Bestellung aufgab. »Wie viele Personen erwarten Sie noch? Wie Sie sehen, ist es sehr voll heute Abend. Ich hoffe, Ihre Gäste finden noch einen Sitzplatz.«

»Wir erwarten niemanden mehr«, antwortete Anna mit einem säuerlichen Lächeln. »Mein ... Begleiter hat nur großen Hunger, er ... äh ... hat den ganzen Tag sehr schwer auf dem Feld gearbeitet.«

Der Wirt zuckte mit dem Schultern. »Nun gut, soll mir egal sein, solange alles bezahlt wird. Darf es sonst noch etwas sein?«

Anna bestellte noch zwei Pint Bitter und kehrte mit dem Bier zum Tisch zurück.

Duncan nahm einen Schluck, und wieder verzog sich unwillig sein Gesicht. »Das soll ein Bier sein? Das schmeckt wie abgestandenes Putzwasser.«

»Natürlich ist das Bier in Eurer Zeit viel, viel besser«, gab Anna spitz zurück.

»Natürlich, wir brauen es seit Generationen selbst. Das Rezept ist ein Familiengeheimnis und wird von Mutter zu Tochter weitergegeben, denn die Frauen sind für das Bierbrauen verantwortlich. Das Whiskybrennen unterliegt allerdings den Männern, dabei haben Weibspersonen nichts zu suchen.«

»Natürlich«, sagte nun Anna und spielte mit der Serviette. Zum Glück wurde einen Moment später die Suppe serviert. Duncan betrachtete skeptisch die rote Flüssigkeit mit dem Sahnetupfen in der Mitte, und erst als Anna den Löffel in die Suppe tauchte, kostete auch er davon.

»Nicht schlecht«, murmelte er, legte dann den Löffel zur Seite, nahm den Suppenteller in beide Hände und trank ihn aus. Vor Schreck fiel Anna der Löffel aus der Hand und scheppernd auf den Boden. Einige Gäste drehten sich zu ihnen um, einige grinsten, andere schüttelten missbilligend den Kopf. Anna wäre am liebsten in ein Mauseloch verschwunden.

»Haben Sie denn keine Tischmanieren?«, zischte sie mit hochrotem Kopf. »Sie können doch nicht aus dem Teller trinken!«

Ungerührt setzte Duncan den Teller ab, wischte sich mit dem Handrücken über den Mund und sagte: »Warum nicht? Wenn ich mit diesem kleinen Löffel die Suppe esse, dann ist sie kalt, bevor ich überhaupt die Hälfte geleert habe.«

Verzweifelt schloss Anna die Augen, aber es sollte noch schlimmer kommen. Der Wirt servierte die warmen Speisen gleichzeitig. Dazu rückte er einen Beistelltisch heran und platzierte die Teller und Schüsseln. Kaum hatte sich der Wirt abgewandt, griff Duncan herzhaft zu. Und dies tat er wortwörtlich, denn er verwendete keine Gabel, sondern nahm das Fleisch in beide Hände! Das Messer benutzte er lediglich, um größere Stücke zu teilen.

Anna wurde es beinahe schlecht. Nie zuvor hatte sie sich in einer solch peinlichen Situation befunden! Sie hörte die flüsternden Worte anderer Gäste:

»Eine Schande ist das!«

»Das verdirbt einem ja den Appetit.«

»Man sollte ihn hinauswerfen.«

Manche lachten auch hämisch, und Anna trafen mehrere mitleidige Blicke. Zu allem Unglück betrat in diesem Moment Jack Balnacroft, der Mann Ihrer Vermieterin, die Gaststube. Er nickte ihr zuerst freundlich zu, beobachtete dann aber, wie sich Duncan eine Hand voll Kartoffelpüree und Soße in den Mund schob. Jacks Augen weiteten sich ungläubig, und er begann mit dem Wirt zu tuscheln. Obwohl Anna keine Worte verstand, sprach der Gesichtsausdruck des Wirtes Bände. Sie war kurz davor aufzustehen und einfach zu gehen, sollte Duncan doch sehen, wie er die Zeche bezahlte, und sollte der Wirt doch die Polizei rufen! Sie hatte mit dem Mann nichts zu tun, rein gar nichts! Nun zeigte es sich mal wieder, wohin man kam, wenn man sich von seinem Mitleid treiben ließ.

Zu Annas Erstaunen verputzte er alle Speisen bis auf den letzten Kuchenkrümel. Sie fragte sich, wie ein Mensch derart viel essen konnte, ohne dick zu werden. Sie selbst brauchte nur das fett Gedruckte in der Zeitung zu lesen, und schon hatte sie ein Kilo mehr auf den Hüften.

»Das war nicht so schlecht, wie ich vermutet habe«, sagte er zufrieden lächelnd. »Gerade Eure Kartoffeln sind recht gut, ich muss sehen, ob ich sie bei uns auch anbauen kann.«

»Ich weiß nicht, ob Francis Drake sie schon nach England gebracht hat«, murmelte Anna. Sie wischte sich über die schweißnasse Stirn und stand auf. »Ich werde jetzt zahlen, und dann verschwinden wir. Mein Gott, ich kann mich hier niemals wieder sehen lassen!«

Der Wirt bedachte sie mit einem scheelen Blick, als sie um die Rechnung bat, dann aber zuckte ein geschäftliches Lächeln um seine Mundwinkel, als Anna ihm ihre goldene Kreditkarte hinlegte. Zähneknirschend unterschrieb sie den Beleg über knappe hundert Pfund, schob noch eine Zehn-Pfund-Note als Trinkgeld über den Tresen und wagte zu fragen: »Kennen Sie eigentlich den Mann mit den seltsamen Manieren? Er behauptet, aus dieser Gegend zu stammen, kann sich aber nicht mehr daran erinnern, wo er wohnt.«

»Tut mir leid, ich sehe ihn zum ersten Mal. Und, seien Sie mir nicht böse, Miss, hoffentlich auch zum letzten Mal. Mit seinen Tischsitten verärgert er mir die Gäste. So hat man vielleicht im Mittelalter gegessen, heute benutzen wir doch Gabel und Messer. Und den Mund wischen wir uns mit der Serviette und nicht mit dem Tischtuch ab.«

Eine heiße Röte schoss in Annas Wangen, und sie wandte sich schnell ab. Duncan wartete schon an der Tür, und es wunderte Anna nicht, dass ihnen alle Blicke folgten, als sie das Pub verließen.

»Das war eine tolle Vorstellung! Gratulation!«, schimpfte sie. »Sie haben uns zum Gespött des ganzen Dorfes gemacht!« Im Schein der Straßenlampe sah Anna seinen unschuldigen Blick, beinahe wie der eines Kindes, das ausgescholten wird und nicht weiß, wofür. »Sie wissen tatsächlich nicht, wie man mit einer Gabel umgeht, was?«, dämmerte es ihr, und wider alle Vernunft und besseres Wissen fuhr sie fort: »Gut, Sie können heute Nacht in dem zweiten Zimmer schlafen, aber morgen werden wir Ihre Angelegenheiten klären. Ich habe schließlich einen Job, um den ich mich kümmern muss.«

Duncan nickte. »Morgen werde ich zum See gehen und versuchen, nach Hause zu gelangen. Ich habe erkannt, dass Ihr mir nicht helfen könnt.«

Obwohl Anna so einiges auf der Zunge brannte, zog sie es vor zu schweigen. Zurück im Cottage bezog sie das Bett in dem zweiten Schlafzimmer, die Bettwäsche fand sie in der Kommode, und sagte: »Wir sollten gleich schlafen gehen, es war ein langer Tag. Außerdem habe ich noch Nachholbedarf von der gestrigen Nacht. Also dann, gute Nacht.«

Sie blieb kurz im Türrahmen stehen und betrachtete Duncan, der trotz der Aufregungen der letzten Stunden keine Ermüdungserscheinungen zeigte. Sie selbst fühlte sich wie erschlagen und sehnte sich nach ihrem Bett. Automatisch schloss sie die Tür hinter sich ab. Nicht, dass sie Angst gehabt hätte, Duncan würde ihr etwas antun. Wenn er Derartiges im Sinn gehabt hätte, hätte er in der letzten Nacht ausreichend Gelegenheit dazu gehabt. Aber trotzdem, sein Geist war gestört, und Anna fühlte sich sicherer, wenn sie ausschloss, dass er plötzlich mitten in der Nacht in ihrem Zimmer stehen konnte. Rasch zog sie sich aus, schlüpfte in ihr Nachthemd, und kaum hatte ihr Kopf das Kissen berührt, war sie auch schon eingeschlafen.

Schüsse! Einmal, zweimal, dann ein Schrei!

Wie von der Tarantel gestochen fuhr Anna in die Höhe. Nein, das war kein Traum, laute Pistolen- oder Revolverschüsse peitschten durch das Haus. Anna kannte die Geräusche vom Set, seit sie bei einem Krimi mitgespielt hatte.

»Duncan!«, schrie sie, sprang aus dem Bett, rannte auf den Flur, riss die Tür zu seinem Zimmer auf und knipste das Licht an. Er war nicht da. Dann knallten wieder Schüsse, und ein Mann schrie. Es kam von unten. Die Sorge um Duncan ließ Anna alle Angst vergessen, und sie stürzte die Treppe hinunter. Dann sah sie Duncan und erkannte die Ursache der wilden Schießerei: Er saß im Wohnzimmer vor dem Fernseher, auf dessen Bildschirm ein Wildwestfilm lief. Cowboys wurden von einer Horde Indianer mit Kriegsbemalung verfolgt. Zitternd lehnte sich Anna gegen den Türrahmen. Irgendwie musste Duncan die Fernbedienung gefunden und das Gerät eingeschaltet haben. Jetzt untersuchte er intensiv die Rückseite des Fernsehers, und als er versuchte, die Abdeckung zu öffnen, schaltete Anna das Licht an.

»Was machen Sie hier? Lassen Sie die Finger von dem Gerät, oder wollen Sie einen Stromschlag bekommen?«

Duncans Kopf fuhr zu ihr herum, in seinen Augen lag wieder die Verwunderung, die Anna in den letzten Stunden so häufig gesehen hatte. »Wie kommen die Menschen in den kleinen Kasten? Und die Pferde? Und was sind das für Kreaturen?« Sein Zeigefinger tippte auf die Indianer, die im Bild zu sehen waren. »Diese Leute haben Pferde, und sie reiten recht gut, fast so gut wie ich.«

»Das ist ein Film, Duncan«, sagte Anna sanft. Ihre Erleichterung, dass die Schüsse nur aus dem Fernseher stammten, ließ sie allen Ärger über sein seltsames Verhalten vergessen. Sanft zog sie Duncan ein Stück von dem Apparat fort.

»Was ist ein Film?«

Seine Naivität ließ sie lächeln. »Das ist wie ein Theaterstück, nur spielt ein Film nicht auf einer Bühne, sondern überall auf der Welt. Die Menschen hier sind Schauspieler, genau wie ich eine Schauspielerin bin, und sie schießen nicht richtig, sondern nur mit Platzpatronen.«

»Und wie kommen sie in den Kasten?«

»Ich kann es Ihnen nicht erklären, Duncan, das ist technisch sehr kompliziert, aber es ist etwas völlig Normales.« Anna griff nach der Fernbedienung und schaltete auf ein anderes Programm, in dem die Aufzeichnung eines Fußballspiels lief. »Sehen Sie, im Fernsehen kommen viele verschiedene Beiträge aus der ganzen Welt.« Sie schaltete weiter, und plötzlich landete sie auf einem Sender, wo sich halb nackte Frauen auf roten Sofas räkelten und »Ruf mich an!« in die Kamera hauchten. Bevor sie weiterschalten konnte, nahm ihr Duncan die Fernbedienung aus der Hand.

»Das ist faszinierend!« Wie gebannt starrte er auf die schwarzhaarige, üppige Schönheit mit den riesigen Brüsten, und wieder strichen seine Finger über den Bildschirm.

»Es ist mir klar, dass Ihnen *das* gefällt«, zischte Anna. »Aber das ist Nepp, wenn Sie die Nummer anrufen, dann werden Sie nur abgezockt.«

Sie nahm ihm die Fernbedienung weg und schaltete durch die weiteren Programme, bis sie wieder bei dem Western angekommen war. Zwischenzeitlich hatten die Indianer drei Cowboys gefangen genommen und waren gerade dabei, diese an die Marterpfähle zu fesseln.

»Was haben die Männer getan, dass sie getötet werden sollen?«, fragte Duncan.

»Es ist nur ein Film, Duncan. Eine fiktive Welt, nichts Reales.«

»Ihr meint, die Männer mit dem komischen Kopfschmuck und den Farben im Gesicht werden den anderen nichts tun?«

»Nein, Duncan, das sind alles nur Leute, die etwas vorgeben. Sie kennen doch Schauspieler, nicht wahr? Die muss es doch auch in Ihrer Zeit geben.« Du meine Güte, jetzt höre ich mich ja an, als glaubte ich, dass er aus der Vergangenheit kommt, dachte Anna.

»Natürlich hat die Königin ein eigenes kleines Theater«, nickte Duncan. »Wobei dieser calvinistische John Knox alles dafür tut, um solche Dinge auszurotten. Nach Glenmalloch Castle kommen manchmal fahrende Sänger und Musiker, die oft den ganzen Winter bei uns bleiben. Wir schätzen diese Unterhaltung an den langen Winterabenden sehr. Ihr meint, Mistress Anna, dass diese kleinen Menschen in dem Kasten genau dasselbe tun? Nur kommen sie nicht persönlich zu einem ins Haus, sondern durch einen Zauber in den Kasten?«

Anna lächelte und legte ihre rechte Hand auf seinen Unterarm. »Ein Zauber ist es nicht gerade, vielmehr ein Wunderwerk der Technik. In unserer Zeit ist ein Fernseher so etwas völlig Selbstverständliches, dass ich mir nie Gedanken darüber gemacht habe, wie er eigentlich funktioniert. Dabei ist das hier ein altes Gerät, in meiner Londoner Wohnung habe ich einen großen LCD-Bildschirm, sodass es schon beinahe wie im Kino ist.«

»Kino …?«

Bevor Duncan darauf hinweisen konnte, dass er natürlich auch nicht wusste, was ein Kino war, legte Anna schnell ihre Hand auf seinen Mund. »Pst, wir sollten wieder zu Bett gehen, es ist weit nach Mitternacht. Warum sind Sie eigentlich heruntergekommen und haben den Fernseher eingeschaltet?«

»Ich hatte Durst, aber ich fand keinen Bierkrug. Als ich diesen Raum hier betrat, sah ich den seltsamen Knochen …«, er deutete auf die Fernbedienung, »… und habe einfach auf einen Knopf gedrückt.«

Anna erhob sich. »Kommen Sie mit in die Küche, ich gebe Ihnen etwas zu trinken. Wasserkrüge haben wir keine, aber im Kühlschrank steht eine Flasche Mineralwasser.«

»Wasser ist schlecht, ich möchte ein Bier.«

»Also gut, ich glaube, es ist noch eine Dose da.«

Während Anna den Kühlschrank öffnete, trat Duncan dicht hinter sie und schaute über ihre Schultern in den kalten, kleinen Raum hinein. Plötzlich wurde sich Anna seiner körperlichen Nähe bewusst und dass sie nur ein kurzes, seidenes Nachthemd trug, das mehr enthüllte als verdeckte. Schnell nahm sie eine Bierdose heraus. Ganz automatisch öffnete sie die Dose, denn Anna vermutete, dass Duncan keine Ahnung hatte, wie man den Verschluss hochzog. Ohne ihn anzusehen, gab sie ihm das Bier und wollte sich an ihm vorbeidrücken, um in ihr Zimmer zu gehen. So nahe war sie Duncan noch nie gewesen und vor allen Dingen nicht dermaßen spärlich bekleidet. Obwohl sie sich nicht berührten, konnte sie seine Anwesenheit körperlich spüren und seinen männlichen Duft riechen. Plötzlich klopfte ihr Herz ein paar Takte schneller. Es war seltsam – obwohl sie und Duncan sich erst wenige Stunden kannten, erschien es Anna, als hätte er schon immer zu ihrem Leben gehört. Er hatte sie beschimpft, sie als Hexe und Lügnerin bezeichnet, sie hatte sich wegen ihm in Unkosten gestürzt, und schlussendlich hatte er sie in äußerst peinliche Situationen gebracht. In

Glenmalloch war ihr Ruf dahin. Nicht auszudenken, wenn die Presse davon Kenntnis erhielt! Trotzdem hatte die Vorstellung, Duncan würde am nächsten Tag wieder fort sein und sie würde ihn niemals wieder sehen, einen fahlen Beigeschmack. Plötzlich trafen sich ihre Augen. In seinen spiegelte sich ein Glanz, den Anna nicht zu deuten wusste, auch sie verlor sich in seinem Blick.

»Anna …« Sanft schlossen sich seine Arme um ihren Körper, deutlich spürte sie seine kräftigen Hände durch die dünne Seide, und ihre Haut begann zu prickeln. Sie fühlte sich wie eine andere Person, als sie den Kopf hob und die Augen schloss. Sein Kuss kam nicht unerwartet, und er war zärtlich und leicht. Sein Bart kitzelte Annas Wangen, und sie spürte an der Reaktion seines Körpers, dass er sie begehrte. Für einen kurzen Augenblick ließ sich Anna in die Umarmung fallen. Hier war ein Mann, der *sie* wollte, der nicht wie Bruce ein blondes Dummchen ihrer Gesellschaft vorzog. Sie öffnete die Lippen, und langsam tastete sich ihre Zunge auf der Suche nach der seinigen vor.

»Nein!« Hart stieß Duncan die junge Frau von sich. Was tat er hier? Er durfte sich nicht weiter von dieser Frau verhexen lassen, auch wenn sie sich mit einem Hauch von Nichts bekleidet an ihn schmiegte. Verdammt, er war schließlich auch nur ein Mann, aber egal, wie und warum es geschehen war, dass er in diese seltsame Zeit versetzt worden war – er hatte ein Leben in seiner Zeit, in das er so schnell wie möglich zurückkehren musste. Dabei konnte er keine Komplikationen einer Liebesaffäre gebrauchen, so verlockend der Augenblick vielleicht auch war. Unwillkürlich verglich er Anna mit Alice. Das Einzige, was die beiden Frauen gemeinsam hatten, war das A in ihren Namen, ansonsten waren sie grundverschieden. Anna würde andere Menschen nie schlecht und von oben herab behandeln. Allein die Tatsache, dass sie sich um ihn kümmerte, obwohl sie nicht an seine Zeitreise glaubte, zeugte von Anteilnahme gegenüber anderen Menschen. Genau aus diesen Gründen würde er kein flüchtiges Verhältnis mit ihr anfangen, mehr würde es nämlich niemals werden können, und Anna war zu schade, um für eine Nacht geliebt und dann verlassen zu werden.

Verwirrt lehnte Anna am Kühlschrank. Das Feuer der Leidenschaft war so schnell vergangen, wie es gekommen war. Zwar konnte sie die Süße seines Kusses noch auf ihren Lippen schmecken, aber sein ablehnender Gesichtsausdruck war mehr, als sie ertragen konnte.

»Lassen Sie mich in Ruhe!«, fauchte sie, stieß ihn mit beiden Händen zur Seite und rannte die Treppe hinauf. Hinter ihrer abgeschlossenen Zimmertür lehnte sie sich keuchend an die Wand. Was hatte sie beinahe getan?

»Es ist nur mein verletzter Stolz«, sagte sie sich. Nur weil Bruce sie schamlos betrogen hatte, war sie bereit, sich dem erstbesten Kerl an den Hals zu werfen.

Trotz der Erschöpfung, die Anna zuvor verspürt hatte, machte sie in dieser Nacht kein Auge zu. Zu deutlich war sie sich der Anwesenheit Duncans bewusst und der Tatsache, dass sich ihre Wege am nächsten Tag für immer trennen würden.

Trennen mussten!

Scheppernde Geräusche und das Klirren von Glas rissen Anna aus dem leichten Schlummer, in den sie gegen Morgen gefallen war. Sie wusste sofort, dass ihr seltsamer Gast wieder dabei war, etwas zu tun, was unweigerlich mit kaputten Gegenständen zu tun hatte. Mit einem Schlag war sie hellwach. Anna machte aber nicht wieder den Fehler, Duncan im Nachthemd zu suchen, sondern sie nahm sich die Zeit, in Jeans und Pullover zu schlüpfen. Das Rauschen von Wasser verriet Anna, dass Duncan sich im Bad aufhielt. Sie klopfte an die Tür.

»Duncan, sind Sie da drin? Darf ich hereinkommen?«

»Ja, kommt herein, ich bin bekleidet.«

Zum Glück, dachte Anna und öffnete die Tür. Ihre schlimmsten Befürchtungen bewahrheiteten sich. Auf dem Fliesenboden verstreut lagen Glasscherben, die Anna als

Teile ihres Parfümflakons erkannte. »Was zum Teufel machen Sie da?« Duncan, der bisher mit dem Rücken zu ihr am Waschbecken gestanden hatte, drehte sich um, und Anna schnappte nach Luft. »Warum haben Sie sich rasiert?«

Duncan grinste verlegen und fuhr sich mit einem Finger über den langen Schnitt, der sich von seiner rechten Wangen bis zum Kinn hinabzog. Zudem hatte er sich wieder das karierte Tuch um den Körper gewunden. »Die Rasiermesser Eurer Zeit sind schärfer als die, die ich gewöhnt bin.«

Anna trat zu ihm und betrachtete die Wunde. Zum Glück hatte Bruce bei seinem überstürzten Aufbruch seine Kosmetikartikel nicht mitgenommen; so griff Anna nach dem Stift mit Kamille und Jod, den Bruce verwendete, wenn er sich beim Rasieren schnitt. Bruce bevorzugte die Nassrasur, nur in Ausnahmefällen griff er zum Elektrorasierer.

»Halten Sie still!«, sagte Anna, aber es war unnötig, denn Duncan wäre es nicht im Traum eingefallen, auch nur einen Ansatz von Schmerz zu zeigen. Da hatte er schon andere Wunden erlitten. »Wie sind Sie auf die Idee gekommen, sich zu rasieren?«, fragte Anna erneut.

Duncan betrachtete sich im Spiegel, offenbar gefiel ihm, was er sah. »Als wir gestern in der Stadt und in dem Gasthaus waren, ist mir aufgefallen, dass kaum ein Mann einen Bart trägt. Ich dachte, ich könnte ausprobieren, wie es mir gefällt. Ich finde mich gar nicht so übel ohne Bart, allerdings ist es ziemlich kühl im Gesicht.«

Er zwinkerte mit den Augen, und Anna dachte daran, wie sie in seinen Armen gelegen hatte. Tatsächlich sah Duncan ohne Bart noch attraktiver aus, wie eine Mischung aus Rock Hudson und Harrison Ford. Verwegen, mutig, tapfer, und dabei hatte er Blick und Gesichtsausdruck eines Gentlemans. Seine seltsame Kleidung erinnerte Anna an Sean Connery in dem Film Highlander. Er war der beeindruckendste Mann, den Anna in ihrem bisherigen Leben kennengelernt hatte. Um ihre Verlegenheit zu verbergen, deutete sie auf die Scherben und sagte: »Aber warum haben Sie beim Rasieren das halbe Bad demoliert?«

»Ich kann doch nicht wissen, dass Eure Duftwässerchen in so zerbrechlichen Behältnissen aufbewahrt werden. Ich wollte lediglich prüfen, was sich darin befindet, dabei ist es mir aus der Hand gerutscht. Hättet Ihr Binsen auf dem Holzboden, wäre nicht viel geschehen.«

»Danke, ich verzichte liebend gerne auf schmutziges Stroh auf dem Fußboden.«

»Mistress Anna, Ihr irrt Euch, wenn Ihr glaubt, dass in meiner Zeit alles schmutzig ist. Meine Mutter wäre zutiefst beleidigt, wenn Sie Eure Ansichten hören könnte.«

»Dann richten Sie Ihrer Mutter aus, ich habe es nicht so gemeint«, blaffte Anna und wandte sich zur Tür. »Warum tragen Sie eigentlich wieder diese komische Decke? Zugegeben, die Sachen, die ich Ihnen gestern besorgt habe, sind nicht gerade der letzte Schrei, aber doch kleidsamer als dieses alte Stück hier.«

Mit spitzen Fingern deutete Anna auf das Plaid, worauf Duncan stolz und von oben herab auf sie blickte.

»Es sind die Farben meiner Familie. Da ich heute nach Hause zurückkehren werde, möchte ich angemessen gekleidet sein.«

»Nun, wenn Sie meinen …« Anna zuckte mit den Schultern. »Ich mache jetzt erst mal Frühstück, wenn Sie etwas wollen, kommen Sie in die Küche hinab.«

»Bereitet Ihr wieder diesen geheimnisvollen, schwarzen Trunk zu, der so köstlich schmeckt?«

»Kaffee, ja natürlich. Möchten Sie eine Tasse?«

Duncan nickte und lächelte in einer Art und Weise, die ein Kribbeln auf Annas Haut auslöste. Beinahe meinte sie, Duncans warme Hände auf ihrem Körper zu spüren, und fluchtartig rannte Anna in die Küche hinunter.

Zum Glück hatte Anna den Kühlschrank gut gefüllt, denn erst als Duncan sechs Spiegeleier, einen halben Laib Brot und eine ganze Speckseite verspeist hatte, schien er einigermaßen gesättigt zu sein. Allerdings verlangte er nach einer dritten Tasse Kaffee, und Anna verzichtete auf den Hinweis, dass sein Kreislauf ihm dafür nicht dankbar sein würde.

»Ach, da störe ich wohl eine traute Zweisamkeit?«, ertönte von der Tür eine vertraute Stimme.

»Bruce!« Anna fuhr so überrascht in die Höhe, dass sie an den Tisch stieß und ihre halb volle Tasse umfiel. Der Kaffee ergoss sich auf das Tischtuch und tropfte auf die Fliesen. Sie hatte Bruce weder vorfahren noch hereinkommen gehört. Annas Herz tat einen Sprung, aber sie beherrschte sich, ihm um den Hals zu fallen.

Bruce Hardman starrte mit zusammengekniffenen Augen auf die heimelige Szene, die sich seinen Augen bot. Er war gekommen, um sich mit Anna auszusprechen. Peter Jenner, der Regisseur, hatte ihm die Pistole auf die Brust gesetzt, als Bruce ihm die Hintergründe von Annas Auftreten in der Hotelhalle gebeichtet hatte. Offenbar hatte Bruce Annas Popularität unterschätzt, denn Peter hatte ihm unmissverständlich klargemacht, dass er lieber auf seinen Produzenten als auf seine Hauptdarstellerin verzichten würde. »Sieh zu, dass sich die Sache zwischen dir und Anna wieder einrenkt. Ich hasse es, mit Leuten zu drehen, die sich am Set streiten«, waren seine Worte gewesen.

Außerdem hatte Bruce erkannt, wie wichtig Anna in seinem Leben war und dass er sie sehr vermisste. So ab und zu ein Techtelmechtel mit einem hübschen Mädchen war ja ganz nett, aber im Großen und Ganzen wollte er Anna nicht verlieren. Bruce hatte allerdings erwartet, sie in Tränen aufgelöst vorzufinden und bereit, ihm alles zu verzeihen. Daher traf es ihn wie ein Schock, diesen fremden Schotten in stiller Harmonie mit Anna beim Frühstück vorzufinden.

»Was … was willst du?«, stotterte Anna. »Deine restlichen Sachen holen?«

Bruce zog einen Stuhl heran und setzte sich. Sein Blick war alles andere als freundlich, als er sagte: »Eigentlich bin ich gekommen, um dir zu verzeihen, Anna, aber …«

»*Mir* zu verzeihen?«, unterbrach Anna. »Wer ist denn mit Lilian ins Bettchen gehüpft?«

»Und wer hat sich gleich dem nächstbesten Kerl an den Hals geworfen? Ich war bereit, dir die eine Nacht zu verzeihen, es zu verstehen, dass du dir aus Trotz diesen komischen Typen hier geangelt hast. Ich kam mit den besten Absichten, doch nun muss ich feststellen, dass ihr euch offenbar gut amüsiert habt und er hier schon eingezogen ist.«

Anna schüttelte fassungslos den Kopf. »Meine Beziehung zu Duncan geht dich nicht das Geringste an, Bruce Hardman! Wir können gerne über unsere weitere Zusammenarbeit sprechen, denn ich werde auf keinen Fall diese Rolle aufgeben. Vertrag ist Vertrag!«

»Dann gibst du also zu, mit dem Typ eine Affäre zu haben?«, knurrte Bruce und musterte Duncan böse.

Dieser hatte bisher kein Wort gesagt, konnte aber jetzt seine Meinung nicht mehr für sich behalten. »Sir, ich weiß nicht, was Euch das Recht gibt, in einer solch beleidigenden Art mit Mistress Anna zu sprechen. Vielleicht mögt Ihr der Mann sein, der einige Zeit ihr Bett geteilt hat, aber Ihr seid nicht Ihr Ehemann. Daher habt Ihr kein Recht …«

»Sind Sie eigentlich komplett verrückt?«, brauste Bruce auf. »Was für einen Bullshit geben Sie von sich?«

»Ich versuchte dir bereits gestern zu erklären, dass Duncan Hilfe benötigt«, rief Anna. Sie befürchtete, die beiden Männer würden aufeinander losgehen und sich prügeln. Obwohl so etwas in Filmen oft vorkam und dann häufig nicht ohne Komik verlief, war Anna alles andere als zum Lachen zumute. Das hier war kein Film oder ein schlechtes Theaterstück, sondern Realität.

Bruce stand auf und sah Anna wütend an. »Dann hole ich jetzt meine Sachen und lasse euch zwei Turteltäubchen wieder allein.«

»Ihr irrt Euch, wenn Ihr glaubt, ich würde bleiben«, warf Duncan ein und stand ebenfalls auf. »Ich werde noch heute nach Hause zurückkehren, auch wenn sich Mistress Anna bisher dabei wenig hilfreich gezeigt hat. Nun, ich werde meinen Weg auch alleine finden.«

»Ach, und wohin wollen Sie? Vielleicht kann ich Sie fahren?« Bruces Augen blitzten. »Es wäre mir ein Vergnügen, wenn Sie nur so schnell wie möglich so weit wie möglich von hier verschwinden würden.«

Duncan senkte leicht den Kopf. Die Geste, die Dankbarkeit ausdrücken sollte, stand im Gegensatz zu seinem Blick, der Bruce voller Verachtung musterte.

»Bruce … Duncan … jetzt lasst doch den Unsinn! Bruce, du kannst mir helfen, Duncan in ein Krankenhaus nach Aberdeen zu bringen, damit ihm geholfen werden kann, denn er … Duncan, wo wollen Sie denn hin?«

Mit großen Schritten stürmte Duncan aus dem Haus, und Anna rannte ihm nach, dicht gefolgt von Bruce. Vor Bruces Wagen blieb Duncan stehen, öffnete die Tür und setzte sich hinein.

»Sir, gilt Euer Angebot noch? Ich habe es eilig und weiß, dass diese Art von Kutschen einen schnell von einem Ort zum anderen bringen, auch wenn ich in diese Eisenkästen wenig Vertrauen habe.«

Bruce grinste über das ganze Gesicht. »Nur zu gerne! Ich bin froh, wenn ich Ihre Visage nicht mehr sehen muss, dafür fahre ich Sie auch bis John O'Groats hinauf, wenn es sein muss.«

Er startete das Auto, und es setzte sich bereits in Bewegung, als sich Anna im letzten Moment mit zu Duncan auf den Beifahrersitz zwängte. Sie traute den beiden Männern alles zu und würde sie auf keinen Fall allein lassen.

»Wohin wünschen der Herr gebracht zu werden?«, fragte Bruce ironisch, was Duncan gänzlich zu entgehen schien, denn er entgegnete voller Ernst:

»Zum Glen-Mal-Loch, einem See nördlich des Dorfes. Ich erinnere mich, mit Mistress Anna gestern diese Straße da vorne heruntergekommen zu sein.«

Bruce lenkte das Auto auf die genannte Straße.

Anna, die eingezwängt zwischen den Männern kaum Luft bekam, flüsterte Bruce ins Ohr: »Er will sich in den See stürzen! Das müssen wir verhindern. Ich bitte dich, Bruce, fahr zum nächsten Krankenhaus, sonst bringt er sich um!«

»Umso besser!«, knurrte Bruce und machte keine Anstalten, den Weg zu verlassen.

Angestrengt dachte Anna nach, was sie tun konnte, dabei fiel ihr ein, dass sie ihr Handy nicht eingesteckt hatte. Somit konnte sie keine Hilfe rufen. Es blieb ihr nichts anderes übrig, als abzuwarten.

Sie erkannte den See und die Hütte gleich wieder. Bruce bremste so hart, dass die Reifen quietschten. Dann standen sie zu dritt am Ufer, und Anna fragte sich, was sie denn nun tun sollte, als Duncan langsam in das Wasser hineinging.

»Bruce, das kannst du nicht zulassen!«, schrie sie und zerrte an seinem Arm. »Wenn er nicht schwimmen kann …«

Bruce stand aber nur mit einem höhnischen Lächeln da. Natürlich würde er den Fremden nicht ertrinken lassen, aber so eine kleine Abkühlung würde nicht schaden und ihn vielleicht dazu bringen, künftig seine Finger von Anna zu lassen. Bruce überlegte sich keinen Augenblick, was er tun sollte, wenn Duncan tatsächlich untergehen sollte. Er glaubte nicht daran, dass ein Mensch ins Wasser ging, ohne schwimmen zu können, und wie ein Selbstmörder wirkte der Mann nicht auf ihn. Annas Panik interpretierte er als Sorge um Duncan, was ihn schrecklich wütend machte. Offenbar hatte sie an dem Mann einen Narren gefressen, daher war es wichtig, dass Duncan so bald wie möglich aus ihrer beider Leben verschwand.

»Ich werde Euch nie vergessen, Mistress Anna«, rief Duncan und hob die Hand zum Abschied.

Anna überlegte nicht, was sie tat, als sie in das eiskalte Wasser lief. Aufgewachsen an der Küste Cornwalls war sie eine gute Schwimmerin, und sie musste Duncan retten! Auch wenn sie keine Ahnung hatte, wie sie einen Menschen, der sicher doppelt so schwer wie sie selbst war, ans Ufer bringen sollte.

»So hilf mir doch!«, schrie sie Bruce zu, als Duncan unter der Oberfläche versank. Das Wasser, das über ihrem Kopf zusammenschlug, war wie ein Schock, aber nur eine Sekunde später ertasteten ihre Finger Duncans Umhang, dann krallten sie sich an seinem Arm fest. Er versuchte, sie abzuschütteln, aber die Sorge verlieh Anna übermenschliche Kräfte. Sie schlang beide Arme um seinen Körper und merkte, wie sein Gewicht sie unweigerlich nach unten zog.

Plötzlich war Duncans Körper fort, Annas Arme griffen ins Leere, trotzdem wurde sie immer weiter in die Tiefe gezogen. Das ist das Ende, dachte Anna. Verzweifelt strampelte sie mit den Beinen und ruderte mit den Armen, aber es war, als hätte jemand einen Strick um ihre Füße gebunden, der sie langsam immer weiter nach unten zog. Anna liebte das Wasser und hatte erst im letzten Jahr während eines Urlaubs auf Zypern den Tauchschein gemacht, doch jetzt waren ihre Bemühungen vergebens. Ihr Brustkorb schmerzte, ihre Lungen drohten zu platzen, während ihre Bewegungen langsamer wurden. Der Satz »Ertrinken ist ein schöner Tod« schoss Anna durch den Kopf, aber die Aussage stimmte ganz und gar nicht. Sie wollte nicht sterben! Sie hatte noch so viel vor in ihrem Leben. Dann plötzlich, als Anna meinte, keine Sekunde länger die Luft anhalten zu können, ließ der Sog plötzlich nach, und sie schoss wie ein Pfeil nach oben. Kaum hatte ihr Mund die Wasseroberfläche durchbrochen, schnappte sie nach Luft, die kalt und klar in ihre Lungen drang. Jetzt konnte Anna auch wieder schwimmen, nichts und niemand hielt sie mehr fest. Das Wasser war eiskalt, und mit letzter Kraft bewegte sie ihre Arme und Beine und schwamm auf das Ufer zu, das nur wenige Meter von ihr entfernt war. Da sah sie Duncan, der mit schnellen Schritten zwischen den Bäumen verschwand.

»Duncan!«, schrie Anna aus Leibeskräften, aber er schien sie nicht zu hören, denn einen Moment später konnte Anna ihn nicht mehr sehen. Sie watete die flache Uferböschung hinauf und schlang fröstelnd die Arme um den Körper. Verflixt, war das kalt! Dabei hatte doch vorhin noch die Sonne geschienen, aber jetzt verdunkelten dunkle, bedrohliche Wolken den Himmel. Anna wusste nicht, wie lange sie im Wasser gewesen war, aber länger als zwei, drei Minuten hatte es unmöglich sein können. Umso perplexer war sie, als sie sah, dass weder von Bruce noch von seinem Auto eine Spur zu erkennen war.

»Du hast dich ja schnell aus dem Staub gemacht, du Mistkerl«, murmelte sie. Obwohl sie mit dem Kapitel Bruce in ihrem Leben abgeschlossen hatte, war die Erkenntnis, dass er sie offenbar ohne weiteres hätte ertrinken lassen, bitter wie Galle. Er war einfach davongefahren und hatte sie ihrem Schicksal überlassen.

Als die ersten Regentropfen auf Annas Gesicht fielen, erwachte sie aus ihrer Erstarrung. Unwillkürlich lenkte sie ihre Schritte in die Richtung, in der Duncan verschwunden war, denn auch die Straße, auf der sie gekommen war, schien unerklärlicherweise verschwunden zu sein. Soweit sie sehen konnte, gab es hier nirgends einen richtigen Weg, von dem schmalen Trampelpfad, den sie jetzt entlangstapfte, abgesehen. Annas Orientierungssinn war nicht stark ausgeprägt, aber sie vermutete, dass Duncan in Richtung Glenmalloch gelaufen war. Ihre nassen Sachen ließen Anna so sehr frieren, dass ihre Zähne laut aufeinander schlugen. Das würde sie Bruce nie verzeihen! Niemals! Und wenn sie diesen verrückten Schotten in die Hände kriegen würde – dann gnade ihm Gott! Wahrscheinlich würde sie sich eine Lungenentzündung holen und für Wochen nicht vor der Kamera stehen können. Anna bezweifelte, dass Duncan eine entsprechende Versicherung besaß, die ihr den finanziellen Ausfall erstatten würde.

»Ich packe noch heute meine Sachen und fahre nach London zurück!« Entschlossen stapfte Anna durch den Regen. Immer wieder musste sie Zweige und Äste zur Seite schieben, die ihr den Weg versperrten. »Und nächste Woche fliege ich in die Karibik, oder sonst wohin, wo es warm ist.«

Endlich tauchten die ersten Häuser vor ihren Augen auf. Anna blieb stehen und blinzelte. Das war doch unmöglich Glenmalloch? Jetzt hatte sie sich auch noch verlaufen, denn um einen kleinen ovalen Platz scharten sich ein paar baufällige Hütten, die allesamt aussahen, als wären sie seit Jahrzehnten nicht mehr bewohnt. Annas Hoffnung, hier ein funktionierendes Telefon zu finden, schwand. Zu dumm, dass sie ihr Handy nicht dabeihatte. Der Regen hatte den Weg aufgeweicht, und Anna versank bis zu den Knöcheln im Schlamm, als sie sich langsam den Hütten näherte. Erleichtert atmete sie auf, als sie durch eine Türritze einen Lichtschein sah. Wer immer in diesen armseligen Behausungen leben mochte – vielleicht gab es ja doch ein Telefon? Sie war noch ungefähr drei Meter von dem Licht entfernt, als die Tür geöffnet wurde und eine Frau heraustrat. Anna wollte sie gerade um Hilfe bitten, aber es verschlug ihr die Sprache, als sie sah, wie die Frau einen Kübel mit Dreck einfach vor die Tür kippte. Es stank bestialisch! Überhaupt lag hier alles voll mit Unrat. Entsetzt sprang Anna zur Seite, als sie vor sich einen Kothaufen sah. Du meine Güte, in was für eine Gegend war sie hier nur geraten? Das, was Anna bisher von Schottland gesehen hatte, war zwar oft karg, aber niemals dermaßen heruntergekommen und dreckig gewesen.

»Entschuldigen Sie bitte, aber dürfte ich bei Ihnen kurz telefonieren?«

Der Kopf der Frau ruckte hoch, und sie starrte Anna entsetzt an. Plötzlich bekreuzigte sie sich dreimal hintereinander und rief etwas in die Hütte hinein, das Anna nicht verstand. Sofort erschien ein bulliger Mann, der ihr entschlossen entgegentrat. »Verschwindet von hier!«

Nur mit Mühe verstand Anna die Worte, denn der Mann sprach einen Dialekt, den sie nie zuvor gehört hatte. Obwohl die beiden seltsamen Gestalten, die mehr in Lumpen als in Kleider gewickelt waren, Anna Angst einflößten, nahm sie ihren Mut zusammen und sagte: »Ich hatte einen kleinen Unfall am See. Mein Auto ist weg, und ich bin klatschnass.« Sie deutete auf ihre Kleider. »Vielleicht erlauben Sie mir, von Ihrem Telefon aus Hilfe zu rufen.«

Die Hoffnung, die Leute hätten hier ein Auto, und jemand würde sie nach Glenmalloch zurückfahren, hatte Anna aufgegeben, denn es war weit und breit weder ein Wagen noch eine Garage zu sehen.

»Woher kommt Ihr und was wollt Ihr?«, fuhr der Mann sie an. Die Frau drückte sich ängstlich hinter seinen Rücken.

»Ich wohne in Glenmalloch«, gab Anna bereitwillig Auskunft. So wie es aussah, war sie auf die Hilfe dieser seltsamen Menschen angewiesen, daher bemühte sie sich um Freundlichkeit, obwohl sie am liebsten auf und davon gelaufen wäre. Aus den Augenwinkeln sah sie, wie jetzt auch aus den anderen Hütten Menschen kamen und sich in gebührlichem Abstand im Halbkreis um sie scharten. Es waren ausnahmslos verwahrloste Gestalten mit wirren, verfilzten Haaren, einige Gesichter waren von Eitergeschwüren und roten Flecken verunstaltet. Was ist das hier nur?, fragte Anna sich verzweifelt. Hatte sie aus Versehen ein Lager von Obdachlosen entdeckt? Vielleicht handelte es sich auch um Verbrecher, Diebe oder gar Mörder? Anna wollte gerade sagen, dass sie wohl weitergehen und anderswo um Hilfe bitten würde, als der bullige Mann unwillig knurrte:

»Das hier ist Glenmalloch. Ihr gehört aber nicht hierher. Wenn Ihr allerdings die Burg meint ...«, er drehte sich halb um und deutete in nördliche Richtung, »... die ist da oben.«

Obwohl es inzwischen heftig regnete, erkannte Anna schemenhaft die Umrisse einer trutzigen und wehrhaften Burganlage auf dem Hügel, der sich direkt hinter der Ansiedlung anschloss. Unwillkürlich fühlte sie sich bei dem Anblick an die Ruinen der Burg erinnert, die über Glenmalloch lagen, aber diese Burg war alles andere als eine Ruine.

»Was meinen Sie damit, das hier sei Glenmalloch?«, fragte sie zaghaft. »Heißt das Dorf hier auch so?«

»Geht fort, Ihr seltsame Gestalt!«

Erschrocken fuhr Anna herum, als sie die Stimme nah an ihrem Ohr hörte, und starrte in ein altes, zahnloses Gesicht. Auf dem fast kahlen Schädel der Frau hingen nur noch ein paar graue, fettige Haarsträhnen, am Hals hatte sie ein faustdickes Eitergeschwür. Aber schlimmer als alles andere war der Geruch, der aus ihrem Mund strömte. Unwillkürlich wich Anna einen Schritt zurück und presste eine Hand vor die Nase. Das seltsame Kleid der Alten starrte vor Dreck und war an vielen Stellen geflickt.

Langsam tastete sich Anna Schritt für Schritt rückwärts in Richtung des Hügels. Vielleicht war die Burg ja noch bewohnt. Es gab in Schottland eine ganze Anzahl von alten

Gemäuern, die in Privatbesitz waren und, zumindest in den Sommermonaten, auch als Wohnhaus genutzt wurden.

Fast hatte Anna befürchtet, dass jemand sie daran hindern würde, die Ansiedlung zu verlassen, aber die Menschen, Anna zählte inzwischen sechzehn, starrten sie nur verwundert oder auch feindselig an. Erst als sie die letzte Hütte passiert hatte, drehte sich Anna um und rannte so schnell sie konnte auf die Burg zu. Nie zuvor in ihrem Leben hatte sie solche Angst verspürt, worüber sie sogar die Kälte und Nässe kurzzeitig vergessen hatte. Als sie sich der Burg näherte, erkannte Anna erleichtert, dass durch verschiedene Fensteröffnungen Licht zu sehen war. Wer immer die heruntergekommenen Gestalten waren, in einer solchen Burg wohnten bestimmt Menschen, die ihr helfen würden. Nach einer Biegung kam das Torhaus in Sicht, und in diesem Moment sah Anna Duncan, der gerade durch die kleine Pforte trat. »Duncan Cruachan!«, brüllte sie so laut sie konnte.

Duncan blieb stehen und drehte sich um. Seine Augen weiteten sich in fassungsloser Verwunderung. Verdammt, was machte Anna denn hier? Wie hatte es geschehen können, dass sie hier war? Er wartete, bis sie näher kam.

»Was wollt *Ihr* hier?«

Über die Unfreundlichkeit in seiner Stimme zuckte Anna zusammen, straffte dann aber ihre Schultern und warf selbstbewusst den Kopf in den Nacken. »Wie Sie unschwer sehen können, bin ich bis auf die Knochen durchnässt, weil ich Sie vor dem Ertrinken retten wollte. Ich friere und werde mir den Tod holen, wenn ich nicht bald ein heißes Bad, etwas Trockenes zum Anziehen und einen kräftigen Tee mit Whisky darin bekomme. Und dann verlange ich, unverzüglich nach Glenmalloch zurückgebracht zu werden, damit ich meine Sachen packen und diese ungastliche Gegend noch heute verlassen kann!«

Duncan starrte sie konsterniert an, aber immerhin ließ er sich dazu herab, ihren Arm zu ergreifen und sie in das Torhaus zu führen. Hier war es zwar keinen Deut wärmer, aber wenigstens war Anna vor dem Regen geschützt. Sie sah, wie der Torwächter sie von oben bis unten musterte, und wunderte sich darüber, dass er einen eisernen Brustpanzer und eine Art Strumpfhose trug. Er kam Anna wie aus einem Kostümfilm vor, und wäre ihr nicht so kalt gewesen, hätte sie wohl über seinen Aufzug gelacht.

»Es wird da einige Probleme geben«, murmelte Duncan. »Ich habe keine Zeit, mich um Euch zu kümmern, aber kommt erst einmal mit.«

Ohne sie weiter zu beachten, verließ Duncan das Torhaus auf der anderen Seite, und Anna blieb nichts anderes übrig, als ihm in einen Burghof zu folgen.

»Was soll das heißen, Sie wollen mir nicht helfen? Ich bin schließlich Ihretwegen in dieser prekären Situation. Sie haben wohl vergessen, dass Bruce Sie kaltherzig hätte ertrinken lassen. Weiß der Himmel, welcher Teufel mich geritten hat, den Versuch zu wagen, Sie zu retten. Offenbar war es aber nicht nötig, denn Sie sind in aller Ruhe ans Ufer geschwommen. Ich kann jetzt wohl erwarten, dass Sie mich in mein Cottage zurückbringen«, setzte sie sarkastisch hinzu, aber Duncan würdigte sie keines Blickes.

»Ihr verwendet den Namen Gottes und des Teufels oft und in ungebührlicher Weise. Ihr solltet Euch damit zurückhalten, um nicht in Schwierigkeiten zu geraten«, sagte er stattdessen und eilte mit großen Schritten davon.

Anna blieb nichts anderes übrig, als ihm über das unebene Kopfsteinpflaster zum Eingang eines größeren Gebäudes zu folgen. Die Tür knarrte in den Angeln, aber kaum war Anna eingetreten, merkte sie, dass es auch hier nur wenig wärmer als draußen war. Zudem war es beinahe finster, da es in der Halle keine großen Fensteröffnungen, sondern lediglich schmale Schlitze, ähnlich wie Schießscharten, gab. Einzig ein paar qualmende Fackeln, deren Rauch Anna husten ließ, spendeten ein wenig Licht. Sie stolperte hinter Duncan eine Steintreppe hinauf, bis er plötzlich vor einer Tür stehen blieb.

»Wartet hier.«

Es klang wie ein Befehl, und Anna blieb konsterniert stehen, während Duncan die Tür öffnete und in dem Raum verschwand. Anna sah sich um. Auch hier war alles aus Stein, kein Teppich schmückte den Boden, keine Tapete die kahlen Wände, aber auch hier hingen in gleichmäßigen Abständen die seltsamen Fackeln an den Wänden. Unwillkürlich dachte Anna, dass die Burg eine wunderbare Kulisse für einen historischen Film bot. Alles war hier so ursprünglich belassen worden, als wäre die Zeit stehen geblieben, dabei wirkte das Mauerwerk nicht alt und modrig, wie es Anna bei Besichtigungen gesehen hatte. Der massive Stein war trocken und hell, ganz so, als wären die Mauern erst vor kurzer Zeit gebaut worden. Allerdings musste man schon *sehr* nostalgisch veranlagt sein, um sich hier wohl zu fühlen.

Ungefähr fünf Minuten später öffnete sich die Tür wieder, und ein junges Mädchen trat auf Anna zu. Sie war klein und zierlich, vielleicht fünfzehn Jahre alt, und trug ein altmodisches, bodenlanges Kleid. Ihre dunklen, kugelrunden Augen musterten Anna von oben bis unten, und es dauerte eine Weile, bis sie mit hoher Stimme sagte: »Mein Bruder sagte, ich solle Euch in ein Gästezimmer bringen.«

»Duncan Cruachan ist dein Bruder?«, fragte Anna verwundert. Offenbar war Duncan hier zu Hause, das würde zum Teil sein seltsames Verhalten der letzten Tage erklären. Wenn man in einer solchen Umgebung wohnte, war es kein Wunder, dass man selbst überzeugt war, man lebte in der Vergangenheit.

Das Mädchen nickte. »Ich bin Helen, und wie ist Euer Name?«

Anna lächelte angesichts der altmodischen Ausdrucksweise, die so gar nicht zu dem jungen Mädchen passte, aber offenbar schien es in der Familie üblich zu sein. Ob wohl die anderen Geschwister von Duncan ebenso seltsam waren?

»Mein Name ist Anna Wheeler«, sagte sie, während sie dem Mädchen durch einen langen, düsteren Gang folgte. Nun würde Helen sie gleich bewundernd anschauen und ehrfurchtsvoll fragen: »*Die* Anna Wheeler? Die Schauspielerin?« Schließlich waren Jugendliche eine große Zielgruppe ihrer Filme, und die gängigsten Magazine für diese Altersgruppe brachten regelmäßig Berichte und Fotos über Anna.

Aber nichts geschah, Helen ging weiter, als ob sie den Namen nie zuvor gehört hätte. Nun, Anna wunderte sich nicht sonderlich darüber. Es würde sie nicht erstaunen zu erfahren, dass es in dieser alten Burg weder einen Fernseher noch ein Radio gab. Das nächste Kino war in Inverness, und Anna bezweifelte, dass sich Helen dort oft aufhielt. Durch ihre Frisur und ihre Kleidung würde sie schnell zum Gespött der Gleichaltrigen werden.

»Ich spiele häufig an der Seite von Patrick Sandler«, versuchte es Anna erneut, denn diesen Namen kannte schließlich jedes junge Mädchen, aber auch dieses Mal zeigte Helen keine Reaktion.

Nun ging es eine Wendeltreppe hinauf, ebenfalls aus Stein, dann einen schmalen Gang entlang, an dessen Ende Helen eine Tür öffnete und Anna vor sich eintreten ließ. Mit einem Blick erfasste Anna das kleine Zimmer mit dem Himmelbett, einer Truhe unter der Fensteröffnung, einem schlichten Holztisch und zwei ebensolchen Stühlen und dem Kamin an der Wand dem Bett gegenüber. Aber auch in diesem Zimmer war es furchtbar kalt, und Anna konnte außer dem offenen Kamin nichts entdecken, was auch nur im Entferntesten an eine Heizung erinnerte. Auch brannte im Kamin kein Feuer, und es gab nirgends einen Korb mit Holz oder sonstigen brennbaren Materialien.

»Ich hoffe, es gefällt Euch«, sagte Helen schüchtern. »Es ist eines unserer schönsten Gästezimmer.«

Anna wandte sich freundlich lächelnd zu dem Mädchen um. »Es ist sehr nett, danke, aber meinst du nicht, es wäre gemütlicher, wenn man ein Feuer machen würde? Es ist doch recht kühl hier drinnen, außerdem sind meine Kleider klatschnass.«

Helen riss die Augen auf und starrte Anna an, als hätte sie verlangt, sofort einen gebratenen, rosaroten Elefanten serviert zu bekommen. »Aber Mistress, es ist doch Sommer! Da machen wir kein Feuer.«

»Nach dem Kalender mag es wohl Juni sein, aber der Wettergott hat es offenbar noch nicht mitbekommen, dass jetzt die warme Jahreszeit an der Reihe ist«, versuchte Anna zu scherzen. »Ich heize durchaus auch im Sommer, halt immer dann, wenn es mir kalt ist. Und im Augenblick …«, sie blickte an sich herunter, »… bin ich nass, und mir ist furchtbar kalt. Wo ist denn das Badezimmer? Vielleicht, wenn ich ein heißes Bad nehme, wird es mir ein wenig wärmer werden.«

Anna sah, wie Helen sie unsicher musterte. »Wir baden nur einmal im Monat, und der Tag war in der letzten Woche. Ich weiß nicht, ob ich die Mägde bitten darf, Euch den Zuber und heißes Wasser zu bringen.« Verlegen trat das Mädchen von einem Fuß auf den anderen. »Ich muss erst meinen Bruder fragen …«

Seufzend strich sich Anna eine Haarsträhne aus der Stirn und wagte einen letzten Versuch. »Aber etwas Trockenes zum Anziehen gibt es doch bestimmt irgendwo, oder?«

Erleichtert, dass sie der Fremden mit der seltsamen Sprache behilflich sein konnte, nickte Helen und ging zu der Truhe unter dem schmalen Fenster. Erst jetzt erkannte Anna, dass die Scheibe nicht aus Glas, sondern aus einer dünnen, fast durchsichtigen Schicht bestand, von der sie nicht erkennen konnte, aus welchem Material sie war. Helen entnahm der Truhe ein dunkelgrünes wollenes Kleid, ihrem eigenen nicht unähnlich, und hielt es Anna hin. »Soll ich Euch beim Umkleiden behilflich sein?«

»Nein, danke, das kann ich alleine«, antwortete Anna und zog sich den Pullover über den Kopf. Sofort bildete sich eine Gänsehaut, und wenn es Anna auch widerstrebte, kratzige Wolle direkt auf der Haut zu tragen, so war das geborgte Kleid wenigstens trocken. Verwundert sah sie, wie Helen auf ihre Brüste starrte, und sie zögerte, den Büstenhalter auszuziehen. Du meine Güte, die Kleine musste doch wohl schon voll entwickelte Brüste von Frauen gesehen haben! Wobei sie selbst in dieser Beziehung noch etwas Nachholbedarf hatte. Anna drehte Helen den Rücken zu und hakte sich den BH auf. Im gleichen Moment stieß Helen einen schrillen Schrei aus und rannte aus dem Zimmer.

»Komische Leute«, murmelte Anna.

Da sie nirgends ein Handtuch sah, nahm sie kurzerhand die Decke vom Bett und rubbelte sich mit einer Ecke die Haare notdürftig trocken. Auch die Decke war aus kratziger Wolle, sie erfüllte aber ihren Zweck. Schnell streifte Anna die Jeans und den Slip ab und schlüpfte in das Kleid. Sie brauchte zwar einige Minuten, bis sie in dem vielen Stoff die Ärmellöcher fand, und dann musste sie feststellen, dass das Kleid im Rücken mit kleinen Häkchen geschlossen wurde. Obwohl sie sich verrenkte – es gelang Anna nicht, die Haken ineinander zu bringen. Sie bedauerte, dass Helen verschwunden war, und legte sich die Bettdecke um die Schultern, da die Luft an ihrem nackten Rücken eiskalt war. Dann suchte sie nach einer Möglichkeit, ihre eigenen Sachen zu trocknen, und hängte sie schließlich auf die Stuhllehnen. Anna bezweifelte allerdings, dass sie bei der Kälte, die im Zimmer herrschte, recht bald trocknen würden. Gerade, als sie sich überlegte, die Burg nach einem Badezimmer zu erkunden, wurde die Tür geöffnet, und Duncan trat ein. Hinter ihm drückte sich Helen an seinen Rücken, und Anna erkannte ein weiteres junges Mädchen.

»Ihr habt meine Schwester erschreckt.«

Es war keine Frage, sondern eine Feststellung.

»Ich wüsste nicht, womit«, entgegnete Anna fest. »Ich bat lediglich um ein Bad und ein paar trockene Sachen zum Anziehen. Wenn Sie alle Ihre Gäste in einer solchen Art und Weise behandeln, würde es mich nicht wundern, wenn Sie hier recht einsam leben.«

Duncan schenkte ihren Worten keine Beachtung, sondern zog Helen hinter seinem Rücken hervor. »Wo hat sie es?«

Eingeschüchtert flüsterte das Mädchen: »Auf dem Rücken, rechts auf dem Schulterblatt.«

Duncan trat zu Anna und zog ihr die Decke herunter. Bevor Anna protestieren konnte, herrschte er sie an: »Meine Schwester sagt, Ihr tragt ein Hexenmal auf dem Rücken. Das würde mich nicht wundern, vermutete ich doch von Anfang an, dass Ihr mit den dunklen Mächten im Bunde steht. Los, zeigt mir Euer Mal!«

»Ich bin hier wirklich im falschen Film«, murmelte Anna. Offenbar hatte Helen ihre Tätowierung bemerkt, aber Anna verspürte keine Lust, ihren Rücken vor dem seltsamen Schotten zu entblößen, auch wenn sie sonst kein Problem damit hatte, sich topless zu sonnen. Aber bei diesem Typ hier war im Oberstübchen etwas ganz und gar nicht in Ordnung. »Ich wüsste nicht, was Sie das angeht. Ich bitte darum, jetzt ein Taxi zu rufen, dann sind Sie mich los, und ich bete zu Gott, dass wir uns niemals wieder begegnen!«

»Sie nennt den Namen Gottes!«, flüsterte Helen. »Die Zungen von Hexen verbrennen jedoch, wenn sie *seinen* Namen aussprechen.«

Nun wurde es Anna zu bunt. »Also gut, dann glotzt doch auf mein Schulterblatt!« Sie streifte sich das Kleid an der rechten Seite bis zum Oberarm hinunter und drehte Duncan den Rücken zu. Ihr Schulterblatt zierte ein etwa handtellergroßes Tattoo, das eine Elfe, die auf einem Fliegenpilz sitzt, darstellt. Es handelte sich dabei um einen sogenannten Pixie, eine Sagengestalt aus Annas Heimat Cornwall.

»Ein teuflisches Zeichen«, murmelte Duncan, und Anna zog scharf die Luft ein, als sie seine Finger auf ihrer nackten Haut spürte. Schnell trat sie von Duncan weg und streifte sich das Kleid wieder über die Schultern.

»Also, was ist jetzt? Rufen Sie mir ein Taxi? Oder soll ich es selbst tun? Vielleicht sollte ich auch die Polizei rufen?« Provozierend sah sie Duncan an.

Dieser lächelte, dann trat ein Ausdruck von Mitleid in seine Augen. »Helen, Marla«, wandte er sich an die beiden Mädchen, »lasst mich einen Augenblick mit der Lady allein.«

Die Mädchen gehorchten sofort. Anna runzelte unwillig die Stirn, als Duncan nachdrücklich die Tür schloss.

»Anna, es ist jetzt nicht so leicht zu erklären, aber ich fürchte, dass Ihr weder nach Glenmalloch, Inverness oder gar London zurückkehren könnt.«

»Ach, und wer oder was sollte mich daran hindern? Wollen Sie mich hier etwa einschließen? Vielleicht wollen Sie mich entführen, um Lösegeld zu erpressen? Sie vergessen wohl, wer ich bin und welchen Einfluss ich habe. Ich würde Ihnen also dringend raten, mich sofort gehen zu lassen.«

»Anna, es tut mir furchtbar leid, aber …« Er brach ab und ging unruhig im Zimmer auf und ab. Dann blieb er vor Anna stehen und fuhr fort: »Als ich in die Hütte beim See gekommen bin, habt Ihr mir nicht geglaubt, dass ich aus der Vergangenheit kam. Ihr habt mir bis zum Schluss nicht geglaubt, dass ich ein Gefolgsmann von Maria Stuart bin. Für mich war das alles auch sehr verwirrend, und ich befürchtete, meinen Verstand zu verlieren. Jetzt aber weiß ich, dass ein tieferer Sinn dahinter stand, der mich in Eure Zeit versetzte. Ich hatte die Möglichkeit zu erfahren, dass es der Untergang der Königin sein wird, wenn ihr Mann ermordet wird und sie den Fehler macht, den Earl von Bothwell zu heiraten. Somit war es meine primäre Aufgabe, in meine Zeit zurückzukehren, um dies zu verhindern. Darum bin ich in den See gesprungen, weil ich darin die einzige Hoffnung sah, wieder nach Hause zu kommen.« Er machte eine kurze Pause, in der Anna ihn wütend anschrie:

»Hören Sie endlich mit diesem Quatsch auf! Ich will jetzt auf der Stelle nach Glenmalloch in mein Haus!«

Mitleidig schüttelte Duncan den Kopf. Es war offensichtlich, dass er nach den richtigen Worten suchte. »Es tut mir leid, Mistress Anna, aber ich fürchte, in dem Moment, als Ihr Euch an mich klammertet und wir im See untergingen, seid Ihr mit mir zusammen gereist.«

»Was wollen Sie damit sagen?«

»Anna, mein Vorhaben ist geglückt, *ich* bin wieder daheim – bei meiner Familie und in meiner Zeit. Und wir schreiben das Jahr fünfzehnhundertsechsundsechzig. Anna, Ihr seid mit mir zusammen in die Vergangenheit gereist.«

Das ist nur ein schlechter Traum, dachte Anna und merkte, wie unter ihr der Boden zu schwanken begann. Dann fiel sie zum ersten Mal in ihrem Leben in Ohnmacht.

# VI

Was für ein verrückter Traum, dachte Anna, als sie erwachte. Sie fror nicht mehr und spürte das weiche Kopfkissen an ihrer Wange, folglich musste sie zu Hause in ihrem Bett liegen. Sie hielt die Augen geschlossen, denn sie wollte noch ein Weilchen dösen und an den seltsamen Traum denken, der so real gewesen war wie nie zuvor einer ihrer Träume. Sie seufzte, räkelte sich wohlig und zog die Bettdecke bis ans Kinn hoch. Nur noch ein paar Minuten …

»Ich glaube, sie wacht auf!«

»Sei vorsichtig, Helen, und geh nicht so dicht heran. Sieh mal, was für eine lustige Frisur sie hat!«

»Ob die Haare wohl echt sind? Ich habe noch nie eine solche Farbe gesehen.«

Etwas zupfte an Annas Kopf, ganz so, als würde eine Maus an ihrem Haar knabbern. Anna versuchte, was immer es auch war, zu verscheuchen, dabei stieß sie an die Hand eines anderen Menschen. Mit einem Schlag war Anna hellwach, fuhr senkrecht in die Höhe und starrte in die dunklen Augen des Mädchens, das sich als Duncans Schwester ausgegeben hatte. Immer noch trug Helen die komische Haube und das altmodische Kleid.

»Das kann nicht sein!« Stöhnend griff sich Anna an den Kopf. »Du bist ja schon wieder da!«

»Ich wollte nur sehen, ob dein Haar echt ist«, sagte das Mädchen. »Duncan behauptet, die Frauen in dem Land, aus dem du kommst, tragen ihre Haare alle so.«

»So, das sagt Duncan«, murmelte Anna und schwang ihre Beine aus dem Bett. Im Zimmer hatte sich nichts verändert, alles war noch genauso altmodisch, wie sie es vorgefunden hatte, bevor sie das Bewusstsein verloren hatte. Es war also doch kein Traum gewesen. Dennoch weigerte sich Anna, an Duncans Erklärung zu glauben. Außer Helen entdeckte sie noch zwei weitere Mädchen. Das eine hatte sie bereits gesehen, und die Jüngste mochte vielleicht sechs oder sieben Jahre alt sein. Die beiden verharrten in gebührendem Abstand, einzig Helen saß direkt neben Anna auf der Bettkante. Jetzt winkte sie ihren Schwestern. »Marla, Cathy, ihr braucht keine Angst zu haben. Duncan sagt, sie sei harmlos.«

»Bist du dir sicher, Helen?« Das mittlere Mädchen, Marla, näherte sich Anna nur zögernd. »Was ist, wenn sie uns verhext?«

»Könnt ihr bitte damit aufhören, über mich zu sprechen, als wäre ich nicht anwesend?«, rief Anna, worauf sich Cathy sofort dicht an die Wand drückte. Anna hatte die Kleine nicht erschrecken wollen, daher fuhr sie sanfter fort: »Ich tu euch doch nichts. Es ist nett, dass ihr mir Gesellschaft leistet, aber ich glaube, ich muss jetzt gehen.«

»Duncan sagt, wir dürfen dich Anna nennen«, warf Helen ein. »Und er meint, dass du komisch sprichst und manchmal Sätze sagst, die wir nicht verstehen, aber wir sollen uns mit dir anfreunden.«

»Duncan sagt, Duncan meint …«, Anna rollte mit den Augen, »… und alles, was Duncan sagt, tut ihr natürlich, oder?«

Marla nickte ernsthaft. »Selbstverständlich, denn seit Vater vor drei Jahren gestorben ist, ist Duncan das Familienoberhaupt.«

»Eigentlich ist es unsere Mutter«, unterbrach Helen die Schwester. »Aber sie ist nur eine Frau. Deswegen sagt sie uns, dass wir unseren Brüdern immer das Gefühl geben sollen, sie würden über die Belange der Familie bestimmen, auch wenn eigentlich Mutter es tut. Duncan merkt es bloß nicht.« Sie kicherte, und Anna sagte spontan:

»Deine Mutter scheint eine kluge Frau zu sein und du ebenso.«

»Das sagt Duncan auch und bedauert es sehr«, warf Marla ein.

»Wieso bedauert es euer Bruder, wenn du klug bist?«

»Weil er meint, dass Helen so nie einen Mann findet. Männer wollen keine klugen, sondern nur hübsche und tugendhafte Frauen, die einen Haushalt führen und gesunde Kinder gebären können.«

Anna schüttelte lächelnd den Kopf. »Ach Mädchen, was sind denn das für antiquierte Ansichten? Natürlich möchte ein Mann eine gescheite Frau, mit der er sich über alles unterhalten kann. Aber du hast noch viel Zeit, bis du heiratest, Helen. Ich rate dir, nichts zu überstürzen. Mach erst deine Schule fertig, lerne einen Beruf, der dich ernähren kann, oder studiere, was dich interessiert. Und nimm nicht den Erstbesten, es lohnt sich durchaus, einige Erfahrungen zu sammeln.«

Marla stieß Helen mit einem Finger in die Rippen. »Jetzt redet sie wieder so wirr. Hast du verstanden, was sie meint?«

Helen schüttelte den Kopf, und Anna sah in ihren Augen einen Ausdruck, der sie an Duncan erinnerte. Genauso hatte er geschaut, als er vorgab, zum ersten Mal ein Auto zu sehen. Anna lächelte, denn ihr fiel plötzlich eine Erklärung für das ganze Theater ein. Seit längerer Zeit schon gab es so schwachsinnige Fernsehshows, in denen mehr oder weniger bekannte Personen in den Dschungel oder auf eine einsame Insel gingen. Es hatte sogar mal eine Serie gegeben, in der zehn Prominente wie im Mittelalter auf einer Burg leben mussten. Dabei wurde alles gefilmt, genauso wie bei der unsäglichen *Big-Brother*-Produktion, die sich leider nach wie vor großer Beliebtheit beim Publikum erfreute. Irgendwie hatte man es geschafft, Anna auf eine solche Burg zu bringen. Das erklärte das seltsame Verhalten und die altmodische Kleidung der Mädchen. Allerdings hatte sie nicht gewusst, dass nun auch schon Kinder in diese niveaulosen Reality-TV-Shows mit einbezogen wurden. Überhaupt hatte Anna über ein derartiges Projekt im Vorfeld nichts gehört. Offenbar war das Konzept mit der Sendung *Versteckte Kamera* gekoppelt, von dem sich die Produzenten wohl einen ganz besonderen Kick und hohe Einschaltquoten erhofften.

»Okay, Mädels, es ist zwar nett, mit euch zu plaudern, aber ich finde, wir sollten die Sache jetzt beenden. Ich habe euch nämlich durchschaut!«

Langsam ging Anna im Zimmer auf und ab, dabei taxierten ihre Augen jeden Millimeter der Wände und der Decke. Sie war sich sicher, dass hier überall Kameras versteckt sein mussten. Natürlich waren diese auf den ersten Blick nicht zu erkennen, was sinnvoll war, denn der ganze Spaß wäre ja dahin, wenn der Promi entdeckte, wie man ihn hereingelegt hatte. Es war durchaus nicht so, dass Anna keinen Spaß verstand. Im Gegenteil, sie war sehr humorvoll und konnte auch problemlos über sich selbst lachen, doch alles hatte seine Grenzen. Das, was man ihr in den letzten Tagen zugemutet hatte, war endgültig zu viel. Gut, Duncans Auftauchen und seine fantastische Geschichte hatte ihre Gedanken von Bruces schändlichem Verhalten abgelenkt, aber nun war es genug! Anna schüttelte sich bei dem Gedanken, die ganze Sache könnte eine Liveübertragung sein, und Millionen von Fernsehzuschauern zu Hause an den Bildschirmen hätten verfolgt, wie naiv sie Duncan auf den Leim gegangen war. Obwohl Anna nichts gegen Promotion ihrer Person hatte, ging es doch entschieden zu weit, sich nur wegen der Einschaltquoten lächerlich zu machen.

»Nun gut, ich habe mitgespielt!«, schrie Anna die Wände an. »Hallo, hört und seht ihr mich da draußen? Ich bin es, Anna Wheeler, und noch kann ich über die ganze Sache lachen, aber jetzt habe ich euer Spiel durchschaut und werde es beenden. Ich hoffe, ihr hattet euren Spaß, denn jetzt ist Schluss mit lustig! Sucht euch jemand anderen, über den ihr lachen könnt!«

Schützend legte Helen einen Arm um die zitternde Cathy, die verwirrt stammelte: »Was macht sie denn da?«

»Ich weiß es nicht«, flüsterte Marla. »Helen, glaubst du, sie ist so verrückt wie die Tante, die in der Dachkammer –«

»Sei still, Marla!«, wurde sie heftig von Helen unterbrochen. »Du weißt doch, dass wir darüber nicht sprechen dürfen.«

»Ach, tut euch keinen Zwang an«, sagte Anna mit säuerlichem Lächeln. »Ich weiß über die Frau Bescheid, die angeblich verrückt gewesen sein soll und die eure Familie auf dem Dachboden eingesperrt hat, bis sie starb.«

»Du weißt davon?« Helen war ehrlich überrascht. »Wer hat dir davon erzählt?«

»Duncan war es, und ich finde, ihr habt euch damit nicht gerade mit Ruhm bekleckert. Aber wahrscheinlich ist die ganze Geschichte sowieso nicht wahr und gehört zu dieser perfiden Inszenierung.«

Helens Ausdruck wandelte sich in Bewunderung. »Wenn Duncan dir *davon* erzählt hat, dann muss er dir aber sehr vertrauen, denn sonst spricht er nie darüber. Obwohl die Frau wirklich nur eine sehr entfernte Verwandte war, ist es besser zu verschweigen, wenn es einen Fall von Irrsinn in der Familie gegeben hat.«

»Und er scheint nicht der Einzige zu sein«, murmelte Anna und musterte die drei Mädchen von oben bis unten. »Sagt mal, wie lange lebt ihr eigentlich schon auf dieser Burg?« Es interessierte Anna sehr, seit wann diese Serie bereits gedreht wurde.

»Unser ganzes Leben lang«, antwortete Marla. »Wir haben sie noch nie verlassen, das heißt, Helen durfte vor ein paar Wochen mit in die Stadt zum Markt.«

»Dort war es sehr schön«, fuhr Helen mit glänzenden Augen fort. »Da gab es so viele Dinge zu sehen: einen Feuerschlucker, eine furchtbar dicke Frau mit einem Vollbart und einen ganz kleinen Mann, der auf einer Ziege geritten ist und Kunststücke vorgeführt hat.«

»Nicht zu vergessen die Wahrsagerin, Schwesterchen!«, mahnte sie Marla mit scherzhaft erhobenem Zeigfinger.

Helen errötete, als Marla fortfuhr: »Die Frau hat Helen nämlich gesagt, dass sie eines Tages einen großen blonden Mann mit blauen Augen heiraten wird. Du musst aber wissen, Anna, dass Helens Verlobter klein und dunkelhaarig ist.«

»Verlobter? Aber sagtest du vorher nicht, dass Duncan meint, du würdest nie einen Mann finden? Und dann bist du schon verlobt? Wie alt bist du eigentlich?«

»Letzten Mai wurde ich fünfzehn.« Helen seufzte. »Viele Mädchen sind in dem Alter schon verheiratet, und Marla übertreibt mal wieder maßlos. Ich bin noch gar nicht richtig verlobt, Duncan meint nur, dass James mich vielleicht nehmen würde.«

»Und was meinst du, Helen?«, fragte Anna besorgt. »Magst du diesen James denn?«

In Helens Augen stand Erstaunen über Annas Frage. »Ich kenne ihn doch gar nicht, habe ihn nur einmal gesehen, aber Duncan wird die richtige Entscheidung fällen, er ist schließlich unser Bruder.«

Nun reichte es Anna wirklich. Gut, wenn man Erwachsene hinters Licht führte und Schabernack mit ihnen trieb, war das eine Sache. Aber diese Kinder hier schienen tatsächlich an all das zu glauben und danach zu leben. Wie konnte man nur so verantwortungslos sein!

Marla kicherte, und Anna konnte die Worte, die das Mädchen ihrer Schwester ins Ohr flüsterte, deutlich verstehen: »Arme Alice Skelton! Das wird ihr gar nicht passen!«

Helen musterte Anna eindringlich und nickte.

»Wer ist Alice Skelton?«, fragte Anna genervt.

»Die Frau, mit der Duncan seit drei Jahren verlobt ist, aber er schiebt die Hochzeit immer wieder hinaus. Nun hat Mutter gefordert, dass Duncan Alice Weihnachten zu seiner Frau machen muss. Aber da er dich hierher gebracht hat und dir sogar von unserer Tante erzählt hat …« Sie brach ab und errötete.

Annas Herzschlag beschleunigte sich. Was ging es sie an, wenn Duncan verlobt war? Das konnte ihr doch gleichgültig sein, trotzdem beunruhigte es Anna. »Was hast du noch sagen wollen?«, beschwor sie Helen und sah ihr fest in die Augen.

»Nun ja, ich glaube, dass Duncan dich mag. Sonst würde er sich nicht so sehr um dich sorgen und …«

»Helen, ich glaube, du gehst jetzt in euer Zimmer!«

Laut und donnernd dröhnte seine Stimme durch den Raum. Weder Anna noch die Mädchen hatten bemerkt, wie Duncan eingetreten war. Unwillig zogen sich seine buschigen Augenbrauen über der Nasenwurzel zusammen, und

Anna sah, wie auf seinen Wangen schon wieder die ersten Bartstoppeln sprossten. Die Mädchen reagierten sofort, und Anna sah mit Erstaunen, wie sie alle vor Duncan knicksten, bevor sie das Zimmer verließen. Hier herrschte eine seltsame Erziehung! Anna schmunzelte bei dem Gedanken, sie hätte jemals vor ihrem älteren Bruder geknickst.

»Zieht Euch vollständig an, meine Mutter möchte Euch sehen!« Duncan sprach in einem solch barschen Ton mit ihr, dass Anna zusammenzuckte.

»Gut, das ist der erste vernünftige Vorschlag des Tages! Ich finde auch, hier besteht ganz dringend Klärungsbedarf.«

Duncan reichte ihr eine Haube. »Setzt das auf, meine Mutter fällt sonst in Ohmacht, wenn sie Euer Haar sieht. Ich hoffe nur, sie wachsen recht schnell und diese unmögliche Farbe verschwindet. So kann sich ja kein anständiger Mann mit Euch sehen lassen. Dreht Euch um, damit ich Euer Kleid zumachen kann.«

»Glauben Sie mir, ich habe null Bock, mit Ihnen auf eine Party zu gehen«, murmelte Anna und drehte ihm ihren Rücken zu. Sie trug immer noch das grüne Wollkleid, das nach wie vor im Rücken geöffnet war. Ihre eigenen Sachen waren immer noch nass, also blieb ihr nichts anderes übrig, als dieses unbequeme Kleid, dessen Stoff auf ihrer Haut kratzte, anzubehalten.

Als Duncan die Häkchen schloss, berührten seine Finger kurz ihre nackte Haut, und Anna versuchte, ein Zittern zu unterdrücken. Dann folgte sie Duncan durch die langen Gänge und über mehrere Treppen nach unten.

»Hört zu, Mistress Anna, ich habe versucht, meiner Mutter zu erklären, was geschehen ist, aber sie hat natürlich keine Vorstellung von der Zeit, aus der Ihr kommt. Daher muss ich Euch bitten, Euch mit Eurer Ausdrucksweise zurückzuhalten. Antwortet nur, wenn Ihr angesprochen werdet.«

Anna kicherte in Erinnerung an Helens Worte. »Sie scheinen ja mächtigen Bammel vor Ihrer Mutter zu haben.«

»Ich verstehe nicht, was Ihr damit meint, Mistress«, erwiderte Duncan kühl. »Da Ihr aber die nächste Zeit unter der

Obhut meiner Mutter hier bleiben müsst, tut Ihr gut daran, Euch um ein Auskommen mit ihr zu bemühen.«

Ruckartig blieb Anna stehen und stemmte die Hände in die Hüften. »Hier bleiben? Das werde ich auf keinen Fall, im Gegenteil! Ich verlange, dass Sie mich noch heute nach Glenmalloch bringen, oder ich gehe allein. Ich werde den Weg schon finden.«

Duncan drehte sich zu Anna herum. In seinen Augen lag ein Ausdruck, den Anna nicht deuten konnte. Es war eine Mischung aus Mitleid, aber auch Besorgnis und … Zärtlichkeit.

»Ach Anna …« Er ließ die Anrede Mistress weg und streckte eine Hand nach ihr aus. Automatisch ergriff Anna sie und ließ es zu, dass er sie an seine Brust zog. »Ich weiß, wie ich mich fühlte, als ich vor zwei Tagen einfach in deiner Zeit aufgetaucht bin.« Übergangslos begann er sie zu duzen. »Ich wollte und konnte es nicht verstehen, musste mich aber mit den Tatsachen abfinden. Versuch zu akzeptieren, dass du, warum auch immer, nun in meiner Zeit bist.«

Annas Herz klopfte ein paar Takte schneller, denn so freundlich hatte er nie zuvor zu ihr gesprochen. Duncan hatte sich umgezogen, und die Wärme, die durch sein Wams aus grünem Samt drang, ließ Anna wünschen, ewig in dieser Stellung zu verharren.

»Ach, Duncan, ich …«

Er ließ sie nicht ausreden, sondern sagte leise: »Als du in den See gesprungen bist, um mich zu retten, hast du wahrscheinlich die größte Dummheit deines Lebens begangen. Ich werde es dir aber niemals vergessen, denn du hast dein Leben aufs Spiel gesetzt, um meines zu retten, dabei kanntest du mich nur kurze Zeit. Ein solches Verhalten ist sehr edel.«

»Ich würde es jederzeit wieder tun«, murmelte Anna und wollte hinzufügen, dass jetzt der Zeitpunkt gekommen war, diese Farce zu beenden, aber Duncan ließ sie los und öffnete wortlos eine Tür am Ende des Ganges. Zögernd folgte Anna ihm in das Zimmer. Nun, Zimmer war weit untertrieben, denn Anna befand sich in einem riesigen Raum, der sie unwillkürlich an eine kleine Kathedrale erinnerte. Er war sicher zwei oder drei Stockwerke hoch, die Decke mit ihren dunklen Balken wurde von dicken, steinernen Säulen gestützt, und an den Wänden hingen Wandteppiche in bunten Farben. Die Einrichtung bestand ausnahmslos aus schweren, dunklen Holzmöbeln. Jede Stuhllehne schien handgeschnitzt zu sein und war mit kunstvollen Ornamenten verziert. Bisher hatte Anna solche Möbel nur im Museum oder in alten, zur Besichtigung freigegebenen Herrenhäusern, Burgen oder Schlössern gesehen.

»Wow! Das muss aber 'ne Stange gekostet haben«, rief sie und nahm einen Krug von dem Tisch. »Ist der aus echtem Gold? Duncan, ich bin beeindruckt beziehungsweise muss zugeben, dass die Crew, die für das alles hier verantwortlich ist, wirklich ganze Arbeit geleistet hat.«

»Duncan! Ist das die unmögliche Person?«

Duncan nahm Anna den Krug aus der Hand und zog sie am Arm an das andere Ende der Halle. Bisher hatte Anna nicht gesehen, dass sich dort weitere Personen aufhielten. In einem wuchtigen Stuhl saß eine Frau, und Anna dachte zuerst, es würde sich um ein weiteres Mädchen handeln, bis sie erkannte, dass die Frau im fortgeschrittenen Alter war. Die Ähnlichkeit mit den Mädchen war allerdings unverkennbar, und auch wenn ihr Gesicht einige Falten aufwies und unter der Haube graue Haarsträhnen hervorlugten, die Frau war immer noch eine Schönheit. Neben ihr saß ein Mann, der ein jüngeres Abbild von Duncan war. Die gleiche Figur, das gleiche markante Kinn und graue Augen. Anna schätzte ihn auf ihr Alter. Wie alt war Duncan eigentlich? Sie hatte ihn bisher nicht danach gefragt, meinte aber, er müsse in der Mitte der Dreißiger sein, wobei er ohne den Vollbart jünger wirkte.

Die Frau, offenbar Duncans Mutter, zeigte auf einen Stuhl, und Anna setzte sich auf die äußerste Kante. Obwohl Lady Cruachan von kleiner und zierlicher Statur war, strahlte sie eine solche Autorität aus, dass Anna verstand, was die Mädchen vorhin, als sie von der eigentlichen Herrin der Burg sprachen, gemeint hatten.

Der jüngere Mann stand auf, griff nach einem Krug und vier Bechern und schenkte Wein ein. Als er Anna einen Becher reichte, schüttelte sie den Kopf und sagte: »Nein, danke, ich trinke um die Uhrzeit keinen Alkohol. Vielleicht könnte ich einen Orangensaft oder ein Bitter Lemon bekommen?«

Duncans Mutter musterte sie mit gerunzelter Stirn und sagte zu ihrem Sohn: »Sie ist wahrlich sonderbar.«

Duncan zuckte in einer Art und Weise mit den Schultern, als wolle er sich bei seiner Mutter für Anna entschuldigen. Bevor Anna etwas erwidern konnte, fuhr Lady Cruachan an Anna gewandt fort: »Ihr behauptet also, aus der Zukunft zu kommen?«

»Keineswegs!«, begehrte Anna auf. »Ich weiß nicht, was der Sinn und Zweck dieses Spiels hier ist, aber ich habe keine Lust mehr mitzuspielen. Ich habe Verpflichtungen und einen Job und keine Zeit, mich noch länger in diesem Gemäuer aufzuhalten.«

»Du siehst, Mutter, sie kann sich mit den Gegebenheiten nicht abfinden. Ich habe alles versucht, ihr verständlich zu machen, dass sie in dem See durch die Zeit gereist ist.«

Trotzig verschränkte Anna die Arme vor der Brust und wippte auf der Kante des Stuhles. »Okay, wenn es wirklich so gewesen sein sollte … Ich sagte *wenn* …, dann frage ich mich, warum du mich nicht einfach zu dem See zurückbringst, ich hineinspringe und schwups wieder in meiner Zeit herauskomme.«

»Anna, so einfach ist das nicht. Wir haben keine Garantie, dass die Zeitreise glückt und du tatsächlich am selben Tag zurückkehrst, an dem du verschwunden bist.«

»Aber bei dir hat es doch auch geklappt!«, hielt Anna dagegen.

»Nicht ganz, Anna. Ich verließ mein Haus im Juli, kam im Juni zu dir, weilte zwei Tage in deiner Zeit, kehrte aber im August wieder hierher zurück. Du siehst, die Zeitreise ist unberechenbar, und es gibt keine Gewissheit, dass du überhaupt in dem Jahrhundert, aus dem du verschwunden bist, wieder aus dem Glen-Mal-Loch auftauchst.«

»Mistress Anna, wir können dieses Risiko nicht eingehen.« Lady Cruachans Stimme war tief und rauchig, aber sie klang nun schon etwas freundlicher. »Ich bedauere, was Euch widerfahren ist, aber wir müssen nun alle versuchen, aus der Lage, in der wir uns befinden, das Beste zu machen. Mein Sohn hat mir bereits berichtet, was er über das Schicksal Schottlands erfahren hat, darum betreffen unsere ersten Überlegungen, was wir tun können, um all die furchtbaren Ereignisse zu vermeiden.«

»Dann glauben Sie also tatsächlich an eine Zeitreise durch den See?«, fragte Anna. »Sie nehmen das einfach so hin, stellen keine Fragen oder veranlassen Untersuchungen?« Sie schüttelte so heftig den Kopf, dass die Haube verrutschte und ihr eine gelb-rote Haarsträhne in die Stirn fiel.

»Welch außergewöhnliche Farbe!« Zum ersten Mal sprach Duncans Bruder. Er hatte die Unterhaltung bisher schweigend verfolgt. »Warum sollten wir es nicht glauben, Mistress? Die alten Sagen und Legenden des Hochlands sind nie vergessen worden, und ich habe keinen Zweifel an den Ausführungen meines Bruders.«

Lady Cruachan streckte ihren Becher nach vorne, schnell griff Duncan nach dem Krug und schenkte Wein nach. Anna hatte bisher nichts getrunken, doch jetzt konnte sie einen kräftigen Schluck gebrauchen und leerte ihren Becher in einem Zug. In ihrem Kopf schwirrte es wie in einem Bienenstock. Ihr logischer Verstand weigerte sich zu glauben, dass sie sich tatsächlich im sechzehnten Jahrhundert befand, aber die Tatsachen um sie herum sprachen eine andere Sprache. Auch Duncans Verhalten von dem Augenblick an, als er in die Hütte am See gestolpert war, hatte in jeder Beziehung mit dem Verhalten eines Menschen übereingestimmt, der aus der Vergangenheit kam. Anna betrachtete das Stroh auf dem Fußboden. Binsen, hatte es Duncan genannt, und sie dachte daran, dass er beinahe beleidigt gewesen war, als Anna den Belag als schmutzig bezeichnet hatte. Tatsächlich schienen die Binsen frisch und sauber zu sein, es stieg sogar ein leichter Duft nach Kräutern aus ihnen auf.

»Was soll ...« Anna räusperte sich, ihre Stimme klang belegt, und sie merkte, wie Angst in ihr hochstieg. »Was sollen wir jetzt machen?«

»Verhindern, dass unser Land ein Vasallenstaat Englands wird!« Lady Cruachans Faust krachte auf die Stuhllehne. »Mistress Anna, berichtet mir alles, was Ihr über die Zukunft Schottlands wisst, und lasst nichts aus. Ist es wirklich wahr, dass unsere Königin ihr Ende auf dem Schafott finden wird?«

Anna schluckte mehrmals, ihr Hals war so trocken wie die Sahara zur Mittagszeit, und sie bat Duncan um einen weiteren Schluck Wein. Schnell lehrte sie auch diesen Becher bis auf den letzten Tropfen. Der ungewohnte Alkoholgenuss stieg ihr zu Kopf und ließ sie leicht schwindeln, und sie musste sich bemühen, ruhig und langsam zu antworten: »Ich habe Duncan Bücher gezeigt, in denen alles aufgezeichnet ist. Leider sind meine Kenntnisse der schottischen Geschichte nicht sehr gut.« Zum ersten Mal in ihrem Leben bedauerte es Anna, in der Schule nicht besser aufgepasst zu haben. Es war wirklich sehr wenig, was sie von der Vergangenheit wusste. »Welches Datum ... äh, welcher Tag ist heute?«

»Der fünfzehnte August im Jahr des Herrn sechzehnhundertsechsundsechzig«, antworte Duncan. »Vor drei Wochen erreichte uns die Nachricht, dass die Königin am neunzehnten Juli einem gesunden Knaben das Leben geschenkt hat. Darnley bezweifelt seine Vaterschaft und verbreitet überall das Gerücht, David Rizzio sei dafür verantwortlich, und man habe gut daran getan, diesen ausländischen Spion zu ermorden.«

»Man munkelt, Darnley habe sich mit dem Stiefbruder der Königin, dem Earl of Moray, verbündet. Gemeinsam wollen sie versuchen, die Lords des Landes dazu zu bringen, Maria abzusetzen und stattdessen den kleinen James auf den Thron zu bringen. Dadurch würde Darnley zum Regenten und unser Land dem Verfall preisgegeben.«

Anna hatte aufmerksam den Ausführungen gelauscht, die sich mit ihren Kenntnissen deckten. »Dann ist es noch Zeit, bevor Handlungsbedarf besteht. Es gibt da noch James Hepburn, den Earl of Bothwell. Maria Stuart liebt ihn und wird seine Geliebte werden. Soweit ich mich erinnere, wird Darnley erst im Februar nächsten Jahres ermordet, worauf Bothwell sich scheiden lässt und Maria heiratet. Durch diese Hochzeit kommt es tatsächlich zu ihrer Absetzung, ihr bleibt nur die Flucht nach England, wo sie von ihrer Cousine Elisabeth Hilfe erwartet. Elisabeth hält sie allerdings viele Jahre gefangen, und schließlich wird Maria hingerichtet. Marias Sohn James wird ihr Erbe und König von England und Schottland, da Elisabeth nie geheiratet hat und kinderlos starb.«

»Das ist unglaublich!« Douglas sprang auf, seine Wangen waren rot verfärbt. »Jeder hier in Schottland weiß, dass der rothaarige Bastard und ihr Stallmeister, dieser Robert Dudley, ein Liebespaar sind! Sie wird ihn früher oder später heiraten müssen.«

»Das wird sie nicht tun«, sagte Anna bestimmt. »Elisabeth war nämlich wesentlich klüger als eure Maria. Die Gerüchte, Dudley hätte seine Ehefrau ermordet, um für seine Geliebte frei zu sein, sind nie verstummt, wenngleich man ihm keine Schuld nachweisen konnte. Aus diesem Grund hat Elisabeth ihn nicht zum Mann genommen, sie wusste, das englische Volk würde es niemals billigen. Anders allerdings Maria Stuart. Nach Darnleys Tod war es ein offenes Geheimnis, dass Bothwell dafür verantwortlich zu machen war. Er wurde sogar vor ein Gericht gestellt, aber er hat es irgendwie geschafft, in allen Anklagepunkten freigesprochen zu werden. So weit, so gut, dann aber machte sie den größten Fehler ihres Lebens – sie heiratete Bothwell!«

»Warum soll sie das tun?«, fuhr Lady Cruachan Anna an. »Und hört auf von diesen Dingen zu sprechen, als wären sie in der Vergangenheit geschehen!«

»Sorry, aber für mich *sind* sie in der Vergangenheit passiert«, gab Anna zurück und bemühte sich, freundlich zu bleiben. Wenn diese Leute ihr nicht glaubten, was tat sie dann noch hier? Sollten sie doch selbst sehen, wie sie die Vergangenheit oder vielmehr Zukunft in den Griff bekamen.

»Wie geht es dann weiter?« Duncans Stimme war sanft, als er Anna bat fortzufahren.

»Maria Stuart war … *wird* von Bothwell schwanger. Es sind übrigens Zwillinge, aber es wird nie ganz geklärt werden, was mit den Jungen geschehen ist. Manche sagen, es wären Totgeburten gewesen, andere wiederum, man hätte die Jungen außer Landes geschafft. Auf jeden Fall schafft Moray die Vereinigung der schottischen Lords. Maria Stuart wird abgesetzt und in irgendeinem alten Gemäuer auf einer Insel in einem See eingesperrt. Ihr Sohn wird zum König ausgerufen. Maria kann allerdings fliehen, sie schafft es, die Grenze nach England zu überschreiten. Bothwell wird auf der Flucht in Norwegen verhaftet, nach Dänemark gebracht und dort nach jahrelanger Kerkerhaft sterben. Auch Maria wird viele Jahre als Gefangene von Königin Elisabeth leben müssen. Sie wäre dort wohl eines Tages einen natürlichen Tod gestorben, wenn sie sich nicht auf eine geheime Korrespondenz eingelassen und zugesagt hätte, alles zu tun, um Elisabeth zu stürzen und sich selbst auf Englands Thron zu setzen. Das wird ihr Todesurteil sein, denn die Intrige wird entdeckt und Maria wegen Hochverrats vor Gericht gestellt.«

Erschöpft hielt Anna inne. Sie hoffte, alles so richtig wie möglich wiedergegeben zu haben. Das meiste hatte sie erst am Vortag in der Bücherei gelesen. Meine Güte, war es wirklich erst einen Tag her, als sie mit Duncan in Inverness gewesen war? Es schien Anna, als läge ein halbes Menschenleben dazwischen.

»Du siehst müde aus, Anna.« Duncan erhob sich, ging zur Tür und rief nach einer Magd. »Sie wird dich in dein Zimmer bringen, und du solltest versuchen, etwas zu schlafen. Morgen werden wir sehen, welche Vorgehensweise wir einschlagen werden.«

Anna nickte kraftlos. Sie fühlte sich in der Tat sehr müde und sehnte sich danach, ihre Glieder auszustrecken, zu schlafen und für ein paar Stunden all das Unglaubliche, das ihr heute widerfahren war, zu vergessen.

Als die Magd mit Anna die Halle verlassen hatte, fragte Lady Cruachan: »Du glaubst ihr jedes Wort, nicht wahr? Wer sagt uns, dass sie die Wahrheit spricht?«

»Mutter, wenn du erlebt hättest, was ich erlebt habe, würdest du nicht zweifeln. Ich *war* in der Zukunft und habe Dinge gesehen, die ich nur schwer beschreiben kann. Zuerst wollte ich es auch nicht glauben, dachte, Anna hätte einen bösen Zauber über mich gelegt, aber schließlich beugte ich mich den Tatsachen. Es tut mir leid, dass sie mir hierher gefolgt ist, aber ich glaube auch, dass ihr Wissen uns von unschätzbarem Nutzen sein kann.«

»Sie ist eine attraktive Frau.« Gedankenverloren drehte Douglas seinen Becher in den Händen. »Ungewöhnlich ihre Ausdrucksweise, aber nicht ohne Reiz.«

Duncan blickte seinen Bruder unwillig an. »Wag es nicht, dich an Anna heranzumachen!«

»Ach nein? Sie gehört wohl dir, was? Du scheinst dabei Alice Skelton zu vergessen. Sie wird über Annas Anwesenheit wenig erfreut sein.«

»Hört auf, euch zu streiten!« Scharf unterbrach Lady Cruachans Stimme den aufkeimenden Streit zwischen den Brüdern. »Wir haben andere Probleme, außerdem ist es völlig ausgeschlossen, dass du, Duncan, mehr in dieser Person siehst als ein Mittel zum Zweck. Das ist dir doch bewusst, oder?«

Duncan senkte den Kopf. »Selbstverständlich, Mutter. Ich werde mich bemühen, alles zu tun, damit Anna so bald wie möglich wieder in ihre Zeit zurückkehren kann. Allerdings möchte ich sie nicht der Gefahr aussetzen, sie einfach in den See gehen zu lassen. Wir müssen erst einen sicheren Weg finden, dass sie wieder dort herauskommt, wo sie hingehört.«

Douglas lächelte süffisant. »Deine Besorgnis ist wirklich rührend, Brüderchen, aber sie ist nur ein Weib, mehr nicht. Im Augenblick ganz nützlich, aber das sind Frauen in gewissen Augenblicken meistens. Also, was gedenkst du zu tun?«

Duncan holte tief Luft und beherrschte sich, Douglas in seine Schranken zu weisen. Sein Bruder war oberflächlich und sehr von sich eingenommen. Es gab kaum eine Frau, die vor ihm sicher war, aber den Gedanken an eine Ehe wies Douglas weit von sich. Er sah keinen Grund, sich das Ehejoch aufzubürden, solange Duncan als Ältester noch kein Weib heimgeführt hatte.

»Ich werde nach Edinburgh reisen und versuchen, die Königin davon abzubringen, ihre Freundschaft zu Bothwell zu vertiefen. Vielleicht ist auch eine Annährung an Darnley möglich, denn wenn ich alles, was wir erfahren haben, richtig interpretiere, so stellt der angekündigte Mord an Darnley den Anfang vom Ende dar. Douglas, wirst du mich begleiten?«

Der Bruder schüttelte den Kopf. »Unmöglich, wir können die Burg nicht ohne männlichen Schutz zurücklassen.«

Und deine kleine Magd ebenfalls nicht, dachte Duncan in Bezug auf Douglas' neuste Eroberung. Im Grunde war er erleichtert, alleine reisen zu können, denn Douglas würde die Vergnügungen der Stadt, wie Bordelle und Gasthäuser, weitaus öfter aufsuchen, als Seite an Seite mit ihm gegen den Untergang Schottlands zu kämpfen.

»Und was soll so lange mit Anna geschehen?«

»Ich werde sie deiner Obhut überlassen, Mutter, und bitte dich, nicht allzu streng mit ihr zu verfahren. Du darfst nie vergessen, dass sie einer Zeit entstammt, in der alles ganz anders ist, als wir es kennen.«

»Wir können sie als entfernte Verwandte aus dem Ausland ausgeben«, schlug Douglas vor. »Das würde ihre seltsame Ausdrucksweise erklären.«

Flamina Cruachan stand auf. »Das ist eine gute Idee. Anna wird sich in der Nähstube nützlich machen, ich hoffe doch, dass man sich auch in der Zukunft darauf versteht, mit Nadel und Faden umzugehen.«

Das bezweifle ich, dachte Duncan, hütete sich aber, ein Wort zu sagen. Irgendwie war ihm nicht wohl, Anna der Willkür seines Bruders und der Mutter auszuliefern. Wenigstens schien Helen Sympathie für Anna zu empfinden. Duncan beschloss, seine Schwester zu bitten, Anna im Auge zu behalten und sich um sie zu kümmern.

»Das kommt auf keinen Fall in Frage!« Wie eine Furie fuhr Anna Duncan an. »Niemals bleibe ich hier in diesem Verlies!«

»Anna, Glenmalloch Castle ist kein Verlies, sondern eine Wohnburg mit allen Annehmlichkeiten unserer Zeit. Du hast die Hütten im Dorf gesehen, würde es dir besser gefallen, in einer solchen zu hausen?«

Duncan hatte geahnt, dass es nicht leicht sein würde, Anna von der Notwendigkeit zu überzeugen, in der Burg zu bleiben, wenn er an den Hof nach Edinburgh oder Stirling ritt.

»Duncan Cruachan, du hast mich in diese unmögliche Situation gebracht«, fauchte Anna, ihre grünen Augen erinnerten Duncan unweigerlich an eine Katze. Im Augenblick allerdings an eine Katze, die sich kurz vor dem Sprung auf ihre Beute befand. »Du kannst mich jetzt nicht einfach beiseite schieben und mich hier versauern lassen!«

In den letzten zwei Tagen hatte sich Anna mehr oder weniger damit abgefunden, sich wirklich und wahrhaftig in der Vergangenheit zu befinden. Sie wusste, es war eigentlich völlig unmöglich, aber kein Mensch war in der Lage, die Vergangenheit derartig real und perfekt zu inszenieren. Helen hatte Anna die ganze Burg gezeigt, einschließlich der engen, feuchten Verliese mit den eisernen Ringen an den Wänden.

»Es wurde aber schon lange niemand mehr hier gefangen gehalten«, hatte Helen schnell erklärt, als sie Annas Entsetzen sah. »Nur Männer, die ein wirklich schweres Verbrechen begangen haben, kommen in die Verliese, bis Duncan über sie zu Gericht gesessen hat.«

Anna erinnerte sich, einmal gelesen zu haben, dass in vergangenen Zeiten die Clanführer auch die obersten Richter ihres Landstrichs gewesen waren. Zwischenzeitlich hatte sie aber auch erfahren, dass die Cruachans kein eigener Clan waren, sondern dem der McPhersons unterstanden. Einmal im Jahr ritt Duncan zum Stammsitz des Clans und leistete seinen Eid, den McPhersons immer treu und tapfer ergeben zu sein – wenn es sein musste, auch mit seinem Leben. Anna schauderte, was nicht allein von der Kälte des Kerkers kam. Verbundenheit und Treue schienen in dieser Zeit Begriffe gewesen zu sein, die man sehr ernst nahm. Lieber würde ein Schotte sterben, als seinen Schwur gegenüber seinem Clanchef brechen.

Im einundzwanzigsten Jahrhundert hatte Anna nur einen flüchtigen Blick auf die Ruinen von Glenmalloch Castle geworfen und sich nicht weiter um die alten Mauerreste gekümmert. Jetzt aber erkannte sie deutlich den fünfstöckigen Turm, dessen größter Teil noch bei der Ruine in der Zukunft zu erkennen war. In dem Turm befanden sich Lagerräume, die Küche und die Räume der Wache. Auch an die nördliche Ringmauer konnte sich Anna erinnern, doch wie anders sah diese jetzt aus! Die Steine waren nicht alt, brüchig und verwittert, sondern massiv und fest mit Pechnasen in Zwei-Meter-Abständen. Obwohl Glenmalloch Castle tatsächlich recht wohnlich wirkte, zumindest unter Berücksichtigung der Möglichkeiten der Zeit, ergriff Anna Panik bei dem Gedanken, für unbestimmte Zeit hier leben zu müssen. Vielleicht sogar für immer?

Duncan hatte vor, so bald wie möglich an den Hof der Königin zu reisen, um zu versuchen, Einfluss auf sie auszuüben. Er sah keinen Grund, Annas Ausführungen zu misstrauen, und fragte sich, was er tun konnte, um den Lauf der Geschichte zu ändern.

»Ich reise natürlich mit dir nach Edinburgh.«

»Was?« Duncan glaubte, sich verhört zu haben, aber in Annas Gesicht stand eine Entschlossenheit, die er bei Frauen bisher nur bei seiner Mutter gesehen hatte. »Das kommt überhaupt nicht in Frage.«

»So? Und warum nicht?«

»Dafür gibt es verschiedene Gründe. Erstens werde ich in den Süden reiten und habe nicht die Zeit, mit Wagen und einer Eskorte zu reisen. Ich nehme nicht an, dass du reiten kannst?«

»Da liegst du falsch!«, trumpfte Anna auf. Tatsächlich war sie als Kind und Jugendliche viel geritten, denn die Eltern ihrer Schulfreundin hatten in Cornwall einen Bauernhof, auf dem es auch Pferde gab. Allerdings fand es Anna besser, Duncan zu verschweigen, dass sie seit über zehn Jahren auf keinem Pferderücken mehr gesessen hatte. Reiten war bestimmt ähnlich wie Schwimmen oder Fahrradfahren – wenn man es einmal gekonnt hatte, dann verlernte man es nicht mehr. »Also, dieser Punkt wäre geklärt. Was noch?«

»Du bist eine Frau.«

»Na und?« Anna konnte mit seiner Aussage nichts anfangen. »Deine Mutter will mich in die Nähstube verbannen, wo ich den ganzen lieben langen Tag irgendwelche Tücher besticken soll. In meiner Zeit ist der Platz der Frauen in der Gesellschaft längst nicht mehr hinter dem heimischen Herd.«

»Das mag in *deiner* Zeit so sein, aber du bist jetzt in *meiner* Zeit«, knurrte Duncan ungeduldig. »Politik ist eine Sache der Männer, Frauen haben davon keine Ahnung.«

»Und warum ist dann eine Frau Königin? Nicht nur von Schottland, sondern auch von England, wenn wir Frauen so rein gar nichts wissen und können?«

»Ich habe keine Lust, mit dir über Politik zu diskutieren«, wich Duncan aus. Er hatte geahnt, dass mit Anna kein leichtes Auskommen war, aber mit einem derartigen Dickkopf hatte er nicht gerechnet, darum nannte er einen weiteren, für ihn den wichtigsten Grund, warum sie ihn nicht begleiten konnte: »Anna, du hast keine Vorstellung, was dich am Hof erwartet. Hier wissen meine Mutter und Douglas über dein Schicksal Bescheid, aber am Hof darf das niemand erfahren.«

»Das braucht doch niemand«, unterbrach Anna schnell. »Ich könnte eine Cousine deiner Familie sein.«

»Anna, du verstehst nicht – allein dein Auftreten, deine Wortwahl und dein ganzes Gebaren würden dich sofort zum Mittelpunkt des Interesses aller machen. Das könnte sich sehr negativ, wenn nicht sogar gefährlich auswirken. Eine falsche Bemerkung, und du würdest unweigerlich als Hexe angeklagt werden.«

Überrascht hob Anna eine Augenbraue. »Es gibt in Schottland jetzt schon Hexenprozesse? Ich dachte, erst im siebzehnten Jahrhundert begann die gnadenlose Jagd auf die armen Frauen.«

»Natürlich gibt es bei uns Hexen oder vielmehr Frauen, denen man nachsagt, sie verfügen über magische Kräfte. Anna, niemand wird dir glauben, dass du aus der Zukunft kommst.«

»Ich werde das Risiko dennoch eingehen!«

Duncan schüttelte über so viel Eigensinn den Kopf. »Hast du schon einmal bei einer Hexenverbrennung zugesehen?«

»Selbstverständlich nicht!« Anna war entrüstet. »Solch barbarische Sitten sind zum Glück seit langer Zeit ausgerottet.«

Duncan trat einen Schritt auf Anna zu. Am liebsten hätte er sie in die Arme genommen. Er wusste nicht, woher dieses unerklärliche Gefühl kam, sie beschützen zu wollen. Ganz offensichtlich wollte sie aber gar nicht beschützt werden, sondern war bereit, mit offenen Augen in ihr Unglück zu rennen. Daher wandte er sich abrupt ab. »Es ist mein letztes Wort: Du bleibst hier, bis wir eine Möglichkeit gefunden haben, wie du in deine Zeit zurückkehren kannst. Noch bin ich der Herr von Glenmalloch und bestimme, was zu tun und zu lassen ist.«

»Du bist nichts weiter als ein arroganter Macho!«, schleuderte ihm Anna entgegen. »Und ich dachte, in eurer Zeit wären die Männer noch ritterlich und zuvorkommend. Denkst du denn nicht daran, wie hilfreich ich dir bei deiner Mission sein könnte? *Ich* weiß schließlich, was geschehen wird, *ich* weiß, welchen Ruf eure Königin in der Nachwelt erhalten hat. Ich weiß aber auch, dass ich auf keinen Fall hier in dieser Burg bleiben werde. Wenn du mich nicht an den Hof mitnimmst, dann springe ich in den See, und es ist mir gleichgültig, ob und wann ich wieder irgendwo herauskommen werde.«

Anna wusste, Erpressung war nicht die feine Art, aber sie sah keine andere Möglichkeit. Sie hatte durchaus bemerkt, dass Duncan um ihr Wohlergehen besorgt war, und das machte sie, trotz der komplizierten Situation, sogar ein wenig glücklich. Aus halb geschlossenen Augen beobachtete sie Duncans inneren Kampf, der sich deutlich in seinem Gesicht widerspiegelte.

»Nun gut, ich gebe dir eine Woche, in der du lernen wirst, wie sich eine Frau in unserem Jahrhundert verhält. Helen wird dich einweisen. Dann werde ich entscheiden, ob du mich an den Hof begleiten darfst.«

»Das ist kein Problem, ich bin schließlich Schauspielerin.« Anna versuchte, sich ihre Freude nicht allzu deutlich anmerken zu lassen. Eine Woche war wenig Zeit, viel zu wenig, aber sie war entschlossen, fleißig zu lernen und die Rolle ihres Lebens perfekt zu spielen. »Schließlich habe ich mich bereits seit Wochen mit einer Figur aus eurem Jahrhundert beschäftigt.«

Duncan ging zur Tür. Er hatte bereits die Klinke in der Hand, als er sich noch einmal umdrehte und sie kritisch musterte. »Es ist ein großer Unterschied, auf einer Bühne jemanden zu spielen oder aber diese andere Person zu *werden*. Ich bin gespannt auf das Ergebnis.«

Er ging hinaus und ließ eine sprachlose Anna zurück, etwas, das in ihrem Leben bisher selten vorgekommen war.

Duncan und seine Mutter waren übereingekommen, Helen in Annas »Geheimnis« einzuweihen. Mit fünfzehn Jahren war Helen den Altersgenossinnen in Annas Zeit weit voraus, musste sie doch schon seit Jahren Pflichten im Haushalt übernehmen. Marla und Cathy, den jüngeren Schwestern, verschwiegen sie allerdings den wahren Grund von Annas Anwesenheit; es hätte die Kinder unnötig erschrecken können. Außerdem war es wichtig, dass niemand sonst im Haushalt erfuhr, woher der plötzliche Gast stammte. Hier im schottischen Hochland glaubte man noch an Magie und Geister, auch wenn die Cruachans sehr bodenständig und realistisch waren.

Einen halben Tag lang musste Anna Helen so viel wie möglich aus der Zukunft erzählen, was gar nicht so einfach war, denn sie wollte das Mädchen nicht erschrecken. Sie hatte Helen innerhalb der kurzen Zeit lieb gewonnen und wünschte sich, selbst eine solche Schwester gehabt zu haben.

Als Erstes musste Anna passende Kleider erhalten. Da die Zeit zu knapp war, neue zu nähen, brachte Helen einen Stapel getragener Gewänder, die allesamt in gutem Zustand waren.

»Vielleicht müssen wir hier und da eine Naht auftrennen und es enger machen, aber eigentlich hatte die Tante eine sehr ähnliche Figur wie du.«

»Die Tante?« Ein Verdacht stieg in Anna auf, und sie schüttelte sich. »Sind das etwa die Klamotten der Irren, die auf eurem Dachboden gestorben ist?«

Helen konnte Annas Entsetzen nicht verstehen. »Ja, sie lagen bisher in einer Truhe, sind aber alle noch brauchbar, keine Motten oder Mäuse. Vielleicht entsprechen die Gewänder nicht ganz der aktuellen Mode bei Hof, aber Duncan meint, das würde nichts ausmachen. Schließlich kommst du aus Irland, und in Edinburgh wird kaum einer wissen, welche Kleider man dort trägt.«

Sie hatten vereinbart zu erzählen, Anna habe bisher in Irland gelebt und sei nach dem Tod ihrer Eltern zu ihren einzigen noch lebenden Verwandten nach Schottland gereist. Es bestand kaum die Gefahr, dass man Anna über Irland befragen würde, denn kaum ein Schotte hatte das Land je bereist.

Anna schluckte und ließ sich von Helen beim Ankleiden helfen. Obwohl sie nun schon drei Tage auf der Burg war, hatte sie bisher nicht baden können. Duncan hatte ihr unmissverständlich klar gemacht, dass man wegen einer Person nicht den Aufwand betreiben würde, Wasser zu erhitzen und zwei Treppen hinaufzuschleppen.

»Du wartest, bis wir alle baden. Waschen kannst du dich derweil im Hof.«

Diese Waschstelle war das Primitivste, was Anna bisher gesehen hatte. Sie lag gleich neben den Aborten – Holzverschläge mit einem Donnerbalken über der Jauchegrube, aus der es erbärmlich stank – und war lediglich ein Brunnen, aus dem Anna nur unter großer Anstrengung eiskaltes Wasser in einem Holzeimer hochziehen konnte. Da es ringsherum keinen Sichtschutz gab, blieb Anna nichts anderes übrig, als sich täglich nur das Gesicht und die Hände zu waschen. Zwischenzeitlich fühlte sie sich dermaßen schmutzig, als hätte sie Tage im Sumpf verbracht, und sie meinte, zehn Meilen gegen den Wind zu stinken. Da aber die Gerüche in der gesamten Burg nicht vom Allerfeinsten waren, schien es niemandem aufzufallen.

Nicht abfinden konnte sich Anna mit der Tatsache, dass die Frauen im sechzehnten Jahrhundert keine Unterwäsche trugen. Als sie jetzt das grüne Kleid auszog, starrte Helen ungeniert auf ihren schmalen Slip, den Anna wieder angezogen hatte, sobald er getrocknet war.

»Ist das nicht sehr unbequem?«, fragte das Mädchen.

»Im Gegenteil, ich finde es schrecklich, unten herum so nackt zu sein. Außerdem schützt es vor Erkältungen.«

»Du meinst, wenn man so ein Ding trägt, dann bekommt man keinen Schnupfen?«

Anna lachte. »Nicht unbedingt, ich meinte eher Erkältungen des Unterleibs und Blasenentzündungen. Helen, habt ihr hier irgendwo einen weichen Stoff, aus dem ich mir Unterhosen nähen kann? Immer den gleichen Slip zu tragen, ist doch sehr unhygienisch.«

»Unhü… was?«, fragte Helen, worauf Anna versuchte, dem Mädchen in wenigen Worten verständlich zu machen, dass das Übel vieler Krankheiten allein in mangelnder Sauberkeit begründet lag.

Zu Annas Erleichterung reichte ihr Helen jetzt eine Art Unterhemd, das aus einem Leinen nicht unähnlichen Material bestand. Als Anna es übergestreift hatte, stellte sie fest, dass es wärmte und nicht kratzte. Was dann aber kam, ließ Anna laut auflachen, denn Helen wollte ihr ein Stahlding um den Körper binden, das Anna an das Gerüst eines künstlichen Weihnachtsbaums erinnerte.

»Du meine Güte, ich trage doch kein Korsett!« Korsetts kannte Anna aus Filmen, aber selbst in der einen historischen Produktion, in der sie bisher mitgewirkt hatte, waren diese Frauenfolterinstrumente aus weichem, biegsamem Plastik gewesen. »Das kannst du wieder fortlegen, ich werde mich auf keinen Fall in ein solches Ding zwängen lassen.«

»Aber das geht nicht, Anna.« Helen trat betreten von einem Fuß auf den anderen. »Die Kleider sitzen nicht ohne ein Korsett, außerdem kann dann doch jeder Mann deine Figur sehen!«

»Na und? Ich habe nichts zu verbergen.« Im gleichen Moment, als Anna den Satz ausgesprochen hatte, wurde ihr bewusst, wie schockierend ihre Worte auf Helen wirken mussten. Auch wenn das Mädchen wusste, dass Anna aus einer anderen Zeit stammte, hatte sie nicht die geringste Ahnung, dass sich Frauen in ein paar Jahrhunderten ungeniert in knappen Bikinis oder sogar noch weniger der Öffentlichkeit zeigten. Sie seufzte. »Nun gut, ich will es probieren, aber du kannst mir glauben, ein solches Korsett ist alles andere als gesund, aber das werden die Ärzte erst in einigen Jahrhunderten herausfinden.«

Anna ließ Helen gewähren, aber als das Mädchen die Schnüre anzog, meinte sie, keine Luft mehr zu bekommen. »Nicht so fest, um Gottes willen!«, presste sie mühsam hervor.

Der Zug lockerte sich ein wenig, trotzdem wurden Annas Brüste derart zusammengeschnürt, dass sie von Körbchengröße C nun locker auf A kam. Daran sah man, wie sehr Frauenfiguren der Mode unterlagen, in Annas Zeit wäre niemand auf die Idee gekommen, sich die Brüste künstlich zu verkleinern! Im Gegenteil, nicht wenige von ihren Kolleginnen hatten schon Tausende für Silikon bezahlt und erhofften sich damit bessere Rollenangebote. Zum Glück hatte Anna das nie nötig gehabt.

Als das Korsett endlich fest genug saß und Anna trotzdem atmen konnte, wurde ein weites, langärmliges Leinenkleid darüber gezogen, dessen Kragen und Manschetten mit Rüschen und Stickereien verziert waren. Dann folgte ein steifer, dunkler Unterrock, darüber ein Kleid aus dunkelbraunem Brokat mit grünen Stickereien. Anna hatte schon festgestellt, dass alle Kleider im Rücken mit unzähligen Häkchen geschlossen wurden. Es war also ausgeschlossen, sich selbst an- oder auszukleiden.

»Was machen eigentlich die Frauen, die niemanden zur Hilfe haben?«, fragte sie Helen, während diese sorgsam Haken um Haken schloss.

»Du meinst die Bauersfrauen oder Mägde? Die tragen Schlupfkittel, solche Kleider hier sind nur für hoch gestellte Damen.«

Es besänftigte Anna ein wenig, dass man sie nicht in einfache Kittel kleidete, sondern Gewänder einer Lady bereitstellte, wenn diese auch wahnsinnig gewesen war. Wie passend, dachte Anna ironisch, es wird wahrscheinlich nur eine Frage der Zeit sein, bis auch ich durchdrehe.

»Du siehst sehr hübsch aus.« Helen trat einen Schritt zurück und betrachtete Anna eingehend. Anna bedauerte das Fehlen von Spiegeln, in denen sie sich von oben bis unten betrachten konnte. Es gab in ihrem Zimmer lediglich einen kleinen Handspiegel, dessen Glas matt war und kaum etwas erkennen ließ. Helen hatte ihr bereits erklärt, dass Spiegelglas sehr teuer war, wie Glas überhaupt, deswegen gab es auf der Burg auch viele Räume, die vor den Fenstern nur geschabte Tierhäute und hölzerne Fensterläden statt Scheiben hatten.

Annas neue Schuhe bestanden aus einem weichen Kalbsleder und waren sehr bequem, allerdings bezweifelte Anna, dass sie im Freien einem Regenguss tatsächlich standhalten würden.

»Was machen wir mit deinem Haar?« Die Unterlippe grübelnd zwischen die Zähne gezogen, fuhr Helen mit einer Hand über Annas Kopf. »Schade, dass ich nicht in deiner Zeit leben kann, ich hätte auch gern gelbe Haare.«

Anna kicherte bei der Vorstellung. »Um deine schwarzen Locken würden dich viele beneiden. Die rot-gelbe Farbe war ein Fehlgriff von mir, aber sie wächst heraus. In spätestens fünf Monaten werde ich wieder braunes Haar haben, du wirst schon sehen.«

Was sage ich denn da?, dachte Anna entsetzt. Sie würde doch auf keinen Fall in fünf Monaten noch hier sein!

Helen wühlte in dem Berg Kleidung und zog eine Haube, ähnlich der, die Anna bisher getragen hatte, hervor. Diese hatte aber an der Rückseite eine Art Schleier. Mit geschickten Fingern drapierte das Mädchen die Haube auf Annas Haar, bis keine Strähne mehr zu sehen war. Einzig ein paar roten Ponyfransen wurde es erlaubt, in die Stirn zu fallen.

»Rothaarige Frauen gibt es in Schottland viele. Das fällt nicht auf«, erklärte Helen und hielt Anna den Handspiegel hin.

Das wenige, was Anna darin erkennen konnte, war genug, um zu sehen, dass eine völlig andere Person sie anschaute.

»Bin das wirklich ich?«, murmelte sie erstaunt.

Selbst in einem historischen Kostüm hatte sie nicht so … attraktiv … ausgesehen. Ja, das war das richtige Wort! So unbequem die vielen Schichten Kleidung auch sein mochten, Anna fühlte sich in diesem Aufzug tatsächlich wohl. Allerdings nur so lange, bis Helen sie aufforderte, mit ihr zusammen in die Halle zu gehen. Über die erste Stufe wäre Anna beinahe gestolpert, den Rest der Treppe schaffte sie nur, weil sie sich mit beiden Händen am Geländer festklammerte und vorsichtig ihre Füße auf eine Stufe nach der anderen setzte.

»Es gibt keinen Grund zum Lachen!«, sagte sie, als sie sah, wie es um Helens Mundwinkel zuckte. »Dieses Korsett und die Röcke sind furchtbar schwer und unpraktisch. Ich habe das Gefühl, jemand versucht mich mit aller Gewalt zu Boden zu ziehen.«

»Du wirst dich schon daran gewöhnen.« Helen konnte ein Kichern nicht mehr unterdrücken. »Du musst nur daran denken, dass wir alle so gekleidet sind.«

»Ja, aber ihr seid es auch gewöhnt.«

Insgeheim beschloss Anna, das Korsett so bald wie möglich wieder loszuwerden und niemals wieder anzuziehen.

Hatte sich Anna bei Duncans Anwesenheit in ihrer Zeit bereits gefragt, wie ein einzelner Mensch solche Mengen an Essen zu sich nehmen konnte, merkte sie nun, dass hier alle sehr gute Esser waren. Die Hauptmahlzeit wurde am frühen Nachmittag eingenommen, bei der sich alle Familienangehörigen und Bediensteten in der großen Halle versammelten. Es gab allerdings eine strenge Sitzordnung: Etwas erhöht auf einem Podest saß die Familie, in der Mitte Duncan direkt neben seiner Mutter. Links und rechts an einfacheren Holztischen nahm die höher gestellte Dienerschaft Platz, während die einfachen Knechte, Mägde und Küchenmädchen ganz am unteren Ende der Halle mit Planken, die über Holzböcke gelegt wurden, vorlieb nehmen mussten. Bedient wurde ebenfalls in dieser Reihenfolge, wobei es vorkam, dass für die Personen unten oft nur noch Knochen und andere Reste übrig blieben, während Duncan stets das größte Stück Fleisch auf dem Teller hatte.

Annas Platz war am Rande der Familientafel, zu ihrer Erleichterung direkt neben Helen. In den wenigen Tagen war Duncans Schwester zu einer Vertrauten geworden, der sie für alle Hinweise dankbar war. Zuerst hatte es Anna große Überwindung gekostet, das Fleisch mit den Fingern zu essen, aber in Ermangelung einer Gabel blieb ihr nichts anderes übrig. Das Messer wurde lediglich zum Teilen größerer Stücke benutzt. Da es August war, gab es auch eine reichliche Auswahl an Gemüse, sodass Anna sich daran gütlich tat. Sie wollte auf keinen Fall zunehmen und fragte sich, wie es Flamina Cruachan schaffte, bei den Mengen, die sie aß, so dünn zu bleiben. Zu Trinken gab es dünnes, lauwarmes Bier, das Anna nach dem ersten Schluck beinahe über den ganzen Tisch gespuckt hätte, und Wein.

»Wasser ist schmutzig, man wird davon krank«, sagte Helen, als Anna um ein anderes Getränk bat.

»Es gibt in Schottland so viele Seen, die können doch unmöglich alle verschmutzt sein!«, hielt Anna dagegen.

»Und wer soll deiner Meinung nach das Wasser hierher schleppen?«, mischte sich Duncan in das Gespräch ein. »Wir haben den Brunnen im Hof, aber das Wasser wird nur zum Waschen, Putzen und Kochen verwendet.«

Es überraschte Anna zu erfahren, dass die Menschen in diesem Jahrhundert schon darüber Bescheid wussten, was Keime und Bakterien im Wasser Krankheiten auslösen konnten, wenn auch niemand jemals diese Ausdrücke gehört hatte. So blieb Anna also nichts anderes übrig, als sich an das warme Bier zu gewöhnen. Es war die bessere Alternative, denn der Wein war so stark, dass Anna schon nach einem Becher einen gehörigen Schwips hatte.

Anna ließ ihren Blick durch die Halle schweifen. Dabei fiel ihr ein blondes Mädchen auf, das abgesondert von den anderen in der hintersten Ecke hockte. Sie war fast noch ein Kind, kaum älter als dreizehn, vierzehn Jahre, aber von außergewöhnlicher Schönheit. Ihr dichtes Haar, das sie offen über die Schultern fallend trug, glänzte wie Seide, und ihr Gesicht erinnerte Anna an eine besonders kunstvoll gearbeitete Puppe.

»Wer ist das?«, fragte sie Helen und deutete auf das Mädchen.

Helen sah auf und folgte Annas Blick.

»Ach, das ist June, sie arbeitet in der Küche.«

»June? Wie der Monat? Was für ein außergewöhnlicher Name.«

Helen nickte. »Mutter nannte sie so, weil sie an einem Tag im Juni zu uns kam und niemand ihren richtigen Namen kennt.«

»Kann sie denn nicht sprechen?«, fragte Anna überrascht. »Und warum ist sie von den anderen abgesondert?«

»Es ist jetzt ungefähr zwei Jahre her, als June von Männern aus dem Dorf auf die Burg gebracht worden ist«, erzählte Helen bereitwillig. »Sie erzählten, man habe sie völlig durchnässt vor der Tür einer Hütte gefunden. Sie sprach kein Wort und war auch sonst ziemlich sonderbar. Seitdem ist sie zwar etwas umgänglicher geworden, wenn man sie aber fragt, woher sie kommt, dann scheint ihr das Angst zu bereiten, und sie wird stumm und verschlossen.«

»Nun, das scheint hier vielen Leuten so zu gehen«, flachste Anna, und Helen verstand die Anspielung auf die verrückte Tante. Anna hatte davon gehört, dass sich Inzest neben körperlichen Schäden auch auf den Geist auswirkte. In früheren Zeiten waren – besonders in einer solch einsamen Gegend wie den Highlands – doch alle irgendwie miteinander verwandt.

»Sie sprach auch mit uns nicht mehr als ›Ja‹ oder ›Nein‹. Mutter nannte sie also June und beschloss, sie in Glenmalloch zu behalten, auch wenn sie schon sehr sonderlich ist.«

»Vielleicht hat sie etwas ganz Schreckliches erlebt?« Ein Gedanke durchfuhr Anna, aber Helen hatte diesen erahnt und winkte beschwichtigend ab.

»Nein, man hat ihr keine Gewalt angetan.« Sie errötete leicht. »Mutter hat sie untersucht und festgestellt, dass sie noch intakt ist. June macht sich seitdem in der Küche nützlich, sonst bemerkt man sie beinahe nicht. Warum hast du so ein Interesse an dem Mädchen?«

Anna zögerte mit der Antwort. »Ich weiß auch nicht, aber irgendwie scheint sie nicht in diese Umgebung zu passen, als käme sie aus einem anderen Land oder einer anderen Kultur.«

Helen warf einen letzten Blick auf das Mädchen und griff dann nach einem zweiten Stück Fleisch. »Du kannst ja versuchen, ob sie dir gegenüber zugänglicher ist. Ich befürchte jedoch, du wirst wenig Zeit dafür haben, denn die kommenden Tage sind prall gefüllt. Morgen wird Duncan gleich nach Sonnenaufgang mit dir ausreiten.«

Annas Herz tat einen Sprung, und sie vergaß das Mädchen mit dem seltsamen Namen. Sie hatte Duncan die letzten zwei Tage nur flüchtig aus der Ferne oder beim Essen gesehen und kaum zwei Sätze mit ihm gewechselt. Die Aussicht, den morgigen Tag mit ihm zu verbringen, stimmte sie froh, weil sie mit ihm offen und ohne auf ihre Worte zu achten über ihre Zeit sprechen konnte.

»Himmel, du erwartest nicht, dass ich mich auf dieses Ding schwinge?« Fassungslos starrte Anna die Stute an, die Duncan fertig gesattelt aus dem Stall führte.

»Alle Frauen meiner Zeit reiten im Damensattel. Es wird dir wohl nichts anderes übrig bleiben, wenn du mit mir in den Süden reisen willst.«

Skeptisch befühlte Anna den seltsam geformten Sattel, dann tätschelte sie den Hals des Tieres, das ruhig stehen blieb und sie aufmerksam musterte.

»Ich verlange einen richtigen Sattel und Hosen!«, beharrte Anna. »Ich will mir nämlich nicht nach ein paar Metern den Hals brechen.«

Duncan lachte laut. »Hosen? Sonst noch etwas, liebe Anna? Vielleicht noch ein Schwert? Entweder reist du mit mir als meine Cousine und benimmst dich auch so, oder du bleibst in der Nähstube unter der Aufsicht meiner Mutter. Die Entscheidung liegt bei dir.«

Verärgert funkelte Anna ihn an. Sie war immer in Jeans oder Shorts auf einem ganz normalen Sattel geritten. Damensättel kannte sie nur aus historischen Filmen, und dieser hier sah nicht gerade bequem und einladend aus. Duncan führte die Stute zu der steinernen Aufstiegshilfe an der Stallmauer und bot Anna hilfreich die Hand, die sie abwies. Mit grimmigem Gesichtsausdruck legte sie ein Bein über das Sattelhorn, so wie sie es in den Filmen gesehen hatte.

»Hoppla!« Anna spürte Duncans Hand an ihrem Po, denn er hatte sie im letzten Moment gehalten, bevor sie seitlich aus dem Sattel gerutscht wäre. »Sagtest du nicht, du könntest reiten?«

Der Spott in seinen grauen Augen machte Anna wütend. »Das kann ich auch, wenn du mir einen richtigen Sattel und Hosen gibst«, wiederholte sie. Am liebsten hätte sie ein Bein über den Pferderücken geschwungen, aber in Ermangelung eines Steigbügels auf der anderen Seite hätte es wenig Sinn gehabt. So blieb Anna nichts anderes übrig, als zähneknirschend Duncans Hilfe beim Aufsteigen in Anspruch zu nehmen. Das Tier ließ alles ruhig über sich ergehen und reagierte auf den ersten leichten Schenkeldruck von Anna. Duncan holte nun sein Pferd, einen großen, schwarzen Hengst. Alles andere hätte auch nicht zu einem Mann wie Duncan gepasst, dachte Anna.

Zuerst ritten sie langsam, Seite an Seite den gewundenen Weg in Richtung Dorf. Dann zog Duncan das Tempo an, und

Anna, die zwar nicht bequem saß, sich aber von Minute zu Minute sicherer fühlte, bemühte sich, ihm zu folgen.

Nach kurzer Zeit erreichten sie den Rand des Dorfes, und noch immer konnte sie kaum glauben, dass das tatsächlich das Glenmalloch sein sollte, das sie im einundzwanzigsten Jahrhundert kennengelernt hatte. Was Anna bereits bei ihrem ersten Kontakt gesehen und gerochen hatte, schlug ihr jetzt wie eine Woge entgegen. Unwillkürlich hielt sie vor dem Gestank die Luft an, und sie schüttelte sich, als sie den Unrat zwischen den armseligen Hütten sah, die weder Scheiben noch hölzerne Läden, sondern nur schmutzige Lumpen vor den wenigen Fenstern hatten. Ein paar Leute kamen herausgelaufen, ein fast nacktes Kind spielte in einem Dreckhaufen. Annas Magen rebellierte, und sie meinte, sich jeden Moment übergeben zu müssen, als sich der Junge irgendetwas, das er in dem Dreck gefunden hatte, in den Mund steckte.

Duncan zügelte sein Pferd neben Anna und sagte: »Wenn ich auch vieles aus deiner Zeit nicht gut finden kann, habe ich aber gesehen, wie sauber alles war. Wenn ich meine Mission am Hof erfüllt habe, werde ich mich darum kümmern, dass diese Menschen hier neue, saubere Hütten bekommen. Schließlich bin ich für das Dorf und die Leute verantwortlich.«

»Mit neuen Hütten ist es nicht getan, Duncan, aber ich erkenne deinen guten Willen an.« Anna betrachtete die Menschen, die dermaßen vor Dreck starrten, als hätten sie niemals im Leben gebadet, was wahrscheinlich der Richtigkeit entsprach. »Hier gibt es Seen und Flüsse. Ich verstehe nicht, warum die Leute sich nicht waschen. Zumindest jetzt im Sommer wird es doch nicht so schlimm sein, jeden Tag in den Fluss zu tauchen.«

Duncan lachte über Annas Unwissenheit. »Dafür haben die Menschen keine Zeit. Sie sind den ganzen Tag damit beschäftigt zu arbeiten, um zu überleben. Außerdem bietet der Schmutz auf ihrer Haut einen gewissen Schutz vor Krankheiten und Insektenstichen.«

»Das ist ja wohl der größte Unsinn, den ich jemals gehört habe!«, begehrte Anna auf. »Durch den Schmutz entstehen die meisten Krankheiten. Wenn ihr alle sauberer leben würdet, eure Fäkalien nicht auf die Straße schütten und die Kleider häufiger wechseln würdet, dann würde es so etwas wie die Pest nicht mehr geben.«

Anna sah eine Frau, deren Haare grau und deren Rücken von der schweren Feldarbeit gebeugt war, sie schätzte sie auf gut und gerne achtzig. Der kleine Junge, der im Dreck gespielt hatte, sprang auf, als er die Frau erkannte, und lief mit lautem »Mama! Mama!« auf sie zu.

»Wie alt ist diese Frau?«, fragte Anna Duncan.

Er zuckte mit den Schultern. »Ich habe keine Ahnung. Dreißig vielleicht, denn sie hat bereits neun Kindern das Leben geschenkt, allerdings sind nur zwei am Leben geblieben.«

Obwohl der Gestank und der Schmutz Anna zutiefst anwiderte, konnte sie ihren Blick nicht abwenden. Plötzlich sah sie die Menschen mit anderen Augen. Oft schon hatte sie über die hohe Sterblichkeitsrate vergangener Zeiten gelesen, auch die schwere körperliche Arbeit bescherte den Bauern selten ein langes Leben. Im sechzehnten Jahrhundert überlebten nur die Gesunden und Widerstandsfähigen. Die Erkenntnis, was mit ihr geschähe, wenn sie erkrankte, griff wie eine kalte Hand nach Annas Herz. Zum Glück war sie gegen alle gängigen Krankheiten geimpft, durch einen Aufenthalt im Senegal vor zwei Jahren sogar gegen Gelbfieber und Typhus, obwohl Anna bezweifelte, dass in Schottland Gefahr bestand, sich mit Gelbfieber zu infizieren. Mit Typhus sah es schon anders aus, ebenso gab es die Pocken, Diphtherie und Wundstarrkrampf, aber da würde die Impfung greifen – hoffte sie. Allerdings blieb die Frage, ob die Erreger sich im Laufe der Jahrhunderte nicht verändert hätten und die Impfungen in der Vergangenheit überhaupt wirksam wären, und gegen die Pest würde Anna sowieso nicht immun sein. Sie wendete ihr Pferd und flüsterte: »Ich möchte von hier fort, Duncan. Bitte, irgendwo hin, wo es nicht so grässlich stinkt.«

Duncan hatte Anna die ganze Zeit nicht aus den Augen gelassen. Er hatte den Ekel auf ihrem Gesicht gesehen, aber auch die Angst, selbst ein Teil dieser von Krankheiten bedrohten Welt zu sein. Sie gehörte nicht hierher, auch wenn sie sich alle Mühe gab, eine Frau seiner Zeit zu werden. Die tiefe Kluft zwischen ihnen beruhte auf weit mehr als einem Damensattel oder der Ärmlichkeit der Bauern. Duncan überlegte, wie hoch das Risiko war, sie jetzt zum Glen-Mal-Loch zu bringen und die Reise durch die Zeit zu wagen. Selbst wenn Anna im See verschwand, er würde niemals erfahren, ob und in welcher Zeit sie wieder aufgetaucht war. Der Gedanke, Anna einfach gehen zu lassen, behagte ihm überhaupt nicht. Wenn er ganz ehrlich zu sich selbst war, dann hätte er sie am liebsten hinter den dicken Burgmauern eingesperrt und sie für immer vor allen Widrigkeiten beschützt. Aber das war unmöglich, irgendwann würde Anna seine Zeit verlassen.

Würde *ihn* verlassen.

Anna erkannte den Glen-Mal-Loch sofort wieder. Ruhig und blau schimmerte seine Oberfläche in der Sonne, nichts wies auf das düstere Geheimnis des Sees hin. Duncan half Anna beim Absteigen, und sie nahm seine stützende Hand gerne an.

Versonnen schaute sie auf das Wasser. »Was würde geschehen, wenn ich einfach hineinginge?«

Duncan zuckte zusammen. »Wir wissen es nicht, Anna, aber vielleicht solltest du das Risiko eingehen. Du bist sehr unglücklich in meiner Zeit, nicht wahr?«

Anna setzte sich auf einen flachen, von der Sonne erwärmten Felsblock und sagte, ohne Duncan anzusehen: »Alles, was ich erlebe, ist so völlig anders als in historischen Romanen oder Filmen beschrieben. Ich hätte mir die Vergangenheit nie so …«, sie stockte, suchte nach den richtigen Worten, »… so rein und pur vorgestellt. Verstehst du, was ich meine?«

»Nicht genau, dazu war ich zu kurz in deiner Zeit, aber das, was ich da gesehen habe, lässt mich daran zweifeln, ob das Leben, das man im einundzwanzigsten Jahrhundert führen wird, wirklich so erstrebenswert ist. Zugegeben, es gibt viele Dinge, die den Menschen von Nutzen sind: die Wasserfälle in den Zimmern zum Beispiel oder auch die heißen Steine, auf denen ihr euer Essen kocht. Nicht zu vergessen der Kaffee. Ich glaube, an den könnte ich mich gewöhnen.« Er zwinkerte mit den Augen und riss Anna damit aus ihrer sentimentalen Stimmung. Sie lachte hell auf.

»Kaffee gibt es im Orient seit Jahrhunderten. Ich weiß nur nicht genau, wann er den Weg nach England beziehungsweise Schottland finden wird.«

»Dann werde ich sofort Schiffe nach Osten schicken, die mir ganze Ladungen davon bringen sollen!«, unterbrach Duncan schmunzelnd.

Anna legte eine Hand auf seinen Unterarm, eine Frage brannte ihr seit Tagen auf der Zunge. »Warum ist deine Familie eigentlich so sehr mit Königin Maria verbunden, und warum seid ihr katholisch? Ich meine mich zu erinnern, dass ab der Mitte des sechzehnten Jahrhunderts Schottland protestantisch war.«

»Das ist es auch!« Grimmig kickte Duncan einen Stein mit der Fußspitze ins Wasser. »John Knox hat die Kirk of Scotland eingeführt, die katholischen Rituale sind unter Strafe verboten. Allerdings sind wir hier im Hochland weit von der Hauptstadt entfernt, es kümmert sich kaum jemand darum, was wir hier machen. So ist unsere Familie dem alten, wahren Glauben treu geblieben. Als die Königin aus Frankreich kam, um ihren Thron zu besteigen, wurde ihr vom Rat der Lords gestattet, ihren katholischen Glauben in ihren eigenen Räumen auszuüben, solange sie nicht versucht, den Katholizismus wieder zur Staatsreligion zu machen.«

»Und wie bist du an den Hof gekommen?«, fragte Anna interessiert.

»Ganz ehrlich, es interessierte mich früher nicht sehr, wer auf dem Thron sitzt, solange die Rechte der Hochlandclans nicht beschnitten wurden. Aus dem Süden drangen Berichte und auch Gerüchte zu uns, in denen von der

Schönheit der Königin, aber auch von der Notwendigkeit einer Heirat berichtet wurde. Es gab zahlreiche Anwärter auf ihre Hand: ausländische Könige und Prinzen, einheimische Lords, aber auch Männer mit unrealistischen und hochfliegenden Vorstellungen. Einer davon war John Gordon, der jüngste Sohn des Grafen von Huntly. Er besaß die Frechheit, öffentlich zu behaupten, mit der Königin ein Liebesverhältnis zu unterhalten, und sie gedenke, ihn zu heiraten. Maria war entsetzt und erbost. Diese Verleumdungen, die natürlich fern jeglicher Wahrheit lagen, waren Hochverrat, und John Gordon musste vor Gericht gestellt werden. Er hatte sich aber wohlweislich auf die Güter seines Vaters in den Norden zurückgezogen. Lord James, Marias Halbbruder, rüstete zu einer Strafexpedition nach Aberdeen, und Maria ließ es sich nicht nehmen, ihn zu begleiten. Mit einer Hundertschaft von Bogenschützen und Pikenieren ritten sie nach Norden, die Königin an der Seite des Herzogs von Moray, ganz so, als wäre sie selbst ein Mann. Sie nächtigte unter freiem Himmel und überquerte mit ihrem Ross als Erste schäumende Flüsse. In Aberdeen Castle fanden sie allerdings nur Lady Huntly, Lord Gordons Mutter, vor, die um Nachsicht gegenüber ihrem Sohn bat. Sie gestand, dass ihr Mann und Sohn nach Inverness geflüchtet waren, als die Strafexpedition gen Aberdeen gezogen war. Noch am selben Tag machten sie sich auf nach Westen. Nur wenige Meilen von Glenmalloch entfernt wurden sie von einem heftigen Unwetter überrascht, und so kam es, dass die Königin von Schottland plötzlich vor unserer Tür stand und um Aufnahme in unser bescheidenes Heim bat. Leider nächtigten sie nur wenige Stunden, denn die Angelegenheit erforderte die sofortige Weiterreise, aber die wenigen Stunden reichten aus, um zu erkennen, dass Schottland von einer wahren Königin regiert wird.«

Nach der langen Erklärung blickte Duncan versonnen in die Ferne, in seinen Augen lag ein eigentümlicher Glanz.

Anna schluckte trocken. »Maria Stuart war … eh … ist wohl sehr schön? Das sagen jedenfalls die Berichte über sie.«

»Sie ist die schönste Frau, die ich jemals gesehen habe.«

Seine Worte waren knapp und bestimmt, ließen keinen Zweifel an seiner Aussage, dennoch waren es nicht die Worte eines Mannes, der eine Frau leidenschaftlich begehrt. Anna erkannte, dass Duncan Maria Stuart treu ergeben war, doch er sah in ihr nur die Königin, nicht die Frau.

Warum macht mich das froh?, dachte Anna, die einen Anflug von Eifersucht verspürt hatte, als Duncan so schwärmerisch über Maria gesprochen hatte.

»Wie ging es dann mit diesem Lord Gordon weiter?«, kam sie wieder auf das Thema zurück.

»Sein Vater, Lord Huntly, war der Sheriff von Inverness, und er ließ die Tore verschließen, als sich Maria der Stadt näherte. Auf diesen neuerlichen Affront konnte es nur eine Antwort geben – Kampf! Huntly starb in der Schlacht, allerdings nicht durch ein Schwert, er erlag einem Herzanfall. Sein Sohn Gordon wurde gefangen genommen und wenige Monate später hingerichtet.«

»Hingerichtet!« Anna sprang auf. »Weil er die Unwahrheit sagte? Dafür tötet ihr Menschen?«

Unter seinen schweren Lidern sah Duncan Anna lange an. »Es ist Hochverrat zu behaupten, mit der Königin eine Liebesnacht verbracht zu haben, darauf steht der Tod. Ihr habt in eurer Zeit auch Gesetze, die befolgt werden müssen.«

»Aber wir bringen keine Menschen um, nur weil sie eine etwas übersteigerte Fantasie haben!«, rief Anna erbost und wollte noch mehr hinzufügen, dann dachte sie plötzlich an die zahlreichen sinnlosen Kriege, die seit dem sechzehnten Jahrhundert auf der ganzen Welt geführt worden waren und immer noch geführt wurden. Anna hatte Duncan nichts von den zwei schrecklichen Weltkriegen im zwanzigsten Jahrhundert erzählt, nichts von Atombomben und Gaskammern und auch nichts vom internationalen Terrorismus, der die ganze Welt in Atem hielt. Sie wusste, er würde es nicht verstehen. Wie sollte er in einer Zeit, in der gerade das Schießpulver eine immer weitere Verbreitung fand, es auch verstehen, wenn sie selbst nicht den Sinn von Kriegen und Morden verstand? »Lass uns bitte zurückreiten«, bat Anna leise und ging zu ihrem Pferd, das friedlich grasend am Ufer stand.

Duncan betrachtete Anna nachdenklich. Sie war eine außergewöhnliche Frau, impulsiv und vorlaut, aber sie strahlte eine Herzlichkeit aus, die Duncan bisher bei keiner Frau erlebt hatte. Sie war wie ein Kamerad, ein guter Freund, mit dem man über alles sprechen konnte. Wenn sie aus seiner Zeit käme, dann ... Duncan hieb seinem Hengst die Fersen in die Seite und galoppierte davon. Es war müßig, über Dinge nachzudenken, die unmöglich waren. Erst bei den Stallungen der Burg wartete Duncan auf Anna, die langsam angetrottet kam. Obwohl sie den ungewohnten Ritt besser als erwartet gemeistert hatte, war sie jetzt froh, absteigen zu können, denn sie spürte schmerzhaft jeden Knochen in ihrem Körper. Bestimmt würde sie am kommenden Tag einen furchtbaren Muskelkater haben.

Duncan und Anna übergaben die Pferde einem Stallburschen. Als sie über den Hof zum Hauptgebäude gingen, erklang ein spitzer Schrei. Eine Person rannte aus der Tür und warf sich an Duncans Hals.

»Wie kommt Lilian Graham hierher?«, flüsterte Anna entsetzt und zwinkerte mit den Augen. Es war doch völlig unmöglich, dass sich diese Wasserstoffblondine an Duncan klammerte und sein Gesicht von oben bis unten mit Küssen bedeckte. Es dauerte einige Minuten, bis Anna erkannte, dass die Frau, die Duncan so ungeniert in aller Öffentlichkeit küsste, nicht Lilian war, obwohl sie dem Scriptgirl verblüffend ähnlich sah. Das gleiche blonde Haar und eine entsprechende Oberweite, die schamlos aus dem weit ausgeschnittenen Mieder der Frau hervorquoll. Anna sah, wie Duncan ihre Arme löste und die Frau von sich schob. Er war peinlich berührt und wich Annas Blick aus.

»Duncan, mein Liebling, warum hast du dich nicht gemeldet? Ich bin vor Sorge beinahe gestorben, als du so lange verschwunden warst! Geht es dir gut? Bist du verletzt?«

Die Stimme der Blondine zwitscherte wie ein junger Vogel, ihre babyblauen Augen hingen wie hypnotisiert an Duncans Gesicht.

Anna trat einen Schritt vor. »Möchtest du uns nicht vorstellen?«, fragte sie spitz.

Erst jetzt schien die Frau Anna zu bemerken. Sie runzelte die Stirn und schenkte Anna einen wenig freundlichen Blick. Mit sichtlichem Unbehagen trat Duncan von einem Fuß auf den anderen.

»Äh … also … das ist meine … Cousine Anna. Anna, das ist Alice Skelton, eine Nachbarin.«

*Das* also war Duncans Verlobte! Anna schluckte. Sie war sehr schön. Kein Wunder, dass ein Mann wie Duncan eine solche Frau zum Altar führen wollte.

»Deine Cousine?« Alice lächelte herablassend und verzichtete darauf, Anna die Hand zu geben. »Du hast mir nie erzählt, dass du eine Cousine hast, Duncan.«

»Es ist auch nur eine sehr entfernte Verwandtschaft, Annas Familie lebt nicht in Schottland. Sie kommt aus …«

»Irland!«, kam es wie aus der Pistole geschossen aus Annas Mund. Sie glaubte nicht, dass Alice je in Irland gewesen war, und ihre Reaktion gab Annas Vermutung recht.

»Aus Irland? Diesem unzivilisierten Land? Dann habt Ihr eine weite Reise hinter Euch.«

Anna nickte und ballte hinter ihrem Rücken beide Hände zu Fäusten. Obwohl es völlig unsinnig war, aber die Vorstellung, Duncan würde diese Frau heiraten, machte sie furchtbar wütend. Wahrscheinlich lag es an ihrer Ähnlichkeit mit Lilian, an die sie Bruce verloren hatte. Es schien ihr Schicksal zu sein, dass alle Männer, die ihr etwas bedeuteten, blonde, vollbusige Vamps bevorzugten.

Reiß dich zusammen, Anna Wheeler!, schalt sie sich stumm. Sie und Duncan verband lediglich die Zeitreise, mehr war nicht zwischen ihnen. Dem Beinahekuss in der Küche des Cottage durfte sie nicht zu viel Bedeutung schenken, außerdem war es für Anna unmöglich, für immer in dieser Zeit zu bleiben. Sie würde, soweit es in ihrer Macht stand, Duncan helfen, Maria Stuart vor dem größten Fehler ihres Lebens zu bewahren, und dann versuchen, in ihre Zeit und Welt zurückzukehren. Sollte Duncan doch mit der Blondine glücklich werden und einen Haufen Kinder zeugen.

Besitzergreifend hängte sich Alice bei Duncan ein und zog ihn zum Hauptgebäude, ohne Anna einen weiteren Blick zu gönnen. »Möchtest du mir nicht einen Becher Wein anbieten, Liebling?«, flötete sie. »Der Ritt von daheim nach Glennmalloch hat mich sehr durstig gemacht.«

Grimmig ging Anna dem verliebten Paar nach und überlegte, was sie jetzt machen sollte. Es war offensichtlich, dass weder Duncan noch Alice weiteren Wert auf ihre Anwesenheit legten, dabei hatte Anna das Gefühl gehabt, bei ihrem Gespräch an dem geheimnisvollen See Duncan näher als jemals zuvor gewesen zu sein.

Gerade, als Duncan die Tür erreicht hatte, sprengte ein Reiter in den Hof. Noch bevor sein Pferd zum Stehen gekommen war, sprang er aus dem Sattel und rannte auf Duncan zu. Sein Wams war schweißgetränkt und staubbedeckt, sein Haar wirr und die Wangen glühend rot.

»Mylord, die Königin … Darnley ist auf dem Weg ins Ausland, um Truppen auszuheben, die Königin zu stürzen …«

Keuchend brach er ab, und Duncan rief nach einem Diener.

»Bringt dem Mann Wein. Sofort!«

Seinem Befehl wurde unverzüglich Folge geleistet, und der Bote leerte den Krug in einem Zug. Dann fuhr er mit seinem Bericht fort:

»Die Königin befindet sich auf einem Landgut, um sich von den Strapazen der Geburt zu erholen. Darnley … der König … suchte sie auf, und es gab einen furchtbaren Streit. Er war betrunken und hat sie vor aller Ohren als Hure beschimpft und gedroht, sie zu vernichten. Jetzt ist er auf dem Weg zur Grenze, um ein Heer gegen seine eigene Frau, gegen die Königin von Schottland, auszuheben.«

Duncan schüttelte Alices Hand, die immer noch seinen Arm umklammert hielt, wie ein lästiges Insekt ab. »Packt meine Sachen und sattelt ein frisches Pferd«, befahl er. »Ich reite noch heute!«

Anna erwachte aus ihrer Erstarrung. Instinktiv raffte sie ihre weiten Röcke, um nicht zu stolpern, und lief zu Duncan. »Ich fange gleich an zu packen!«

»Nein, du nicht, Anna, ich nehme nur meinen Knappen Neville mit.«

»Aber du hast es mir versprochen!«, beharrte Anna. »Hast du vergessen, was ich weiß?«

»Die Woche ist nicht um, Anna, aber ich habe keine Zeit mehr zu verlieren. Glaub mir, es ist besser, du bleibst im Schutz von Glenmalloch Castle.«

»Das werde ich nicht!« Anna griff nach Duncans Arm, aber Alice Skelton drängte sich dazwischen.

»Was soll das bedeuten, Duncan? Willst du etwa dieses Weib mit an den Hof nehmen? Eine entfernte Cousine statt mich, deine künftige Frau? Seit Monaten lehnst du es ab, mich endlich bei Hof einzuführen, aber einem hergelaufenen Weib aus Irland öffnest du alle Türen?« Aus ihren Augen zuckten Blitze zu Anna herüber.

»Verdammt, ich will sie gerade *nicht* mitnehmen, Alice«, rief Duncan. »Das ist eine Sache, die nur Männer etwas angeht. Und jetzt schert euch zum Teufel, alle beide! Ich habe Wichtigeres zu tun, als mich mit zänkischen Weibern abzugeben.« Ohne einen weiteren Blick auf Anna oder Alice stürmte Duncan davon.

Alice zwickte Anna so unerwartet und heftig in den Arm, dass Anna aufschrie. »Cousine! Ha, dass ich nicht lache!« Ihr Gesicht mit dem rosigen, feinporigen Teint näherte sich auf Handbreite Annas Gesicht. »Duncan gehört mir, hast du verstanden? Wir sind einander seit Jahren versprochen und außerdem …« Alice machte eine genüssliche Pause, beinahe, als wolle sie sich die kommenden Worte genießerisch auf der Zunge zergehen lassen. »Wir sind schon längst Mann und Frau, auch wenn noch kein Priester seinen Segen dazu gegeben hat, und die Frucht unserer Liebe wächst in meinem Leib heran.«

# V

Während des Abendessens herrschte eisiges Schweigen. Jeder starrte auf seinen Teller, und Anna hatte keinen Appetit auf das kalte Rindfleisch. Duncan vermied jeden Blickkontakt, in Lady Flaminas Gesicht zuckte es ärgerlich, einzig Alice Skelton schien mit der Situation zufrieden zu sein. Um ihre Mundwinkel huschte ab und zu ein triumphierendes Lächeln. Schließlich schob Lady Flamina ihren Teller zurück, erhob sich und sagte scharf:

»Helen, nimm deine Schwester mit und lasst uns allein. Sofort!« Helen stand auf und nahm Cathy und Marla bei der Hand. »Anna, du auch«, fügte Lady Flamina hinzu. »Wir haben eine Familienangelegenheit zu besprechen. Douglas, du bleibst hier, ich habe eine Aufgabe für dich.«

Unmittelbar nachdem Alice Skelton Anna von ihrer Schwangerschaft erzählt hatte, war sie zu Duncans Mutter gelaufen. Anna war überzeugt, dass sie einzig aus diesem Grund heute nach Glenmalloch gekommen war. Anna versuchte, in Duncans Gesicht nach einer Regung zu suchen, aber er verzog keine Miene. Nur das leichte Zucken seiner Wangenmuskeln verriet, dass er keineswegs so ruhig war, wie er vorgab.

»Komm«, flüsterte Helen ihr zu und zog sie aus der großen Halle.

Unschlüssig blieb Anna vor der Tür stehen. Es interessierte sie brennend, was sich nun in der Halle abspielen würde, aber sie konnte unmöglich vor den Augen von Helen ihr Ohr an die Tür legen und lauschen.

Helen blinzelte ihr verschwörerisch zu. »Mutter wird Duncan die Hölle heiß machen«, flüsterte sie. »Das will ich mir nicht entgehen lassen, aber erst müssen wir die Kleinen ins Bett bringen.«

Anna folgte ihr zum Kinderzimmer, in das Helen ihre zwei Schwestern schob und ein Mädchen aufforderte, die Kinder sofort ins Bett zu bringen, dann huschte sie durch den Flur und stieg eine steile Wendeltreppe nach oben. Anna folgte ihr, in diesem Teil der Burg war sie bisher noch nicht gewesen. Oben angekommen öffnete Helen eine Tür zu einem kleinen Zimmer, das bis auf ein Bett mit zerschlissenen Vorhängen und zwei Truhen leer war. Die muffige Luft verriet, dass der Raum lange nicht mehr benutzt worden war. Sie mussten sich beinahe unter dem Dach befinden, denn die Decke war niedrig, und es gab nur zwei kleine Fenster.

»Es interessiert dich doch, was unten in der Halle geschieht, nicht wahr?«, sagte Helen, und es war keine Frage, sondern eine Feststellung. Sie deutete auf zwei Alkoven, die in die Wände eingelassen und so klein waren, dass eine Person gerade darin stehen konnte. Der Alkoven auf der rechten Seite hatte zwei Gucklöcher, durch die man direkt in die Kapelle hinuntersehen konnte.

»Unsere Großmutter hat sich das Zimmer entsprechend umbauen lassen, als sie zu schwach war, die Treppen hinunterzugehen. So konnte sie trotzdem der Messe folgen, ohne ihr Zimmer zu verlassen, und hier, …« mit einem verschwörerischen Lächeln schob Helen einen schweren Samtvorhang vor der linken Wand zur Seite, »… hat Großmutter alles beobachten können, was in der Halle vor sich geht.«

»Dann war sie sozusagen bei allem wie bei einer Liveübertragung im Fernsehen dabei«, bemerkte Anna trocken.

»Was?«

»Ach nichts«, winkte Anna ab und kroch in den kleinen Raum. Sie befanden sich hoch über der großen Halle, und ein schmales Guckloch, nicht mehr als eine Schießscharte, bot einen guten Überblick über alles, was da unten vor sich ging.

»Wir müssen nur sehr leise sein«, flüsterte Helen an Annas Ohr. »Ebenso wie wir jedes Wort verstehen können, das da unten gesprochen wird, kann man uns entdecken. Das würde Mutter gar nicht gefallen.«

Anna nickte und kniete vor das Guckloch. Sie wusste, es war nicht fein, andere Menschen heimlich zu belauschen, aber sie begründete ihre Handlung damit, dass sie lediglich aus Sorge um Duncan so handelte.

Lady Flamina schritt wie ein Racheengel in der Halle auf und ab. »Lady Alice hat mir mitgeteilt, dass sie sich in anderen Umständen befindet. Was hast du dazu zu sagen, Duncan?«

Zum ersten Mal hob Duncan den Kopf und sah seine Mutter an. »Was soll ich dazu schon sagen?«

»Du bist unverschämt, Duncan Cruachan! Ich will auf der Stelle wissen, ob zwischen dir und Lady Alice das vorgefallen ist, was ihre Schwangerschaft begründet.«

»Zweifelt Ihr an meinen Worten?«, jammerte Alice Skelton und presste zwei Tränchen aus den Augen. »Ich liebe Duncan so sehr, und ich dachte, da wir ja verlobt sind, kann es kein so großes Unrecht sein.«

Auf Anna wirkte ihr Verhalten gekünstelt, und sie wartete gespannt auf Duncans Antwort.

»Du meine Güte, ja, aber Alice hat immer gesagt, dass nichts passieren kann, weil sie Kräuter einnimmt, die ...«

»Genug!« Lady Flaminas Faust krachte auf die Tischplatte, dass die Teller klapperten. »Es ist zum Glück noch nicht zu spät, den Schaden zu begrenzen. Natürlich wirst du Alice unverzüglich heiraten. Ich werde sofort alles veranlassen, die Trauung wird nächsten Sonntag stattfinden.«

»Nächsten Sonntag!« Duncan fuhr in die Höhe, sein Stuhl fiel polternd zu Boden. »Das ist ja schon in vier Tagen!«

»Spät genug, bedenkt man, wie lange ihr bereits verlobt seid. Natürlich hätte ich mir für meinen ältesten Sohn ein größeres Fest gewünscht, dessen Planung jedoch mehrere Monate in Anspruch nehmen würde, so aber wird dein Kind eine Frühgeburt sein.«

»Woran natürlich niemand glauben wird«, meldete sich Douglas aus dem Hintergrund zu Wort. Offenbar empfand er eine diebische Freude darüber, wie sein älterer Bruder von der Mutter abgekanzelt wurde.

»Du brauchst gar nicht so überheblich zu sein«, erhielt auch er einen Tadel von Lady Flamina. »Ich möchte nicht wissen, wie viele Bankerte mit deinen Gesichtszügen in der Gegend herumlaufen. Solange es sich jedoch nicht um eine Dame von Stand handelt, ist es mir gleichgültig. Die Schande, die du, Duncan, allerdings über Lady Alice und damit über die ehrenwerte Familie Skelton gebracht hast, muss ausgemerzt werden.«

»Meine Eltern wissen nichts davon, dass ich zu Euch gesprochen habe«, sagte Alice leise und sah Lady Flamina schüchtern an. »Ich habe furchtbare Angst, und mein Vater wird mich bestimmt schlagen, dabei habe ich nur aus Liebe zu Duncan meine Ehre vergessen.«

Mütterlich legte Lady Flamina einen Arm um Alices Schultern. »Ich mache dir keinen Vorwurf, mein Kind. Sei willkommen in unserer Familie und mir eine gute Schwiegertochter.«

Alice sah sie mit großen, unschuldigen Augen an. »Das will ich, Mylady, mit ganzem Herzen, und ich hoffe, Euch bald einen gesunden und kräftigen Enkel zu schenken, der den Namen Cruachan weiterführt.«

Erstaunt sah Anna, wie Duncan zur Tür ging und die Halle mit den Worten verließ: »Dann bereite alles vor, Mutter, ich kann ohnehin nichts mehr ändern, aber erwartet von mir nicht, dass ich den liebevollen Bräutigam spiele.« Offenbar hatte er Alice geschwängert, warum nur stand er der Hochzeit so ablehnend gegenüber?, dachte Anna in ihrem Versteck.

Lady Flamina schickte ihrem Sohn einen wütenden Blick hinterher und sagte dann tröstend zu Alice: »Er wird sich wieder beruhigen. Jeder Mann reagiert auf die Nachricht, Vater zu werden, anders. Douglas …«, sie wandte sich an ihren zweiten Sohn, »… du reitest noch heute zum Besitz der Skeltons und überbringst ihnen einen Brief, den ich gleich schreiben werde. Die Angelegenheit ist zu heikel, als dass ich einen Boten damit beauftragen könnte. Lady Alice wird bis zur Hochzeit auf Glenmalloch bleiben, das ist dir doch recht, oder?«

Alice nickte und senkte dankbar ihren Kopf, aber Anna hatte deutlich den Triumph in ihren Augen erkennen können.

Da Alice Skelton nur in Begleitung eines Reitknechts nach Glenmalloch gekommen war, befahl Lady Flamina, Anna möge ihr zur Hand gehen, bis ihr eigenes Mädchen eintraf.

Widerwillig ging Anna in Alices Zimmer, wo diese schon ungeduldig auf sie wartete.

»Das wurde auch Zeit«, blaffte Alice sie an. »Hilf mir aus dem Kleid, dann kannst du mein Haar öffnen. Es muss jeden Abend hundert Bürstenstriche erhalten.«

Während Anna die Schnürung im Rücken des eleganten Gewandes löste, stellte sie erneut die verblüffende Ähnlichkeit zwischen Alice und Lilian Graham fest. Obwohl sich Anna nicht verstecken musste, kam sie nicht umhin, sich einzugestehen, dass Alices Figur perfekt geformt war. Ihre Brüste waren fest und üppig und ihre Taille so schmal, dass zwei Männerhände sie mühelos umfassen konnten. Die Flamme der Eifersucht stieg in Anna auf, als sie daran dachte, wie Duncans Hände diesen Körper umarmten, und sie zog so heftig an der Schnürung, dass eine Öse riss.

»Du dummes Ding, kannst du nicht aufpassen?«

Zornig fuhr Alice herum und ehe sich Anna versah, verpasste ihr Alice eine Ohrfeige. Fassungslos presste Anna eine Hand auf ihre glühende Wange.

»Was fällt dir ein?«, schrie sie Alice an.

»Wie kannst du es wagen, mich zu duzen?«, konterte Alice, und Anna konnte sich gerade noch ducken, um einem weiteren Schlag auszuweichen.

»Na, du duzt mich ja auch«, schleuderte Anna ihr entgegen.

»Für dich bin ich immer noch *Lady* Skelton, beziehungsweise in ein paar Tagen *Lady* Cruachan. Ich werde veranlassen, dass Duncan dich aus dem Haus wirft, du irischer Bastard! Man hat dir auf der Insel wohl kein Benehmen beigebracht.«

»Wohl mehr als Euch, *Mylady*«, gab Anna spöttisch zurück. »Ich habe immerhin gelernt, dass man mit einem Mann nicht ins Bett steigt, solange man nicht mit ihm verheiratet ist.«

Das entsprach nun ganz und gar nicht der Wahrheit, aber Alice durfte auf keinen Fall erfahren, dass sie aus einer anderen Zeit stammte, und Anna war der Überzeugung, dass eine anständige Frau aus dem sechzehnten Jahrhundert keinen Sex vor der Ehe hatte. Wie recht sie damit hatte, zeigte die flammende Röte in Alices Wangen. Sie presste die Kieferknochen fest zusammen und setzte sich vor die Frisierkommode.

»Wohl oder übel muss ich heute mir dir vorliebnehmen, du unverschämtes Ding. Aber eines lass dir gesagt sein: Am Sonntag, gleich nach der Trauung, kannst du dein Bündel schnüren und von mir aus bettelnd durchs Land ziehen.«

»Das wird Duncan zu entscheiden haben.« So einfach gab Anna sich nicht geschlagen. »Er hat mich in sein Haus aufgenommen, und nach seinen Wünschen werde ich mich richten.«

Anna zweifelte keinen Moment daran, Duncan auf ihrer Seite zu haben. Obwohl alles danach aussah, dass er diese Frau heiraten musste, blieb immer noch ihre gemeinsame Mission, Maria Stuart zu retten. Bevor Anna nicht mit Bestimmtheit wusste, dass Duncan in Sicherheit war, würde sie ihn nicht verlassen. Und niemand, auch nicht Alice Skelton, würde sie daran hindern.

Alice lachte höhnisch. »Jeder weiß, dass in Glenmalloch Lady Flaminas Wort gilt. Wie du vielleicht bemerkt hast, mag sie mich sehr und wird mir jeden Wunsch erfüllen. Und jetzt bürste mein Haar, denn es war ein aufregender Tag, und ich bin müde.«

Es blieb Anna nichts anderes übrig, als die blonde, üppige Pracht zu lösen und ausgiebig zu bürsten. Dass sie dabei etwas grob vorging, wurde von Alice mit grimmigem Gesicht ertragen, und Anna wusste – der Kampf zwischen ihnen war eröffnet. Nun blieb es abzuwarten, wer als Siegerin daraus hervorgehen würde.

Später in ihrem Zimmer fand Anna keinen Schlaf. Immer wieder sagte sie sich, dass einzig und allein die Sorge um Duncan und das schottische Königreich sie dazu veranlasste, nicht schnurstracks zum Glen-Mal-Loch zu gehen und diese Zeit hinter sich zu lassen. Auch redete sie sich ein, dass es ihr völlig gleichgültig war, wenn Duncan in vier Tagen der Mann einer kalten und herrschsüchtigen Frau wurde. Es war schließlich sein Leben, und sie würde daraus bald für immer und ewig verschwunden sein. Ihre Abneigung gegenüber Alice Skelton lag begründet in der starken Ähnlichkeit mit Lilian und den damit verbundenen Erinnerungen an Bruce und dessen schamlosen Betrug. Die Tränen, die Anna später in ihr Kissen weinte, sprachen die Sprache ihres Herzens, und es war zwecklos, sich vor der Tatsache, dass sie sich in Duncan verliebt hatte, zu verschließen.

Der nächste Tag wurde für Anna zur Zerreißprobe. Sie sah weder Duncan noch Alice, auch Lady Flamina glänzte durch Abwesenheit.

»Mutter bereitet die Räumlichkeiten für die Skeltons vor«, berichtete Helen. »Douglas müsste mit ihnen gegen Abend eintreffen.«

»Hm …« Nervös stach Anna mit der Nadel so fest durch den Stoff, dass sich die Spitze in ihre Fingerkuppe bohrte. Sofort fiel ein dicker Tropfen roten Blutes auf den groben Leinenstoff, aus dem Anna versuchte, sich eine Art Unterhose zu nähen. Sie seufzte, legte die Näharbeit zur Seite und wickelte sich ein Taschentuch um den Finger.

»Hast du dir wehgetan?« Helen sah sie besorgt an. »Du magst Alice Skelton nicht?«, brachte sie dann Annas Gedanken auf den Punkt.

»Ich kenne sie ja kaum«, versuchte Anna auszuweichen. »Ich weiß nichts über das Verhalten adliger Damen eurer Zeit, vielleicht müssen die alle so eingebildet und egoistisch sein?«

Helen lachte. »Nicht alle, Anna, sicher nicht, aber Alice wurde als einzige Tochter von Geburt an verwöhnt und verhätschelt. Das ist in unserer Familie anders, wir haben schon früh gelernt, selbst mit anzupacken, darauf hat Mutter immer sehr viel Wert gelegt.«

Obwohl Anna viele Fragen zu der Beziehung zwischen Duncan und Alice auf der Zunge brannten, wechselte sie das Thema, denn zum einen hing Helen mit zärtlicher Liebe an ihrem Bruder und würde nie etwas Negatives über ihn sagen, zum anderen tat jeder Gedanke an Duncan und Alice weh, daher versuchte Anna leichthin zu sagen: »Habe ich dir eigentlich schon von Flugzeugen erzählt? Damit können wir Menschen wie die Vögel am Himmel fliegen und große Distanzen binnen weniger Stunden überwinden.«

Alles, was Anna aus dem einundzwanzigsten Jahrhundert berichtete, weckte Helens Neugier. Interessiert rückte sie nahe an Anna heran und fragte: »Ist das nicht schrecklich gefährlich?«

Anna schüttelte lächelnd den Kopf. »Nicht mehr, als mit dem Auto zu fahren.« Sie hatte Helen schon von den eisernen Kutschen und Duncans Zweifeln, in eine solche zu steigen, berichtet.

Die nächste Stunde verging mit Annas ausführlicher Beschreibung von diversen technischen Erfindungen, die die Menschheit in den kommenden Jahrhunderten machen würde, und Duncans Schwester lauschte mit offenem Mund und ungläubigem Blick. Helen bewunderte und verehrte die Frau, die so überraschend nach Glenmalloch gekommen war, und hoffte, Anna würde immer bei ihnen bleiben, denn seitdem war das Leben viel lustiger geworden. Anna erzählte einen etwas frivolen Witz, und Helen lachte laut auf. Beide wussten nicht, dass just in diesem Augenblick Flamina Cruachan auf dem Gang vorbeiging und alles gehört hatte. Nachdenklich blieb sie vor der Tür stehen und überlegte, ob sie eintreten und dem Treiben ein Ende machen sollte. Sie misstraute Anna und befürchtete, die Frau aus der Zukunft würde einen schlechten Einfluss auf Helen ausüben, dann überlegte sie es sich aber anders. Die Tage von Anna in ihrem Haus waren gezählt. Obwohl Lady Flamina keineswegs begeistert darüber war, dass Duncan Alice vor der Ehe geschwängert hatte, erschien es ihr doch wie ein Fingerzeig Gottes. Wenn das jetzt nicht geschehen wäre, dann hätte Duncan tausend Gründe gefunden, die Hochzeit wieder und wieder aufzuschieben, zudem konnte in absehbarer Zeit keine Rede von einer Reise an den Hof sein. Seine künftige Ehefrau brauchte ihn an ihrer Seite, die Königin hatte genügend andere Berater. Und damit war Annas Anwesenheit überflüssig. Obwohl Lady Flamina den Beteuerungen ihres Sohnes, er sei in die Zukunft gereist und mit Anna aus dieser zurückgekehrt, Glauben schenkte, traute sie Anna nicht über den Weg. Wer wusste schon, ob sie nicht doch mit teuflischen Mächten in Verbindung stand? Außerdem hatte sie an Duncan eine Veränderung bemerkt, seit Anna im Haus war, und die hatte auch etwas mit seinem Widerwillen, Alice zu heiraten, zu tun. Leise ging Lady Flamina weiter. Sie war nicht für Anna verantwortlich, Duncan sollte sie zum See oder sonst wohin bringen. Die Frau ging sie nichts an, und sie bezweifelte, dass es in Annas Macht stand, die Geschicke der Königin und damit die von ganz Schottland zu ändern.

Anna fand Duncan im Park auf einer Bank, wo er gedankenverloren saß und mit der Stiefelspitze Kreise in den Kies malte. Vor wenigen Minuten waren Alices Eltern mit ihrem Gefolge eingetroffen, und Lady Flamina hatte Anna ausgeschickt, Duncan zu suchen und in die große Halle zu befehlen.

»Deine künftigen Schwiegereltern sind da«, sagte Anna und setzte sich neben Duncan.

»Meine Mutter wird sich um sie kümmern«, knurrte Duncan und machte keine Anstalten, sich zu erheben.

»Du scheinst über die Hochzeit nicht begeistert zu sein«, stellte Anna fest. »Das wundert mich, wenn man bedenkt, dass du mit Alice seit Jahren verlobt bist und fleißig mit ihr gepoppt hast.«

»Ich habe was?« Zum ersten Mal sah Duncan Anna an.

»Äh … ich meine … mit Alice das Lager geteilt hast«, wählte Anna die Worte aus Duncans Zeit. »Wir haben dafür andere Begriffe, derzeit ist poppen modern.«

Nachdenklich zogen sich Duncans Augenbrauen über seiner Nase zusammen. »Du hast Alice aber nicht gesagt, woher du kommst? Es wäre fatal, wenn sie die Wahrheit wüsste.«

Anna schüttelte den Kopf.

»Sie würde ohnehin kein Wort glauben, aber jetzt solltest du wohl ins Haus gehen und den glücklichen Bräutigam spielen.«

Anna war auf Duncans Reaktion nicht gefasst, der heftig herumfuhr und sie fest an beiden Oberarmen packte.

»Ich will diese Ehe nicht! Hörst du, ich will Alice nicht heiraten!«

Anna schluckte, ein Glücksgefühl überschwemmte sie, das sie aber mit aller Macht zu unterdrücken versuchte, daher sagte sie spitz: »Ihr Männer seid doch alle gleich, egal in welcher Zeit. Ihr benutzt eine Frau für eure körperlichen Bedürfnisse, aber dann drückt ihr euch vor den Konsequenzen.«

»Du hast kein Recht, über mein Verhalten zu urteilen«, begehrte Duncan auf. »Hast du nicht auch mit Bruce das Bett geteilt, ohne mit ihm verheiratet zu sein? Sagtest du mir nicht, in deiner Zeit wäre es für eine Frau völlig normal, mit einem Mann die Freuden der körperlichen Liebe zu genießen, ohne vor den Altar zu treten?«

»Das ist etwas völlig anderes. In meiner Zeit kann man es problemlos vermeiden, ein Kind zu bekommen. Du aber hast Alice geschwängert und wirst jetzt zu deinem Fehler wohl oder übel stehen müssen.«

»Ach, ich wusste nicht, was für ein Moralapostel du bist, Anna. Vielleicht solltest du dich mit dem puritanischen John Knox verbünden, der über die Sünde der körperlichen

Vereinigung predigt und überhaupt alles verdammt, was einem Menschen Freude beschert.«

Anna war über den Themenwechsel dankbar, denn sie fürchtete, ihre Zuneigung für Duncan nicht länger verbergen zu können, also hakte sie ein: »Was ist mit deinen Plänen bezüglich Maria Stuart? Wird Alice erlauben, dass du nach der Trauung an den Hof gehst? Und was wird aus mir?«

Duncan erhob sich langsam. »Ich werde mir von keinem Weib vorschreiben lassen, was ich tue und wohin ich gehe. Gut, ich werde Alice heiraten, das bin ich meiner Familie und unserem Ruf schuldig. Das Kind wird meinen Namen tragen und, wenn es ein Junge ist, einst das Erbe von Glenmalloch antreten, aber Alice wird mich nicht daran hindern, meiner Königin treu zur Seite zu stehen.«

»Und ich?«, fragte Anna zaghaft. »Alice möchte, dass ich die Burg verlasse, und ich glaube, deine Mutter sieht mich auch am liebsten von hinten.«

Heftig riss Duncan Anna von der Bank hoch und legte seine Arme um ihren Körper. »Verdammt, du weißt ganz genau, warum ich Alice nicht zur Frau nehmen will. Aber es kann und darf nicht sein, Anna! Es hat keine Zukunft, für keinen von uns.«

Er ließ sie so ruckartig los, dass Anna taumelte. Bevor sich Duncan umwandte und mit großen Schritten zum Haus eilte, hatte sie noch den Ausdruck tiefster Verzweiflung, aber auch Zuneigung und Zärtlichkeit in seinen Augen gelesen. Ihr Herz tat einen Sprung, aber Duncan hatte recht – sie hatten keine Chance. Das Schicksal würde so oder so gegen sie entscheiden. Früher oder später würde Anna dorthin zurückkehren, wo sie hingehörte. In ein Leben ohne Duncan.

Alices Eltern waren schon im fortgeschrittenen Alter. Lady Skelton hatte sich jahrelang vergeblich bemüht, ein Kind zu bekommen, und sie war schon über dreißig Jahre alt gewesen, als endlich Alice geboren wurde. Das war für eine Frau im sechzehnten Jahrhundert sehr spät, und Lady Skelton hatte die Geburt auch nur um Haaresbreite überlebt. Umso mehr wurde Alice von ihr vergöttert, die Eltern lasen ihr jeden Wunsch von den Augen ab. Im Gegensatz zu Duncan war Alices Vater ein richtiger Lord.

Helen klärte Anna über den Unterschied der Bezeichnungen Lord und Laird auf: »Der Titel Laird ist in Schottland von jeher mit dem Erwerb von Land verbunden oder, wie im Falle unserer Familie, der Schenkung von Land für besondere Verdienste. Unser Ahn erhielt den Besitz vom König für seine Verdienste bei der Schlacht von Flodden, allerdings wurde er nicht in den Adelsstand erhoben. Ein Lord hingegen ist ein Adelstitel, der nur von der Krone verliehen werden kann und in der Familie immer auf den ältesten Sohn übergeht. Die Vorfahren der Skeltons kämpften schon an der Seite von William Wallace gegen die Engländer, dementsprechend alt ist ihr Geschlecht. Darum ist es für Mutter so wichtig, dass sich Duncan mit Alice verbindet, denn es ist eine einmalige Gelegenheit, in eine alte schottische Familie einzuheiraten.«

»Warum geben die Skeltons ihr einziges Kind nur einem Laird? Man sollte doch meinen, für Alice ließe sich eine bessere Partie finden?«, fragte Anna.

»Nun, ein Adelstitel bedeutet nicht unbedingt Vermögen.« Helen lächelte spöttisch. »Im ganzen Hochland ist bekannt, wie gut es um Glenmalloch steht, im Gegenzug dazu geht es mit den Skeltons immer mehr bergab. Außerdem scheint sich die schöne Alice Duncan in den Kopf gesetzt zu haben, und ihre Eltern tun alles, ihre Wünsche zu erfüllen.«

»Das fürchte ich auch«, seufzte Anna. »Hat Lord Skelton einen eigenen Clan, oder ist er auch, so wie Duncan, jemandem untertan?«

Helen schmunzelte angesichts Annas Ausdrucksweise. »Das ist lustig, wie du es sagst. Kein Schotte *hat* einen eigenen Clan, aber ich verstehe, was du meinst. Nein, die Skeltons gehören zum Clan der Huntlys, einer der mächtigsten Familien im ganzen Hochland, die wiederum sind dem Clan der Farquharson untertan, die dann ...«

»Genug!«, unterbrach Anna und griff sich stöhnend an den Kopf. »Ich werde euer Clansystem niemals kapieren, dazu muss man wahrscheinlich studiert haben, um die Zusammenhänge zu begreifen.«

»Ganz so kompliziert ist es nicht«, lachte Helen. »Und eigentlich sind wir alle, egal, welchen Namen wir tragen und zu welchem Clan wir gehören, nur einer Person verpflichtet und untertan: Königin Maria.«

»Maria Stuart, ja«, murmelte Anna und wurde wieder an den Sinn und Zweck ihrer Anwesenheit in der Vergangenheit erinnert. Aber was sollte sie jetzt tun? Im sechzehnten Jahrhundert waren ihr als Frau die Hände gebunden, in die Politik einzugreifen, aber dass etwas geschehen musste, war unbestritten, sonst würde die Königin in wenigen Monaten zur Mörderin ihres Ehemanns werden.

Lady Skelton hatte eine Näherin mitgebracht, die in der Kürze der Zeit ein Hochzeitskleid für Alice anfertigen musste. In der Burgküche wurde emsig gekocht, gebraten und gebacken. In den drei großen Feuerstellen brannte Tag und Nacht das Feuer, fette Ochsen drehten sich am Spieß, Hühner, Enten, Gänse und Rebhühner wurden gerupft, ausgenommen, in Teig gehüllt und in glühender Asche gebacken. Es galt, Unmengen von Gemüse zu putzen und zu schneiden, und durch die Zuckerküche zog der Duft süßer Köstlichkeiten.

Lady Flamina bemühte sich, trotz der kurzen Vorbereitungszeit ein Fest auszurichten, das Glenmalloch würdig war. Boten schwärmten in alle Himmelsrichtungen aus, um Einladungen an alle wichtigen schottischen Familien zu überbringen. Jede Hand wurde gebraucht, und für Helen und Anna blieb keine Zeit für Plauderstündchen, denn die ganze Familie hatte ihre Aufgaben zu erfüllen. Anna war in die Küche geschickt worden, um sich dort nützlich zu machen. Da ihre Kochkenntnisse aber gering waren und sich der zuständige Koch ohnehin nicht in seine Arbeit reinreden ließ, sah sich Anna einem Berg Zwiebeln gegenüber, die es zu schälen und fein zu hacken galt. Heulend saß Anna über den Zwiebeln, hatte vom vielen Putzen eine feuerrote Nase und dachte daran, dass die Menschheit auch in den kommenden Jahrhunderten nichts erfinden würde, was einer Hausfrau diese lästige Tätigkeit abnähme.

»Ist nicht schlimm.« Eine leichte Berührung ließ Anna aufschauen. Neben ihr stand das Mädchen mit dem engelhaften Blondhaar und streckte ihr die flache Hand hin, auf der ein Gegenstand aus Holz lag, der Anna entfernt an eine Wäscheklammer erinnerte. »Tu es auf deine Nase, dann ist es besser.«

»Danke«, sagte Anna und nahm die Klammer. Dann erinnerte sie sich, wer das Mädchen war. »Du bist June, nicht wahr?«

»So nennt man mich«, sagte sie ernsthaft.

Helen hatte Anna erzählt, dass June etwas wunderlich im Kopf sei, aber Anna konnte die Meinung nicht teilen. Das Mädchen war zwar still, und seine Augen blickten traurig, aber sie machte auf Anna nicht den Eindruck, als ob ihr Geist verwirrt sei.

»Wie ist denn dein richtiger Name?«, interpretierte Anna ihre Antwort. Ein leichtes Zusammenzucken und der Schatten, der über Junes Augen fiel, verrieten Anna, dass sie recht gehabt hatte.

»Das weiß ich nicht«, sagte diese schnell und deutete auf die Klammer. »Setz sie auf die Nase, wirst sehen, es geht dann besser.«

So schnell wie sie gekommen war, verschwand June auch wieder. Anna folgte ihrem Rat und klemmte sich das Holzding auf ihre Nasenspitze. Es zwickte zwar ein wenig, und Anna musste nun durch den Mund atmen, aber tatsächlich bissen die Zwiebeln nicht mehr so stark, und ihr Tränenfluss ließ etwas nach. In Anbetracht der Tatsache, dass im Korb noch ungefähr fünf Kilo von dem scharfen Gemüse lagen, war Anna über Junes Gabe dankbar. Während sie weiter schälte und hackte, überlegte sie, welches Schicksal das Kind wohl erfahren hatte, das sie namenlos nach Glenmalloch gebracht hatte.

Trotz aller hektischen Vorbereitungen herrschte auf der Burg eine Stimmung, die man nicht als Vorfreude auf eine Hochzeit bezeichnen konnte. Duncan ging Anna aus dem Weg, Lady Flamina war voller Sorge, ob auch alles pünktlich fertig werden würde, und Alice Skelton führte sich schon als Hausherrin auf. Sie inspizierte alle Räume und gab Order, neue Stoffe für Bettvorhänge und Wandbespannungen zu bestellen.

»Ich will ein goldenes Zimmer«, sagte sie, als Lady Flamina ihr die Räume zeigte, in der sie künftig leben würde. »Auch brauche ich neue Truhen, damit ich meine Kleider unterbringen kann, und eine neue Unterlage für das Bett. Diese ist ja völlig durchgelegen. Findet Ihr nicht, Lady Flamina, dass der Alkoven etwas eng ist? Ich werde die Mauer zum Nebenzimmer herausbrechen lassen, um etwas mehr Raum zu bekommen …«

Anna konnte sich eine gewisse Genugtuung nicht verkneifen, als sie feststellte, dass sich Lady Flamina von Alice genervt fühlte. Sie würde es zwar keinesfalls zeigen, aber immer öfters bildete sich eine Unmutsfalte über ihrer Nasenwurzel, und sie behandelte Alice längst nicht mehr so freundlich wie am ersten Tag. Trotzdem sollte kommenden Sonntag die Hochzeit stattfinden, und Anna versuchte nicht an den Moment zu denken, wenn der Priester Duncans und Alices Hände auf ewig miteinander verbinden würde.

In der Nacht vor der Hochzeit fand Anna keinen Schlaf. Natürlich gab es keine Uhr in ihrem Zimmer, aber Anna vermutete, dass es weit nach Mitternacht sein musste, als sie ruhelos aufstand, sich so gut es ging allein ankleidete und das Haus verließ. Sie hoffte, die frische Nachtluft würde sie müde machen. Obwohl die Tage noch warm waren, spürte man in den Nächten schon die ersten Zeichen des Herbstes, der im schottischen Hochland früh kam. Fröstelnd zog Anna den wollenen Umhang um ihren Körper und lenkte ihre Schritte zum Rosengarten, als plötzlich ein großer Schatten vor ihr auftauchte. Laut schrie sie auf.

»Pst, wir wollen doch nicht alle aufwecken!«

»Douglas«, seufzte Anna erleichtert. »Was machst du denn hier?«

Duncans Bruder trat einen Schritt zur Seite, und das Mondlicht fiel auf sein Gesicht. »Offenbar können heute Nacht mehrere Leute nicht schlafen, aber wusstest du nicht, dass es für eine Frau gefährlich sein kann, alleine draußen herumzuschleichen?« Er grinste halb spöttisch, halb anzüglich. Douglas war ein attraktiver Mann, der sich seiner Wirkung auf Frauen durchaus bewusst war.

Unwillkürlich wich Anna einen Schritt zurück. Bisher hatte sie mit Duncans Bruder nicht mehr als ein paar harmlose Sätze gewechselt, oft jedoch bemerkt, dass er sie aus den Augenwinkeln beobachtete.

»Du kommst wohl gerade von einem Stelldichein?«, fragte sie burschikos.

Selbstbewusst hakte er seine Daumen in den Hosenbund. »Und du bist alles andere als erfreut über die morgige Hochzeit«, gab er zur Antwort, ohne auf Annas Frage einzugehen.

»Dein Bruder ist alt genug, um zu wissen, was er tut.«

»Ja, und auch alt genug, sich von Alice nicht auf der Nase herumtanzen zu lassen«, lachte Douglas. »Die Frau weiß ganz genau, was sie will. Künftig wird ein anderer Wind in Glenmalloch wehen, ich fürchte, selbst unsere Mutter wird bald nicht mehr viel zu sagen haben.«

»Du scheinst deine künftige Schwägerin nicht sonderlich zu mögen?«, fragte Anna erstaunt. »Ich dachte immer, du stehst allen gut aussehenden Frauen wohlwollend gegenüber.«

»Körperlich gesehen ist Alice nicht zu verachten, aber ich glaube kaum, dass Duncan auf Dauer sehr viel Freude mit ihr haben wird. Nun, sie wird einen Erben für Glenmalloch gebären, damit ihre Pflicht getan haben, und Duncan steht es frei, sich eine Geliebte zu suchen.«

»Das ist geschmacklos!«, schrie Anna ungeachtet der späten Stunde. »Duncan ist ein Mann, der zu seinem Wort steht.«

»Du liebst ihn wohl sehr?«, sagte Douglas übergangslos.

»Was?« Anna glaubte, sich verhört zu haben.

»Gib es zu, Anna, dein ganzer Körper brennt vor Sehnsucht nach Duncan. Es muss schrecklich für dich sein, dass er in wenigen Stunden der Mann einer anderen wird.«

Sie wandte sich brüsk um. »Ich glaube kaum, dass dich das etwas angeht, Douglas. Mir ist kalt, ich gehe in mein Zimmer zurück.«

Douglas' Hand schloss sich um ihr Handgelenk, und er zog sie näher an sich heran.

»Deine Geschichte, du kämst aus der Zukunft, klingt fantastisch. Zu fantastisch, als dass ich sie glauben könnte. Ich weiß nicht, was du mit Duncan angestellt hast, dass er auf deinen Zauber hereingefallen ist und glaubt, in der Zukunft gewesen zu sein, aber ich möchte dir sagen, dass ich dich trotz allem sehr reizvoll finde.«

»Lass mich sofort los!« Anna versuchte sich frei zu machen, aber sein Griff glich einer Stahlklammer. »Was erlaubst du dir, Douglas Cruachan?«

»Komm, Anna, ich bin meinem Bruder doch ganz ähnlich. Sogar ein paar Jahre jünger.« Sein Mund näherte sich Annas Gesicht. »Wir beide können viel Spaß miteinander haben. Du kannst mir auch gerne Geschichten aus der angeblichen Zukunft erzählen. Ich finde sie sehr erheiternd.«

Sein freier Arm legte sich um Annas Schultern, und sie wurde trotz ihres Sträubens an seine Brust gedrückt. Seine Lippen waren nur noch eine Handbreit von ihrem Mund entfernt, als er plötzlich ruckartig von Anna fortgerissen wurde. Eine Faust fuhr in sein Gesicht, Douglas stieß einen gurgelnden Laut aus und ging bewusstlos zu Boden.

»Duncan!« Vor Erleichterung flog Anna an seine Brust. Duncan zögerte nur einen Moment, dann schlossen sich seine Arme um Annas zitternden Körper.

»Das wird er nicht noch einmal wagen!«, brummte er und blickte auf seinen Bruder hinunter, der reglos im Sand lag.

»Er lebt aber noch?«, fragte Anna besorgt. Obwohl sie Douglas den Kinnhaken gönnte, hoffte sie nicht, dass er ernsthaft verletzt war.

»Er wird wahrscheinlich die nächsten Tage Schwierigkeiten beim Trinken und Essen haben, aber es wird ihm eine Lehre sein«, lachte Duncan. »Oder habe ich euch eventuell bei etwas gestört, das dir gar nicht so unangenehm war?«

»Du scheußlicher Kerl!« Anna hieb mit beiden Händen auf Duncans breite Brust. »Du weißt genau, dass ich deinen Bruder nicht küssen wollte.«

»Dann stimmt es, was er gesagt hat?«

»Was gesagt hat?« Anna beschlich ein Verdacht. Wie lange schon hatte Duncan ihnen zugehört?

»Dass du mich liebst.«

Mit einem Ruck machte sich Anna von ihm frei. »Deine Selbstüberschätzung steht der deines Bruders in nichts nach, Duncan Cruachan. In Anbetracht der Tatsache, dass du in weniger als zwölf Stunden heiraten wirst, zugleich deine Königin und dein Land vor dem Untergang bewahren willst, erscheint es mir angebracht, dass du dir über andere Dinge Gedanken machen solltest.«

»Anna, ich möchte nicht, dass man dir wehtut.« Seine Stimme hatte jeden Spott verloren und klang ernst und auch ein wenig bitter. »Das Schicksal hat uns aus unerklärlichen Gründen zusammengefügt, aber wir beide wissen, dass es nicht für immer sein wird. Wir haben eine Mission zu erfüllen, danach werden wir uns trennen. Es wäre besser, wenn du dich nicht in mich verliebst, denn ich werde niemals mit dir zusammen in die Zukunft gehen.«

»Duncan Cruachan, du bist der überheblichste Mensch, der mir jemals begegnet ist!«, schleuderte ihm Anna wütend entgegen. »Niemals käme ich darauf, mich in einen Mann zu verlieben, der in einer solch schmutzigen Zeit ganz ohne jegliche Zivilisation lebt.« Annas aufsteigende Tränen straften ihre Worte Lügen, aber zum Glück war es zu dunkel, als dass Duncan sie bemerken konnte. »Du hast eine Frau wie Alice Skelton verdient! Gemeinsam könnt ihr dann vor dem Spiegel sitzen und überlegen, wer der Großartigste von euch beiden ist! Ich glaube, ich gehe lieber das Risiko der Zeitreise ein, als noch einen Tag länger in deiner Gegenwart zu bleiben!«

Unter Aufbietung ihrer letzten Willenskraft schaffte es Anna, ins Haus zurückzukehren, ohne Duncan merken zu lassen, wie sehr seine Worte sie verletzt hatten.

Er machte keinen Versuch, ihr zu folgen, sondern starrte gedankenverloren in die Dunkelheit. Seine Vermutung war also richtig gewesen – sie empfand ähnliche Gefühle für ihn wie er für sie.

»Es darf nicht sein!«, stöhnte er auf. Er würde Alice heiraten, die Königin retten und danach als Ehemann und Vater die meiste Zeit auf Glenmalloch leben und den Besitz bewirtschaften. Er musste und er würde Anna vergessen, am besten, er fing gleich damit an. Vielleicht war es tatsächlich das Beste, sie morgen zum Glen-Mal-Loch zu bringen, damit sie ein für alle Mal wieder aus seinem Leben verschwand.

Der Morgen graute bereits, als Anna endlich in einen kurzen Schlummer fiel. Als sie aufwachte, kam es ihr vor, als hätte sie nur wenige Minuten geschlafen. June hatte das Zimmer betreten, um das Nachtgeschirr zu leeren. Eigentlich war ein anderes Mädchen dafür verantwortlich, aber dieses war vor zwei Tagen ans Krankenbett ihrer Mutter gerufen worden, so oblag June diese Aufgabe, um die Anna sie nicht beneidete.

»Guten Morgen, June«, murmelte Anna und schwang die Beine aus dem Bett. Von dem Mädchen kam nur unverständliches Gemurmel, während sie den Inhalt von Annas Nachtgeschirr in einen Holzeimer kippte. Der scharfe Geruch ließ

Anna unwillkürlich eine Hand vor die Nase halten. Sie würde sich niemals an das Fehlen einer Toilette mit Wasserspülung gewöhnen. Obwohl June immer still und zurückhaltend war, verhielt sie sich an diesem Morgen besonders seltsam. Sie schenkte Anna keinen Blick und hielt den Kopf gesenkt.

Anna trat neben sie, sah ihr ins Gesicht und stieß einen Schrei aus. »Wer hat dir das angetan?« Junes linkes Auge war blutunterlaufen und beinahe vollständig zugeschwollen, am Jochbein klaffte eine etwa zwei Zentimeter lange blutende Platzwunde. Bevor June ihr entweichen konnte, hielt Anna das Mädchen fest und wiederholte: »Du meine Güte, June, wer hat dich so misshandelt?«

Anna wusste, in der Küche herrschten raue Sitten, und es ging meistens derb zu, Knüffe und Schläge waren an der Tagesordnung, aber nie hatte Anna gesehen, dass jemand derart geschlagen worden war.

»Es ist nichts, Mistress«, wich June aus. »Muss jetzt meine Arbeit tun.« Sie wand sich unter Annas Griff, aber diese zog sie zum Fenster, nahm ein sauberes Taschentuch und tupfte vorsichtig das Blut von der Wunde. June zuckte zusammen, aber es kam kein Schmerzenslaut über ihre Lippen.

»Ich weiß, es tut weh, aber wir müssen die Wunde säubern«, versuchte Anna sie zu beruhigen. »Am besten gehst du gleich in den Hof und wäschst sie dir vorsichtig aus. Zu dumm, dass wir kein Jod oder ein Pflaster haben.«

June riss sich so heftig von Anna los und rannte zur Tür, dass sie über den Eimer mit den Fäkalien stolperte und beinahe gefallen wäre. In ihren Augen las Anna neben Schmerz eine Angst, die fast schon an Panik grenzte.

»Was habe ich getan?«, flüsterte sie. »Komm her, Mädchen, du kannst mir vertrauen, ich will dir nichts Böses.«

June tat Anna von Herzen leid. Wegen ihrer stillen Art war sie oft dem Gespött der anderen ausgesetzt, obwohl sie fleißig und sauber war. Was hatte man dem Kind bloß angetan? Nach der Begegnung in der Küche hatte Anna gehofft, dass June Vertrauen zu ihr fassen würde, aber June wich an die Wand zurück und hob abwehrend die Hände.

»Muss meine Arbeit machen«, wiederholte sie. »Die böse Frau schlägt mich sonst wieder.«

Es bestand für Anna kein Zweifel, wen June mit ›böse Frau‹ meinte, hatte sie doch selbst Alices Hand auch schon zu spüren bekommen. »Es war Lady Alice, nicht wahr?«

June zögerte, dann nickte sie langsam. Anna breitete die Arme aus, und zu ihrer Freude presste sich June an ihre Brust. »Ist ja gut, meine Kleine. Du brauchst keine Angst zu haben. Es tut mir leid, wenn dich meine Worte erschreckt haben, aber du hast bestimmt mitbekommen, dass man mich auch als etwas seltsam ansieht. Ich komme aus einem Land, wo vieles anders ist, als ihr es hier gewöhnt seid. Somit haben wir etwas gemeinsam, du und ich.«

»Du bist … normal … die anderen sind … komisch …«

Beruhigend strich Anna über Junes Haar. Es war weich wie das einer jungen Katze. Heute würde sie nicht weiter in das Mädchen dringen, nahm sich aber vor, mit Duncan ein ernstes Wort zu reden. Es konnte nicht angehen, dass Dienstboten Schlägen ausgesetzt waren, die sicher nur aus einem minimalen Grund erfolgt waren.

»Komm, ich helfe dir, dann bist du schneller mit deiner Arbeit fertig«, bot Anna an und ging zur Tür. Erst jetzt sah sie, dass June auf dem Flur einen Berg Bettwäsche hatte liegen lassen. Anna runzelte die Stirn. Die Betten wurden nur alle vier Wochen neu bezogen, immer dann, wenn der allgemeine Badetag war, und dieser war erst nächste Woche. An dem Ritual änderte auch eine Hochzeit nichts. »Wessen Wäsche ist das?«, fragte sie June. »Von Lady Alice?«

June nickte und machte sich daran, die Wäsche aufzunehmen.

»Muss sie verbrennen. Sofort«, murmelte sie in ihrer abgehackten Art.

»Verbrennen?« Entsetzt starrte Anna auf die feine, weiße Seide mit den handgestickten Säumen. Sie konnte sich kaum vorstellen, dass Lady Flamina damit einverstanden war, wenn Alice ihre beste Bettwäsche verbrannte. »Ich glaube, wir sollten das der Herrin zeigen«, fuhr sie bestimmt fort und nahm June das Laken aus der Hand.

Das Mädchen hielt erschrocken die Luft an, ihre Augen weiteten sich vor Furcht. »Darf es niemandem zeigen!«

Aber Anna hatte schon gesehen, was Alice Skelton offenbar zu verbergen suchte: Auf dem Laken prangten Flecken von frischem Blut! Es war noch feucht, stammte also eindeutig von der letzten Nacht. Anna kannte solche Flecken, auch ihr war schon ab und zu ein solches Malheur passiert, wenn ihre Tage früher als erwartet eingesetzt und sie keine Vorsichtsmaßnahmen ergriffen hatte.

»Deswegen also«, murmelte Anna und drehte das Laken in den Händen. Da Alice keine Jungfrau mehr war und Anna nicht vermutete, jemand anderer hätte die letzte Nacht in Alices Bett verbracht, ließ das Blut nur einen Schluss zu. Und diese Erkenntnis raubte Anna beinahe den Atem. Sie musste sofort Lady Flamina davon in Kenntnis setzen …

Anna zögerte. Nein, Duncans Mutter wollte diese Hochzeit unter allen Umständen. Sie würde die Tatsachen verschleiern und das Beweismaterial vielleicht vernichten, so wie es Alice selbst vorgehabt hatte. Ihr Pech, dass sie es nicht selbst verbrannt, sondern June damit beauftragt hatte.

»Na warte, Alice Skelton, du legst Duncan nicht mit dem ältesten Trick der Welt herein!«, murmelte Anna und sagte dann lauter zu June: »Hab keine Angst, Mädchen, ich werde mich darum kümmern. Geh jetzt und mach deine Arbeit weiter, aber das Laken hier behalte ich. Lady Alice wird ihr blaues Wunder erleben!«

June zögerte, die ihr aufgetragene Arbeit jemand anderem zu überlassen, aber sie hatte tatsächlich ein wenig Vertrauen zu Anna gefasst, darum nahm sie den Eimer und eilte davon.

Anna, das Laken immer noch in Händen, setzte sich auf die Bettkante und überlegte. Es musste vor aller Augen geschehen, sodass auch Lady Flamina nichts mehr vertuschen konnte. Angestrengt dachte sie nach und fasste einen Plan, der aus einem Drehbuch stammen könnte. »Wozu bin ich schließlich Schauspielerin?«

Anna lächelte zufrieden und begann, sich für die Hochzeit zu richten. Nun sah sie der Zeremonie mit Spannung entgegen.

Alle, die im Hochland südlich von Inverness Rang und Namen hatten, waren gekommen. Die Burgkapelle war bis auf den letzten Platz besetzt, rangniedrigere Personen standen an der hinteren Wand und das Personal hatte sich im Burghof versammelt. Anna, das verräterische Laken in eine dunkle Wolldecke gehüllt unter dem Arm, drückte sich in eine Ecke und beobachtete die aufwendig und kostbar gekleideten Gäste. Nie zuvor hatte sie eine solche Pracht und so viel Schmuck und Edelsteine auf einmal gesehen. Die Kleider der Damen und Herren waren ausnahmslos aus feinem Samt oder schimmernder Seide, die gestärkten weißen Halskrausen ebenso wie die Hauben der Damen und die Baretts der Herren mit Edelsteinen besetzt. Auch an den Griffen der Messer und Schwerter glitzerten Diamanten, und Perlen so groß wie Taubeneier zierten die Dekolletés so mancher Adliger. Dann erschien Alice Skelton, und Anna hielt unwillkürlich die Luft an. Die Näherin hatte in den wenigen Tagen ganze Arbeit geleistet. Alices Kleid aus hellblauer Atlasseide sprang in Falten über einem weißen Unterkleid auf, die Ärmel und der Ausschnitt bestanden aus feinster Spitze. In ihr offenes, bis auf die Hüften fallendes Haar waren Perlenstränge geflochten. Alice trug ihr Kinn hoch, sah sich erwartungsvoll in der Kapelle um und schenkte hier und da einem Gast ein bezauberndes Lächeln. Neidvoll musste Anna eingestehen, dass sie selten eine schönere Frau gesehen hatte. Warte, dir wird dein Lächeln noch vergehen, dachte sie grimmig, dann wurde ihre Aufmerksamkeit von Duncan in Anspruch genommen. Auch er war aufwendig und elegant gekleidet: ganz in Dunkelgrün, einzig das Unterfutter seiner aufspringenden kurzen Hose glänzte in einem kräftigen Goldton. In seinem langärmligen Wams klafften hundert kleine Schlitze, die das moosgrüne Satinfutter durchschimmern ließen. Sein karierter Umhang in den Farben von Glenmalloch war fellverbrämt, und an seinem Barett wippte eine grüne Feder. Bei seinem Eintreten verstummten die Gespräche, und alle Augen richteten sich auf Braut und Bräutigam. Während Alice von ihrem Vater nach vorne zum Altar geführt wurde, schritt Duncan mit gesenktem Haupt den Mittelgang entlang, als ginge er nicht zu seiner Vermählung, sondern zum Schafott.

Anna hatte keine Ahnung von den Riten einer katholischen Trauung im sechzehnten Jahrhundert. Sie konnte nur hoffen, dass sie sich nicht allzu sehr von denen, die sie bisher erlebt hatte, unterschied. Der Priester begann mit einer lateinischen Ansprache, von der Anna kein Wort verstand, dann forderte er das Brautpaar auf, vor dem Altar niederzuknien. Annas Herz klopfte so heftig, dass sie meinte, jeder in der Kapelle müsse es hören, als der Priester die Worte sagte, auf die sie gewartet hatte: »Wir sind hier und heute zusammengekommen, um vor dem Angesicht Gottes diese Frau diesem Mann zum Eheweib zu geben. Sollte jemand einen Grund kennen, der gegen eine Vermählung spricht, so möge er jetzt sprechen oder für immer schweigen.«

»Ja, ich kenne einen Grund! Diese Ehe wird aufgrund einer Lüge geschlossen!« Rigoros drängte sich Anna nach vorne. Alle Blicke richteten sich auf sie, und man hätte eine Stecknadel fallen hören können, so still war es geworden. Doch kaum war Anna vor dem Altar angekommen, schoss Lady Flamina wie eine Furie auf sie zu.

»Was fällt dir ein, du unverschämtes Ding?« Sie wandte sich an den Priester. »Beachtet sie nicht, Hochwürden, sie ist nur eine Magd, die wohl ihre Stellung in unserem Haushalt vergessen hat.«

»Das habe ich keineswegs, Mylady«, rief Anna. »Aber Ihr könnt es nicht zulassen, dass Euer Sohn in eine Ehe gezwungen wird, die auf einer Lüge basiert.«

Alice Skelton kreischte und klammerte sich an den Arm ihres Vaters. »Werft diese Person hinaus und lasst uns endlich fortfahren.«

Deutlich war dem Priester sein innerer Zwiespalt anzusehen, er räusperte sich mehrmals, bis er sagte: »Was hast du vorzubringen, Weib?«

Entschlossen warf Anna den Kopf in den Nacken. »Lady Alice Skelton behauptet, von Duncan Cruachan ein Kind zu erwarten. Darum muss diese Ehe geschlossen werden.«

Ein Raunen und Tuscheln ging durch die Gäste, manche kicherten, andere keuchten entsetzt auf. Lady Flamina schoss, ebenso wie den Skeltons, die Röte ins Gesicht. Wie konnte Anna es wagen, sie derartig vor allen bloßzustellen? Auch der Priester zögerte.

»Gute Frau, es mag zwar gegen die Gesetze Gottes sein, dass ein Weib einem Mann angehört, bevor der kirchliche Segen über sie gesprochen worden ist, aber das Fleisch ist schwach, und ich traue nicht selten Paare, die der Sünde erlegen sind.«

»Das mag wohl sein, aber könnt Ihr guten Gewissens auch eine Frau trauen, die schon vor der Ehe ihren Mann belügt und betrügt?«

»Was willst du damit sagen?« Zum ersten Mal sprach Duncan in dieser Situation.

Triumphierend wickelte Anna das Laken aus der Decke. Alice zog scharf die Luft ein, als sie sah, was Anna nun auf den Stufen des Altars ausbreitete.

»Alice Skelton erwartet kein Kind. Sie ist nicht schwanger und war es niemals. Das Laken hier ist der Beweis – letzte Nacht müssen ihre Tage oder Periode oder wie immer ihr es hier nennt eingesetzt haben. Lady Flamina und Lady Skelton, untersucht Alice, dann werdet Ihr feststellen, dass ich die Wahrheit spreche!«

Betretenes Schweigen machte sich breit, nur vereinzelt war das Scharren von Füßen zu hören. Alices Wangenmuskeln zuckten, um ihren Mund bildeten sich zwei scharfe Falten. Plötzlich sah sie gar nicht mehr schön und attraktiv aus. Wütend stürmte sie auf Anna zu und verpasste ihr eine Ohrfeige. »Warum habe ich das Laken nur diesem verrückten, dummen Mädchen gegeben, anstatt es selbst zu verbrennen? Du hast es ihr weggenommen!«

Erleichtert schloss Anna die Augen und atmete tief durch. Obwohl ihre Wange brannte, beachtete sie den Schmerz nicht. Eben hatte sich Alice selbst verraten, denn bei Annas Plan hatte es einen Schwachpunkt gegeben: Alice hätte behaupten können, nichts von dem Laken und dem Blut zu wissen, und wer würde wohl June, einem Mädchen, das allgemein für geistig zurückgeblieben galt, Glauben schenken?

»Dann ist es also wahr?«, flüsterte Duncans Mutter und sank auf die Kirchenbank. »Du bekommst kein Kind?«

»Das ist völlig gleichgültig«, mischte sich Lord Skelton ein und stellte sich schützend vor seine Tochter. »Euer Sohn hat meine Tochter vor der Ehe entehrt, dafür wird er hier und jetzt geradestehen.«

»Wie kann man eine Frau entehren, die selbst keine Ehre hat und sich jedem Mann anbietet, der über ein einigermaßen gutes Aussehen und Vermögen verfügt?«

Alle Köpfte ruckten herum, und Anna starrte auf Douglas, der sich langsam erhob und neben seinen Bruder stellte. Nach den Ereignissen der letzten Nacht hätte Anna von ihm niemals solche Worte erwartet. Sie schenkte ihm einen bewundernden Blick, während in Duncans Augen Hoffnung aufflackerte.

»Halt deinen dreckigen Mund!«, zischte Alice Skelton wenig damenhaft. Sie benahm sich wie ein Tiger auf dem Sprung, und wenn sie gekonnt hätte, hätte sie Douglas wohl die Augen ausgekratzt.

Douglas zuckte die Schultern. »Es wird jetzt wohl deinen Stolz verletzen, Bruderherz, zu erfahren, dass ich die Gesellschaft von Alice auch schon genossen habe. Immer, wenn du am Hof und sie monatelang allein war, dachte sie wohl, ein Cruachan ist so gut wie ein anderer.«

Zum Entsetzen aller Anwesenden lachte Duncan schallend auf. Er klopfte seinem Bruder auf die Schultern und sagte: »Gut gemacht, Kleiner. Damit können wir wohl die Farce beenden. Liebe Gäste, es tut mir leid, dass Ihr die weite Reise gemacht habt, aber ich darf Euch trotzdem zum Festschmaus einladen? Es wäre doch schade, wenn all die guten Dinge verderben würden, und schlussendlich habe ich jeden Grund zum Feiern.«

Hier und da ertönte ein Lachen, das allerdings weder von Lord und Lady Skelton noch von Lady Flamina geteilt wurde. Ernst und würdevoll trat Lord Skelton einen Schritt nach vorne und hob die Hände. Sofort verstummten alle.

»Heute ist wohl der beschämendste Tag in der Geschichte meiner Familie und in meinem Leben, aber ich weiß, was ich meinem Namen schuldig bin. Hiermit erkläre ich die Verlobung als gelöst und wende mich von meiner lasterhaften Tochter ab. Sie wird die Gelegenheit erhalten, über ihr Schicksal in einem Kloster in Frankreich nachzudenken.« Er verneigte sich in Richtung Duncans Mutter. »Lady Flamina, verzeiht diesen Eklat, selbstverständlich werde ich Euch für alle entstandenen Kosten gebührend entschädigen.«

Anna presste beide Hände auf ihr klopfendes Herz und jubelte innerlich. Beinahe tat ihr Alice leid. Verbannt hinter Klostermauern! Aber Duncan war frei! Frei! Frei!

Alice Skelton war über die Entwicklung so entsetzt, dass sie nicht einmal weinen konnte. Willenlos ließ sie sich von ihrem Vater aus der Kapelle zerren, aber im letzten Moment drehte sie sich zu Anna um. Aus ihren Augen loderte wilder Hass, und sie zischte: »Das wirst du bereuen!«

Anna wusste, sie hatte sich für den Rest ihres Lebens eine Feindin geschaffen.

Wegen der langen Wintermonate, in denen sie auf ihren Burgen festsaßen, und aufgrund der schlechten Wege durch unwegsames Gelände nutzten die Schotten in der wärmeren Zeit jede Gelegenheit, ein Fest zu feiern. Mochte die Hochzeit auch geplatzt sein – es tat ihrer guten Laune und ihrem mächtigen Appetit keinen Abbruch. In der großen Halle wurde gespeist und getrunken, als würde es die nächsten Wochen nichts mehr zu essen geben. Dutzende von fleißigen Helfern trugen Platten und Schüsseln mit dampfenden

Speisen auf, und der Alkohol floss in Strömen. Selbst der Priester ließ sich eine fette Rinderkeule und mehrere Becher mit warmem Ale schmecken.

Duncan trat zu Annas Platz am unteren Ende der Familientafel und nahm ihre Hände. »Ich danke dir. Du hast mich vor einer großen Dummheit bewahrt.«

»Nun, beinahe wärst du auf den ältesten Trick aller Frauen hereingefallen«, erwiderte Anna leichthin, um ihre Aufregung zu verbergen. »Selbst in meiner Zeit kommt es häufig vor, dass arglosen Männern eine Schwangerschaft vorgeschwindelt wird, um sie zur Ehe zu zwingen. Allerdings warst du auch nicht ganz unschuldig, denn Alice *hätte* durchaus dein Kind erwarten können.«

»Du siehst mich als reuigen Sünder«, sagte Duncan zerknirscht, das Lächeln in seinen Augenwinkeln strafte seine Worte Lügen. »Eines habe ich allerdings aus der Sache gelernt: Ich werde niemals wieder mit einer Frau das Lager teilen, mit der ich nicht verheiratet bin. Und da ich nicht vorhabe, in den heiligen Stand der Ehe zu treten, wird mir wohl nichts anderes übrig bleiben, als auszuwandern und Mönch zu werden.«

Obwohl seine Worte ohne Ernst gesprochen waren, machten sie Anna traurig. Einerseits war es beruhigend zu wissen, dass Duncan nicht mit einer anderen Frau ins Bett steigen würde, andererseits bezog sich sein Entschluss auch auf sie. Obwohl das Quatsch war, denn Anna hatte nicht vor, Duncans Geliebte zu werden. Er hatte ja recht. Was, wenn sie schwanger werden würde? In einer Zeit, in der sich Verhütungsmittel auf die Einnahme suspekter Kräuter und Tränke beschränkten, wäre es mehr als dumm, sich diesem Risiko auszusetzen. Wie einfach war es doch für die Frauen in Annas Zeit geworden, in der es die Pille, Kondome und zahlreiche andere Verhütungsmittel gab.

Anna wurde einer Antwort enthoben, denn Duncans Mutter trat zu ihnen. Sie reichte Anna die Hand und sagte: »Ich muss mich wohl bei dir entschuldigen. Obwohl ich die Verbindung mit Alice Skelton begrüßt hätte, kann ich eine solche Lüge nicht akzeptieren.«

»Dankt nicht mir, Mylady, sondern June. Sie hatte den Auftrag, die Bettwäsche verschwinden zu lassen. Es war Zufall, dass ich das Laken entdeckte.«

»June?« Lady Flamina runzelte nachdenklich die Stirn.

»Das ist das Mädchen, welches Ihr vor zwei Jahren in Euer Haus aufgenommen habt«, half Anna ihr auf die Sprünge. »Sie arbeitet seitdem in der Küche.«

»Jetzt weiß ich, wen du meinst. Leider ist das Kind nicht ganz richtig im Kopf.«

»Verzeiht, wenn ich Euch widerspreche, Mylady, aber ich glaube, June muss etwas ganz Schreckliches erlebt haben, das sie so hat werden lassen. Erlaubt mir, mehr Zeit mit ihr zu verbringen. Ich glaube, das Mädchen mag mich, vielleicht gelingt es mir, ihr Geheimnis zu lüften.«

Lady Flamina nickte wohlwollend, aber Duncan warf ein: »Hast du unsere Aufgabe vergessen, Anna? Ich möchte nun so schnell wie möglich in den Süden aufbrechen, oder möchtest du mich nicht mehr begleiten?«

Anna schluckte und beeilte sich zu versichern: »Selbstverständlich begleite ich dich. Glaubst du, dass ich den Ansprüchen einer schottischen Lady nun gerecht werde?«

»Mehr als das, Anna.« Duncan schlug sich lachend auf die Schenkel. »Eine Frau, die es mit Alice Skelton aufnimmt, die wird jedem gerecht, auch der Königin von Schottland! Also, wir reiten in zwei Tagen bei Sonnenaufgang.«

In Anna breitete sich freudige Erwartung aus. Edinburgh! Stirling! Der Hof von Maria Stuart! Sie sollte all das, was sie nur aus Geschichtsbüchern kannte, tatsächlich mit eigenen Augen sehen. Nie hätte sie am Morgen gedacht, dass der Tag, den sie mit Traurigkeit begonnen hatte, ein so gutes Ende nehmen würde. Anna sah sich um und erblickte June, die benutzte Teller abräumte. Sie bedauerte, sich nun nicht weiter um das Mädchen kümmern zu können, aber sie würde ja nicht auf ewig fort sein.

Der Gedanke an eine Rückkehr ins einundzwanzigste Jahrhundert war in diesem Moment ganz weit weg.

# VI

Der Streit war furchtbar und im ganzen Haus zu hören. Das Personal drückte sich auf den Fluren an die Wände und lauschte erschrocken den derben Worten. Als Darnley, betrunken und außer sich vor Wut, die Tür hinter sich zuknallte, brüllte er ein letztes Mal: »Du benimmst dich wie eine läufige Hündin, du Hure! Ich werde nach England reiten und Elisabeth um Hilfe bitten, dich vom Thron zu stoßen!« Dann schwang er sich auf sein Pferd und preschte davon.

Zitternd sank Maria Stuart auf den Fußboden. Sie schlang die Arme um ihren Oberkörper und wiegte sich wie ein kleines Kind hin und her. Es war nicht die erste Auseinandersetzung mit ihrem Ehemann. Kaum ein Jahr nach der Hochzeit lag ihre Ehe wie ein Scherbenhaufen vor ihr, und Maria hatte keine Kraft mehr, die Scherben zu kitten. Seit Monaten beleidigte und brüskierte Darnley sie, wo immer er konnte, trieb sich in Wirtshäusern und Bordellen herum, und seine Gemeinheiten gipfelten in der Ermordung Rizzios. Obwohl er Maria gegenüber seine Beteiligung an dem hinterhältigen Mord nie zugegeben hatte, bestand für die Königin kein Zweifel, dass ihr eigener Ehemann der Drahtzieher des Verbrechens an ihrem Sekretär gewesen war. Danach hatte Darnley wie so oft sein Fähnlein in den Wind gehängt und Maria seiner tiefen Liebe und Treue versichert. Gemeinsam hatten sie die Mordstätte Holyrood verlassen, um in der Ruhe und Abgeschiedenheit von Dunbar Castle einen Neuanfang zu versuchen.

Maria lachte bitter auf, Tränen quollen aus ihren bernsteinfarbenen Augen. Sie weinte, aber nicht um eine verlorene Liebe, denn richtige, tiefe Liebe war es niemals allein gewesen, das sie dazu getrieben hatte, Henry Stuart, Lord Darnley, zu ehelichen und ihn offiziell zum König von Schottland zu ernennen. Es hatte viele Bewerber um ihre Hand gegeben, sie aber war auf ein hübsches Gesicht mit blonden Locken und unschuldigem Blick hereingefallen. Darnley verstand sich auf das höfische Leben, tanzte wie ein junger Gott, und von seinen sinnlichen Lippen waren die Komplimente über die Schönheit und Anmut der jungen Königin wie dickflüssiger Honig getropft. Maria hatte Liebe mit Verliebtheit verwechselt, sich geschmeichelt gefühlt, von dem jungen Mann umworben zu werden, und allzu naiv seinen Worten Glauben geschenkt. Dann allerdings hatte es nicht lange gedauert, bis Maria erkannte, dass Darnley kostbare Kleider mit Edelsteinen und die Macht, ein Land zu regieren, mehr liebte als sie.

Maria krümmte sich keuchend, als ein scharfer Schmerz durch ihren Leib fuhr. Sie, die immer vor Gesundheit gestrotzt, nie auch nur unter einer Erkältung gelitten hatte, quälten seit Monaten Magenbeschwerden, deren Ursache eindeutig der dauernde Streit mit ihrem Ehemann war. Maria hatte gehofft, dass die Krone Darnley zum Mann reifen lassen würde, aber er nutzte die ihm verliehene Macht nur dazu, andere Menschen zu drangsalieren und zu unterdrücken. Sein Reitpferd behandelte er besser als seinen Mundschenk, der so manchen Hieb und Tritt einstecken musste, wenn er Darnleys Becher nicht schnell genug auffüllte. Einmal hatte Maria beobachtet, wie er seinen Kammerdiener bis aufs Blut peitschte, weil dieser an Darnleys Wams aus Versehen einen Edelstein abgerissen hatte. Darnley benutzte seine Krone zum Spielen und nicht, um die Untertanen glücklich zu machen und für bessere Lebensbedingungen im rauen Schottland zu sorgen. Maria hatte auf eine glückliche Ehe mit einem Mann gehofft, bei dem sie nicht Königin, sondern ganz Frau sein konnte. Einem Mann, an dessen Schulter sie sich anlehnen und mit dem sie alle Sorgen und Ängste, aber auch Freude teilen konnte. Obwohl sie stark war – das Leben hatte ihr keine andere Wahl gelassen –, war sie auch leidenschaftlich und romantisch und glaubte an das Wunder der Liebe. Bei Darnley jedoch hatte sie Liebe mit Schwärmerei verwechselt und den fatalen Fehler gemacht, in ihm etwas zu sehen, das nur in ihrer Fantasie bestanden hatte. Doch nun war sie mit ihm ehelich verbunden, und in ihrem katholischen Glauben hieß das für den Rest ihres Lebens.

Es klopfte an der Tür, und Lady Argyll, eine ihrer Hofdamen und vertraute Freundin, trat vorsichtig ein.

»Majestät?« Zögernd blickte die Gräfin auf die weinende Königin, und es zerriss ihr beinahe das Herz, Maria Stuart in einer derartigen Verfassung zu sehen.

»Lasst mich allein«, flüsterte Maria und wandte ihr geschwollenes Gesicht ab.

Die Gräfin gehorchte und zog sich leise zurück. Sie war mit der Königin auf das Landgut am Nordufer des Firth of Forth der Familie Erskine gekommen, damit sich Maria von den Strapazen der Geburt erholen konnte. Die letzten Tage waren erfüllt von Ruhe und Besinnung gewesen. Sie hatten gemeinsam Sonette gelesen, musiziert oder in der Sonne gesessen, um zu sticken. Seit der Hochzeit mit Darnley hatte Lady Argyll die Königin nicht mehr so entspannt und glücklich gesehen, doch dann war heute Darnley gekommen, der sich von seiner Frau schändlich im Stich gelassen gefühlt hatte.

»Wenn dieser Mann doch bis ans Ende der Welt verschwinden würde!«, flüsterte sie Lady Huntly zu, die mit sorgenvollem Gesicht auf dem Flur wartete.

In Marias Magen rebellierte es, und sie schaffte es gerade noch, sich in ihr Nachtgeschirr zu erbrechen. Sie hustete und würgte, bis nur noch bittere Galle aufstieg. Schweißperlen standen auf ihrer Stirn, und ihre Hand, die ein Taschentuch zum Mund führte, zitterte heftig. Plötzlich wurde ihr das Tuch fortgenommen, und eine sanfte Hand trocknete ihr die Tränen und führte sie zu einem Schemel in der Ecke, auf den sich Maria zusammengekrümmt sinken ließ.

»Meine Königin …«

Maria sah auf und direkt in zwei weit auseinander stehende schwarze Augen. »Lord Bothwell …« Sie hatte ihn nicht eintreten hören, trotzdem war es ihr nicht peinlich, in dieser Situation von ihm überrascht worden zu sein. James Hepburn, der Graf von Bothwell, war in den letzten Tagen zu einem guten Freund geworden. Maria war mit ihm über Felder und Wiesen galoppiert, hatte mit ihm gescherzt, gelacht und für wenige Tage die Sorgen wie einen Mantel abgelegt. Dann war Darnley aufgetaucht und hatte ihr vor den Augen und Ohren der gesamten Dienerschaft vorgeworfen, herumzuhuren und ihn, ihren eigenen Mann, mit Missachtung zu strafen. Bei der Erinnerung an Darnleys Beleidigungen und Drohungen versagten Marias Nerven erneut. Sie zitterte, und plötzlich schlangen sich zwei starke Arme um ihren zarten Körper und pressten sie fest an eine breite, starke Brust.

»Majestät … Maria … Weine nur. Ich bin bei dir.«

Wie Nektar klang ihr Name aus seinem Mund. Zum ersten Mal hatte er sie beim Vornamen genannt, was gleichbedeutend mit Hochverrat war, denn niemand außer Darnley durfte die Königin von Schottland so ansprechen. Aber Maria war weit davon entfernt, Bothwell einen Vorwurf zu machen. Zu süß war es, in seinen starken Armen zu liegen und sich beschützt und sicher zu fühlen.

»Es muss etwas geschehen«, fuhr Bothwell fort. »Du kannst diese Ehe nicht aufrechterhalten.«

»Scheidung?« Maria schüttelte den Kopf. »Mag eine Scheidung nach den Gesetzen der protestantischen Kirche auch möglich sein, Darnley und ich sind katholisch getraut worden.«

»Wir werden den Papst um einen Dispens bitten. Schließlich ist Darnley mit dir verwandt«, schlug Bothwell vor.

»Das würde eine Annullierung unserer Ehe bedeuten, und damit wäre die Legitimität meines Sohnes in Frage gestellt.« Maria drückte ihr Gesicht in sein Wams, das nach Pferd, Torf und Moor roch. »Niemals werde ich etwas tun, das den Anspruch meines Sohnes auf Schottlands Thron gefährden könnte.«

»Aber es *muss* etwas geschehen«, drängte Bothwell und begann, ihr die Tränen von den Wangen zu küssen. Für einen Moment versteifte sich Maria. Es war unrecht, was sie hier taten, denn nicht nur sie, sondern auch Bothwell war verheiratet. Als seine Lippen aber ihren Hals liebkosten, sanft an ihrem Ohrläppchen knabberten und seine Hand langsam die Schnürung ihres Mieders löste, vergaß Maria Stuart, dass sie die Königin von Schottland war. Sie vergaß Darnley und Jean Gordon, Bothwells Frau. Sie war nur noch eine junge, leidenschaftliche Frau von dreiundzwanzig Jahren, die noch nie die richtige, alles verzehrende und tief gehende Liebe erlebt hatte.

»James …« Maria hob ihr Gesicht ihm entgegen, und Bothwell las in ihren Zügen ein solch grenzenloses Vertrauen und Hingabe, dass sein Herz krampfhaft schmerzte. In diesem Moment wusste er, dass er sie mehr als alles andere auf der Welt liebte und sie für den Rest ihres Lebens beschützen wollte.

Gemeinsam sanken sie auf Marias Lager, und Marias Damen draußen vor der Tür zogen sich leise zurück. Sie alle liebten ihre Königin und gönnten ihr den Augenblick des Glücks. Ihre Münder würden verschlossen bleiben, nie würde ein Wort darüber, was an diesem Tag auf dem Landgut geschah, die Mauern verlassen.

»Wow, das ist stark!« Anna zügelte ihr Pferd und blickte mit offenem Mund auf die Burg, die sich im Sonnenlicht majestätisch und stolz auf dem Bergkamm erhob.

»Anna, ich bitte dich!«

Ein scharfer Blick von Duncan erinnerte Anna daran, dass sie auf ihre Wortwahl achten musste. Zum Glück war Neville, Duncans Knappe, zurückgeblieben und hatte nichts gehört. Der Mann war alles andere als begeistert gewesen, als er erfuhr, dass Anna mit ihnen nach Edinburgh ritt.

»Das ist nichts für Weiber!«, hatte er geknurrt und Anna missbilligende Blicke zugeworfen. Neville verstand nicht, warum sein Herr diese seltsame Frau mitnahm, obwohl er zuerst gegen ihre Begleitung gewesen war. Einem Knappen stand es jedoch nicht zu, die Entscheidungen eines Lairds in Frage zu stellen oder gar zu kommentieren, trotzdem ließ er Anna jeden Tag spüren, wie er über ihre Anwesenheit dachte.

Anna hatte sich unter die weiten Röcke eine Hose angezogen, die es ihr erlaubte, im Herrensitz zu reiten. Somit fühlte sie sich im Sattel wesentlich sicherer als bei ihrem ersten Ausritt, und obwohl sie sich am Ende des ersten Tages fühlte, als wäre sie zwischen zwei Mühlsteine geraten, kam kein Wort der Klage über ihre Lippen. Ein Gutes hatte die Anstrengung jedenfalls: Kaum hatte Anna eine Kleinigkeit gegessen, fiel sie auch schon todmüde auf ihr provisorisches Lager und schlief auf der Stelle ein. Unter anderen Umständen hätte sie bei einer Übernachtung unter freiem Himmel inmitten der Highlands wohl kein Auge zugetan. Am zweiten Abend allerdings hörte Anna in der Dunkelheit ein Geräusch, das sie an das Jaulen eines Hundes erinnerte, allerdings klang es wesentlich bedrohlicher.

»Was ist das?«, fragte sie Duncan.

»Ein Rudel Wölfe muss sich in der Nähe herumtreiben.«

»Wölfe!« Mit einem Schrei fuhr Anna hoch und wäre sofort auf den nächsten Baum geklettert, wenn Duncan sie nicht festgehalten hatte. »Werden sie uns angreifen?«

Erstaunt bemerkte Duncan ihren angstvollen Blick und ihre klappernden Zähne. »Keine Sorge, Anna, Neville und ich halten abwechselnd Wache, und das Feuer wird sie fernhalten.« Wie zur Beruhigung fuhr seine Hand an sein Messer. »Kennt ihr in eurer Zeit denn keine Wölfe?«

»Nur im Zoo, aber da sind sie hinter dicken Eisenstäben von den Menschen getrennt«, stieß Anna hervor. »In Westeuropa gibt es seit Jahrhunderten keine frei lebenden Wölfe mehr. Zum Glück.«

»Warum nicht? Erlitten sie eine Krankheit?«

»Nein, man hat sie gejagt und ausgerottet. Wölfe sind eine Bedrohung für die Menschen und für ihr Vieh, das sie von den Weiden stehlen.«

»Darum hat man sie getötet?« Duncan konnte dafür kein Verständnis aufbringen. »Sie haben doch die gleiche Berechtigung zu leben, und von irgendetwas müssen sie sich auch ernähren.«

»Ach, du meinst nach dem Motto: fressen und gefressen werden?«, entgegnete Anna und drückte sich mit dem Rücken gegen den Baumstamm. »Ich jedenfalls bin froh, dass sie nicht mehr frei herumlaufen, und ich werde in dieser Nacht kein Auge zutun!«

Duncan sah schmunzelnd auf Anna hinab, während sie sich in eine Decke wickelte und neben das Feuer legte. Er unterdrückte den Wunsch, sie in die Arme zu nehmen, ihren Kopf an seine Brust zu betten und ihr zu versichern, dass ihr in seiner Gegenwart nichts geschehen würde. Brummend wandte er sich ab und stapfte an den Rand der kleinen Lichtung.

»Wohin gehst du?«, rief Anna ängstlich und sprang auf die Beine.

»Ich muss mir ein wenig die Beine vertreten«, murmelte Duncan, ohne sie anzuschauen.

»Du kannst mich hier doch nicht allein lassen!«

Duncan deutete auf Neville, der frisches Holz auf die Feuerstelle legte. »Ich sagte bereits, dass die Wölfe das Feuer meiden werden, außerdem ist Neville ein hervorragender Schütze. Du brauchst dir keine Sorgen zu machen. Lege dich wieder hin und versuche zu schlafen, morgen liegt wieder ein anstrengender Ritt vor uns.«

Ohne Anna weiter zu beachten, verschwand Duncan im Dunkeln zwischen den Bäumen. Er musste einige Zeit allein sein, denn die dauernde Nähe von Anna beunruhigte ihn in einer Art und Weise, die er bisher nie in Gegenwart einer Frau gespürt hatte.

Anna legte sich die Decke wieder um die Schultern und starrte ins Feuer. In der Ferne heulte erneut ein Wolf, und Anna zuckte zusammen. Obwohl Neville seinen Dolch griffbereit neben sich legte, beschlich sie ein Gefühl von Verlassenheit. Sie war sicher, keinen Augenblick zu schlafen, solange Duncan nicht wieder zurückgekehrt war. Schlussendlich siegte die Müdigkeit, und Anna fiel in einen tiefen Schlaf. Duncan, der im Wald gewartet hatte, bis sie eingeschlafen war, kehrte zurück und übernahm den ersten Teil der Wache. Während Neville binnen weniger Augenblicke laut und vernehmlich schnarchte, betrachtete Duncan die schlafende Anna nachdenklich. Er hatte einiges in ihrer Zeit gesehen und erlebt, was gar nicht so schlecht gewesen war, aber immer öfters erzählte Anna von Dingen, die Duncan nicht verstand, zum Beispiel die Ausrottung der Wölfe. Gut, sie waren nicht die angenehmsten Zeitgenossen, und Duncan sah ein Rudel am liebsten auch nur aus der Ferne, aber die Vorstellung, eines Tages keinen Wolf mehr im schottischen Hochland anzutreffen, bedrückte ihn. Er hatte nur wenige Tage in der Zukunft verbracht, aber das, was er gesehen und erlebt hatte, war nicht unbedingt angenehm gewesen. Er hatte keine Ahnung, wie die zweimalige Zeitreise vonstatten gegangen war, und konnte es nur dem Fluch von Iain Craig Fraoch zuschreiben, dass er einen Blick in die Zukunft hatte erhaschen können. Aus Zufall – oder war es Schicksal? – war Anna mit ihm zurückgereist, und wenn Duncan auch zuerst darüber wenig erfreut gewesen war, schien es ihm jetzt wie ein Fingerzeig Gottes. Der Kelte war zwar ein Heide gewesen, aber durch seine Magie war es offenbar möglich geworden, Schottland vor dem Untergang zu bewahren. Duncan widerstand der Versuchung, Anna eine Haarsträhne, die ihr über die geschlossenen Augen gefallen war, fortzustreichen. Das Schicksal hatte sie zusammengeschweißt, und Anna wäre ohne ihn in diesem Jahrhundert verloren. Tief im Inneren seines Herzens meldete sich eine Stimme, die sagte, dass auch er ohne Anna verloren war.

»So ein Blödsinn«, brummte Duncan und warf heftiger als nötig ein Holzscheit in die Flammen. *Er* brauchte Anna nicht. Im Gegenteil, bisher war sie nur eine Belastung gewesen, weil er ständig aufpassen musste, dass sie sich nicht durch unbedachte Äußerungen verriet. Gut, bei der leidigen Sache mit Alice Skelton war sie ganz hilfreich gewesen, das bedeutete aber nicht, dass er ihr mehr als Dankbarkeit schuldig war. Sie hatten ein gemeinsames Ziel, und wenn dieses erreicht war, würde er darüber nachdenken, was mit Anna geschehen sollte. Duncan ärgerte sich, dass er hoffte, dieser Moment möge in ferner Zukunft liegen.

Für Anna waren die letzten Tage wie ein einziges großes Abenteuer. Obwohl sie sich an die mangelhaften hygienischen Umstände nie gewöhnen würde, erkannte sie, dass das sechzehnte Jahrhundert durchaus Vorteile hatte. Es gab keine Umweltverschmutzung, und die Luft war rein und klar. Die kleine Reisegruppe trabte auf Feld- und Waldwegen ohne Angst vor Autos, Lastwagen oder Bussen geruhsam dahin, und jeden Abend gab es ein frisch gefangenes Kaninchen oder einen prächtigen Fisch zum Essen. Keine Konservierungs-, Farb- oder sonstigen Zusatzstoffe, Anna mochte das natürliche und gesunde Fleisch. Außer von Neville wurden sie von zwei Reitknechten begleitet, die jeweils ein Packpferd mit den notwendigsten Dingen bei sich führten und bis an die Zähne bewaffnet waren.

»Ich hoffe nicht, Wegelagerern zu begegnen«, hatte Duncan gesagt, der selbst ein Breitschwert an der Hüfte und drei scharfe Messer am Gürtel trug.

Unwillkürlich dachte Anna bei dem Wort Wegelagerer an Robin Hood, wobei sie aber bezweifelte, dass die tatsächlichen Räuber in dieser Zeit so edel und hilfsbereit waren wie die literarische Vorlage.

Nach vier Tagen hatten sie ihr Ziel erreicht, und jetzt lag die Burg von Edinburgh in der untergehenden Sonne strahlend vor ihnen. Anna, die vor zwei Jahren einmal beim *Edinburgh Festival* und beim weltberühmten *Military Tattoo* gewesen war, stellte fest, dass sich die Burg in den vielen Jahrhunderten kaum verändert hatte. Zumindest nicht aus der Ferne, denn je näher sie sich aus Westen der Stadt näherten, desto mehr fiel Anna die Ärmlichkeit der Häuser auf, die sich im einundzwanzigsten Jahrhundert fabelhaft restauriert den Touristen darboten. Sie passierten das Stadttor und stiegen ab, denn hier herrschte ein derartiges Gedränge, dass zu Pferd kein Durchkommen war. Obwohl über vierhundert Jahre dazwischenlagen, erkannte Anna, dass sie sich in der Royal Mile befanden.

»Wohin gehen wir? In den Holyrood-Palast?«, fragte sie Duncan.

»Natürlich nicht, wir beziehen Quartier innerhalb der Stadtmauern bei einem Freund in der High Street. Wir müssen erst um eine Audienz bei der Königin bitten.«

»Ich dachte, wir würden in Holyrood wohnen«, antwortete Anna und betrachtete skeptisch die schmalen, hohen Häuser und den Unrat auf der Straße. Der Gestank war unbeschreiblich, und wenn Anna die Zustände im Dorf Glenmalloch schon unerträglich gefunden hatte, so war es hier schlimmer. Wo so viele Menschen zusammengepfercht lebten, gab es auch Dreck und Gestank. Die Aussicht, mittendrin zu wohnen, war für Anna alles andere als verlockend.

Duncan hielt vor einem schmalen, vierstöckigen Haus, band sein Pferd an und gebot Anna, es ihm gleichzutun.

Anna sah sich um und stieß Duncan in die Rippen. »Da hol mich der Teufel, aber das Haus von John Knox sieht fast genauso aus wie in vierhundertvierzig Jahren!«

»Sei leise!«, zischte Duncan und zog sie aus Nevilles Hörweite. Er folgte Annas Blick und fragte: »Woher weißt du, dass dort John Knox wohnt?«

»Na, weil in meiner Zeit das Haus ein Museum ist, das ganz und gar dem Reformator gewidmet ist und Tausende von Besuchern anzieht. Eigentlich ist die ganze Altstadt ein einziges Museum, wenngleich in einem erheblich besseren Zustand und wesentlich sauberer.«

Demonstrativ rümpfte Anna die Nase, aber Duncan war über das eben Gehörte offensichtlich entsetzt. »Du willst damit sagen, dass der Ruf von Knox über Jahrhunderte erhalten geblieben ist, dass ihm sogar ein Museum gewidmet worden ist?«

Anna nickte. »Ich sagte dir doch, dass Maria Stuarts Sohn James unter dem Einfluss des Earl of Moray und John Knox protestantisch erzogen und König von England und Schottland werden wird.«

»Das müssen wir verhindern!« Grimmig klopfte Duncan an die Holztür.

»Glaubst du wirklich, es steht in unserer Macht, die Geschichte zu ändern?«

Duncan wurde einer Antwort enthoben, als die Tür geöffnet wurde und ein älterer Mann erfreut rief: »Duncan Cruachan! Schön, dass du wieder in der Stadt bist! Komm doch herein, ich werde sofort veranlassen, dass dein Zimmer hergerichtet wird.«

Duncan schob Anna vor sich in den schmalen Hausflur. »Einen schönen Tag, Master Geddes. Darf ich dir meine Cousine Lady Anna Wheeler vorstellen? Ich bin gekommen, um sie der Königin vorzustellen. Wir hoffen, sie findet eine Anstellung bei Hofe.«

Master Geddes verbeugte sich vor Anna, die ein Kichern unterdrücken musste. Noch nie hatte ein Mann vor ihr das Knie gebeugt.

»Seid unser Gast, Lady Anna. Mein Haus ist Euer Haus. Ich werde gleich meine Frau rufen, damit sie Euch Euer Zimmer zeigt. Ich hoffe, unser bescheidenes Heim genügt Euren Ansprüchen.«

»Das wird es ganz sicher!«, sagte Duncan schnell und warf Anna einen so scharfen Blick zu, dass sie nur leise stammelte:

»Ich danke Euch.«

Nach einem reichhaltigen Abendessen, bei dem Anna der Hausherrin Kathleen Geddes, einer schwergewichtigen und gutmütigen Frau, vorgestellt wurde, zog sich Duncan früh zurück. Anna blieb nichts anderes übrig, als es ihm gleichzutun, obwohl sie vor Tatendrang nur so strotzte und am liebsten gleich die ganze Stadt erkundet hätte. Sie war kaum zehn Minuten in ihrem Zimmer, als die Tür geöffnet wurde und Duncan hereinhuschte. Annas Herz schlug ein paar Takte schneller, aber noch bevor Duncan sein Kommen erklärte, wusste sie, dass der Grund nicht in dem Wunsch nach einem heimlichen Stelldichein lag.

»Wir müssen aufpassen, dass Geddes uns nicht zusammen sieht, daher müssen wir leise sprechen. Morgen werde ich um eine Audienz bei der Königin vorsprechen und, sollte ich zu ihr gelangen, sie bitten, meine Cousine vorstellen zu dürfen.«

»Und dann soll ich mich als Hofdame in den Palast einschleichen?«, bemerkte Anna in Erinnerung an Duncans Erklärung gegenüber Master Geddes.

Duncan grinste schelmisch. »Nun, ich bezweifle, dass man dir gleich die Position einer Hofdame anbieten wird, dazu bist du von zu geringer Bedeutung. Die Damen, mit denen sich die Königin umgibt, sind alle von hoher und edler Geburt, aber es wird sich etwas anderes finden lassen. Leider sind deine Fähigkeiten sehr beschränkt.«

»Was willst du damit sagen?«

»Du kannst weder nähen, sticken noch musizieren ...«

»Ich singe ganz gut«, unterbrach Anna. »Außerdem scheinst du zu vergessen, dass ich Schauspielerin bin. Da sollte es mir doch möglich sein, in jede Rolle zu schlüpfen.«

»Wir werden sehen«, wich Duncan aus und erhob sich. »Vergiss nie, was ich dir eingeschärft habe: Kein Wort über deine Herkunft! Und achte auf deine Ausdrucksweise. Ein falsches Wort gegenüber der Königin kann dich den Kopf kosten.«

Anna schauerte. Bis jetzt hatte sie die ganze Sache als ein großes Spiel angesehen, fast wie eine neue Rolle mit realistischen Randbedingungen, aber nun wurde ihr mit aller Deutlichkeit bewusst, wie gefährlich ihr Wissen und ihre Kenntnisse in einem Jahrhundert, in dem man noch an Hexen und Magie glaubte, sein konnten. »Ich werde vorsichtig sein«, versprach sie ernst.

Annas Knie waren weich wie Pudding, als sie an Duncans Arm die Stadt durch das Stadttor Netherbow Port verließ und durch den Marktflecken Canongate auf den Palast zuschritt. Als Schauspielerin war Anna schon einigen einflussreichen und wichtigen Menschen vorgestellt worden, nie zuvor aber einer richtigen Königin. Duncan hatte ihr erzählt, dass der Bereich, den man Canongate nannte, eine eigenständige Stadt mit Stadtrat, Zollhaus, Kirche und Marktkreuz war. Der Palast von Holyrood bot auch ein anderes Erscheinungsbild als im einundzwanzigsten Jahrhundert. So gab es zum Beispiel den zweitürmigen Anbau auf der rechten Seite noch nicht, den Anna von ihrer früheren Besichtigung kannte.

Das kann doch alles gar nicht wahr sein, dachte sie, als sie die Wachen passierten, eine Halle durchschritten, steinerne Stufen hinaufstiegen, wieder einem Gang folgten, bis sie in einem größeren, wohnlich eingerichteten Raum zu warten hatten. Zu ihrer Freude brannte in dem riesigen Kamin ein loderndes Feuer, und sie stellte sich sofort in die Nähe der Flammen. Obwohl draußen die Sonne schien, lag der Herbst schon in der Luft, und die dicken Mauern des Palastes ließen keine Wärme herein. Scheu sah sich Anna in dem Raum um. Rund zwei Dutzend Männer und Frauen standen oder saßen plaudernd zusammen. Alle waren kostbar gekleidet und mit Edelsteinen geschmückt.

»Der Laird of Glenmalloch und die Lady Anna Wheeler«, ertönte eine tiefe Stimme, und Anna zuckte zusammen. Staksig, als seien ihre Beine aus Streichhölzern, die jeden Moment in der Mitte entzweibrechen könnten, folgte sie Duncan durch eine Tür in einen kleinen, holzgetäfelten Raum, dessen Stirnseite von einem monströsen Baldachin aus gebauschter Seide in Grün und Gold, seitlich von schweren, geflochtenen Kordeln gehalten, beherrscht wurde. Darunter stand ein großer Thronsessel mit wuchtigen, geschnitzten Armlehnen, die in Löwenpranken ausliefen, und über allem prangte die Königskrone in schimmerndem Gold. Inmitten dieser Pracht saß eine wunderschöne junge Frau, die, obwohl groß gewachsen, beinahe zwischen all der Seide in dem Stuhl zu versinken schien. Zu ihren Füßen saßen auf niedrigen Schemeln vier etwa gleichaltrige Frauen. Zwei Männer in Uniformen und drei ältere Frauen hielten sich im Hintergrund.

Anna stand tatsächlich Maria Stuart gegenüber! Einer Frau, die seit Jahrhunderten tot war und um die sich zahlreiche Legenden rankten. Die Königin trug ein über und über mit glitzernden Edelsteinen besetztes dunkelrotes Kleid mit einem steifen, weißen Kragen. Ihr Haupt zierte keine Krone, das rotblonde Haar war zu Zöpfen geflochten, aufgesteckt und ebenfalls mit glitzernden Steinen geschmückt.

Mein Gott, ist sie schön!, dachte Anna. Kein Gemälde, das sie bisher von Maria Stuart gesehen hatte, wurde auch nur annährend deren Schönheit und Würde gerecht.

»Runter mit dir!«

Ein unsanfter Schlag in den Rücken holte Anna in die Realität zurück, und sie sank zu Boden. Wie sie sich vor den Augen einer Königin verhalten musste, hatte Duncan ihr letzte Nacht gezeigt. Sie durfte Maria Stuart nicht anstarren und musste warten, bis diese das Wort an sie richtete, erst dann durfte sie sich erheben.

»Lord Duncan, wie schön, Euch wieder an meinem Hof zu sehen!« Marias Stimme klang wie das Singen eines Frühlingsvogels in Annas Ohren. Aufgewachsen und erzogen in Frankreich, fehlte ihrer Aussprache der typische harte schottische Klang.

»Majestät, ich bin gekommen, um Euch meine Treue, Hilfe und, wenn nötig, mein Schwert anzubieten.«

»Ich danke Euch, Mylord. Die Gastfreundschaft Eurer Familie ist mir unvergesslich. Ich hoffe, Eure Frau Mutter und Eure Schwestern erfreuen sich guter Gesundheit?«

Annas Oberschenkel begannen in der ungewohnten Haltung zu zucken. Sie befürchtete, einen Krampf zu bekommen und gleich der Länge nach vor dem Thronsessel auf den

Boden zu fallen. Hoffentlich hatten die zwei ihre höfliche Konversation bald beendet, und Duncan konnte zum eigentlichen Zweck des Besuches kommen.

»Meine Familie schickt die besten Grüße an Eure Majestät«, antwortete Duncan. »Ich selbst wage es, mit einer großen Bitte an Euch heranzutreten.«

Na endlich, dachte Anna, die meinte, den Knicks keinen Augenblick länger aushalten zu können.

»Sprecht, Lord Duncan!«, forderte Maria Stuart ihn auf.

»Es handelt sich um meine Cousine Anna, die Heim und Eltern verloren hat und unser Gast ist. Erlaubt, dass ich sie Euch vorstelle?«

Anna wagte es, leicht die Lider zu heben, und sah, wie die Königin sie mit einer Handbewegung aufforderte, sich zu erheben. Sie trat einen Schritt auf Maria zu und beugte ihr Haupt. »Majestät sind zu gütig«, murmelte sie die Worte, die Duncan ihr eingebläut hatte.

»Ihr sprecht um eine Stellung Eurer Verwandten am Hof vor?«, brachte Maria die Sache auf den Punkt. »Sie scheint mir nicht mehr allzu jung zu sein und von einem ansprechenden Äußeren. Sprecht, Lady Anna, wie alt seid Ihr, und warum seid Ihr nicht verheiratet?«

Anna schluckte und ihre Stimme zitterte, als sie antwortete: »Ich bin achtundzwanzig und bisher hat kein Mann mein Leben gekreuzt, den ich ehelichen wollte.«

Eine von Marias Damen kicherte, auch um Marias Mundwinkel zuckte ein Lächeln. »Ihr sprecht sehr offen, Lady Anna, aber ich glaube, in Eurem Alter sollte man nicht mehr allzu wählerisch sein, was einen Ehemann betrifft. Eure Eltern scheinen Euch sehr frei erzogen zu haben, dass Ihr meint, Euch einen Mann wählen zu können.«

Anna hatte bereits den Mund für eine entsprechende Entgegnung geöffnet, als sich Duncans Finger durch ihr Mieder schmerzhaft in die Rippen bohrte.

»Meine Cousine stammt aus Irland, Majestät«, sagte Duncan schnell. »Sie wuchs mit anderen Sitten und Ansichten als unsereins auf.«

»Irland! Dann seid Ihr auch katholisch?«, richtete Maria das Wort an Anna.

»Äh … ja … natürlich …«, beeilte sich Anna zu sagen. Sie konnte nur hoffen, dass Maria keine weiteren Fragen zu ihrer Religion stellen würde. Nicht nur, dass Anna als Engländerin der anglikanischen Kirche angehörte, sie hatte seit mehreren Jahren keinen Gottesdienst besucht, und ihre Bibelkenntnisse waren mehr als mangelhaft.

Zum Glück schien es Maria Stuart dabei zu belassen, denn sie wandte sich wieder an Duncan und sagte: »Ihr könnt Eure Cousine in meiner Obhut lassen, ich bin sicher, Lady Argyll wird eine Aufgabe für sie finden.« Maria schnalzte mit den Fingern, und eine ältliche, streng blickende Frau trat hervor. Aber erst, als Maria zu Duncan sagte: »Ich danke Euch für Euren Besuch, Mylord«, und ihre Haltung ausdrückte, dass sie das Gespräch für beendet hielt, wurde es Anna bewusst, dass sie von Duncan getrennt werden sollte.

Lady Argyll nahm sie bei der Hand, und während Duncan sich rückwärts verbeugend zu der Tür ging, durch die sie das Zimmer betreten hatten, führte die Frau Anna zu einer anderen.

»Duncan!«, rief Anna. Er sah kurz auf, und sie las in seinem Blick die Aufforderung, das Beste aus der Situation zu machen, aber auch Sorge, ob sie ihrer Aufgabe gerecht werden konnte. Dann schloss sich die Tür hinter Anna, und sie folgte der Gräfin in ein anderes Stockwerk.

Die nächsten Tage forderten von Anna ihr ganzes schauspielerisches Talent. Man hatte sie in ein Zimmer gebracht, das sie mit drei Mädchen – alle drei junge Adlige vom Land – teilte. Sehr zu Annas Freude gab es einen kleinen Alkoven, in dem sich die Mädchen wuschen, und es wurde täglich frisches Wasser gebracht. Die Binsen auf den Holzdielen waren sauber und dufteten, und jedes Mädchen hatte ein eigenes Nachtgeschirr. Am ersten Tag fiel es Anna schwer, dieses zu benutzen, aber es war immer noch besser, als die öffentlichen Latrinen hinter dem Palast aufzusuchen. Man brachte Anna neue Kleidung, und sie strich ehrfürchtig über die feinen Stoffe und zierlichen Stickereien an den Krägen und Manschetten.

»Hast du in Irland keine solchen Kleider gehabt?«, fragte Claire, als sie Anna beim Ankleiden half und sah, wie sie sich staunend im Spiegel betrachtete. Claire war die jüngste Tochter eines Lairds aus den südlichen Provinzen und lebte seit einem knappen Jahr am Hof. Anna hatte für sie gleich Sympathie empfunden, im Gegensatz zu Megan, die Tochter des Grafen von Ogilvie, die sich für etwas Besseres hielt und keinen Anlass sah, mit einer *Hergelaufenen* aus dem barbarischen Irland auch nur ein Wort zu wechseln.

Die Gräfin von Argyll wollte jede Einzelheit aus ihrem Leben wissen, und Anna entwickelte blitzschnell ein regelrechtes Drehbuch über ihre Person. Sie erfand einen dominanten Vater, der vor drei Jahren bei einem Jagdunfall ums Leben gekommen war, eine zärtliche Mutter, die, ebenso wie eine jüngere Schwester, vor drei Monaten an einem Fieber gestorben war. Ihr bescheidener Besitz vor den Toren der Stadt Dublin stand vor dem Ruin, darum sah Anna nur noch die Möglichkeit, ihre entfernten Verwandten in Schottland aufzusuchen. Selbstverständlich war sie nach den Riten der katholischen Kirche erzogen worden und bestätigte, wie sehr Irland unter den Repressalien der englischen Königin zu leiden hatte.

»Immer mehr Landstriche und Provinzen werden von Engländern annektiert, und die Iren stehen der Entwicklung machtlos gegenüber«, behauptete Anna und drückte ein paar Tränen aus den Augen.

»Ihr habt viel erleiden müssen, Lady Anna.« Die Gräfin war voller Mitgefühl. »Doch jetzt seid Ihr an einem Hof, an dem der wahre Glaube noch Bestand hat, auch wenn dieser furchtbare Mensch John Knox nichts unversucht lässt, unsere gütige Königin in Verruf zu bringen. Offiziell ist Schottland zwar protestantisch, aber es gibt noch viele Lords, die der richtigen Kirche nicht abgeschworen haben und treu der Krone ergeben sind.«

»Dann hat die Königin das Ziel, Schottland wieder zu einem katholischen Land zu machen?«, fragte Anna bang, denn nur, wenn Maria Stuart von diesem Gedanken Abstand nahm, bestand eine winzige Hoffnung, dass sie ihrem Schicksal entgehen könnte.

»Das soll Euch nicht kümmern, zeigt mir lieber Eure Fähigkeiten, mit denen Ihr den Hof erfreuen könnt«, wechselte Lady Argyll das Thema. »Ihr könnt sicher sticken und feine Spitzen anfertigen? Spielt ihr die Laute oder das Virginal?«

»Äh … ich glaube, meine diesbezüglichen Fähigkeiten sind nicht sehr ausgebildet«, antwortete Anna diplomatisch. »Wir hatten auf unserem Gut wenig Zeit für Vergnügungen, der Haushalt erforderte meinen ganzen Einsatz, denn wir konnten uns kaum Personal leisten.«

Entsetzt riss die Gräfin die Augen auf, die drei jungen Mädchen, mit denen Anna das Zimmer teilte, kicherten verstohlen und hielten sich schnell die Hände vor den Mund.

»Aber Ihr könnt doch nähen und sticken?« Anna konnte nur bedauernd den Kopf schütteln. »Was ist mit Musik, Gesang und Tanz?«

Erleichtert atmete Anna auf und beeilte sich zu versichern: »Ich glaube, ich kann ganz gut singen, und das Tanzen liebe ich!«

Erst als Anna die Worte ausgesprochen hatte, wurde ihr bewusst, dass sie es lieber nicht gesagt hätte. Denn nun wollte die Gräfin natürlich eine Kostprobe ihres Könnens, und Anna hatte keine Ahnung von den Liedern oder Tänzen des sechzehnten Jahrhunderts.

»Los, sing ein Lied!«, wurde sie auch schon aufgefordert, und es blieb Anna nichts anderes übrig, als ihr Lieblingslied anzustimmen:

*»Near, far, wherever you are*
*I believe that the heart does go on*
*Once more you open the door*
*Here in my heart*
*And my heart will go on and on …«*

Anna brach ab, denn die Frauen starrten sie mit offenen Mündern an, dann aber sah sie, wie sich aus Claires Auge eine Träne löste.

»Das ist wunderschön!«, rief sie und klatschte in die Hände. »Sag, lernt man in Irland solche Lieder? Ich habe noch nie eine derartige Melodie gehört.«

Anna versuchte, sich ihre Erleichterung nicht allzu sehr anmerken zu lassen, denn nun nickte auch Lady Argyll wohlwollend.

»Eure Stimme ist zwar nicht perfekt, aber recht gut. Ich denke, Ihr könnt heute Abend mit der Königin speisen und sie dabei musikalisch unterhalten.«

Anna knickste und senkte bescheiden den Kopf. Seit vier Tagen hatte sie weder Duncan noch die Königin zu Gesicht bekommen, darum freute sie sich, endlich der Enge dieser Räumlichkeiten entfliehen zu können. Außerdem hatte sie eine Mission zu erfüllen und hoffte, die Aufmerksamkeit Maria Stuarts erringen zu können.

Wenn sich Maria Stuart im Palast zu Holyrood aufhielt, dann speiste sie in einem kleinen Raum neben ihrem Schlafzimmer. Seit dem Mord an Rizzio, der vor ihren Augen in diesem Zimmer geschehen war, hatte die heimelige und intime Atmosphäre jedoch gelitten, aber die anderen Räume im Palast waren Maria zu nüchtern und außerdem schlecht zu heizen. Die Herbstabende waren kühl, so war man am Abend für ein wärmendes Kaminfeuer dankbar.

Nach gebratenen Moorhühnern, Wachteln in Nusssoße und verschiedenen Gemüsegerichten wandte sich Maria Stuart an Anna. »Lady Argyll berichtete mir, dass Ihr über eine angenehme Stimme verfügt. Ich bin auf eine Kostprobe Eures Könnens gespannt.«

Anna schluckte und wischte sich ihre schweißnassen Hände unauffällig am Rock ab. Sie konnte sich nicht erinnern, jemals in ihrem Leben so aufgeregt gewesen zu sein, aber schließlich hatte sie auch noch nie vor einer Königin gesungen. Anna erhob sich, atmete tief ein und aus und setzte dann zu *My heart will go on* an. Als der letzte Ton verklungen war, herrschte minutenlanges Schweigen, das Anna wie eine Ewigkeit vorkam. Es hat ihr nicht gefallen, dachte Anna, dann aber sah sie, wie sich eine von Marias Damen die Tränen von den Wangen tupfte.

Die Königin nickte wohlwollend mit dem Kopf, und Anna fiel ein Stein vom Herzen. »Das ist ein außergewöhnliches Lied, Lady Anna. Außergewöhnlich, aber zu Herzen gehend. Ich wusste nicht, dass man in Irland solche Musik kennt. Sagt, ist es die Geschichte von zwei Liebenden, die nicht zueinander finden konnten?«

Anna beugte dankbar das Knie und antwortete: »Es handelt in der Tat von zwei Menschen, die durch das Schicksal getrennt wurden. Trotzdem wissen sie, dass ihre Liebe zueinander niemals sterben wird.«

Als Maria Stuart darauf bestand, die Geschichte zu hören, war Annas ganze Fantasie gefragt. Sie konnte unmöglich von dem Passagierdampfer *Titanic* erzählen, der auf einer Fahrt nach Amerika mit einem Eisberg kollidierte. So wurde daraus ein Segelschiff, das in schwerer See vor der Nordküste Schottlands havarierte. Anna erzählte in groben Zügen die Geschichte von Rose und Jack so, wie der Regisseur Cameron sie erfunden hatte, und alle Anwesenden hingen wie gebannt an ihren Lippen.

»Und Jack versank in der eisigen See, während Rose von einem Fischerboot im letzten Augenblick gerettet wurde. Obwohl sie später heiratete und Kinder bekam, hat Rose ihre erste große Liebe niemals vergessen …«

Maria Stuart seufzte ergriffen mit glühenden Wangen, zwei Hofdamen klatschten Beifall. »Kennt Ihr noch mehr solche Geschichten und Lieder?« Anna nickte, und die Königin fuhr fort: »Ihr müsst sie Uns erzählen, sie werden Uns die Herbstabende auf angenehme Zeit vertreiben. Für heute aber soll es genug sein. Ich bin müde und wünsche mich nun zurückzuziehen.«

Anna dankte und verließ gebeugt und rückwärts den Raum, um in ihr Zimmer zu gehen. Ihr Herz pochte aufgeregt gegen ihre Rippen. Es war ihr offenbar gelungen, die Sympathie der Königin zu erringen. Anna lag die halbe Nacht wach und ging alle bekannten Filme und Romane durch, dichtete hier und da einen anderen Handlungsstrang, der in die Zeit Maria Stuarts passte, und überlegte, welche Lieder sie dazu singen würde.

»In meinem nächsten Leben werde ich Schriftstellerin«, murmelte sie in ihr Kissen, bevor sie gegen Morgen endlich einschlief.

In den nächsten Tagen gab es keinen Abend, an dem Anna nicht mit Maria Stuart speiste und sie und ihren Hofstaat mit Liedern und Geschichten unterhielt. Die Königin hatte Hofmusikanten rufen lassen, und ein Virginal wurde in das Zimmer geschoben. Dabei handelte es sich um eine Art Piano, das Anna schon einmal in einem Museum gesehen hatte. Ein anderer Musikant schlug die Laute. Anna sang ein paar Töne vor, und schnell lernten die Musikanten die Melodie.

Die außergewöhnlichen Abendunterhaltungen hatten sich im Palast und der Umgebung herumgesprochen, und es fanden sich immer mehr Höflinge in dem kleinen Eckzimmer ein. Die meisten mussten in dem angrenzenden Ankleidezimmer Platz nehmen und von dort aus der Musik lauschen.

An einem Abend betrat ein mittelgroßer, dunkelhaariger Mann den Raum, beugte sein Knie vor Maria Stuart und setzte sich stumm in eine Ecke. Obwohl der Mann keinem gängigen Schönheitsideal entsprach, ertappte sich Anna dabei, wie sie ihn mehr, als es schicklich gewesen wäre, anstarrte. Seine weit auseinander stehenden schwarzen Augen und das runde Gesicht mit den derben Zügen gaben ihm einen etwas brutalen Ausdruck, der von seiner Kleidung, die ganz und gar in Schwarz gehalten war, unterstrichen wurde.

Trotzdem wurde er von einer Aura umgeben, die unweigerlich alle Blicke auf sich zog. Dann wurde Anna von dem Mann abgelenkt, denn Duncan trat durch die Tür.

»Duncan, wie schön, dich zu sehen!« Mit ausgestreckten Händen eilte sie auf ihn zu.

Er lächelte und verbeugte sich vor ihr. »Halb Edinburgh spricht von dir und deinen Geschichten, Anna.« Er senkte seine Stimme zu einem Flüstern. »Ich nehme wohl an, dass es sich um Musik aus deiner Zeit handelt, nicht wahr? Nun, offenbar gefällt sie der Königin.«

Nachdem Anna an diesem Abend *I will always love you* zum Besten gegeben hatte, stand Maria Stuart auf und rief: »Und jetzt möchte ich tanzen!«

Die Musikanten begannen zu spielen. Obwohl der Platz mehr als beengt war, drehte sich die Königin leichtfüßig im Kreis. Mary Seton, eine ihrer Hofdamen, gesellte sich zu ihr, aber Anna schüttelte den Kopf, als man ihr winkte, sich unter die Tanzenden zu reihen. »Ich beherrsche diese Tänze nicht, Majestät.«

»Dann könnt Ihr Uns andere lehren?«

Annas Augen funkelten vor Begeisterung. »Ja, gerne! Wie wäre es zum Beispiel mit einem Wiener Walzer?«

Die Leute wichen zurück, und Anna bat Mary Seton, ihr zu assistieren. Sie legte ihre rechte Hand auf Marys Schulterblatt und zählte laut: »Eins, zwei, drei, eins, zwei, drei …«

Anna summte eine Melodie im Dreivierteltakt, die der Lautenspieler aufnahm. Mary Seton folgte ihr mühelos, dann rief die Königin: »Und nun ich!«

»Das ist ein Tanz, den ein Mann und eine Frau zusammen tanzen«, erklärte Anna. »Ich habe gerade den Mann dargestellt.«

Maria Stuart zögerte, und Lady Argyll trat entschlossen nach vorne. »Ein solcher Tanz ist skandalös, Majestät! Kein Mann, außer Eurem eigenen, darf sich Euch in einer solchen Art und Weise nähern und die Hand auf Euren Körper legen!«

Die Königin lachte und winkte ab. »Seid keine Spielverderberin, Mylady. Ich finde den Tanz faszinierend.« Sie schaute sich langsam im Raum um, bis ihr Blick an dem dunklen Fremden hängen blieb. »Bothwell, wollt Ihr mein Partner sein?«

Das war also der Earl von Bothwell, dachte Anna und wechselte mit Duncan einen Blick. Wahrlich kein schöner Mann, aber ihn umgab ein Charisma, das einigen Menschen, egal ob gut aussehend oder nicht, eigen ist. Anna erklärte dem Grafen die Schritte und zeigte ihm, wie er Maria umfassen musste. Zögernd legte er seine kräftige Hand auf ihre Hüfte, und Anna sah ein Leuchten in den Augen der Königin. Dann drehte sich das Paar im Kreis.

Duncan trat zu Anna. »Sollen wir es auch versuchen? Ich muss zugeben, mir gefallen deine Tänze. Ich habe nämlich nichts dagegen, eine hübsche Frau in den Armen zu halten.«

»Daran hege ich keinen Zweifel«, gab Anna zurück. Sie dachte an den Tango, den wohl erotischsten Tanz, den sie beherrschte. Sie würde sich aber hüten, diese Schritte der Königin zu zeigen, denn dann würde sie von Lady Argyll wohl eigenhändig erdolcht werden.

Anna hatte in ihrem Leben schon mit vielen Männern getanzt, aber als Duncan seine Hand auf ihr Schulterblatt legte und ihr Körper ganz nah an den seinen zog, begann ihr Herz aufgeregt zu schlagen. Obwohl er zuerst in den Schritten etwas unbeholfen war, bewegte sich sein muskulöser Körper ganz im Rhythmus der Musik, und Anna merkte, wie sie seiner Führung willenlos ausgeliefert war. Nie zuvor hatte sie den Körperkontakt beim Tanzen als erotisch empfunden, aber jetzt war es, als schwebte sie mit Duncan regelrecht auf Wolken, und sie vergaß, wo und in welcher Gesellschaft sie sich befand. Instinktiv presste sie sich näher an Duncan, schloss die Augen und lehnte den Kopf an seine Schulter. Wenn dieser Moment niemals aufhören würde …

»Das reicht.« Mit einem Ruck wurde Anna aus ihren Träumen gerissen. Duncan trat einen Schritt zurück und sah an ihr vorbei. Sein Gesichtsausdruck wirkte verschlossen, als er fortfuhr: »Es ist besser, wir konzentrieren uns auf unsere Aufgabe, die uns hierher geführt hat.«

Enttäuscht folgte ihm Anna an den Rand der kleinen Tanzfläche und griff nach einem Becher Wein, den sie hastig leerte. Deutlich hatte sie gespürt, wie Duncans Körper auf ihre Nähe reagiert hatte, und sie verstand nicht, warum er sich jetzt so kühl, beinahe schon barsch verhielt. Leicht legte sie die Hand auf seinen Arm. »Duncan, du bist ein guter Tänzer, und es war sehr schön. Ich hoffe, wir können das bald wiederholen.«

Duncan schluckte und verzichtete auf eine Antwort. Jeder Tag, jede Begegnung mit Anna erweckte mehr und mehr den Wunsch in ihm, sie in seine Arme zu schließen, sie zu küssen und zu lieben und sie niemals wieder aus seinem Leben fortzulassen. Aber das war unmöglich! Er durfte sich nicht in Anna verlieben, denn irgendwann würde sie ihn verlassen. Duncan wagte nicht, sich diesen Moment auszumalen, deswegen wechselte er das Thema: »Sieh, wie die Königin mit Bothwell tanzt. Man sollte meinen, die beiden kennen sich schon ihr ganzes Leben lang, so vertraut sind sie miteinander.«

Aufmerksam beobachtete Anna Maria Stuart und Bothwell einige Zeit, dann flüsterte sie Duncan zu: »Du, wir sind spät dran, denn zwischen den beiden läuft schon etwas.«

»Was meinst du damit?« Duncans Gesicht war ein einziges Fragezeichen.

»Ich meine, dass Maria und der Graf schon längst ein Liebespaar sind. Schau doch mal, wie sie ihn ansieht. Auch wenn er sich bemüht, sich nichts anmerken zu lassen, aus seinen Augen lodert das Feuer der Leidenschaft.«

»Du meinst … sie teilen das Bett?« Das Entsetzen über eine solche Möglichkeit stand Duncan ins Gesicht geschrieben. »Aber Königin Maria ist verheiratet, und jeder weiß, wie gläubig sie ist. Sie würde niemals das sechste Gebot brechen …«

»Duncan, in meiner Zeit geht man davon aus, dass Maria Stuart bei der Ermordung ihres Mannes bereits schwanger von Bothwell war. Allerdings sind sich die Historiker dahingehend uneins, wann ihre Liebesbeziehung angefangen hat.

Glaube mir, ich sehe es, wenn eine Frau einen Mann liebt. Und die Königin liebt Bothwell, ebenso wie er sie.«

»Oder die Krone …«, murmelte Duncan.

Ihr weiteres Gespräch wurde jäh unterbrochen, denn die Tür wurde aufgerissen, und ein Mann polterte mit schweren Schritten herein. Er taumelte und war offensichtlich betrunken. Maria Stuart löste sich hastig von Bothwell, der sich sofort wieder in seine Ecke zurückzog. Auch sonst verstummten alle Gespräche. Anna starrte auf den jungen Mann. Blond gelocktes Haar und blaue Augen gaben ihm einen unschuldigen Ausdruck, wobei Tränensäcke und rote Äderchen auf den Wangen darauf schließen ließen, dass er oft und gerne dem Alkohol zusprach.

»Maria, lass mich an deinem Fest teilhaben«, lallte er und wankte auf die Königin zu. In dem Moment, als er nach ihrem Arm greifen wollte, machte diese einen Schritt zurück und der Mann wäre beinahe gefallen.

»Ich habe dich nicht erwartet, Darnley, wähnte dich in Stirling.« Marias Stimme war kühl, ihr Blick ging über die Gestalt ihres Ehemannes hinweg. »Du kannst dich gerne unserem Kreise anschließen, wenn du nüchtern bist.«

»Pah! Ich bin nicht betrunken!« Der Rülpser, der sogleich seiner Kehle entglitt, strafte seine Worte Lügen, und die Damen schnappten entrüstet nach Luft. »In Stirling ist es langweilig. Komm, Maria, ich möchte mit dir tanzen!« Er kicherte und versuchte erneut, nach seiner Frau zu greifen.

Es war ein entwürdigendes Schauspiel, und Anna konnte ihren Blick nicht von Henry Stuart, Lord Darnley, wenden. Es war ein komisches Gefühl, einem Menschen zu begegnen, von dem sie wusste, dass er in wenigen Monaten ermordet werden sollte.

»Ich glaube, es wäre besser, wenn du dich zurückziehst«, sagte Maria scharf. »Geh in dein Zimmer und schlafe, bis du wieder nüchtern bist.«

»Ach Maria, ich brauche ein neues Wams. Meines hier ist voller Flecken.« Nun wurde Darnleys Stimme weinerlich, und er zeigte einen Ärmel, der von Rotwein getränkt war.

»Lass uns morgen darüber sprechen.«

Anna bewunderte die Ruhe der Königin, aber so leicht ließ sich Darnley nicht abspeisen.

»Wenn du nicht tanzen willst, dann komm mit mir ins Bett. Es ist lange her, dass du und ich …«

»Es reicht, Mylord!« Scharf durchschnitt Bothwells Stimme den Raum, und er trat vor Darnley.

Lady Argyll keuchte und wurde so blutrot, dass Anna befürchtete, sie fiele jeden Augenblick in Ohnmacht. Kurz entschlossen drehte Bothwell dem schmächtigen Darnley einen Arm auf den Rücken und schob ihn zur Tür hinaus. Der Graf war sehr kräftig, und der Alkohol lähmte Darnley in seinen Bewegungen, so hatte er keine Chance, sich gegen die grobe Behandlung zu wehren. Bevor die Tür hinter ihnen ins Schloss fiel, konnten alle noch hören, wie er weinerlich jammerte: »Maria ist meine Frau! Meine, meine, meine …«

Anna drückte Duncans Arm und flüsterte: »Vielleicht ist es doch keine so gute Idee, diesem Subjekt das Leben zu retten.«

»Anna, er ist unser König. Trotz allem …«

Er wurde durch das Eintreten von Bothwell unterbrochen. Der Graf verneigte sich vor Maria und sagte ruhig: »Diener werden ihn in sein Zimmer bringen, Majestät.«

Die Königin hob schwach die Hand. Ihre Gesichtshaut war aschfahl, aber sie schwankte keinen Zentimeter, als sie sagte: »Wir wollen uns nicht den Abend verderben lassen. Lady Anna, wenn Ihr so freundlich wärt, ein Lied für uns anzustimmen?«

Stockend begann Anna zu singen, aber die ausgelassene Stimmung, die vor dem Auftritt Darnleys geherrscht hatte, wollte sich nicht wieder einstellen. Und in Marias Augen lag nicht mehr der Ausdruck vollkommenen Glücks, den Anna während ihres Tanzes mit Bothwell gesehen hatte.

Praktisch über Nacht hatte der Herbst Einzug in die Hauptstadt gehalten. Heftiger Regen und eiskalte Winde fesselten die Bewohner von Holyrood tagelang an den Palast, und Anna fielen bald keine Lieder und Geschichten mehr ein. So griff sie schließlich auf Märchen der Gebrüder Grimm zurück. Besonders *Aschenputtel* gefiel der Königin, wenngleich die Stimmung seit Darnleys Anwesenheit im Palast gedämpft war. Zwar ließ er sich nur selten blicken, und wenn, dann schien er nüchtern zu sein, aber Anna konnte jedes Mal mehr feststellen, was für ein unangenehmer Mensch er doch war. Darnley wurde den negativen Beschreibungen, die die Geschichte in den kommenden Jahrhunderten für ihn übrig hatte, mehr als gerecht. Trotzdem war er ein Mensch, der lebte und atmete, und sie und Duncan konnten es nicht mit ihrem Gewissen vereinbaren, von einem Mord Kenntnis zu haben und nicht alles zu tun, diesen zu verhindern.

Endlich zeigte sich das Wetter wieder von einer besseren Seite. Der Himmel war zwar noch wolkenverhangen, aber der Regen hatte aufgehört. Es kostete Anna einige Überredungskünste und das Versprechen, Claire den Wiener Walzer beizubringen, bis sich die junge Frau dazu breitschlagen ließ, Anna auf einen Spaziergang in die Stadt zu begleiten – sie platzte fast vor Neugier auf die Stadt, von der sie bisher kaum etwas gesehen hatte. Wie Edinburgh wohl aussah? Welche Läden und welche Händler gab es? Wenn Anna schon in dieser Zeit war, wollte sie auch so viele Eindrücke wie möglich sammeln, und sie hatte noch nie eine Stadt im sechzehnten Jahrhundert gesehen. Claire zeigte wenig Verständnis für Annas Abenteuerlust, gab ihrem Drängen aber schlussendlich nach. Zur Sicherheit nahmen sie aber noch zwei Diener mit, die ihnen in gebührendem Abstand durch die schmalen Gassen folgten. In der High Street erkannte Anna das Haus, in dem Duncan und sein Knappe Quartier bezogen hatten, und wenige Meter weiter das Wohnhaus von John Knox. Sie stiegen die steile Straße bis zur Burg hinauf, dessen Eingang mit einem eisernen Fallgitter verschlossen war und von acht Uniformierten bewacht wurde. Staunend bewunderte Anna die zahlreichen Ladengeschäfte, in denen es alles zu kaufen gab, was das Herz begehrte: Feinste Stoffe, Zierborten und bunte Bänder; Gegenstände des alltäglichen Gebrauchs wie Schüsseln, Töpfe und Pfannen, aber auch seltene Gewürze aus fernen Ländern. Unter den Arkaden dieser Läden roch es verführerisch nach den Düften des Orients. Anna spähte in eine enge Gasse zwischen zwei Häusern, die von Lawnmarket in Richtung Sumpf hinunterführte. Hier hinein kippten die Bewohner alle Abwässer und den Müll aus ihren Häusern, es war ein ekelhaftes, graugrünes Gewässer von der Größe eines Fußballplatzes. Der Gestank, der ihr entgegenschlug, war unbeschreiblich. Claire zog sie am Ärmel zurück. »Dahin sollten wir nicht gehen. Da leben die Ärmsten der Armen, die Bettler, Diebe und Halsabschneider.«

Es lag Anna auf der Zunge zu sagen, dass der ungesunde Sumpf vor den Toren der Stadt eines Tages trockengelegt und zu einem wunderschönen Park umgewandelt werden würde, aber sie verkniff es sich im letzten Moment. Obwohl sie sich mit Claire in den letzten Tagen angefreundet hatte, wagte Anna zu bezweifeln, dass die junge Frau ihr Glauben schenken würde. So folgte sie Claire, die sich in dieser Umgebung sichtlich unwohl fühlte und auf eine Rückkehr nach Holyrood drängte, wieder die Straße hinunter in Richtung des Palastes. Anna selbst hätte noch stundenlang die engen Gässchen erkunden können, sah aber ein, dass die Gegend für eine Frau aus der besseren Gesellschaft gefährlich sein konnte. Auf dem großen Platz vor der Kathedrale St. Giles, auf der sich auch das Marktkreuz befand, herrschte dichtes Gedränge.

»Was ist denn hier los?«

»Wahrscheinlich eine Predigt von John Knox. Wenn er spricht, ist die Kirche immer voll«, antwortete Claire und wollte weitergehen, aber Anna hielt sie am Ärmel fest.

»Lass uns hineingehen, ich möchte ihn hören.«

Claire wiegte nachdenklich den Kopf. »Das würde der Königin nicht gefallen, Anna. Sie hasst Knox, der nichts unversucht lässt, sie bei dem Volk in Misskredit zu bringen.«

»Sie braucht es ja nicht zu erfahren«, antwortete Anna und ging auf das Kirchenportal zu. »Ich möchte nur einmal selbst sehen und hören, was an diesem Mann so beeindruckend sein soll, dass er mit seinen Worten ganz Schottland in den Bann zieht.«

Claire folgte ihr zögernd, und eine Stunde später wusste Anna, was die Faszination John Knox' ausmachte. Er war kein schöner Mann, hoch gewachsen und hager, mit grauem Haupthaar und Bart. Aber in seinem Gesicht funkelten zwei Augen wie glühende Kohlen, und Anna las darin den Fanatismus, der solche Menschen gefährlich machte. John Knox war eine der Personen, die glaubten, Gott hätte sie einzig und allein aus dem Grund auf die Welt gesandt, um diese zu verbessern.

»... und die große Hure Babylons, der man nie die wahren Lehren beigebracht hat, ist nicht gewillt, von ihrem ausschweifenden und lasterhaften Leben inmitten von Musik, Tanz und Völlerei Abstand zu nehmen, während das Volk hungert und im ganzen Land nach Korn schreit«, donnerte seine Stimme von der Kanzel, und Hunderte von Ohren sogen die Worte wie ein Schwamm auf. »Man hat ihr zugestanden, ihrem ketzerischen Glauben hinter verschlossenen Türen zu frönen, aber das war ein Fehler. Ein schwerer Fehler, denn sie wird nichts unversucht lassen, um in Schottland wieder die Papisterei einzuführen und das Land in Dunkelheit und Finsternis zu versenken ...«

Fassungslos schüttelte Anna den Kopf. Tatsächlich strahlte John Knox etwas aus, das es einem beinahe unmöglich machte, seinen Worten keinen Glauben zu schenken. In der Geschichte hatte es immer wieder Personen gegeben, die aufgrund ihrer Worte Tausende, ja Millionen in ihren Bann zogen. Das traurigste Beispiel hatte es im zwanzigsten Jahrhundert in Deutschland gegeben, aber auch im einundzwanzigsten Jahrhundert lebte die Menschheit unter der Bedrohung von fanatischen, selbst ernannten Heiligen, die ihren Glauben über die ganze Welt verbreiten wollten und dabei nicht einmal vor Selbstmord zurückschreckten. Wann würden die Menschen endlich begreifen, dass es nur einen Gott gab – gleichgültig, wie man ihn nannte und verehrte?

Still kehrte Anna mit Claire nach Holyrood zurück. Es bestand kein Zweifel, die Königin und Bothwell teilten bereits das Lager. Unvorstellbar, was geschehen würde, wenn John Knox davon Kenntnis erhielt.

Seit Darnleys regelmäßiger Anwesenheit in Holyrood hielt sich der Earl von Bothwell zurück und erschien nur noch zu offiziellen Anlässen. Im Oktober beschloss Maria Stuart, ihn auf seine Ländereien zu entsenden. Das Grenzgebiet zu England im Süden Schottlands wurde von Banditen heimgesucht, die sich auch nicht davor scheuten, in England einzufallen, um zu brandschatzen und zu morden. Maria Stuart erhielt einen Brief ihrer Cousine Elisabeth, die darum bat, diesem Treiben Einhalt zu gebieten. Wer aber war für diese Aufgabe besser geeignet als James Hepburn, der Earl von Bothwell, der im Süden selbst wie ein kleiner König herrschte? Das würde natürlich eine lange Trennung bedeuten, wahrscheinlich sogar – weil der Winter vor der Tür stand – eine mehrmonatige. So leicht aber wollte Maria nicht auf ihren Geliebten verzichten, darum beschloss sie wenige Tage, nachdem Bothwell die Stadt verlassen hatte, nach Jedburgh zu reisen.

»Mylords, es wird Zeit, vor dem Winter einen Gerichtstag im Süden abzuhalten. Ich habe mich schon lange nicht mehr in dieser Gegend sehen lassen, und die Leute sollen wissen, dass sie von ihrer Königin nicht vergessen wurden. Außerdem kann mir Bothwell dann gleich alle Banditen und Verbrecher in Ketten vorführen.«

Wegen der weiten Entfernung und der schlechten Straßenverhältnisse konnten die Verbrecher nicht immer in die Hauptstadt gebracht werden, und so war es üblich, einmal im Jahr einen Gerichtstag im Süden abzuhalten, an dem die Königin den Vorsitz führte. Anna wusste jedoch, warum Maria Stuart gerade jetzt auf eine Reise nach Jedburgh drängte, und sie war froh, als die Königin sie zu den Damen wählte, die sie begleiten sollten. In aller Eile wurde gepackt und alles auf Wagen verladen. Zwar hatte Anna schon gelesen, dass die Monarchen vergangener Zeiten mit einem großen Tross reisten, aber was sich dann tatsächlich an einem goldenen Oktobermorgen in Bewegung setzte, war unbeschreiblich! Rund vierzig Wagen, bis an den Rand beladen mit Möbeln und Gütern, auf die Maria nicht verzichten wollte, zehn Kutschen, acht Dutzend Soldaten zu Pferde und weitere vier Dutzend zu Fuß verließen die Stadt in Richtung Süden. Sehr zu Annas Bedauern war Duncan nicht mit von der Partie, aber sie teilte sich in einer Kutsche den Platz mit ihrer neuen Freundin Claire. Die Reise dauerte drei Tage, übernachtet wurde in erstklassigen Wirtshäusern, die sofort alle anderen Gäste vor die Tür setzten, wenn der Vorreiter die Ankunft der Königin meldete. Ihr Quartier in Jedburgh lag mitten auf der Hauptstraße der kleinen Stadt und war nicht sehr geräumig. Der Großteil des reichlichen Gefolges wurde in der Nachbarschaft untergebracht, Anna und Claire konnten sich aber mit vier weiteren Damen ein Zimmer im Haus teilen. Es ging eng zu, sie mussten sich zu dritt auf eine schmale Bettstatt quetschen. Auch gab es hier keine Alkoven, und Anna musste sich wieder daran gewöhnen, sich ihrer Notdurft entweder vor den Augen der anderen ins Nachtgeschirr zu entledigen oder den grässlich stinkenden Bretterverschlag im Garten aufzusuchen.

»Warum hat man den Buchdruck eigentlich vor der Wassertoilette erfunden?«, schimpfte sie und versuchte, beim Besuch im Garten so lange wie möglich die Luft anzuhalten.

Zwei Tage lang hielt Maria im Erdgeschoss des Hauses in einem notdürftig mit Tüchern ausgekleideten Thronsessel Gericht. Es handelte sich hauptsächlich um Nichtigkeiten, Streitigkeiten zwischen Nachbarn oder üble Nachrede, bei denen die Anwesenheit der Königin nicht vonnöten gewesen wäre. Doch dann wurde das tägliche Einerlei durch einen Boten unterbrochen. Er kam aus dem Süden, von Hermitage Castle, dem Besitz des Earl von Bothwell.

»Majestät, eine schlimme Nachricht!«, keuchte er und fiel vor Maria auf die Knie.

»Sprecht!«, forderte diese ihn auf, eine böse Vorahnung jagte ihr einen Schauer über den Rücken.

»Der Earl … er ist verletzt und ringt mit dem Tode …«

»Was ist geschehen?«, fragte James Stuart, Marias Halbbruder, schnell, um den Boten von Marias Reaktion, die einer Ohnmacht nahe war, abzulenken.

»Unsere Truppen wurden aus dem Hinterhalt angegriffen. Es war eine Falle, und sie waren in der Überzahl. Es kam zum Zweikampf zwischen dem Grafen und James Elliot, dem Anführer der Rebellen. Der Graf hatte Elliot bereits in die Enge gedrängt und sogar eine Verwundung am Oberschenkel zugefügt, als Bothwell über einen Stein stolperte und stürzte. Elliot, obwohl sofort von unseren Männern umzingelt, stieß sein Schwert in Bothwells Leib. Er … Mylord … er ringt mit dem Tode.«

James befahl, den Boten in die Küche zu bringen und ihm Essen und Wein zu geben, dann wandte er sich an die Königin. »Schwester, Ihr müsst jetzt stark sein …«

Nur wenn James mit seiner Halbschwester allein war, schlug er einen solch vertraulichen Ton an. Maria hob den Kopf. »Ihr wisst?«

James nickte, er las die Wahrheit in ihren Zügen. Maria war noch nie eine Frau gewesen, die ein Geheimnis hatte verbergen können.

»Guter Moray, was soll ich jetzt tun?« Maria Stuart sprach ihn stets mit seinem offiziellen Titel an. »Was *kann* ich tun? Wenn er nun stirbt …«

Vorsichtig legte James eine Hand auf Marias Schulter, sie wehrte sic nicht ab. »Ihr seid die Königin, doch Bothwell nur ein Untertan Euer Gnaden. Ihr müsst jetzt einen kühlen Kopf bewahren. Wir werden die nächsten Nachrichten abwarten, zu gegebener Zeit kann Eure Majestät dann vielleicht geruhen, einem treuen Diener einen Krankenbesuch abzustatten.«

Über Marias goldgesprenkelte Augen fiel ein Schatten. »Ich verstehe, Moray, und ich werde tun, was das Land von mir erwartet. Aber irgendwann werde ich auch das tun, was die Frau in mir sagt. Lasst mich jetzt bitte allein.«

Anna erfuhr, ebenso wie alle anderen in Jedburgh, noch in der gleichen Stunde von den Verletzungen Bothwells. In ihrem Kopf brummte es, als sie versuchte, sich an die Geschichte zu erinnern. Ach verflixt, warum hatte sie früher nicht besser aufgepasst, warum sich nicht mehr mit dem Leben der Frau, die jetzt aus Fleisch und Blut vor ihr stand, beschäftigt? Anna meinte sich zu erinnern, dass etwas auf dieser Reise geschehen würde. Etwas, das nicht dem Wohle der Königin diente. Bothwell allerdings würde überleben, von dieser Seite bestand keine Gefahr.

Anna fiel es wie Schuppen von den Augen, als Maria Stuart fünf Tage später verkündete, sie würde nach Hermitage Castle aufbrechen. Ein Bote hatte die Nachricht überbracht, dass Bothwell zwar noch am Leben sei, nach wie vor aber mit dem Tode ringe. Moray hatte sich überzeugen lassen, Maria auf dem Ritt zu begleiten, ebenso dreißig Soldaten zu ihrer beider Sicherheit. Maria lehnte es vehement ab, mit der Kutsche zu reisen. »Ich reite, dann können wir noch am gleichen Tag wieder zurückkehren«, sagte sie entschlossen und ließ sich den besten Hengst im Stall satteln.

Hermitage Castle lag rund dreißig Meilen im Süden, eine Strecke, die man mit einem guten Pferd durchaus an einem Tag hin und zurück bewältigen konnte.

Zögernd klopfte Anna an die Tür und trat nach dem harschen »Was ist denn?« vorsichtig ein. Claire setzte der Königin gerade den Reithut auf und befestigte den Schleier in ihrem Nacken.

»Lady Anna, ich fürchte, ich habe jetzt keine Zeit mehr für Euch. Unsere Pferde stehen bereits gesattelt im Hof.«

Der Glanz in Marias Augen verriet Anna, wie sehr sie darauf brannte, an die Seite Bothwells zu eilen.

»Majestät, vergebt mir meine Anmaßung, aber es ist von großer Wichtigkeit, ein paar Worte mit Euch zu wechseln. Allein«, fügte sie mit einem Blick auf Claire hinzu.

Maria Stuart winkte ab und erhob sich. Während sie zur Tür ging, sagte sie: »Egal, um was es sich handelt, es muss warten.«

»Reitet nicht nach Hermitage Castle«, rief Anna und stellte sich der Königin in den Weg. Dies war so ungebührlich, dass sich Marias Augen vor Verblüffung weiteten. Anna wurde bewusst, was sie getan hatte, und sie trat schnell einen Schritt zur Seite. »Verzeiht, Majestät, aber die Reise wird Unglück über Euch bringen.«

»Unglück? Was für ein Unglück? Werden wir angegriffen? Niemand wird einen Angriff auf die Königin und ihre Begleiter wagen.«

»Ich kann es auch nicht sagen, Majestät, was genau geschehen wird, aber es wird nicht gut für Euch sein. Ich bitte Euch, seht von dem Ritt ab!«

Maria Stuart lachte hell und öffnete die Tür. Beim Hinaustreten warf sie Anna einen letzten Blick zu. »Bisher habe ich gedacht, Ihr seid eine gute Unterhalterin. Dass Ihr offenbar glaubt, auch eine Wahrsagerin zu sein, ist mir neu, aber merkt Euch eines: Die Königin von Schottland lässt sich von niemandem sagen, wann und wohin sie zu reiten hat!«

Damit verließ sie das Zimmer, und wenig später hörte Anna die Hufe der Pferde, die im schnellen Galopp die Stadt verließen.

Bange Stunden vergingen, und es war weit nach Mitternacht, als der Vorreiter in den Hof gesprengt kam.

»Schnell, macht Feuer und bringt heißes Ale! Die Königin friert und ist müde und hungrig.«

Madame Rallay, die Dame, die Maria hier in Jedburgh zur Hand ging, zog der Königin die vom Nachtnebel feuchten Kleider aus. Maria fror und zitterte so stark, dass ihre Zähne klappernd aufeinanderschlugen. Schnell wurden ihr ein Becher mit heißem Bier gebracht, Tücher erhitzt und Maria in warme Laken gebettet. Plötzlich richtete sie sich stöhnend auf, griff an ihren Bauch und erbrach sich auf den Fußboden. Alles war so schnell geschehen, dass Madame Rallay ihr nicht mehr das Nachtgeschirr hatte reichen können. Anna und Claire, die damit beauftragt worden waren, die nassen und schmutzigen Kleider in Empfang zu nehmen, sahen besorgt auf das Erbrochene.

»Mein Gott, es ist schwarzes Blut dabei!«, flüsterte Claire angstvoll, auch Anna wurde es bange.

»Es könnte ein Magengeschwür sein«, murmelte sie, denn sie wusste, dass es dabei häufig zu Blutungen kam.

»Woher wollt Ihr das wissen?«, herrschte Madame Rallay sie an und tupfte über Marias Stirn, die trotz ihres Zitterns schweißbedeckt war.

Anna gab keine Antwort, sondern kniete sich neben Marias Bett. »Wo habt Ihr Schmerzen, Majestät? Hier?« Sie drückte leicht auf Marias Magen. »Wie lange habt Ihr das schon?«

»Was seid Ihr? Ein Arzt?«, versuchte Maria zu scherzen, krümmte sich aber gleich darauf wieder unter starken Schmerzen.

»Ich werde versuchen, Euch zu helfen, dabei ist es aber wichtig, dass Ihr ganz ruhig liegen bleibt. Am besten rollt Ihr Euch auf die Seite und zieht die Knie an die Brust. Ja, so ist es gut.« Anna wandte sich an die sprachlose Madame Rallay. »Braut einen Tee aus Pfefferminze. Ihr kennt doch Pfefferminze, oder?« Großer Gott, hoffentlich gibt es das Kraut schon im sechzehnten Jahrhundert in Schottland, betete Anna, aber Claire beruhigte sie: »Natürlich kennen wir Minze, es wird zu vielen Gerichten gereicht. Aber was ist ein Tee?«

Du meine Güte, ist der Begriff tatsächlich nicht bekannt? Anna dachte angestrengt nach. »Nimm eine Hand voll Minzblätter und überbrüh sie mit kochendem Wasser.«

»Du meinst einen Sud?« Claire begann zu verstehen. »Ich gehe gleich in die Küche und werde es veranlassen.«

»Danke, Claire, und sieh zu, dass du frisches, sauberes Wasser findest. Keinen Alkohol, hörst du? Die Königin darf jetzt nur Wasser und Pfefferminztee trinken.«

»Wasser ist schlecht«, mischte sich Madame Rallay ein. »Was habt Ihr vor, Lady Anna?«

Anna warf ihr einen strengen Blick zu. »Ich werde versuchen, die Leiden der Königin zu lindern. Wenn ich als Kind Magenbeschwerden hatte, dann hat mir meine Mutter immer Pfefferminztee gegeben und eine Wärmflasche … äh, ich meine warme Umschläge auf den Bauch gelegt.«

Bei der Erinnerung an ihre Mutter durchzog Anna ein wehmütiges Gefühl. Auch wenn sie seit Jahren keinen Kontakt mehr zu ihren Eltern hatte, die Vorstellung, niemals wieder die liebende Hand ihrer Mutter zu spüren, machte sie traurig. Selbst die Streitgespräche mit ihrem Vater über aktuelle Politik, bei denen sie grundsätzlich unterschiedlicher Meinung gewesen waren, fehlten ihr. Es war eine Sache, in der Nähe der Eltern zu leben und sich nicht mehr zu sehen, aber eine andere, sich in einer Zeit und an einem Ort zu befinden, wo es fraglich war, ob sie jemals wieder die Chance eines Treffens erhalten würden.

Als Claire mit dem Tee zurückkehrte, wurden Annas Gedanken wieder in eine andere Richtung gelenkt. Madame Rallay stützte die Königin, die einer Ohnmacht nahe war, und Anna flößte ihr langsam den Tee ein.

»Ihr müsst trinken, Majestät«, beschwor sie Maria Stuart. »Und Ihr braucht sehr viel Ruhe und Schlaf.«

Kaum hatte das warme Getränk Marias Magen erreicht, musste sie sich erneut übergeben. Sie würgte so lange, bis ihr Magen leer war und bittere Galle hochkam. Noch immer befanden sich kleine, schwarze Blutklumpen im Erbrochenen. Trotzdem bestand Anna darauf, dass sie weiter den Tee trank.

»Wer sagt mir, dass Ihr die Königin nicht vergiften wollt?«, fuhr Madame Rallay auf.

»Mit Pfefferminze? Macht Euch nicht lächerlich, Madame! Die Königin scheint eine heftige Magenschleimhautentzündung zu haben, wenn nicht sogar ein Magengeschwür. Leider haben wir keine anderen Medikamente zur Verfügung, sodass wir uns mit dem Tee behelfen müssen.«

»Lady Anna, ich verstehe Eure Worte ebenso wenig wie Euer Tun. Offenbar habt Ihr in Irland andere Heilungsmethoden, aber ich werde Euch ganz genau beobachten und gnade Euch Gott, wenn sich der Zustand der Königin durch Eure Taten verschlimmert.«

Madame Rallay wich nicht von Annas Seite und beäugte kritisch jeden Handgriff. Nach einer Stunde hörte Maria Stuart auf, sich zu übergeben, aber dann bekam sie beinahe von einer Minute zur nächsten Fieber und starken Schüttelfrost. Anna versuchte, den Anflug von Panik zu unterdrücken, und sagte sich, dass kein Grund zur Sorge bestünde. Maria Stuart würde nicht hier und jetzt sterben! Sie würde noch über zwanzig Jahre leben und dann durch das Beil eines Henkers sterben. So schrieb es die Geschichte, und daran klammerte sich Anna.

Aber in der Geschichte hast du auch nicht versucht, sie mit Pfefferminztee zu heilen, sagte eine leise Stimme in Annas Hinterkopf. Was, wenn es tatsächlich möglich war, die Historie durch solche Taten zu ändern? Anna schüttelte sich so sehr, dass Claire besorgt nach einer Decke griff und sie um Annas Schultern legte. »Bitte, du darfst jetzt nicht auch noch krank werden!«

Anna war über die Fürsorge ihrer Freundin dankbar. Gemeinsam wachten sie bis zum Morgengrauen am Krankenbett Maria Stuarts, dann sprach Madame Rallay ein Machtwort und schickte Anna und Claire zu Bett.

Am nächsten Morgen erschien Doktor Arnault, ein Arzt, den man in der Umgebung aufgetrieben hatte. Er machte einen vertrauenswürdigen Eindruck, allerdings ließ er die Königin zur Ader.

Vergeblich protestierte Anna gegen das Verfahren. »Der Blutverlust wird die Königin noch mehr schwächen!«, rief sie und wurde daraufhin kurzerhand aus dem Krankenzimmer geworfen.

Wenigstens war die Medizin im sechzehnten Jahrhundert so weit fortgeschritten, dass man Maria gegen das Fieber kalte Wadenwinkel anlegte und diese alle zwei Stunden erneuerte. Trotzdem ging es ihr von Tag zu Tag schlechter, und sie bekam nichts davon mit, dass der Earl von Bothwell mit einer Sänfte von Hermitage nach Jedburgh gebracht worden war und jetzt unter demselben Dach wie die Königin zu genesen versuchte. In den wenigen Augenblicken, in denen Maria Stuart Herrin ihrer Sinne war, gab sie ihrem Halbbruder James leise und stockend Anweisungen für den Fall ihres Ablebens.

»Halte Darnley vom Thron und meinem Sohn fort! Er würde die Macht nur für seine egoistischen Ziele missbrauchen.«

Um Maria nicht aufzuregen, versprach James, ganz in ihrem Sinne zu handeln, auch wenn er wusste, er würde gegen Darnley nichts ausrichten können, denn er war der gekrönte König Schottlands und Vater von Marias Sohn, wenngleich anders lautende Gerüchte immer noch nicht verstummt waren.

Vor dem Haus in der Hauptstraße versammelten sich stündlich mehr Menschen – Arme und Reiche, Bettler und Bauern. Sie alle beteten für die Königin, gleich in welcher Form und in welchem Glauben. Obwohl die meisten den schottischen Gesetzen folgten und der protestantischen Kirk angehörten, flehten viele die Jungfrau Maria an, denn sie wussten, wie sehr die Königin mit dem Katholizismus verwurzelt war. Aber alle Gebete schienen zu verpuffen, denn Marias Fieber stieg, und die Abstände, in denen sie bei Bewusstsein war, wurden immer länger.

Am Morgen des dritten Tages von Marias Krankheit wurden Boten nach Edinburgh, Stirling und Glasgow ausgesandt, die verkündeten: »Maria Stuart, König von Schottland, Irland, England und Frankreich, liegt im Sterben!«

# VII

Am elften Tag ihrer Krankheit spuckte Maria eine große Menge schwarzen Blutes, und der Priester, der Tag und Nacht an ihrem Bett weilte, machte sich bereit, der Königin die Letzte Ölung zu verabreichen. Überraschenderweise ging es Maria aber ab dem Moment stündlich besser, sie erholte sich so rasch, wie die Erkrankung gekommen war.

»Das Magengeschwür scheint aufgeplatzt zu sein«, sagte Anna zu Claire. »Dabei besteht zwar auch die Gefahr, dass der Patient innerlich verblutet, aber die Königin hat Glück gehabt.«

Sie umarmte Claire und tanzte mit ihr ausgelassen über die Flure. Aus den Augen der Freundin sprach ehrliche Bewunderung. »Wenn ich früher an Irland dachte, dann habe ich mir immer ein düsteres und rückständiges Land ohne jegliche Zivilisation vorgestellt. Du, Anna, weißt jedoch so vieles und verfügst über Erfahrungen, um die ich dich wirklich beneide. Sag, warum heiratest du eigentlich nicht? Jeder Mann würde eine Frau wie dich bewundern und stolz sein, dich an seiner Seite zu haben.«

Wehmütig zuckte Anna mit den Schultern. »Ich heirate nur einen Mann, den ich wirklich liebe … und der mich ebenso liebt.« Sie dachte für einen Augenblick an Bruce, von dem sie einst geglaubt hatte, sie wäre wichtig in seinem Leben. »Ich bin keine Frau, die Kompromisse eingeht.«

»Nein, das bist du wahrlich nicht. Was ist eigentlich mit deinem Cousin? Dem Laird von Glenmalloch? Oder lässt eure verwandtschaftliche Beziehung eine Ehe nicht zu?«

»Duncan?« Anna merkte, wie sich ihre Wangen rot färbten. »Er ist nur ein Verwandter, mehr nicht. Duncan und ich

– das würde niemals gut gehen, denn unsere Ansichten und Meinungen klaffen zu weit auseinander.«

»Aber du magst ihn doch, oder?«, ließ Claire nicht locker.

Anna verzichtete auf eine Antwort und schüttelte nur stumm den Kopf.

Jeden Tag gab Anna Claire einen Grund, sich über die Freundin zu wundern. Obwohl Anna sich nach Kräften bemühte, sich der allgemeinen Ausdrucksweise anzupassen, benutzte sie immer wieder Formulierungen, die nicht in die damalige Zeit passten. Manchmal bekam sie vor Anstrengung Kopfschmerzen, wenn sie sich überlegen musste, welche Wörter sie meiden musste, weil sie nicht zeitgemäß waren oder eine andere Bedeutung hatten.

Erst am Tag zuvor war Anna bei Lady Argyll ins Fettnäpfchen getreten und hatte heftige Schelte erhalten, als ihr vor Freude über Marias fortschreitende Genesung herausrutschte: »Ich wusste doch, die Frau haut so schnell nichts um!«

Kaum hatte sich die Nachricht von Marias Besserung herumgesprochen, als Lord Darnley in Jedburgh eintraf. Offenbar kam es zu einer Versöhnung zwischen den Eheleuten, wenngleich niemand wusste, was zwischen ihnen gesprochen worden war. Anna vermutete, dass einige ihre Ohren gespitzt und an die Tür gelegt hatten, aber es drang kein Wort nach draußen.

Am Abend verkündete die Königin noch etwas schwach, aber schon wieder mit rosigen Wangen die Nachricht: »Es ist an der Zeit, unseren Sohn mit allen Feierlichkeiten taufen zu lassen und ihn in die Hand Gottes zu geben. Mylord Darnley wird nach Edinburgh vorausreiten, um die Vorbereitungen zu treffen, ich werde in den nächsten Tagen folgen.«

Die Anwesenheit des Earl von Bothwell, der sich erstaunlich rasch von seinen schweren Verletzungen erholt hatte, in Jedburgh trug nicht unwesentlich zu Marias weiterer Genesung bei. Maria, die zuerst nichts von seiner Ankunft mitbekommen hatte, war mehr als glücklich, ihn in ihrer Nähe zu haben, und das spornte sie an, bald gesund zu werden.

Schon bald sah man die beiden im Garten spazieren gehen, wobei sich Maria auf Bothwells Arm stützte. Seine Wunden waren zwar noch nicht vollständig geheilt, aber er war ein Mann, den es keinen Tag länger als unbedingt nötig auf dem Krankenlager hielt. So ritt er auch hoch zu Pferde an der Seite der Kutsche der Königin, als die Gesellschaft Ende Oktober Jedburgh verließ und gen Norden reiste. Maria hatte sich für einen Aufenthalt in Craigmillar Castle, einer alten Burganlage drei Meilen südlich der Hauptstadt, entschieden. Einst war die Feste zum Schutz von Edinburgh erbaut, in den letzten Jahren aber zur Wohnburg mit großen Kaminen und gemütlichen Räumen umgestaltet worden. Zu Annas Freude traf sie in Craigmillar auch wieder Duncan, der aus seiner Sorge keinen Hehl machte:

»Tagtäglich habe ich mir Gedanken gemacht, ob du nicht etwas Falsches tust oder sagst«, empfing er Anna. »Ich rechnete damit zu hören, dass man dich als Hexe entlarvt und auf dem Scheiterhaufen verbrannt hat.«

»Dein Vertrauen in mich ist ja grenzenlos«, sagte Anna beleidigt. »Immerhin scheint es zu einer Annäherung zwischen Maria und Darnley gekommen zu sein. *Das* ist jedenfalls nicht dein Verdienst.«

»Hast du beobachten können, ob die Königin ihre … Beziehung zu Bothwell beendet hat?«, fragte Duncan, ohne Annas Missstimmung zu bemerken.

Anna verneinte. »Ich habe Maria als sehr starke und kluge Frau kennengelernt, und ich denke, dass sie durch ihre Krankheit erkannt hat, was sie ihrer Stellung als Königin dem Land und dem Volk schuldig ist. Warten wir die Taufe des kleinen Prinzen ab, wahrscheinlich wendet sich danach alles zum Guten.«

Annas Worte klangen überzeugter, als ihr zumute war. Schließlich schrieb die Geschichte von der Ermordung Darnleys durch die Lords unter Bothwells Beteiligung an dem Komplott. Konnte es wirklich sein, dass dieses Ereignis, das schlussendlich zu Marias Sturz und Verderben führen sollte, nicht eintreten würde? Bis Februar waren es noch drei Monate, eine Zeit, in der viel geschehen konnte. Selbst wenn sich die Situation zuspitzte – was konnten sie und Duncan eigentlich tun?

Die Taufe sollte in aller Pracht in Stirling Castle stattfinden, ganz so, wie es einem künftigen König ansteht. Leider war die königliche Schatulle leer, und Anna hörte erstaunt, dass die Königin kurzerhand eine Sondersteuer für die Bürger erhob, um das notwendige Geld zu erhalten. Sie fragte sich, was das Volk ihrer Zeit dazu sagen würde, wenn der Premierminister einfach die Steuern erhöhte, um ein privates Fest zu feiern. Keinen Penny würde er erhalten, doch die Vorgehensweise Marias war in der damaligen Zeit ganz normal. Die Bürger zahlten auch brav, denn es war immer noch angenehmer, das Geld für die Taufe des Prinzen aufzubringen als für einen Feldzug.

Anfang Dezember waren alle Vorbereitungen für das große Fest getroffen, und der Hof siedelte nach Stirling Castle über. Inzwischen war es Winter geworden, Eis, Schnee und Frost hatten das Land fest im Griff. Anna konnte sich nicht erinnern, jemals in ihrem Leben derart gefroren zu haben, obwohl alle Fenster dicht mit Fellen verhängt und mit Holzläden verschlossen waren und in den Kaminen Tag und Nacht große Feuer brannten. Sie war über ihre Ausstattung von selbst genähten Unterhosen dankbar, denn die Vorstellung, sich in einer Zeit, in der Antibiotika unbekannt waren, eine Blasenentzündung zu holen, war alles andere als verlockend. Claire hatte über Annas Unterwäsche zuerst gelacht, dann aber eine Hose anprobiert.

»Es ist zwar ein komischen Gefühl, etwas so dicht zwischen den Beinen zu haben«, hatte sie errötend gesagt, »aber es hält in der Tat warm. Darf ich mir auch so eine Hose nähen?«

Anna hatte lachend zugestimmt, und bald trugen alle Mädchen, mit denen Anna das Zimmer teilte, Unterhosen.

Sie achteten allerdings streng darauf, dass Lady Argyll nichts davon erfuhr. Instinktiv wusste Anna, dass die strenge Dame keinen Sinn fürs Moderne hatte.

Maria Stuart stand am Fenster ihres Gemachs in Stirling Castle und blickte auf die verschneite Landschaft hinaus. Der Lustgarten am Fuße der Mauern, der wegen seiner verschlungenen Anlagen und der erhöhten, geometrisch angelegten Terrassen King's Knot genannt wurde, war nur noch eine einzige weiße Fläche. Maria erinnerte sich vage daran, wie sie dort unten als Kind mit ihren Freundinnen und ihren kleinen, zähen Shetlandponys Wettrennen veranstaltet hatte, bis sie dann plötzlich nach Frankreich gebracht worden war. Obwohl seitdem Jahre vergangen waren, stand die Erinnerung an diese unbeschwerte Zeit der Kindheit klar und deutlich vor Marias Augen. Hier in Stirling Castle war sie zur Königin gekrönt worden, auch wenn sie daran keinerlei Erinnerungen hatte, war sie damals ja erst wenige Monate alt gewesen. Morgen würde ihr Sohn hier getauft und eines Tages, so wie alle schottischen Monarchen, in den alten Mauern zum König gekrönt werden. Bis dahin war aber noch sehr viel Zeit, denn selten hatte sich Maria gesünder, unbeschwerter und glücklicher gefühlt als an diesem Tag. Obwohl sie erst kürzlich dem Tod im letzten Moment von der Schippe gesprungen war, fühlte Maria in sich eine Stärke, die sie nie zuvor gekannt hatte. Maria lächelte still in sich hinein. Sie wusste, auf was ihr Hochgefühl begründet war – sie liebte und sie wurde geliebt! Mit sechzehn Jahren war sie mit dem französischen Dauphin Franz vermählt worden, dem gegenüber sie eine tiefe Zärtlichkeit empfunden hatte, die aber mehr schwesterlicher Natur gewesen war. Als der jüngere und stets kränkliche Franz kurz nach seiner Thronbesteigung gestorben war, hatte Maria zwar Trauer, aber keine Verzweiflung über den Verlust empfunden. Maria dachte an die ersten Monate ihrer Ehe mit Darnley. Ja, damals war sie auch glücklich gewesen, ähnlich wie jetzt, und doch waren ihre Gefühle nun anders. Sie hatte sich in Darnleys hübsches Gesicht verliebt, ohne seinen wahren Charakter dahinter zu erkennen, trotzdem war sie glücklich gewesen, besonders, als sie feststellte, ein Kind zu erwarten. Maria stockte und trat einen Schritt vom Fenster weg. Sie legte beide Hände auf ihren Bauch, und ihr Herz begann ein paar Takte schneller zu schlagen. Konnte es denn sein? Nein, sie musste sich irren. Die Aufregungen der letzten Wochen und ihre schwere Krankheit waren dafür verantwortlich zu machen, dass bei ihr etwas durcheinandergeraten war, obwohl Maria nie zuvor Probleme damit gehabt hatte. Und dennoch – die morgendliche Übelkeit hatte nichts mehr mit der Krankheit zu tun, und das Ziehen in ihren Brüsten musste eine andere Ursache haben.

»Gott, hilf mir!«, flehte Maria und faltete die Hände. Sie wusste, was es bedeutete, wenn sie schwanger war: Sie musste so schnell wie möglich wieder mit Darnley das Bett teilen, damit weder er noch das schottische Volk Verdacht schöpften. Maria schüttelte sich vor Widerwillen. Die Vorstellung, Zärtlichkeiten mit ihrem Ehemann auszutauschen, erzeugte ein Gefühl der Übelkeit, aber es war vonnöten, denn niemand durfte jemals erfahren, dass nicht Darnley, sondern Bothwell für das wachsende Leben in ihrem Leib verantwortlich war.

»Bothwell …« Allein, wenn sie seinen Namen aussprach, empfand sie eine tiefe Zärtlichkeit. Wie würde er auf die Nachricht reagieren? War es nicht besser, auch ihn in dem Glauben zu lassen, sie und Darnley hätten sich ausgesöhnt? Aber konnte Maria den Geliebten, der sie so gut kannte wie kein anderer Mensch auf dieser Welt, wirklich belügen und ihm das Schönste im Leben zweier Liebender verschweigen?

»Fort mit diesen Gedanken!«, rief Maria laut und setzte sich an ihren Schreibtisch. Es gab noch einiges für die morgige Taufe zu erledigen, sie würde jetzt nicht darüber nachdenken, dass eine baldige körperliche Vereinigung mit Darnley unausweichlich war.

Am 17. Dezember 1566 waren die Türen der Hauskapelle auf Stirling Castle weit geöffnet, um all die Gäste, die der Taufe folgen wollten, hereinzulassen. Alle katholischen Bischöfe, die es in Schottland noch gab, waren geladen, all die Angehörigen des Hofes, die der Kirk unterstanden und denen es per Gesetz verboten war, an einer Messe teilzunehmen, drängten sich vor der Kapelle im eisigen Burghof. Anna und die anderen niedrigen Hofdamen nahmen ihre Plätze auf den letzten Bänken ein, während Duncan, prachtvoll gekleidet in den Farben seiner Familie, zu den vorderen Rängen schritt. Dann brauste Orgelmusik auf, und der Comte de Brienne, Vertreter des Königs von Frankreich, trug den Täufling auf seinen Armen feierlich zum Altar. Dahinter schritt die Königin, die mit ihrem silbergerüschten Kleid, den schottischen Kronjuwelen und der Krone auf dem Haupt einen ehrfurchtsvollen Anblick bot. Dem Anlass entsprechend ernst, aber dennoch mit stolz erhobenem Kopf und mit Augen, aus denen Liebreiz und Anmut perlte, trat sie vor den Altar.

»Wo ist Darnley?«, flüsterte Claire Anna ins Ohr.

Unter den Gästen begann sich Unruhe breitzumachen, hier und da wurde getuschelt und heimliche Blicke getauscht. Der Bischof beugte sich zu Maria vor und fragte leise, ob sie auf den König warten sollten.

Für einen kurzen Moment schien Maria verunsichert und wandte sich an den Earl of Moray: »Bitte geht und schaut, wo der König bleibt.«

Marias Halbbruder verneigte sich und eilte davon. Es folgte eine peinliche Zeit des Wartens, die flüsternden Gespräche wurden von der Orgelmusik und dem Greinen des Säuglings übertönt. Endlich kam Moray zurück, aber sein Gesichtsausdruck versprach nichts Gutes. Er flüsterte der Königin etwas zu, und Anna sah, wie ihr Blick beinahe panisch aufflackerte, dann aber hatte sie sich unter Kontrolle und sagte mit fester Stimme zum Bischof: »Beginnt mit der heiligen Taufe meines Sohnes!«

Auch beim anschließenden Fest und Tanz in der Großen Halle glänzte Darnley durch Abwesenheit. Geistesgegenwärtig verbeugte sich der Earl von Moray vor Maria und forderte sie zum Eröffnungstanz auf, der eigentlich von beiden Eltern des Täuflings hätte absolviert werden müssen. Ohne eine Miene zu verziehen, schritten sie auf die Tanzfläche, aber innerlich kochte Maria vor Zorn.

Duncan trat zu Anna. »Man sagt, Darnley hätte sich in seinem Zimmer eingeschlossen und weigere sich, die Tür zu öffnen. Er soll gerufen haben, dass er nicht an der Taufe eines Balges teilnehmen würde, das nicht seinen Lenden entsprungen sei.«

»Ja, er denkt, Rizzio sei der Vater von James. Duncan, ich habe Angst! Ich glaube, sein Verhalten heute ist der Anstoß für all das, was nun unweigerlich geschehen wird.«

Duncan nickte und ergriff ihre Hand. »Ich werde versuchen, ob ich mit ihm sprechen kann.«

»Er wird nicht auf dich hören«, gab Anna zu bedenken, aber Duncan verließ die Halle mit großen Schritten.

Es dauerte nicht lange, bis er mit sorgenvollem Gesicht zurückkehrte und den Kopf schüttelte. »Du hast recht gehabt, Anna. Ich klopfte und beschwor ihn, mich einzulassen und anzuhören, aber Darnley schrie nur, ich solle mich zum Teufel scheren. Offenbar ist er betrunken und deswegen ohnehin keinem vernünftigen Argument zugänglich.«

»Und jetzt?«

Duncan lächelte etwas verkrampft, griff Annas Hand und zog sie zur Tanzfläche. »Lass uns ein wenig tanzen und die Sorgen vergessen, da wir heute nichts mehr ausrichten können. Ich werde versuchen, mit Bothwell zu sprechen. Du hast mir erzählt, dass die Lords unter Bothwells Führung nun die Ermordung Darnleys planen werden, auch wenn ich das immer noch nicht glauben mag. Vielleicht gelingt es mir sein Vertrauen zu erlangen, und er weiht mich in seine Pläne mit ein.«

Obwohl Anna die Schritte des langsamen Tanzes unbekannt waren – es war natürlich unmöglich, in einer solch elitären Gesellschaft einen Walzer zu tanzen! –, genoss Anna den Abend, denn Duncan tanzte noch mehrmals mit ihr. Auch an der Aufmerksamkeit anderer Herren mangelte es ihr nicht, wobei ihr Blick immer wieder Duncan suchte und sie feststellte, dass es ihr missfiel, wenn er länger mit einer anderen Dame plauderte. Er sah mit seinen grau-grünen Beinkleidern und dem elfenbeinfarbenen Wams sehr attraktiv aus, zumal er sich seit seinem Aufenthalt in der Zukunft nun regelmäßig rasierte. Ein Stich der Eifersucht durchfuhr Anna, als sie sah, wie Duncan bei einem Gespräch mit einer jungen, hübschen Frau laut lachte und sich zwei Grübchen auf seinen Wangen bildeten. Warum schien er jedem weiblichen Wesen in seiner Gegenwart zugetan zu sein, während er sie meistens herablassend und kühl behandelte? Ihre Beziehung hatte etwas Geschäftsmäßiges, und sie waren höflich und freundlich zueinander. Auch wenn sich Anna sagte, dass es besser wäre, ihr Herz nicht an Duncan zu verlieren, wusste sie tief im Inneren, dass es schon längst geschehen war. Und das war keine Erkenntnis, die Anna sonderlich glücklich stimmte.

Man feierte bis in die frühen Morgenstunden, aber Henry Darnley, König von Schottland, hatte sich kein einziges Mal blicken lassen.

Zurück in Craigmillar Castle begannen für Anna langweilige Tage. Schneestürme zwangen die Menschen, hinter den schützenden Mauern auszuharren, und Maria Stuart gab kaum noch Abendgesellschaften. Meistens speiste sie im kleinen Kreis, und Annas Dienste als Unterhalterin waren nur noch selten gefragt. Selbst wenn sie vor der Königin ein Lied oder eine Geschichte zum Besten gab, war Maria oft geistesabwesend und verfolgte das Geschehen nur am Rande. Wenn Maria sich unbeobachtet glaubte, bildeten sich sorgenvolle Falten auf ihrer hohen Stirn, und ein Schatten legte sich über ihre Augen. Nach Weihnachten, das ruhig und mit wenig Pomp gefeiert wurde, hatte Maria Gewissheit: Sie erwartete ein Kind! Nach dem Eklat bei der

Taufe hatte sie es nicht fertiggebracht, Darnley die Hand zur Versöhnung zu reichen und sein Bett zu teilen. Auch Darnley zeigte offen seine Abneigung und reiste Anfang Januar unter dem Vorwand, seine Familie zu besuchen, nach Glasgow ab. Es wurde jedoch vermutet, dass ihm die Situation zu heikel wurde. Maria fühlte sich erleichtert, aber sie wusste, es musste etwas geschehen, und zwar bald, bevor es für sie zu spät war.

Eines Nachts fand Anna keinen Schlaf. Trotz des Feuers war es in der Kammer, die sie wie üblich mit drei anderen Frauen teilte, bitterkalt. Anna stand auf, hüllte sich in einen fellverbrämten Wollumhang und huschte leise auf den Gang hinaus. Die Untätigkeit der letzten Wochen hatte sie immer häufiger an ihr Zuhause denken lassen. Seit vier Monaten weilte sie nun schon im sechzehnten Jahrhundert. War es anfangs noch ein aufregendes Spiel gewesen, so verspürte Anna nun von Tag zu Tag mehr Heimweh und die Sehnsucht nach den Einrichtungen ihrer Zeit. Wie gerne würde sie mal wieder ein ausgiebiges Schaumbad nehmen! Obwohl es am Hof relativ sauber zuging, badete man im Winter nur selten. Die meisten wuschen sich regelmäßig nur das Gesicht und die Hände, dementsprechend strömten selbst die Hofdamen einen Geruch aus, an den sich Anna nicht gewöhnen konnte. Die Erkenntnis, dass sie selbst genauso roch, trug nicht dazu bei, ihre Stimmung zu heben. Wenn sie wenigstens Duncan öfters sehen und sprechen könnte, aber dieser hielt sich in Edinburgh auf, und das Wetter erlaubte derzeit nicht, dass Anna in die Stadt ritt.

»Das Telefon ist wahrlich eine gute Erfindung«, murmelte Anna und lehnte sich an die Wand einer dunklen Nische. Hier war es zwar noch kälter als in ihrer Kammer, aber Anna verspürte eine große innere Unruhe, die sie rastlos umtrieb. Plötzlich hörte sie leichte, trippelnde Schritte auf der Treppe und drückte sich weiter in die Dunkelheit, denn sie wollte nicht entdeckt werden. Der Schein einer flackernden Kerze erschien, dann der Schatten einer Frau, in dem Anna die Königin erkannte. Offenbar konnte auch sie nicht schlafen. Vielleicht schlich sie sogar zu den Räumen des Earl von Bothwell? Vorsichtig und leise folgte Anna der Königin über die Wendeltreppe ins obere Stockwerk. Ohne Anna zu bemerken, öffnete Maria eine Holztür und huschte in den hell erleuchteten Raum. Das waren nicht die Gemächer Bothwells, dachte Anna und hielt sich in der Dunkelheit verborgen. Zu ihrer Überraschung schlichen dann in rascher Folge die Lords Moray, Maitland, Huntly, Argyll, Morton und – ganz zum Schluss – auch Bothwell die Treppe hinauf und verschwanden in dem geheimnisvollen Raum. Annas Herz klopfte ihr bis zum Hals, als sie zehn Minuten wartete und sich dann, als niemand mehr kam, an die Tür drückte. Sie wusste, würde man sie hier entdecken, würde man sie auf der Stelle aus der Burg werfen. Anna hörte murmelnde Stimmen. Zuerst verstand sie nur Wortfetzen, aber dann schienen sich die Gemüter zu erhitzen, und die Stimmen wurden lauter.

»Das Maß ist endgültig voll!« Das war Bothwell, eindeutig erkannte Anna seine tiefe, kehlige und etwas derbe Stimme.

»Henry Darnley hat sein Recht, König und Vater eines künftigen Königs zu sein, durch sein Verhalten verwirkt, Mylords.«

»Der Himmel möge ihn strafen!«, rief Argyll erregt.

»Der Himmel hilft uns hier nicht weiter.« Das war wieder Bothwell. »Majestät, es ist mit unserer Ehre nicht mehr zu vereinbaren, dass Ihr länger an dieser Farce von Ehe festhaltet.«

Marias Antwort war so leise, dass Anna Mühe hatte, sie zu verstehen:

»Keine Gewalt, meine Herren, und eine Scheidung kommt auch nicht in Frage. Es muss eine andere Möglichkeit geben. Vielleicht könnte man Darnley ins Ausland schicken, nach Frankreich zum Beispiel. Ich bin sicher, ich könnte meinen Schwager um Hilfe bitten …«

»Das löst aber nicht das Problem Eurer Ehe, Majestät!«, brauste Maitland auf. »Allerdings bestünde die Möglichkeit, dass sein Schiff auf der Überfahrt in einen Sturm gerät und sinkt. Damit wären alle unsere Probleme gelöst.«

»Genug, Mylord Maitland!«, rief die Königin erregt. »Trotz allem ist Darnley mein Mann, und ich werde nicht so weit gehen, ihm den Tod zu wünschen …«

»Obwohl er ihn verdient hätte …«, warf Bothwell ein.

»Mylords, ich lege mein Schicksal in Eure Hände, aber bedenkt, es darf nichts geschehen, das meine Ehre beflecken könnte, absolut nichts, habt Ihr verstanden?«

Ein Scharren verriet Anna, dass die Königin sich erhoben hatte. Schnell huschte sie in den Teil des Flurs, der in völliger Dunkelheit lag. Keine Sekunde zu früh, denn Maria trat heraus und lief eilig die Treppe hinab. Keiner der Lords folgte ihr, aber Anna fand es zu riskant, weiter dem Gespräch zu lauschen. Nun ging es nicht mehr nur darum, dass man sie vom Hof entfernen würde. Nein, würde auch nur einer der Männer erfahren, dass sie alles mitangehört hatte, könnte sie ihren Kopf verlieren. Und dass das in dieser Zeit schnell geschehen konnte, wusste Anna leider zu gut.

Es dauerte zwei Wochen, bis die Temperaturen stiegen und Sonnenstrahlen den Schnee auf den Wegen schmelzen ließen. Endlich entschloss sich Maria, einen Teil des Hofes, dem auch Anna angehörte, wieder nach Holyrood zurückkehren zu lassen, derweil sie selbst in Craigmillar blieb. Kaum in Edinburgh angekommen, machte sich Anna unverzüglich in die Stadt auf. Erleichtert traf sie Duncan an, wenngleich Master Geddes missbilligend die Nase rümpfte, als er Anna in Duncans Kammer führte und die beiden auf Duncans Wunsch allein lassen musste.

»Anna!« Duncan sprang bei ihrem Anblick von dem Stuhl hoch, auf dem er gesessen und irgendwelche Papiere gesichtet hatte, und eilte ihr entgegen. Für einen kurzen Augenblick umarmte er sie und zog sie an seine Brust, ließ sie dann aber so schnell wieder los, als hätte er sich an einem heißen Eisen verbrannt. Anna versuchte, sich ihre Enttäuschung nicht anmerken zu lassen, denn nach den langen Wochen der Trennung hätte sie eine andere Begrüßung erwartet. Duncan hatte seinen Blick nicht schnell genug abgewandt, so hatte sie den Freudenschimmer in seinen Augen erkannt. Warum wehrte sich dieser Mann nur so vehement gegen seine Gefühle? Anna war nicht so vermessen zu glauben, Duncan sei in tiefer Liebe zu ihr entbrannt, dass er sie aber begehrte, wie ein Mann eine Frau begehrt, wurde in vielen Situationen deutlich. Doch jetzt war keine Zeit, ihre persönlichen Probleme zu regeln, denn die Geschichte trieb unablässig auf ihren tödlichen Höhepunkt zu.

Anna sprudelte hastig hervor: »Die Lords haben sich nun endgültig verschworen, Darnley zu töten!« Mit knappen Worten berichtete sie von dem belauschten Gespräch in Craigmillar Castle und endete mit den Worten: »Es ist alles wahr, was die Historie berichtet. Duncan, wir müssen handeln, wenn wir versuchen wollen, den Mord zu verhindern.«

Sorgenvoll fuhr sich Duncan durchs Haar. »Aber was können wir tun? Als einzige Alternative fällt mir ein, Bothwell zu ermorden, der offenbar der Drahtzieher der Verschwörung ist. Aber können wir so weit gehen, uns einen Mord aufzubürden, um einen anderen zu verhindern? Auch wenn er das Leben der Königin bedeuten würde?«

Nein, das konnten sie nicht, es gab offenbar nur einen Weg.

»Ich muss mit Maria sprechen und das Risiko eingehen, ihr die Wahrheit zu sagen«, sagte Anna.

»Sie wird dir nicht glauben. Niemand wird dir glauben, ich glaube es ja selbst nicht, obwohl sich bisher alle deine Prophezeiungen erfüllt haben.«

»Es sind keine Prophezeiungen, sondern Tatsachen«, widersprach Anna.

Rastlos ging Duncan im Zimmer auf und ab. »Was wird als Nächstes geschehen?«

»Ich weiß nicht, wann, aber Darnley soll in ein Haus vor den Toren Edinburghs gebracht werden. Ich glaube, er ist krank, und Maria will ihn dort pflegen. Dort wird dann der Mord geschehen.«

Duncan nahm den Krug vom Tisch und schenkte roten Wein in zwei Becher, einen bot er Anna an. »Wir müssen nachdenken, vielleicht fällt uns noch eine Lösung ein. Heute ist der zwanzigste Januar, viel Zeit haben wir folglich nicht mehr.«

Anna erstarrte in der Bewegung, den Becher zum Mund zu führen. »Der zwanzigste Januar?«, flüsterte sie. Sie hatte keine Ahnung über das genaue Datum gehabt, denn in Craigmillar gab es keine Kalender.

»Ja, was ist daran so ungewöhnlich?«, fragte Duncan.

Anna lächelte wehmütig und hob den Becher. »Dann Prost! Möchtest du mit mir auf meinen Geburtstag anstoßen?«

»Geburtstag?« Duncan war verblüfft. »Du hast *heute* Geburtstag?« Er riss Anna in seine Arme und küsste sie unvermutet auf den Mund, ließ sie aber, zu Annas Bedauern, gleich wieder los. »Ich wünsche dir alles Gute und Glück, liebe Anna.«

Seine Stimme war vor Zärtlichkeit weich wie Samt, und Anna hätte sich am liebsten wieder an seine Brust geworfen und ihn angefleht, sie endlich zu lieben. Um dieser Gefühlsregung nicht zu verfallen, sagte sie schnell: »Wann bist eigentlich du geboren?«

Duncan lächelte und leerte seinen Becher in einem Zug, auch Anna nahm einen kräftigen Schluck. »Auch an einem zwanzigsten, allerdings im Monat Mai. Vor knapp fünfunddreißig Jahren habe ich das Licht der Welt erblickt. Ich habe es meiner Mutter nicht leicht gemacht, denn ich brauchte drei volle Tage, um ihren schützenden Leib zu verlassen«, sagte Duncan versonnen. »Sie erzählte, es sei ein sehr kühler und regnerischer Tag gewesen, kein Wunder, dass ich nicht –«

»Duncan, der zwanzigste Mai!«, unterbrach Anna und klammerte sich so heftig an seinen Arm, dass der Rest ihres Weines aus dem Becher schwappte und ihren Rock beschmutzte. »Hast du etwas zum Schreiben?«

»Auf dem Tisch ist Papier und eine Feder«, antwortete Duncan erstaunt.

Annas Wangen glühten, als sie zur Feder griff, diese ins Tintenfass tauchte und auf einem Pergament die Zahlen *20 05* schrieb.

»Ich glaube, ich habe es. Mein Gott, ja, es könnte funktionieren …«

»Hättest du die Güte, mir zu sagen, wovon du sprichst? Weißt du, wie wir den Mord verhindern können?«

Anna sah ihn mit großen, leuchtenden Augen an. »Nein, aber vielleicht habe ich erkannt, wie man die Zeit bestimmt, in der man landet, wenn man in den See geht.«

Duncan fühlte einen dumpfen Druck im Magen. Seit Wochen hatte er nicht mehr daran gedacht, dass Anna eines Tages gehen würde. Sie war so sehr ein Teil seiner Zeit geworden, dass er sich nicht vorstellen konnte, irgendwann ohne sie zu sein. Trotzdem nahm er das Papier in die Hand und starrte auf das Datum seines Geburtstages.

»Ich fürchte, ich verstehe nicht …«

»Hier, du bist am zwanzigsten Mai geboren … wenn man das Datum in Zahlen schreibt, dann liest man das so, aber es könnte genauso gut auch …«

»… zweitausendundfünf heißen«, vollendete Duncan ihren Satz, und die Erkenntnis traf ihn wie ein Blitz.

»Du hast mir erzählt, damals, als du vor den Verfolgern in den See gesprungen bist, ist für ein paar Momente dein ganzes Leben an dir vorbeigezogen. Hast du dabei auch an deine Geburt gedacht?«

Duncan nickte langsam, sein Blick löste sich nicht von den Zahlen. »Als der Sog immer stärker wurde und ich kurz davor war, die Besinnung zu verlieren, dachte ich daran, dass ich am zwanzigsten Mai nun niemals wieder ein Fest feiern werde. Du musst wissen, dass ich meinen Geburtstag immer gerne mit lieben Freunden verbracht habe.«

»Und als du zurückgingst, hast du da auch an das Jahr, in das du reisen willst, gedacht?«

»Ja, an fünfzehnhundertsechsundsechzig, und du hast dich in diesem Augenblick an mir festgeklammert, deswegen bist du mit mir hierher gekommen.«

Fordernd streckte Anna ihm ihren Becher hin. »Gib mir noch einen Wein, bitte! Ich glaube, wir haben die Lösung, wie man die Zeitreise kontrollieren kann. Ich muss ganz fest an meine Zeit glauben, dann werde ich auch in sie versetzt werden. Hoffe ich zumindest«, fügte Anna hinzu.

Plötzlich machte sich zwischen ihnen ein Schweigen breit, denn keiner wusste genau, was er sagen sollte. Schließlich sprach Duncan zuerst: »Wann … wirst du es versuchen? Sollen wir gleich abreisen, wobei ich allerdings vermute, die Wege ins Hochland werden durch Eis und Schnee unpassierbar sein. Wahrscheinlich ist der See auch zugefroren.«

Anna schüttelte den Kopf. »Nein, erst versuche ich, mit der Königin über Darnley und Bothwell zu sprechen. Niemand weiß, ob es in unserer Macht liegt, die Geschichte zu ändern, aber wir müssen es zumindest versuchen.«

Der Gedanke daran, dass es eine Möglichkeit der Rückkehr geben könnte, machte Anna glücklich. Sie verglich es mit dem Gefühl, das sie vor Jahren empfunden hatte, als sie das Rauchen aufgab. Damals hatte sie trotzdem Zigaretten im Haus behalten, und der Gedanke: »Ich kann rauchen, wenn ich will, aber ich will nicht!«, hatte sie so stark gemacht, dem Laster ein für alle Mal Adieu zu sagen.

Nein, noch würde sie den Versuch nicht wagen, wobei Duncans Überlegungen auch eine Rolle spielten. Anna hatte wenig Lust, bei diesem Wetter die weite Strecke ins Hochland zu reiten. Jetzt kam es auf ein paar Wochen länger auch nicht mehr an. Unter gesenkten Lidern beobachtete sie Duncan, wie er die Papiere ordnete und in eine Schublade schob. Bei dem Gedanken, Duncan vielleicht niemals wieder zu sehen, zog sich ihr Herz schmerzhaft zusammen. Sie räusperte sich und musste dreimal ansetzen, bevor sie hervorpresste: »Duncan, möchtest du, dass ich in meine Zeit zurückkehre?«

Er hielt inne und sah sie überrascht an. »Es ist wohl nicht wichtig, was *ich* will, Anna. Du gehörst nicht in diese Zeit und in dieses Leben, das in deinen Augen von Armut, Krankheiten und Leid geprägt ist. Zudem – was würdest du hier machen? Wo und von was leben? Wenn sich deine Prophezeiungen erfüllen, dann sind die Tage der Königin, und damit dein Leben am Hofe, gezählt.«

Du könntest mich zum Beispiel bitten, deine Frau zu werden, dachte Anna mit einem Anflug von Bitterkeit, aber sie hätte sich eher die Zunge abgebissen, als Duncan dies zu sagen. Es beunruhigte sie, dass sie sich vorstellen konnte, Duncan zu heiraten und mit ihm auf Glenmalloch zu leben. Nach der Enttäuschung mit Bruce hatte sie sich geschworen, niemals wieder ihr Herz derart an einen Mann zu verlieren und dabei ihre eigenen Wünsche zu verleugnen. Was hatte Duncan nur an sich, dass ihre Meinung nun so ins Wanken geriet?

Hastig stand sie auf. »Du hast recht, das sechzehnte Jahrhundert ist nicht meine Welt.« Es klang bitterer, als Anna es meinte, aber die offensichtliche Ablehnung Duncans hatte sie verletzt. »Ich möchte wieder duschen und mich dabei mit einem Pflegeschaum verwöhnen, möchte mich in ein Flugzeug setzen und an einen Strand unter südlicher Sonne fliegen und in einer Disco so richtig abtanzen. Und ich möchte endlich wieder eine Cola trinken. Eisgekühlt, mit einer Scheibe Zitrone darin.«

Duncan kaute auf der Unterlippe, um nichts Unbedachtes zu sagen. Zwar verstand er nicht alles und wusste nicht, was eine Cola sein sollte, aber Annas Worte hatten ihm bestätigt, wie unglücklich sie war. In manchen schlaflosen Nächten hatte er darüber nachgedacht, wie es wäre, wenn Anna immer bei ihm bliebe. Sie wäre eine wunderbare Herrin für Glenmalloch, aber das war ein Opfer, das er niemals von ihr fordern durfte. Außerdem liebte sie ihn gar nicht. Ja, ihr Verhalten ließ darauf schließen, dass sie ihn attraktiv fand, aber Duncan hatte in Annas Zeit erlebt, wie leichtfertig die Menschen mit dem Thema Liebe umgingen. Was hinderte ihn eigentlich daran, mit Anna ein paar leidenschaftliche Nächte zu verbringen? Das hatte er schließlich schon mit anderen Frauen gemacht, aber Anna war … *anders*. Nein, er würde sie nicht entehren, auch wenn sie es vielleicht sogar wollte. Anna war etwas Besonderes, und er würde alles tun, damit sie glücklich wurde. Und das war eben nur dann möglich, wenn sie dorthin zurückging, wo sie hingehörte. Seine eigenen Empfindungen waren zweitrangig.

Als Anna an diesem Abend in den Palast zurückkehrte, erfuhr sie, dass Maria Stuart am gleichen Tag nach Glasgow aufgebrochen war.

»Offenbar ringt Darnley mit dem Tod«, berichtete Claire. »Die Königin will an seiner Seite sein, um ihn zu pflegen.«

»Warum tut sie das?«, fragte Anna ehrlich erstaunt. Wenn Darnley wirklich schwer krank war, dann bestünde die Hoffnung, dass er sterben könnte und sich damit die Probleme von selbst lösen würden. Sofort schämte sich Anna wegen dieser Gedanken. Kein Mensch hatte es verdient, dass man ihm den Tod wünschte.

»Ich habe gehört, die Königin sei gewillt, ihm noch einmal alles zu verzeihen. Sie will nicht Böses mit Bösem vergelten und sagte, sie sei mit ihm verheiratet, und es sei ihre Pflicht, in schweren Stunden an der Seite ihres Mannes zu sein.«

»So, wie Darnley an ihr Krankenbett eilte, als Maria in Jedburgh mit dem Tode rang«, bemerkte Anna ironisch. »Nun, hoffen wir mal, dass sie nicht zu lange fortbleibt, denn es ist hier schon langweilig genug.«

»Dann lass uns Mühle spielen«, rief Claire.

»Okay«, murmelte Anna und holte Brett und Steine hervor. Was hätte sie sonst auch tun sollen?

Zwölf Tage später war Maria Stuart wieder zurück in Edinburgh. Darnley begleitete sie, in eine Sänfte gebettet. Es war ein offenes Geheimnis, dass er an der *Französischen Krankheit* litt, die langsam, aber sicher seine Haut zerfraß. Sein

Gesicht war mit einer Halbmaske bedeckt, um die eitrigen Geschwüre zu verbergen, und er war zu schwach, um auch nur wenige Schritte zu laufen. Darnley besaß seit kurzem ein Haus direkt an der Stadtmauer Edinburghs, nur einen Steinwurf von den Gärten von Holyrood entfernt, das auf Order der Königin binnen weniger Tage geputzt und eingerichtet worden war. Dorthin wurde der kranke Darnley gebracht, denn er weigerte sich, seine Räume im Palast zu beziehen. Maria residierte wieder in Holyrood, aber noch am Abend ihrer Ankunft ging sie über die Wiese zu der kleinen Pforte, die sie direkt von Holyrood zu dem Haus Kirk o'Field führte. Sie blieb mehrere Stunden bei Darnley, und es war bereits dunkel, als sie sichtlich erschöpft zurückkehrte und forderte, man möge ihr sofort warmes Ale bringen. Anna zögerte keinen Moment, der Augenblick des Handelns war nun gekommen. Sie nahm der Magd den Krug mit dem Bier ab und betrat das Zimmer der Königin.

»Lady Anna? Ihr seid es?« Maria Stuart sah müde aus und bat Anna, das Bier auf einen Tisch zu stellen.

Anna tat wie befohlen, dann blieb sie zögernd stehen. »Majestät, ich möchte Euch bitten, Euren Mann davon zu überzeugen, dass er im Palast besser aufgehoben ist.«

»Wie bitte?« Marias Kopf ruckte nach oben, in ihren Augen stand Fassungslosigkeit, aber Anna sprach schnell weiter, bevor sie der Mut verließ:

»Bitte glaubt mir, dass ein großes Unglück geschehen wird, wenn Darnley weiter in diesem Haus bleibt. Er muss unter ständiger Aufsicht sein. Ihr müsst Euren Mann an Eure Seite holen!«

»Wer oder was seid Ihr?« Maria musterte sie aus zusammengekniffenen Augen. »Eine Wahrsagerin? Oder gar eine Hexe? Wie könnt Ihr es wagen, mir, Eurer Königin, zu sagen, was ich zu tun und zu lassen habe?«

Abwehrend hob Anna die Hände. »Majestät, ich bin nur eine einfache Frau, trotzdem *weiß* ich, dass Darnley in diesem Haus etwas Böses geschehen wird. Ihr wollt doch nicht seinen Tod?«

Marias Stimme wurde sehr leise, aber auch sehr ärgerlich, als sie sagte: »Lady Anna, bisher habe ich Eure munteren Spielchen, Tänze und Lieder geschätzt, und sie haben mich unterhalten. Auch vergesse ich nicht, wie Ihr versucht habt, in Jedburgh meine Leiden zu lindern. Nun solltet Ihr aber nicht vergessen, wer vor Euch steht, und Eure Zunge hüten. Ich könnte mich sonst gezwungen sehen, Euren Cousin zu bitten, Euch nach Irland zurückzuschicken.«

»Aber Majestät, so glaubt doch …«

»Genug! Ich will nichts mehr hören! Geht jetzt, oder soll ich erst die Wachen rufen?«

Langsam wich Anna zurück. »Das ist nicht nötig, ich lasse Euch allein. Warum wollt Ihr nicht verstehen, dass mir nur Euer Wohl am Herzen liegt?«

»Hinaus! Und wagt es nicht, mir wieder unter die Augen zu kommen«, schrie Maria. »Ich bin Eurer Unterhaltung überdrüssig, es steht Euch frei, den Hof noch heute zu verlassen!«

Demonstrativ drehte Maria Anna den Rücken zu, aber Anna sah, wie ihre Schultern bebten.

»Es tut mir leid, meine Königin«, murmelte Anna, öffnete seufzend die Tür und verließ das Zimmer. Sie hatte es versucht, aber es war sinnlos gewesen. Sie konnte doch unmöglich vor Maria hintreten und sagen: »Ich komme aus der Zukunft und weiß, dass Ihr eines Tages enthauptet werdet.«

Vielleicht war es wirklich das Beste, die Stadt zu verlassen und den Dingen ihren Lauf zu lassen, aber nach kurzem Überlegen entschied sich Anna zu bleiben, solange noch Hoffnung bestand, die kommenden dramatischen Ereignisse zu verhindern.

Wohlig räkelte sich Darnley in seinem Bett und schlürfte an dem schweren Wein, der blutrot im Glas schimmerte. Soeben war Maria gegangen, hatte die Hochzeit eines Dienstboten vorgeschützt, die sie besuchen wollte, um nicht länger an seinem Krankenbett zu verweilen. Aber Darnley wollte sich nicht beklagen. Seit er nach Kirk o'Field gekommen war, hatte Maria täglich ein paar Stunden an seiner Seite verbracht und ihm sogar persönlich das Gesicht mit der von den Ärzten verordneten Tinktur eingerieben. Leider war sie bisher seinen Zärtlichkeiten ausgewichen, mehr als einen flüchtigen Kuss hatte Darnley seiner Frau nicht abringen können. Er konnte es ihr nicht verdenken, denn obwohl es ihm von Tag zu Tag besser ging, war sein Gesicht immer noch entstellt. Dass Maria, nachdem sie von seinem Gesundheitszustand erfahren hatte, ihn sofort in Glasgow aufgesucht und nach Edinburgh gebracht hatte, bestärkte Darnley in seiner Überzeugung, dass sie ihm verziehen hatte. Im Haus seiner Eltern hatte ihn sein Vater wegen seines Verhaltens bei der Taufe heftig gerügt:

»Du hast dich sehr dumm verhalten, Henry«, hatte der Earl von Lennox gesagt. »Wenn du Maria absetzen und die Regentschaft über James möchtest, dann darfst du nichts tun, was die Legitimität eures Sohnes gefährdet!«

Sein Vater hatte recht. Marias Ansehen in der Öffentlichkeit sank von Tag zu Tag. John Knox tat ein Übriges, um die Königin beim Volk in Misskredit zu bringen. Nun war er selbst zwar auch katholisch, aber Darnley würde seinen Glauben sofort wechseln, wenn es seinen Zielen dienlich wäre. Zuerst hatte er gedacht, im Earl von Moray, Marias Halbbruder, einen Verbündeten zu finden, musste aber schnell erkennen, dass dieser arrogante Mann ihn mit Missachtung strafte. Was soll's? Es gab genügend andere Lords, die sofort an seine Seite eilen würden, wenn der Zeitpunkt gekommen wäre, Maria Stuart vom Thron zu stoßen und James zum König zu krönen. Und wer sonst als er, der Vater, wäre besser dazu geeignet, die Regentschaft über den Säugling zu übernehmen?

Darnley lächelte und schenkte sich einen weiteren Wein ein. Die geschliffenen venezianischen Gläser waren ein Hochzeitsgeschenk des Königs von Frankreich gewesen und sehr kostbar. Gedankenverloren strich Darnley mit dem Daumen über den Goldrand. Er liebte schöne Dinge, leider musste er aber für jedes neue Wams, jedes Schmuckstück und jedes kostbare Pferd seine Frau um Erlaubnis fragen. Eine entwürdigende Situation für einen Mann, die es so bald wie möglich zu ändern galt.

Darnley lehnte sich wieder zurück und schmiedete Pläne für das kommende Frühjahr. In zwei, drei Wochen, so schätzte er, würde er wieder vollkommen gesund sein. Sobald der Schnee getaut und die Wege wieder passierbar waren, würde er Maria eine Reise ins Hochland vorschlagen. Dort, in der Einsamkeit und Stille, würden sie wieder zueinander finden und Maria in ihm den liebevollen und zärtlichen Ehemann erkennen, den sie geheiratet hatte. Sie würde keinen Verdacht schöpfen, dass derweil die Lords ihre Abdankung und James' Krönung vorbereiten würden. Über zwei wesentliche Punkte war sich Darnley allerdings nicht sicher: Was würde mit Maria geschehen, wohin könnte man sie bringen, wenn sie nicht mehr Monarchin war? Und das Wesentlichste, was Darnley Sorgen bereitete, war – wer würde ihn in seinem Plan unterstützen? Seit er in Edinburgh war, hatte ihn niemand von den Lords besucht, dabei hatten sie früher durchaus seine Gesellschaft geschätzt, besonders wenn er sie großzügig in Gasthäusern und Bordellen ausgehalten hatte.

Darnleys Überlegungen wurden unterbrochen, als er Schritte auf der Treppe hörte. Gut, einer seiner Diener würde kommen und ihm weiteren Wein bringen. Der Mann, der dann aber ohne anzuklopfen die Tür aufriss und hereinstolperte, war kein Diener, und Darnley fuhr wütend aus den Kissen auf. »Wer seid Ihr und was wollt Ihr?«

Duncan trat dicht ans Krankenbett. »Mylord, Ihr müsst Euch anziehen und mit mir kommen. Schnell!«

Darnley dachte gar nicht daran, dieser Aufforderung Folge zu leisten. »Was fällt Euch ein, hier so einfach hereinzukommen? Wo ist mein Diener? Verschwindet oder ich werde die Wachen rufen!«

Duncan riss die Decke fort und zog Darnley am Arm aus dem Bett. Obwohl Darnley sich wehrte, hatte er gegen die Kraft Duncans keine Chance.

»Mein Name ist Duncan Cruachan«, stieß dieser hastig hervor. »Eure Diener sind alle fort, ebenso die zwei Wachen, die die Königin zu Eurem Schutz abgestellt hat.«

»Fort? Was heißt hier fort? Ich höre doch Geräusche aus dem unteren Stockwerk«, rief Darnley und zappelte unter Duncans hartem Griff wie ein Fisch auf dem Trockenen.

»Das sind Eure Feinde, Mylord. Ich flehe Euch an, kommt jetzt mit mir!«

Obwohl Duncan für Darnley und sein Verhalten nur Verachtung empfand, glaubte er Anna jedes Wort, dass den König in dieser Nacht der Tod ereilen würde. Es war keine Zeit für persönliche Sympathien, wenn es galt, einen feigen und hinterhältigen Mord zu vereiteln.

Darnley war immer noch nicht gewillt, aufgrund vager Andeutungen eines Mannes, den er ein oder zwei Mal am Hof gesehen hatte, das warme Zimmer und seinen Weinkrug zu verlassen. »Ich werde einen Teufel tun und Euch folgen. Draußen ist es bitterkalt, und ich bin zu schwach, das Bett zu verlassen. Lasst mich jetzt los und schickt jemanden, der mir neuen Wein bringt! Sofort, dann werde ich Euch Euer ungebührliches Verhalten vielleicht nachsehen.«

Duncan holte tief Luft, dann packte er Darnley und warf ihn sich wie einen Mehlsack über die Schultern. Durch das Nachthemd spürte er jeden einzelnen Knochen des schmächtigen Mannes, und Duncan hatte keine große Mühe, ihn aus dem Raum zu tragen.

»Das wird Euch den Kopf kosten!«, schrie Darnley, als er merkte, dass er Duncans Stärke hilflos ausgeliefert war.

»Haltet um Gottes willen den Mund!«, zischte Darnley. »Ich bin gerade dabei, Euer Leben zu retten, Mylord, darum macht es mir nicht so schwer.«

Darnley stutzte, sagte dann leiser: »Was meint Ihr damit? Wer sollte *mir* nach dem Leben trachten?«

»So gut wie ganz Schottland«, flüsterte Duncan und schlich mit seiner Last über die Hintertreppe hinunter in die Küche. »Im Keller des Hauses befinden sich Fässer mit Schießpulver, und Männer sind dabei, diese zu entzünden.

Wenn ich Euch nicht rechtzeitig hinausbringe, fliegen wir beide in wenigen Augenblicken in die Luft.«

Darnley erstarrte, dadurch wurde sein Körper so schwer, dass Duncan aufstöhnte, aber er hatte die Küche erreicht und stolperte durch den Hinterausgang in den Garten. Hier war alles ganz ruhig, nichts wies darauf hin, dass drei Männer bereits im Keller waren und sich an den Zündschnüren zu schaffen machten.

Die Kälte schlug Darnley wie eine Faust entgegen, er zitterte in seinem Nachthemd. »Was habt Ihr vor? Wohin bringt Ihr mich?«

Duncan antwortete nicht. Er wusste selbst nicht, was jetzt mit Darnley geschehen sollte. Am besten, er brachte ihn in das Haus in die High Street, Master Geddes war ein Freund und verschwiegen. Danach würde man weitersehen. In der Nähe der Mauer, die den Garten von Kirk o'Field von dem des Palastes trennte, setzte er Darnley ab. Er wollte gerade sagen, dass sie sich beeilen mussten, um zu verschwinden, als zwei große Schatten aus dem Nichts auftauchten. Blitzschnell griff Duncan nach seinem Messer. Bevor er es aber aus der Scheide ziehen konnte, traf ihn ein dumpfer Schlag am Hinterkopf, und er sank ohne einen Laut zu Boden.

Die Explosion riss die ganze Stadt aus dem Schlaf, denn die gewaltige Detonation war meilenweit zu hören. Anna hatte nicht geschlafen, sondern seit Stunden auf Duncan und seine Mitteilung gewartet, dass ihr Plan gelungen sei. Die Explosion überraschte sie nicht, aber hoffentlich war es Duncan gelungen, Darnley rechtzeitig in Sicherheit zu bringen.

Im Holyrood-Palast liefen Hunderte von Menschen, alle mangelhaft bekleidet, wild schreiend durcheinander.

»Was war das?«

»Gütiger Himmel, seht! Die Stadt brennt!«

Tatsächlich erhob sich am Nachthimmel ein so mächtiger Feuerschein in Richtung Edinburgh, wie ihn niemand zuvor gesehen hatte. Mary Seton, die Kammerzofe, die im Zimmer neben der Königin schlief, warf Maria schnell einen Pelz um die Schultern, denn Maria wollte so, wie sie war, nach draußen eilen.

»Das kommt von Kirk o'Field!«, schrie die Königin. »Bothwell! Wo ist Bothwell?«

Anna, die sich den Reihen der aufgeregten Menschen angeschlossen hatte, sah ihn aus seinen Gemächern kommen. Noch im Gehen knöpfte er sein Wams zu, sein dunkles Haar stand wirr in alle Richtungen ab, ganz so, als wäre er ebenso wie alle anderen durch die Detonation aus dem Schlaf gerissen worden. Aber Anna wusste es besser. Sie hatte gehört, wie Bothwell den Palast erst eine knappe halbe Stunde vor der Explosion betreten hatte.

Bothwell trat zu Maria, kurz meinte sie, er würde sie vor allen Augen umarmen, dann aber besann er sich und sagte schnell: »Ich werde sofort gehen und nachsehen, Majestät. Es muss sich um einen schrecklichen Unfall handeln. Bleibt Ihr im Palast, hier seid Ihr in Sicherheit.«

Die wenigen Worte ihres Liebhabers beruhigten Maria, und sie ließ sich von Mary Seton in ihr Schlafzimmer zurückführen. Für die anderen, unter ihnen Anna, begann eine bange Zeit des Wartens. Ein Junge mit rußgeschwärztem Gesicht kam angerannt und verkündete, dass tatsächlich das Haus Kirk o'Field explodiert und ein Raub der Flammen geworden war.

»Es lohnt sich nicht zu löschen«, stieß er hastig hervor. »Jeder, der in dem Haus war, ist unweigerlich tot, aber es besteht keine Gefahr für die angrenzenden Häuser.«

Tot! Ein Aufschrei ging durch den Palast. War Darnley nicht in dem Haus? Beinahe jeder wusste, dass sein Schlafzimmer im ersten Stock gewesen war. War er ein Opfer geworden? Und was hatte das Unglück überhaupt verursacht? Wie konnte in einer kalten Februarnacht ein Haus, das nur als Wohnstätte genutzt wurde, so einfach in die Luft fliegen?

Fragen über Fragen, die in dieser Nacht keinen im Palast an Schlaf denken ließen. Anna mischte sich nicht in die wilden Spekulationen ein, ihre Gedanken kreisten um Duncan. Wo war er? Warum hatte er sich noch nicht gemeldet? Und was war mit Darnley?

Der Morgen graute bereits, als Bothwell und ein paar Knechte in den Palast zurückkehrten. Sie schienen erschöpft, und Bothwell bat, sofort zur Königin vorgelassen zu werden. Die Ereignisse dieser Nacht hatten sämtliche höfischen Konventionen außer Kraft gesetzt. So drängten sich Dutzende von Menschen im Schlafzimmer Maria Stuarts, als Bothwell sein Knie beugte und mit schleppender Stimme sagte: »Wir haben Mylord Darnley, den König, gefunden, Majestät.«

Maria umklammerte so fest die Stuhllehnen, dass ihre Knöchel weiß hervortraten. »Wo ist er? War er in dem Haus?«

Bothwell zögerte, dann fuhr er fort: »Der König ist tot, Majestät. Man fand ihn im Garten hinter dem Haus, nur mit einem Nachthemd bekleidet. Er ist ... sein Körper gibt keinen Hinweis, dass er durch die Explosion zu Schaden kam. Euer Leibarzt wird sich des Königs annehmen und feststellen, wodurch er ums Leben gekommen ist.«

Maria Stuart saß wie erstarrt. Kein Muskel zuckte in ihrem Gesicht, in dem man sonst wie in einem offenen Buch lesen konnte. Minuten des bangen Schweigens vergingen, dann erhob sich Maria langsam und winkte ihrer Kammerzofe. »Man möge mich jetzt allein lassen, damit ich um meinen Gatten trauern kann.« Ihre Stimme war genauso beherrscht wie ihr Gesicht. »Sobald Näheres über die Todesursache bekannt ist, wünsche ich unverzüglich informiert zu werden.«

Die Leute zogen sich schweigend zurück, und Anna verließ den Palast. Noch immer gab es keine Spur von Duncan. Angst schnürte ihr die Kehle zu. Ihr Plan war also misslungen, die Geschichte hatte sich nicht verändert. Anna wusste, wie Darnley ums Leben gekommen war – man hatte ihn erdrosselt. Aber wo war Duncan? War es ihm überhaupt gelungen, zu Darnley zu gelangen, und hatte er ihn aus dem Haus gebracht? Anna lenkte ihre Schritte zum Tor des Palastes, dann nach rechts in Richtung von Kirk o'Field. Es herrschte ein solches Durcheinander, dass niemand auf sie achtete. Wo einst das Haus gestanden hatte, befand sich nur noch ein rauchendes Trümmerfeld. Steine und Dachziegel waren Hunderte von Metern weit geschleudert worden und bedeckten den gesamten Garten. Anna hörte ihren Namen, drehte sich um und erkannte Master Geddes, der aufgeregt auf sie zueilte.

»Lady Wheeler, Duncan … er ist verletzt und fragt nach Euch.«

»Wo ist er? Wie schlimm sind seine Verletzungen?« Anna presste beide Hände auf ihre Brust. O mein Gott, lass ihn nicht sterben! Bitte nicht, betete sie still. Auch wenn er mich nicht will – es darf ihm kein Leid geschehen sein!

»Er ist in meinem Haus, bitte kommt mit mir!«

Zu Annas grenzenloser Freude waren Duncans Verletzungen nicht ernsthaft. An seinem Hinterkopf klaffte eine Platzwunde, die aber schon zu bluten aufgehört hatte, es bildete sich eine große Beule, und Duncan brummte mächtig der Schädel.

»Ich habe versagt, es tut mir leid«, begrüßte er Anna mit einem schiefen Lächeln. »Ich hatte Darnley schon fast aus dem Garten geschafft, als wir plötzlich überfallen wurden. Danach weiß ich nichts mehr und erwachte erst beim Morgengrauen in den verlassenen Ruinen der ehemaligen Abtei von Holyrood. Man hat mich offenbar für tot gehalten und in der Hoffnung, in dem ganzen Durcheinander meinen Körper erst Tage später zu finden, dorthin geschleppt.«

Anna vergaß vor Erleichterung jegliche Zurückhaltung und warf sich in Duncans Arme. Sie umklammerte seinen Körper, als wolle sie ihn niemals wieder loslassen. »Ich hatte so furchtbare Angst! Du lebst! Mein Gott, du lebst!«

Duncan zögerte, dann schob er Anna so weit von sich fort, dass er ihr in die Augen sehen konnte. Es war sinnlos, dass Anna versuchte, ihre wahren Gefühle weiter vor ihm zu verbergen. In ihrem Blick lagen so viel Liebe und Zärtlichkeit, wie Duncan es nie zuvor bei einer Frau gesehen hatte.

»Anna …«, flüsterte er, und wie von selbst fanden sich ihre Lippen. Der Kuss war zuerst sanft, dann wurden sie von der Leidenschaft, die seit Wochen in ihnen beiden schlummerte, überwältigt.

Als sie sich später keuchend voneinander lösten – Duncan erkannte, dass er es tun musste, sonst würde er gleich mit Anna ganz andere Dinge tun –, sagte er leise: »Du darfst mich nicht lieben, Anna. Wir haben keine Zukunft!«

»Ich war einzig und allein erleichtert, dich am Leben zu sehen«, sagte Anna schnippisch über die brüske Zurückweisung. »Du bist sehr eingebildet, wenn du glaubst, ich hätte mich in dich verliebt.«

»Ach Anna, ich weiß, dass du jetzt verletzt bist, aber ich handle doch nur in deinem Sinne.«

»Was soll das heißen?«

Duncan machte eine Bewegung, als wollte er Anna wieder in seine Arme ziehen, dann drehte er sich abrupt um. Er sah sie nicht an, als er leise sagte: »Wenn wir uns noch einmal küssen, kann ich nicht dafür garantieren, dass es nur bei einem Kuss bleibt. Du bist eine attraktive Frau, und ich auch nur ein Mann, aber ich werde mich nicht so weit vergessen, dich zu kompromittieren.«

»Ach nein?«, schnappte Anna wütend. »Bei Alice Skelton hattest du aber keine Skrupel, sie in dein Bett zu zerren.«

Duncan wandte sich wieder Anna zu, ihre Verletztheit, die ihr offen ins Gesicht geschrieben stand, zerriss ihm beinahe das Herz. »Die Sache mit Alice war völlig anders. Früher oder später hätte ich sie geheiratet …«

»Worüber du nicht sehr begeisterst warst«, unterbrach Anna. »Darf ich dich daran erinnern, wie erleichtert du warst, als ihre Lüge ans Licht kam!«

Duncan schüttelte den Kopf. »Anna, weißt du wirklich nicht, warum der Gedanke, Alice zur Frau zu nehmen, so unerträglich für mich war? Ich hatte in meinem Leben viele Frauen, das muss ich zugeben, und Alice war nur eine unter ihnen, aber ich hätte sie meiner Mutter zuliebe zu meinem Weib gemacht. Sie war so gut wie irgendeine, und ein Mann in meiner Position muss zusehen, dass er einen Erben bekommt. Dann aber bist du in mein Leben getreten, und plötzlich wusste ich, was ich bisher an den Frauen vermisst hatte. Obwohl du unfreundlich zu mir warst und mich als verrückt hingestellt hast, habe ich gemerkt, dass ich eine Frau brauche, die mir nicht nur in kalten Nächten das Bett wärmt, sondern auch ein Freund und Kamerad ist.« Anna verschlug es die Sprache, was selten geschah, denn Duncans Worte waren eine Liebeserklärung, wie sie Anna nie zuvor bekommen hatte. »Aber ich werde dich nicht anrühren. Was ist, wenn du schwanger werden solltest? Ich kann nicht erwarten, dass du für immer bei mir bleibst.«

Zuerst wollte Anna widersprechen, ihm sagen, sie könne alles ertragen, wenn sie nur bei ihm war, aber es wäre die Unwahrheit gewesen, hätte sie behauptet, sie würde ihre Zeit vergessen und niemals zurückkehren. Darum trat sie rasch einen Schritt zurück und sagte betont forsch: »Du solltest dich hinlegen und dich schonen. Wahrscheinlich hast du eine Gehirnerschütterung, damit ist nicht zu spaßen.«

Duncan war froh über den Themenwechsel. Ihr Kuss hatte ihn aufgewühlt und ihm bewusst gemacht, was er seit Wochen tief in seinem Herzen vergrub: Er wollte, dass Anna ihn niemals wieder verließ, und wusste gleichzeitig, dass dies unmöglich war.

»Ach was, ich habe ein wenig Kopfschmerzen, da habe ich schon anderes überlebt«, versuchte er zu scherzen.

»Es könnte zu einer Gehirnblutung kommen«, sagte Anna ernst. »In meiner Jugend hat eine Klassenkameradin beim Schulsport einen harten Ball an den Kopf bekommen. Es war ihr ein wenig schlecht, aber niemand nahm es wirklich ernst. Am Nachmittag brach sie zusammen und starb wenig später an einer Gehirnblutung. Sie war erst fünfzehn Jahre alt gewesen.«

»Von einem kleinen Stoß an den Kopf?«

Anna nickte. »Durch den Aufprall hatte sich ein Blutgerinnsel gebildet, das sich löste und ihren Tod herbeiführte. Das hat man bei der Obduktion festgestellt.«

»Obdu… was?«

»Obduktion«, wiederholte Anna. »In meiner Zeit schneidet man alle auf, deren Todesursache nicht auf den ersten Blick erkennbar ist, um festzustellen, was der Grund für ihr Ableben war.«

»Du meinst, ihr öffnet Leichen?« Duncans Entsetzen stand ihm deutlich im Gesicht geschrieben. »Das ist ja … ekelhaft! Die Medizin deiner Zeit mag ja in manchen Bereichen ganz hilfreich sein, aber sie nimmt den Menschen jegliche Würde. Selbst im Tod.«

»Ach Duncan, es ist jetzt nicht die Zeit, über Vor- und Nachteile der modernen Medizin zu streiten.« Anna sah ihn angstvoll an und fuhr fort: »Wir sollten uns jetzt lieber überlegen, wie es weitergeht. Man hat schließlich versucht, auch dich zu töten. Wenn die Verantwortlichen feststellen, dass du am Leben bist, so bist du in Gefahr. Hast du erkennen können, wer dich niedergeschlagen hat?«

Duncan schüttelte den Kopf. »Es war zu dunkel, ich sah nur zwei Schatten vor mir. Da der Schlag aber von hinten kam, muss noch ein dritter Mann beteiligt gewesen sein.«

»Und einer von ihnen hat Darnley erdrosselt«, ergänzte Anna. »Was sollen wir denn jetzt nur tun?«

Sie musste sich nun ganz auf ihr Vorhaben, Maria Stuart und damit Schottland zu retten, konzentrieren. Nur das würde den Schmerz, dass Duncan seinen Gefühlen ihr gegenüber nicht nachgeben wollte, erträglich machen.

Henry Stuart, Lord Darnley und durch Heirat König von Schottland, war tatsächlich erdrosselt worden. Sein Körper wies keine einzige Verletzung auf, die auf die Explosion zurückzuführen war. Das Wort *Mord* verbreitete sich rasend schnell über die gesamte britische Insel. Zeitgleich mit einem Brief der englischen Königin, in dem Elisabeth ihre *innig geliebte Cousine* eindringlich bat, *das abscheuliche Verbrechen aufs Strengste zu verfolgen und die Verantwortlichen ohne Gnade zu richten*, traf Matthew Graf Lennox, der Vater Darnleys, am Hof ein und klagte den Earl von Bothwell in aller Form als Mörder seines Sohnes an. Da die Anklage vor dem Rat der Lords erfolgt war, blieb Maria Stuart nichts anderes übrig, als der Anklage zu folgen. Weitere wilde Spekulationen überschwemmten das Land: Hatte der Anschlag nur Darnley gegolten, oder sollten auch andere Personen in den Tod gerissen werden? Es war offiziell bekannt, dass sich die Königin jeden Abend bei ihrem Mann in Kirk o'Field aufgehalten hatte. Was, wenn sie die Nacht in dem Haus verbracht hätte? Sie war schließlich seine Frau und der Gedanke daran nicht abwegig. Hatte man auch Maria Stuart töten wollen? Und warum hatte sich der Earl von Moray, Marias Halbbruder, wenige Tage vor dem Mordanschlag mit der fadenscheinigen Begründung abgesetzt, er wolle seine kranke Frau, die in einem abgelegenen Schloss lebte und um die sich Moray bisher kaum gekümmert hatte, pflegen? Als Maria entschied, die Beerdigung Darnleys in aller Stille, ohne Kanonensalute und eine öffentliche Prozession, durchzuführen und lediglich eine Messe für einen Mann, der schließlich König von Schottland gewesen war, lesen zu lassen, wurden die ersten Stimmen laut, sie sei in das Mordkomplott eingeweiht gewesen. Maria zog sich auf ihr Schloss Seton zurück, angeblich, um in aller Stille um Darnley zu trauen, in Wahrheit aber, weil ihre Schwangerschaft bald nicht mehr zu verbergen sein würde.

Zu Annas Erleichterung hatte Duncan wirklich nur unter einer leichten Gehirnerschütterung gelitten. Seit ihrem leidenschaftlichen Kuss hatte sich ihre Beziehung zueinander geändert. Anna kam es so vor, als schlichen sie beide wie eine Katze um eine Sahneschale. Anna bedauerte ihren Gefühlausbruch, konnte ihn aber nicht mehr ungeschehen machen. Duncan hatte sie zwar geküsst, und sein Kuss war alles andere als freundschaftlich gewesen, aber sie würde sich ihm auf keinen Fall ein zweites Mal an den Hals werfen! Offenbar wollte er ihre Liebe nicht erwidern. Nun gut, dachte Anna bitter, eher sterbe ich, als dass ich dir nachlaufe, Duncan Cruachan! Wenn das alles hier vorbei ist, dann geh zurück in deine Highlands und heirate eine Frau wie Alice Skelton, zeuge mit ihr ein Dutzend Kinder und lebe glücklich und zufrieden bis an dein Lebensende. Was geht es mich an?

Ein paar Tage später erwachte Anna mit der Gewissheit, krank zu werden. Ihr Hals schmerzte, und in ihrem Kopf pochte und klopfte es, als hätte sich ein Trupp Bergarbeiter darin verirrt. Als sie einen Schluck verdünntes Bier trank, um ihre trockene Kehle zu benetzen, fühlte es sich an, als würde sie Reißnägel schlucken.

»O mein Gott!«, stöhnte Anna und ließ sich wieder in die Kissen sinken. Sie legte eine Hand auf die Stirn, um zu fühlen, ob sie Fieber hatte. Sie war leicht warm, und das Ziehen in ihren Gliedern verhieß nichts Gutes. Angstvoll schloss Anna die Augen. Sicher war es nur eine harmlose Erkältung, war ja auch kein Wunder bei dem eisigen Wetter. Seit Monaten hatte sie keine Vitamine mehr zu sich genommen. Natürlich gab es weder Zitrusfrüchte noch Salat, geschweige denn irgendwelche Vitamin-C-Präparate, die Anna im Winter sonst immer zu sich nahm, um ihre Abwehrkräfte zu stärken. Das einzige Obst, das sie täglich aß, waren verschrumpelte Äpfel, die in Holyrood tonnenweise eingelagert waren.

»Magst du nicht aufstehen?« Claire trat neben Annas Bett und zog ihr die Decke weg.

Mühsam rappelte Anna sich hoch, das Bett schien unter ihr zu schwanken, und der ganze Raum drehte sich um sie. »Ich bin krank«, krächzte sie mühsam. Jeder Ton tat ihr im Hals unsäglich weh, und Anna dachte unweigerlich an Pest, Schweißfieber oder was es in vergangenen Zeiten sonst noch für tödliche Krankheiten gegeben hatte.

Claire wich sofort einen Schritt zurück und hob abwehrend die Hände. In ihren Augen stand Angst. »In der Stadt sind die Pocken ausgebrochen. Vielleicht hast du dich angesteckt, du bist ja dauernd allein unterwegs.«

Obwohl sich Anna mit Claire bisher immer gut verstanden hatte, zeigte die Freundin offen ihre Missbilligung über Annas Alleingänge nach Edinburgh. Claire hatte Anna heftig kritisiert, dass sie sich regelmäßig mit einem Mann traf und mit ihm allein war, auch wenn es sich um Annas Cousin handelte. Da sich Anna ihre Besuche bei Duncan nicht verbieten ließ, war das Verhältnis zwischen den beiden Frauen etwas abgekühlt.

Anna griff sich an den schmerzenden Kopf. »Es ist nur eine Erkältung«, sagte sie zu Claire und zu sich selbst, denn sie wollte nicht in Panik verfallen. »Die Pocken kann ich nicht haben, dagegen bin ich geimpft«, fuhr sie gedankenlos fort.

»Geimpft? Was soll denn das sein?«, fragte Claire prompt.

»Äh … nun ja, ich wollte sagen, ich hatte die Pocken schon, darum kann ich sie nicht mehr bekommen. Das ist doch so, oder?« Anna hoffte, dass diese Aussage auch im sechzehnten Jahrhundert zutraf.

Skeptisch runzelte Claire die Stirn. »*Du* hast die Pocken gehabt und sie überlebt? Das glaube ich nicht, denn auf deiner Haut sind keinerlei Narben zu sehen. Ich werde auf jeden Fall Lady Argyll informieren.«

Bevor Anna sie zurückhalten konnte, war Claire aus dem Zimmer gelaufen. Langsam versuchte sie aufzustehen, aber ihre Beine knickten wie Strohhalme unter ihr zusammen. »Ich fühle mich wie Braunbier mit Spucke«, murmelte sie.

Wenn in der Stadt tatsächlich die Pocken herrschten, dann konnte sie nur hoffen, dass die Impfung, die sie als Kind erhalten hatte, auch wirklich vor den Viren, die im sechzehnten Jahrhundert grassierten, half. Anna hatte davon gehört, dass Viren mutierten und im Laufe der Zeit ihre Form veränderten. Was, wenn sie wirklich an dieser furchtbaren Krankheit litt? Würde sie dann hier ohne jegliche medizinische Versorgung elendig zugrunde gehen? Vor Angst und Schmerzen begann sie zu weinen. Sie wollte nicht sterben, und auf keinen Fall hier und jetzt. Selbst wenn es eine harmlose Erkältung war, es gab nichts, womit sie das Fieber senken oder die Halsschmerzen lindern konnte.

Man brachte Anna in ein Nebengebäude des Palastes, das am Rande des Parks lag. Lady Argyll hatte nur einen Blick auf die Fiebernde geworfen und sofort ihre Isolation befohlen. Anna fühlte sich zu elend und zu schwach, um zu widersprechen. Als dann aber ein streng dreinblickender, alter Mann kam, der sich als Arzt vorstellte und seine Instrumente auspackte, um sie zur Ader zu lassen, bäumte Anna sich auf.

»Das werdet Ihr nicht tun!«, stieß sie mühsam hervor. »Ihr dürft mir kein Blut nehmen.«

Dann sah Anna, wie der Arzt aus einem Tontopf kleine schwarze, glitschige Dinger hervorholte und eines auf Annas Unterarm setzte. Sofort spürte Anna einen leichten Schmerz, ganz so, als wäre sie von einem Insekt gebissen worden. In diesem Moment erkannte Anna, was der Arzt ihr da auf den Arm gelegt hatte – einen Blutegel!

»Nein! Nehmt das Viech weg! Sofort!«

Soweit es ihre Kraft zuließ, schlug Anna mit dem Arm um sich, aber das kleine Tierchen hatte sich bereits festgebissen und zu saugen begonnen. Anna wurde es übel, und sie übergab sich mitten auf die Bettdecke, was ein wütendes Geschnaube Lady Argylls zur Folge hatte. Diese und eine zweite Frau packten Anna bei den Armen und hielten sie so lange fest, bis der Arzt an jedem ihrer Unterarme je fünf Blutegel gesetzt hatte.

»Sie dienen dazu, Euer Blut von den giftigen Stoffen zu reinigen, die Euch das Fieber bringen«, erklärte der Arzt ruhig. Er wunderte sich, dass jemand mit so viel Abscheu auf die Egel reagierte, denn sie waren bei allen Ärzten in Schottland üblich. Aber er hatte über die seltsame Lady Anna schon so einiges gehört, auch ihre Aussage, sie wäre gegen die Pocken immun. Es war eine Schutzbehauptung von ihr, der er keinen Glauben schenken würde, denn kein Mensch überlebte die Pocken, ohne bleibende Spuren am Körper zurückzubehalten. In der letzten Woche waren in der Stadt täglich an die zehn Menschen an den Pocken gestorben, und es gab viele neue Erkrankungen. Der Arzt zweifelte nicht daran, dass auch Anna daran erkrankt war und die nächsten drei Tage nicht überleben würde.

Während Anna an ihr Krankenlager gefesselt war – im wahrsten Sinne des Wortes, denn man hatte sie festbinden müssen, um sie behandeln zu können –, begannen die Vorbereitungen für das Gericht, vor dem sich der Earl von Bothwell zu verantworten hatte. Da es sich bei Bothwell um einen Mann von Stand handelte, musste er sich vor einem Adelsgericht verantworten, das ausschließlich aus ihm gleichgestellten Männern bestand. Unter dem Vorsitz von Lord Argyll, dem Mann der Frau, die Anna regelrecht gefangen hielt, trafen sich die Lords Lindsay, MacGill, Balnavas und Cassillis zu Vorbesprechungen. Von allen Männern war bekannt, dass sie nie Freunde von Bothwell gewesen waren. Die Königin hatte sich in Craigmillar Castle verschanzt und war für niemanden zu sprechen. Einzig den Earl von Moray war sie bereit zu empfangen. Ganz Schottland wunderte sich, dass jegliche weitere Bemühungen, den Mord an Darnley aufzuklären, eingestellt worden waren, man konzentrierte sich ausschließlich auf James Hepburn. So war der Earl von Bothwell schon Wochen vor Beginn der Verhandlung vom Volk als Mörder verurteilt, und man wartete gespannt auf den Tag, an dem er sich dem Gericht stellen würde.

»Verdammt, Ihr geht jetzt zur Seite und lasst mich ein!«

Grollend wie Donner hallte Duncans Stimme durch das Wirtschaftsgebäude, dann wurde die Tür aufgerissen, und

Anna erkannte sein Gesicht, das sich voller Sorge über sie beugte.

»Duncan …«, flüsterte sie schwach. Ihre Halsschmerzen waren längst verschwunden, ebenso das Fieber, aber sie war durch den dauernden Blutverlust derart geschwächt, dass sie seit Tagen nur vor sich hindämmerte.

Duncan riss ihren abgemagerten Körper in seine Arme. Spitz stachen ihre Knochen durch das leinene Nachthemd. »O Anna! Ich liebe dich!«, rief er. Es war Duncan gleichgültig, dass hinter ihm Lady Argyll entsetzt ausrief: »Wie könnt Ihr es wagen, Sir? Die Frau braucht Ruhe und absolute Schonung!«

Seit zehn Tagen war Anna zur Ader gelassen und mit den Blutegeln attackiert worden, bis ihr Körper zwar die Erkältung überwunden hatte, nun aber völlig ausgelaugt war. Erst am Vortag hatte Duncan in Erfahrung bringen können, dass Anna erkrankt und isoliert worden war. Er hatte geglaubt, sie hätte ihn nicht mehr aufgesucht, weil sie über seine Äußerungen, dass sie ihn nicht lieben dürfe, böse war. Es waren für Duncan schmerzhafte Tage gewesen, und jetzt, als er sie so schwach und bleich in den Kissen liegen sah, konnte er sein Herz nicht mehr vor der Wahrheit verschließen. Er liebte sie, wie er nie zuvor einen Menschen geliebt hatte.

Duncan nahm einen Umhang, hüllte Anna vorsorglich ein und nahm sie auf die Arme. Sie schien nicht mehr als eine Feder zu wiegen.

»Fortan kümmere ich mich um sie.« Duncan warf Lady Argyll einen vernichtenden Blick zu. »Es wird wohl auch Euch nicht entgangen sein, dass Lady Anna weder an Pocken noch an einer sonstigen ansteckenden Krankheit leidet.«

»Als Angehörige des Hofstaates untersteht sie meiner Obhut!« Lady Argyll stellte sich Duncan mit vor der Brust verschränkten Armen in den Weg.

»Und ich bin ihr Verwandter und habe damit die Verantwortung für sie.«

»Wohin wollt Ihr sie bringen? Doch nicht etwa in Eure Unterkunft?«

Duncan versuchte, sich zu beherrschen. Am liebsten hätte er die Frau einfach zur Seite gestoßen, aber sie war immerhin das Weib eines einflussreichen Lords, darum sagte er ruhig: »Lady Anna ist eine Cousine zweiten Grades, und sobald es das Wetter zulässt, werde ich sie in mein Heim ins Hochland bringen. Mylady, ich entbinde Euch von der Verantwortung für Lady Anna.«

Skeptisch musterte Lady Argyll den großen und kräftigen Mann. Sie wusste, im Ernstfall würde es ihr nicht gelingen, ihn daran zu hindern, Anna mitzunehmen. Anna hatte zwar die Königin erfreut und zu ihrer Unterhaltung beigetragen, aber die Königin hatte derzeit andere Sorgen, als sich um eine einfache Hofdame Sorgen zu machen. Außerdem hatte sie Anna schon länger nicht mehr zu ihrer Unterhaltung gerufen. Und schließlich: Was ging es sie, Lady Argyll, an, wenn Anna mit einem Mann, mit dem sie nicht vor einem Priester getraut worden war, unter einem Dach lebte? Darum trat sie einen Schritt zur Seite und sagte scharf: »Nun gut, geht und nehmt Lady Anna mit Euch. Aber ich kann Euch versichern, dass sie nicht mehr am Hof willkommen sein wird, solange sie nicht ordentlich mit Euch verheiratet worden ist.«

Duncan atmete erleichtert auf. Es hätte ihm widerstrebt, gegenüber einer Dame wie Lady Argyll Gewalt anwenden zu müssen, im Notfall wäre er aber davor nicht zurückgeschreckt. »Ich weiß nicht, was Eure Ärzte mit ihr gemacht haben, Mylady«, sagte er scharf, »aber ich kann nur hoffen, dass Ihr sie nicht zu Tode geschröpft habt. Sie sieht aus, als hätte sie keinen Tropfen Blut mehr im Leib.«

Lady Argyll verzichtete auf eine Antwort und sah Duncan unbeteiligt nach, als er mit Anna auf den Armen das Haus verließ. Zugegebenermaßen war sie erleichtert, die Verantwortung für die Irin los zu sein, denn sie hatte ihr nie getraut. Anna war ihr von Anfang an seltsam vorgekommen, auch wenn sie ganz amüsant gewesen war. Allein schon die

Aussage, dass sie niemals an Pocken erkranken könnte, hatte Lady Argyll nachdenklich gemacht. Sie war zwar eine tiefgläubige Frau, aber die Tatsache, dass es Hexen gab, ließ sich nicht leugnen. Manches an Annas Verhalten war für Lady Argyll nicht erklärbar, und sie war immer auf der Hut vor ihr gewesen.

Sofort nahm Mrs. Geddes Anna unter ihre Fittiche und begann, sie mit Hühnerbrühe und Kräutertränken wieder aufzupäppeln. Lady Argylls moralische Bedenken waren unnötig gewesen, denn Kathleen Geddes achtete wie ein Zerberus darauf, dass Duncan keinen Augenblick mit Anna allein war, mochten sie auch jetzt unter einem Dach leben. Nach und nach fand Anna wieder ins Leben zurück, auch wenn sie sich noch sehr schwach fühlte. Duncan durfte nur eine Stunde am Tag an Annas Bett sitzen, und dabei saß Mrs. Geddes auf einem Stuhl auf der anderen Seite und achtete streng darauf, dass Duncan Anna nicht zu nahe kam. Allein aber die Tatsache, das Duncan in ihrer Nähe war, half ihr zu genesen.

Während Anna sich allmählich erholte, wich der strenge Winter nur langsam dem Frühling, und es wurde April, bis das Gericht endlich über Bothwell zusammentrat. Maria Stuart kehrte zwei Tage vor dem zwölften April, dem Tag der Verhandlung, nach Holyrood zurück. Am Gerichtstag fühlten sich die Einwohner Edinburghs an einen Triumphzug erinnert, als sie auf die Straße eilten und dem Einzug Bothwells in die Stadt zusahen. Er war mit einem Wams aus hellblauer Seide, einer blütenweißen Halskrause und eng anliegenden roten Strümpfen unter einer geschlitzten kurzen blauen Hose nach der neuesten Mode gekleidet und sah eher aus, als hätte er die Absicht, einen Ball zu besuchen, als sich vor einem Gericht wegen eines Mordes zu verantworten. Sein Rappe war ebenfalls prächtig herausgeputzt, ebenso seine Diener und Knappen, die ihm in gebührendem

Abstand durch die Straßen folgten. Kaum jemand im Volk aber wusste, dass er seine persönliche Armee, bestehend aus sechstausend bewaffneten Männern zu Fuß und zu Ross, aus dem Süden hatte kommen lassen und diese einen engen Ring um Edinburgh gezogen hatten. Sollte dem Earl von Bothwell auch nur ein Haar gekrümmt werden, so waren sie bereit, sofort zuzuschlagen und die Stadt einzunehmen. Edinburgh Castle war nur unzureichend besetzt und würde einem Angriff von Bothwells Männern nicht lange standhalten können.

Die ehrenwerten Lords, die als Richter fungierten, waren über die Situation informiert, und der Hauptankläger, der Earl von Lennox, Darnleys Vater, glänzte durch Abwesenheit. Wahrscheinlich hatte er von Bothwells Vorkehrungen gehört und war sicherheitshalber im Schutze seiner Burg in Glasgow geblieben. Die vorgelesene Anklageschrift klang etwas dünn, und es gab keine Zeugen, die Bothwell in der besagten Nacht in der Nähe von Kirk o'Field gesehen hatten. Die aufgerufenen Diener sagten übereinstimmend: »Es war Neumond und dunkel, wir haben weder im Haus noch im Garten, in dem Darnley zu Schaden kam, fremde Personen gesehen.«

»Die Verhandlung entbehrt jeglicher rechtlichen Grundlage«, schaltete sich Bothwell mit kühler und überlegener Stimme ein. »Wo ist ein Ankläger? Ich sehe keinen. Und welche Beweise werden gegen mich vorgebracht? Ich habe bisher keinen einzigen gehört. Gleichwohl – als loyaler Untertan Ihrer Majestät bin ich bereit, jede ernst zu nehmende Frage zu beantworten, denn es ist auch in meinem Interesse, diesen feigen und hinterhältigen Mord aufzuklären.«

Ein Gemurmel entstand unter den Richtern. Sie steckten die Köpfe zusammen und blätterten die dünne Akte durch. Von zehn Uhr morgens bis sieben Uhr abends erörterten sie und stellten Bothwell Fragen, mit deren Beantwortung er keinen Schuldbeweis lieferte. Schließlich sagte er mit einem gewinnenden Lächeln: »Es ist spät, Mylords, darum lasst uns dieses unerfreuliche Beisammensein beenden. Ihr müsst, ebenso wie ich, schrecklich hungrig sein. Warum gehen wir nicht in Ainslie's Taverne, gleich hier um die Ecke? Ihr seid meine Gäste. Es wäre eine Freude für mich, Euch nach diesem anstrengenden Tag einen angenehmen und fröhlichen Abend zu bescheren.«

Lord Argyll, der Vorsitzende, zögerte nur einen Augenblick, dann erhob er sich und verkündete: »Mylord Bothwell, Ihr seid freigesprochen. Es gibt niemanden, der Anklage gegen Euch erhebt oder Beweise für Eure Schuld erbringen kann. Ihr könnt folglich gehen, wohin Ihr wollt!«

Bothwell verbeugte sich tief vor dem Gericht, aber der Spott stand ihm ins Gesicht geschrieben. »Ich danke Euch, Mylords, und ich begebe mich jetzt sofort in Ainslie's Taverne. Der Wirt hat ein kräftiges, schäumendes Bier anzubieten, nach dem sich meine trockene Kehle verzehrt.«

Sechs Stunden und unzählige Krüge Bier später waren aus den Richtern und dem ehemaligen Angeklagten Freunde geworden. Und mehr als das – sie hatten mit Bothwell einen Pakt geschlossen und ein Dokument aufgesetzt, das besagte, dass er für alle Zeit von jeglichen Schuldzuweisungen und Vorwürfen freigesprochen wurde und jeder, der auch nur ein böses Wort gegen Bothwell sagte, des Todes sein sollte. Es war weit nach Mitternacht und die Mylords alle so betrunken, dass Bothwell ihnen die Hand mit der Feder führen musste, als die Lords ein zweites Dokument unterschrieben, in dem es unter anderem hieß:

*… und sollte sich Ihre Majestät, Königin Maria von Schottland, herablassen, James Hepburn, den Earl von Bothwell, zu ihrem Ehemann zu wählen und dem ehrenwerten Grafen vor einem ausländischen Prinzen den Vorzug zu geben, dann erklärt sich jeder einzelne der Unterzeichneten damit einverstanden, eine solche Ehe zu unterstützen und – wenn nötig – mit seinem Schwert zu verteidigen …«*

Einzig Lord Balnavas lallte, als Bothwell seine Hand zur Unterschrift führte: »Wie könnt Ihr das, Hepburn? Ihr seid doch schon verheiratet.«

»Das lasst meine Sorge sein«, murmelte Bothwell.

Mit einem satanischen Lächeln rollte er das Dokument zusammen, verstaute es sorgsam in seinem Wams und verließ sicheren Schrittes die Taverne. Keiner der Lords, die völlig betrunken auf den Bänken oder unter dem Tisch lagen, hatte bemerkt, dass in Bothwells Krug nur Wasser und kein Bier gewesen war. Es war nach zwei Uhr in der Nacht, als Bothwell durch eine verborgene Pforte nach Holyrood hineinschlich und wenig später das Schlafgemach der Königin betrat.

Maria Stuart war noch wach; sie hatte in dieser Nacht keinen Augenblick geschlafen. Als Bothwell eintrat, flog sie in seine Arme und küsste ihn wild und leidenschaftlich.

»Ich bin freigesprochen«, sagte Bothwell, als er wieder dazu kam, Luft zu holen.

»Ich habe keinen Augenblick daran gezweifelt, Liebster!«

Gemeinsam sanken sie auf das breite Bett, und auch in den kommenden Stunden fand Maria keinen Schlaf. Aber sie hatte auch nicht vorgehabt zu schlafen, denn nun galt es Pläne für ihr weiteres Leben zu schmieden.

# VIII

Ein Wagen rumpelte über die unebenen Wege vor den Toren Edinburghs und hielt vor einem kleinen Herrenhaus. Diener halfen einem Mann und seiner Frau beim Aussteigen, und eine hoch gewachsene junge Frau folgte ihren Eltern in das Haus. In der kargen Halle sah sich Alice Skelton missbilligend um. Die Skeltons besaßen das Haus seit Jahren, benutzten es aber selten, daher mangelte es an Komfort und Gemütlichkeit. Trotz karg eingerichteter Räume freute sich Alice, nach den langen Wintermonaten der Einsamkeit den Highlands entronnen zu sein. Der strenge Winter hatte aber auch den Vorteil gehabt, dass die Skeltons Alice nicht nach Frankreich in ein Kloster hatten schicken können, wie es Lord Skelton angedroht hatte. Eine Überfahrt war schlichtweg unmöglich gewesen, und Alice hatte die Zeit genutzt, ihre Eltern zu überzeugen, künftig eine anständige und wohlerzogene junge Frau zu sein. Nun, sie hatte vielmehr ihre Mutter um den Finger gewickelt, die Alice noch nie etwas hatte abschlagen können, und da sich Lord Skelton um andere Angelegenheiten hatte kümmern müssen, hatte er schlussendlich nachgegeben.

»Durch dein Verhalten ist eine Heirat mit einem Lord in den Highlands unmöglich geworden, denn alle haben über unsere Familie gelacht«, hatte Lord Skelton gebrummt. »Daher werden wir, sobald es das Wetter zulässt, nach Edinburgh reisen in der Hoffnung, dass sich deine Schande nicht bis in den Süden des Landes herumgesprochen hat. Wir müssen so schnell wie möglich einen Mann für dich finden.«

Alice blieb nichts anderes übrig, als sich zu fügen, allerdings hatte sie nicht vor, den Erstbesten zu ehelichen. Wenn ich erst in der Stadt bin, sehen wir weiter, dachte sie und schmiedete ganz andere Pläne als ihr Vater. Sie wusste, dass sich Duncan am Hof aufhielt. Wahrscheinlich war dieses Weib, seine angebliche Cousine, immer noch in seiner Begleitung. In den vergangenen Monaten hatte es kaum einen Tag gegeben, an dem Alice nicht darüber nachgedacht hatte, wie sie es Anna würde heimzahlen können. Auch an Duncan wollte sie sich rächen. »Du wirst es noch bereuen, eine Alice Skelton wegen einer hergelaufenen Irin verschmäht zu haben!«, schwor sie.

Ihre einstige Liebe war in Hass umgeschlagen. Wie konnte er es wagen, sie derart zu behandeln und vor allen adligen Familien des Hochlands zu demütigen! In der Meinung, nichts Unrechtes getan zu haben, ließ Alice ihr eigenes Zutun dabei völlig außer Acht.

Alice mit einem Lord aus dem Süden zu verheiraten war aber nicht der einzige Grund, warum Lord Skelton nach Edinburgh gekommen war. Schon länger stand er mit dem Earl of Moray in Kontakt. In den vergangenen Wochen hatten sie etliche Briefe ausgetauscht, sofern die Boten bei dem Wetter ins Hochland durchgekommen waren. Marias Halbbruder war ein Mann, der wusste, was er wollte, ebenso wie Lord Skelton stets nur Dinge tat, die seinem eigenen Vorteil dienten. Zwar war der Earl protestantisch, während Skelton bisher dem katholischen Glauben treu geblieben war, aber wenn es Geld und Ruhm einbrachte, sah Skelton keinen Grund, nicht seine Konfession zu wechseln. Was er in erster Linie brauchte, waren klingende Münzen, um sein Leben in der gewohnten Art und Weise fortführen und seinen Besitz erhalten zu können. Die geknüpften Kontakte ließen keinen Zweifel daran, wie wichtig es in dieser Zeit war, auf das richtige Pferd zu setzen. Und das war nicht Maria Stuart …

Das Land stand vor einem Umbruch, und er, Skelton, würde an vorderster Front mit dabei sein! Er hatte seine Familie über seine Pläne bewusst im Unklaren gelassen und ahnte nicht, dass Alice über seine Aktivitäten Bescheid wusste. Heimlich hatte sie seine Korrespondenz mit Moray, aber auch mit den Lords Maitland und Huntly gelesen und sich ihren

Reim darauf gemacht. Der Kontakt ihres Vaters zu den wichtigsten Lords des Landes kam ihren eigenen Plänen sehr gelegen, jetzt galt es nur Duncan und Anna ausfindig zu machen. Alice wusste, wie treu Duncan Maria Stuart ergeben war, und sie würde dies ausnützen, um ihn damit ins Verderben zu stürzen. Zuerst wollte sie versuchen, ihre Bekannte Megan Ogilvie zu treffen, die als Hofdame der Königin in Holyrood lebte. Ihre Eltern waren früher befreundet und Alice öfters zu Besuch auf dem Besitz der Ogilvies gewesen. Zwar war der Kontakt in den letzten Jahren abgerissen, aber Alice war sich sicher, dass sich Megan noch an sie erinnerte. Jetzt musste sie nur noch ihren Vater überzeugen, sie an den Hof mitzunehmen, denn allein konnte sie nicht in den Palast gehen. Wer weiß, vielleicht trafen sie auch auf Duncan? Grimmig ballte Alice ihre Hände zu Fäusten. Er würde für das, was er ihr angetan hatte, bis an sein Lebensende büßen, und Anna sollte auf ewig in der Hölle schmoren!

Trotz der vielfältigen, nicht immer angenehmen Gerüche der Stadt stieg der Duft des Frühlings in Annas Nase, und sie atmete tief ein und aus. Sie musste sich zwar auf Duncans Arm stützen und langsam einen Schritt vor den anderen setzen, aber sie war froh, endlich der Enge des Hauses zu entkommen. In ihre Wangen war die Farbe zurückgekehrt, aber ihre Beine waren noch schwach, trotzdem hatte sie auf einem Spaziergang bestanden. Während sie an Duncans Arm langsam die High Street hinaufging, sagte sie: »Ich habe versagt. Es tut mir leid.«

Duncan schüttelte den Kopf. »Nicht nur du, Anna, wir beide haben es nicht geschafft, unsere Mission zu erfüllen. Darnley ist tot und Bothwell freigesprochen. Das Einzige, was die Königin jetzt noch daran hindert, Bothwell zum Mann zu nehmen, ist seine eigene Ehe.«

»Er wird sich scheiden lassen«, sagte Anna müde. »Kannst du nicht versuchen, mit ihm zu sprechen?«

»Wie denn? So tief ist unsere Bekanntschaft leider nicht, dass er auf mich hören würde. Außerdem ist er sehr ehrgeizig und würde sich niemals von einem einfachen Laird die Krone Schottlands ausreden lassen.«

Anna seufzte. »Dann gibt es nur einen Weg: Ich muss noch einmal zur Königin und ihr sagen, was ich weiß. Wenn sie Bothwell heiratet, dann wird sie das nicht nur den Thron, sondern auch ihr Leben kosten.«

Duncan stoppte und sah Anna ernst an. »Sie wird dir nicht glauben.«

Eine Woge der Zärtlichkeit wärmte Anna. In Duncans Augen konnte sie Liebe und Sorge lesen. Seit er sie aus den Fängen des Quacksalbers befreit und ihr seine Liebe gestanden hatte, versuchte Anna nicht mehr, ihre Gefühle zu verstecken. Sie hatten nicht mehr über ihre Beziehung zueinander gesprochen, und Duncan benahm sich in ihrer Gegenwart immer zurückhaltend. Keine Umarmung, kein Kuss oder ein Wort darüber, wie es mit ihnen weitergehen sollte. Anna wusste, dass Duncan ihre Gefühle erwiderte, aber sie würde ihn nicht drängen. Duncan war nicht der Mann, der sich zu irgendetwas drängen ließ, gleichgültig, in welcher Beziehung. Sein Stolz war auch ein Grund, warum Anna ihn liebte, denn sie hatte nie zuvor einen Mann wie ihn kennengelernt, und sie würde ihn nicht anders haben wollen. Früher oder später würde er zu ihr finden und erkennen, dass er sein Herz nicht ewig unter einem Panzer verstecken konnte. Trug sie sich aber wirklich mit dem Gedanken, bei Duncan zu bleiben und alles zu vergessen, was achtundzwanzig Jahre ihres Lebens ausgemacht hatte? Ihre Krankheit hatte ihr gezeigt, wie schnell man in dieser Zeit dem Tod geweiht sein konnte, auch wenn man nur eine harmlose Erkältung hatte.

»Ich werde Maria Stuart aufsuchen«, sagte sie schnell, um ihre Gedanken in eine andere Richtung zu lenken.

»Dann werde ich dich begleiten.«

»Nein, ich werde versuchen, mit Maria alleine zu sprechen. Von Frau zu Frau, denn sie mag zwar Königin sein, aber in erster Linie ist sie eine Frau, die liebt. Trotzdem hoffe ich, dass sie die Liebe zu einem Mann, der ihr Verderben sein wird, nicht über die Belange Schottlands stellt.«

Die Vorstellung, Anna alleine nach Holyrood gehen zu lassen, verursachte Duncan Unbehagen, aber er wusste, er konnte Anna von ihrem Entschluss nicht abbringen. Sie war eine Frau, die genau wusste, was sie wollte und was sie tat. Das war ja auch ein Teil ihres Charakters, den er liebte. Duncan beschäftigten ähnliche Sorgen wie Anna, aber auch er schwieg. Am liebsten hätte er gerufen: »Bleib bei mir! Werde meine Frau, und wir werden für immer glücklich und zufrieden auf Glenmalloch Castle leben!«, aber er durfte nicht so egoistisch sein. Obwohl sich Anna besser als erwartet in seine Zeit eingelebt hatte, konnte sie vor ihm nicht verbergen, wie abstoßend sie manche Dinge fand. Glaubte er Annas Erzählungen aus der Zukunft, und es gab keinen Grund, das nicht zu tun, so würden die meisten Menschen in Europa eines Tages nicht mehr der Willkür von Königen ausgesetzt sein, sondern selbst bestimmen, wer sie regierte. Man wählte den Menschen, der das Land regierte, und wenn dieser seine Arbeit nicht gut genug tat, dann setzte man ihn einfach ab. Selbst die Frauen durften wählen oder sich sogar als Staatsoberhaupt aufstellen lassen. Nun, das war für Duncan eine unglaubliche Vorstellung, aber war ihm nicht vieles, was er im einundzwanzigsten Jahrhundert gesehen und erlebt hatte, unvorstellbar vorgekommen? Duncan wünschte Anna glücklich zu sehen. Er verfügte zwar über die finanziellen Mittel, sie mit kostbaren Kleidern und Edelsteinen zu beschenken, aber es lag nicht in seiner Macht, so etwas wie *Strom* zu erfinden oder Medizin, die die meisten Krankheiten heilen konnte. Ein Schatten fiel auf sein Gesicht.

Anna bemerkte die Stimmungsänderung und fragte leise: »An was denkst du?«

Er drehte den Kopf und sah sie an. Am liebsten hätte er sie geküsst, seine Lippen auf ihre vollen, kirschroten gelegt und ihren zarten Körper ganz eng an den seinen gezogen. Nur gut, dass sie sich auf einer belebten Straße befanden, denn sonst hätte er für nichts mehr garantieren können.

»Es ist nicht so wichtig«, wich Duncan aus. »Wir sollten zurückgehen, sonst wird es zu anstrengend für dich. Du siehst müde und erschöpft aus.«

»Herzlichen Dank, das sind genau die Worte, die jede Frau gerne hört«, sagte Anna ironisch, aber er hatte recht. Der kleine Ausflug hatte sie tatsächlich sehr angestrengt, und sie wollte sich wieder ausruhen.

Als Duncan und Anna auf der Höhe der St.-Giles-Kathedrale kehrtmachten, sahen sie nicht die junge Frau, die wie angewurzelt unter der Arkade eines Ladengeschäftes stehen geblieben war. Alice Skelton hörte nicht mehr auf die Worte ihrer Mutter, die in der Auslage einen blauen Samt entdeckt hatte, den sie unbedingt haben musste. Sie presste ihre Kiefer so fest zusammen, dass ihre Wangenmuskeln zuckten. Der überraschende Anblick von Duncan und Anna, die sich in aller Öffentlichkeit benahmen, als seien sie ein Ehepaar, war mehr, als sie ertragen konnte. Von Megan Ogilvie, die über Alices Besuch sehr erfreut gewesen war, hatte sie erfahren, dass Anna bei Hof zuerst wohlwollend aufgenommen, dann aber von der Königin fortgeschickt worden war. Leider hatte Megan ihr den Grund dafür nicht sagen können. Nur von Annas Krankheit hatte sie erzählt, und Alice bedauerte, dass Anna nicht an den Pocken oder einer anderen Krankheit gestorben war. Aber was nicht war, konnte ja noch werden.

Der Plan war so verwegen, dass er schon wieder eine Chance hatte zu gelingen. Zuerst hatte Maria Stuart ihrem Geliebten fassungslos zugehört, aber Bothwell war ein Mann, der es verstand, seine Worte geschickt zu wählen. Zudem schmeckten seine Küsse süß, und die bisher von der Liebe benachteiligte Maria schenkte ihm nur zu gerne Glauben. Am Vortag war Bothwell in einem geheimen, kurzen Verfahren von seiner Frau Jean Gordon geschieden worden, der dabei kein Mitspracherecht eingeräumt worden war.

»Wenn ich dich entführe, liebste Maria, und einige Tage in meiner Gewalt behalte, so ist es unabdingbar, dass ich dich heirate, um deine Ehre wiederherzustellen. Das werden auch die ehrwürdigen Lords akzeptieren und sich schlussendlich fügen.« Bothwell dachte an das Dokument mit den Unterschriften, das er stets bei sich trug, aber es war nicht nötig, dass Maria etwas von diesem geheimen Abkommen wusste. »Einige der Herren werden sich wohl maulend auf ihre Landsitze zurückziehen und es bedauern, nicht selbst auf diese grandiose Idee gekommen zu sein.«

Maria schmiegte sich in seine Arme. Sein Plan war wagemutig, aber er klang verlockend. Zu verlockend, als dass Maria weitere Einwände erheben konnte.

»Wann soll es geschehen?«

Von diesem Gespräch wusste Anna nichts, als sie durch das Tor des Palastes schritt. Die Wache erkannte sie wieder und ließ sie ungehindert passieren. Es war ein frischer, klarer Frühlingstag, an dem die Aprilsonne die letzten Schneereste hatte tauen lassen, und überall streckten die ersten Knospen ihre vorwitzigen Köpfe durch die Erde. Anna war es mulmig zumute. In Gedanken spielte sie die Worte, die sie sich seit Tagen zurechtgelegt hatte, immer wieder durch. Daher entging es ihrer Aufmerksamkeit, dass sie seit dem Verlassen des Hauses in der High Street verfolgt worden war.

»Was will sie im Palast?«, flüsterte Alice Skelton, obwohl Anna sie aufgrund der Entfernung nicht hätte hören können.

Megan Ogilvie zuckte mit den Schultern. »Vielleicht besucht sie Claire. Die beiden haben sich angefreundet, was mich nicht wundert, denn Claire stammt ebenfalls aus einer Familie, mit der sich die meine nicht gemeinsam an einen Tisch setzen würde.«

Als Alice ihr von ihrer Abneigung gegen Anna erzählt hatte, hatte sie bei Megan offene Türen eingerannt. Bevor

Anna aufgetaucht war, hatte sie, Megan, die Königin mit ihrer glockenhellen Stimme unterhalten und würde es Anna nie verzeihen, von ihr beiseite gedrängt worden zu sein.

»Diese irische Kuh, von der keiner weiß, woher sie stammt, hat sich mit zweifelhaften Liedern und ordinären Tänzen in den Hof eingeschlichen«, sagte sie zu Alice. »Auch wenn manche sich an ihrer Unterhaltung ergötzten, ich fand sie einfach nur frivol.«

»Komm, lass uns nachsehen, wohin sie geht.« Alice zerrte Megan am Ärmel, und vorsichtig um sich blickend schlichen sie in den Palast.

Anna hatte sich zielstrebig zu den Gemächern der Königin begeben. Im Vorraum stieß sie auf mehrere Damen, die damit beschäftigt waren, Kisten und Truhen zu packen. Unter ihnen befand sich auch Claire. Die Freundin eilte erfreut auf Anna zu und schloss sie in ihre Arme – alle Unstimmigkeiten waren vergessen.

»Anna, wie schön, dich zu sehen. Hast du die Krankheit gut überstanden und bist wieder völlig gesund?«

Anna nickte, machte eine raumgreifende Handbewegung und fragte: »Was ist hier los? Geht der Hof auf Reisen?«

»Die Königin hat sich entschlossen, ihren Sohn in Stirling Castle aufzusuchen. Sie hat ihn seit Wochen nicht mehr gesehen, und jetzt, da die Wege wieder passierbar sind, möchte sie für die nächste Zeit nach Stirling umsiedeln.«

Anna stockte der Atem – die Entführung stand also kurz bevor! »Wo ist die Königin?«

Claire zögerte. »Sie ruht in ihrem Schlafzimmer. Ich weiß nicht, ob sie dich empfangen wird. Seit damals … du weißt schon … die Königin hat deinen Namen nie wieder erwähnt.«

Entschlossen ging Anna zur Tür von Marias Schlafzimmer. »Ich muss mit ihr sprechen, Claire. Vielleicht hängt unser aller Leben davon ab.«

Ohne anzuklopfen, öffnete sie die Tür und trat ein. Im Raum war es dämmrig, denn alle Vorhänge waren geschlossen. Anna erkannte Maria Stuart auf ihrem großen Himmelbett liegend. Sie war allein.

»Majestät …«, flüsterte Anna und trat an ihre Seite. »Seid Ihr wach, Majestät?«

Maria, die nicht geschlafen, sondern nur gedöst hatte, fuhr mit einem Ruck in die Höhe. Schon öffnete sich ihr Mund, um die Wachen zu rufen, dann erkannte sie im Dämmerlicht Anna, und ihre Augen wurden schmal. »Lady Anna? Was wollt Ihr? Wie könnt Ihr es wagen, unaufgefordert in mein Schlafgemach einzudringen?«

Anna ging zum Fenster und zog einen Vorhang zur Seite, damit die Frühlingssonne hereinscheinen konnte. Es war offensichtlich, dass die Königin verärgert war und gleich nach ihren Damen rufen würde. Darum sagte Anna schnell und beschwörend: »Majestät, es ist von großer Wichtigkeit, dass Ihr mich anhört. Manches mag in Euren Ohren seltsam klingen, und doch ist es die reine Wahrheit.«

»Wollt Ihr mir wieder mit fantastischen Geschichten und Vorschriften, was ich zu tun und zu lassen habe, kommen? Es ist Euch vielleicht nicht entgangen, dass ich mich noch heute auf den Weg zu meinem Sohn begeben werde. Habt Ihr daran etwas auszusetzen?«

Anna schaute der Königin fest in die Augen, als sie sagte: »Ich vermute, dass Euch der Earl von Bothwell auf dieser Reise zum Schein überfallen, entführen und in seine Gewalt bringen wird. Meine Königin, Ihr dürft nicht mit ihm gehen! Es wird Euer Tod sein!«

Marias Stirn kräuselte sich zornig. »Ich habe Euch schon einmal des Hofes verwiesen, Lady Anna. Euer unverschämtes Eindringen in mein Schlafzimmer und diese neuen, bösartigen Verleumdungen reichen aus, um Euch wegen Hochverrats anzuklagen. Geht jetzt, bevor ich die Wachen rufen lasse!«

Anna fiel vor Maria auf die Knie und hob flehend die Hände. »Maria, so hört mich an! Ich weiß, dass Ihr plant, Bothwell zu heiraten, aber die Lords werden sich nach der Vermählung gegen Euch erheben und Euch vom Thron stürzen. Euer Sohn wird zum König gekrönt, Euer Halbbruder zum Regenten ernannt, und Ihr selbst geratet in Gefangenschaft.

Daraus wird Euch zwar die Flucht gelingen, aber Ihr werdet Euch in die Hände von Elisabeth, der englischen Königin, begeben und nach jahrelanger Haft schlussendlich geköpft.«

Maria stutzte und zögerte in ihrem Ruf nach den Wachen. Zugegeben, es war seltsam, dass diese Frau von der geplanten Entführung wusste. Offenbar hatte einer von Bothwells Männern seinen Mund nicht halten können. Aber die anderen Behauptungen waren derart ungeheuerlich, dass Marias Zorn verrauchte und sie sogar ein wenig lächelte. »Lady Anna, ich sagte Euch bereits, dass mir Eure seltsame Art bis zu einem gewissen Maß gefallen hat. Nun aber habt Ihr den Bogen überspannt. Wenn Eure Lügen nicht so lächerlich wären, würde ich Euch auf der Stelle in den Kerker werfen lassen, denn Eure Worte grenzen an Hochverrat. Niemand darf ungestraft über den Tod eines amtierenden Monarchen sprechen.« Maria kam einen Schritt näher und taxierte Anna von oben bis unten. »Ich weiß nichts von Hexen und Magie und habe diese Leidenschaft nie mit meiner Schwiegermutter Katharina von Medici geteilt, aber ich will damit auch nichts zu tun haben. Ich bin eine gläubige Katholikin, und Ihr steht offenbar mit den Mächten der Finsternis in Verbindung, denn ich habe den Eindruck, Ihr selbst seid von den Worten, die Ihr unbedacht von Euch gebt, überzeugt.«

»Maria, so glaubt mir doch!«, flehte Anna. »Es hat nichts mit Hexerei zu tun.« Sie zögerte, bevor sie fortfuhr: »Vielleicht mit Magie, denn ich komme aus der Zukunft. Einer Zukunft, in der Ihr eine Art schottisches Nationalheiligtum seid und die ganze Welt Euer trauriges Schicksal kennt. Euch und Bothwell wird kein langes Glück beschieden sein, und Ihr werdet als katholische Märtyrerin sterben und in die Geschichte eingehen. Ihr könnt Duncan Cruachan fragen, er war schon in der Zukunft.«

»Genug!« Krachend fuhr Marias Faust auf den Tisch neben ihrem Bett. »Nur weil Ihr mich einst kurzweilig unterhalten habt, werde ich Euch nicht verhaften lassen, aber ich verlange, dass Ihr unverzüglich die Stadt verlasst und niemals wieder zurückkehrt. Hiermit verbanne ich Euch auf alle Zeit vom Hof, ebenso wie Euren Kumpanen, den Laird von Glenmalloch, der offenbar mit Euch eine Intrige gegen mich schmiedet. Wenn Ihr jemals wieder in Edinburgh oder an einem sonstigen königlichen Sitz auftaucht, lasse ich Euch als Hochverräterin hinrichten.« Maria wandte sich der Tür zu und rief: »Lady Argyll! Kommt sofort!«

Die Hofdame trat so schnell ein, als hätte sie vor der Tür gewartet. Überrascht erkannte sie Anna, denn sie hatte nicht mitbekommen, wie diese zu der Königin vorgedrungen war.

»Lady Argyll, führt diese Person sofort aus dem Palast und achtet darauf, dass sie niemals wieder in meine Nähe kommt.«

Die Gräfin knickste, dann packte sie Anna hart am Arm und zerrte sie hinaus. Claire starrte sie verwundert an, und Anna wusste, jeder weitere Versuch, das Schicksal Maria Stuarts zu ändern, war sinnlos. Es wurde ihr bewusst, dass ihr und Duncan weit Schlimmeres geschehen konnte, als des Hofes verwiesen zu werden, darum sträubte sie sich nicht, von Lady Argyll zum Tor des Palastes hinausgebracht zu werden.

Was aber weder Anna noch Maria Stuart wussten, war, dass in dem kleinen Nebenzimmer, das mit einer Wandtür mit dem Schlafraum verbunden war, zwei junge Frauen das Gespräch belauscht hatten. Die eine, eine blonde Schönheit mit verschlagenem Blick, lächelte zufrieden, als Anna aus dem Palast geworfen wurde.

»Wir sind also gescheitert.« Mit einem Satz brachte Duncan die Sache auf den Punkt, als Anna ihm von dem Gespräch mit der Königin berichtet hatte.

»Es tut mir so leid«, sagte Anna. »Ich hätte wissen müssen, dass mir Maria keinen Glauben schenkt. Jetzt können wir nichts mehr tun.«

Duncan nickte. »Lass uns schlafen gehen, und morgen werden wir nach Glenmalloch reiten. Ich glaube, angesichts der Ereignisse, die Schottland in der nächsten Zeit erschüttern werden, sind wir dort in Sicherheit. Wir haben unser Bestes gegeben, aber offenbar lässt sich das Schicksal nicht aufhalten. Arme Königin Maria.« Und arme Anna, fügte er in seinen Gedanken mit einem Anflug von Zärtlichkeit hinzu. Sie hatte die letzten Monate viel auf sich genommen, um ihm und Schottland zu helfen, doch jetzt mussten sie einsehen, dass alles umsonst gewesen war. Am liebsten hätte Duncan die junge Frau in seine Arme geschlossen und sie getröstet, aber er wusste, würde er das tun, würde es um seine Selbstbeherrschung geschehen sein. Da ihm und Anna aber keine gemeinsame Zukunft beschieden war, musste er sich von ihr fernhalten. Duncan wusste, wenn er nur einmal ihre Liebe genossen hätte, würde er sie niemals wieder gehen lassen.

John Knox war weder überrascht noch verärgert, als es mitten in der Nacht an die Tür klopfte. Es kam häufig vor, dass ihn verirrte Seelen, die das Tageslicht scheuten, aufsuchten, um zum wahren Glauben zu finden. Mit einem Kerzenleuchter in der Hand tappte er die Treppe hinunter und öffnete. Als er eine verschleierte Frau vor sich stehen sah, wollte er die Tür gleich wieder schließen. John Knox empfing keine Frauen in seinem Haus, schon gar nicht zu dieser Zeit. Er war ein Mann Gottes, der sich nicht, zumindest nicht in seinem eigenen Haus, dieser Sünde hingab. Für gewisse männliche Bedürfnisse, die der Teufel ihm hin und wieder schickte, suchte er eine Einrichtung am anderen Ende der Stadt auf. Deshalb war seine erste Vermutung, dass Gegner ihm dieses Weib geschickt hatten, um ihn bloßzustellen. Bevor Knox die Tür schließen konnte, stellte die Frau einen Fuß in den Spalt und begann hastig zu sprechen. Mit jedem Wort, das sie sagte, wuchs sein Interesse, bis er die Frau schließlich eintreten ließ und ihr sogar einen Becher Wein kredenzte. Interessiert lauschte John Knox ihrem Bericht, und kaum war sie gegangen, kleidete er sich rasch an und verließ eiligen Schrittes das Haus.

Schwere Stiefel polterten die Treppe hinauf, dann wurde die Tür aufgerissen, und eine harte Stimme brüllte: »Anna Wheeler, Ihr seid verhaftet wegen Hexerei und Magie!«

Anna glaubte sich in einem schrecklichen Traum, aus dem sie nicht erwachen wollte, als sie grob aus dem Bett gezerrt und ihre Hände mit einem Strick auf dem Rücken gefesselt wurden. Nur nach und nach drang die Erkenntnis, dass dies kein Traum, sondern bittere Realität war, in ihr Bewusstsein.

»Lasst mich sofort los!«, schrie sie. »Was fällt Euch ein?«

»Maul halten!« Ein Mann versetzte ihr einen so heftigen Stoß in den Rücken, dass sie gegen die Truhe fiel, deren Kante sich schmerzhaft in ihren Oberschenkel bohrte.

»Was hat das zu bedeuten?« Annas Stimme zitterte vor Angst. »Wo ist Duncan Cruachan, der Laird von Glenmalloch?«

Als Antwort zerrte man sie nur grob die Treppe hinunter. Dort standen die verängstigte Mrs. Geddes und ihr Mann, dem einer der Soldaten die Schwertspitze an den Hals hielt. Die Augen von Kathleen Geddes starrten angstvoll auf Anna, und sie versuchte etwas zu sagen, brachte aber nur ein zusammenhangloses Gestammel heraus.

»Wo ist Duncan?«, schrie Anna erneut, doch Kathleen Geddes schüttelte nur stumm den Kopf.

Zwei Männer zerrten Anna brutal aus dem Haus. Es blieb ihr nichts anderes übrig, als hinter ihnen über die Straße zu stolpern. Da man ihr keine Zeit gelassen hatte, einen Mantel oder Schuhe anzuziehen, kroch die Kälte durch ihr Nachthemd und in ihre bloßen Füße. Es schien Anna wie eine Ewigkeit, dabei waren es nur wenige hundert Meter, bis der kleine Trupp endlich sein Ziel erreicht hatte. Eine Haustür wurde geöffnet und Anna über eine Treppe in einen feuchten Keller geführt. Die Treppe und der Gang waren nur unzureichend mit spärlichen Fackeln erleuchtet, aber das Licht reichte aus, um zu erkennen, dass es sich um eine Art Verlies handeln musste. Eine hölzerne, mit Eisennieten besetzte Tür wurde aufgeschlossen. Ein scharfes Messer durchtrennte Annas Handfesseln, und sie wurde in die Zelle gestoßen. Mit lautem Knall fiel die Tür hinter ihr ins Schloss, und Anna befand sich nun in völliger Dunkelheit. Ihre nackten Füße ertasteten glitschiges Stroh, vom dem ein so übler Geruch aufstieg, dass sie sich beinahe übergeben hätte. Sie streckte beide Hände aus und tastete sich in der Dunkelheit langsam vorwärts. Schon nach wenigen Schritten stießen ihre Hände auf eine feuchte, modrige Wand. Als Anna rasch die Hände zurückzog, denn die Berührung war ekelhaft gewesen, raschelte es direkt neben ihr, und sie sprang voller Angst zur Seite. Ratten!

»Lasst mich hier raus!«, schrie sie so laut sie konnte, aber niemand reagierte auf ihren Ruf.

Es bestand kein Zweifel – man hatte sie irgendwo in der Stadt in einen Kerker geworfen. Maria Stuart hatte offenbar ihre Meinung geändert und sie verhaften lassen. Verzweifelt schlug Anna die Hände vors Gesicht, aber sie konnte nicht weinen. Die Panik schnürte ihr die Kehle zu, denn sie wusste inzwischen genügend über die Vergangenheit, um zu ahnen, welches Schicksal ihr bevorstand. Was war mit Duncan geschehen? Hatte man ihn auch verhaftet? Es musste wohl so sein, denn sonst hätte sie ihn im Haus der Geddes gesehen. Anna wünschte sich, nie in ihrem Leben auch nur einen Fuß nach Schottland gesetzt zu haben.

Durch das Fehlen von Tageslicht hatte Anna jegliches Zeitgefühl verloren. Sie wusste nicht, wie lange man sie hier schon festhielt. Waren es Stunden, Tage oder bereits Wochen? In unregelmäßigen Abständen wurde die Tür einen Spalt geöffnet und ein Krug mit brackigem Wasser und ein Kanten verschimmeltes Brot in die Zelle geschoben. Im schwachen Lichtschein, der für Sekunden in die Zelle fiel, erkannte Anna, dass ihr Gefängnis kaum größer als drei mal drei Meter war.

Die Wände bestanden aus rauen, unbehauenen Steinen, an denen Moos und Schimmel wuchsen. In einer Ecke gab es einen Holzeimer mit Deckel, der wohl für ihre Notdurft bestimmt war. Als Anna zum ersten Mal den Deckel hob, weil sie den Druck in ihrer Blase nicht mehr aushielt, entstieg dem Eimer ein so schrecklicher Gestank, dass sie sich würgend in die Ecke erbrach. Das Brot verschmähte Anna, aber bald war der Durst übermächtig, und sie benetzte ihre Lippen mit dem fauligen Wasser, spülte ihren Mund aus und versuchte, nicht allzu viel davon zu schlucken.

»Und ich habe mal lauwarmes Bier und Wein verpönt«, murmelte Anna und hätte für einen Krug Bier alles gegeben. In ihrer Fantasie erkrankte sie an schrecklichen Infektionen, verursacht durch das schlechte Wasser, die feuchte Kühle und das schimmlige Stroh. Da Anna nicht wusste, was man mit ihr vorhatte, war es durchaus möglich, dass sie gar nicht mehr so lange lebte, um zu erkranken. Man hatte sie als Hexe bezeichnet. Was ein solcher Vorwurf im sechzehnten Jahrhundert bedeutete, war Anna durchaus bewusst. Trotz ihrer eigenen Pein machte sie sich aber auch große Sorgen um Duncan. War er ebenfalls verhaftet und eingesperrt worden? Etwas *musste* mit ihm geschehen sein, denn sonst wäre er ihr längst zu Hilfe geeilt.

Nach einer, wie es Anna schien, unendlich langen Zeit wurde die Tür aufgeschlossen, und zwei große Männer mit Fackeln traten ein. Anna wehrte sich nicht, als man sie aus der Zelle zerrte. Egal, was nun geschehen würde – alles war besser, als noch länger in Ungewissheit in diesem Loch zu vegetieren.

Die Männer führten Anna in einen Raum im zweiten Geschoss des Hauses, in dessen Keller sich der Kerker befand, und Anna empfing eine wohlige Wärme, denn das Feuer im Kamin brannte lichterloh. Anna wollte zum Kamin gehen, aber ein gut gekleideter, älterer Mann trat ihr in den Weg.

»Setz dich!«, herrschte er sie an und zeigte auf einen Stuhl, der mitten im Zimmer stand. Anna sah nun, dass der Raum lediglich mit ein paar Tischen und Stühlen eingerichtet war, es fehlte jeder Zierrat, und die zwei schmalen Fenster waren vergittert.

»Was habt Ihr mit mir vor?«, flüsterte Anna und blickte flehend zu ihm hoch.

Doch bevor dieser antworten konnte, öffnete sich eine zweite Tür und ein hagerer Mann mit grauem Bart, gefolgt von zwei weiteren Männern, trat ein. Annas Herz schlug schneller. Offenbar war sie eine Gefangene von John Knox höchstpersönlich, und das verhieß nichts Gutes. Wie recht sie damit hatte, bewiesen seine Worte, die er donnernd an sie richtete:

»Anna Wheeler, gibst du zu, mit den Mächten der Finsternis in Verbindung zu stehen? Mit ihnen zu kooperieren mit dem Ziel, Menschen zu verderben und Not und Elend über das Land zu bringen?«

Das darf nicht wahr sein, dachte Anna verzweifelt. Oft schon hatte sie solche Worte in Romanen gelesen oder in Filmen gehört, sich aber nie vorstellen können, selbst einmal so angeklagt zu werden. »Master Knox, die Vorwürfe sind völlig aus der Luft gegriffen. Ich bin weder eine Hexe, noch habe ich vor, irgendjemandem zu schaden.«

Knox' Augen verengten sich zu bösartigen Schlitzen. »So? Und warum sagst du dann der Königin die Zukunft voraus? Eine Zukunft, in der sie den Tod finden wird?«

»Jetzt tut mal nicht so, als ob Ihr nicht selbst wollt, dass Maria Stuart abgesetzt wird!«, rief Anna unbedacht. »Sie ist Euch doch von dem Augenblick an, als sie ihren Fuß auf schottischen Boden gesetzt hat, ein Dorn im Auge gewesen, und Ihr seid ihr erklärter Feind. Ihr habt Euch mit Moray verbündet, der seine Halbschwester in wenigen Wochen vom Thron stürzen und den Kronprinzen in seine Gewalt bringen wird. James wird als guter, protestantischer König gekrönt und in Eurem Sinne, Master Knox, erzogen. So wird es doch sein, oder etwa nicht?«

John Knox fuhr zurück, als hätte Anna ihn mitten ins Gesicht geschlagen. Zweifellos war sie eine Hexe! Wie sonst könnte sie die geheimen Pläne, die er mit dem Earl von Moray schmiedete, kennen? Knox war sich sicher, in seinen Reihen keinen Verräter zu haben. Er gab einem Wachmann einen Wink. »Zieht sie aus!«

»Nein!«, schrie Anna, als ihr das schmutzige Nachthemd vom Leib gezerrt wurde. Sie war keinesfalls prüde, hatte sich an Stränden immer oben ohne gesonnt, aber jetzt stand sie splitterfasernackt vor einer Gruppe von Männern, die sie unverhohlen anstarrten. Heiße Wellen der Scham durchzogen ihren zitternden Körper, und sie versuchte, mit den Händen ihre Brüste und Scham notdürftig zu bedecken.

Langsam ging Knox um sie herum und musterte jeden Zentimeter ihres nackten Körpers. Dann tippte er auf ihr rechtes Schulterblatt und rief triumphierend: »Sie hat ein Hexenmal! Der Teufel selbst hat sein Abbild auf ihrer Haut hinterlassen. Es bedarf keines weiteren Beweises.«

»Quatsch, das ist die Tätowierung einer Sagengestalt aus dem Süden Englands«, sagte Anna und fügte auf gut Glück hinzu: »Haben nicht die meisten Seeleute ein solches Bild irgendwo am Körper?« Anna hatte keine Ahnung, seit wann die Technik der Tätowierungen bekannt war, aber sie hatte vergessen, dass die Schotten kein seefahrendes Volk waren, deswegen hatte John Knox auch nie zuvor ein Tattoo gesehen.

»Aua!«, schrie Anna, als sich plötzlich ein spitzer Gegenstand in ihre Schulter bohrte.

John Knox hatte mit einer Nadel in die Tätowierung gestochen und rief: »Seht her! Es blutet nicht! Ein eindeutiges Zeichen, dass sie mit den Kräften der Finsternis in Verbindung steht, denn es ist allgemein bekannt, dass Hexen nicht bluten.«

Auch darüber hatte Anna schon gelesen. Bei der so genannten Nadelprobe wurde dem Opfer eine Nadel ins Fleisch gestochen. Der Schmerz war zu spüren, aber da kein Blutgefäß verletzt wurde, blutete es nicht.

Offenbar war John Knox mit dem Ergebnis zufrieden, denn er befahl einem Wächter, Anna das Nachthemd wieder überzustreifen. Als das geschehen war, schaute er Anna aus seinen kalten, doch faszinierenden Augen an und sagte: »Dir wird der Prozess gemacht, Anna Wheeler. Sobald die entsprechende Gerichtsbarkeit zusammengetreten ist, erhältst du Gelegenheit, dich zu verteidigen. Du wirst sehen, dass wir in Schottland gerecht sind und nach Gottes Gesetzen urteilen.«

»Daran habe ich keinen Zweifel«, gab Anna bitter zurück. Für sie stand es außer Frage, wie das Urteil lauten würde. »Gestattet mir noch eine Frage, Master Knox: Was habt Ihr mit Duncan Cruachan gemacht? Ist er ebenfalls angeklagt?«

Knox runzelte überlegend die Stirn. »Cruachan? Ich kenne diesen Namen nicht. Ist das ein Verbündeter von dir?«

Anna merkte, dass sie einen Fehler gemacht hatte. Offenbar war Duncan nicht in das Verfahren involviert, und jetzt hatte sie ihn eventuell in Gefahr gebracht. »Nein, nein, er ist nur ein entfernter Verwandter«, versicherte sie schnell. »Er hat mit der ganzen Sache nichts zu tun!«

Knox wandte sich an einen der Männer, der sich die ganze Zeit über Notizen gemacht hatte. »Notiert den Namen, Schreiber, und sorgt dafür, dass der Mann gefunden und zum Verhör gebracht wird. Jeder, der mit der Hexe in Verbindung steht, ist verdächtig und genau zu überprüfen.« Er wedelte mit der Hand, und Anna wurde von den beiden Wachmännern grob zum Ausgang gezerrt. »Wir sehen uns vor Gericht.«

Die nächsten Tage verbrachte Anna in abgrundtiefer Verzweiflung in der Zelle. Sie wusste, sie würde Duncan niemals wieder sehen, und diese Erkenntnis schmerzte mehr als der Gedanke, bald zu sterben und niemals wieder in ihre Zeit zurückkehren zu können.

Anna hatte mit ihrer Vermutung recht gehabt, auch Duncan war ein Gefangener. Allerdings handelte es sich bei seinem Gefängnis um ein großes, helles Zimmer mit frischen Binsen auf dem Boden, einem breiten, bequemen Bett und allen notwendigen Möbeln, die einen Aufenthalt so angenehm wie möglich machten. Die Fenster waren nicht vergittert, was auch nicht nötig war, denn direkt unter den Fenstern fiel die Burgmauer vierhundert Fuß senkrecht in die Tiefe, und darunter tobte das schäumende Meer. Die luxuriöse Umgebung und das gute Essen, mit dem ein schweigsamer Diener Duncan versorgte, änderten nichts an der Tatsache, dass Duncan ein Gefangener war, denn der Diener achtete streng darauf, die Tür stets sorgfältig zu verschließen. Da vor der Tür zwei bullige und bewaffnete Wachen standen, wäre auch jeder Versuch, den Diener zu überwältigen, sinnlos gewesen.

Mehrmals am Tag verfluchte sich Duncan dafür, wie blind und dumm er in diese Falle gelaufen war. Am Abend nach Annas Gespräch mit der Königin hatte er gehört, wie kleine Steine an sein Fenster geworfen worden waren. Als Duncan geöffnet und gefragt hatte, wer da sei, hatte ihn eine Stimme aufgefordert herunterzukommen. Er habe dringende, nur für Duncans Ohren bestimmte Nachrichten des Earl von Bothwell. Duncan hatte der Aufforderung ohne zu zögern Folge geleistet und einen jungen Pagen aus dem Palast, kaum den Kinderschuhen entwachsen, erkannt, der ihm ins Ohr geflüstert hatte: »Mylord Bothwell steht auf Eurer Seite. Er bittet Euch, ihn unverzüglich aufzusuchen, denn er will alles tun, um das Leben der Königin zu schützen. Er wartet in seinem Stadthaus auf Euch, Mylord.«

Duncan hatte sich sofort angezogen und war in das Haus am Lawnmarket geeilt. Er hatte ja nicht ahnen können, dass der junge Page von einer blonden Frau ein paar Goldstücke erhalten hatte, für die der Junge alles gesagt hätte, was die Frau von ihm verlangte. Zeitgleich war ein anderer Page bei Bothwell aufgetaucht und hatte diesem berichtet, Anna Wheeler und Duncan Cruachan schmiedeten ein Komplott gegen ihn und die Königin. Bothwell hatte den Morgen abwarten wollen, um Duncan verhaften zu lassen, und er war nahezu sprachlos gewesen, als genau dieser Verräter kurz vor Mitternacht an seine Tür geklopft hatte. Bothwell, der sich seiner Feinde in Schottland bewusst war, lebte nie ohne bewaffnete Wachen, und Duncan hatte kaum das Haus betreten, als er schon vom Hals bis zu den Füßen gefesselt worden war. In diesem Augenblick hatte er gewusst, dass er in eine Falle geraten und gegen die Übermacht machtlos war. Am Morgen war er in einen Holzkarren geladen und mit einer Eskorte von zwölf Bewaffneten an die Küste nach Dunbar Castle gebracht worden, eine Burg, die Bothwell befehligte und die bis zur letzten Zinne bewacht wurde. Niemand hatte seine Fragen beantwortet, niemand war bereit gewesen, ihm zu sagen, was mit Anna geschehen war, und Duncan befürchtete Schlimmes.

Nach einigen Tagen wurde die Tür aufgesperrt, und Bothwell trat in den Raum. Duncan erkannte das Schwert an seiner Hüfte, und da er unbewaffnet war – seinen Dolch hatte man ihm natürlich abgenommen – wusste er, dass er nicht einmal an die Möglichkeit einer Flucht denken durfte.

»Mylord Bothwell, endlich!«, sagte Duncan daher und tat, als freue er sich über das Erscheinen des Grafen. »Warum haltet Ihr mich hier gefangen?«

Bothwell musterte ihn ohne Gefühlsregung. »Duncan Cruachan, ich dachte, Ihr wärt mein Freund, doch jetzt muss ich erfahren, dass Ihr meinen Tod plant. Damit nicht genug, Ihr geht sogar so weit, die Königin zu bedrohen.«

»Das ist nicht wahr!«, begehrte Duncan auf. Offenbar hatte ihm Königin Maria von Annas Voraussagen erzählt, kein Wunder also, dass Bothwell ihn mundtot machen wollte. »Wir wollten nur Euer und das Leben der Königin schützen! Wenn Ihr sie heiratet, wird das Euer beider Tod und Verderben sein. Und das Verderben Schottlands.«

Bothwells Lippen verzogen sich zu einem zynischen Lächeln. »Die Frau, die Ihr in Eure verräterischen Pläne eingespannt habt, befindet sich in der Obhut von Marias altem Feind John Knox. Ich muss Euch wohl nicht sagen, was es bedeutet, Knox gegenüber zu behaupten, die Gabe zu haben, in die Zukunft schauen zu können.«

Nein, das brauchte Bothwell nicht weiter zu erläutern. Duncan lief ein eiskalter Schauer über den Rücken. »Was habt Ihr jetzt mit mir vor?«, fragte er. »Werdet Ihr mich töten, so wie Ihr Darnley getötet habt?«

Seine Worte kamen unbedacht und voller Zorn. Eine Narbe an Bothwells Stirn färbte sich vor Wut blutrot. »Seid vorsichtig mit Euren Behauptungen, Cruachan. Ich wurde von einem ordentlichen Gericht freigesprochen. Nein, im Augenblick habe ich kein Interesse an Eurem Tod und werde mein Schwert nicht mit Blut beschmutzen. Bald aber werde ich König von Schottland sein, dann werdet Ihr vor ein Gericht gestellt und ordnungsgemäß des Hochverrats verurteilt und hingerichtet.«

»Darauf freue ich mich schon, Mylord Bothwell«, gab Duncan zynisch zurück. »Seid Ihr auch ganz sicher, dass die Königin Euch heiraten wird?«

Bothwell grinste siegesgewiss. »Ich glaube, ich kann Euch bedenkenlos gestehen, dass sich Maria Stuart in diesen Mauern befindet. Sie wird einige Tage bei mir bleiben. Danach werden alle Lords einsehen, dass ich sie einfach heiraten *muss*, um ihre Ehre wiederherzustellen.«

»Ein teuflischer Plan«, murmelte Duncan und erinnerte sich daran, wie ungläubig er gewesen war, als Anna ihm davon erzählt hatte. Niemals hätte er gedacht, dass Maria Stuart so dumm sein konnte, einer derartigen Idee zuzustimmen und den Mörder ihres Ehemannes zu heiraten.

»Aber ein wirksamer, Cruachan«, lachte Bothwell. »Und jetzt genießt meine Gastfreundschaft, solange sie andauert, denn der Aufenthalt in den Verliesen von Edinburgh Castle, wohin ich Euch bringen lassen werde, sobald ich Marias Mann bin, ist weniger angenehm.«

Hasserfüllt starrte Duncan auf die Tür, als sich diese hinter Bothwell schloss und er den Earl auf dem Gang triumphierend lachen hörte. Es schien für ihn keinen Ausweg zu geben. Er konnte nur darauf hoffen, dass ihm auf dem Transport nach Edinburgh vielleicht die Flucht gelänge, aber er hatte keine Ahnung, wann es so weit sein sollte. Wenn sich Anna tatsächlich in der Gewalt von John Knox befand, dann konnte es vielleicht schon heute zu spät sein, und Anna wäre nicht mehr am Leben.

»Verdammt!« Verzweifelt hieb Duncan mit der Faust so fest gegen eine Wand, dass die Haut aufplatzte und ein roter Blutfaden herunterlief. Der Schmerz, den ihm die Wunde verursachte, war aber nichts im Vergleich zu dem Schmerz, den er empfand, wenn er sich vorstellte, Anna niemals wieder zu sehen.

Nach einer zweiten Befragung durch John Knox, bei der Anna beharrlich geschwiegen hatte, da sie wusste, jedes Wort brachte sie ihrem Tod einen Schritt näher, war sie in eine andere Zelle gebracht worden. Diese war etwas angenehmer als das dreckige Verlies und hatte ein kleines, vergittertes Fenster und eine Holzpritsche mit zwei schmutzigen Decken. Wenigstens musste Anna nicht mehr in völliger Dunkelheit und auf dem dreckigen Stroh mit Flöhen und sonstigem Ungeziefer schlafen.

»Wahrscheinlich sind sie bemüht, die letzten Tage meines Lebens etwas angenehmer zu gestalten, damit ich eine hübsche Hexe bin, die zum Scheiterhaufen geführt wird«, murmelte sie mit verzweifelter Selbstironie. Sie wusste, sie würde nicht stolz und hoch erhobenen Kopfes in den Tod gehen können. Sie hatte nicht das Zeug zur Märtyrerin und hatte Menschen, die ihrem Glauben zuliebe den Tod gerne in Kauf nahmen, nie verstanden. Verdammt, sie wollte nicht sterben! Auf keinen Fall auf diese schreckliche Art und Weise! Sie hatte niemandem etwas getan, im Gegenteil, ihr einziges Bestreben war es gewesen, anderen Menschen das Leben zu retten. Vielleicht würden bei der Gerichtsverhandlung andere Männer als John Knox das Urteil über sie fällen. Anna wusste, gegen John Knox hatte sie keine Chance. Der Fanatiker schien zu ahnen, dass Maria Stuart an der Seite von Bothwell ihrem Untergang zusteuerte, und er würde nichts tun, um das zu verhindern. Darum war es auch völlig gleichgültig, warum und aus welchen Gründen Anna die Königin von dieser Heirat abbringen wollte, denn das war gegen Knox' Ziele. Allein schon deshalb würde er Anna nicht am Leben lassen. Sie war sich sicher, dass auch Duncan etwas Schreckliches widerfahren sein musste. Anna konnte und wollte nicht glauben, dass er sie schändlich im Stich gelassen haben könnte. Die Hoffnung, dass Duncan noch lebte und alles für ihre Freilassung tun würde, war der letzte kleine Strohhalm, an den sich Anna in diesen Tagen Ende April des Jahres fünfzehnhundertsiebenundsechzig klammerte.

Die Anwesenheit der Königin auf Dunbar Castle hatte auch den strengen Diener etwas gesprächiger werden lassen. Wenn Duncan ihn fragte, wie es der Königin ginge, antwortete er bereitwillig: »Sehr gut, sie befindet sich mit Mylord Bothwell auf der Falkenjagd.«

Es war offensichtlich, dass er über einen so hohen Besuch stolz war. Leider brachte er Duncan das Essen stets mit einem Dolch in der Hand, und die zwei stämmigen Wachsoldaten vor der Tür versperrten Duncan jeglichen Fluchtweg.

»Wie lange wird die Königin in der Burg bleiben?«, versuchte Duncan den Diener auszuhorchen. »Erfordern ihre Pflichten nicht eine baldige Rückkehr in die Stadt?«

Der Diener grinste überheblich. »Heute Vormittag konnte ich beobachten, wie die Königin unseren guten Herrn, den Earl von Bothwell, ausgiebig und zärtlich küsste. Maria Stuart ist auch nur eine Frau, dazu noch eine sehr verliebte. Sie wird die Tage, in denen sie ihr Glück genießen können, so lange wie möglich ausdehnen. Wir alle in der Burg, vom niedrigsten Knecht bis zum Kammerdiener, stehen hinter Mylord Bothwell und seinen glorreichen Plänen.«

»Die ohne Zweifel anders als vermutet verlaufen werden«, murmelte Duncan so leise, dass der Diener seine Worte nicht verstehen konnte, und sah einer trüben Zukunft entgegen.

Einige Tage nach seiner Gefangennahme traten die Wachmänner in Duncans Zimmer, fesselten seine Hände auf dem

Rücken und stießen ihn auf den Flur hinaus. Duncan sah schon sein letztes Stündlein gekommen, als er merkte, dass er in die große Halle gebracht wurde, die mit kostbaren Wandbehängen und Möbeln ausgestattet war. Auf einer kleinen Empore an der Stirnseite saß Maria Stuart auf einem kunstvoll geschnitzten Stuhl mit roten Samtbezügen, neben ihr stand Bothwell. Die Königin winkte Duncan zu sich heran, und er verbeugte sich so tief, wie es die Fesseln zuließen.

»Mylord Glenmalloch, mir sind bedauerliche Gerüchte über Euch zu Ohren gekommen.« Ihre Stimme war streng, aber nicht ohne Gefühl.

Duncan schöpfte Hoffnung. »Majestät, Ihr sagt es – es handelt sich um Gerüchte! Ich war und bin ein treuer Diener Eurer Majestät, und ich verstehe nicht, warum Mylord Bothwell mich gefangen hält.«

Der Genannte trat einen Schritt vor. »Wollt Ihr Eure Bestrebungen, die Vermählung zwischen mir und Maria zu verhindern, etwa leugnen? Habt Ihr nicht gezielt diese irische Frau an den Hof gebracht, um auf die Königin einzuwirken, sich von mir zu distanzieren?«

Jedes Wort entsprach der Wahrheit, aber Duncan wusste, die Zeit der Wahrheiten war vorüber. Jetzt ging es nur noch um das nackte Überleben – um seines und das von Anna. Wenn sie überhaupt noch am Leben war …

»Was ist mit Anna … meiner Cousine?«, stieß er hervor und sah die Königin bittend an. »Majestät, ich versichere Euch, weder sie noch ich hatten jemals unlautere Absichten. Meine Cousine … sie ist …« Duncan zögerte und dachte: Anna verzeih mir! »… nun, sie ist nicht ganz richtig im Kopf.«

Maria Stuart beugte sich interessiert vor. »Diesen Eindruck hatte ich nicht von ihr gewonnen, ganz im Gegenteil. Sie schien mir eine außergewöhnliche Frau zu sein, selbstbewusst und mit klaren Grundsätzen. Wie kommt Ihr darauf, sie könnte geistig verwirrt sein?«

Duncan seufzte und antwortete ernst: »Es fällt mir schwer zuzugeben, dass es in unserer Familie bereits einen Fall von

Irrsinn gegeben hat, Majestät. Vor einigen Jahren lebte in meinem Haus eine entfernte Verwandte, deren Geist so sehr verwirrt war, dass sie eine Gefahr für ihre Umgebung darstellte. Sie starb, aber sie hinterließ uns ihre Enkelin Anna. Meine Mutter und ich waren besorgt um die junge Frau, aber wir dachten, der Wahnsinn hätte von ihr nicht Besitz ergriffen. Leider haben wir uns geirrt. In den letzten Wochen konnte ich an Anna immer mehr Anzeichen entdecken, dass sie ebenso wie ihre Großmutter an Wahnvorstellungen leidet.« Duncan brach ab und sah Maria Stuart bittend an. »Majestät, meine Cousine bildet sich ein, Dinge zu sehen, die jeglicher Grundlage entbehren. Ich flehe Euch an – verzeiht ihr!«

Nachdenklich zog Maria Stuart die Unterlippe zwischen die Zähne und schwieg, aber Bothwell sagte kalt: »Wie erklärt Ihr Euch dann die mir überbrachte Nachricht, dass Ihr, Mylord, eine Verschwörung gegen mich anstrebt?«

»Das ist ein Komplott!«, unterbrach Duncan. »An diesem Abend erhielt ich ebenfalls eine Nachricht, allerdings mit einem völlig anderen Inhalt, Mylord Bothwell! Mir wurde mitgeteilt, Ihr ruft mich an Eure Seite, um die Königin zu beschützen.«

»Das habe ich nicht getan!« Erregt lief Bothwell auf und ab. »Wieso sollte ich Euch Glauben schenken?«

Maria Stuart stand auf und trat neben ihren Geliebten. Sie legte ihre schmalgliedrige Hand auf seinen Ärmel und sagte leise, aber bestimmt: »James, es ist genug Blut geflossen! Erst Rizzio, dann Darnley … Ich bin der Intrigen und Schmähungen müde und möchte in Zukunft nur noch glücklich sein.« Sie wandte ihr Gesicht zu Duncan, und die Andeutung eines Lächelns umspielte ihre sinnlichen Lippen. »Lord Glenmalloch, ich glaube Euch. Es gibt auch keinen Grund, warum das Volk mir mein Glück nicht gönnen sollte. Schottland wird mit dem Earl von Bothwell einen gerechten und weisen König bekommen, und das Volk wird uns lieben. Niemand in diesem Land wird mir schaden wollen, dazu besteht kein Anlass. Daher seid Ihr frei, aber ich bestehe darauf, dass Ihr mit uns zusammen in die Stadt reitet, um der Öffentlichkeit zu demonstrieren, auf welcher Seite Ihr steht.«

Duncan zögerte, wollte sagen, dass er sofort nach Edinburgh aufbrechen und Anna suchen wolle, aber er spürte, jedes weitere Wort könnte die freundliche Stimmung der Königin zerstören. Außerdem sah er, wie wenig Bothwell mit ihrer Entscheidung, ihn freizulassen, einverstanden war. Doch noch war er nicht der König und musste sich dem Willen Marias beugen. Duncan beugte nur stumm das Knie und senkte dankend den Kopf.

Am dritten Mai riss Trompetenschall Anna aus einem leichten Schlummer. Sie wusste immer noch nicht, was mit ihr geschehen sollte, denn es hatte sich seit Tagen niemand mehr um sie gekümmert. Der Mann, der ihr kommentarlos durch eine Klappe in der Tür Wasser, Brot und manchmal eine dünne Gemüsebrühe reichte, war entweder taub und stumm, oder er wollte auf Annas Fragen keine Antwort geben. Sie schaute aus dem vergitterten Fenster, von dem sie einen Teil der High Street überblicken konnte. Links und rechts der Straße drängten sich die Bürger der Stadt, während sich ein pompöser Zug von der Burg aus auf Holyrood zubewegte. Obwohl Hunderte, wenn nicht sogar Tausende versammelt waren, lag eine eigenartige Stille über der Szenerie. Die Menschen blickten sich gegenseitig mit verkniffenen Gesichtern stumm an, in vielen Augen stand Zorn, und so mancher ballte die Hände zu Fäusten und schüttelte sie drohend. Jetzt erkannte Anna, wer da in die Stadt einritt, und ihr stockte der Atem. Auf einem weißen Zelter, in ihre besten Gewänder gekleidet, saß Maria Stuart und blickte froh und hoffnungsvoll in die Runde. Offenbar entging ihr die ablehnende Haltung des Volkes, oder sie wollte sie nicht sehen, denn Maria rief mit glockenheller Stimme: »Es geht mir gut, ihr lieben Leute. Der Herzog wird mit seiner Ehre für meine Entführung einstehen und vor dem Altar seinen Fehler wieder gutmachen.«

Ein Raunen ging durch das Volk. Direkt unter Annas Fenster rief ein Mann: »Hure! Metze! Eine Dirne hat es nicht verdient, über uns zu herrschen!«

Anna wusste nicht, ob Maria die Worte tatsächlich nicht gehört hatte oder sie nur ignorierte. Neben ihrem Pferd schritt der Earl von Bothwell. Zwar hielt dieser demütig den Kopf gesenkt, und die Tatsache, dass er neben Maria zu Fuß ging, sollte dem Volk seine Unterwerfung demonstrieren, trotzdem drückte die Körperhaltung Triumph aus. Dann erkannte Anna einen Mann unter den Reitern, die dem Zug in gebührlichem Abstand folgten.

»Duncan!«, schrie sie aus Leibeskräften und rüttelte verzweifelt an dem massiven Gitter. »Duncan, hier bin ich!«

Duncan hatte ihren Ruf gehört und sah auf. Sein Herz tat einen Sprung, und eine Welle der Zärtlichkeit schoss durch seinen Körper, als er Anna hinter dem Fenster des Stadtgefängnisses erkannte. Sie lebte! Anna lebte noch, aber jeder wusste, dass hier nur Menschen eingesperrt wurden, über die John Knox persönlich wachte, und der Fanatiker kannte keine Gnade, wenn es um seine Ansichten ging. Duncan lenkte sein Pferd durch die Menge am Straßenrand unter das Fenster und rief: »Geht es dir gut?«

»Nein, ganz und gar nicht! Hol mich hier raus! Knox will mich als Hexe vor Gericht und dann auf den Scheiterhaufen bringen!«

Bevor sie weitere Worte wechseln konnten, wurde Duncan von einer Pike hart in die Seite gestoßen.

»Verschwindet von hier! Es ist nicht erlaubt, mit der Gefangenen zu sprechen!«

Zwei Soldaten drängten Duncan auf die Straße zurück. Er warf Anna einen letzten Blick zu, dann wurde er von den nachfolgenden Reitern weitergeschoben, und Anna verlor ihn aus den Augen.

Obwohl Duncan nicht mehr unter Anklage stand, war auch er im Holyrood-Palast mehr oder weniger ein Gefangener. Er konnte sich zwar tagsüber frei bewegen, aber es wurde ihm nicht erlaubt, den Palast zu verlassen. Jeden Abend drehte sich der Schlüssel in der Tür zu seinem Gemach, ohne dass ihm jemand sagte, was ihm noch zur Last gelegt wurde. Er bekam weder die Königin noch Bothwell zu Gesicht, aber am dritten Abend seines Aufenthaltes setzte sich Claire beim Abendessen neben ihn.

»Duncan Cruachan, nicht wahr?« Duncan sah sie überrascht an, und sie fuhr flüsternd fort: »Anna ist in der Gewalt von John Knox. Er hält sie für eine Hexe, weil Anna der Königin die Zukunft vorausgesagt hat.«

Duncan nickte. »Ich weiß, aber meine Cousine ist hier oben nicht ganz richtig.« Duncan tippte sich lächelnd an die Stirn. Es war wohl besser, niemandem zu vertrauen, auch wenn Claire mit Anna befreundet war. »Sie bildet sich manchmal ein, in die Zukunft schauen zu können.« Er lachte gekünstelt.

»John Knox sagt, sie habe magische Kräfte«, flüsterte Claire hinter vorgehaltener Hand. »Anna hat sich aber auch mehr als einmal sehr sonderbar verhalten. Was wird man jetzt mit ihr machen? Einzig die Königin könnte ihre Freilassung befehlen, wobei ich bezweifle, dass sich Knox ihren Befehlen beugen wird.«

Duncan zuckte hilflos mit den Schultern. »Glaubt mir, Lady Claire, ich werde alles tun, das in meiner Macht steht, Anna zu befreien. Ich danke Euch für Eure Anteilnahme und Freundschaft Anna gegenüber.«

»Megan Ogilvie kann ihre Freude nicht verhehlen, dass Anna endgültig vom Hof verschwunden ist. Sie war von Anfang an neidisch, weil Anna bei der Königin so beliebt war. Ich habe Megan nie richtig gemocht, aber seit diese Alice Skelton aufgetaucht ist, ist sie noch hochnäsiger geworden.«

Duncan fuhr wie von einer Nadel gestochen in die Höhe. »Alice Skelton ist hier?« Er hatte so laut gesprochen, dass sich mehrere Köpfe nach ihm umdrehten. Leiser und eindringlicher fuhr er fort: »Lady Claire, habt Ihr Alice gesehen? Sie ist … nun ja … ganz hübsch mit blonden Haaren und blauen Augen. Meint Ihr diese Frau?«

Claire nickte. Sie war über seine heftige Reaktion überrascht. »Lady Alice war an dem Tag, als Anna bei der Königin war und in der folgenden Nacht verhaftet wurde, im Palast. Seitdem habe ich sie in Holyrood nicht wieder gesehen, weiß aber, dass Megan sie manchmal im Haus ihrer Eltern besucht.«

Grimmig presste Duncan die Lippen zusammen. Langsam, aber sicher fügten sich einzelne Mosaiksteinchen zu einem kompletten Bild. Maria Stuart hatte ihm versichert, sie habe Anna nicht an John Knox ausgeliefert. Duncan wusste nun, wem er alles zu verdanken hatte. Offenbar war es Alice gelungen, ihre Eltern so zu beeinflussen, dass man sie nicht nach Frankreich geschickt hatte. Duncans Finger krümmten sich. Nur gut, dass Alice nicht in der Nähe war, denn zu gerne hätte er ihr den schlanken, weißen Hals eigenhändig umgedreht!

Am fünfzehnten Mai wurden Maria Stuart und Bothwell im großen Saal des Holyrood-Palastes getraut. Duncan war unter den Gästen, der Earl von Moray, Marias Halbbruder, glänzte durch Abwesenheit. Niemand wusste, wo er sich aufhielt, ebenso wie die meisten der anderen Lords, die bisher treu an Marias Seite gestanden waren. Einzig Maitland war gekommen und stand mit sorgenvollem Gesicht Duncan schräg gegenüber. Zu Duncans Überraschung wurde die Trauung nach den protestantischen Riten vollzogen, Maria Stuart hatte nur vorher in aller Abgeschiedenheit eine Messe für sich lesen lassen. Es gab auch keinerlei Triumphzug durch die Stadt, Maskenspiele, Musik, Tanz oder sonstige Festlichkeiten, wie sie eigentlich bei der Hochzeit einer Königin üblich sind. Die wenigen Gäste versammelten sich zu einem schnell zusammengestellten Hochzeitsmahl, bei dem keine rechte Stimmung aufkommen wollte. Das glückliche Strahlen in Marias Augen, wann immer ihr Blick den ihres frisch angetrauten Ehemanns traf, verriet jedoch, dass Maria die Umstände herzlich gleichgültig waren.

Duncan hob seinen Becher und murmelte zu sich selbst: »Auf den Untergang Schottlands!«, dann leerte er den Wein in einem Zug.

Am Tag nach der seltsamen Hochzeit wurden die Tore des Palastes geöffnet, und endlich konnte Duncan Holyrood frei und ungehindert verlassen. Sein erster Weg führte ihn zum Gefängnis, wo ihm ein blankes Goldstück die Tür zu Annas Zelle öffnete.

»Duncan!« Sie flog in seine Arme, und er zögerte nicht, sie fest an sich zu pressen. Anna weinte und zitterte, und Duncan strich ihr beruhigend über das struppige und verklebte Haar. Anna war dünn und blass geworden, aber in ihren Augen glomm ein Hoffnungsschimmer.

»Es tut mir so leid«, sagte Duncan. »Ich hätte dich nie in eine solche Gefahr bringen dürfen.«

»Es ist nicht deine Schuld, im Gegenteil. Du hast mich immer wieder gewarnt, aber ich wollte dir nicht glauben. Duncan, bitte hol mich hier raus! Ich ertrage es keinen Tag länger!«

Duncan erzählte ihr von seinem Verdacht, dass Alice Skelton hinter dem Komplott steckte. »Ich werde sie sofort aufsuchen und, wenn es sein muss, die Wahrheit aus ihr herausprügeln«, drohte er wütend.

»Tu es nicht, Duncan«, bat Anna. »Man hat dich freigelassen, aber die Skeltons stehen offenbar auf der Seite von Knox, dem sich nun auch Moray und zahlreiche andere Lords anschließen werden. In wenigen Tagen wird in Schottland das Chaos ausbrechen, und jeder, der offen seine Sympathien für Maria Stuart zeigt, wird seines Lebens nicht mehr sicher sein.«

»Dann bleibt uns nur die Flucht. Anna, wir haben versagt, und es gibt nichts mehr, was wir jetzt noch tun können, außer unser eigenes Leben zu retten. Ich werde mich dafür verachten, ein Feigling zu sein …«

»Stopp«, unterbrach Anna. »In meiner Zeit gibt es einen Spruch: Lieber ein feiger Hund als ein toter Löwe. Außerdem hat es nichts mit Feigheit zu tun, einer verlorenen Sache den Rücken zu kehren. Vergiss deine Ritterlichkeit, Maria Stuart braucht sie nicht mehr. Aber ich … *ich* brauche dich, Duncan Cruachan.«

Der Zwiespalt der Gefühle stand Duncan ins Gesicht geschrieben. Da war auf der einen Seite sein Treueschwur gegenüber der Königin, auf der anderen die Verantwortung für Anna. Er gab sich einen Ruck – seine Entscheidung war gefallen. »Dann lass uns gehen. Ab sofort werden wir auf der Flucht sein.«

»Gehen?« Anna lachte spöttisch. »Hast du vergessen, dass wir uns in einem Gefängnis befinden?«

Duncan ging zur Tür und klopfte zum Zeichen, dass sein Besuch beendet war. »Ich habe nur eine Wache gesehen, und der Kerl ist nicht sonderlich groß. John Knox predigt in St. Giles gegen die Vermählung, und beinahe die ganze Stadt ist in der Kirche.«

Bevor Anna antworten konnte, wurde die Tür geöffnet, und der Wachmann winkte Duncan heraus. Bevor jener ein Wort sagen konnte, hatte Duncan ihn schon bei der Kehle gepackt und rief Anna zu: »Nimm sein Schwert und das Messer! Schnell!«

Anna tat wie geheißen, und das Gesicht des Wachmanns verfärbte sich in ein ungesundes Blau.

»Lass ihn am Leben!«, flehte Anna. »Er hat nur Befehle befolgt.«

Duncan gab ihr mit einem Blick zu verstehen, sie solle die Zelle verlassen, dann stieß er den Mann in die hinterste Ecke und schloss schnell die Tür ab. Den Schlüssel hatte der Mann netterweise außen stecken lassen.

Anna sah sich um. Tatsächlich war niemand zu sehen. Unbeobachtet gelangten sie durch die Hinterpforte, zu der ein Schlüssel vom Bund der Wache passte, in eine schmale Gasse mit stinkendem Unrat. Anna ignorierte den Dreck unter ihren nackten Fußsohlen und folgte Duncan durch ein Gewirr von Gässchen und Winkeln, bis sie die südliche Stadtmauer erreicht hatten. Nur vereinzelt begegneten ihnen Menschen, aber alle so ärmlich und zerlumpt, dass Anna vermutete, sie befanden sich in einer Gegend, in der sich keiner um den anderen scherte.

»Was ist denn hier los?«, wunderte sich Duncan, als sie das kleine Stadttor Cowgate erreichten und es verlassen vorfanden. Weit und breit war keine Wache zu sehen, aber die Pforte stand weit offen. Sie eilten hindurch und liefen, so schnell es Annas geschwächter Zustand zuließ, auf die Hügel außerhalb der Stadt zu. Disteln stachen Annas Füße blutig, aber sie spürte den Schmerz nicht. Zu groß war die Erleichterung, dem Gefängnis entronnen zu sein. Als sie die Anhöhe von Arthur's Seat erreicht hatten, blieb Duncan stehen.

»Ich glaube, hier bist du vorerst in Sicherheit.«

»Was hast du vor?«, rief Anna, als sie sah, wie Duncan sich anschickte, sie zu verlassen.

»Ich muss in die Stadt zurück. Wir können kaum zu Fuß nach Glenmalloch gehen, daher werde ich unsere Pferde und ein paar Sachen holen.«

»Nein!« Anna klammerte sich an seinen Arm. »Das ist zu gefährlich! Du kannst mich doch jetzt nicht allein lassen!«

Duncan zögerte, doch dann löste er ihre Hand von seinem Arm. »Es wird mir nichts geschehen. Hierher kommt so gut wie nie jemand, und wenn, kannst du dich hinter den großen Steinen dort drüben verbergen. Ich bin bald wieder zurück.« Er zögerte, ging dann ein paar Schritte, um wieder umzukehren und Anna in seine Arme zu reißen. Fest presste er sie an sich und murmelte: »Mein Leben wäre zu Ende gewesen, wenn sie dir etwas angetan hätten.« Dann ließ er sie so abrupt los, dass sie taumelte, und lief mit weit ausholenden Schritten den Hügel hinunter. Obwohl die Situation alles andere als romantisch war, fühlte sich Anna so glücklich wie nie zuvor in ihrem Leben.

Für Anna vergingen bange Stunden, in denen sie zitternd auf dem Boden kauerte. Tatsächlich ließ sich weit und breit niemand blicken, aber auf dem Hügel wehte ein kalter Wind, und Anna fröstelte. Endlich tauchten zwei Reiter auf, die mit vollem Galopp auf Arthur's Seat zuhielten und ein drittes Pferd ohne Reiter hinter sich her führten. Zuerst wollte sich Anna verstecken, dann erkannte sie Duncan in Begleitung seines Knappen Neville. Der Diener wandte schamvoll seinen Blick ab, als er Anna erblickte, denn sie trug noch immer das Nachthemd, das – bedingt durch die Zeit ihrer Gefangenschaft – schmutzig und zerfetzt mehr enthüllte als verbarg.

Duncan warf ihr ein Bündel zu. »Zieh das an. Rasch!«

Zu ihrer Freude war es Duncan gelungen, einige ihrer eigenen Kleider zu holen, Anna fragte lieber nicht, wie, dafür war jetzt keine Zeit. Sie zog sich ein paar Hosen an, darüber ein Kleid und ihren Umhang, dann schwang sie sich im Herrensitz auf das Pferd. Wenige Minuten später galoppierten sie in halsbrecherischem Tempo in Richtung Süden davon.

# IX

Erst als sie die Stadt umrundet und unbehelligt den Firth of Forth überquert hatten, gönnte Duncan den Pferden eine kurze Verschnaufpause. Sie hatten keine Verfolger ausmachen können, aber das war kein Grund, unvorsichtig zu sein.

»Neville, du reitest voraus nach Glenmalloch. Sei vorsichtig und sieh dich um, ob Bothwell oder Knox Männer zu unserer Verfolgung nachgeschickt haben.«

»Aber Mylord, sollten wir nicht –?«

»Du tust, was ich dir sage«, schnitt ihm Duncan das Wort ab, und Anna ergänzte: »Bothwell wird genügend damit zu tun haben, seinen eigenen Hals zu retten, und für Knox ist der Zeitpunkt gekommen, zu seinem letzten, entscheidenden Vernichtungsschlag gegen die Königin auszuholen. Das Volk lehnt sich gegen die Heirat auf, denn die meisten sind der Meinung, die Königin habe dem Mörder ihres Ehemannes die Hand gereicht. Die führenden Lords des Landes werden sich versammeln und überlegen, wie sie Maria zur Abdankung zwingen können. Auf Schottland kommen große Probleme zu, ich glaube nicht, dass man uns noch viel Beachtung schenken wird. Ich hoffe es zumindest.«

Als sie Nevilles verblüfftes Gesicht sah, wusste Anna, dass ihre Worte ein Fehler gewesen waren. In Nevilles Augen sah sie Zweifel, ob die Anklage gegen Anna nicht doch einen Funken Wahrheit enthielt.

Duncan warf ihr einen warnenden Blick zu, dann sagte er freundlich zu seinem Diener: »Bitte, Neville, es ist wichtig zu wissen, ob meine Familie unbehelligt geblieben ist. Wir werden den üblichen Weg ins Hochland wählen, sollten wir nicht unterwegs auf Verfolger stoßen. Wenn in Glenmalloch etwas nicht in Ordnung sein sollte, dann sorge dafür, dass wir entsprechend gewarnt werden.«

Neville, der sein ganzes Leben lang gewohnt war, Befehlen zu gehorchen, schwang sich wieder auf sein Pferd. Seine Haltung drückte zwar Missbilligung aus, seinen Herrn und die seltsame Frau alleine zu lassen, aber er sagte nur: »Ich werde mich beeilen, Mylord. Ihr könnt mir vertrauen.«

Duncan nickte ihm wohlwollend zu, dann gab Neville seinem Ross die Sporen und ritt davon.

»Wir sollten auch weiter«, sagte Duncan und führte sein und Annas Pferd von dem Bach fort, an dem sich die Tiere gelabt hatten. »Bis zum Sonnenuntergang können wir die Berge erreicht haben, dort gibt es viele Möglichkeiten, sich zu verstecken. Sicher ist sicher.«

Anna kratzte sich unbehaglich am Kopf. »Duncan, ich möchte baden, ich fühle mich so schrecklich schmutzig. Während meiner Gefangenschaft habe ich kein Wasser bekommen, um mich auch nur notdürftig zu waschen.«

Er grinste und sah sie mit unverhohlenem Schalk an. »Du siehst aus wie jede Frau in dieser Zeit und in dieser Lage.«

»Aber ich muss sieben Meilen gegen den Wind stinken!«, rief Anna.

»Und du riechst auch wie jede Frau in dieser Zeit und in dieser Lage«, wiederholte Duncan mit hintergründigem Lächeln. »Komm, steig auf, wenn wir in den Bergen sind, werden wir einen See finden, in dem du baden kannst.«

Seufzend bestieg Anna ihr Pferd. Noch nie in ihrem Leben hatte sie sich so unwohl gefühlt. Auf ihrer Kopfhaut und am ganzen Körper krabbelte und piekste es ununterbrochen. Wahrscheinlich hatte sie Flöhe und Läuse, vielleicht sogar noch anderes Ungeziefer, an das sie lieber nicht denken wollte. Zum Glück hatte Anna keinen Spiegel bei sich, denn bei ihrem Anblick wäre sie bestimmt in Tränen ausgebrochen. Das Haar hing ihr fettig und strähnig in den Nacken und stand am Hinterkopf in wirren Büscheln in alle Richtungen ab. Ihr Gesicht war voller Schmutzflecken, ihre Lippen waren spröde und aufgesprungen. In den Monaten, in denen

Anna jetzt schon in der Vergangenheit weilte, hatte sie gelernt, nicht mehr allzu eitel zu sein. Hätte sie aber gewusst, in welch desolatem Zustand sie sich jetzt befand, hätte sie sich vor lauter Scham auf dem nächsten Baum verkrochen.

Die Abenddämmerung zog herauf, als sie einen größeren Fluss erreichten.

»Ich glaube, hier können wir lagern«, sagte Duncan und sah sich um, aber außer Heidekraut, Felsbrocken und Moos war nichts zu sehen.

Anna sprang aus dem Sattel und rannte auf den Fluss zu. Noch im Laufen streifte sie ihr Kleid über den Kopf. »Und ich gehe jetzt baden!«

»Anna, das Wasser ist eiskalt«, rief Duncan und eilte ihr nach. »Außerdem musst du aufpassen, durch die Schneeschmelze ist der Fluss tiefer und reißender als sonst.«

Anna hörte nicht auf ihn. Als sie einen Fuß in das Wasser tauchte, kreischte sie. Das war wirklich bitterkalt! Aber sie biss die Zähne zusammen und watete tiefer ins Wasser, obwohl ihr jeder Schritt beinahe den Atem nahm.

»Laut Sebastian Kneipp tut kaltes Wasser dem Körper gut«, murmelte sie. Der Wunsch nach Sauberkeit und mit dem Wasser nicht nur den Dreck des Gefängnisses, sondern auch ein Stück Erinnerung abzuspülen, war übermächtig. In der Mitte des Flusses rauschte es in wilden Strudeln über die Steine, und Anna meinte, weiter unten am Flusslauf das Geräusch eines Wasserfalls zu hören. Sie ging in die Hocke und tauchte bis zu den Schultern in das eiskalte Nass. In diesem Augenblick rutschte sie aus und fiel kopfüber ins Wasser. Sofort wurde sie von der Strömung mitgerissen. Obwohl Anna eine gute Schwimmerin war, lähmten sie die Kälte und der plötzliche Schreck, und sie merkte, wie machtlos sie gegen den Strudel war, der sie flussabwärts riss. Sie wirbelte im Wasser umher, stieß schmerzhaft mit dem Körper gegen Felsen, und ein Schlag mitten ins Gesicht raubte ihr die Besinnung.

»Duncan!«, wollte Anna noch schreien, aber als sie den Mund öffnete, schluckte sie nur das kalte Wasser. Dann wurde es dunkel um sie herum.

Duncans Herz drohte auszusetzen, als er Anna in den Fluten versinken sah. Er kannte den Fluss und wusste, dass in weniger als fünfhundert Metern ein Wasserfall ins Tal stürzte, der im Sommer nicht sehr gefährlich war. Jetzt aber führte der Fluss Hochwasser, und am Fuße des Wasserfalls befanden sich spitze Felsen.

»Anna! Ich komme!«, schrie er, streifte sich im Laufen die Stiefel von den Füßen und riss sich das Wams vom Körper. Hundert Meter flussabwärts war eine Biegung, wenn er Glück hatte, würde Anna durch die Strömung an seine Uferseite getrieben. Der Ast eines Strauches bot Duncan ein wenig Halt, als er sich vorsichtig über die runden und glitschigen Steine in den Fluss hineintastete. Dann sah er Anna – sie trieb mit hoher Geschwindigkeit auf ihn zu. Duncan ließ den Ast los und warf sich mit seinem ganzen Gewicht auf Anna, zugleich ruderte er mit beiden Armen in Richtung Ufer. Dass er dabei Annas Kopf unter Wasser drückte, musste er in Kauf nehmen. Tatsächlich gelang es Duncan, festen Boden unter den Füßen zu ertasten. Schnell zog er Anna aus dem Wasser und weiter an das rettende Ufer. Sie war bewusstlos, aber sie atmete noch. Duncan bettete sie auf die Seite ins Gras und schlug mit der flachen Hand auf ihren Rücken. Anna begann zu husten und würgte einen Schwall Wasser hervor.

»Anna! Meine liebe, liebe Anna! Meine Liebste!«

Duncan merkte gar nicht, wie er die Worte murmelte. Immer und immer wieder strichen seine Hände über ihren nackten Körper, dann nahm er sie in die Arme und bettete ihren Kopf an seine Brust. Anna hatte beim Sturz auf die Felsen zahlreiche Blutergüsse und eine Platzwunde über einem Auge erlitten. Es war Duncan, als trüge er selbst die Verletzungen am Körper, so sehr schmerzte ihn der Anblick.

»Hast du mich vor dem Ertrinken gerettet, um mich jetzt zu ersticken?«, keuchte Anna und strampelte mit den Beinen.

Duncan presste sie noch fester an seine Brust. »Ich hätte es nicht überlebt, wenn dir etwas geschehen wäre«, sagte er leise.

»Ich denke, du willst dich nicht mehr an eine Frau binden?«

Annas Herz klopfte zum Zerspringen. Sie war sich ihrer Nacktheit bewusst, und plötzlich war ihr alles andere als kalt, auch der Schmerz der Prellungen war verschwunden. Ihre Haut brannte unter Duncans Berührungen, trotzdem wünschte sie sich nichts sehnlicher, als dass er sie niemals wieder freigab. Sie hob den Kopf, und ihre Lippen öffneten sich. Duncan brauchte keine weitere Einladung, er hatte längst erkannt, dass er seine Gefühle nicht länger unterdrücken, sich nicht weiter selbst belügen und sich vorgaukeln konnte, für Anna nur brüderliche Gefühle zu empfinden.

Während ihrer Küsse voller Leidenschaft zerrte sich Duncan die störenden Kleidungsstücke vom Leib. Er wollte nur noch mit dieser Frau eins werden.

Jetzt.

Hier.

Auf der Stelle!

Anna spürte seine heftige Erregung, die ihre eigene ins Unermessliche steigerte. Über Duncans Willen zu siegen war kein Triumph. Nein, in dem Moment, als er mit einem kraftvollen Stoß in ihren Schoß eindrang, wusste sie mit Gewissheit, dass es für sie niemals wieder ein Leben ohne Duncan geben könnte. Und wenn dieses Leben im sechzehnten Jahrhundert in Schottland stattfand, so sollte es eben so sein.

Sie liebten sich immer wieder, holten all die verschenkten Monate in einer einzigen Nacht nach. Der Mond stand schon hell am Himmel, als Anna sich langsam von Duncan löste.

»Hoffentlich sind die Pferde nicht fortgelaufen«, sagte sie.

Duncan lächelte, im Mondlicht schimmerten seine Zähne hell wie Perlenschnüre. »Ich hätte nichts dagegen, mit dir für immer hier zu bleiben. Ich kann jagen und fischen, während du uns aus Ästen und Zweigen eine Hütte baust.«

Anna stimmte in sein Lachen ein. »Das könnte dir so passen, Duncan Cruachan. Ich mache die Hausarbeit, und du hast das Vergnügen. Nun aber mal im Ernst – wir sollten zu den Pferden zurückgehen und hoffen, dass sie noch da sind, denn in den Satteltaschen habe ich deinen Essensvorrat entdeckt. Ich habe jetzt nämlich großen Hunger.«

Anna wollte sich erheben, aber Duncan hielt sie zurück. »Anna, ich weiß nicht, wie unsere Zukunft aussehen wird, aber eines ist mir in den letzten Wochen bewusst geworden: Ich möchte nicht, dass du jemals von mir gehst. Ich weiß, es ist völlig verrückt, aber ich bitte dich, meine Frau zu werden. Sage jetzt nicht nein, denn das würde ich nicht ertragen.«

Gerührt küsste ihn Anna auf die Lippen. »Ich nehme deinen Antrag an, Duncan Cruachan«, sagte sie ernst. »Wir wissen beide nicht, was das Schicksal in Zukunft für uns bereithalten wird: ob ich in dieser Zeit bleibe oder ob du mir in die meine folgst. Ist es aber nicht völlig gleichgültig, in welcher Zeit wir leben? Zählt nicht einzig und allein, dass wir beide zusammen sind? Ob heute, morgen oder gestern – ich werde für immer dein sein!«

Zwei Tage später erreichten sie einen einsamen Bauernhof. Die Besitzer, ein ältliches Ehepaar, waren zwar wortkarg, boten Duncan und Anna aber an, eine kräftige und wohlschmeckende Hühnersuppe mit ihnen zu teilen.

»Wenn Ihr wollt, könnt Ihr in der Scheune übernachten«, sagte der Mann und wies ihnen den Weg.

»Die Leute in dieser Gegend sprechen nicht viel«, bemerkte Duncan, als er aus sauberem Stroh ein Lager bereitet hatte.

Anna kuschelte sich in seine Arme. »Es interessiert die beiden nicht, wer wir sind, woher wir kommen und wohin wir gehen?«

Duncan schüttelte den Kopf. »Die meisten einfachen Bauern kämpfen täglich ums Überleben. Es ist ihnen wichtig, was sie am nächsten Tag zu essen haben, dass ihr Vieh gesund ist und ob die nächste Erne gut ausfallen wird, damit sie über den Winter kommen.« Duncan stützte sich auf einen Ellenbogen und sah Anna ernst an. »Ich liebe dich.« Anna durchzog ein warmes Gefühl. »Glaubst du mir, wenn ich dir sage, dass ich diese Worte nie zuvor zu einer Frau gesagt habe?«

»Auch nicht zu Alice Skelton?«, scherzte Anna.

»Wirst du mir diesen Fehltritt jemals verzeihen, Anna? Ich schwöre, irgendwann drehe ich dieser intriganten Person eigenhändig den Hals um. Sie wird für ihr Tun büßen, und es wird mir eine Freude sein, sie ...«

»Lass es gut sein, Duncan!«, unterbrach Anna. »Auch wenn sie uns Schreckliches angetan hat, sie tat es wahrscheinlich nur aus Eifersucht und verschmähter Liebe. Lass uns die Zukunft ohne die Schatten der Vergangenheit aufbauen.«

Duncan brummte und zog sie in seine Arme. »Denkst du eigentlich noch oft an *ihn*?«

»Wen meinst du?« Annas Kopf ruckte nach oben.

»Den Mann, mit dem du in deiner Zeit zusammengelebt hast. Bruce ...«

»Nein.« Ihre Antwort kam schnell und ohne zu zögern. »Ich dachte einmal, er wäre der Mann, mit dem ich den Rest meines Lebens verbringen wollte. Selbst wenn er mich nicht betrogen hätte, habe ich in den letzten Monaten erkannt, dass meine Liebe zu Bruce niemals so tief war wie meine Gefühle für dich.«

Ihre Worte machten Duncan sehr glücklich, und er musste mehrmals trocken schlucken, bevor er sagte: »Bruce könnte dir so vieles bieten, auf das du verzichten musst, wenn du bei mir bleibst.«

Spielerisch boxte Anna Duncan in die Rippen. »Was soll das? Erst machst du mir einen Antrag, den ich annehme, und dann willst du mir ausreden, deine Frau zu werden? Duncan Cruachan, in dieser Beziehung verstehe ich keinen Spaß!«

Er lachte. »Ich auch nicht, meine Schöne.« Bei dem Kosenamen prickelte es Anna warm auf der Haut. »Ich möchte nur, dass du dir deiner Entscheidung sicher bist. Du hast mir einmal erzählt, dass in deiner Zeit die Leute heiraten, um sich bald darauf wieder scheiden zu lassen, gerade so, wie es ihnen gefällt. Hier aber zählt ein Eheversprechen, es bindet uns für den Rest unseres Lebens aneinander.«

»Nie war ich mir einer Entscheidung sicherer, Duncan. Es stimmt, ich werde auf viele Annehmlichkeiten verzichten müssen, und ich muss dich warnen – es wird vielleicht passieren, dass ich mich bitterlich darüber beklagen werde, nicht heiß duschen zu können, aber dafür erhalte ich etwas, was keine noch so moderne Einrichtung ersetzen könnte.«

»Und das wäre?«

»Ein Leben mit dir, mit deiner Liebe, Zärtlichkeit und deinem Vertrauen. Was könnte es Schöneres auf der Welt geben?«

Gerührt küsste Duncan ihre Lippen und bettete ihren Kopf an seiner Brust. Nach einer Weile, er dachte, Anna sei bereits eingeschlafen, sagte sie allerdings: »Bist du eigentlich reich?«

Er lachte. »Hat das eine Auswirkung darauf, ob du meine Frau werden möchtest?«

»Kein bisschen, aber ich überlege, wie man Glenmalloch etwas … wohnlicher gestalten könnte. Versteh mich nicht falsch, Duncan, für deine Zeit hast du ein wundervolles Heim, aber ich könnte mir hier und da einige Änderungen vorstellen, die es komfortabler machen.«

»Ein Badezimmer zum Beispiel?«

»Ja, und eine Toilette mit Wasserspülung«, seufzte Anna. »Technisch bin ich allerdings eine Niete …«

»Eine was?«, unterbrach Duncan.

»Äh … ein Laie, also jemand, der nichts von Technik versteht, aber ich glaube, gemeinsam müssten wir das hinbekommen.«

Duncan küsste sie auf den Scheitel. »Mach dir wegen Geld keine Sorgen. Was immer du möchtest, ich glaube, ich kann es dir erfüllen. Wirst du auch glücklich sein ohne all die Dinge, die bisher dein Leben bestimmt haben? Ohne die stinkenden eisernen Kutschen, die einen zugegebenermaßen schnell von einem Ort zum anderen befördern, ohne die kleinen Menschen in den Kästen, die euch offenbar Freude bescheren, und auch ohne Wasserfälle im Zimmer und glühende Steine zum Kochen?«

Angesichts seiner Auflistung lachte Anna hell auf. »Was bedeuten all diese Dinge schon, wenn das Herz leer bleibt?«

»Ich liebe dich«, wiederholte Duncan, und seine Leidenschaft erwachte erneut. Das Bauernhaus, in dem die beiden alten Leutchen schliefen, war weit entfernt, und so ließen sie ihren Gefühlen freien Lauf.

Sie erreichten Glenmalloch am frühen Nachmittag. Zuerst dachte Anna, die Burg würde brennen, denn aus dem Hof stiegen Rauch und Dampf auf, aber Duncan beruhigte sie mit einem Lächeln: »Sieh, uns wird ein ehrwürdiger Empfang bereitet, denn es scheint Waschtag zu sein, und sie putzen das ganze Haus.«

Als sie durch das Burgtor ritten, sah Anna, dass der Rauch von mehreren Feuerstellen, auf denen Kessel mit kochendem Wasser standen, herrührte. In allen wurden Wäschestücke eingeweicht, und rund hundert Menschen eilten geschäftig auf dem Hof umher. Männer trugen in großen Holzschütten die schmutzigen Binsen aus den Räumen und leerten diese auf einen Karren, der später vor den Toren der Burg ins Moor gekippt werden würde.

Helen erkannte die Ankömmlinge als Erste. Inmitten der hektischen Betriebsamkeit wusch sie in einem Eisenkessel Kleider. Die Schürze, die sie sich vor ihr einfaches graues Kleid gebunden hatte, war pitschnass, und wirre, feuchte Haarsträhnen hingen in ihr gerötetes Gesicht. Als sie aufblickte und Anna und Duncan sah, warf sie das Kleidungsstück achtlos auf den Boden, rannte auf die beiden zu und warf sich in die Arme ihres Bruders. »Duncan! Endlich! Wir haben uns große Sorgen um euch gemacht, als Neville gestern ankam und berichtete, ihr wärt auf der Flucht.« Dann umarmte sie Anna, sah ihre Verletzungen und wich erschrocken zurück. »Um Gottes willen, Anna! Was ist geschehen? Neville sagte nichts davon, dass du verletzt worden bist.«

»Das ist auch erst auf der Reise hierher passiert, und es ist halb so schlimm, wie es aussieht«, sagte Duncan schnell. »Später werden wir alles erzählen. Ich wäre dir sehr dankbar,

Helen, wenn du für Anna ein Bad bereiten und dich um ihre Wunden kümmern würdest. Sie hat viel erleiden müssen.«

Helen fragte nicht weiter, sondern eilte davon, um alles Nötige zu veranlassen. Eine knappe halbe Stunde später ließ sich Anna in einen Zuber mit heißem, nach Rosen duftendem Wasser gleiten. Obwohl ihr jeder Knochen im Leib schmerzte, besonders die Prellungen, begann sie sich zu entspannen. Als sie mit dem Bad fertig war, trug Helen vorsichtig eine gelbliche Salbe auf Annas Verletzungen auf. Anna war dem Mädchen dankbar, dass sie keine Fragen stellte, denn es war ihr unmöglich, jetzt über die vergangenen Tage zu sprechen.

Anna ruhte in dem Zimmer, das sie vor ihrer Reise in den Süden in der Burg bewohnt hatte, ein paar Stunden aus, dann holte sie Duncan in die große Halle. Der Boden war mit frischen Binsen bedeckt, aus denen ein würziger Geruch strömte. Anna hatte das Gefühl, heimgekehrt zu sein. Lady Flamina begrüßte sie zurückhaltend. Sie hatte ihre Skepsis Anna gegenüber immer noch nicht abgelegt, aber Douglas umarmte sie, küsste sie auf beide Wangen und hieß sie herzlich willkommen. Aus den Augenwinkeln sah sie, wie Duncan zornig die Lippen aufeinanderpresste, und sie lächelte schelmisch über seine offensichtliche Eifersucht. Nach einem leichten Abendessen wurden Marla und Cathy zu Bett geschickt, während man Helen erlaubte, anwesend zu bleiben.

Während des Winters waren nur spärliche Nachrichten aus der Hauptstadt ins Hochland gedrungen, aber Lady Flamina wusste von Darnleys Ermordung und dem Freispruch seines mutmaßlichen Mörders. Nüchtern erzählte Duncan von den Ereignissen, die schlussendlich zu ihrer Flucht aus Edinburgh geführt hatten und Annas Wunden erklärten.

»Als Hexe angeklagt!« Lady Flamina stand auf und lief unruhig in der Halle auf und ab. »Ich habe es von Anfang an befürchtet. Das konnte nicht gut gehen.« Sie blieb vor Duncan stehen und sah ihn besorgt an. »Sie werden hierher kommen, um Anna zu holen. Ich hoffe, du weißt, in welche Gefahr du die Familie bringst.«

»Aber Mutter, du dramatisierst die Sache«, entgegnete Duncan. »Edinburgh ist weit, sie haben dort andere Sorgen, als einer Frau nachzujagen, die ein paar zweifelhafte Voraussagen gemacht hat. Ich glaube, wir sind hier sicher, denn wir wurden nicht verfolgt.«

So leicht ließ sich Lady Flamina nicht überzeugen, aber sie wollte die Angelegenheit vorerst auf sich beruhen lassen. Tatsächlich lag Glenmalloch so weit von Edinburgh entfernt, dass sich wohl kaum jemand bemühen würde, den beschwerlichen Weg zu unternehmen, um eine angebliche Hexe zu verhaften. Sie mussten nur sichergehen, dass Annas Ruf nicht in die nähere Umgebung getragen wurde. Lady Flamina seufzte. Mit dem wissenden Blick einer Mutter hatte sie erkannt, dass Duncan bis über beide Ohren in diese Frau verliebt war. In eine Frau aus der Zukunft! Darum war sie auch nicht überrascht, als Duncan plötzlich sagte: »Anna und ich werden, sobald ihre Wunden verheilt sind und sie sich wieder kräftiger fühlt, heiraten.«

Helen umarmte Anna und drückte sie aus Versehen so fest, dass Anna einen Schmerzenslaut unterdrücken musste. »Dann wirst du ja meine richtige Schwester und bleibst für immer bei uns. Ich freu mich so, Anna!«

Auch Douglas reagierte auf die Nachricht erfreut, einzig Lady Flamina sagte mit einem gequälten Lächeln: »Dann hast du dich tatsächlich dazu entschlossen, auf Glenmalloch zu bleiben? Oder willst du meinen Sohn in die Zukunft entführen?«

Anna hörte die bange Frage in ihrer Stimme und antwortete ernst: »Mylady, ich liebe Euren Sohn, wie ich nie zuvor einen Menschen geliebt habe, und ich weiß, dass er in meiner Zeit niemals glücklich sein könnte. Duncan gehört hierher. Hier im Hochland sind seine Heimat und seine Familie, und wo sein Leben ist, wird auch meines sein. Für immer.«

»Dann soll es so geschehen.« Lady Flamina hauchte einen Kuss auf Annas Wange, und Anna wusste: Sie hatte die richtige Entscheidung getroffen. Duncans Mutter hatte die Wahl ihres Sohnes akzeptiert, und Anna war überzeugt, irgendwann ihre Freundschaft und Achtung erringen zu können.

Ein Diener brachte würzigen Wein, Brot und kaltes Fleisch. Während sie sich stärkten, erzählte Anna von den Dingen, die in den nächsten Wochen geschehen würden: »Ich erinnere mich, dass Maria Stuart und Bothwell kein langes Eheglück beschert sein wird. Bald schon wird sich der Großteil der schottischen Lords unter Führung Morays zusammenschließen und von Maria fordern, zugunsten ihres Sohnes auf die Krone zu verzichten. Natürlich wird sie dies vehement ablehnen, worauf sie von Bothwell getrennt und in Loch Leven Castle, einer Burg auf einer Insel in einem See, inhaftiert werden wird. James wird zum König ausgerufen, Moray zum Regenten, und Maria werden alle Macht und Befugnisse entzogen. Anschließend erleidet sie dort auch eine Fehlgeburt. Knapp ein Jahr später wird ihr die Flucht von der Insel gelingen, und es kommt zu einer Schlacht, bei der Maria hoffnungslos unterliegt. Dann werden sich, bis auf eine kleine Hand voll, die Schotten vollends von ihr abwenden. Maria bleibt nur noch die Flucht über die Grenze nach England, wo sie sich dem Wohlwollen ihrer Cousine Elisabeth ausliefert. Was dann geschieht, habe ich bereits erzählt.«

Als Anna geendet hatte, blickte sie in Lady Flaminas sorgenvolles Gesicht.

»Auf welcher Seite werden wir stehen, Duncan? Wir haben der Königin Treue und Ergebenheit geschworen. Und wir sind Katholiken.«

Duncan rollte seufzend den leeren Becher zwischen seinen Handflächen.

»Da ich weiß, dass jede Einzelheit, die Anna erzählt, genauso eintreffen wird, macht es keinen Sinn, ein zweites Mal zur Unterstützung an Marias Seite zu eilen. Glaube mir, Mutter, es bricht mir beinahe das Herz, aber ich habe auch eine Familie und einen Besitz, der Hunderten von Menschen Brot und ein Heim gibt. Daran muss ich denken. Trotzdem fühle ich mich als Versager ...«, er zögerte, »... und als Feigling.«

»Niemand verlangt, dass du in deinen Selbstmord läufst!«, begehrte Anna auf.

Sie erhielt unerwartete Hilfe von Douglas. »Bruder, auch wenn wir zwei so unsere Probleme miteinander hatten – wir brauchen dich hier, und zwar lebendig und gesund!«

»Es ist nett, dass du das sagst.« Duncan grinste schief. »Da ich jetzt bald auch eine Frau und hoffentlich viele Kinder haben werde, sehe ich ein, dass mein Platz nicht an der Seite einer Königin sein kann, die aus eigenem Verschulden ihrem Untergang entgegensteuert.«

Anna legte eine Hand auf seinen Unterarm. Er zitterte leicht. »Wir haben versucht, was in unserer Macht stand«, sagte sie wehmütig. »Aber jetzt müssen wir in die Zukunft sehen, denn anscheinend hat es niemand in der Hand, die Vergangenheit zu ändern.«

»Ich bin ganz Annas Meinung.« Lady Flamina erhob sich und strich sich eine Haarsträhne aus der Stirn. »Jetzt bleibt uns nur zu hoffen, dass die Ereignisse um die Königin John Knox und seine Anhänger vergessen lassen, dass gegen Anna Anklage als Hexe erhoben worden und sie aus dem Gefängnis geflohen ist. Hoffen wir, dass wir uns auf Glenmalloch Castle in Sicherheit befinden.«

Dank der Salbe und der vielen Ruhe fühlte sich Anna nach wenigen Tagen wieder so kräftig wie zuvor. Ihre blauen Flecken verblassten, die Platzwunde unter ihrem Auge heilte unter Schorfbildung ab. In der Burg wurde noch weiter gewaschen und geputzt, und der Frühling hielt mit großen Schritten Einzug in Schottland. Zwar gab es immer wieder einen heftigen Regenguss, aber wenn die Sonne schien, dann wärmten ihre Strahlen, und in der Luft lag der Duft nach blühendem Ginster und Torf. Anna konnte sich nicht vorstellen, jemals wieder die von Abgasen verpestete Luft Londons zu atmen, und war so oft wie möglich draußen in der freien Natur. Natürlich musste sie wie jede Frau auf Glenmalloch Pflichten im Haushalt übernehmen. Helen führte sie in die Kunst des Bierbrauens ein, und Anna merkte, wie viel mehr dazugehörte, als nur Getreide mit Wasser zu mischen. An den Abenden, wenn alle Arbeit getan war, saß sie mit Duncan zusammen und schmiedete Pläne für ihre Hochzeit. Es sollte nur ein kleines Fest geben, kein Vergleich zu dem Aufwand, der einst für Alice Skelton betrieben worden war. Anna war es recht, allerdings stieß sie bei ihrer künftigen Schwiegermutter auf Widerstand, als sie sich ein weißes Brautkleid wünschte.

»Weiß ist in Schottland die Farbe der Trauer!«, rief Lady Flamina. »Die Königin, deren Vorliebe für Weiß bekannt ist, hat Darnley zwar auch in einem weißen Kleid geheiratet, aber man sieht ja, wohin das geführt hat. Nein, ich werde für dich einen roten Stoff wählen, der sich mit den Farben der Cruachans kombinieren lässt.«

Anna wusste, jeder Widerspruch war zwecklos. Zwar hatte sie wie jede Frau von einer weißen Hochzeit geträumt, aber Hauptsache war, dass sie auch vor dem Altar Duncans Frau wurde. Hier in Glenmalloch war es für beide schwierig, allein zu sein, denn sie schienen unter ständiger Beobachtung zu stehen. So blieben Anna und Duncan nur wenige heimliche Stunden, in denen sie leidenschaftliche Küsse und zärtliche Berührungen austauschen konnten. Dies taten sie dann aber mit einer solchen Leidenschaft, dass Anna die Tage zählte, bis sie endlich offiziell die Nächte mit Duncan zusammen in einem Bett verbringen durfte.

An einem Vormittag ging Anna in die Küche, um Kräuter für das Bier zu holen. An dem wuchtigen Holztisch saß June. Anna hatte sie seit ihrer Rückkehr nur einmal flüchtig aus der Ferne gesehen.

»Guten Morgen, June«, sagte Anna freundlich und trat zu dem Mädchen, das kaum auf ihren Gruß reagierte. Anna sah einen seltsamen Glanz in den hellen Augen, und plötzlich wurde June von einem heftigen Husten geschüttelt. Besorgt legte Anna ihre Hand auf Junes Stirn. »Du lieber Himmel, du bist krank und gehörst ins Bett! Aber sofort!«

»Ich … kann nicht … Muss arbeiten …«, stammelte June und versuchte aufzustehen. Doch kaum hatte sie sich erhoben, griff sie Halt suchend um sich und sackte bewusstlos in Annas Arme.

Man brachte June in ihre Kammer, die sie mit fünf anderen Mägden teilte, und Anna bettete sie in warme Decken. Zwar erlangte das Mädchen wieder das Bewusstsein, aber es quälte June ein Husten, der sich anhörte, als würde ihre Brust in tausend Stücke gerissen.

Anna bat Lady Flamina, einen Arzt zu holen, aber diese zuckte nur mit den Schultern. »Sie wird sich schon wieder erholen. Eine harmlose Erkältung, mehr nicht. Der nächste Arzt ist in Inverness, bis der hier wäre, ist das Mädchen bestimmt wieder gesund.«

Anna erinnerte sich an ihre eigene Krankheit und war froh, dass hier niemand auf die Idee kam, June zur Ader zu lassen oder – noch schlimmer! – ihr diese furchtbaren Blutegel auf den Körper zu setzen. Zum Glück gab es Kamillenblüten, aus denen sie einen Tee bereitete, den sie June einflößte. Nach zwei Tagen fieberte das Mädchen stark und verlor immer wieder das Bewusstsein. In Junes Brust rasselte es in einer Art und Weise, dass selbst Anna mit ihren mangelhaften medizinischen Kenntnissen wusste, dass das Kind dem Tode geweiht war. Junes Körper glühte, als läge sie auf brennenden Kohlen, aber ihre Haut war staubtrocken.

»Wir müssen sie kühlen!«, rief Anna und befahl einer Magd, sofort kaltes Wasser und Tücher zu bringen.

June hatte die Augen geöffnet, aber ihr Blick irrte orientierungslos umher. Sie erkannte Anna nicht, sie erkannte nichts und niemanden in ihrer Umgebung. Die schmale Brust hob und senkte sich in unregelmäßigen Abständen, und der Husten klang wie klirrende Eisenketten. Anna vermutete eine Lungenentzündung. Sie konnte aber nichts tun, um dem Kind zu helfen. Aus Verzweiflung über ihre Hilflosigkeit stiegen ihr Tränen in die Augen. In ihrer Zeit gab es Tabletten und Spritzen dagegen, nur ein bisschen Antibiotikum, und das Mädchen wäre in wenigen Tagen wieder gesund und munter. So aber konnte sie nichts weiter tun, als den kleinen glühenden Körper zu kühlen. Die Magd tauchte die Lappen in den Eimer mit kaltem Wasser, und Anna entkleidete das Mädchen. Sie schlang um jedes Bein ein kühles Tuch. Es war das Einzige, das ihr einfiel, was man tun konnte, um das Fieber zu senken. Als Anna dem Kind das Leibchen aufschnürte und ihren zarten Körper entblößte, stieß sie einen Schrei aus.

Die Magd fuhr erschrocken zurück. »Was habt Ihr, Misstress? Seht Ihr Flecken auf der Haut? Hat sie etwa die schwarze Krankheit?«

Anna schüttelte den Kopf. Nein, June litt nicht an der Pest, aber sie hatte etwas anderes gesehen, das sie mehr erschreckte, als wenn sie eine furchtbare Krankheit entdeckt hätte. Annas Hände zitterten wie Espenlaub, als sie langsam über den rechten Unterbauch von June strich.

»Wo ist der Herr?«, fragte sie die Magd. »Geh und hol Lord Duncan. Er soll kommen. Sofort!«

Die Magd gehorchte, und Anna fuhr fort, Junes Körper zu kühlen. Dabei murmelte sie: »Du darfst nicht sterben! Hörst du, du musst leben! Ich brauche dich, June! Mein Gott, wie kann das sein …?«

Duncans schwere Hand legte sich auf Annas Schulter. »Ich bewundere deine Anteilnahme, Anna, aber der Tod gehört zum Leben. Du solltest dir ihr Schicksal nicht so sehr zu Herzen nehmen.«

Mit einem flammenden Ausdruck in den Augen fuhr Anna herum. »Weil sie nur eine Küchenhilfe ist? Meinst du damit, ihr Tod sei nicht von Bedeutung? Hat sie deswegen nicht das Recht zu leben?«

Duncan nahm ihre widerstrebenden Hände und hielt sie fest. »Du hast mir genügend von der Medizin deiner Zeit erzählt, und ich glaube dir, dass es in einigen Jahrhunderten viele Krankheiten nicht mehr geben wird. Aber du kannst hier und heute nichts tun, um dieses Mädchen zu retten. Finde dich damit ab, Anna. Der Tod kommt oft zu früh zu einem, und wir verstehen nicht, warum er junge Menschen zu sich holt.«

Anna schluckte trocken und schlug mit zitternden Fingern das Tuch von Junes Körper. Es war trocken und warm, obwohl es nur wenige Minuten auf Junes Haut gelegen hatte.

»Siehst du die Narbe dort? Rechts unten.«

Duncan beugte sich vor und erkannte eine kaum fingerlange, leicht schwulstige Narbe am rechten Unterbauch. »Wahrscheinlich hat sie sich da einmal verletzt«, stellte er ungerührt fest. Sein eigener Körper war von Narben übersät, warum machte Anna wegen so einer kleinen Verletzung solch Aufhebens?

»Duncan, du verstehst nicht!« Annas Stimme zitterte vor Aufregung. »Die Narbe stammt nicht von einer Verletzung! Sag, Duncan, kennst du Menschen, die unter heftigen Bauchschmerzen, besonders auf der rechten Seite, gelitten haben und daran gestorben sind?«

Duncan nickte. »Ja, das kommt recht häufig vor, oft sogar bei Kindern. Sie leiden schreckliche Schmerzen, übergeben sich und sterben schließlich. Ich vermute, sie haben etwas Schlechtes oder Giftiges gegessen.«

»Das ist es nicht!« Annas Schrei hallte wie ein Schuss durch den Raum. »Ich weiß nicht sehr viel darüber, nur das, was mir der Arzt erklärt hat, als man mir vor elf Jahren den Blinddarm entfernt hat.«

»Blinddarm?«, unterbrach Duncan und runzelte die Stirn. »Davon habe ich noch nie etwas gehört.«

»Der Blinddarm ist ein Stück des Darmes, der eigentlich völlig überflüssig ist«, erklärte Anna. »Darum heißt er auch Blinddarm. Leider entzündet sich ein kleines Stück am Ende des Blinddarms recht häufig, man nennt den Teil Wurmfortsatz. Manchmal geht es wieder vorbei, aber oft bricht Eiter aus der Entzündung und ergießt sich in den Bauchraum. Das bedeutet dann den Tod des Patienten.«

»Und warum erzählst du mir das?«

»Weil man in meiner Zeit, ach nein, eigentlich schon hundert Jahre früher, Möglichkeiten hat, diese Leute zu heilen. Man schneidet den entzündeten Blinddarm einfach heraus.«

»Du meinst, man schlitzt den Bauch auf?«

»Ja, aber man macht es unter Narkose. Was das ist, erkläre ich dir ein anderes Mal«, beugte sie Duncans nächster Frage vor. »Auf jeden Fall ist an June diese Operation durchgeführt worden, und zwar vor gar nicht so langer Zeit, denn die Narbe, die ich von meiner Operation habe, ist elf Jahre alt und beinahe doppelt so lang wie die von June. Die Medizin hat große Fortschritte gemacht, heutzutage ist nur noch so ein kleiner Schnitt notwendig.«

Duncans Augen weiteten sich, als er zu verstehen begann. »Das würde bedeuten, dass June …«

»Ebenfalls aus der Zukunft kommt, ja!« Anna fuhr sich über die schweißnasse Stirn. »Sie muss wohl irgendwie in den See geraten sein, denn ich hörte, dass man sie nass und verwirrt im Dorf gefunden und dann auf die Burg gebracht hat. Kein Wunder, dass June kaum gesprochen hat und manchmal etwas seltsam wirkt. Duncan, sie war noch ein Kind! Kaum älter als elf oder vielleicht zwölf Jahre, als sie in die Vergangenheit versetzt wurde!«

Fest schlossen sich Duncans Arme um Annas Schultern. Er verstand, was in ihr vorging. Anna hatte jemanden gefunden, der das gleiche Schicksal wie sie erlitten hatte, aber man musste kein Arzt sein, um zu erkennen, dass June noch in dieser Nacht sterben würde. »Es tut mir so leid«, flüsterte er und fühlte eine tiefe Traurigkeit in sich, weil er weder Anna noch June helfen konnte.

Anna nahm Junes kleine Hand in die ihre und streichelte sie sanft. »Wach bitte auf! Nur für einen Augenblick, und sag mir, was du erlebt hast.«

Aber die Schwingen des Todes hatten die kleine Seele schon erreicht. June blieb in tiefer Bewusstlosigkeit, bis sie nach zwei Stunden für immer einschlief. Anna hielt sie bis zum Schluss in ihren Armen.

Junes Schicksal ließ Anna nicht los. Immer wieder dachte sie daran, was das Kind gedacht und gefühlt haben musste, als es in die Vergangenheit katapultiert worden war. Vielleicht hatte June sogar versucht, mit jemandem darüber zu sprechen, und hatte schnell feststellen müssen, dass ihr niemand Glauben schenkte. Bestimmt hatte June Eltern gehabt, vielleicht sogar Geschwister und sicher viele Freunde. Wahrscheinlich stammte sie aus der Umgebung des Sees, vielleicht sogar aus dem Dorf Glenmalloch. Anna konnte sich das Leid der Eltern vorstellen, als das Mädchen von einem Tag auf den anderen verschwand. Die Akte war als eine von vielen, die es über vermisste Kinder gab, in einem Archiv verschwunden, und die Eltern hatten sich damit abgefunden, dass ihre kleine Tochter das Opfer eines Sexualverbrechers geworden war, der das Mädchen irgendwo verscharrt hatte, wo man es niemals finden würde.

Anna schwor sich, sollte sie jemals wieder in ihre Zeit zurückkehren, würde sie alles tun, um Junes Familie zu finden. Sie wusste zwar nicht, was sie ihnen sagen sollte, denn die Wahrheit würde ihr niemand glauben, aber sie würde es zumindest versuchen. Wie wohl Junes richtiger Name gewesen war? Würde Anna es jemals erfahren? Manchmal nagte der Zweifel an Anna, ob ihre Entscheidung, für immer in der Vergangenheit zu bleiben, richtig war. Ja, sie liebte Duncan, liebte ihn aus ganzem Herzen, und die Vorstellung, ein Leben ohne ihn zu führen, bereitete ihr körperliche Schmerzen. Eine leise Stimme in Annas Hinterkopf machte ihr Hoffnung, eines Tages zusammen mit Duncan ins einundzwanzigste Jahrhundert gehen zu können. Wahrscheinlich hatten sie die Formel, die für die Zeitreise nötig war, gefunden, aber würde sie den Mut haben, es auszuprobieren? Was, wenn es schiefging und sie in einer völlig anderen Zeit landete? Sooft es ging, versuchte Anna, mit Duncan alleine zu sein, denn in seinen Armen, unter seinen Küssen und Liebkosungen lösten sich ihre Zweifel in Luft auf. Allerdings nutzte Duncan ihre Zweisamkeit auch, um seinen unerschöpflichen Wissensdurst zu stillen. Anna musste ihm alles, was sie über Operationen und Narkosen wusste, bis ins Detail erzählen.

»Und man kann wirklich Menschen in einen so tiefen Schlaf versetzen, dass sie nichts davon merken, wenn man ihnen den Bauch aufschneidet? Sie verbluten auch nicht?« Duncan war fasziniert von diesen Möglichkeiten. »Wenn wir einem Mann ein Bein oder einen Arm abschneiden müssen, dann geben wir ihm so viel Whisky, dass er schläft, trotzdem spürt er immer noch etwas. Besonders nach einer Amputation sind die Schmerzen beinahe unerträglich, und viele sterben an Wundbrand.«

Anna schüttelte sich und hoffte, niemals bei einer derartigen Operation anwesend sein zu müssen. Sie berichtete von dem Wunder der Neurochirurgie und von Herzverpflanzungen, was in Duncan Ablehnung hervorrief.

»Ihr schneidet einem lebenden Menschen das Herz aus dem Leib, um es jemand anderem einzusetzen? Und du wagst es, *uns* Barbaren zu nennen?«

»So ist das nicht, Duncan.« Anna legte eine Hand auf seinen Arm. »Das Herz dieser Menschen schlägt zwar noch, aber ihr Gehirn ist tot. Sie wachen niemals wieder auf, aber ihr Herz trägt dazu bei, einem anderen das Leben zu retten.«

Duncan ließ sich nicht überzeugen. »Das ist gegen Gottes Willen«, beharrte er. »Gott bestimmt, wann das Leben eines Menschen beendet ist. Wie können wir Menschen es wagen, gegen seinen Willen zu handeln?«

Anna verzichtete auf eine Antwort und darauf, Duncan von den Möglichkeiten des Klonens zu erzählen. Das würde er noch weniger verstehen und auf Schärfste verurteilen. Zum ersten Mal wurde Anna bewusst, wie wenig sie bisher über die Hintergründe der modernen Medizin nachgedacht, sondern sie als gegeben hingenommen hatte. Man las in der Zeitung über das Klonen, sah im Fernsehen einen Bericht über eine Operation, bei der einer Frau das Gesicht einer Toten transplantiert worden war, oder sprach im Bekanntenkreis über Frühgeburten, die mit fünf, sechs Monaten im Brutkasten überlebten. Das alles war normal und, solange es einen selbst nicht betraf, auch von zweitrangiger Bedeutung.

Gut, im einundzwanzigsten Jahrhundert starb in der westlichen Welt niemand mehr an einer Blinddarmentzündung, wenn sie rechtzeitig erkannt wurde. Aber war die Medizin wirklich auf dem richtigen Weg, wenn sie immer tiefer in den ewigen Kreislauf von Leben und Tod eingriff, der seit Jahrtausenden die Welt beherrschte?

»Lass uns von etwas anderem sprechen«, wechselte Anna das Thema. Sie bereiteten die Beerdigung Junes vor, die nach einer kurzen Zeremonie auf dem Friedhof am Rande des Dorfes bestattet werden sollte. Als es so weit war, weinte Anna am offenen Grab bittere Tränen, denn sie hatte das Mädchen lieb gewonnen, und die Erkenntnis, dass June ebenso wie sie aus der Zukunft stammen musste, ließ Anna nicht los, obwohl ihre Tage von Sonnenaufgang bis in die Nacht hinein ausgefüllt waren. Lady Flamina wies sie in all die vielen Dinge der Verwaltung von Glenmalloch und seinen Bewohnern ein. Sie zeigte, wo die Schlüssel für das Tafelleinen und die Bettwäsche aufbewahrt wurden, auf das nur sie selbst Zugriff hatte. Einmal im Monat wurde der Dienerschaft der Lohn ausbezahlt, wobei Lady Flamina in der Halle hinter einem Tisch saß und jeder Diener und jede Magd einzeln vortrat. Dabei hatten die Leute auch Gelegenheit, der Herrin kleine oder auch größere Ärgernisse vorzutragen. Einmal war es eine verschwundene Gürtelschnalle, von der die Betroffene behauptete, sie wäre ihr gestohlen worden, ein anderes Mal ging es um die üblichen Streitereien und Eifersüchteleien.

»Es gibt also auch hier Zicken«, sagte Anna zu Duncan, worauf sie ihm sofort erklären musste, was genau man unter *Zicken* in ihrem Sprachgebrauch verstand.

»Mit dem Tag unserer Hochzeit bist du die Herrin von Glenmalloch«, sagte Duncan später. »All das obliegt dann deiner Verantwortung, und ich bin sicher, du wirst mit den Leuten gut auskommen.«

Anna hob abwehrend die Hände. »Warum kann deine Mutter sich nicht weiter um den Haushalt kümmern? Zumindest so lange, bis ich in alles eingeführt bin.«

»Das wäre unschicklich, meine Schöne. Die Leute folgen in allen Belangen der rechtmäßigen Herrin, sie werden von meiner Mutter keine Anweisungen mehr akzeptieren.«

»Das ist verrückt«, murmelte Anna und schüttelte den Kopf. Aber die Monate in dieser Zeit und in diesem Landstrich hatten sie längst erkennen lassen, dass es Traditionen gab, mit denen man besser nicht brach.

»Ich bin aber sicher, sie wird dir gerne mit wohlgemeinten Ratschlägen zur Seite stehen«, fuhr Duncan fort und blinzelte verschwörerisch. »Du wirst eines Tages froh sein, wenn sich meine Mutter nicht mehr einmischen wird.«

»Da kannst du vielleicht recht haben«, lachte Anna. Egal, was kommen würde, sie sah der Zukunft positiv entgegen.

An einem sonnigen Morgen erwachte Anna mit dem Gedanken: Heute ist mein Hochzeitstag! Nervös wie eine Jungfrau vor dem ersten Mal, kleidete sie sich in das Unterkleid aus feinster Seide und Spitze und zwang sich, ein wenig zu essen. In der Truhe in ihrem Zimmer lag ihr Hochzeitskleid. Es war aus blutrotem Samt mit einem safrangelben Unterkleid und geschlitzten Ärmeln über einem ebenfalls gelben Futter. Aus Annas Haar waren die rot-gelben Strähnen herausgewachsen, und es glänzte wie polierte Kastanien in der Sonne. Später würden Helen und Lady Flamina ihr helfen, das Kleid anzulegen, und um die Mittagszeit würde sie in der Burgkapelle vor Gott und dem Gesetz Duncans Frau werden.

Meine Eltern werden nie erfahren, dass ich verheiratet bin, dachte Anna mit Wehmut. Egal, was zwischen ihnen vorgefallen war, am schönsten Tag im Leben einer Frau sollten die Eltern an ihrer Seite sein. Ihr Vater wäre bestimmt stolz gewesen, Anna zum Altar zu führen und einem Mann wie Duncan Cruachan zu übergeben. Für die Maßstäbe des sechzehnten Jahrhunderts war Duncan vermögend, wenn nicht sogar reich, eine sogenannte gute Partie, gegen die ihre Eltern sicher nichts einzuwenden gehabt hätten.

Anna setzte sich, griff zu Pergament und Feder und schrieb einen Brief an ihre Eltern, obwohl sie sich der Sinnlosigkeit des Unterfangens bewusst war. Trotzdem war es ihr, als wäre ihr die Mutter nahe, als sie alles zu Papier brachte, was ihr Herz bewegte.

Sie wurde aus ihrem Tun gerissen, als im Hof plötzlich ein Tumult ausbrach. Aufgeregte Stimmen schrien durcheinander, und Anna eilte hinunter. Am Fuß der Treppe stieß sie mit Duncan und seiner Mutter zusammen.

»Ein Reiter ist gekommen«, sagte Duncan. »So wie es aussieht, bringt er keine guten Nachrichten.«

Bei dem Reiter handelte es sich um einen Ritter des Nachbargutes. Er und seine Familie waren häufige Gäste auf Glenmalloch.

»Eine Hundertschaft ist im Anzug!«, rief der Mann. »Sie kommen von Süden her und sind bis an die Zähne bewaffnet. Sie suchen Euch, Mylord Duncan! Ihr müsst Euch in Sicherheit bringen!«

Duncan zögerte keinen Augenblick. »Schließt die Tore und lasst das Fallgitter herab!« Scharf und bestimmend hallte seine Stimme durch die Burg. »Mutter, Douglas, holt die Kinder. Wir verschanzen uns in der Halle.«

Anna klammerte sich an seinen Arm. »Duncan, was hat das zu bedeuten? Sind es Männer der Lords?«

Grimmig nickte Duncan. »Das ist anzunehmen. Verdammt, ich hätte nie gedacht, dass sie uns tatsächlich noch verfolgen werden.«

Duncans Befehlen wurde unverzüglich Folge geleistet. Die Familie und die Dienstboten versammelten sich in der Halle, als Lady Flamina rief: »Wo ist Helen? Douglas, warum ist Helen nicht hier?«

Duncans Bruder sah sich suchend um, aber in der Halle war keine Spur des Mädchens zu sehen. »Sie war nicht in ihrem Zimmer, ich dachte, sie wäre bei dir, Mutter.«

Alle Farbe wich aus Lady Flaminas Wangen. »Man soll sofort die Burg durchsuchen«, flüsterte sie mit bebender Stimme.

»Mama, Helen wollte am Fluss Blumen pflücken. Für die Hochzeit.« Ängstlich trat Marla vor. »Sie hat am frühen Morgen die Burg verlassen.«

»O mein Gott!«, stieß Anna hervor und befürchtete, Duncans Mutter würde einen Herzanfall erleiden, so fahl wurde deren Teint.

Duncan sprang auf. »Ich werde sie suchen!«

Er war bereits an der Tür, als erneute Unruhe im Burghof entstand. Zwei Knechte öffneten die kleine Pforte neben dem Fallgitter, und ein erschöpfter und blutender Mann taumelte in den Hof. Duncan erkannte Neville, seinen treuen Diener, und ließ ihn sofort in die Halle bringen.

»Mylord, sie haben Helen!«, stieß Neville hervor. Offenbar war er angegriffen worden, denn ein Auge war blau und geschwollen, und an seinem linken Oberarm klaffte eine tiefe, stark blutende Wunde.

»Was ist geschehen?« Duncans Gesicht war wie versteinert.

»Ich sah Lady Helen am Bach, als mein Pferd von einem Kaninchen aufgeschreckt wurde und zum Ufer galoppierte. Plötzlich waren wir von Dutzenden von Männern umzingelt, die ihre Schwerter auf uns richteten. Sie waren in der Überzahl, Mylord, ich konnte nichts ausrichten, obwohl ich sofort mein Schwert zog und versuchte, uns zu verteidigen.«

»Du warst sehr tapfer, Neville«, sagte Duncan ernst. »Was ist dann geschehen?«

»Zuerst dachte ich, mein letztes Stündlein hätte geschlagen, aber dann befahl einer der Männer, offenbar der Anführer, man solle mich loslassen. Zwei andere hatten in der Zwischenzeit Lady Helen gefesselt und auf ein Pferd geworfen. Man schickt mich zu Euch, Mylord, mit der Nachricht, dass …« Nevilles Blick wanderte zu Anna, »… sie wollen Lady Anna. Im Austausch gegen Eure Schwester!«

»Nein!« Ein Schrei entrang sich Lady Flaminas Kehle. »Ich wusste, dass es eines Tages so weit kommen wird! Wie töricht von uns zu glauben, sie hätten vergessen, dass eine Hexe unter uns weilt!«

»Mutter, ich bitte dich …«, versuchte Duncan sie zu beruhigen, aber Lady Flamina stieß seine Hand von sich.

»Sie haben mein Kind in ihrer Gewalt! Mein Gott, sie werden sie töten! Sie werden meine Tochter umbringen.«

»Mutter, beruhige dich.« Duncan legte einen Arm um ihre schmalen Schultern und hielt sie fest. »Ich bin sicher, sie werden Helen nichts antun, denn …«

»Ich bin es, die sie wollen«, vollendete Anna den Satz. Sie zitterte am ganzen Körper, und ihr war speiübel, trotzdem trat sie entschlossen auf Lady Flamina zu. »Ich werde nicht zulassen, dass ein unschuldiges Mädchen für etwas büßt, das man mir anlastet. Ich werde mich stellen.« Anna war keineswegs so ruhig, wie ihre Worte klangen. In Wahrheit wäre sie am liebsten aus Angst und Panik schnell ganz weit fortgelaufen. Sie hatte sich für mutig gehalten, als sie vor drei Jahren einen Bungeesprung aus zweihundert Metern Höhe gewagt oder keine Angst gehabt hatte, in einem Vergnügungspark Achterbahn mit Sechsfachlooping zu fahren. Jetzt erkannte sie, dass sie alles andere als mutig war, denn sie wusste, was die Männer mit ihr machen würden, wenn sie sich ihnen auslieferte. Trotzdem konnte sie nicht zulassen, dass Helen für ihre Fehler leiden musste.

Hart legte sich Duncans Hand auf ihre Schulter. »Das wirst du nicht tun. Wir werden kämpfen und Helen befreien! Die Schweinehunde sollen spüren, was es heißt, sich mit Duncan Cruachan anzulegen. Ich werde sie bis auf den letzen Mann töten!«

»Duncan, wir haben kaum eine Hand voll kampferprobter Männer in der Burg«, gab Douglas zu bedenken. »Natürlich werde ich an deiner Seite sein, aber man sprach von einer Hundertschaft.«

Duncan ballte beide Hände zu Fäusten, die Zornesader pochte an seiner Schläfe. »Wenn es sein muss, stelle ich mich auch tausend Männern! Wie können sie es wagen, Helen als Geisel zu nehmen?«

Anna schwankte, das Blut rauschte in ihrem Kopf. »Es hat keinen Sinn, Duncan, wir sitzen in der Falle. Du kannst die

Burg vielleicht gegen einen Angriff halten, aber wir müssen in erster Linie an Helen denken. Es bleibt mir keine andere Wahl als …«

»Nein!« Duncan brüllte wie ein verwundetes Tier.

»Sie hat recht, Duncan.« Lady Flaminas Stimme war leise und gebrochen. »Es ist das Mindeste, was Anna tun kann, und ich bin sicher, sie wird nicht zulassen, dass das Blut eines unschuldigen Mädchens vergossen wird.«

Anna erkannte den inneren Kampf der Frau, aber die Liebe einer Mutter zu ihrer leiblichen Tochter siegte. Lady Flamina hatte sie in den letzten Tagen zwar akzeptiert und als künftige Schwiegertochter anerkannt, aber Anna wusste, wenn Helen wegen ihr sterben sollte, dann würde sie für den Rest ihres Lebens den Hass Lady Flaminas zu spüren bekommen. Sie durfte jetzt nicht egoistisch sein. Helen war immer gut und freundlich zu ihr gewesen, sie musste jetzt alles tun, deren Leben zu retten.

»Ich habe eine Idee …«, murmelte Duncan und winkte Neville zu sich. Seine Wunde am Arm war zwischenzeitlich von einem Knecht notdürftig versorgt und die Blutung gestillt worden. »Wie stellen sie sich den Austausch vor?«

»Ich soll die Nachricht überbringen. Wenn ich bis zur Mittagszeit nicht zurückkehre, dann haben sie damit gedroht, Lady Helen ein Ohr abzuschneiden und es in die Burg zu schicken. Dann folgt jede Stunde ein weiteres Stück, bis …«

»Hör auf!«, schrie Lady Flamina und hielt sich entsetzt die Ohren zu, aber Duncan nickte bedächtig. In seinen Augen glomm ein Hoffnungsschimmer.

»Gut, dann geh und sag ihnen, dass Lady Anna bereit ist, sich in ihre Hände zu begeben. Der Tausch wird oben am Glen-Mal-Loch in den Bergen stattfinden. Das ist unsere Bedingung.«

»Bedingung?«, kreischte Lady Flamina. »Wir sind wohl kaum in der Position, Bedingungen zu stellen!«

Anna schloss die Augen. Duncan wollte sie zum Glen-Mal-Loch bringen! Das konnte nur eines bedeuten …

Wirst du mit mir kommen? In ihren Augen lag die bange Frage, die sich ihre Lippen nicht trauten zu formulieren, aber Duncan hatte verstanden und nickte. Wenngleich es ihm das Herz zerreißen würde, an dem Tag, an dem Anna seine Frau hätte werden sollen, sie für immer zu verlieren, ließ er sich nichts anmerken. Es war wichtig, dass Anna ihm vollständig vertraute und nicht ahnte, dass er sie bei der Reise durch die Zeit nicht begleiten würde. Er konnte nicht mit Anna gehen, nicht, bevor Helen und alle Bewohner von Glenmalloch in Sicherheit waren.

Nach einer Stunde kehrte Neville mit der Nachricht zurück, dass die Männer einverstanden waren. Es sollten aber nur Duncan und Anna zu dem See kommen. Beide mussten unbewaffnet sein, und sollten die Männer feststellen, dass ein anderer Mann in der Nähe sein würde, würden sie Helen töten.

Schweigend stieg Anna hinter Duncan den Trampelpfad in die Berge hinauf. Die Sonne schien immer noch warm, der Ginster duftete, und zahlreiche Vögel flatterten zwitschernd durch das niedrige Gestrüpp. Was für ein schöner Tag für eine Hochzeit, dachte Anna bitter. Sie hatte Angst und schämte sich nicht, sich diese einzugestehen. Schweigend stapfte Duncan voran, er sprach kein Wort, auch Anna blieb stumm. Erst als sie den Rand des Sees erreichten, flüsterte Anna: »Ich habe Angst.«

Duncans Blick war so voller Zärtlichkeit, dass es Anna die Tränen in die Augen trieb, aber es blieb keine Zeit für eine Umarmung, denn aus dem Gebüsch traten fünf bewaffnete Männer. Einer von ihnen hatte der verängstigten Helen ein Messer an die Kehle gesetzt und schob sie vor sich her.

»Cruachan, es ist schön zu sehen, dass Ihr meiner Aufforderung gefolgt seid.«

»Lord Lindsay!«, rief Duncan überrascht, als er den Sprecher erkannte. »Was haben Männer der Lords für einen Grund, meine Familie zu bedrohen und ein unschuldiges Mädchen als Geisel zu nehmen?« Duncan bedauerte, weder ein Schwert noch ein Messer zu haben, denn am liebsten hätte er Lindsay eines von beiden mitten in die Brust gerammt.

»Die Frau ist eine Hexe!« Schmetternd zerriss Lindsays Stimme die Stille des Hochlands. »Sie verbreitet Lügen, fördert die Beziehung zwischen der Königin und Bothwell und gehört auf den Scheiterhaufen.«

»Nur weil ich die Wahrheit sage?«, rief Anna, ohne sich ihre Worte zu überlegen. »Alles, was ich sagte, diente dazu, Maria Stuart und Bothwell das Leben zu retten! Außerdem wollte ich die Hochzeit zwischen den beiden *verhindern*, weil sich Maria damit selbst in den Abgrund stürzt. Warum versteht Ihr das nicht?«

»Sei still!«, zischte Duncan und umklammerte ihren Arm. Langsam, sodass es kaum auffiel, drängte er Anna immer näher ans Seeufer. »Lindsay, lasst meine Schwester los! Wir haben Eure Bedingungen erfüllt. Wir sind allein und unbewaffnet.«

Lindsay gab seinem Mann ein Zeichen, der daraufhin das Messer von Helens Kehle nahm, sie aber immer noch umklammert hielt.

»Sie soll herkommen!« Lindsay deutete mit seinem Schwert auf Anna.

»Erst wenn meine Schwester in Sicherheit ist!«, forderte Duncan und streckte seine Hände zum Zeichen, dass er nirgends ein verborgenes Messer trug, weit von sich. »Ihr seid zu fünft, bewaffnet, und ich bin sicher, im Gebüsch lauern weitere Männer. Ihr seht, wir haben keine Chance zu entkommen.«

Lindsay zögerte kurz, dann sagte er zu dem Mann: »Gut, lass sie gehen!«

Helen stolperte auf Duncan zu, und er schrie ihr entgegen: »Lauf nach Hause! So schnell wie du kannst!«

Helen, seit Geburt an die Befehle ihres Bruders gewöhnt, zögerte keinen Augenblick und verschwand im Gebüsch. Keiner von Lindsays Männern setzte ihr nach, denn sie waren sich sicher, die Hexe in ihren Fängen zu haben. Was sollte ein einzelner, unbewaffneter Mann gegen sie ausrichten können?

Dann ging alles blitzschnell. Mit einem kräftigen Schubs stieß Duncan Anna ins Wasser, im gleichen Moment stürmte Lindsay mit gezogenem Schwert und einem lauten Schrei auf Duncan. Anna tauchte kurz unter, das eisige Wasser nahm ihr fast die Luft zum Atmen, dann brach ihr Kopf wieder durch das Wasser an die Oberfläche, und sie hörte Duncan schreien:

»Tauch unter, Anna! Und denk an die Jahreszahl!«

Das Letzte, was Anna sah, bevor das Wasser über ihrem Kopf zusammenschlug, war Lindsays Schwert, das sich tief in Duncans Brust bohrte, und der Schwall hellroten Blutes, das ins Wasser spritzte.

Dann verlor Anna das Bewusstsein.

# X

Ein scharfer Geruch kribbelte in ihrer Nase und reizte ihren Rachen. Noch bevor sie husten musste, wusste sie, was es für ein Geruch war, und die Erkenntnis traf sie wie mit einer Keule: Desinfektionsmittel! Anna erinnerte sich daran, dass Duncan es als Gestank bezeichnet hatte, und sie musste ihm recht geben. Es war ein unangenehmer und vor allen Dingen ungewohnter Geruch, und Anna musste heftig niesen.

»Sie kommt zu sich, Herr Doktor!«

Anna weigerte sich, die Augen zu öffnen. Sie wollte nicht sehen, was sie unweigerlich sehen würde, aber sie merkte, wie sich jemand über sie beugte und ihr leicht auf die Wange schlug.

»Hallo, Miss! Wachen Sie auf!«

Die Stimme war männlich, und als Anna die Lider hob, blickte sie direkt in ein wasserhelles Augenpaar. Sie erkannte einen weißen Kittel, und ihre Finger ertasteten baumwollene Bettwäsche. »Was ist … Wo bin ich?«, stammelte sie, obwohl sie es leider zu genau wusste.

»Im Krankenhaus in Inverness.« Der sorgenvolle Blick schwand aus den Augen des Arztes. »Sie brauchen keine Angst zu haben, Sie sind in guten Händen. Wir werden Sie jetzt untersuchen und ein paar Tests machen.«

Anna nickte schwach. Sie war so müde, so unendlich müde und wollte nur noch schlafen, aber dazu ließ man ihr keine Gelegenheit. Während ihr die Krankenschwester Blut abnahm und dann ihren Oberkörper entblößte, um die Elektroden des EKGs anzulegen, beantwortete sie mechanisch die Fragen nach ihrer Person: ihren Namen, ihre Adresse und ihre Krankenversicherung.

Dann klappte die Tür, und eine zweite Schwester betrat den Raum. »Ich kenne die Frau, Herr Doktor!« Ihre Stimme klang aufgeregt. »Es ist die Schauspielerin Anna Wheeler, die letzten Sommer hier in der Gegend verschwunden ist.«

Anna seufzte, sie wusste, dass es nun viele Fragen geben würde. Fragen, die sie nicht beantworten konnte, nicht beantworten wollte. Nicht nur, dass ihr niemand Glauben schenken würde, nein, sie wollte nicht über ihre Erlebnisse sprechen, vor allem nicht über Duncan.

»Auf den ersten Blick kann ich nichts Ernsthaftes feststellen«, sagte der freundliche Arzt, »aber wir müssen die Laboruntersuchungen abwarten.«

»Welches Datum haben wir?«, flüsterte sie schwach und hatte Angst vor der Antwort.

»Es ist Mittwoch, der fünfzehnte Mai.«

»Welches Jahr?« Mühsam hob Anna ihren Kopf, und der Arzt legte ihr eine Hand auf ihre Stirn.

»Zweitausendundsechs, Miss Wheeler. Sie sind erschöpft und sollten versuchen, ein wenig zu schlafen. Die Schwester wird Ihnen eine Tablette geben.«

Anna nickte kraftlos. Schlafen, ja, das wollte sie. Noch ein paar Stunden Ruhe, bis sie sich mit der Tatsache, wieder im einundzwanzigsten Jahrhundert zu sein, auseinandersetzen und abfinden musste.

Als Anna das nächste Mal erwachte, lag sie in einem freundlichen, hellen Einzelzimmer. Kunstdrucke an den Wänden und Blumen in einer Vase auf dem Tisch vermittelten eher den Eindruck eines Hotel- als den eines Krankenhauszimmers. Obwohl sie keinen Ausweis oder sonstige Dokumente bei sich führte, hatte die Verwaltung des Krankenhauses längst festgestellt, dass sie die Schauspielerin Anna Wheeler und privat krankenversichert war, denn sonst hätte man ihr wohl kaum ein Einzelzimmer zugewiesen. Alles war peinlich sauber, und wieder schüttelte sich Anna über den typischen Krankenhausgeruch. Ach, wie gerne würde sie jetzt vor dem prasselnden Kaminfeuer sitzen, dessen Rauch den ganzen Raum erfüllte und die Augen tränen ließ. Wie gerne …

Annas Überlegungen wurden durch das Eintreten des Arztes unterbrochen. Er nahm sich einen Stuhl und setzte sich an Annas Bett.

»Miss Wheeler, ich hoffe, Sie fühlen sich besser?« Anna nickte stumm. »Wir haben die Untersuchungsergebnisse erhalten. Sie weisen keine Abnormalitäten auf, allerdings haben wir einen Vitaminmangel festgestellt. Es sieht so aus, als hätten Sie seit längerer Zeit kein Vitamin C zu sich genommen, aber sonst sind Sie in bester Verfassung.«

Anna schwieg weiter. Wie hätte sie dem Arzt auch erklären sollen, dass es im schottischen Winter des sechzehnten Jahrhunderts keine Zitrusfrüchte oder sonstiges Obst gab?

Der Arzt räusperte sich. »Miss Wheeler, draußen sind zwei Herren, die Sie gerne gesprochen hätten. Fühlen Sie sich kräftig genug für eine Unterredung?«

»Herren? Was wollen sie?«

»Nun, sie sind von der Polizei. Sie sagen, Sie seien im letzten Jahr spurlos verschwunden, deswegen müssen sie mit Ihnen sprechen.« Er erhob sich und wandte sich zur Tür. »Wenn es Ihnen zu viel wird, dann klingeln Sie nach der Schwester.«

Anna starrte den beiden Männern, von denen sich der eine als Kommissar McLairn vorstellte und der andere sich stumm im Hintergrund hielt, emotionslos entgegen.

»Miss Wheeler, zweifellos sind Sie die Frau, die im Sommer letzten Jahres in einem See im Hochland verschwunden ist«, begann der Kommissar. »Wir sind natürlich sehr erfreut, Sie gesund und munter zu sehen, aber Sie werden verstehen, dass wir Ihnen einige Fragen stellen müssen.«

»Was für Fragen?« Anna richtete sich im Bett auf. »Ich bin eine erwachsene Frau und niemandem über meinen Verbleib Rechenschaft schuldig. Wie sie sehen, ist mir kein Leid geschehen, daher können Sie wieder gehen und die Akte schließen.«

McLairn runzelte die Stirn. »So einfach ist das nicht, Miss Wheeler. Ihr damaliger Lebensgefährte Bruce Hardman und Ihre Eltern haben Sie offiziell als vermisst gemeldet, nachdem Mister Hardman uns tagelang in Atem gehalten hat. Er bestand darauf, jeden Zentimeter des Sees und die gesamte Umgebung abzusuchen, zum Schluss auf eigene Kosten, da ich meine Männer für eine andere Sache habe abziehen müssen. Ihr *Fall* ging durch die gesamte britische Presse, denn Hardman berichtete von einem geheimnisvollen großen und kräftigen Mann, in dessen Gewalt Sie sich befunden haben sollen. Jetzt, Monate später, finden Spaziergänger Sie bewusstlos, durchnässt und in seltsamer Kleidung am Ufer des Sees, ganz in der Nähe der Stelle, wo Sie vor Monaten verschwunden sind. Wollen Sie dazu nicht eine Erklärung abgeben, Miss Wheeler?«

»Nein, das möchte ich nicht. Mit wem und wo ich war, das ist ganz allein meine Angelegenheit. Wenn Sie mich jetzt bitte entschuldigen würden, ich bin noch etwas schwach.« Anna griff nach der Klingelschnur, und der Kommissar erhob sich. »Gut, da Sie offensichtlich am Leben sind, werden wir die Akte schließen, aber dazu ist es notwendig, dass Sie ein Protokoll unterzeichnen. Ich werde jemanden mit den Unterlagen zu Ihnen schicken.«

Anna nickte und drehte den Kopf zur Seite.

Der nächste Besucher war zu Annas Erstaunen Bruce Hardman. Er trat mit einem riesigen Strauß blutroter Rosen durch die Tür, und aus seinen Augen leuchtete ehrliche Freude. »Anna, ich bin ja so glücklich! Wo warst du nur? Was ist geschehen? Ich konnte es nicht glauben, als mich die Polizei anrief und sagte, du wärst wieder da. Ich habe sofort die nächste Maschine von London nach Inverness genommen.«

Anna versuchte ein Lächeln. »Ich freue mich über deinen Besuch, Bruce.« Sie meinte die Worte ehrlich. Sie hatte ihm längst verziehen, dass er sie mit Lilian Graham betrogen hatte, denn es berührte sie nicht mehr. Bruce hatte sich kaum verändert, vielleicht war er im Gesicht etwas schmaler geworden, aber immer noch sehr attraktiv. Dennoch schlug Annas Herz bei seinem Anblick nicht mehr schneller. Sie forderte ihn auf, sich zu setzen.

Bruce ergriff ihre Hände und drückte sie. »Anna, wo warst du?«, wiederholte er eindringlich. »Weißt du eigentlich, was ich durchgemacht habe, als du damals in dem See verschwunden und nicht mehr aufgetaucht bist?«

»Die Polizei sagte, du hast alles absuchen lassen.«

Bruce nickte. »Jeden Stein haben wir umgedreht, aber von dir und diesem Mann keine Spur. Anna, was ist geschehen? Wer war der Mann, und wohin bist du mit ihm gegangen?«

»Wieso glaubst du, ich wäre mit Duncan fortgegangen?« Anna wich seinem Blick aus und nestelte an einer Ecke der Bettdecke. »Er hat damit nichts zu tun.«

Mit zwei Fingern nahm Bruce Annas Kinn und zwang sie, ihm ins Gesicht zu schauen. »Ich kann deine Wut verstehen, die du damals auf mich hattest, darum mache ich dir keinen Vorwurf, dass du mit einem anderen verschwunden bist. Aber musste es auf eine so dramatische Art und Weise sein? Hättest du mir nicht einmal ein Lebenszeichen schicken können? Der Film ist natürlich auch geplatzt, denn so schnell war keine Schauspielerin zu finden, die deinen Part hätte übernehmen können.«

»Der Film ... ach ja ...« Für Anna lagen die Erlebnisse des letzten Sommers in so weiter Ferne, als wären sie in einem anderen Leben geschehen. »Es tut mir leid, habt ihr viel Geld verloren?«

»Es geht, ich habe das Projekt nur verschoben und nicht gestrichen. Ich wusste, eines Tages kommst du wieder, und dann werden wir den Film realisieren.«

»Bruce, ich werde niemals wieder vor der Kamera stehen.« Ganz spontan hatte Anna die Worte ausgesprochen, und erst danach wurde ihr bewusst, wie ernst es ihr damit war. Um eine Diskussion zu vermeiden, hob sie abwehrend die Hände, als Bruce etwas sagen wollte. »Bitte, lass uns jetzt nicht darüber sprechen. Ich möchte so schnell wie möglich hier raus und nach Glenmalloch.«

»Nach Glenmalloch?« Bruce zweifelte an ihrem Verstand. »Was, um Himmels willen, willst du dort?«

»Ich habe etwas zu erledigen.« Anna stand auf und suchte nach ihren Sachen, aber erst, als sie die Schränke leer vorfand, erinnerte sie sich daran, dass sie ja mit einem Kleid aus dem sechzehnten Jahrhundert in die Gegenwart zurückgekehrt war. Schmutzig und zerrissen hatte man das Stück sicher schon entsorgt. So schwer es ihr fiel, aber sie musste Bruce darum bitten, ihr Unterwäsche, eine Jeans, einen Pullover und ein paar Schuhe aus einem Geschäft in Inverness zu besorgen.

Während Anna auf Bruce' Rückkehr wartete, erhielt sie erneut Besuch. Dieses Mal war es eine Frau, ungefähr Mitte vierzig, mit einer strengen Kurzhaarfrisur und hohen, markanten Wangenknochen.

»Sie wünschen?«, begrüßte Anna sie nicht gerade freundlich.

Die Frau streckte ihr die Hand entgegen. »Guten Tag, Miss Wheeler, mein Name ist Jefferson. Ruth Jefferson, ich hätte mich gerne einmal mit Ihnen unterhalten.«

»Worüber? Wenn Bruce Sie geschickt hat …«

»Nein, nein, ich bin Polizeipsychologin. Kommissar McLairn hat mir Ihren Fall geschildert, der mich sehr interessiert.«

Sie rückte ihre Brille mit dem dunklen Gestell zurecht und setzte sich auf die Bettkante. Anna schmunzelte. Eine Psychologin also! Wie sie wohl reagieren würde, wenn Anna ihr erzählte, dass sie ein halbes Jahr in der Vergangenheit gelebt hatte? Dass sie zusammen mit Maria Stuart gespeist, gesungen und der schottischen Königin den Wiener Walzer beigebracht hatte? Plötzlich wurde Annas Gesicht ernst. Ja, sie wusste, was mit ihr geschehen würde. Man würde sie in eine psychiatrische Anstalt bringen und ihr sagen, dass es nur zu ihrer eigenen Sicherheit wäre. Dann würde man ihr Psychopharmaka geben, und solange Anna darauf beharrte, in der Vergangenheit gewesen zu sein, würde sie die Anstalt nicht wieder verlassen. Ebenso, wie sie in Duncans Zeit hatte verschweigen müssen, woher sie kam, durfte sie jetzt niemandem von ihren Erlebnissen erzählen.

»Wenn Sie gekommen sind, um zu erfahren, wo ich die vergangenen Monate verbracht habe, so war Ihr Weg umsonst«, sagte Anna bitter. »Warum kann niemand akzeptieren, dass ich nicht darüber sprechen möchte?«

»Weil Sie es selbst nicht akzeptieren«, unterbrach Ruth Jefferson.

»Was meinen Sie damit?«

»Nun, Sie haben offenbar etwas erleben müssen, das Sie versuchen, aus Ihrem Bewusstsein zu verbannen, indem sie es ignorieren. Das wird Ihnen aber nicht gelingen, daher ist es besser, darüber zu sprechen. Mag es auch noch so schmerzhaft sein.«

Anna beugte sich vor und sah der Psychologin fest in die Augen. »Ich fürchte, ich verstehe Sie nicht …«

Ruth Jefferson hielt Annas Blick stand. Sie hatte in ihrer zwanzigjährigen Laufbahn bei der Polizei viele solcher Fälle erlebt. Es war immer das Gleiche – die Frauen meinten, wenn sie nicht darüber sprachen, dann wäre das Schreckliche niemals geschehen. Hier war Feingefühl angesagt, daher nahm sie Annas Hände und sagte leise: »Dieser Mann … Sie haben keine Schuld daran, was geschehen ist. Die meisten Frauen denken, sie selbst haben einen Fehler gemacht, das ist aber nicht so. Sie waren ein hilfloses Opfer, aber jetzt liegt es in Ihrer Hand, den Verbrecher zu fassen und ihn seiner gerechten Strafe zuzuführen.«

Es dauerte einige Minuten, bis Anna die Aussage von Ruths Worten bewusst wurde. Sie lachte. »Sie glauben, ich wäre entführt und geschändet worden? Hätte monatelang in der Gewalt eines Mannes verbracht? O nein!« Anna schüttelte heftig den Kopf. »Da sind Sie auf dem Holzweg. Sie können wieder gehen und dem Kommissar berichten, dass hier kein Verbrechen vorliegt.«

»Aber Miss Wheeler, wie ist es dann zu erklären, dass Sie zeitgleich mit einem Mann verschwunden sind, von dem man ebenfalls keine Spur gefunden hat? Und nun weigern Sie sich, über die Ereignisse zu sprechen. Glauben Sie mir, Sie brauchen Hilfe.« Ruth Jefferson holte eine Visitenkarte aus ihrer Handtasche und legte sie auf den Nachttisch. »Sie können mich jederzeit anrufen. Tag und Nacht.«

»Das wird nicht nötig sein. Danke«, sagte Anna kühl, und es blieb Ruth nichts anderes übrig, als zu gehen. Der Fall Anna Wheeler schien schlimmer zu sein, als sie vermutet hatte. Arme Frau! Was musste ihr Furchtbares widerfahren sein, das sie so konsequent leugnete?

Die nächsten Tage verbrachte Anna wie in Trance. Bruce war in nur einem Tag nach London und wieder zurück nach Inverness geflogen, und er hatte zwei Koffer mit ihrer Kleidung und ihrer Handtasche mitgebracht. Es war noch alles da – ihre Ausweise und die Kreditkarten. Als Anna ihr Handy in den Händen hielt, wusste sie zuerst nicht, was sie damit anfangen sollte.

»Du solltest deine Eltern anrufen«, sagte Bruce leise. »Die Polizei hat sie zwar informiert, aber sie würden sich freuen, wenn du dich bei ihnen selbst meldest.«

»Meine Eltern?« Anna hatte keinen Moment daran gedacht, dass ja auch sie von ihrem Verschwinden Kenntnis erhalten hatten. Bruce erzählte ihr, er wäre damals selbst zu ihnen gefahren und hätte es ihnen erzählt. Außerdem hatten sie als nächste Angehörige die Vermisstenanzeige unterschreiben müssen.

»Sie lieben dich sehr, Anna.«

»Ja, nachdem sie glauben mussten, mich für immer verloren zu haben«, entgegnete Anna bitter. Deutlich stand ihr der letzte Streit vor Augen, als ihr Vater sagte, sie wäre für die Familie gestorben, wenn sie nach London ziehen und als Schauspielerin arbeiten würde. Trotzdem durchzog Anna beim Gedanken an ihre Eltern ein warmes Gefühl. Sie dachte an den Brief, den sie vor ein paar Tagen an ihre Mutter geschrieben hatte. Vor ein paar Tagen? Es war vor Hunderten von Jahren gewesen!

»Du hast dich verändert«, stellte Bruce fest. »Irgendwie bist du härter geworden. Was ist geschehen? Was hast du erlebt, Anna?«

Ihr Gesicht verschloss sich, und Bruce wandte sich enttäuscht ab. Äußerlich hatte sie sich bis auf die längeren Haare, die wieder im braunen Naturfarbton glänzten, nicht verändert, dennoch erschien sie Bruce wie eine andere Frau. Im Moment konnte er nicht darauf hoffen, wieder eine Beziehung zu Anna zu haben, die über Freundschaft hinausging, denn sie wahrte eine kühle Distanz zu ihm. Trotzdem würde er an ihrer Seite bleiben. Allein schon aus persönlichem Interesse wollte Bruce unter allen Umständen herausfinden, was in den letzten Monaten geschehen war.

Da Anna körperlich gesund war, gab es keinen Grund, länger im Krankenhaus zu bleiben. Sie zog ins *Caledonien Hotel*, allerdings in ein Einzelzimmer, und drängte Bruce, nach London zurückzukehren. »Ich weiß doch, wie ungern du deine Arbeit allein lässt. Ohne dich bricht der ganze Laden zusammen«, versuchte sie zu scherzen.

»Im Moment drehe ich nur einen kleinen Dokumentarfilm«, winkte Bruce ab. »Warum kommst du nicht mit nach London? Was hält dich noch in Schottland? Ist es dieser andere Mann?«

Ja, obwohl er tot ist und ich ihn niemals wieder sehen werde, dachte Anna. Hier fühlte sie sich Duncan nahe, auch wenn sie wusste, sie musste früher oder später wieder in ihr altes Leben zurückkehren. Von irgendetwas musste sie schließlich leben. Eine erneute Zeitreise zurück zu Duncan war sinnlos, denn er war tot. Ermordet vor ihren Augen … Anna verdrängte die schrecklichen Bilder und sagte: »Ich muss etwas herausfinden, das sehr wichtig ist, und ich weiß nicht, wie lange ich dafür brauche. Ich verspreche dir, danach nach London zu kommen und dann auch meine Eltern aufzusuchen.«

Bruce reiste widerwillig ab, und Anna musste sich noch zweimal mit Kommissar McLairn auseinandersetzen. Sie unterschrieb einige Dokumente, in denen ihre Identität offiziell bestätigt wurde, machte aber nach wie vor keine weiteren Aussagen über die Zeit ihrer Abwesenheit. Auch Ruth Jefferson suchte Anna im Hotel auf und versuchte sie davon zu überzeugen, dass sie über ihre Erlebnisse sprechen sollte. Wie seltsam war das doch alles! Zwar drohte Anna nicht der Tod auf dem Scheiterhaufen, wenn sie die Wahrheit sprach, aber ein Aufenthalt in der geschlossenen Psychiatrie, vollgepumpt mit Psychopharmaka, war auch nicht erstrebenswert.

Endlich fand Anna die Zeit, die öffentliche Bibliothek in Inverness aufzusuchen. Die ältliche Dame, die ihnen damals, als sie mit Duncan hier gewesen war, geholfen hatte, saß noch immer hinter dem Empfang, aber sie erkannte Anna natürlich nicht wieder. Freundlich wies sie ihr den Weg zu der Abteilung, in der sämtliche Zeitungen der letzten Jahre lagerten. Anna begann vor sechs Jahren, und sie suchte vier Stunden, bis sie auf einer Titelseite das Bild einer lachenden und fröhlichen June fand. Atemlos las Anna den Artikel:

*Wo ist die kleine Mandy?*

*Seit zwei Tagen sucht eine Hundertschaft von Polizei, Feuerwehr und Einwohnern nach der spurlos verschwundenen elfjährigen Amanda Cameron. Das Mädchen, das auf einer Farm in der Nähe von Glenmalloch südlich von Inverness lebt, kehrte von einem Spaziergang mit ihrem Hund nicht mehr zurück. Ein Verbrechen kann nicht ausgeschlossen werden …«*

Beinahe täglich folgten neue Berichte, die jedes Mal den gleichen Inhalt hatten: Amanda Cameron blieb verschwunden. Es wurden Fotos von dem Kind gezeigt – spielend mit ihrem Hund und im Kreise ihrer Familie. Schließlich, drei Monate später, fand Anna nur noch eine vierzeilige Notiz, dass die Suche nach Amanda Cameron eingestellt worden war. Man musste sich wohl mit dem Tod des Mädchens abfinden.

Es war ein seltsames Gefühl, wieder durch Glenmalloch zu gehen. Durch ein Dorf mit kleinen, schmucken Häusern und sauberen Straßen. Mit Laternen und Strommasten und einer Telefonzelle auf dem Dorfplatz. Anna sah die Ruinen der Burg auf dem Hügel, und ihr Herz zog sich schmerzhaft zusammen. Vielleicht würde sie später zur Ruine hinaufsteigen, wenngleich Anna nicht wusste, ob sie dieser Konfrontation gewachsen sein würde. Aber erst musste sie etwas anderes erledigen.

Der Tankwart wies ihr den Weg zu der Farm der Camerons, die außerhalb des Dorfes in Richtung Newtonmore lag. Es war ein großer und schöner Besitz mit einem alten, weiß getünchten Farmhaus. Als Anna auf den Hof fuhr, öffnete sich die Tür, und eine Frau trat heraus. Sie schien noch nicht alt zu sein, trotzdem hatten sich links und rechts ihres Mundes tiefe Falten eingegraben. Anna wusste sofort, dass es Junes beziehungsweise Amandas Mutter sein musste. Sie stieg aus und lächelte Mrs. Cameron freundlich an.

»Guten Tag, mein Name ist Anna Wheeler. Ich hätte Sie gerne einen Augenblick gesprochen.«

»In welcher Angelegenheit?« Es war Mrs. Cameron anzusehen, dass sie über Annas Besuch wenig erfreut war und sie für eine Vertreterin hielt.

Anna schluckte und suchte nach den richtigen Worten. Auf der Fahrt hatte sie sich genau überlegt, was sie sagen wollte, aber jetzt war ihr Kopf wie leergefegt. »Ich kann Ihnen vielleicht etwas über Ihre Tochter Amanda sagen«, begann sie leise.

Mrs. Cameron griff sich an die Brust und taumelte. »Sie wissen, wo sie ist? Geht es ihr gut?«

Ihr Gesicht überzog ein solches Strahlen der Hoffnung, dass Anna augenblicklich wusste, dass es ein Fehler war, hergekommen zu sein.

»Vielleicht sollten wir hineingehen, Mrs. Cameron?«, fragte sie und machte einen Schritt auf die Tür zu.

»Erst sagen Sie mir, wo Mandy ist!«

Mrs. Camerons Stimme hatte sich zu einem hysterischen Kreischen gesteigert, und plötzlich tauchte ein großer, bulliger Mann hinter der Hausecke auf. »Was ist hier los?« Mr. Cameron blickte auf seine Frau, dann auf Anna. »Was wollen Sie? Warum schreit meine Frau?«

»Sie weiß etwas über Mandy.« Mrs. Cameron klammerte sich an die Wachsjacke ihres Mannes.

Er blickte Anna argwöhnisch an. »Wer sind Sie?«

Anna wiederholte ihren Namen und war erleichtert, dass die Camerons offenbar nicht oft ins Kino gingen, denn sie zeigten keinerlei Reaktion. Dann holte sie tief Luft und sagte: »Alles, was ich Ihnen jetzt sage, mag Ihnen unglaublich erscheinen, und doch schwöre ich, dass es die Wahrheit ist. Ich habe Ihre Tochter kennengelernt, aber es war nicht hier, sondern an einem völlig anderen Ort.«

»Was soll das heißen? Hat man Mandy aus Schottland entführt?«, blaffte Mr. Cameron, der seine Trauer hinter Zorn und Abweisung verbarg.

»Sozusagen ... ja ... Also, kennen Sie den See im Hochland? Man nennt ihn Glen-Mal-Loch wie das Dorf. Haben Sie schon einmal von der Legende gehört, die sich um den See rankt?«

Beide schüttelten den Kopf, und Mrs. Cameron bat flehentlich: »Was hat das mit unserer Kleinen zu tun? Ist sie in dem See ertrunken? Aber die Polizei hat doch alle Gewässer in der Umgebung abgesucht.«

Anna holte tief Luft und stieß hervor: »Es tut mir leid, Ihnen sagen zu müssen, dass Ihre Tochter Amanda tot ist. Sie starb an einer Lungenentzündung, aber erst zwei Jahre später, nachdem sie von hier verschwunden ist. Amanda wurde durch einen Zeitsprung in die Vergangenheit versetzt, ebenso wie ich. Wir trafen uns im sechzehnten Jahrhundert. Leider lag es nicht in meiner Macht, ihr Leben zu retten, denn es gab dort niemanden, der sie hätte richtig behandeln können.«

Minutenlang starrten sich die drei Menschen an. Mrs. Camerons Augen weiteten sich, ihr Mund öffnete sich zu einem stummen Schrei, dann sank sie ohnmächtig in den Armen ihres Mannes zusammen. Mr. Cameron bettete seine Frau vorsichtig auf eine Bank vor dem Farmhaus, dann trat er drohend auf Anna zu. »Warum tun Sie das? Warum kommen Sie hierher und behaupten solche Sachen? Wir werden das spurlose Verschwinden unserer Mandy niemals verwinden, aber meine Frau war so weit, sich mit der Tatsache, dass unsere Kleine tot sein muss, abzufinden.«

»Mr. Cameron, hören Sie, ich spreche die Wahrheit. Es mag unglaublich klingen, aber ...«

»Halten Sie den Mund!« Es hätte nicht viel gefehlt, und er hätte Anna mitten ins Gesicht geschlagen. Erschrocken wich Anna so weit zurück, bis sie den Wagen in ihrem Rücken spürte. »Sie sind ja verrückt! Wahrscheinlich haben Sie in alten Zeitungen von dem Fall gelesen und finden eine perfide Befriedigung darin, uns eine solche Geschichte aufzutischen.« Mr. Cameron näherte sich drohend. »Verschwinden Sie, oder ich rufe die Polizei!«

Es blieb Anna nichts anderes übrig, als in das Auto zu steigen und die Rückfahrt nach Inverness anzutreten. Sie wusste, ihr Besuch war unklug gewesen. Wie hatte sie auch nur einen Augenblick denken können, die Camerons würden ihr Glauben schenken? Niemand würde ihr die Zeitreise glauben, daher musste sie künftig schweigen – schweigen für immer.

Zurück im Hotel erwartete Anna eine Überraschung. Eine hagere Frau mit grau gesträhnten kurzen Löckchen erhob sich aus einem Sessel in der Halle und trat Anna zögernd entgegen.

»Mama!« Anna flog in die Arme ihrer Mutter, presste ihr Gesicht an ihren Jackenkragen, der zart nach Maiglöckchen duftete, ein Geruch, der ihre Mutter umgab, seit Anna denken konnte.

»Mein Kind, mein liebes, liebes Kind!« Mrs. Wheeler konnte die Tränen nicht zurückhalten. »Wir haben geglaubt, dich nie wieder zu sehen.«

»Jetzt bin ich ja wieder hier«, sagte Anna und kämpfte ebenfalls mit den Tränen. Langsam löste sie sich von ihrer

Mutter. »Weiß Vater, dass du hier bist? Er wäre damit bestimmt nicht einverstanden.«

»Du verkennst deinen Vater, Anna. Er mimt nach außen gerne den rauen Burschen, aber der Streit mit dir hat ihm beinahe das Herz gebrochen. Als uns dann die Nachricht erreichte, du wärst spurlos verschwunden, ist er um Jahre gealtert, auch wenn es sein Stolz nicht zugelassen hat, zu zeigen, wie sehr er leidet. Du wirst sehen, wie glücklich er sein wird, endlich seine Tochter wieder bei sich zu haben. Wir sind bald vierzig Jahre verheiratet, da kann er mir nichts mehr vormachen.« Mrs. Wheeler lächelte und umklammerte Annas Hände, als hätte sie Angst, ihre Tochter könnte wieder verschwinden, wenn sie losließe.

»Möchtest du mit auf mein Zimmer kommen?«, fragte Anna, denn einige Leute begannen bereits zu tuscheln und warfen ihnen neugierige Blicke zu. Was sie jetzt am wenigsten brauchen konnte, waren Paparazzi, die Fotos vom Wiedersehen mit ihrer Mutter schossen, die dann morgen auf allen Titelseiten prangten.

Entschlossen nahm Mrs. Wheeler ihre kleine, altmodische Tasche und sagte: »Ich bin gekommen, dich nach Hause zu holen, Anna. Wir können gleich packen und die Abendmaschine nehmen.«

»Aber Mama …«

»Nichts da, ich dulde keinen Widerspruch!« Mrs. Wheeler zwinkerte verschmitzt, um ihren bestimmten Worten die Schärfe zu nehmen. »Was du jetzt brauchst, ist Ruhe, und welcher Ort wäre dazu besser geeignet als Cornwall?«

Sie flogen nach London, dort fuhr Anna kurz in ihre Wohnung, um die nötigsten Sachen zu packen. Sie rief Bruce an, der sofort alles stehen und liegen ließ und sie aufsuchte. Er zeigte ihr einen Stapel Zeitungen, auf denen Annas Bild auf den ersten Seiten prangte.

»Der Film, den wir letztes Jahr abgedreht haben, war ein hammermäßiger Erfolg! Hier schau, Anna, die Schlagzeilen: *Schauspielerin spurlos verschwunden – wo ist Anna Wheeler?*, oder hier: *Beste Kritiken für Anna Wheeler – aber kann sie ihren Erfolg überhaupt noch erleben?*«

Anna warf einen flüchtigen Blick auf die Zeitungen. Ja, der Film mit Patrick Sandler hatte mehr eingespielt, als Bruce und Peter Jenner sich je zu erträumen gewagt hatten. Sogar in den USA waren die Besucherzahlen so hoch gewesen wie selten bei einer britischen Produktion. Anna berührten die lobenden Worte jedoch nicht, es war, als schrieben die Zeitungen nicht über sie, sondern über einen anderen Menschen, den Anna einst gekannt hatte.

»Ich halte es für eine gute Idee, wenn du ein paar Wochen in Cornwall ausspannst«, fuhr Bruce fort. »Bleib aber nicht zu lange, denn nach deinem plötzlichen Wiederauftauchen ist es wichtig, gleich einen neuen Film zu machen, solange du in den Medien präsent bist.«

»Ich weiß nicht, Bruce, mir steht der Sinn gar nicht danach, wieder zu spielen.«

Er nickte verständnisvoll und drückte Anna ein Drehbuch in die Hand. »Versprich mir, es dir anzusehen, wenn du in Cornwall bist. Wir können sofort mit den Dreharbeiten beginnen, wenn du so weit bist. Ich verstehe, dass du den schottischen Film derzeit nicht machen möchtest. Patrick Sandler steht die nächsten Monate ohnehin nicht zur Verfügung. Überleg es dir, mein Schatz, ja?«

Die Anrede berührte Anna unangenehm, ebenso der Kuss, den ihr Bruce beim Abschied auf die Wange drückte. Sie rechnete ihm hoch an, dass er nicht versuchte, ihre Liebesbeziehung fortzusetzen, als wäre nichts geschehen. Tief im Inneren wusste Anna, dass es für sie und Bruce keine gemeinsame Zukunft mehr geben konnte, nicht, nachdem sie einen Mann wie Duncan geliebt hatte. Schnell begann Anna zu packen, um die Gedanken an Duncan aus ihrem Kopf zu verbannen. Es war müßig, an die Vergangenheit – im wahrsten Sinne des Wortes – zu denken, die niemals wiederkehren würde. Zweifelnd hielt sie das Drehbuch in den Händen, dann stopfte sie es in ihre Tasche. Sie würde einen Blick hineinwerfen, denn sie war schließlich Schauspielerin. Das Leben ging weiter, und von irgendetwas musste sie ja leben. Außerdem würde sie die Arbeit vielleicht vom ständigen Grübeln, was sie hätte anders machen können, um Duncans Leben zu retten, ablenken.

An der Nordküste Cornwalls, in der Nähe von Padstow, war Anna geboren und aufgewachsen. Das weitläufige Haus befand sich seit vier Generationen im Familienbesitz und war von jedem Wheeler liebevoll instand gehalten und entsprechend modernisiert worden. Später, als ihr Vater aus beruflichen Gründen nach Surrey gezogen war, hatten sie das Haus oben auf den Klippen behalten und es entweder an Sommergäste vermietet oder es hin und wieder selbst genutzt. Anna fand das Haus und ihr ehemaliges Mädchenzimmer unverändert vor. Weit öffnete sie die Fensterflügel und atmete tief die würzige Meerluft ein. Im Hafen von Padstow dümpelten Fischerboote und Jachten im Schlick, denn es war Ebbe. Die Sandbank zwischen Padstow und Rock leuchte wie Gold in der Sonne. Während der Zugfahrt von London nach Cornwall hatte Anna das Drehbuch kurz überflogen, denn ihre Mutter war eingeschlafen, kaum dass sie die Paddington Station verlassen hatten. Bruce hatte recht – der Film würde sie ablenken und auf andere Gedanken bringen, auch wenn die Geschichte einfach gestrickt war. Ein zeitgenössischer Liebesfilm ohne besonderen Anspruch, in dessen Mittelpunkt ein herrenloser Hund stand. Die Dreharbeiten mit einem Tier würden bestimmt lustig sein, und als Annas Partner war ein junger, aufstrebender, etwas schüchterner Schauspieler vorgesehen, den Anna ein paar Mal bei Partys getroffen hatte und sehr sympathisch fand. Doch erst wollte sie sich mit langen Spaziergängen auf dem Klippenweg oder am Strand entlang mindestens eine Woche Ruhe und Erholung gönnen.

Am folgenden Wochenende reisten Annas Vater und ihr Bruder aus London an. Zu Annas Überraschung wurde Samuel von einer hübschen brünetten Frau und einem Zwillingspärchen im Alter von vier Jahren begleitet.

»Ich wusste gar nicht, dass du geheiratet hast und Vater bist!«, entfuhr es Anna statt der Begrüßung. Samuel verzichtete auf den Hinweis, dass es ja über Jahre keinen Kontakt gegeben hatte, und nahm Anna nur fest in die Arme. Auch seine Frau Emma begrüßte Anna mit großer Herzlichkeit, die beiden Jungen sahen sie allerdings skeptisch an und verbargen sich hinter dem Rücken ihrer Mutter.

»Sie sind Fremden gegenüber etwas schüchtern«, sagte Emma. »Das legt sich aber, wenn sie dich besser kennen. Mensch, ich bin so aufgeregt, der berühmten Anna Wheeler die Hand schütteln zu dürfen. Weißt du, ich habe alle deine Filme gesehen und konnte es zuerst nicht glauben, als Sam mir sagte, er sei dein Bruder. Du musst mir ganz genau erzählen, wie es ist, vor der Kamera zu stehen.«

Emma redete ohne Punkt und Komma, trotzdem war sie Anna gleich sympathisch, und sie freute sich für ihren Bruder. Etwas schwerer war die Begegnung mit ihrem Vater.

»Schön, dass du wieder da bist«, brummte er und drückte Anna fest die Hand, dann ging er schnell ins Wohnzimmer, aber nicht schnell genug, dass Anna nicht die Träne in seinem Augenwinkel bemerkt hätte.

Es wurde ein turbulentes Wochenende, denn die aufgeweckten Zwillinge ließen ihnen keine Verschnaufpause. Am Samstagabend kochte Annas Mutter ein mehrgängiges Menü und verbat sich jegliche Hilfe in der Küche. »Ich bin froh, wieder für ein volles Haus kochen zu können«, rief sie lachend. »Es ist viel zu selten, dass die ganze Familie zusammen ist.«

Die Zwillinge wurden von Emma versorgt und noch vor dem Abendessen zu Bett gebracht. Mr. Wheeler und Samuel waren zu einem kurzen Spaziergang in den Ort gegangen. Anna vermutete, dass sie vor dem Essen noch ins Pub gingen. Nachdem Anna den Tisch gedeckt hatte, schaltete sie nebenbei den Fernseher ein. Die plötzliche Ruhe und das leere Wohnzimmer störten sie beinahe, und sie empfand so etwas wie Langeweile. Seltsam, aber in Glenmalloch Castle war ihr nie langweilig gewesen. Immer gab es etwas zu tun, und sie hatte weder Fernsehen noch Radio vermisst. Anders am Hof Maria Stuarts, wo alle Arbeiten von Personal erledigt worden waren. Nun, so gesehen hatten sie jetzt auch ein großes Kontingent an Personal: einen Geschirrspüler, die Waschmaschine, die Mikrowelle und den elektrischen Mixer, nicht zu vergessen den Staubsauger. Auch brauchte niemand Feuer im Kamin zu entfachen, man drehte ganz einfach am Ventil der Zentralheizung, und kurze Zeit später war es warm. Kein Mensch stopfte mehr Socken oder besserte Kleider aus. Wenn etwas kaputt war, wurde es weggeworfen oder in die Altkleidersammlung gegeben, um Bedürftigen irgendwo auf der Welt zu helfen. Vor ihrer Begegnung mit Duncan war Anna genauso verfahren, sie hatte es schließlich nicht anders gekannt, aber jetzt dachte sie, es wäre schön, wenn die Familie am Abend zusammensitzen und sich über das Tagesgeschehen austauschen würde, während man Näh- oder Stickarbeiten ausführte.

Gedankenverloren zappte Anna durch die Programme, bis sie auf einen Film stieß, den sie schon oft und mit Begeisterung gesehen hatte. Es handelte sich um *Die Zeitmaschine*, das Original von George Pal. Wie gebannt saß Anna auf dem Teppich vor dem Fernseher und starrte auf die Bildröhre. Millionen von Menschen hatten in den letzten sechsundvierzig Jahren den Film gesehen, aber wie viele von ihnen hatten tatsächlich eine Zeitreise erlebt? Nicht nur wegen der Existenz von June beziehungsweise Amanda Cameron war Anna davon überzeugt, dass es öfters vorkam, dass Menschen den Sprung durch die Zeit erlebten. Als der Moment kam, in dem der Erfinder, gespielt von Rod Taylor, seine Maschine in Gang setzte, gleich wieder stoppte und an der heruntergebrannten Kerze sah, dass nicht nur Sekunden, sondern Stunden vergangen sein mussten, wünschte sich Anna, ebenfalls solch eine Maschine erfinden zu können.

Gebannt verfolgte sie die Handlung, obwohl sie den Film in- und auswendig kannte. Erst als Emma sie ansprach, kehrte Anna in die Realität zurück: »Du meine Güte, was kommt denn da für ein alter Schinken?«

»Emma, glaubst du, dass es Menschen gibt, die durch die Zeit reisen können?«, fragte Anna ernst.

»Aber nein, natürlich nicht! Das ist ein toller Stoff für Romane und Filme, aber es wäre doch schrecklich, wenn wir das wirklich könnten. Oder möchtest du in die Zukunft reisen und sehen, wann und unter welchen Umständen du einmal sterben wirst? Also ich nicht.«

»Nicht in die Zukunft, sondern in die Vergangenheit«, sagte Anna.

Emma lachte. »Ja, und dann erzählst du denen dort etwas von Autos, Fernsehern oder Atombomben und landest als Hexe auf dem Scheiterhaufen.«

Emma traf den Nagel auf den Kopf, aber bevor Anna etwas entgegnen konnte, rief ihre Mutter: »Kommt ihr zum Essen? Schnell, sonst wird alles kalt! Sind Arthur und Sam wieder zurück?«

Später, als sich alle zurückgezogen hatten und Anna mal wieder schlaflos im Bett lag, ließen sich die Bilder der Erinnerung nicht länger unterdrücken. Sobald sie die Augen schloss, erlebte sie wieder und wieder den Moment, als Duncans Körper von dem Schwert durchbohrt wurde. Sie wünschte sich, weinen zu können, aber sie war innerlich wie erstarrt und fühlte sich, als wäre sie mit Duncan gestorben. Anna wusste, sie würde erst richtig zu trauern anfangen können, wenn sie mit Duncan und der Vergangenheit abgeschlossen hatte, aber so weit war sie noch lange nicht. Der Trubel der letzten Tage hatte Anna von ihrem Schmerz abgelenkt, aber wenn sie allein war, holte er sie mit aller Macht wieder ein. Wenn sie sich ihren Kummer doch nur von der Seele reden könnte! Anna dachte an das Angebot der Polizeipsychologin, aber aus Angst, als geistig verwirrt in die Psychiatrie gesperrt zu werden, war sie zum Schweigen verurteilt.

»Duncan! Liebster, ich vermisse dich doch so sehr …«, flüsterte sie in die Stille des Zimmers hinein.

Just in diesem Augenblick klopfte es leise an der Tür, und ihre Mutter trat ein. Ohne Licht zu machen, setzte sie sich auf den Bettrand. »Manchmal hilft es, darüber zu sprechen«, sagte sie schlicht, und Anna wusste, was sie meinte. Bisher war sie ihrer Mutter dankbar gewesen, dass sie nicht darauf gedrängt hatte, zu erfahren, wo Anna all die Monate gewesen war, aber jetzt meinte Anna, darüber sprechen zu *müssen*, um nicht den Verstand zu verlieren. Sie begann zu reden, und als die Schleusen einmal geöffnet waren, sprudelte alles heraus, was seit Tagen ihr Herz bedrückte. Und endlich, endlich konnte sie auch weinen. Es war, als löste sich mit ihren Tränen der eiserne Ring, der ihr Herz umschlossen gehalten hatte. Während der ganzen Zeit saß ihre Mutter ruhig da und hielt nur stumm ihre Hand.

»Obwohl ich über fließend warmes Wasser, elektrisches Licht und viele andere Dinge sehr froh bin, fühle ich mich wie ein Fremdkörper. Kannst du das verstehen? Von Duncans Verlust mal ganz abgesehen. Ich werde niemals wieder einen Mann so sehr lieben können wie ihn.«

Mrs. Wheeler suchte nach Worten, die ihre Tochter nicht verletzen würden. »Seit du ein kleines Kind bist, hast du eine rege Fantasie gehabt«, begann sie schließlich leise. »Du hast uns ständig von Sachen erzählt, die dir auf dem Schulweg begegnet sind, oder von Menschen, die es niemals gegeben hat. Vielleicht war das der Grund, warum du als Versicherungskauffrau niemals glücklich geworden wärst und deine Berufung in der Schauspielerei gefunden hast.«

»Du glaubst mir nicht«, unterbrach Anna sie bitter.

»Es gibt Menschen, die glauben wirklich an das, was ihnen ihre Fantasie vorgaukelt. Vielleicht hättest du mit dieser Polizeipsychologin sprechen sollen, oder such Doktor Maxwell hier im Ort auf. Er kennt dich, seit du ein kleines Kind warst, und ich bin sicher, er wird dir helfen –«

»Ich hätte es besser wissen müssen«, schnitt Anna ihr das Wort ab. Sie knipste das Licht an und stand auf. »Mama, ich bin weder verrückt, noch habe ich eine übersteigerte Fantasie. Alles, was ich dir erzählte, ist wahr, so unglaublich es sich auch anhören mag.«

Anna ging zu ihrer Reisetasche und holte ein paar Bücher hervor. Vor ihrer Abreise aus Schottland hatte Anna in den Buchhandlungen alles aufgekauft, was über Maria Stuart und ihre Zeit zu bekommen war. Seitdem hatte sie aber keinen Blick hineingeworfen.

»Was tust du da?«, fragte ihre Mutter.

»Ich habe mir diese Bücher besorgt, weil ich hoffte, wenn ich mich mit der Zeit und der Historie, von der ich ein Teil war, intensiv beschäftige, wird mein Schmerz nachlassen, aber bisher war ich noch nicht einmal in der Lage, überhaupt ein Buch aufzuschlagen.«

Anna setzte sich neben ihre Mutter und öffnete ein Buch, in dessen Mitte die wichtigsten Persönlichkeiten Schottlands im sechzehnten Jahrhundert abgebildet waren, allen voran natürlich Maria Stuart.

»Sie ist in der Tat eine sehr schöne Frau … gewesen«, sagte Anna leise. »Darnley hingegen …«, sie blätterte weiter, »… war verlebt und längst nicht mehr dieser schöne Jüngling, wie hier dargestellt.«

»Anna, solltest du nicht –«, versuchte ihre Mutter sie zu unterbrechen, aber es war Anna, als wäre sie plötzlich von einer großen Last befreit worden. Eifrig blätterte sie weiter, gab Kommentare zu den Personen und erzählte Tatsachen, die in keinem Buch zu finden waren. Dann, als sie das letzte Buch, es war nur ein relativ dünnes Heftchen, durchblätterte, stieß sie auf ein Bild von den Ruinen von Glenmalloch. Mit einem gequälten Schrei tippte sie auf das Foto. »Hier, Mama, schau, hier ungefähr war mein Zimmer und hier die Küche …« Annas Augen huschten über den Text auf der linken Seite, und ihr Blick fiel auf den Namen Cruachan. Ihre Augen weiteten sich vor Entsetzen, und sie begann vorzulesen: *»In den letzten Tagen von Marias Herrschaft wurde Duncan Cruachan, der*

*Laird von Glenmalloch, von Anhängern des Earl von Moray auf seinem Besitz wegen Hochverrats verhaftet und einige Wochen später in Edinburgh hingerichtet. Die Familie verlor ihren Besitz und starb im Elend. Erst hundert Jahre später gelang es einem Nachkommen von Douglas Cruachan, die Burg wieder in seinen Besitz zu bekommen.«*

Wachsbleich und zitternd klammerte sich Anna an den Arm ihrer Mutter. »Er war nicht tot!«, rief sie laut, ungeachtet der nachtschlafenden Zeit. »Als ich Duncan verließ, wurde er zwar verletzt, aber nicht getötet! Mein Gott, man hat ihn hingerichtet und Lady Flamina und die ganze Familie aus Glenmalloch fortgejagt!« Schluchzend schlug Anna die Hände vors Gesicht und begann, bitterlich zu weinen.

»Ich hole dir eine Tasse heiße Milch mit Honig«, sagte ihre Mutter und stand auf. »Das beruhigt die Nerven, aber morgen solltest du unbedingt Doktor Maxwell aufsuchen.«

Wie gelähmt saß Anna auf der Bettkante und starrte in die Dunkelheit, bis ihre Mutter die Milch brachte. Folgsam trank sie den Becher leer, aber sie verspürte nicht den Hauch von Müdigkeit, im Gegenteil! Seit sie zurückgekehrt war, hatte sich Anna nicht so voller Elan gefüllt. Unter den überraschten Blicken ihrer Mutter begann sie ihre Tasche zu packen, und es war ihr gleichgültig, dass es drei Uhr in der Nacht war.

»Was tust du da?«, fragte Mrs. Wheeler.

»Ich weiß nun, was ich zu tun habe. Was ich tun *muss.*« Ernst nahm Anna ihre Mutter in den Arm und küsste sie auf die Stirn. »Verzeih mir, Mama, aber ich muss Duncan und seine Familie retten. Und dieses Mal werde ich nicht versagen!«

»Heirate mich, Anna«, sagte Bruce Hardman. »Lass uns eine Familie gründen, Kinder haben und ein Haus vor den Toren Londons kaufen. Wie wäre es in Kent oder Surrey?«

Anna sah den Ernst in seinen Augen. Wehmütig lächelte sie und sagte: »Noch vor weniger als einem Jahr wäre ich über deinen Antrag mehr als glücklich gewesen.«

Bruce nahm ihre Hand. »Was hat sich verändert? Ich liebe dich, Anna. Ja, ich liebe dich von ganzem Herzen.« Dieses Mal meinte es Bruce wirklich ernst. In den Monaten von Annas Verschwinden war ihm bewusst geworden, wie sehr sie zu seinem Leben gehörte und dass er nie wieder ohne sie sein wollte. Es war Bruce so ergangen wie vielen Menschen: Erst, wenn man jemanden verlor, weiß man, was man an ihm gehabt hat. »Die Sache mit Lilian tut mir leid«, fuhr Bruce fort. »Ich kann es nicht ungeschehen machen, sondern dir nur tausend Mal versichern, dass es eine unbedeutende Affäre war, die ich bitter bereue. Bitte, Anna, verzeih mir!«

»Ach Bruce, ich trage dir längst nichts mehr nach. Der Gedanke an dich und Lilian schmerzt nicht einmal mehr, obwohl ich damals dachte, mein Herz würde brechen. Es ist traurig, aber wahr: Ich liebe dich nicht mehr, darum tut es nicht mehr weh.«

»Warum, Anna? Was hat sich verändert, dass deine Liebe erloschen ist?«

»*Ich* habe mich verändert, Bruce«, sagte Anna leise. »Darum sollten wir uns als Freunde trennen und unsere gemeinsame Zeit in guter Erinnerung behalten.«

So leicht wollte sich Bruce nicht geschlagen geben, zumal Anna ihm mitgeteilt hatte, sie würde noch am selben Tag London verlassen. Er deutete auf den Vertrag, der vor ihnen auf dem Tisch lag. »Du bist mit Leib und Seele Schauspielerin. Auch wenn du mir zum jetzigen Zeitpunkt keine Chance mehr geben willst, warum lehnst du das Angebot für den Film ab? Wir könnten monatelang zusammenarbeiten und würden dabei vielleicht auch wieder privat einen Weg zueinander finden.«

Anna sah auf den Absatz im Vertrag, in dem ihr Honorar stand. Sie würde für diesen Film mehr erhalten als für alle bisherigen Rollen zusammen. Es war ein verlockendes Angebot, mit dem sie für die nächsten Jahre ausgesorgt haben würde. Trotzdem schob sie den Vertrag zur Seite und schüttelte den Kopf. »Meine Entscheidung steht fest, Bruce. Der

Film ist nicht mehr meine Welt. All die Menschen mit ihrem aufgesetzten Lächeln, die langweiligen Partys und Gespräche, die sich darum drehen, wer mit wem, wo und warum es getan hat. Es ist ein sehr gutes Drehbuch, und ich bin sicher, du findest eine andere Schauspielerin, die die Rolle mit Hingabe meistern wird. Ich wünsche dir von Herzen Erfolg, den hast du dir wirklich verdient.«

In Bruce stieg Ärger auf, darum sagte er schärfer als beabsichtigt: »Du glaubst wohl, ich wüsste nicht, was der Grund deines Sinneswandels ist? Es ist dieser Kerl, nicht wahr? Mit ihm warst du zusammen, doch dann hat er dich nicht mehr gewollt und dich fortgeschickt.« Anna zuckte zusammen. Bruce war der Sache ziemlich nahe gekommen, aber trotzdem meilenweit von der Wahrheit entfernt. »Und jetzt willst du zu ihm zurückkehren«, fuhr Bruce fort. »Zu einem Mann, der dich nicht will, oder warum bist du wieder aufgetaucht? Ich bin bereit, dir zu verzeihen, dass du mich monatelang betrogen hast, darum verstehe ich nicht, warum du auf dem hohen Ross sitzt und die Sache mit Lilian nicht vergessen kannst. Wer im Glashaus sitzt, sollte nicht mit Steinen werfen.«

Obwohl Anna wusste, dass Bruces Worte seiner Enttäuschung entsprangen, taten sie weh. Sie erhob sich langsam. »Es wird Zeit zu gehen.« Sie wandte sich dem Ausgang der Wohnung zu, in der sie so lange mit Bruce gelebt hatte. »Leb wohl, Bruce, ich wünsche dir alles Gute, denn wir werden uns wahrscheinlich niemals wieder sehen.«

»Anna!« Bruce stand vor ihr, aus seinen Augen war der Zorn verschwunden, es lag nun ein Ausdruck von tiefer Traurigkeit in ihnen, der Anna wehmütig berührte. »Was hast du vor? Wohin willst zu gehen?«

Spontan umarmte sie Bruce und drückte ihm einen Kuss auf die Lippen. »Du würdest es nicht verstehen. Niemand würde mich verstehen.«

Dann fiel die Tür hinter Anna ins Schloss.

Erschöpft schaltete Ruth Jefferson den Bildschirm ihres PCs ab und rieb sich den verspannten Nacken. Endlich Feierabend! Sie sehnte sich nach einem heißen Schaumbad, danach eine aufgebackene Tiefkühlpizza und ein Glas Rotwein, um dann früh ins Bett zu gehen. Seit dem Morgen war sie im Gefängnis von Aberdeen gewesen, um mit einem Mann zu sprechen, der vor drei Tagen mit einer Pistole in die Polizeistation gekommen war und gesagt hatte: »Bitte nehmen Sie mich fest. Ich habe gerade meine Familie erschossen.« Scheinbar grundlos hatte der Mann erst seine beiden kleinen Kinder und dann seine Frau ermordet, bevor er sich stellte. Bekannte und Nachbarn schilderten ihn als unauffällig, ruhig und freundlich, auch gab es keine sichtbaren Probleme wie zum Beispiel Schulden, Krankheit oder Eifersucht. Über die Hintergründe seiner Tat schwieg der Mann beharrlich, machte lediglich Angaben zu seinen Personalien. Auch Ruth war es nicht gelungen, Zugang zu ihm zu finden. Obwohl sie seit über zwanzig Jahren regelmäßig mit solchen unverständlichen Taten zu tun hatte, berührte sie jeder Fall aufs Neue. Besonders, wenn unschuldige Kinder zu Opfern wurden. Heute würde sie nichts mehr ausrichten können, daher hatte sie in den letzten zwei Stunden die dringend notwendige Abrechnung ihrer Privatpraxis erledigt. Jetzt wollte sie nur noch nach Hause, die Beine hochlegen und entspannen.

Durch die Glastür sah Ruth, wie im Hausflur das Licht anging. Ihre Praxis lag im ersten Stock eines zweistöckigen Bürogebäudes am Rande von Inverness. Da um diese Uhrzeit alle Angestellten längst gegangen waren und die Putzfrau immer in den frühen Morgenstunden kam, befürchtete Ruth einen späten Besucher. Ihre Ahnung wurde bestätigt, als es kurz darauf klingelte, denn sie hatte ihre Räume bereits abgeschlossen. Ruth überlegte, ob sie das Klingeln einfach ignorieren sollte, aber die Person hatte durch die Glastür gesehen, dass noch Licht brannte. So erhob sie sich seufzend, drehte den Schlüssel im Schloss und öffnete die Tür. Wer immer es sein mochte – er musste bis morgen warten.

»Sie?« Ruth erkannte Anna sofort.

»Guten Abend, Mrs. Jefferson. Sie haben mir Ihre Hilfe angeboten, und jetzt bin ich gekommen, um diese in Anspruch zu nehmen«, sagte Anna ruhig.

Ruth musterte sie erstaunt. Die sonst so attraktive und perfekt gestylte Anna Wheeler sah müde und erschöpft aus. Dunkle Schatten lagen unter ihren Augen.

Als hätte Anna ihre Gedanken gelesen, fuhr sie fort: »Ich habe seit drei Tagen kaum geschlafen und bin heute Morgen mit dem Zug aus London gekommen.«

Ruth war kurz davor, mit Anna für den nächsten Tag einen Termin zu vereinbaren, aber sie spürte, wie wichtig für die junge Frau ein sofortiges Gespräch war. Ruth hatte ihr geheimnisvolles Schicksal nicht vergessen, und sie war gespannt, was Anna ihr zu sagen hatte. Adieu, Schaumbad, dachte Ruth, aber wenigstens auf die Pizza wollte sie nicht verzichten. »Haben Sie schon zu Abend gegessen?«, fragte sie. Anna schüttelte den Kopf. »Ich wollte gerade Feierabend machen und kenne einen guten Italiener zwei Straßen weiter. Möchten Sie mich begleiten?«

Anna nickte und wenig später saßen sich die beiden Frauen in einer abgeschirmten Nische in dem Lokal gegenüber. Während sich Ruth die Pizza mit extra viel Thunfisch schmecken ließ, stocherte Anna nur lustlos in ihren Spaghetti Funghi. Ruth griff über den Tisch und drückte Annas Hand. »Möchten Sie darüber sprechen, was nach Ihrem Verschwinden geschehen ist?«

Anna zögerte, dann gab sie sich einen Ruck. »Deswegen bin ich gekommen, Ruth. Ich darf Sie doch Ruth nennen, ja? Bitte, sagen Sie Anna zu mir. Im Krankenhaus haben Sie mir gesagt, dass Sie für alles Verständnis haben. Das werden Sie jetzt aufbringen müssen, denn ich werde Ihnen eine seltsame Geschichte erzählen. Zumindest wird sie in Ihren Ohren unglaubhaft klingen.«

Ruth schob den letzten Bissen Pizza in den Mund, spülte ihn mit einem Schluck Wein hinunter und lehnte sich entspannt zurück. Ihre Müdigkeit war verflogen, denn sie war gespannt, was die junge Schauspielerin zu sagen hatte. »Ich bin ganz Ohr!«

»In der Zeit meines Verschwindens war ich bei einem anderen Mann«, sagte Anna schlicht.

»Ich verstehe«, antwortete Ruth. »Dieser Mann hat sie entführt und in seiner Gewalt behalten, darum konnten Sie nicht früher darüber sprechen, nicht wahr?«

Anna schüttelte den Kopf. »Tatsächlich bin ich dem Mann zuerst nicht freiwillig gefolgt. Es war vielmehr ein … unglücklicher Zufall, aber dann habe ich mich in ihn verliebt, und er erwiderte meine Gefühle. Wir wollten heiraten …« Annas Stimme brach bei der Erinnerung an den Tag, der der glücklichste ihres Lebens werden sollte und an dem dann alles ganz anders gekommen war.

»Da Sie jedoch als Person des öffentlichen Lebens, was Sie als Schauspielerin ohne Zweifel sind, einen Skandal vermeiden wollten, sind Sie einfach sang- und klanglos verschwunden?«, fragte Ruth erstaunt. »Ich weiß, dass Sie und der Produzent ein Paar waren, aber Trennungen im Showbusiness sind doch an der Tagesordnung. Niemand hätte Sie dafür verurteilt, dass Sie sich einem anderen Mann zuwenden.«

Mit einem traurigen Lächeln zerknüllte Anna die Serviette in ihren Händen. »So einfach ist es nicht. Sie werden sich auch fragen, warum ich nicht bei dem Mann geblieben bin.« Ruth nickte und sah Anna erwartungsvoll an. »Nun, ich sagte, wir *wollten* heiraten, aber am Tag unserer Hochzeit wurde er vor meinen Augen ermordet. Jedenfalls dachte ich bis vor wenigen Tagen, dass er tot sei.«

»Anna!« Ruth fuhr in die Höhe. Andere Gäste drehten sich nach ihnen um. Schnell senkte sie ihre Stimme, griff erneut nach Annas Hand und hielt sie ganz fest. Das erklärte vieles. Der Schock, den Tod eines Menschen, besonders den eines geliebten Menschen, mit anzusehen, hatte Anna daran gehindert, über die Tat zu sprechen. Ihre Psyche hatte die Ereignisse verdrängt, ganz so, als wären sie niemals geschehen. Doch irgendwann kam es zu einem Schlüsselerlebnis, das die Verdrängung aufhob, und die Erinnerung kam mit aller Macht wieder. Offenbar war das nun bei Anna geschehen. »Waren Sie schon bei der Polizei?«, fragte Ruth leise.

»Warum sollte ich zur Polizei gehen?«

Ruth wunderte sich über diese Naivität, denn sie hatte Anna bisher als bodenständige und realistische Frau eingeschätzt. »Sie haben den Mord an Ihrem Freund beobachtet! Auch wenn seitdem einige Zeit vergangen ist, müssen Sie die Tat anzeigen, damit dafür gesorgt werden kann, die Täter zur Verantwortung zu ziehen.«

Anna schüttelte den Kopf, und Ruth wunderte sich, dass sie dabei laut lachte. »Liebe Ruth, ich sagte eingangs schon, *so* einfach ist meine Geschichte nicht. Inzwischen weiß ich, dass der Mann gar nicht getötet, sondern nur schwer verletzt worden ist. Eine Anzeige hat wenig Sinn, denn die Tat ist ...«, Anna stockte und sah Ruth eindringlich in die Augen, »... vor über vierhundert Jahren geschehen.«

»Aha.« Mehr fiel Ruth dazu nicht ein. Sie hatte mit allem gerechnet, aber nicht mit dieser Erklärung.

Ruhig sagte Anna: »Sie haben gesagt, dass ich Vertrauen zu Ihnen haben kann, egal, um was es sich handelt. Ich bitte Sie nun um dieses Vertrauen und um das Versprechen, dass Sie, egal, was Sie gleich erfahren werden, mich nicht auf der Stelle in die Psychiatrie einweisen lassen werden.«

Ruth nickte und forderte Anna auf zu erzählen, und Anna begann mit der ersten Begegnung mit Duncan, als er in die Hütte am Glen-Mal-Loch gestolpert kam.

Sie redete Stunde um Stunde, und sie waren längst die letzten Gäste, als der kleine, dickliche italienische Wirt mit einem demonstrativen Gähnen am Tresen lehnte. Er liebte seine Gäste und war gerne für sie da, aber um zwei Uhr in der Nacht musste einmal Schluss sein!

Als Anna mit den Worten: »Dann fand ich vor drei Tagen den Hinweis, dass Duncan erst später hingerichtet worden war und nicht an dem Tag am See starb«, endete, fragte Ruth zusammenhangslos: »Haben Sie schon eine Bleibe für den Rest der Nacht?« Als Anna verneinte und meinte, sie wäre direkt vom Bahnhof zu Ruth gekommen, fuhr sie fort:

»Ich habe eine recht bequeme Schlafcouch im Wohnzimmer. Wenn Sie mich begleiten möchten?«

Anna nahm das Angebot gerne an, worüber Ruth erleichtert war. Auf keinen Fall wollte sie Anna alleine lassen, zu groß war das Risiko, dass sie wieder verschwand, bevor Ruth die Hintergründe ihrer fantastischen Erzählung ergründet hatte.

Die psychische Belastung der letzten Tage forderte ihren Tribut, und Anna schlief unmittelbar, nachdem sie sich auf die Couch gelegt hatte, ein. Ruth lag allerdings noch lange wach und grübelte, wie sie Anna würde helfen können.

Am nächsten Morgen führte Ruth einige Telefonate, während Anna ein ausgiebiges Bad nahm. Sie rief auf der Polizeistation an und bat um Verlegung all ihrer Termine der nächsten Tage, und sie sagte ihren Privatpatienten ab. Natürlich glaubte Ruth keinen Moment an Annas Geschichte. Sie glaubte auch nicht, dass Anna verrückt oder gar schizophren war, auch wenn alles für eine solche Krankheit sprach. Ruth war nach wie vor davon überzeugt, dass Anna etwas derart Schreckliches widerfahren sein musste, dass sie sich in diese Fantasiewelt flüchtete und selbst daran glaubte. Ruth war ein solches Verhalten nicht fremd, und da sie Sympathie für Anna empfand, beschloss sie, alles zu tun, um der jungen Frau zu helfen.

Anna überraschte Ruth mit ihrer Ankündigung, sie wäre fest entschlossen, erneut in die Vergangenheit zu reisen, um Duncan und seine Familie vor dem Untergang zu retten.

»Sie sind also davon überzeugt, dass es Ihnen gelingt, *vor* dem Tag, an dem Sie verfolgt worden sind, wieder in der Vergangenheit anzukommen, um die Ereignisse zu verändern?« Ruth hatte beschlossen, so zu tun, als würde sie Anna die Geschichte glauben. Im Moment war ein Versuch, Anna vom Gegenteil zu überzeugen, sinnlos, und Ruth hätte nur das Vertrauen Annas verloren, wenn sie nicht ganz auf sie einging. Allerdings bereitete Annas Vorhaben einer erneuten Zeitreise Ruth Kopfzerbrechen. Wenn sie tatsächlich in den See sprang, dann konnte das ihren Tod bedeuten, und auf keinen Fall würde sie Anna in den Selbstmord laufen lassen.

»Ich muss es versuchen, Ruth«, sagte Anna ernst. »Ich *muss* es ganz einfach tun, denn sonst würde ich mein ganzes restliches Leben damit verbringen, mir Vorwürfe zu machen, nicht alles getan zu haben, was in meiner Macht stand. Vielleicht gelingt es mir auch, das Leben von June beziehungsweise Amanda Cameron zu retten. Ruth, ich sagte, dass ich vermutete, das Mädchen starb an einer Lungenentzündung. Könnte ich nicht ein Medikament mitnehmen, das die Krankheit heilen würde?«

Ruths Gedanken schlugen Purzelbäume. Sie meinte es wirklich und wahrhaftig ernst! »Nun, es gibt verschiedene Arten von Lungenentzündung«, sagte sie zögernd. »Man müsste schon den genauen Erreger kennen, um eine Arznei richtig dosieren zu können, daher weiß ich nicht –«

»Ich werde es versuchen«, beharrte Anna fest. »Vielleicht gelingt es mir auch, June davon zu überzeugen, durch den See zurück in die Gegenwart zu gehen.«

»Das ist Wahnsinn!«, unterbrach Ruth mit hektischen roten Flecken auf ihren Wangen. »Anna, kommen Sie zur Vernunft!«

Anna lächelte verständnisvoll. »Ich merke, dass Sie mir nicht glauben. Meine Mutter hat es ebenso wenig getan. Auch ich habe gedacht, Duncan sei verrückt, als er behauptete, aus der Vergangenheit gekommen zu sein. Ich bitte Sie lediglich um Ihre Hilfe bei meinem Versuch, den Menschen, den ich über alles liebe, zu retten. Ich allein trage für alles, was mit mir geschehen wird, die Verantwortung. Kann ich auf Sie zählen?«

Anna hatte so ernst und überzeugt gesprochen, dass Ruth beinahe geneigt war, an deren Geschichte zu glauben, aber das war völliger Blödsinn! Trotzdem sagte sie: »Ich werde Ihnen helfen. Was wollen Sie als Nächstes tun?«

Anna griff nach Papier und Bleistift. »Ich werde eine Liste von den Dingen machen, die ich mit in die Vergangenheit nehmen werde. Es darf nicht zu viel und nicht zu schwer sein, damit mich das Gepäck nicht zu tief in den See zieht und dadurch vielleicht die Reise verhindert. Auch brauche ich eine wasserdichte Tasche oder besser noch einen Rucksack. Was würden Sie, Ruth, auf jeden Fall aus der heutigen Zeit ins sechzehnte Jahrhundert mitnehmen? Medikamente natürlich, vielleicht eine Armbanduhr? Es muss allerdings eine mit aufziehbarem Uhrwerk sein. Ein Deodorant wäre auch nicht zu verachten …«

Voller Sorge betrachtete Ruth Anna, die konzentriert das Blatt Papier beschrieb. Offenbar musste sie den Dingen ihren Lauf und Anna zum See gehen lassen, denn vorher war sie von ihrer fixen Idee nicht abzubringen. Aber Ruth würde dafür sorgen, dass Anna kein Leid geschähe, sollte sie tatsächlich ins Wasser gehen, und sie wusste auch schon, was sie zu tun hatte.

Nach drei Tagen hatte Anna alles beisammen: Einen mittelgroßen Rucksack aus einem Hightechmaterial, das absolut wasserundurchlässig war – das versprach zumindest das Etikett mit Geld-zurück-Garantie –, einen Beutel voll mit Medikamenten, darunter ein Breitbandantibiotikum, aber auch diverse Schmerztabletten, ein schlichtes, knöchellanges Kleid aus einem festen Leinenstoff – das war gar nicht so einfach zu finden gewesen, aber Anna hatte schließlich einen Laden entdeckt, der altertümliche Kleidung führte –, eine Armbanduhr, einen Permanentschreiber, der versprach, nicht zu verblassen, tatsächlich ein Deodorant und noch ein paar Kleinigkeiten, die vielleicht unnütz waren, aber auf die Anna nicht verzichten wollte. Weiter hatte Anna eine Folie erworben, die aus einem Material bestand, das auch in der Raumfahrt eingesetzt wurde und damit unvergänglich war.

»Sie versichern, dass sich die Folie auch nach mehreren Jahrhunderten nicht zersetzt?«, fragte Anna den Verkäufer.

»Darauf bekommen Sie eine lebenslange Garantie. Wenn sie sich in zweihundert Jahren wider Erwarten zersetzen sollte, können Sie sich gerne bei mir beschweren«, scherzte der Verkäufer. »Für welchen Zweck benötigen Sie die Folie denn?«

Anna verzichtete auf eine Antwort und erwarb die Folie ungeachtet des hohen Preises. Wenn alles nach Plan lief, dann würde sie ihr Geld ohnehin nicht mehr brauchen. Auch diesbezüglich hatte sie vorgesorgt und bei einem Anwalt ein Testament hinterlassen, in dem stand, dass ihre Familie alles erben sollte. »Tatsächlich werde ich für alle tot sein«, sagte sich Anna wehmütig. »Es ist ein komisches Gefühl, alles für die Zeit nach meinem *Ableben* zu regeln.«

Anna wusste nicht, ob es ihr gelingen würde, zur richtigen Zeit in die Vergangenheit zu gelangen. Das Einzige, was sie machen konnte, war ganz fest an ein Datum zu denken, das drei, vier Tage vor dem bewussten Tag lag, den Rest musste sie dem Schicksal überlassen. Vielleicht würde es nicht gelingen, sie kam zu spät, und Duncan war bereits tot. Oder sie kam in einer völlig anderen Zeit an, in der sie niemanden kannte? Anna schüttelte diese Gedanken ab wie ein junger Hund das Wasser. Es war gleichgültig, was mit ihr geschehen würde. Eines war ihr nämlich deutlich klar geworden – ohne Duncan war ihr Leben sinnlos, und es gab nichts, was sie im einundzwanzigsten Jahrhundert mehr hielt. Anna würde alles auf eine Karte setzen, und sie hoffte zu gewinnen.

Mit gemischten Gefühlen steuerte Ruth Jefferson ihren Wagen über die schmale Straße in die Berge hinauf. Seit sie aufgebrochen waren, hatte Anna kein Wort gesprochen. Sie saß auf dem Beifahrersitz und starrte angespannt auf die vorbeirauschende Landschaft. Anna sah in ihrem altmodischen Kleid und dem Kopftuch zwar seltsam, aber immer noch sehr hübsch aus. Auf ihrem Schoß hielt sie den Rucksack fest umklammert, ab und zu flatterten ihre Augenlider nervös.

Auch Ruth war voller Unruhe. Nachdem Anna sie gebeten hatte, sie zu dem geheimnisvollen See zu fahren, hatte Ruth alle Hebel in Bewegung gesetzt, um das Abenteuer nicht böse enden zu lassen. Kommissar McLairn war informiert, ebenso Taucher, die sich im Gebüsch rund um den See verstecken und bei einem eventuellen Versinken Annas eingreifen würden. Natürlich hatte Ruth all ihre Überzeugungskraft eingesetzt, um Anna die Idee, in den kalten See zu springen, auszureden, aber die junge Frau war fest entschlossen. Ruth wusste, was das für Anna bedeutete: Man würde sie als potenzielle Selbstmörderin in die geschlossene Psychiatrie bringen und sie mit Medikamenten ruhigstellen. Es schmerzte Ruth, damit Annas Vertrauen zu missbrauchen, aber sie konnte Anna auch nicht einfach in ihren Tod laufen lassen.

Als der See in Sicht kam, sah sich Ruth unauffällig um. Der Kommissar und die Taucher mussten vor ihnen angekommen sein, es war weit und breit keine Spur von ihnen zu sehen.

Anna stieg aus und sah die Hügel hinauf, die weiter oben mit Felsbrocken bedeckt waren. »Wissen Sie, ob es hier irgendwo eine kleine Höhle gibt?«, fragte sie.

»Eine Höhle?«, wiederholte Ruth erstaunt. »Nein, davon ist mir nichts bekannt, ich war vorher noch nicht in dieser Gegend.«

»Dann lassen Sie uns bitte nachsehen.«

Entschlossen schlug Anna einen Trampelpfad ein, der in die Berge führte. Ruth hatte Mühe, ihrem schnellen Schritt zu folgen.

»Was wollen Sie dort oben?«, rief sie und dachte: Armes Mädchen, deine Psyche ist in der Tat gestört.

Nach ungefähr einer halben Stunde verließ Anna den Pfad und ging quer über den torfigen Boden auf eine Felsenformation zu. Dort angekommen umrundete sie die Felsen mehrmals, dann stieß sie einen Triumphschrei aus. »Hier, schauen Sie, Ruth! Das ist genau das, was ich suchte!« Anna bog einen Ginsterbusch zur Seite, dahinter kam eine kleine Höhle zum Vorschein, kaum größer als eine Hundehütte. »Ich nehme an, dass diese Felsen und die kleine

Höhle auch schon vor vierhundert Jahren an Ort und Stelle waren und dass sich seitdem niemand mehr daran zu schaffen gemacht hat.«

»Was haben Sie vor?«, flüsterte Ruth.

Anna lächelte und kroch auf allen vieren in den schmalen Spalt. Ihre Stimme klang dumpf, als sie sagte: »Wenn es mir gelingen sollte, in die richtige Zeit zu gelangen und Duncan zu retten, dann werde ich hier einen Brief für Sie hinterlassen, aus dem Sie erfahren werden, wie es uns ergangen ist.«

Ruth begann zu verstehen. »Darum haben Sie diese Folie gekauft?«

Anna kam wieder aus dem Loch heraus und nickte. »Drinnen gibt es einen Haufen Steine. Wenn diese auch in der Vergangenheit dort gelegen haben, wovon ich ausgehe, dann werde ich den Brief unter diese Steine legen. Ich hoffe, dass ihn in der Zwischenzeit niemand wegnimmt.«

Nun kroch auch Ruth in die Höhle und erkannte die erwähnten Steine. Sie verstand, was Anna vorhatte. »Es ist unmöglich zu beurteilen, seit wann es diese Höhle gibt«, gab Ruth zu bedenken, als sie wieder im Sonnenlicht stand. »Vielleicht ist sie auch nicht natürlich, sondern künstlich entstanden?«

»Das Risiko müssen wir eingehen.« Anna sah Ruth ernst an. »Versprechen Sie mir, dass Sie nach meinem Verschwinden im See die Höhle aufsuchen werden? Wenn alles funktioniert und die Folie so gut ist, wie der Verkäufer versprach, dann müssten Sie hier meinen Brief finden. Versprechen Sie es?«

Ruth nahm Annas Hand und drückte sie. »Ich verspreche es Ihnen, Anna.«

Selten hatte sich Ruth so schlecht gefühlt wie in diesem Moment. Sie wusste, es würde nicht dazu kommen, dass sie wieder hinaufstieg und nach der Höhle schaute. Anna würde diesen Brief nämlich nie schreiben.

»Ich danke Ihnen«, sagte Anna mit einem schiefen Lächeln. »Aber es wird für mich Zeit zu gehen, sonst verlässt mich am Ende noch der Mut.«

»Dann lassen Sie Ihren Plan einfach fallen«, versuchte Ruth einen weiteren Versuch. »Wir fahren nach Inverness zurück, gehen lecker essen, und Sie erzählen mir mehr von Ihrem Duncan.«

Anna schüttelte den Kopf und begann mit dem Abstieg. »Geben Sie es auf, Ruth, denn Sie werden mich nicht daran hindern. Ich weiß, dass Sie es für eine Schnapsidee halten, aber Sie müssen sich mit den Tatsachen abfinden.«

Zurück am Auto entnahm Anna dem Rucksack zwei Briefe und legte sie auf den Beifahrersitz. »Ich wäre Ihnen dankbar, wenn Sie die Briefe abschicken würden. Marken habe ich bereits aufgeklebt.« Sie schulterte den Rucksack und trat ans Seeufer.

»Anna, bitte … Es ist Wahnsinn, was Sie vorhaben!«

Ein letztes Mal drehte sich Anna um und lächelte Ruth zu. »Ich danke Ihnen für alles, es ist schade, dass wir keine Gelegenheit haben, unsere Freundschaft zu vertiefen. Wünschen Sie mir Glück!«

Schritt für Schritt watete Anna in das Wasser. Die Kälte nahm ihr beinahe den Atem, aber sie biss die Zähne zusammen. Schließlich fiel der Grund steil ab, und Anna verlor den Halt unter den Füßen. Panik ergriff sie. Unwillkürlich machten ihre Beine Schwimmbewegungen, und sie ruderte mit den Armen, aber dann verspürte sie schon den unheimlichen Sog, der sie in die Tiefe zog.

Mai fünfzehnhundertsiebenundsechzig, dachte sie angestrengt, schloss die Augen und konzentrierte sich voll und ganz auf dieses Datum. Als sie glaubte, keinen Augenblick länger mehr die Luft anhalten zu können, ließ der Sog nach, und Anna wurde regelrecht nach oben katapultiert. Ihr Kopf durchbrach die Oberfläche. Annas erster Blick galt dem Ufer – es war niemand zu sehen. Keine Ruth, kein Auto, und auch die Hütte sah so aus wie bei Annas erstem Besuch in der Vergangenheit. Sollte sie es tatsächlich geschafft haben? War sie im richtigen Jahr, und vor allen Dingen – war sie gekommen, bevor man Duncan verhaften würde?

Anna watete aus dem See und schlug entschlossen den Weg nach Glenmalloch ein. Sie würde es herausfinden!

# XI

Zwar schien die Sonne, aber der Wind war bitterkalt, und Anna fror in ihrem nassen Kleid. Blühender Ginster und knospende Blumen ließen darauf schließen, dass Anna tatsächlich wieder im Mai angekommen war. Das Dorf Glenmalloch kam in Sicht, und Annas Kehle entrang sich ein Seufzer der Erleichterung, als sie die armseligen, schmutzigen Hütten und die vollständig erhaltene Burg erkannte. So schnell sie konnte, rannte sie den Hügel hinauf. Das Tor stand offen, und plötzlich sah sie Neville, der auf sie zukam.

»Neville!«, rief Anna, packte ihn am Arm und musterte sein Gesicht eindringlich. »Geht es dir gut? Bist du verletzt?«

Auf seinem runden Gesicht zeichnete sich Verständnislosigkeit ab. »Warum sollte ich verletzt sein, Lady Anna? Ich erfreue mich bester Gesundheit.«

»Was ist mit Mylord Duncan? Ist er hier?«

»Selbstverständlich ist er anwesend, Mylady. Ihr seid doch mit ihm erst vor einer Stunde von einem Spaziergang zurückgekehrt. Was ist geschehen, dass Eure Kleidung so nass ist?«

Vor Erleichterung lachte Anna laut auf. »Das ist eine komplizierte Geschichte, lieber, lieber Neville. Wo ist Duncan? In seinen Räumen?«

Neville nickte. Spontan umarmte Anna ihn und drückte ihm einen schmatzenden Kuss mitten auf die Lippen, dann stürmte sie mit großen Schritten über den Burghof und verschwand im Hauptgebäude.

Kopfschüttelnd sah Neville ihr nach, seine Hand tastete nach seinem Mund. Vom ersten Tag an hatte er gewusst, dass mit Lady Anna etwas nicht stimmte, aber er würde sich hüten, Lord Duncan gegenüber auch nur ein Wort der Kritik über die künftige Herrin von Glenmalloch verlauten zu lassen. Natürlich würde Neville auch mit keiner Silbe erwähnen, dass sie ihn gerade in aller Öffentlichkeit geküsst hatte, wobei das für Neville keinesfalls unangenehm gewesen war.

Duncan sah überrascht von dem Brief auf, an dem er gerade schrieb, als die Tür aufgerissen wurde und Anna hereingestürmt kam. Mit hochroten Wangen und einem strahlenden Lächeln warf sie sich in seine Arme und bedeckte sein Gesicht mit Küssen.

»Anna, meine Schöne, was ist geschehen?«, fragte Duncan, als er wieder Luft bekam. »Warum bist du so nass? Du wolltest doch mit Helen Heilpflanzen sammeln gehen, und ich sehe keine Regenwolken am Himmel.«

»Ach Duncan, Duncan, ich bin ja so glücklich!«

Über Annas Gesicht liefen Tränen, aber es waren Tränen des Glücks. Duncan war hier, und er war unversehrt! Sie war rechtzeitig gekommen! Nun würde alles gut werden.

»Das hoffe ich, meine Schöne, schließlich bekommst du bald den besten aller Männer zu deinem Gemahl!«

Spielerisch knuffte ihn Anna in die Rippen. »Unter mangelndem Selbstbewusstsein leidest du offenbar nicht, oder? Komm, lass dich ansehen! Ich habe dich so wahnsinnig vermisst.«

Ihre Hände fuhren über sein Gesicht, ihre Finger zeichneten die Linien seiner markanten Wangenknochen nach, und ihr Blick sog sich an seinen dunklen Augen fest. Nie war ihr Duncan so begehrenswert vorgekommen. Dann presste sie sich fest an seinen Körper. »Liebe mich! Jetzt sofort!«

Angesichts dieser eindeutigen Aufforderung schluckte Duncan hastig, dann eilte er zur Tür und schob den Riegel vor. »Ich wüsste nichts, was ich lieber täte«, flüsterte er heiser. »Du musst die nassen Sachen ohnehin ausziehen.«

Dann aber beobachtete Duncan erstaunt, wie Anna begann, ihr Kleid auf der Vorderseite aufzuknöpfen. Es war Anna nämlich nicht gelungen, ein Kleid zu finden, das im

Rücken mit Haken oder Schnüren geschlossen wurde. Duncan schob ihre Hände zur Seite und fuhr mit dem Öffnen fort. »Was ist das für ein Kleid? Ich habe es noch nie an dir gesehen, und aus was für einem Material sind die Knöpfe? Vorhin, bei unserem Spaziergang, hast du ein anderes Kleid getragen.«

»Pst! Das erzähle ich dir alles später!« Anna stellte sich auf die Zehenspitzen und küsste ihn.

Schnell entledigte sich jetzt auch Duncan seiner Sachen, und nackt sanken sie auf das breite Bett. Duncan war überrascht, mit welch fordernder Leidenschaft Anna seinen Körper auf den ihren zog, aber nur zu gerne gab er ihrem Drängen nach. Ihre Vereinigung kam schnell, und beide explodierten wie ein glimmendes Pulverfass.

Als Duncan wieder zu Atem gekommen war, meinte er: »Es kam mir vor, als hätten wir uns schon ewig nicht mehr geliebt, dabei haben wir doch erst gestern ...«

»Tatsächlich waren wir Wochen getrennt«, unterbrach Anna und setzte sich auf. Sie wickelte sich die Decke um ihren Körper und sah Duncan ernst an. »Was ich dir jetzt erzähle, klingt so unglaublich, dass du mir vielleicht nicht glauben wirst. Wir beide haben aber schon viele unglaubliche Dinge erlebt, nicht wahr?«

Duncan nickte. Er kannte Anna gut genug, um zu erkennen, dass etwas sehr Gravierendes geschehen sein musste, denn ihr Gesichtsaudruck hatte sich in der Stunde, seit er sie zum letzten Mal gesehen hatte, verändert. Außerdem war von der Platzwunde und den blauen Flecken keine Spur mehr zu sehen, dabei war noch am Morgen eine Schorfschicht über ihrem Auge gewesen. Jetzt erst entdeckte er auch Annas Rucksack, den sie achtlos mitten im Raum hatte fallen lassen. Das war ein eindeutiges Relikt, das nicht aus dem sechzehnten Jahrhundert stammte. »Was hat das alles zu bedeuten?«

»Duncan, ich komme aus der Zukunft ...«

»Aber das weiß ich doch«, unterbrach Duncan erstaunt, und Anna hob die Hand.

»Bitte, lass mich ausreden. Ich meine damit, dass ich wieder in der Zukunft war und heute aus ihr zurückgekehrt bin. Als ich in meine Zeit zurückging, war es später als heute, und du selbst hast mich in den See gestoßen.«

Nun war Duncans volles Interesse geweckt. Er zog Anna in seine Arme und bettete ihren Kopf an seiner Brust. »Warum hätte ich das tun sollen? Du solltest wissen, dass ich dich niemals wieder von mir lasse.«

»Du hast es aus Liebe getan.« Anna schluckte die aufsteigenden Tränen hinunter. »Um mein Leben zu retten.«

»Erzähle«, forderte er sie auf, und Anna begann alles zu berichten, was sich seit dem Tag, der ihr Hochzeitstag hätte werden sollen, ereignet hatte.

Anna war Ende Mai, genau eine Woche nachdem sie mit Duncan aus Edinburgh gekommen war, wieder nach Glenmalloch zurückgekehrt. Somit hatte sie ein paar Tage Zeit gewonnen, bevor die Häscher kommen würden. Ernst hatte Duncan Annas Bericht über Helens Entführung und seine eigene Verletzung angehört. Anna hatte ihm das Buch, in dem seine Hinrichtung erwähnt wurde, gezeigt, denn sie hatte es mit in die Vergangenheit gebracht. Fassungslos erfuhr Duncan von seinem Schicksal und dem seiner Familie.

»Du hast tatsächlich das Risiko auf dich genommen, wieder zurückzukommen? Warum hast du das getan?«

»Um jetzt etwas zu ändern! Nein, unterbrich mich nicht«, rief Anna, als er etwas einwenden wollte. »Ich weiß, bei Maria Stuart haben wir versagt, aber da waren zu viele Menschen und politische Entscheidungen miteinander verknüpft. Jetzt geht es um uns und um Glenmalloch. Wir wissen, was auf uns zukommt, und ich schwöre, ich werde es zu verhindern wissen, dass man dich verletzt.«

Annas entschlossener Ausdruck in den Augen und ihre stolze Haltung wärmten Duncan das Herz. Diese Frau liebte ihn wirklich und wahrhaftig, ebenso stark und leidenschaftlich, wie er sie liebte. Aber noch etwas anderes lag Anna am Herzen, und sie bat Duncan, June rufen zu lassen, nachdem sie sich beide wieder angekleidet hatten.

Schüchtern betrat das Mädchen das Zimmer ihres Herrn. Sie hielt den Kopf gesenkt, als sie sagte: »Es tut mir leid, dass ich heute die Schale zerbrochen habe«, denn nur dieses Missgeschick konnte für sie der Grund sein, warum man sie vor Mylord höchstpersönlich zitierte.

Anna trat zu ihr hin und forderte sie auf, sich zu setzen. Dabei musterte sie das Mädchen aufmerksam und legte eine Hand auf ihre Stirn. »Fühlst du dich nicht wohl?«, fragte Anna besorgt. »Mir scheint, du hast Fieber.«

Erschrocken riss June die Augen auf. In der Tat fühlte sie sich seit zwei Tagen krank, heute Morgen war ihr sogar furchtbar schwindlig geworden, darum war ihr auch die Schale aus den Fingern geglitten und in Scherben zerbrochen. »Es geht mir gut«, versicherte sie schnell, begann dann aber zu husten, was ihre Worte Lügen strafte.

Anna zog einen Stuhl neben das Mädchen und sagte leise: »Du brauchst keine Angst zu haben ... June. Oder soll ich besser Amanda sagen? Amanda Cameron, nicht wahr? Deine Eltern nannten dich Mandy.«

Alles Blut wich aus Junes Gesicht, in ihren Augen flackerte die pure Angst. »Wie kann ... das ... sein? Woher ... wisst Ihr?«

Liebevoll und ruhig sagte Anna: »Ich weiß, wer du bist und woher du kommst, denn ich komme auch aus dieser Zeit. Du bist in den See gefallen und dann hierher gekommen. War es nicht so? Du bist doch Mandy?«

Ihr Körper zitterte wie Espenlaub, während sie vorsichtig nickte. »Ihr kommt auch von ... *dort*, Lady Anna?«

»Lass das Lady weg, Mandy, denn uns verbindet ein unglaubliches Schicksal. Auch ich kenne Fernseher, Autos und Handys. Bestimmt stand ein Computer in deinem Zimmer, und du hast mit deinen Freundinnen regelmäßig SMS ausgetauscht, nicht wahr?«

Mandy nickte zögernd. »Dann ist es also wirklich wahr? Ihr … äh, du bist auch aus der Zukunft? Ja, ich bin in den See gefallen, als ich meinen Hund rausholen wollte, und plötzlich wurde ich ganz fest nach unten gezogen und dachte, ich müsse ertrinken. Dann war ich plötzlich wieder oben, aber … Alles war verändert, die Menschen waren so komisch, und ich dachte zuerst, ich wäre tot.«

»Und du hast dich nicht getraut, jemandem etwas davon zu sagen?«, mischte sich Duncan in das Gespräch. »Du kannst mir vertrauen, auch ich hatte schon das zweifelhafte Vergnügen einer solchen Zeitreise.«

Ruhig und gelassen, die Hände im Schoss gefaltet, hörte Mandy zu, wie Anna und Duncan abwechselnd von ihren Erlebnissen erzählten. Als Anna zu der Stelle kam, als Mandy erkrankte und schließlich starb, begannen die Lippen des Mädchens zu zittern.

»Nun bin ich gekommen, um zu versuchen, dich und die Familie vor alldem zu bewahren«, schloss Anna. »Ich habe Tabletten dabei, die dir vielleicht helfen könnten. Allerdings können wir nicht mit Bestimmtheit sagen, welche Krankheit in deinem Körper steckt, daher ist es ungewiss, ob das Medikament dir von Nutzen sein wird. Es gibt natürlich noch eine andere Möglichkeit …«

»… ich wage den Versuch der Zeitreise«, brachte Mandy die Sache auf den Punkt.

Duncan, der dem Mädchen bisher kaum Beachtung geschenkt hatte und wie alle davon ausgegangen war, sie wäre nicht ganz richtig im Kopf, stellte fest, dass sie keinesfalls minderbemittelt, sondern hochintelligent war. »Es hat bei mir und Anna zwar funktioniert«, sagte er, »trotzdem gibt es keine Garantie. Du könntest auch in einer Zeit landen, die noch weiter in der Vergangenheit oder irgendwann anders in der Zukunft liegt. Dann bist du wieder ganz allein auf dich gestellt und kennst keinen Menschen.«

Mandy straffte die Schultern. »Ich halte also fest, dass ich zwei Möglichkeiten habe: Entweder ich bleibe hier, nehme die Tabletten und hoffe, dass sie diese Lungenentzündung verhindern und ich leben werde, um dann vielleicht in ein paar Monaten an einer anderen Krankheit zu sterben, oder ich wage den Sprung in den See, bevor die Krankheit noch stärker ausbricht, wobei ich allerdings entweder ertrinken oder in einer Zeit landen könnte, in der vielleicht alles noch schrecklicher ist als jetzt.« Sie warf Duncan einen entschuldigenden Blick zu. »Verzeiht meine Worte, Mylord, denn Ihr und Eure Mutter habt mich in Eurem Haus aufgenommen und mir Arbeit, Kleidung und Nahrung gegeben. Ich möchte nicht undankbar klingen, aber die Vorstellung, für immer unter diesen Umständen leben zu müssen, ist mehr, als ich ertragen kann.« Entschlossen stand sie auf. »Nein, dann gehe ich lieber das Risiko ein und springe in den See, auch wenn ich dabei vielleicht umkommen werde.«

Anna schloss das Mädchen in ihre Arme. »Dir wird kein Leid geschehen, aber du bist sehr mutig, Mandy. Wenn alles klappt, dann wirst du auf Ruth Jefferson treffen. Sie ist Psychologin und wird dir helfen, dich wieder in deiner Zeit zurechtzufinden. Es wird nicht einfach werden, dein langes Verschwinden zu erklären, aber Ruth wird dir zur Seite stehen.«

Mandy löste sich von Anna, nachdenklich krauste sie die Stirn. »Du bist *vor* dem Zeitpunkt, an dem du uns verlassen hattest, wieder zurückgekommen. Ich könnte doch versuchen, an dem Tag, an dem ich in den See gefallen bin, wieder zu erscheinen. Dann wären Erklärungen nicht nötig.«

Anna schüttelte bedauernd den Kopf. »Ich sehe, du hast wirklich einen scharfen Verstand. Ja, bei mir hat es funktioniert, aber du bist in den letzten Jahren gewachsen und hast dich von einem Kind zu einer jungen Frau entwickelt. Die Zeitreise verändert nicht unsere körperlichen Merkmale, so würdest du in großen Erklärungsnotstand kommen, warum du an nur einem Tag um fast drei Jahre gealtert bist.«

Mandy seufzte und nickte, diesem Argument konnte sie nichts entgegensetzen. »Wann soll es geschehen?«

»Du bist fest entschlossen, das Wagnis einzugehen?«, fragte Duncan.

Mandy sah ihn klar und fest an, ihre Stimme zitterte kein bisschen, als sie antwortete: »Ja, Mylord, und es wäre mir am liebsten, wenn wir es sofort hinter uns bringen würden.«

Vögel zwitscherten im Gebüsch, und eine Maus huschte über das Ufer des Glen-Mal-Loch. Es war ein Bild reinsten Friedens, und nichts wies auf das Geheimnis des Ortes hin. Schweigend starrten Anna, Duncan und Mandy auf die unbewegte Oberfläche des Sees, dann gab sich Mandy einen Ruck. Sie umarmte erst Anna, dann streckte sie Duncan ihre Hand hin. »Ich danke euch beiden für alles. Vielleicht werden wir eines Tages voneinander erfahren, wie unser Schicksal verlaufen ist. Ich hoffe, mehr aus deinem Brief zu erfahren.«

Anna hatte Mandy von ihrem Vorhaben erzählt, in der kleinen Höhle oberhalb des Sees ein Schriftstück zu verbergen, sobald sie wusste, wie es mit ihr und Duncans Familie weitergehen würde.

Anna schluckte die aufsteigenden Tränen hinunter. In Mandy hatte sie trotz ihrer Jugend eine Freundin gefunden, und der Abschiedsschmerz tat weh, aber Anna wusste, sie musste das Mädchen ihrer Wege gehen lassen. Sie dachte an Mandys Eltern und ihre Freude, die Tochter endlich wieder in die Arme schließen zu können. »Geh jetzt«, flüsterte sie heiser.

»Und du willst wirklich nicht mit mir kommen?«, fragte Mandy hoffnungsvoll, obwohl Anna es bereits abgelehnt hatte.

»Mein Platz ist hier«, antwortete Anna bestimmt. »Duncan und ich müssen die Familie vor ihrem Untergang bewahren.«

Mandy machte einen Schritt, als wollte sie sich erneut in Annas Arme werfen, aber dann drehte sie sich schnell um und lief in den See. Binnen weniger Sekunden tauchte sie unter. Anna und Duncan warteten eine halbe Stunde, aber das Mädchen blieb verschwunden. Mandy konnte schwimmen, wenn die Zeitreise also nicht funktioniert hätte, dann wäre sie wieder aufgetaucht.

»Leb wohl, Mädchen.« Anna pflückte eine Blume und warf sie auf den See.

Duncan legte seinen Arm um ihre Schultern und sagte: »Es ist ganz bestimmt alles gut gegangen, und Mandy ist wieder zu Hause. Nun müssen wir uns überlegen, was wir tun können, wenn Lord Lindsay mit seinen Männern kommt, um dich zu holen. Wir beide könnten in den Westen fliehen, wir haben auf der Insel Skye einen Besitz, es war aber seit Jahrzehnten niemand mehr dort. Kaum jemand weiß davon, denn die Insel ist nicht gerade das Paradies auf Erden. Allerdings kann ich meine Familie und die Burg nicht im Stich lassen, denn ich habe keinen Zweifel, dass Lindsay alles in Schutt und Asche legen wird, wenn er uns nicht antrifft. Ebenso wird er sich an meiner Mutter und meinen Geschwistern rächen, wenn er merkt, dass ihm seine Beute entwischt ist.«

»Hast du deiner Mutter schon etwas davon erzählt?«, fragte Anna. Duncan verneinte, und sie fuhr fort: »Wir sollten es sofort tun, ebenso müssen wir Douglas einweihen. Ich glaube, ich habe da eine Idee.«

Der alljährliche Frühjahrsputz der Burg neigte sich seinem Ende zu, aber es waren immer noch rund hundert Männer und Frauen aus den umliegenden Dörfern auf Glenmalloch. Lady Flamina sorgte gut für sie, zweimal am Tag erhielten die Arbeiter ein warmes Essen, daher kamen sie gerne auf die Burg und blieben, solange es noch Kleinigkeiten zu tun gab, denn für viele waren diese Wochen die einzige Zeit im Jahr, in der sie sich richtig sattessen konnten. An diesem sonnigen Vormittag, zwei Tage nachdem Mandy verschwunden war, hielten die Männer und Frauen auf dem Burghof in ihrer Arbeit inne und starrten auf die Szene, die sich ihren

Augen darbot. Es war allgemein bekannt, dass die beiden Cruachan-Brüder nicht immer einer Meinung waren, aber nun schien ihre Beziehung zu eskalieren, denn nie zuvor waren sie wie zwei wilde Stiere aufeinander losgegangen.

»Ich werde es nicht zulassen, dass du unseren Besitz aufs Spiel setzt!«, schrie Douglas wütend, während er hinter seinem Bruder aus dem Hauptgebäude stürmte. »Wir werden uns aus der Sache heraushalten, hast du verstanden?«

Mit zornrotem Gesicht packte Duncan seinen Bruder am Kragen und schüttelte ihn. »Du vergisst, wer der Herr von Glenmalloch ist. Ich werde an die Seite der Königin eilen und ihr unsere Treue und Ergebenheit versichern, die sich ebenso auf Mylord Bothwell bezieht. Wenn es der Königin gefallen hat, ihn zu ihrem Gemahl zu nehmen, so haben wir diese Wahl nicht nur zu akzeptieren, sondern auch zu unterstützen. Wenn nötig, biete ich der Königin unser Haus als Schutz an.«

Zornig kickte Douglas einen Wassereimer, der ihm im Weg stand, zur Seite und schrie: »Maria hat ihr Recht, Königin von Schottland zu sein, durch die Heirat mit dem Mörder ihres Mannes verwirkt! Keiner wird sich von einer Hure, die ihre sinnliche Leidenschaft über das Wohl eines ganzen Volkes stellt, weiter regieren lassen.«

»Bothwell ist freigesprochen worden. Man konnte ihm keine Beteiligung an dem Mord nachweisen.«

»Ja, weil seine Buhle in das Komplott verstrickt war!«

Rasend vor Wut wollte Duncan Douglas für diese Aussage niederschlagen, aber der Jüngere war schneller. Krachend fuhr seine Faust in Duncans Gesicht, sodass dieser strauchelte und beinahe gestürzt wäre.

In diesem Augenblick kam Lady Flamina aus der Tür. Mit wachsbleichem Gesicht stand sie da und sagte ruhig, aber bestimmt: »Ihr vergesst offenbar, wo ihr euch befindet. Duncan, wir haben die Angelegenheit besprochen, und du kennst meine Meinung. Wir werden uns aus den Intrigen heraushalten und hoffen, dass sich alles zum Guten wendet. Wenn du allerdings darauf bestehst, an die Seite der Königin zu eilen, dann brichst du für immer mit deiner Familie.«

»Mutter, das meinst du nicht im Ernst …«, begann Duncan und machte einen Schritt auf Lady Flamina zu, die abwehrend die Hände hob.

»Selten war mir weniger zum Spaßen zumute, Duncan Cruachan. Von mir aus nimm das hergelaufene Weibsstück und geh. Sobald du aber die Burg verlassen hast, habe ich keinen Sohn mehr. Douglas wird an deine Stelle treten und ab dem heutigen Tag der neue Laird von Glenmalloch sein.«

»Ich war immer stolz darauf, dass unsere Familie königstreu ist«, sagte Duncan bitter. »Aber kaum benötigt die Königin Hilfe, dann zieht mein feiner Bruder aus Feigheit den Schwanz ein.«

Die Bemerkung hätte Duncan beinahe einen zweiten Kinnhaken von Douglas eingebracht, wenn Lady Flamina nicht mit einem scharfen Befehl die Brüder getrennt hätte.

Duncan ballte die Hände zu Fäusten und trat seiner Mutter drohend entgegen. »Bothwell wird sich an allen, die nicht auf seiner Seite stehen, grausam rächen. Ich werde zurückkehren und mein Recht fordern, mein Recht auf den Namen und den Besitz, und Bothwell und die Königin werden mich dabei unterstützen.«

Ein Schatten flog über Lady Flaminas Gesicht. Schnell wandte sie sich um, damit niemand die Traurigkeit und den Schmerz in ihren Augen sehen konnte. Breitbeinig stellte sich Douglas seinem Bruder in den Weg, als dieser der Mutter folgen wollte. »Du hast ihren Befehl gehört – für dich und deine Hexe ist hier kein Platz mehr. Werdet ihr freiwillig gehen, oder soll ich mit meinem Schwert nachhelfen?« Seine Hand fuhr an die Hüfte, wo er ein Schwert gegürtet trug.

Anna trat aus den Pferdeställen auf den Hof. Offenbar hatte sie den Streit verfolgt, denn sie zitterte am ganzen Körper. »Komm, Duncan, lass uns zur Königin reiten. Deine Familie wird schon sehen, was für einen großen Fehler sie macht.«

Drohend schüttelte Duncan eine Faust und rief: »Ich wünsche euch, Moray und allen Gegnern der Königin, dass ihr auf ewig in der Hölle schmoren mögt.« Dann packte er Anna beim Arm, und sie machten sich daran, ihre Sachen zu packen.

Stundenlang ritten sie schweigend nebeneinander nach Süden. Anna wagte nicht, etwas zu sagen, von der Seite warf sie Duncan verstohlene Blick zu, die er aber nicht erwiderte. Der Schmerz und die Trauer über den Bruch mit seiner Familie standen ihm deutlich ins Gesicht geschrieben. Erst als der Abend dämmerte und es Zeit wurde, einen Platz für das Nachtlager zu finden, richtete Duncan das erste Mal, seit sie Glenmalloch verlassen hatten, das Wort an Anna. »Meinst du, sie haben es geglaubt?«

Anna wusste sofort, wen Duncan meinte – die Dutzende von Männern und Frauen, die unfreiwillige Zeugen des Streits geworden waren.

»Ihr wart sehr überzeugend«, antwortete Anna.

Duncan grinste. Eine Hand fuhr zu seiner geschwollenen und bläulich verfärbten Oberlippe. »Nun, etwas weniger überzeugend hätte Douglas schon sein können«, flachste er mit einem schiefen Grinsen. »Aber ich denke, es hat meinem kleinen Bruder gefallen, mir einmal so richtig eine zu verpassen. Unter anderen Umständen hätte er niemals die Möglichkeit dazu gehabt.«

»Es hat deiner Mutter beinahe das Herz gebrochen«, stellte Anna fest. »Aber sie hat ihre Rolle ebenso überzeugend gespielt. Niemand wird daran zweifeln, dass sie sich für immer und ewig von dir losgesagt hat.«

»Alle haben dagestanden und gesehen, wie wir beide die Burg in Richtung Süden verlassen haben. Ich hoffe, irgendwann zurückkehren zu können.«

»Du vertraust deinem Bruder sehr, denn du hast die Zukunft deiner Familie in seine Hände gelegt.«

Duncan nickte und meinte: »Douglas mag in Bezug auf Frauen sehr flatterhaft sein, aber er liebt Glenmalloch ebenso wie ich. Ja, der Besitz ist in seinen Händen gut aufgehoben.«

»Und schließlich ist deine Mutter auch noch da, die Douglas bei Bedarf kritisch auf die Finger sehen wird«, ergänzte Anna.

Duncan nickte, dann zeigte er auf eine Baumgruppe, in deren Mitte eine kleine Lichtung mit weichem Moos zu sehen war.

»Das wäre doch ein guter Schlafplatz für die Nacht. Lass uns hier rasten.«

Schnell bauten sie aus den mitgebrachten Decken ein Lager und aßen von dem Brot und dem getrockneten Fleisch. Am Vortag hatte Duncan die zwei Pferde außerhalb der Burg in einem verfallenen Stall versteckt und die Packtaschen voll mit Nahrungsmitteln geladen. So hat es für alle ausgesehen, als wären Duncan und Anna gezwungen gewesen, die Burg zu Fuß zu verlassen. Duncan war sich sicher, die Menschen würden dies gegenüber Lord Lindsay einstimmig aussagen, wenn er in Glenmalloch erschien, um Anna zu verhaften.

»Es tut mir leid, dass ich mich nicht von Helen habe verabschieden können«, sagte Anna. »Wird deine Mutter ihr eines Tages sagen, dass alles nur ein Spiel gewesen war?«

Sie hatten nur Lady Flamina und Douglas in ihren Plan eingeweiht. Selbst der treue Knappe Neville war im Ungewissen gelassen worden, und Duncan hatte einige Mühe gehabt, ihn davon zu überzeugen, dass er auf seine Begleitung keinen Wert legte. Die Tage der Herrschaft Maria Stuarts waren gezählt, und alle ihre Getreuen setzten ihr Leben aufs Spiel.

»Wird Lindsay deine Familie verschonen?« Bang schaute Anna Duncan an. »Oder wird er vielleicht seine Wut, weil wir ihm entwischt sind, an ihnen auslassen?«

Duncan schüttelte den Kopf. »Genau dem soll unser Plan entgegenwirken. Mutter und Douglas werden ihn und seine Männer mit offenem Burgtor erwarten und sie ausreichend bewirten. Dabei wird es Mutter gelingen, Lindsay zu überzeugen, dass die Cruachans auf der richtigen Seite stehen, sie sich für alle Zeiten von mir losgesagt haben und ich auf immer und ewig aus der Gegend verbannt worden bin.«

»Aber werden sie uns verfolgen?«, gab Anna zu bedenken.

»Sie glauben, wir wären zu Fuß unterwegs, und haben daher nur einen geringen Vorsprung. Wir ziehen bis Newtonmoore in den Süden, dann werden wir die Berge überqueren, um nach Westen zu gelangen. Spätestens dann wird sich unsere Spur verlieren.«

»Lindsay weiß nichts von euren Besitztümern auf Skye?«

»Nein, und Mutter und Douglas werden einen Teufel tun, mit irgendjemandem darüber zu sprechen. Ich erzählte dir doch, dass mein Vorfahr den Besitz und Titel Glenmalloch für seine Verdienste bei der Schlacht von Flodden erhielt. Er kam von Skye, ließ sich dann aber in der lieblicheren Gegend der Highlands nieder. In jungen Jahren hat mein Vater einmal die weite Reise unternommen, aber seitdem war niemand mehr auf der Insel.« Er sah Anna besorgt an. »Ich weiß nicht, was uns dort draußen erwartet. Vielleicht werden wir kein Dach über dem Kopf haben, denn das einstige Herrenhaus steht seit Jahrzehnten leer. Anna, noch ist es nicht zu spät – ich kann dich zurück zum Glen-Mal-Loch bringen. Wenn wir erst auf Skye sind, weiß ich nicht, wie lange es dauert, bis wir zurückkehren können. Der Weg nach Hause könnte dir so auf lange Zeit versperrt sein.«

Anna legte ihren Kopf an Duncans Brust. »Ich habe meine Entscheidung getroffen. Mein Zuhause ist dort, wo du bist«, sagte sie schlicht.

»Ist das schön!« Anna zügelte ihr Pferd, und gemeinsam blickten sie von dem Hügel in ein grünes Tal, durch das ein Fluss mit torfig-braunem Wasser rauschte und in dem üppiges Grün die Erde bedeckte. Im Hintergrund erhob sich blau und majestätisch eine Bergkette, um deren Gipfel sich weiße

Wolken rankten. Im Tal drängte sich eine Ansammlung von Hütten um ein langgestrecktes, zweistöckiges Steinhaus mit einem strohgedeckten Dach.

»Willkommen im Tal der Cruachans!« Stolz schob Duncan das Kinn nach vorne und machte eine umfassende Handbewegung. »Wenn ich gewusst hätte, wie bezaubernd es hier ist, hätte ich unserem alten Besitz schon längst einen Besuch abgestattet.«

Langsam trabten sie Seite an Seite den Pfad ins Tal hinab. Als sie in Sichtweite der Hütten kamen, öffneten sich die Türen, und Männer und Frauen kamen zögernd heraus. Anna fiel die Sauberkeit dieses kleinen Dorfes auf, hier gab es keinen Schlamm und Dreck zwischen den Häusern, und die Luft war klar und duftete nach Torf.

Ein rothaariger Hüne trat zögernd auf Duncan zu, in seinen Händen hielt er eine Mistgabel, und sein Gesicht drückte Misstrauen aus. Er sagte ein paar Worte, die Anna nicht verstand.

»Sprechen sie Gälisch?«, raunte Anna, und Duncan bestätigte ihre Vermutung mit einem Nicken und antwortete in derselben Sprache. Daraufhin warf der Mann die Mistgabel fort, rief den anderen etwas zu und machte eine einladende Handbewegung auf das Haus zu.

Duncan und Anna stiegen ab, sofort wurden ihre Pferde von einem jungen Burschen am Halfter genommen und fortgeführt. Ein zweiter, offenbar sehr alter Mann trat vor Duncan, beugte sein Knie, und aus den Gesten, die seine Worte begleiteten, schloss Anna, dass er Duncan willkommen hieß.

Duncan nickte wohlwollend. Während er und Anna auf das größere Haus zugingen, sagte er: »Die Menschen hier sind uns gegenüber skeptisch, was ich verstehen kann, denn es verirren sich nur selten Besucher auf die Insel. Der Alte aber hat das Wappen der Cruachans auf unseren Satteldecken erkannt und mich als seinen Herrn begrüßt und anerkannt.«

»Na, dann bin ich aber froh, dass sie nicht über uns hergefallen sind«, sagte Anna und sah sich vorsichtig um. »Sehr vertrauenerweckend erscheinen mir die Leute nicht.«

»Du wirst lernen, sie zu verstehen. Das Leben auf Skye ist hart und entbehrungsreich, kaum einer von ihnen hat je das Festland betreten, aber ich bin überzeugt, dass sie grundanständige Menschen sind.«

»Hoffentlich!«, seufzte Anna.

Ihr Wortwechsel war mit Interesse verfolgt worden, und ein paar Frauen begannen aufgeregt miteinander auf Gälisch zu tuscheln. Obwohl Anna die Sprache nicht kannte, verstand sie doch ein Wort: *Sassenach* – das gälische Schimpfwort für eine Engländerin. Auch Duncan hatte es gehört. Er fuhr herum und wies die Frauen mit scharfer Stimme zurecht, dann sagte er zu Anna: »Sie vermuten, dass du aus England kommst, und sind deswegen skeptisch, aber ich habe ihnen gesagt, dass du meine Frau und die Herrin von Cruachan bist. Das werden sie akzeptieren.«

»Deine Frau …« Anna lächelte wehmütig. »Beinahe wäre ich es geworden.«

Duncan legte einen Arm um ihre Schultern und führte sie in das Haus. »Wir holen es so schnell wie möglich nach. Ich bin sicher, hier in der Gegend gibt es einen Geistlichen und auch eine Kirche.«

Der Zustand des einstigen Herrenhauses war besser als erwartet. Von draußen trat man direkt in eine kleinere Halle, die die gesamte Höhe des Hauses einnahm und im zweiten Stock von einer hölzernen Galerie gesäumt war, von der mehrere Türen abgingen. Der Fußboden bestand aus unebenen Steinquadern, die unverputzten Wände zierte kein Teppich oder sonstiger Schmuck, aber es gab an der Stirnseite einen großen Kamin, und das Dach schien dicht zu sein. Bei einem kurzen Rundgang durch das Haus stellte Anna fest, dass hier zwar jeglicher Komfort, wie er zumindest auf Glenmalloch Castle vorhanden war, fehlte, aber das Gebäude massiv und solide gebaut war.

»Es gibt viel zu tun«, seufzte Duncan.

»Fang schon mal an«, scherzte Anna.

Während Anna begann, den größten und hellsten Raum im zweiten Stock zu säubern und in einen wohnlichen Zustand zu versetzen, setzte sich Duncan mit den Männern des Dorfes zusammen. Frauen bereiteten ein einfaches, aber schmackhaftes Mahl zu, das sie alle gemeinsam in der Halle einnahmen. Bevor die Nacht hereinbrach, hatte Duncan einen kleinen Haushalt zusammengestellt: Eine Frau würde sich um die Küche kümmern und Anna das Wichtigste beibringen, und zwei junge Mädchen würden helfen, das Haus in Ordnung zu halten. Die Dienerschaft war beileibe nicht mit der auf Glenmalloch Castle zu vergleichen, aber Duncan und Anna erwarteten auch keine Besucher, und es bestand keine Notwendigkeit zu repräsentieren. Zum Glück stand der Sommer vor der Tür, die Felder waren vorbildlich bestellt, und gut genährtes und gesundes Vieh stand auf den Weiden.

»Es wird ein ruhiges Leben werden«, stellte Duncan fest, als er mit Anna von einem Tagesritt zurückkam, auf dem sie gemeinsam den Besitz erkundet hatten. Die einfachen Bauern zeigten sich wortkarg, aber nicht unfreundlich. Leider konnte sich Anna nicht mit ihnen verständigen, denn auf der Isle of Skye sprach kaum ein Bewohner Englisch. So blieb Anna nichts anderes übrig, als die gälische Sprache zu erlernen, wobei sie sich sehr gelehrig zeigte. Jeden Abend, nachdem das Tagewerk vollbracht war, saßen sie und Duncan zusammen, tranken einen Becher Bier, von dem etliche Fässer eiligst aus den Häusern der Umgebung herbeigeschafft worden waren, und Anna erhielt Unterricht.

»Ich bekomme gleich einen Knoten im Hals!«, stöhnte sie, als sie versuchte, das kehlige und harte *ch* korrekt auszusprechen. »Und wage es nicht, mich auszulachen!«

Duncan konnte sich ein Schmunzeln nicht verkneifen. »Deine Aussprache ist lustig, aber du wirst von Tag zu Tag besser.«

»Werden mich die Menschen hier jemals anerkennen?«, zweifelte Anna. »Ich bin für sie eine Ausländerin, eine Sassenach noch dazu.«

Liebevoll legte Duncan einen Arm um ihre Schultern. »Wenn sie dich kennen, werden sie dich lieben, wie ich dich liebe. Du wirst sehen, in drei, vier Wochen kannst du dich mit allen verständigen, und allein schon, weil du meine Frau bist, begegnen sie dir mit dem nötigen Respekt.«

Anna schluckte trocken, als Duncan das Thema ansprach, das sie seit Tagen belastete. »Duncan, ich weiß, es ist sentimental, sich darüber Gedanken zu machen, aber ich bin nicht deine Frau, jedenfalls nicht richtig. Gut, alle glauben, wir wären getraut, aber ich weiß, dass es nicht so ist.« Sie löste sich aus seinen Armen, stand auf und begann, unruhig im Zimmer auf und ab zu gehen. »In meiner Zeit wären meine Bedenken schrecklich altmodisch, aber je länger ich hier lebe, desto mehr denke und fühle ich wie eine Frau aus diesem Jahrhundert –«

»Dafür liebe ich dich umso mehr!«, unterbrach Duncan, aber Anna ließ sich nicht ablenken und fuhr fort: »Ich möchte richtig deine Frau werden, Duncan. Auf dem Papier und vor einem Priester. Verstehst du? Außer, du willst mich nicht mehr.«

»Anna, wie kannst du so etwas nur denken!« Duncan zog sie an sich und bettete ihren Kopf an seine breite Brust. »Lass uns morgen in den Norden reiten, wir sagen, ich möchte einen entfernten Verwandten besuchen, der an der Nordküste lebt. Dort werden wir einen Priester finden, der uns traut, denn aus verständlichen Gründen können wir es hier in der Umgebung nicht tun.«

»Das wäre wundervoll!« Anna lächelte glücklich. »Wenn wir wieder zurück sind, dann bauen wir den kleinen Raum neben unserem Schlafzimmer um, ja? Ich habe da schon konkrete Pläne …«

Duncan lachte und hörte interessiert Annas Vorschlägen zu. Tatsächlich gab es ein kleines Zimmer, das leer stand und sich vorzüglich für ein Bad eignen würde. Es hatte einen eigenen Kamin, man würde also das Wasser direkt in dem Zimmer erhitzen können.

»Und die unsäglichen Nachttöpfe verschwinden aus dem Schlafzimmer«, fuhr Anna fort. »Wenn du nachts einem dringenden Bedürfnis nachgehen musst, dann kannst du ins Nebenzimmer gehen, hast du verstanden?«

»Alles, was du willst, meine Schöne! Doch jetzt sollten wir mit der nächsten Lektion beginnen, oder weißt du, was du sagen musst, wenn du von der Köchin ein gebratenes Kaninchen im Speckmantel zum Mittagessen möchtest?«

Das wusste Anna nicht, und sie ergab sich seufzend in eine weitere Stunde Unterricht in der Sprache, die klang, als hätte sich ihr Kehlkopf verknotet.

Der Nordwesten der Insel war schroff und rau, die Küste zerklüftet und mit wenig Vegetation. Der atlantische Westwind wehte ständig über die Gegend, darum lebten hier die Menschen vorzugsweise vom Fischfang. Das Dorf Talisker war nicht mehr als eine Ansammlung armseliger Hütten über einer Bucht mit einem gleißend weißen Sandstrand, aber es hatte eine kleine Kirche aus massiven Steinen mit einem niedrigen Turm. Der Priester, ein alter weißhaariger Mann mit einem struppigen Bart, der ihm bis zur Brust reichte, stellte keine Fragen, und die Vorlage von Papieren war nicht vonnöten. Auch hier wurde noch der katholische Glaube praktiziert, Edinburgh war weit, und die Gesetze von John Knox interessierten die Inselbewohner herzlich wenig.

Anna flocht sich aus Frühlingsblumen einen Kranz, den sie sich ins Haar steckte. Es war ihr ganzer Schmuck, aber es war gleichgültig. Alle Männer, Frauen und Kinder aus dem Dorf versammelten sich in der Kirche, als Anna Duncans Frau wurde. Sie verstand nur wenige Worte von der Predigt, aber die wichtigsten klangen wie süßer Honig in ihren Ohren:

»Willst du, Anna Wheeler, den hier anwesenden Duncan Cruachan zum Mann nehmen? Ihn lieben und achten, ihm treu sein, bis dass der Tod euch scheidet?«

Anna antwortete mit einem lauten »Ja«. Duncans Antwort klang heiser, ganz so, als müsse er mit aufsteigenden

Tränen kämpfen. Dann legte der Priester ihre Hände ineinander und sprach den Segen.

Als sie die Kirche verließen, erwartete Duncan und Anna eine Überraschung. Frauen hatten Tische aus den Häusern gebracht und Speisen und Getränke ausgebreitet. Es war nicht viel, aber es war eine liebevolle Geste der Dorfbewohner. Duncan dankte ihnen herzlich und drückte dem Priester einen Beutel mit Münzen in die Hand, mit der Bitte, es für Kranke und Bedürftige zu verwenden. Die Gastfreundschaft der Menschen, die weder Duncan noch Anna jemals zuvor in ihrem Leben gesehen hatten, ging sogar so weit, dass ihnen für die Nacht ein kleines, sauberes Zimmer auf einem Bauernhof zur Verfügung gestellt wurde.

Anna war über das selbstlose Verhalten der Menschen sehr gerührt. »Sie kennen uns nicht, wissen nicht, woher wir kommen und wer wir sind, trotzdem behandeln sie uns wie Freunde«, äußerte sie erstaunt.

Duncan kuschelte sich an sie und knabberte an Annas Ohrläppchen, was sie heftig erregte. »Wir Schotten sind ein gastfreundliches Volk«, murmelte er, während er ihr Leibchen aufschnürte. »Allerdings nur, solange man uns mit Respekt begegnet.« Seine Hände strichen zärtlich über ihre Brüste, und Anna presste sich fest an den geliebten Mann.

»Es ist unsere Hochzeitsnacht«, murmelte sie glücklich. »Lass sie uns nicht mit Reden verbringen.«

Das hatte Duncan auch nicht vor, was er Anna in den nächsten Stunden voller Leidenschaft mehrmals bewies.

Der August brachte ungewöhnlich heiße Temperaturen für diesen Landstrich. Anna genoss die Wärme, denn sie wusste, der Winter würde hier auf Skye lang und hart werden. Mit vereinten Kräften hatten sie aus dem Haus einen wohnlichen Sitz gemacht, und Anna sprach nun schon beinahe fließend Gälisch. Als an einem Tag gegen Abend Fremde gesichtet wurden, hatte Anna zuerst Angst, dass man sie in ihrem Versteck aufgespürt hatte. Aber es waren nur fahrende Händler, die im Sommer über die Hebrideninseln reisten, und sie brachten Nachrichten vom Festland. Es waren die ersten, die Duncan und Anna erfuhren, seit sie Glenmalloch verlassen hatten.

Maria Stuart, Königin von Schottland, war verhaftet und gefangen. Nach ihrer Hochzeit hatte Maria die Augen vor dem Missfallen des Volkes verschlossen und sich mit Bothwell auf ihre Landsitze zurückgezogen, um sich dem Glück ihrer neuen Ehe hinzugeben.

»Das böse Erwachen kam dann im Juni«, berichtete der eine Händler. »Balfour, der die Burg von Edinburgh für Maria gehalten hatte, war zu den Aufständischen übergelaufen und hatte die Burg bereitwillig an Moray übergeben. Damit war auch der kleine James, den Maria in Edinburgh in Sicherheit wähnte, in der Gewalt ihres Stiefbruders. Daraufhin zog Bothwell in Windeseile alles, was noch treu zur Königin stand, zusammen, aber es war ein kläglicher Haufen. Maria ritt an der Spitze der armseligen Truppe gen Edinburgh, am fünfzehnten Juni wurden sie an den Hügelketten von Carberry Hill gestoppt. Bothwell und Maria standen Hunderten von bis an die Zähne bewaffneten Männern gegenüber. Ein Kampf war aussichtslos, und Maria wollte nicht noch mehr Blut vergießen. Es blieb ihr nichts anderes übrig, als auf die Forderung, sich von Bothwell zu trennen, einzugehen. Moray versprach Bothwell freies Geleit und Maria die Wiedereinsetzung in ihr Amt, wenn sie sich jetzt und hier von ihrem Mann trennte.«

»Und die Königin ging zum Schein darauf ein«, unterbrach Duncan bitter. »Tatsächlich verließ Bothwell seine Frau, nicht um Schottland wie vereinbart zu verlassen, sondern um Truppen zusammenzuziehen und Moray zu ermorden. Es stellte sich aber schnell heraus, dass sich alle von ihm distanziert hatten und keiner bereit war, an einem erneuten Komplott mitzuwirken.«

»Auch Moray spielte ein falsches Spiel, denn er hatte keinen Augenblick vor, seine Stiefschwester weiter als Königin herrschen zu lassen«, fuhr Anna fort. »Maria Stuart wurde statt in ihren Palast nach Holyrood in Gefangenschaft gebracht.«

Der Mann hob verwundert den Kopf. »Woher wisst Ihr das, Mylord?« Der Händler blickte verwundert von Anna zu Duncan, aber Duncan ging auf die Frage nicht ein und fragte:

»Was ist mit Bothwell geschehen?«

Der Händler zuckte mit den Schultern. »Er ist verschwunden, seit er feststellen musste, dass es niemanden mehr gibt, der auf seiner Seite steht. Manche sagen, er habe das Land nun tatsächlich verlassen. Er soll nach Norwegen gesegelt sein, um dort Unterstützung zu finden.«

Anna senkte die Augen, damit ihr Blick sie nicht verriet, denn sie wusste, dass Bothwell niemals wieder nach Schottland zurückkehren würde. Maria Stuart würde zwar die Flucht aus Loch Leven Castle gelingen, aber es würden ihr nur wenige Tage in der Freiheit vergönnt sein. Nach einer verheerenden kurzen Schlacht mit Hunderten von Toten würde sie, nur mit einer kleinen Hand voll Getreuer, über die Grenze nach England flüchten, wo das letzte Kapitel ihres tragischen Lebens eingeläutet werden würde.

Der Händler hob den Becher und prostete Duncan zu. Seine Stimme troff vor Ironie, als er sagte: »Schottland hat einen neuen König. Er ist am neunundzwanzigsten Juli in Stirling gekrönt worden. Abermals liegt die Krone in den Händen eines schwachen Säuglings, der von machthungrigen Männern umgeben ist. Trinken wir also auf James, den sechsten seines Namens auf Schottlands Thron. Möge er ein langes und glückliches Leben haben.«

Duncan brummte etwas Unverständliches. Es war offensichtlich, dass der Händler ein treuer Anhänger Maria Stuarts und mit den Ereignissen auf dem Festland alles andere als einverstanden war. Duncan konnte aber nicht riskieren, zu viel von seiner eigenen Meinung und Einstellung preiszugeben.

Anna bemerkte seinen Zwiespalt und fragte: »Was ist mit den katholischen Familien im Land? Werden sie von Moray verfolgt?«

Der Händler schüttelte den Kopf. »Der Earl von Moray hat jedem, der sich offen zur protestantischen Kirk und König James bekennt, Straffreiheit versprochen. Auch er ist des Kampfes müde und möchte, dass in Schottland wieder Ruhe einkehrt. Ihr könnt von Glück sagen, Mylady, in der Abgeschiedenheit auf Skye zu leben. Meine Freunde und ich werden den Sommer hier verbringen, bis sich die Lage auf dem Festland stabilisiert hat.«

»Es ist spät, meine Herren.« Duncan erhob sich. »Die Magd wird Euch ein Zimmer zuweisen, meine Frau und ich würden uns freuen, wenn Ihr die nächsten Tage unsere Gäste seid.«

Die Händler dankten und versprachen Anna, dass sie sich als Dank einen besonders schönen Stoff aus ihrem Warenangebot aussuchen durfte.

Während sich Anna entkleidete, stand Duncan am Fenster und starrte in die Nacht hinaus. Anna streifte sich das Nachthemd über und trat neben ihn. Durch den geöffneten Flügel drang milde Nachtluft herein, irgendwo schrie ein Käuzchen. Sie legte eine Hand auf Duncans Arm. »Du musst aufhören, dir Vorwürfe zu machen«, sprach sie seine Gedanken aus. »Wir haben getan, was in unserer Macht stand, aber nun wird es bald vorbei sein. Die Ära von Maria Stuart ist vorbei, und wir sind hier in Sicherheit. Ich bin sicher, deiner Familie geht es gut. Deine Mutter ist viel zu klug, um nicht zu wissen, wie sie sich richtig zu verhalten hat.«

Duncan drehte sich zu ihr um. In seinen Augen spiegelte sich das Mondlicht. »Vielleicht könnten wir es wagen, nach Glenmalloch zurückzugehen.«

»Was sagst du da?«

»Ich denke an dich, meine Schöne. Wenn es mir auch das Herz bei lebendigem Leibe aus der Brust reißen würde, dich zu verlieren, aber möchtest du nicht darüber nachdenken, wieder in deine Zeit zu gehen? Was kann ich dir hier schon bieten?«

»Duncan, sei still!« Fest presste Anna eine Hand auf seinen Mund und fuhr fort: »Ich weiß, du bist verbittert und traurig, im Exil leben zu müssen, aber ich habe mich entschieden, bei dir zu bleiben. Du kannst nicht vergessen haben, dass ich vor Gott geschworen habe, dich zu lieben und zu ehren, in guten wie in schlechten Zeiten. Warum willst du mich jetzt loswerden?«

Duncan riss sie so stürmisch in die Arme, dass Anna die Luft zum Atmen wegblieb. »Ich liebe dich, ich liebe dich so sehr! Gerade deswegen möchte ich dir dieses Leben hier ersparen.« Er ließ sie los und trat einen Schritt zurück. »Vielleicht ist es für uns beide das Beste, wenn ich mit dir gehe.«

»Wohin?«, fragte Anna, dann begann sie zu verstehen. »Du meinst, du würdest mit mir ins einundzwanzigste Jahrhundert gehen?«

Eine Welle des Glücks überflutete sie. Duncans Angebot war der größte Liebesbeweis, den er ihr hatte erbringen können. Für einen kurzen, einen sehr kurzen Moment stellte sich Anna vor, wie es wäre, wieder in der Zukunft zu leben, aber der Augenblick ging schnell vorüber. Sie ging zum Bett, setzte sich und klopfte neben sich auf die Matratze. »Würdest du dich bitte neben mich setzen?«, bat sie, und Duncan folgte ihrer Aufforderung. Anna schluckte mehrmals, denn nun war der Zeitpunkt gekommen, Duncan etwas zu sagen, was sie seit Wochen vermutete. »Selbst wenn wir die Reise zum Glen-Mal-Loch wagen würden – es ist völlig ausgeschlossen, die Zeitreise zu versuchen.«

»Warum nicht? Es hat mehrmals funktioniert, ich bin sicher, wir könnten es erneut schaffen.«

Anna schüttelte heftig den Kopf. Ihre Wangen röteten sich, und ein spitzbübisches Lächeln zuckte um ihre Lippen. »Ja, es scheint zu klappen, wenn wir beide fest an das Datum, an dem wir landen möchten, denken. Gilt das aber für alle Lebewesen? Auch für die, die noch nicht selbstständig denken können?«

Duncan runzelte die Stirn. »Ich verstehe dich nicht ...«

»Nun, ich meine, es könnte sein, dass nicht alles von uns ... von mir ... die Reise übersteht. Ein solches Risiko werde ich niemals eingehen.«

Ihre Worte verwirrten Duncan. Wovon sprach sie nur? »Meine Schöne, fühlst du dich wohl?«

»Ach Duncan, ich habe mich noch nie besser gefühlt!«, rief Anna und nahm Duncans Hand. Vorsichtig legte sie diese auf ihren Bauch. »Es gibt etwas in mir, das noch nicht selbstständig denken kann, obwohl es bereits lebt.«

Endlich begann er zu verstehen. Ungläubig weiteten sich seine Augen. »Du meinst ... du bist ... ich werde ...«

»Vater, jawohl!«, nickte Anna. »In ungefähr sechs Monaten. Ich ahne es schon länger, wollte mir aber erst ganz sicher sein. Es gibt hier schließlich keine Teststäbchen oder Ultraschallgeräte.«

Er riss sie in seine Arme. »Ich verstehe zwar mal wieder kein Wort, aber ich bin der glücklichste Mensch auf der Welt!«

Anna erwiderte seine Küsse, die voller Zärtlichkeit waren. Ein klein wenig hatte sie Angst vor den kommenden Monaten, aber sie war jung und gesund. Natürlich gab es keine Gewissheit, dass ihre Schwangerschaft und die Geburt ohne Komplikationen verlaufen würden, aber diese Gewissheit gab es im einundzwanzigsten Jahrhundert auch nicht. Technische Möglichkeiten, schön und gut – aber schlussendlich ließ sich Gott nicht ins Handwerk pfuschen.

»Ich werde nicht das Leben unseres Kindes aufs Spiel setzen und die Zeitreise wagen«, sagte Anna leise. »Je länger ich hier bin, desto mehr spüre ich, wie schön und ausgefüllt das Leben sein kann, auch ohne die Erfindungen der Zukunft. Oder vielleicht gerade deswegen?«

Vorsichtig, als sei Anna aus Glas, bettete Duncan sie in die Kissen und deckte sie zu. Schmollend schürzte Anna die Lippen. »Duncan, ich bin nicht krank, sondern nur schwanger. Ich hoffe nicht, dass du dich die nächsten Monate von mir fernhältst.«

Duncan zögerte, genau das hatte er nämlich vorgehabt, auch wenn es ihm sehr schwer fallen würde. »Aber das Kind … Ist es denn gut, wenn wir …?«

Anna nickte. »O ja, sehr gut sogar! Es schadet nichts, im Gegenteil, das kannst du mir glauben. So ein kleines Wesen spürt nämlich, wenn sich seine Eltern lieben. Am besten, du zeigst deinem Sohn oder deiner Tochter gleich, wie lieb du seine oder ihre Mutter hast.«

Das tat Duncan nur zu gerne, aber er tat es mit einer ungewohnten Vorsicht, die Anna zutiefst rührte. Als er später eingeschlafen war, lag sie wach und blickte in die Dunkelheit. Ihre Hände wanderten auf ihren noch flachen Bauch, und obwohl es noch viel zu früh war, meinte sie, das kommende Leben in sich zu spüren. »Egal, was die Zukunft uns bringen wird, mein Kleines, ich werde alles tun, dich zu beschützen«, murmelte sie leise, damit Duncan nicht erwachte. »Ich habe die größte Rolle meines Lebens übernommen, und ich werde sie meistern, das verspreche ich dir.«

Schmunzelnd dachte Anna daran, dass sie nun vielleicht wirklich einen Oscar bekommen würde. Zwar in einer ganz anderen Art und Weise, als sie früher davon geträumt hatte, aber sie würde mit nichts und niemandem auf der Welt tauschen mögen. Und wer weiß – vielleicht würden ihre Eltern eines Tages sogar ihr Enkelkind sehen? Wenn man bereit war, an das Unmögliche zu glauben, dann war vieles möglich.

Wunder gab es täglich auf der Welt – man musste sie nur zulassen.

# Epilog

*Glen-Mal-Loch, im Juni der Gegenwart*

Unmittelbar nachdem Anna im See untergetaucht war, hatte Kommissar McLairn den Tauchern den Befehl gegeben. Er trat aus dem Gebüsch, in dem er und die Taucher sich verborgen gehalten hatten, neben Ruth Jefferson, und gemeinsam beobachteten sie, wie zwei Froschmänner ins Wasser glitten und untertauchten. »Anna Wheeler wirkte nicht wie eine Selbstmörderin auf mich«, sagte er. »Ich hätte nie geglaubt, dass sie es tatsächlich macht. Kein Zweifel, wir müssen sie in eine geschlossene Anstalt einweisen, um sie vor sich selbst zu schützen.«

Ruth zerknüllte ein Taschentuch in ihren Händen. Ihre Nerven waren bis zum Zerreißen gespannt, und je länger die Taucher verschwunden blieben, desto schneller rauschte ihr das Blut durch die Adern.

»Wie lange dauert es denn?«, flüsterte sie. »Sie müssten Anna doch längst gefunden haben.«

Der Kommissar berührte Ruth leicht am Oberarm. »Keine Sorge, es sind zwei kräftige Männer. Sie werden Miss Wheeler gleich heraufbringen.«

Sie warteten zehn, zwanzig, dreißig Minuten … Nach einer Dreiviertelstunde tauchte der Erste auf, kurz darauf sein Kollege. Ihre Hände waren leer. Sie wateten ans Ufer und nahmen ihre Masken ab. »Es tut mir leid, aber da unten ist niemand.«

»Das kann nicht sein!«, schrie Ruth. »Sie haben doch selbst gesehen, wie Anna untergegangen ist! Suchen Sie weiter.«

Der Taucher schüttelte den Kopf. »Es ist zwecklos, wir haben jeden Zoll des Grundes abgesucht. Die Frau ist nicht in dem See, und selbst wenn, dann wäre sie jetzt tot. So lange kann kein Mensch unter Wasser überleben.«

Kommissar McLairn seufzte. »Gut, brechen wir die Aktion ab. Sie können nach Hause fahren.«

»Nein, das können Sie nicht machen!« Ruth klammerte sich an McLairns Arm. »Sie muss dort irgendwo sein! Wir können doch nicht einfach gehen!«

»Miss Jefferson, ich war von Anfang an skeptisch, was diesen Einsatz betrifft. Gut, wir haben beide gesehen, wie Miss Wheeler untergetaucht ist, und ich habe zwei meiner besten Männer hinterhergeschickt. Es ist das Gleiche wie vor einigen Monaten, als dieser … Hardman war sein Name … tagelang den See hat absuchen lassen, aber niemand gefunden wurde.«

Ruth schüttelte vehement den Kopf, so leicht würde sie nicht aufgeben. »Das beweist doch, dass es eine unterirdische Höhle geben muss! Eine Höhle mit Frischluft und einem Ausgang ins Freie. Wir müssen die Umgebung durchsuchen, Anna muss hier irgendwo sein.«

»Sie wissen genau, dass der See weder Höhlen noch Gänge oder sonst irgendetwas hat.« McLairns Stimme klang ungeduldig. Auf seinem Schreibtisch im Büro stapelten sich die Akten von unerledigten Fällen. »Es ist mysteriös, ja, das gebe ich zu, aber es wird eine ganz einfache Erklärung dafür geben. Anna Wheeler ist bereits einmal verschwunden und dann wieder gesund und munter aufgetaucht. Im wahrsten Sinne des Wortes. Ich bin überzeugt, so wird es dieses Mal auch wieder sein.«

Er wandte sich zu seinem Wagen, und Ruth blieb nichts anderes übrig, als ihm zu folgen. Am liebsten wäre sie selbst in den See gesprungen, aber zum einem war sie keine gute Schwimmerin, tauchen konnte sie überhaupt nicht, und zum anderen war seit Annas Verschwinden über eine Stunde vergangen. Sollte sie tatsächlich noch irgendwo im See sein, dann war sie tot. Ruth schluckte, aber der Kloß in ihrem Hals wollte nicht schwinden. Sie war schuld am Tod eines Menschen! Sie ganz allein! Im Laufe der Jahre ihrer Arbeit als Psychologin hatte sie viele potenzielle Selbstmörder kennengelernt und therapiert. Manchmal hatte die Therapie versagt, und Ruths Kenntnisse hatten nicht ausgereicht, einen Menschen davon abzuhalten, seinem Leben selbst ein Ende zu setzen. Aber nie zuvor hatte Ruth eine Patientin eigenhändig an den Ort des Selbstmordes gefahren und ihr noch bei den Vorbereitungen geholfen, diesen letzten, endgültigen Schritt zu tun.

McLairn war längst abgefahren, als Ruth immer noch in ihrem Wagen saß, die Hände fest um das Lenkrad geklammert. Sie verstand nicht, wie es hatte geschehen können, dass Anna spurlos verschwunden war. Nur wenige Sekunden später waren die Taucher zur Stelle gewesen, und der See war nicht groß. Sie hätten Anna finden müssen! Niemals, das wurde Ruth mit aller Deutlichkeit bewusst, würde sie sich diese Schuld vergeben können. Ihr Blick fiel auf die beiden Briefe, die Anna auf dem Beifahrersitz hinterlassen hatte.

»Ich wäre Ihnen sehr dankbar, wenn Sie die Briefe meinen Eltern und Bruce Hardman zukommen lassen würden«, klangen Annas Worte in ihren Ohren. Ruth wusste, sie würde den dicken, an Annas Eltern gerichteten Brief nicht einfach in einen Postkasten werfen können. »Ich werde selbst in den Süden fahren«, sagte sie laut. »Es kann meine Schuld nicht schmälern, aber es ist das Mindeste, was ich tun kann.«

Ruth drehte den Schlüssel im Zündschloss, dann war es ihr, als säße Anna neben ihr, denn wieder meinte sie, ihre Stimme zu hören.

»Ruth, Sie versprechen, die Höhle aufzusuchen, ja?«

»Das ist verrückt! Völlig irrsinnig!«

Ruth stellte den Motor ab und stieg langsam aus. Sie wusste, es war dumm und sentimental, zu der Höhle hinaufzusteigen, auch wenn sie es Anna versprochen hatte. Trotzdem lenkte sie ihre Schritte über das mit Heidekraut bewachsene Moor in die Richtung, wo sie gemeinsam mit Anna erst vor zwei Stunden gewesen war. Ruths Schuldgefühle zwangen sie, die Höhle aufzusuchen, immerhin hatte sie es Anna versprochen, auch wenn es völliger Schwachsinn war, denn sie würde doch nichts, rein gar nichts vorfinden.

Natürlich hatte sich in der kleinen Höhle in zwei Stunden nichts verändert.

»Es ist das Dümmste, was du je in deinem Leben getan hast«, murmelte Ruth, während sie die Zweige auseinanderbog, auf allen vieren durch die schmale Öffnung kroch, die Taschenlampe anknipste und zu dem Haufen Steinen robbte. Alles sah noch genauso aus wie vorhin, trotzdem räumte Ruth die Steine zur Seite, bis sie im Lichtkegel der Lampe die kleine Öffnung vor sich sah. Ruth hatte erwartet, diese genauso leer vorzufinden wie kurze Zeit zuvor, aber dann stockte ihr der Atem. »Das kann nicht sein!«

Ihre Stimme hallte von den Felswänden zurück, und zum ersten Mal in ihrem Leben fühlte Ruth so etwas wie panische Angst, obwohl sie nicht bedroht wurde. In dem Spalt lag ein Päckchen, das vorhin noch nicht dort gewesen war. Mit zitternden Fingern zog Ruth es hervor und erkannte die Spezialfolie, die Anna in Inverness erstanden hatte. Es konnte nur eine Erklärung dafür geben – Anna musste die Folie vorhin hier versteckt haben, ohne dass Ruth es bemerkt hatte, obwohl sich Ruth sicher war, Anna keine Sekunde aus den Augen gelassen zu haben.

Ruth wusste nicht mehr genau, wie sie aus der Höhle gekommen war, in ihrem Kopf schwirrten tausend Gedanken. Ihr gesunder Menschenverstand sagte ihr, dass es unmöglich sein konnte, trotzdem hielt sie hier etwas in der Hand, das von niemand anderem als Anna stammen konnte.

Vor der Höhle setzte sich Ruth ungeachtet des feuchten Bodens ins Heidekraut, öffnete die Plastikfolie und rollte das Päckchen auf. Zum Vorschein kam ein Brief. Ruth erkannte sofort Annas Handschrift, ein Zweifel war nicht möglich. Das Papier fühlte sich seltsam an. Es war dicker als üblich, gelblich und an der Oberfläche rau, aber die Schrift war gut und klar zu erkennen. Ruth begann zu lesen:

*Meine liebe Ruth,*

*wenn Sie Ihrem Versprechen gefolgt sind und jetzt diese Zeilen lesen, dann sind nur wenige Minuten vergangen, seit wir uns getrennt haben. Tatsächlich sind aber für mich drei Jahre ins Land gegangen, bevor ich die Gelegenheit erhielt, den Brief zu schreiben, und wenn Sie ihn lesen, werden über vierhundertdreißig Jahre vergangen sein. Ich hoffe nur, der Permanentschreiber und die Folie halten, was der Verkäufer versprochen hatte, wenn nicht, werde ich mein Geld zurückfordern …*

*Spaß beiseite, liebe Ruth – Sie sehen, es hat funktioniert! Ich bin rechtzeitig in die Vergangenheit gereist, um Duncan zu warnen, und gemeinsam gelang uns die Flucht. Wir mussten uns lange Zeit verstecken, aber dann hörten die Verfolgungen der Anhänger Maria Stuarts auf. Sie werden sich jetzt vielleicht fragen, warum ich nicht zusammen mit Duncan ins einundzwanzigste Jahrhundert zurückgekehrt bin, wenn die Zeitreise vorher mehrmals geklappt hat. Nun, ich wollte nicht das Leben meines ungeborenen Kindes gefährden.*

*Ja, liebste Ruth, Duncan und ich haben einen Sohn! Einen kleinen, aber kräftigen Kerl, der uns viel Freude macht. Nach der Geburt von Oscar scheute ich das Risiko, ihn dem Wagnis auszusetzen, außerdem konnten wir erst vor kurzem nach Glenmalloch zurückkehren. Und nun bin ich wieder schwanger! Duncan wünscht sich ein Mädchen, mir ist es gleichgültig. Ich habe auch keine Angst mehr vor der Geburt, denn wenn auch die Umstände hier in keiner Weise mit denen, wie Sie und ich sie kennen, zu vergleichen sind, Frauen haben seit Jahrtausenden Kinder zur Welt gebracht. Es ist das Natürlichste der Welt, und wenn man der Natur ihren Lauf lässt, dann wird alles gut werden.*

*Ich habe Ihnen von Amanda erzählt, dem Mädchen, das unter dem Namen June hier lebte. Sie ist zurückgegangen, und wenn alles klappt, dann muss sie bei Ihnen ankommen. Ich bitte Sie aus ganzem Herzen – nehmen Sie sich des Mädchens an und stehen Sie ihr bei dem bei, was jetzt auf sie zukommt.*

*Liebe Ruth, ich sehe regelrecht Ihr Gesicht vor mir, während Sie meinen Brief lesen. Ich sehe, wie Sie verständnislos den Kopf schütteln und murmeln werden: »Das ist irrational!«*

*In einem Zeitalter, in dem wir fremde Galaxien erforschen und Menschen klonen können, erscheint es vielleicht wirklich unvorstellbar, durch die Zeiten zu reisen. Wahrscheinlich werden weder Duncan noch ich jemals wissen, wie es tatsächlich geschehen kann, aber das ist nicht wichtig. Das Einzige, was zählt, ist, dass es uns gut geht und wir sehr, sehr glücklich sind! Ein Leben ohne Duncan wäre kein Leben mehr für mich – egal, in welcher Zeit.*

*Nun muss ich zum Schluss kommen, auch wenn ich noch Hunderte von Seiten schreiben könnte. Ich überlasse es Ihnen, liebe Ruth, ob Sie meinen Eltern diesen Brief hier zeigen möchten. Sie werden es nicht glauben und es nicht verstehen. Bitte senden Sie ihnen den Brief, der in Ihrem Wagen liegt. Ich hoffe, sie mögen mir eines Tages verzeihen.*

*Ich schließe den Brief mit den Worten ›Auf Wiedersehen‹, denn Duncan und ich möchten nicht ausschließen, Ihnen eines Tages wieder zu begegnen. Im Moment werden wir wegen meiner Schwangerschaft eine derartige Reise nicht unternehmen, aber wie sagte schon James Bond: »Sag niemals nie.« Wir warten ab, was die Zukunft uns bringen wird.*

*Ich werde Sie niemals vergessen und grüße Sie aus dem Jahre 1570,*

*Ihre Anna Wheeler*

Obwohl Ruth niemals mit Drogen Kontakt gehabt hatte, fühlte sie sich wie high, als sie aus den Hügeln herunterstieg. Der Brief war real, deutlich konnte sie ihn in ihrer rechten Hand spüren, trotzdem zweifelte ihr Verstand. Als der See in Sicht kam, sah Ruth, wie ein junges Mädchen hilflos und nass am Ufer stand. Ihr Herz schlug schneller, und sie rannte die letzten Meter, bis sie keuchend vor dem blonden Mädchen stand, das sie aus großen Augen hoffnungsvoll ansah.

»Sind Sie Ruth? Doktor Ruth Jefferson? Anna sagte, Sie würden mir helfen.«

Ruth nickte mechanisch, ging zu ihrem Wagen und nahm die Wolldecke vom Rücksitz, die sie dem Mädchen um die Schultern legte. »Du musst das Kleid ausziehen.« Ruths Stimme klang in ihren eigenen Ohren blechern, als ob sie von ganz weit entfernt kommen würde. »Du bist June, nicht wahr? Oder vielmehr Amanda Cameron?« Das Mädchen nickte, aber bevor es eine Antwort gegeben konnte, wurde sein zarter Körper von einem Hustenanfall geschüttelt. »Ich bringe dich sofort ins Krankenhaus, Mandy, denn wir müssen deine Krankheit behandeln. Von dort werde ich deine Eltern informieren.«

Vertrauensvoll heftete Mandy den Blick auf Ruth. »Anna meinte, dass ich nicht sagen soll, dass ich … Ich meine, niemand würde mir hier glauben, ebenso wenig wie man mir dort drüben geglaubt hat …«

Ruth legte einen Arm um das Mädchen und führte sie zum Wagen. »Als Erstes musst du gesund werden, dann sehen wir weiter.«

»Haben Sie den Brief gefunden?«

Ruth wusste sofort, wovon das Mädchen sprach, und sie gab Mandy den Brief. Sie überflog die Zeilen, wobei ihre Augen zu leuchten begannen. Lächelnd sagte sie dann: »Sie haben ihr Glück gefunden. Ich freue mich für sie. Es ist nur schade, dass wir Anna niemals wieder sehen werden.«

Ruth schnallte sich an, bat Mandy, es ihr gleichzutun, und startete den Motor. Bevor sie losfuhr, blickte sie das Mädchen ernst an. »Ich bin mir sicher, wir werden Anna eines Tages wieder sehen. Vielleicht auch Duncan und ihre Kinder. Anna hat mir bewiesen, dass es tatsächlich Dinge zwischen Himmel und Erde gibt, die mit unserem rationalen Denken nicht zu verstehen und zu erklären sind.«

»Das wäre schön«, murmelte Mandy und lehnte sich mit geschlossenen Augen im Sitz zurück.

Eine Stimme in Ruth sagte ihr, dass Anna ein Kapitel in ihrem Leben darstellte, das noch nicht abgeschlossen war. Irgendwann würden sie sich wieder begegnen.

In naher Zukunft oder auch in ferner Vergangenheit.

Wer konnte schon mit Gewissheit sagen, was Zeit war?